国家社会科学基金项目（09XZW006）

宋代灾害文学研究

NATURAL DISASTERS
IN SONG LITERARY WORKS
New Research Insights

李朝军　著

中国社会科学出版社

图书在版编目（CIP）数据

宋代灾害文学研究/李朝军著.—北京：中国社会科学出版社，2016.12
（2017.7 重印）
ISBN 978 - 7 - 5161 - 9716 - 5

Ⅰ.①宋… Ⅱ.①李… Ⅲ.①自然灾害—影响—中国文学—
文学创作研究—宋代 Ⅳ.①I206.44

中国版本图书馆 CIP 数据核字（2016）第 317400 号

出 版 人	赵剑英	
选题策划	刘　艳	
责任编辑	刘　艳	
责任校对	陈　晨	
责任印制	戴　宽	

出　　版	中国社会科学出版社	
社　　址	北京鼓楼西大街甲 158 号	
邮　　编	100720	
网　　址	http://www.csspw.cn	
发 行 部	010 - 84083685	
门 市 部	010 - 84029450	
经　　销	新华书店及其他书店	

印　　刷	北京明恒达印务有限公司	
装　　订	廊坊市广阳区广增装订厂	
版　　次	2016 年 12 月第 1 版	
印　　次	2017 年 7 月第 2 次印刷	

开　　本	710×1000　1/16	
印　　张	27	
插　　页	2	
字　　数	369 千字	
定　　价	118.00 元	

目　　录

序　灾害文学与人文精神

杨庆存

人类是紧密相联的命运共同体，这个共同体又是宇宙自然的重要组成部分。可以说，人类与自然永远不可分离，二者之间的关系处理，也永远是人们必须共同面对和深入思考的大问题。中华民族的先贤圣哲提出了"天人合一"的重要思想，积极引导人们深刻认识和正确对待"自然"这一人类赖以生存的空间环境，尽量减少人为破坏因素而努力创造和谐，体现着高瞻远瞩的大智慧。

毋庸讳言的是，大自然一方面为人类提供着生存的基本条件，一方面又总是难以避免灾害的发生。由此，应对自然灾害就成为伴随人类历史发展的重要方面，成为社会生活的重要现实，成为文学创作的重要题材。而自然灾害的巨大破坏性和给人类造成的生命威胁，不仅当时备受社会关注，而且每每见诸典籍记载，文学作品也有丰富表现。李白《公无渡河》的诗句"大禹理百川，儿啼不窥家。杀湍堙洪水，九州始桑麻"，就是描写大禹率众治理冰川末期洪水灾害和歌颂大禹功德的典型案例。从某种意义上说，人类发展的历史就是不断认识自然、适应自然、应对自然的过程，就是不断战胜灾害、探究规律、追求和谐的过程，就是不断运用智慧、避免灾害、推进文明的过程。毫无疑问，自然灾害既是对人类生存的残酷挑战，又是对人类毅力、能力和智慧的严峻考验。

翻检古代文化典籍，记载或描述自然灾害的相关文字在在皆是。这些文献成为研究人类文明发展历史的重要参考依据和珍贵思想资源，成为文化研究与学术研究的热点，甚至孕育和发展为专门的交叉学科——"灾害学"，成为诸如历史学、政治学、社会学等众多学科研究的亮点，推出了大批研究成果。然而，对于中国古代典籍中大量涉及自然灾害的文学作品，长期以来却没有引起文学研究界的足够重视，更欠缺深入扎实的细致研究。近些年来，虽然不乏微观层面的单篇研究成果，却很少有学者从文学角度专门进行中观、宏观的系统研究，以致专著阙如。看到李朝军教授的《宋代灾害文学研究》书稿，令人眼前一亮。这是他承担的国家哲学社会科学基金项目的最终结项成果，不仅填补了宋代灾害文学研究的空白，具有重要的开拓性和启示性意义，而且把中国古代灾害文学研究推进到新的境界。

宋代是中国历史上皇权政治完善、经济贸易发达、文化繁荣兴盛的时期，文学创作从题材内容到体裁形式都有大的开拓与创新。特别是宋代以文兴国、以儒立国与策论取士、文人共治的大政方针，不仅使许多出身寒门的学子能够释褐为官，进入仕途，承担参与治理国家的重大任务，而且大大强化了文人学子的历史使命感与社会责任心，其文学创作也更加关注现实、关切民生，体现出强烈的民族精神和浓厚的人文意识。由是，与国计民生密切相关的自然灾害以及与此关联的应对举措之类的思想内容，必然地进入文学创作视野，催生大批文学作品则是情理之中的事。朝军教授涉难历艰，勤奋刻苦，倾力于宋代灾害文学研究，历时八年，完成国家项目研究任务，奉献给学界这本具有原创性的成果，令人钦佩！

翻阅全书，感觉有四个突出特点值得注意。首先是研究视野具有开拓性。文学反映人类生活和自然宇宙是题内应有之义，文学研究可以从不同角度或不同层面深入展开。朝军教授将宋代反映自然灾害的文学作品作为研究对象，进行总体性的审视和综合性的考察，不仅形成了宋代文学研究史上的第一本灾害文学研究专著，揭示其题材内容的广泛性、思想主题的深刻性、表现形式的丰富性和艺术风格的多样性，而且拓展了宋代文学研究的新领域，体现出开阔的学术视野。

其次是思路清晰、学风扎实。全书目标明确，构架严整，重点突出。朝军教授在系统梳理和归纳概括以往灾害文学研究"以诗证史""综合研究""文学阐释"等六方面特点的同时，指出系统研究少、艺术研究少、观念偏颇、力量不足等情况，体现出鲜明的问题意识。而对宋代灾害文学作品与相关文献的搜集寻绎，既丰富翔实又审慎细致。著作采取以文学体裁形式为主、以灾害性质为辅的并向结构，分类考察了两宋奏、记散文与诗、赋、词等体裁涉及水、旱、蝗、疫、地震等灾害的文学作品，对其题材内容、主题思想、艺术特色、文学成就、文献价值、思想价值、文化意蕴等作了比较翔实和全面的研讨。与此同时，深入分析和认真总结了灾害题材创作的文学意义、社会功能、创作动机及其创作规律，并反思了宋代文学的时代特点与文学承传关系，既有较强的专题性，又有内在的逻辑性，思想脉络分明。《先秦至两宋主要涉灾文学作品编目》《宋代部分涉灾害文学作品编年》作为附录，也均可见出著者扎实严谨的治学态度。

再次是文学研究的学科特点突出。由于灾害文学作品作为文化典籍，具有跨学科的文献特点，人们可以从不同学科进行多角度的使用和分析，因此，突出学科特点才能更好彰显研究意义与价值。朝军教授除了采用突出文学体裁类分来结构全书之外，还强化了文学艺术方面的分析特别是对民族精神与人文意识的发掘与观照。正如作者所述，文学是"人学"，与其他学科相比，文学更关注人性、关注生命、关注感情，更具深层的人文精神价值和普遍的终极关怀意义。灾害文学在表现生命价值、人性善恶、人情冷暖、世态炎凉等方面更具典型性，能够表现正常情形下无法表现的人性深度和社会问题。灾害文学的价值与意义首先在于其思想性和史实性，在于其深刻浓厚的人文精神。朝军教授通过文学作品解析，既再现了灾害肆虐、灾难深重的历史图景，又赞扬了艰苦卓绝的抗灾减灾功绩，使中华民族坚忍不拔的民族精神和忧国忧民的文化传统得到承传。

最后是注重规律总结。任何学术研究的重要目的都是探究规律、形成理论、指导实践，文学研究当然不能例外。朝军教授准确把握这一要求，注意从不同层面总结、归纳和概括宋代灾害文学的特点与规律。如著者指出，记侧重于记述救灾事迹，奏疏侧重于条陈救灾策略，赋侧重于写灾况、发妙论，词侧重于写灾后的庆贺，诗的内容则最为深广全面，集中敞露士大夫忠君忧国情怀，赋则凸显应对灾害的豁达态度和超脱精神。另如对宋代灾害文学社会功能与创作机制的总结、对时代特征的概括、对缺点不足的归纳等，都有充分体现。

当然，任何学术研究都是不断拓展、不断深入和不断完善的历史过程。《宋代灾害文学研究》开拓了断代文学研究的新视角与新领域，但仍有诸多需要继续深入思考和不断完善的空间。比如，自然现象与自然灾害两个概念的联系与区别，灾害文学概念内涵的性质与界定，灾害文学作品的分类与层次，甚至于全书的架构设计等等，都有待进一步提高科学性、合理性与严谨性。至于将宋代灾害文学放到世界文学层面来比较，突出民族特色与人文精神，则是更高的要求与境界。

宋代文学是中国古代文学发展史上又一座群峦叠翠的艺术高峰，不独宋词成就空前绝后，各体文学皆有创树，开辟出具有鲜明时代色彩的新境界，成为中华民族优秀传统文化宝库中的奇葩。20世纪90年代初，笔者考入复旦大学师从王水照先生读博，专攻宋代文学而将宋代散文研究作为学位论文题目。在水照师悉心指导下完成学位论文，得到学界众多前辈与道友的鼓励与关注，又荣获教育部第七届高等学校科学研究优秀成果著作一等奖。正如朝军教授所言，因为我们"共有部分相同研究方向和研究对象"，出于都是研究宋代文学的缘故，李朝军教授惠寄书稿，以十分真诚和谦虚的态度让我作序。其实，我并不具备这样的学养与资格，只是为了不负学友信任与厚望，勉强为之，写了以上文字，聊作弁言。

2016 年 12 月 18 日草于上海奉贤南郊
时受聘上海交通大学

绪　　论

我国自古以来多自然灾害。英国著名历史学家汤因比在谈到古代中国文明的起源时指出："人类在这里所要应付的自然环境的挑战，要比两河流域和尼罗河的挑战严重得多。人们把它变成古代中国文明摇篮地方的这一片原野，除了有沼泽、丛林和洪水的灾难之外，还有更大得多的气候上的灾难，它不断地在夏季的酷热和冬季的严寒之间变换。"[①] 悠久灿烂的中华文明可以说是我国历代各族人民在同自然灾害不懈的斗争中创造出来的。进入 21 世纪以来，世界各地的自然灾害普遍呈多发趋势，重特大自然灾害更加频繁。2004 年印度洋地震海啸、2005 年美国卡特琳娜飓风、2008 年我国汶川大地震、2010 年海地大地震、2011 年日本大地震海啸等一系列大灾难纷至沓来，一次次震惊世界。更有全球性灾难的气候变化、海平面升高、生态环境的恶化向人类发出了严重的警告。严峻的灾害形势必然引起全球各界人士的普遍关注，文化艺术界也概莫能外。新千年在日本举行的第四届世界文化论坛（2006 年 11 月）与世界笔会（2008 年 2 月）分别以"灾害与文学""灾害与文化"作为大会主题，表明灾害与文学、文化的相关性问题已成为时下国际社会共同关心的话题。与此同时，持

---

① ［英］汤因比：《历史研究》上，曹未风等译，上海人民出版社 1997 年版，第 92 页。

按：本书正文、脚注、附录所引书目凡未标明出版单位、时间和版本者，详见本书《主要参考文献》。

续在国际影视界走红的灾害片（灾难片）也在一定程度上反映了人类日益滋长的自然危机意识。2000 年我国学者曾有重视发展"灾害文学"的呼吁，2008 年汶川抗震救灾中涌现的"地震诗潮"则是一场备受瞩目的群众性"灾害文学"实践。因此，在国内外这种灾害形势和学术文化语境下，叩问中国文学和中国文化的相关传统无疑很有必要。

一　研究意义

和我国历来的灾害形势和悠久的历史相对应，中国文学很早就开始反映自然灾害，大禹治水、女娲补天等上古传说和《十月之交》《云汉》等《诗经》篇章就留下了珍贵的早期记录；历代有关自然灾害的各类文学作品层出不穷，至今保存有可观的文献记载。源远流长的中国文学其实具有表现自然灾害的优良传统。据统计，上古时期《诗经》中涉及自然灾害的诗歌已达 36 首①，唐代杜甫一人的此类诗作近 70 首②，宋代这类诗歌有 6000 余首③，清代仅收录浙江海宁一地一次劝赈救灾的诗歌总数就有 1356 首，作者 323 人。④ 不难推知，历代的涉灾诗歌当以数万计，加上其他文体的此类写作，中国古代文学的涉灾篇目无疑将十分巨大。因此有关自然灾害的文学书写其实是中国文学的一个普遍现象。相形之下，现当代的文学研究对此的关注一向十分薄弱。当前，历史学、灾害学、政治学、气象学、水利学、地质学、社会学、医学、经济学等众多学科早已将历史上各类自然灾害纳入自己的研究视野，产生了大量

---

① 李瑞丰：《〈诗经〉灾异诗述论》，《河北大学学报》（哲学社会科学版）2014 年第 6 期。
② 刘艺：《杜甫天灾诗探微》，《杜甫研究学刊》2013 年第 1 期。
③ 王宇飞：《宋诗与宋代灾害探研》，硕士学位论文，四川师范大学，2012 年，第 9 页。
④ 朱浒：《灾荒中的风雅：〈海宁州劝赈唱和诗〉》，《史学月刊》2015 年第 11 期。

的研究成果。① 这一方面为相关文学研究准备了有利条件，另一方面也凸显了文学研究存在明显的疏忽。因此，吸收和整合多学科研究成果，进行更加贴近人类心灵的相关文学研究已属势在必行。② 这既是应对灾害形势的现实需要，也是学科发展的迫切要求。

当然，灾害文学研究绝非一时应急之需，而具有常态的多重学术价值。

第一，灾害文学往往具有正史、方志所不具备的形象、生动包含细节描写的灾害记录。运用文史互证的方法，一方面可以利用文学作品证史，发挥其在灾害史等方面研究的存史、补史的作用；另一方面文学研究也可以运用大量的灾害史料和灾害史研究成果解决相关作品的系年、背景、作品解读、作家生平等方面的基础问题。因此，利用跨学科交叉研究的优势，可以充分发掘、发挥其文献价值，从而为诸多相关自然人文学科提供广泛的参考作用。

第二，文学是"人学"，关怀人的生命，关注人性，与其他学术文化门类相比，其深层的精神价值对人类具有终极关怀的意义。而灾害文学因为将人置于灾难的困境中予以表现，因而在表现生命的价值、人性的善恶、人情的冷暖、世态的炎凉等方面具有独特的价值，能够表现"正常情形下无法表现的人性深度和社会问题"③，因而具有独特的认识价值和审美价值。

第三，历代中国文学大量灾害题材作品的存在，说明这是可以形成与人们较为熟悉的亲情、爱情、战争等题材的文学相提并论的文学子目。因此，从这个角度切入中国文学的研究，将有助于我们

---

① 例如，邹逸麟在论及历史界的研究状况时说："20 世纪八九十年代以来，灾害史的研究，成为历史学的一个热门领域。"见段伟：《禳灾与减灾：秦汉社会自然灾害应对制度的形成》，复旦大学出版社 2008 年版，序言。

② 关于此类文学的名称，目前学界还有"灾异文学""灾荒文学""天灾文学"等相似概念，尽管指涉对象可能有大同小异，但核心都指向有关古代自然灾害的文学创作。为了便于与当今诸多自然人文学科相关研究（包括古今同类文学研究）以及通用称呼相沟通，本书采用"灾害文学"这个名称。

③ 尹奇岭：《评张堂会著〈民国时期自然灾害与现代文学书写〉》，《中国现代文学研究丛刊》2012 年第 12 期。

加深对中国文学多元面貌的认识，并且由于这样的研究在当前属于开创性的工作，因此这项研究的顺利进行可望打开中国文学鲜为人知的一个侧面。

第四，灾害文学研究在一定意义上可以作为主题研究来对待，尽管这种研究方式在比较文学、比较文化等学科应用较多，但在中国古代文学研究中则相对较少，故有方法更新的意义。主题式探索不但可以发挥贯通古今中外文学研究的优势，为开展中外灾害文学、灾害文化比较研究积累条件，而且对于今人的抗灾救灾事业，还可望发挥精神救灾、审美超越、弘扬优良传统等现实意义。

此外，本书选择宋代作为灾害文学研究的突破口，还有其特别的原因和价值。

首先，宋代是我国历史一个自然灾害高发的朝代，其见载的灾害次数、种类均超过了前代："两宋灾害频度之密，盖与唐代相若，而其强度和广度则更有过之。"① 据最新统计，仅在北宋 167 年间就爆发了各类灾害 900 余起，爆发次数、频率比前代有了较大幅度的增加。② 两宋时期发生的水、旱、虫、震、疫、沙尘、风、雹、霜等九类自然灾害共达 1543 次，并且这还只是依据正史材料得出的结果。③ 这是宋代灾害文学创作比较兴盛的客观条件。

其次，宋王朝"崇尚文治"，重用文臣，文人普遍关心国家和社会事务；两宋频繁严重的灾荒形势连同其各种内忧外患，更加激发了文人士大夫的忧患意识与济世热情。因此，两宋文学的繁荣及其反映社会生活的深广保证了较多的灾害题材进入文学的视野，这为相关研究提供了十分有利的条件。

再次，"华夏民族之文化，历数千载之演进，造极于赵宋之

---

① 邓云特：《中国救荒史》，上海书店 1984 年版，第 22 页。

② 此为据《宋史·五行志》统计的结果，见石涛《北宋时期自然灾害与政府管理体系研究》，社会科学文献出版社 2010 年版，第 4 页。

③ 邱云飞：《中国灾害通史·宋代卷》，郑州大学出版社 2008 年版，第 10 页。

世"①。这一世人公认的论断同时也意味着宋代文化的发展对以往数千年的中华文明多有涵纳包容。就文学的情况来看，各正统文学体式（所谓的"雅"文学）至宋都发展成熟到巅峰状态：宋诗在唐诗之后崛起为新的高峰，兴起于唐的古文运动至宋得以胜利完成，词则异军突起，成为新的文学典范，辞赋也极其变②。因此立足于宋代的灾害文学研究便于追溯相关创作的源流、传统，对于总体把握中国文学与自然灾害的关联，容易取得以小见大、见微知著的成效，其典型意义和总成价值很值得期待。

二　研究现状

最先专门关注古代自然灾害题材文学作品的，是自然科学界和历史学界。如 20 世纪 80 年代江苏省地震局从整理地震历史资料和普及地震知识出发组织编选了《中国历代地震诗百首》（程艾华、高立保编注，中国展望出版社 1989 年）；王星桥的《读韩愈〈谴疟鬼〉诗》（《中医药文化》1990 年第 4 期），从医学和文学相结合的角度解读韩愈关于疟症的诗作；李文海的《晚清诗歌中的灾荒描写》（《清史研究》1992 年第 4 期），利用晚清诗歌研究当时的灾荒史；王双怀的《历代"黄河诗"的史料价值》（《中国历史地理论丛》1996 年第 2 期），从历代黄河诗里了解黄河决口和治理的状况。在 2000 年，有自然科学工作者从减灾和培养新世纪国民安全文化素质的角度发出过创立"灾害文学"的倡议③。然而，直到 2008 年出现群众性的"地震诗潮"，学界一直没有重视中国文学中

---

① 陈寅恪：《邓广铭宋史职官志考证序》，《金明馆丛稿二编》，上海古籍出版社 1980 年版，第 245 页。

② 曾枣庄认为"赋之为用，宋人实超过前人"，见其《论宋代辞赋》，《清华大学学报》（哲学社会科学版）2003 年第 5 期。

③ 金磊、李沉：《全民科学减灾呼唤"灾害文学"》，《上海市建设职工大学学报》2000 年第 1 期；金磊：《新世纪文学的出路：科学文学——兼论灾害文学的创立及发展思路》，《科学学与科学技术管理》2000 年第 4 期。

这一类题材作品的文学研究。据不完全统计，以这次诗潮为界，前此十年即 1989 年至 2008 年 5 月，有关中国文学的灾害主题方面研究的期刊论文有 14 篇，博士学位论文 1 篇，硕士学位论文 2 篇；此后至今的八九年，有关学术论文增至 100 余篇，博士学位论文 3 篇，硕士学位论文 20 余篇，专著 1 部，还有关于文学灾难书写的专门学术会议 2 次①；有的学术期刊推出专题讨论，2010 年《湘潭大学学报》（哲学社会科学版）开设了"文艺与灾害"专栏。自2009 年以来，国家社会科学基金立项资助包括本书项目在内的这类研究已有 5 项。与此同时，"灾害诗""灾荒诗""灾异奏疏""灾异赋""灾害文学""灾异文学"等概念的使用已变得频繁。这些情况说明，关于"灾害文学"的研究正逐步进入自觉的阶段。

其实，远在古代，文人学士就不乏专门关注此类文学作品的学术眼光。且不说对《诗经》等有关作品的阐释，即以类书和诗集的搜集来看，唐代的《艺文类聚》就在灾异部的旱、祈雨等类目下收录了多种艺文篇目；清代的《古今图书集成·庶徵典》在天变、日异、风异、地异、雨灾、丰歉等类目下更是收集了大量的作品。清张应昌所编诗歌总集《清诗铎》26 卷，仅灾荒诗就有 4 卷之多。甚至在这些诗作产生之际，诗人们就有专门的灾害"诗卷"类编或专集，如南宋赵蕃有诗题作《王主簿以湘潭检旱诗卷为示，用其广惠寺蠲放韵》，清代张陶咏撰有《张陶咏纪灾诗》②。这些方面都可见古人的灾害文学创作和整理的自觉意识。然而进入现代学术时代以后，学界有意无意存在一大学术盲点。对于自然灾害史，历史学者认为："传统史学，由于只重人事，不重自然，对此往往重视不够，认识不足，最典型的例证是农民起义。……过去从阶级斗争观点出发，认为是地主阶级对农民残酷的阶级剥削和政治压迫，迫使

---

① 2009 年 6 月四川省作协在成都举办的"抗震文艺与中国精神"研讨会和 2010 年 5 月四川省文艺理论研究学会在四川宜宾召开了"后悲剧时代的灾难叙事与人文关怀"学术讨论会。

② 台湾"国家图书馆"藏清咸丰十年（1860）著者手稿本。

农民多次举行起义，以反抗地主阶级的统治。这种解释本身并不错，但不够全面，因为没有考虑自然灾害对农民起义的作用。"而实际上，"两宋灾害的数量、强度、广度都超过了前代，大大小小的农民起义也就空前频繁"①。正相类似，以往文学研究也存在类似疏忽，多从人祸的角度关注灾荒中的民生疾苦，而缺少专门从天灾的角度进行的观照。曾经由于意识形态领域片面强调阶级斗争，像钱锺书这样的学者在其《宋诗选注》中也不免存在这一倾向，打上时代烙印。"在阶级性、人民性等宏观话语指导下的文学史书写并没有深刻、全面、真实地观照到灾害文学书写。"② 可见这是由于学术观念的偏狭所致。

另一方面，有学者想当然地认为"灾害文学"很少或"没有"，或者说纵有也价值不大，从而导致对灾害写作的疏忽。例如，有观点认为："中国的文学艺术中似乎没有灾难的影子，不过羿射十日和这个有些关系。长期以来，文学艺术和灾难擦肩而过。我们中国文学表现出来的这种疏远隔膜，可能是因为我们的自然气候条件比较好，过去没有遭受过巨大的灾难。在我们的历史中，战争连绵不断，矛盾尖锐，就掩盖了这种灾难，遮蔽了文学家艺术家的视线。""感觉这种天灾带来的文学作品、艺术作品具有必然的肤浅性。"③

此外，导致灾害文学研究起步较晚可能还有其他复杂原因。譬如，与经传（《春秋三传》）、史志（五行志、本纪、河渠志、灾异志）对历史灾害的集中记录不同，灾害文学作品分散在浩如烟海的各类历史文献里，相对隐蔽，搜集和利用都比较困难。再者，古代

---

① 阎守诚主编：《危机与应对：自然灾害与唐代社会》，人民出版社 2008 年版，第 3、155 页。

② 尹奇岭：《评张堂会著〈民国时期自然灾害与现代文学书写〉》，《中国现代文学研究丛刊》2012 年第 12 期。

③ 见于何胜莉、游翠萍整理的《生命关怀与审美超越——文学的灾难书写研讨会综述》一文，载于《"抗震文艺与中国精神"研讨会论文集》，成都，2008 年 11 月，第 76—77 页。

中国天人感应思想盛行，自汉代灾害天谴说成熟以来，泛政治化的灾害观念一直占据主导地位，人们在对待灾害问题时往往偏重于相关的人事特别是政治问题的关注，绕开了人与自然的关系问题。因此，文献留存状况和历史文化根源可能也影响和制约了灾害文学研究的自觉，使其明显落后于灾害史研究。

不过，在最近几年间，有关灾害文学的研究已有了明显的起色。纵观已有的研究成果，就古代文学领域而言，已涉及大部分朝代和多种文体，呈多方面展开的趋势。下面试分六个方面概述主要的研究形式和特点。

第一类是沿袭以诗证史的传统，利用文学作品有效研究灾害史及灾害思想。主要论文有：李文海的《晚清诗歌中的灾荒描写》；张颖华的《古代湘省水灾、旱灾与诗》，《船山学刊》2004 年第 1期；闵祥鹏的《诗中之意与诗外之"疫"》，《五邑大学学报》（社会科学版）2005 年第 4 期；杜玉俭、李莉的《唐代文学中灾异观念的表现》，《广州大学学报》2006 年第 9 期；李铁松等人的《两宋时期自然灾害的文学记述与地理分布规律》，《自然灾害学报》2010 年第 1 期；张堂会的《天灾与人祸——从诗歌看清代的自然灾害及其救济》，《兰州学刊》2011 年第 5 期；王璋的《清朝诗歌中的山西灾荒——以方志为中心的考察》，《中国地方志》2012 年第 1 期；王焕然的《〈清诗铎〉祈雨术初探》，《世界宗教研究》2012 年第 3 期；王宇飞的《宋诗与宋代灾害探研》，四川师范大学2012 届硕士毕业论文。这类研究虽然会直接涉及灾害文学，但其主旨还不在于文学。

第二类属于鉴赏性、普及性的研究，主要介绍和概述介绍这类作品。主要有：山疑的《清人的地震诗》，《文史杂志》2008 年第4 期；霍寿喜的《古诗话旱》，《生命与灾害》2009 年第 3 期；何润泉的《古诗文话旱》，《番禺日报》2009 年 2 月 27 日。这类研究因为性质所限，所论比较肤浅。

第三类针对部分作家作品，进行较有深度的文学阐释，主要有：李贵的《热旱情境中的诗歌意象与诗人心态——论杜甫的苦热诗》，《杜甫研究学刊》1997 年第 1 期；曹旭的《论近代诗人何绍基》，《上海师范大学学报》（哲学社会科学版）2008 年第 5 期；拙作《论梅尧臣的自然灾害题材诗赋》，《贵州师范大学学报》（哲学社会科学版）2011 年第 1 期；王建平的《论蒲松龄的灾难诗》，《蒲松龄研究》2012 年第 1 期；刘艺的《杜甫天灾诗探微》，《杜甫研究学刊》2013 年第 1 期；吴夏平的《白居易的灾害诗》，《古典文学知识》2013 年第 3 期。这类研究是灾害文学宏观性研究的基础，有广泛展开的空间，值得期待。

第四类为断代灾害文学的综合研究或侧面研究，情况较为复杂，有三种情形。

（一）灾害的文学影响研究。有高一农、张新科的《东汉中后期的自然灾害对文人心态的影响》，《光明日报》2007 年 3 月 2 日第 11 版；魏宏灿的《建安时期的天灾对建安文学的影响》，《安徽大学学报》（哲学社会科学版）2009 年第 1 期。二文揭示了汉魏时期疫疾等自然灾害给当时文人的世界观、人生观、文学观以深刻的影响，明显影响了当时的文学思潮和文学创作的主题取向。

（二）对唐代以前某个历史时期灾害文学的全面考察。王秀臣的《灾难视野中的文学回响——先秦灾难的文学表现及其意义》（《湘潭大学学报》2012 年第 3 期），对先秦灾害文学的主要内容和文学意义作了综合全面的考察，主要论述了当时表现灾难最多、最典型的神话和诗。该文认为"《诗经》中灾难主题诗作并不太多，但典型而且深刻，它标志着先秦灾难诗创作至《诗经》时代已然成熟"；"先秦灾难文学体现出对人的关怀、对现实的关注和对人类心灵世界的展示，这些特点成为后世灾难文学的原型"。这些观点对于后世灾害文学的研究颇具启发意义。李文娟的《东汉灾害文学研究》（安徽大学 2014 届硕士学位论文），整理出东汉涉及自然灾害现象的作品约 160 篇，体裁上包括了诗歌、民谣、赋、诏令、奏议等文体，同时论述了这一时期灾害文学的思想、艺术及其地位影响，并试图"构建一个灾害文学的研究框架"，值得关注。孙从从的《魏晋南北朝灾害文学研究》（鲁东大学 2014 届硕士学位论文），抓住当前灾害文学研究较少的一个历史时期，具有填补空白的意义，但将主要精力用于把握这一时期主要自然灾害的发生特点、危害及灾害防御措施，无疑分散了文学研究的针对性。

（三）对唐前各代部分文体的灾害书写研究。其中，针对唐前各代诗歌和辞赋进行研究的有：袁心澜的《先秦诗歌中的自然灾害母题与意象研究》，湖南科技大学 2010 届硕士学位论文；宋丹丹的《略论汉代灾荒诗》，《金田》2013 年第 12 期；陈妮的《先秦两汉魏晋灾异诗赋研究》，湖南师大 2014 届硕士学位论文。针对两汉灾异奏议的有：王允亮的《论西汉的灾异奏疏》，《青岛科技大学学报》2006 年第 1 期；张金耀的《西汉奏疏研究》，河北师范大学 2008 届硕士学位论文；王启才的《汉代奏议的文学意蕴与文化精神》（第三章第一节《汉代奏议的类别与议事范围》之中"言灾异"部分），人民出版社 2009 年版；马悦的《两汉灾异奏疏研究》，东北师范大学 2011 届硕士学位论文。针对唐宋的祈谢雨文进行研究的有：杨晓霭、肖玉霞的《宋代祈谢雨文的文体类别及其所映现的仪式意涵》，《西北师大学报》（社会科学版）2012 年第 4 期；杨晓霭的《唐代祈雨诗文罪己咎责主题及其现实意义》，《华南师范大学学报》（社会科学版）2014 年第 3 期。针对明清小说进行研究的有：莎日娜的《灾荒与战乱——试论明清之际章回小说的时代主题》，《内蒙古师范大学学报》（哲学社会科学版）2003 年第 2 期。这类研究以文体和时段划分研究单元，与第三类研究方式一起成为当前推进古代灾害文学全局研究的主要形式。

第五类，对某个地区或某一文体的灾害书写研究。戴雅芬的《台湾天然灾害类古典诗歌研究：清代至日据时代》（台湾中国政治大学 2002 年硕士学位论文），旨在展现台湾地区此期灾害类诗歌存史、补史的写实功能，分析灾害类诗歌的写作特色、思想意涵，评论其在台湾古典诗坛上以及台湾人民生活中的价值。虽然主要是描述介绍这些诗作的内容，流于现象，比较肤浅，但这应该是大有作为的方向。刘欢萍的《试论中国古代祈雨文的主题特征及其文化内蕴》（《文化遗产》2012 年第 3 期），追溯了古代祈雨文的渊源，探讨了其主题特征、艺术特质、文化内涵及其文化、文学价值，并以此作为审视中国古代祭辞文学的一个独特视角，其研究具有一定的深度。

第六类，相关的理论研究。一方面，针对具体灾害文学作品的研究对"灾害文学"的范围、概念和相关问题尝试作了不少具有理论探索性质的界定和论说。如侯英的《灾害文学研究初探》"建议从两个方面出发对灾害文学的概念进行界定，一是界定单纯表现灾害内容的文学作品视作灾害文学，二是界定凡是涉及灾害内容的文学作品均看做灾害文学"（《时代文学》2010 年第 2 期）。侯英、李静波的《我国古代灾害文学作品概说》从宏观上提出了研究灾害文学的一般性思路及意义（《防灾科技学院学报》2010 年第 2 期）。

另一方面，还出现了专门的理论探讨。金磊、李沉从应对现实的灾害形势和全民减灾的角度提出了"灾害文学"的概念和一些创立原则，虽然是从呼唤文学创作的角度提出，但对文学研究不乏启示意义（《上海市建设职工大学学报》2000 年第 1 期）。叶舒宪的《文学禳灾的民族志》在比较文学的宏阔视野下探讨文学与禳灾的关系，指出祷祝活动是诗歌韵文体的文学发生的重要温床，在天人合一的神话宇宙观的支配下存在一个华夏特色的禳灾文学传统（《中外文化与文论》2010 年第 1 期）。冯宪光的《与地震灾害相遇的文学与文学理论》认为 2008 年的汶川地震灾害引发的诗歌大潮是一个厘清文学与人性关系的典型事例，把文学与人性的关系体现得很单纯，可以让我们知道原来文学是依靠人性而存在的，在人性受到市场社会异化的时候，要有批判异化，捍卫人性的基本立场（《西南民族大学学报》2010 年第 8 期）。叶、冯二先生的观点对于认识文学与灾害的深刻关联和灾害文学的发生规律具有重要的认识价值。而胡连利、李瑞丰的《"灾异文学"研究刍论》则对"灾异文学"的产生原理、研究范畴、研究特点、研究路径和研究价值等作了比较系统的学理阐发（《人民政协报》2014年10月20日第10版），反映了相关研究正在进一步走向理论自觉。

以上考察表明，当前的古代灾害文学研究已呈多角度、多方法的态势，作为一个研究单元正在走向成熟。然而却明显存在许多重要的空白和不足。

首先，文学史上一些重要时代（如唐宋元明清）不但研究成果很少，而且还没有出现这方面的系统研究。

其次，关于作品的艺术研究和除诗歌以外的其他灾害文类研究成果较少，是薄弱环节。

再次，研究观念上存在明显的偏失。如有的研究者认为："灾害文学作为科技与人文的交叉学科，理所当然地应该承担起传播人文关怀与自然科学的使命。从这个角度出发，本文从两个方面对灾害文学进行界定，一方面在人文视角下表现灾害情景及灾民尤其是对社会底层人民灾害生活的文学作品；另一方面在科技视角下反映人类灾害心理、灾害思想及防灾抗灾措施的文学作品。"[1] 这个目标定位不但要"传播人文关怀"，而且还要承担"传播（相关）自然科学的使命"，显然有失文学研究的宗旨，很容易导致混同于灾害史、灾害思想史、灾害心理学的研究，这在当前的灾害文学研究中颇具代表性。历代文史和百科著述中的自然灾害，自是当今灾害史和诸多相关学科的研究对象，已取得了丰硕成果，文学研究自可多加参考，没有必要也无力越俎代庖。

最后，研究力量投入不足，成果多为单篇论文和硕士学位论文，还没有出现多少有分量有影响的研究成果。

在这一领域，现当代文学界率先推出研究专著，2012年张堂会著《民国时期自然灾害与现代文学书写》在中国社会科学出版社

---

① 孙从从：《魏晋南北朝灾害文学研究》，硕士学位论文，鲁东大学，2014年，第1页。

出版。作为与本书选题同时获批国家社科基金首次资助的灾害文学研究项目，张著"从灾害史同文学的互文中深入、具体地去观察近现代社会，揭示人们面对灾害时的精神影像，展现了文学形态的多样性及其具有的丰富功能，对民国时期的灾害文学进行了较为全面系统的考察"①，在研究理念和研究方法上对于古代的同类研究显然都具有一定的参考价值。特别是张著在进行现代文学的有关探讨之前，设有专门的章节试图梳理中国古代有关自然灾害的文学、文化传统，分水灾、旱灾、蝗灾、不常见灾害四类列举、分析了一些代表性作品，对灾荒下人民的悲惨生活、抗灾赈灾斗争、激化的阶级矛盾、加剧的贫富对比等内容主题作了简略的揭示，使我们看到古代灾害文学创作的普遍性和古代社会的黑暗以及人道主义的缺失。然而，由于全书的重心和篇幅等方面的制约，使得张著关于古代灾害文学的研究还比较粗浅，论证方式主要为作品例证，还未来得及进行全面总结和理论提升，缺乏严密的学术思路和深度的阐释，在民国灾害文学研究中提出的大多数问题也没有涉及。从全书主体部分民国灾害文学研究看，七章内容主要沿着思想内涵一线，逐次探讨自然灾害下的经济与民生、人与自然的关系、人与社会的关系、人性状态、社会变革等内容。这个结构一方面便于全面把握林林总总的各类灾害文学书写，另一方面对于有关作品的艺术、审美分析和创作规律的关注就显得不足。再者，由于没有区分天灾、人祸的轻重主次，研究重点还是落入灾荒下社会生活特别是人祸的书写，对于"天灾"这个核心扣得似乎不够紧。

　　总之，就古代灾害文学的研究现状来看，目前还缺乏系统、成熟的研究专著和研究成果，许多朝代、许多文类明显存在学术空白，相关研究有待大力开拓、深化和规范，宋代的情况更不例外。在本书所属项目获得国家社会基金立项资助以后，学界才逐渐出现了以"灾害""灾异"为题的相关研究，但为数甚少，公开发表论

---

① 见该书封底内容提要。

文只有 9 篇，其中属于本书项目的阶段性研究成果有 5 篇，其余还有 4 篇。其中，王楠的《宋代祈雨题材诗歌研究》从民俗角度切入与旱灾相关的宋代祈雨题材诗歌研究，认为这些诗作"反映出祈雨前后宋代社会的真实情况，同时可深入了解到宋人的精神世界，了解其独具特色的祈雨观"（《许昌学院学报》2011 年第 1 期）。尽管这类诗歌可以视为宋代灾害文学研究的一项内容，但其研究主旨并非灾害文学，甚至也非文学。杨晓霭、肖玉霞的《宋代祈谢雨文的文体类别及其所映现的仪式意涵》（《西北师大学报》社会科学版，2012 年第 4 期），考察了涉及祈雨、谢雨礼仪的诸多文体类别及其功能，揭示了其所映现的仪式意涵，对其自责忏悔、感恩报谢的思想内涵有所阐发，但论文的主旨在于宋代礼乐文化的研究，远非以文学研究为中心。于雯霞、刘培的《宋代天人感应学说与祥瑞灾异赋创作》在考察宋代天人感应学说演变的基础上，阐述了部分宋代祥瑞灾异赋的思想内涵，认为"它们密切联系时代，敢于表达个人的政治观点和思想学术。不但对自然现象的发生原理进行过深入探究，对社会政治的批评和对社会秩序的建构追求也发人深省，取得了杰出的思想艺术成就"（《安徽大学学报》2014 年第 4 期）。但是，论文并没有对其"杰出的艺术成就"进行具体论述，对于其"杰出的思想成就"，论文主要阐发了其"灾异"思想。因此该文也非文学研究的价值取向，而属于政治学、社会文化学的视角；并且对于"灾异"题材的处理，还没有从"祥瑞灾异"的混合研究中分离出来。王焕然的《苏轼与灾荒》（《井冈山大学学报》2015 年第 1 期），利用苏轼诗文考见其仕宦生涯中经历的灾荒情景及其设法救治的事迹，没有更多涉及其他问题。可见两宋灾害文学及其相关规律迄今仍缺乏自觉、系统、全面的研究。

三 研究思路

自然灾害种类繁多，为害有大有小，发生地域各异。相应地，

文学的相关书写也十分复杂多样。除了反映灾害的客观状况，还有
关于灾害的主观情景；除了正面描写，还有侧面表现；除了以灾害
为中心，还有局部描写。当然还有文体、文风所表现的差异。就两
宋文学的灾害书写来看，涉及的灾害情形已十分丰富而庞杂。作为
研究对象，灾害文学现象首先应该得到全面观照。本书在选择、认
定灾害文学作品时考虑了如下几个因素。

1. 由于古今灾害观念的差异，古人把日食、彗星等异常的自
然现象也当作灾害，与现代意义的自然灾害一起统称"灾异"。本
书从尊重历史事实出发，也酌情纳入考察。

2. 由于历史的局限，古人救灾事实上存在符合科学的"减灾"
与非科学、非理性的"弭灾"（或称"禳灾"）两种方式①，本书
也一并予以考察。

3. 灾害的发生与治理有一个过程，本书不局限于仅仅描述灾
害现场及其救助的作品，而将有关灾前灾后的饥荒、赈济、预防等
方面的书写也纳入考察范围。

4. 文学不是对生活的刻板摹写，比兴寄托、借题发挥是文学
反映生活的重要特点。因此，本书搜集、讨论的作品既包含纪实性
的写作，也包含据灾害话题引申、虚构的作品以及历史题材，这对
于考察灾害书写的多样性显然十分必要。

5. 在重点考察以表现灾害为主题的篇章时，也酌情关注部分
具有典型意义的片段书写和灾害意象。

总之，灾害文学的研究对象可以是有弹性的。一方面我们应有
全面的眼光，另一方面也应警惕过分扩大研究范围导致的弊端。例

---

① 参见段伟《禳灾与减灾：秦汉社会自然灾害应对制度的形成》，复旦大学出版社
2008 年版，第三章《禳灾制度的形成》和第四章《禳灾制度小结》；阎守诚主编：《危
机与应对：自然灾害与唐代社会》，人民出版社 2008 年版，第 5 页；石涛：《北宋时期自
然灾害与政府管理体系研究》，社会科学文献出版社 2010 年版，第 129—151、266—274
页。宋人对这两种救灾方式已略有区分，如程元凤《救灾表》将"救灾""弭灾"并立
对举："救灾求实政，弭灾求实德，不事空文。"见曾枣庄、刘琳主编：《全宋文》，上海
辞书出版社、安徽教育出版社 2006 年版，第 343 册，第 79 页。

如，关于天灾背景下的剥削、兵乱等人祸因素的书写，不少作品只是将天灾作为背景，其主旨在于人事而非天灾，如果过多关注这些作品，则可能损害这类研究的特性，以致混同于以往那些侧重关注民生疾苦、阶级对立的研究立场和研究角度。故为避免重蹈学术窠臼，本书拟突出灾难和天人关系的书写。同时，由于灾害文学创作有多重角度，因此而形成的每一类作品呈现的特点当属于这一子类而不一定适合总类，不宜率意推广至全体，以致以偏概全。

在具体研究中，本书拟贯彻以下原则、思路和方法。

1. 文学本位。自然灾害的巨大危害和影响，引起许多学科的关注。本书不但要考察自然灾害的基本情况和减灾防灾对策，适时揭示灾害文学蕴含的丰富文献、文化和思想价值，更要立足文学本位立场，着重考察自然灾害的文学呈现、文学影响和相关文学规律，抉发有关作品体现的人文精神、审美价值等。并且，也只有确立文学价值取向，此项研究才能避免成为灾害史、文化学、社会学等相关研究的复印件和附庸，此项研究独立的学术价值才能得以真正确立。当前有些研究或侧重于关注作品的历史文献价值，或并列对待作品中的文、史价值，或纯粹将灾害作品用作其他学科的研究材料。作为文学研究，这样的研究角度显然有失主旨。另外，在文学观念的问题上，由于存在古今差异，本书拟将现代的文学观念作为基本坐标，同时兼顾古人的大文学观念。

2. 学科交叉。应对自然灾害，当今学界已是多学科作战，跨越了人文社科与自然科学的界限。本书自当充分利用、吸收其他学科的相关研究成果，并善于从其他学科学习攻坚本领。例如，文史互证是文、史学科的传统方法，本项研究中二者相关性很大，因而应继承国学优良传统，以诗文证史、以史解诗文，互相促进，相得益彰。又如，灾害学关于承灾体的理论①，有助于说明灾害文学关怀的对象、主体的特点，故而颇有参考价值。再如，灾种的分类研

---

① 李树刚：《灾害学》，煤炭工业出版社 2008 年版，第 8 页。

究是灾害学、历史学常用的研究方法，本书拟较多地采用此法来呈现灾害文学的书写大貌，并且希望通过灾种的不同特点考察灾害对文学创作的影响。

3. 分体研究。古代的灾害书写涉及经、史、子、集各大部类的著述，古人的杂文学观念使得许多文体兼具实用、审美的性质，因此多类文体的灾害写作都有考察的必要，也是全面开展灾害文学研究的必要条件。并且，"宋时名公于文章必辨体"①，说明宋人注重文章体式问题，不同文体的灾害写作当有其不同的特点。文体研究长于文学的形式、体制、风格、源流的研究，因此从文体角度出发的研究是避免此项研究单纯做思想文化内涵研究的有效途径。本书拟从诗、文、赋、词等宋代主要文体角度展开相关研究。

4. 多头并进。研究对象的复杂多样和多重价值呼唤相应的结构形式。本书以总—分—总为序，以文体为经，以灾种为纬，经纬交织，考镜源流，构成一套复合研究体系，力求以有限的篇幅达成多种研究目标。就文体而言，大致从实用至审美，同时兼顾涉灾内容的多寡；而灾种线索则综合灾害的频度、为害的轻重和作品的数量等因素，从高到低。力求"言有物"且"言有序"。

5. 突出重点。由于灾害文学是宋代乃至历代一个带普遍性的文学现象，涉及的作家、作品、文体和问题甚多，这就需要在研究过程中突出重点，以主带次。就文类而言，属于俗文学的话本小说和踵武前代的志怪、传奇都很难见到直面自然灾害的表现主题，个别作品片段性的灾害书写还只是有关故事情节的背景或次要环节，一般出于叙事的需要，而非创作主旨。而当时初起的杂剧、南戏，又罕有剧本流传。因此考察重点还是宋代的诗、文、赋、词等雅文学体裁。其中号称"文学轻骑兵"的诗歌关于灾害的书写篇目尤多，也最有文学价值，故本书安排的章目最多；并且本书还试图以

---

① （元）祝尧：《古赋辨体》，卷八《宋体》，文渊阁四库全书本。
按：以下凡文渊阁四库全书在本书中都简称"库本"。

其分类研究为重点，考察不同灾害的文学书写特点。在古文中，诏书和祈（谢）雨、雪、晴之文关涉灾害亦多，但因其文学性较弱，故侧重研究了文学性相对较强的记体文和奏疏。就灾类和具体作品而言，本书突出了重大灾害的书写和具有代表性的文学篇目。当然，代表性篇目未必一定反映重大自然灾害事件，如杜甫的《茅屋为秋风所破歌》写的就是一场很普通的风雨灾害。

6. 典型辐射。本书聚焦于宋代又不局限于宋代，同时兼顾宋代前后历代的相关创作，力求推进全面把握古代灾害文学创作的学术进程。为此，本书着力发挥宋代研究的典型意义和辐射作用，以宋代为基点追溯宋前的相关创作传统，同时力所能及地关注此类创作在宋后的嬗变影响。

7. 古为今用。自然灾害穿越历史，连接古今，"时虽今古同乾坤"①，古今面临的自然灾害在自然属性乃至天人关系、人际关系的许多方面都没有根本改变，这就决定了古代灾害文学的现代接受颇有古今同然之处，因而它们当初的文学价值和社会效用颇能通用于今天。因此，在国内外自然灾害日益严重的形势下，本学术课题蕴含的现实性、应用性相对突出，这也是传统文史专业强化现实关怀的有益尝试。

基于上述研究状况和基本思路，本书的研究目标主要定位于揭示宋代各类灾害题材文学作品的主题思想、艺术特色、文献价值、审美价值，阐发其蕴含的救灾精神和传统美德，进而在梳理相关文学创作源流的基础上，论析其文学成就、社会价值和创作规律，并凭借宋代文学、文化的典型性、"造极"性，推进对于历代灾害文学的全局性认识和对中国文学多元面貌的深入研究。

---

① （宋）苏舜钦《大风》，傅璇琮等主编：《全宋诗》，北京大学出版社1991—1998年版，第6册，第3904页。

第一章 灾异奏

　　自然灾害直接关乎国计民生和社会稳定，是封建统治者不可回避的国家大事。封建君臣在应对灾害时，常常运用奏疏和诏令来讨论和决定有关灾害治理的问题，因此这两类文体也是古代关涉灾害书写的重要文体。今天看来，奏疏和诏令是古代臣民与君主之间的上、下行公文，都属于公牍文、应用文的范畴，与今天的文学作品颇有距离。但是，由于古人的"大文学""杂文学"观念，这两类文体都产生过文学名篇。比较而言，奏疏往往具有更大的篇幅和更多的内容，出现了不少上万言的作品（所谓"万言书"），也拥有更多的传世文学名篇，如李斯《谏逐客书》、贾谊《论积贮疏》、晁错《论贵粟疏》、诸葛亮《出师表》、李密《陈情表》等历来为人们耳熟能详。① 奏疏在古代很受重视，所谓"若事关奏对，言系国家，在上而不知，必有失道之忧，在下而不知，必有害公之罚"②。不过，这是从治道和实用的角度推崇奏疏的重要性。《文心雕龙·奏启》云："自汉以来，奏事或称上疏：儒雅继踵，殊采可观。"③ 可见奏疏的文采和文学价值也颇值得重视。本章拟从文学的角度对两宋专论灾害救治的奏疏进行探讨，关注重点与史学、政

---

　　①　参见褚斌杰《中国古代文体概论》，北京大学出版社 1990 年版，第 450—465 页。

　　②　（明）张溥：《七录斋诗文合集》，卷一，《历代名臣奏议序》，明崇祯九年刻本。

　　③　（梁）刘勰著，范文澜注：《文心雕龙注》（下册），《范文澜全集》（第五卷），河北教育出版社 2002 年版，第 377 页。

治学等学科有所不同。

一　概况与典型

奏疏又称奏章、奏议、奏对、封事等，别名和子目甚多，故前人总结说："奏疏者，群臣论谏之总名也。奏御之文，其名不一，故以奏疏括之也。"就宋代而言，"宋人则监前制而损益之，故有札子，有状，有书，有表，有封事，而札子之用居多；盖本唐人牓子、録子之制而更其名，乃一代之新式也"。① 这是本章在遴选研究对象时首先应该考虑的因素，同时我们还应该注意到古今灾害观念的差异，这也会直接关系研究范围的大小。

由于历史的局限和迷信思想的影响，古人的灾害观念与今人有显著的不同，这突出反映在古人特有的"灾异"观念上。宋人云："古今言灾异最近理者无若（董）仲舒，仲舒之学纯于经而切于理。"② 这表明西汉大儒董仲舒的"灾异"思想历来为世所重，具有很强的代表性。董仲舒（前179—前104）云："其大略之类，天地之物，有不常之变者，谓之异，小者谓之灾。灾常先至而异乃随之。灾者，天之谴也，异者，天之威也。谴之而不知，乃畏之以威。"③ 在他看来，灾害包含"灾"和"异"，皆属于自然的"不常之变"，对于人事具有谴告、警示意义，并且有小大、先后之别，"异"甚至比"灾"的情况更为严重。在这种认识下，古人常将今天看来并非灾害的某些奇异的自然现象（如日食、星变、太阳黑子、冬雷等）当作灾害对待。因此，我们在确定灾害奏疏的研究对

---

① （明）吴讷、徐师曾：《文章辨体序说·文体明辨序说》，人民文学出版社1962年版，第123—124页。

② （宋）刘光祖：《因灾异陈三大事疏》，《全宋文》，第279册，第46页。

③ （汉）董仲舒：《春秋繁露》，中华书局1975年版，第318页。

按：本书涉及古代文人作家较多，各章首次提及其姓名时标注生卒年，主要文献依据为《全宋诗》《全宋文》《全宋词》的作家小传和中华书局版各卷《中国文学家大辞典》。

象时应当把二者结合起来考察，实际上二者也难以截然分开。董仲舒"灾异"思想的核心指向是封建统治者的政治过失："凡灾异之本，尽生于国家之失。国家之失，乃始萌芽，而天出灾害以谴告之。谴告之而不知变，乃见怪异以惊骇之。"① 要求以皇帝为首的统治者因灾思过，恐惧修省，改良政治。董仲舒的上述说法是其"天人感应"说的核心内容，是古代"灾异"学说的经典阐释，在中国古代长期被视作权威观点而影响甚大。从南宋理学家朱熹（1130—1200）的《论灾异札子》看来，这位中国著名思想家也没有走出这个思想圈子，两宋其他文人也不例外。

东汉蔡邕（133—192）云："每有灾异，诏书辄令百官各上封事。"② 南宋虞俦亦云："汉世每有灾异，必诏贤良文学之士直言得失。"③ 可见自汉代以来，文人士大夫就有了因灾言政的制度保证，此后历代统治者不断效法，文人士大夫得以援灾异规谏时政，积极上书建言，从而产生了大量的灾异奏章。就宋代而言，历任皇帝亦肯依从前代惯例，"每灾变，亦降诏求言"④；加之宋代文人的政治、社会地位较高，普遍具有强烈的参政、议政热情，仅针对黄河水患的治理就出现过"人争言导河之利"⑤ 的议政局面，因而使灾异奏疏的写作达到一个新的高潮。著名的宋代奏疏选集《宋名臣奏议》和《历代名臣奏议》（宋代部分）都设有专门的"灾异"或"灾祥"类目；有文集传世的文人一般都存有灾异奏对，讨论黄河水灾的"河议"奏疏已形成单独的类目。欧阳修（1007—1072）至和二年（1055）就有 4 次上奏朝廷的治河提案⑥，文彦博今存议

---

① （汉）董仲舒：《春秋繁露》，中华书局 1975 年版，第 148 页。

② （汉）蔡邕：《被收时上书自陈》，（清）严可均辑：《全后汉文》，商务印书馆 1999 年版，第 734 页。

③ （宋）虞俦：《上时政阙失札子》，《全宋文》第 254 册，第 232 页。

④ （宋）李纲：《梁溪集》卷四〇，《论水灾事乞对奏状》，库本。

⑤ （元）脱脱等：《宋史》卷九二，中华书局 1977 年版，第 2281 页。

⑥ 参见 ［日］吉冈义信《宋代黄河史研究》，御茶之水书房 1978 年版，第 390—415 页。

河章奏尚有 8 篇①。据《全宋文》统计，直接带有"灾变""灾异"字样的奏疏篇目就有 54 篇。

在卷帙浩繁的宋代灾异奏文中，上揭两部宋代奏疏选集历代备受重视。《宋名臣奏议》，又称《国朝诸臣奏议》，南宋赵汝愚（1140—1196）选编。全书按其内容分为十二门、一百一十四目，在"天道"门、"方域"门下专设有"灾异"和"河议"的类目，分别收文 85 篇和 10 篇，计 10 卷，在这部 1631 篇、共 150 卷的奏疏总集中占有不小的比重。赵汝愚精心采择的这部奏议集无疑有助于后人一窥宋代奏疏的概貌，然而其选文范围只限于北宋，代表性自然有限。不过，后来明永乐十四年（1416）杨士奇、黄淮等奉敕编选的《历代名臣奏议》却在一定程度上弥补了这一缺陷。这是一部通贯历代的奏疏汇编，起自商周，迄至金元，收文近九千篇，"著录了历代名臣约二千余人，其中宋人所占半数以上，在这千名历史人物中，南宋名臣又占半数"②。该书"所录宋人奏议，约占全书篇幅的十之七八，共七千篇左右，乃全书之精华所在……收录了很多传世文集未载的奏议。并保存了不少无文集传世的宋人奏议，尤其收录了大量南宋诸臣的奏议"③。与《国朝诸臣奏议》相似，该书专设有"灾祥"一门，共 19 卷，"荒政"门 6 卷，此外还有"水利"门 5 卷也有多篇与灾害治理相关，这些数目合起来在全书 350 卷中占有相当大的比例。其中又特别值得注意的是，"其中南宋灾祥的记载多达十一卷，内容涉及各个方面，可以说《历代名臣奏议》的《灾祥》门是一部研究古代自然灾害、尤其是研究南宋自然灾害的专著"④。可见《历代名臣奏议》在显著增加《国朝诸臣奏议》的宋文选择范围时，选录和保存了许多南宋灾异奏

---

① 参见《全宋文》，卷六四七。
② 顾吉辰：《略论〈历代名臣奏议〉的历史价值》，《学术月刊》1992 年第 7 期。
③ 王德领：《〈历代名臣奏议〉（宋代部分）研究》，硕士学位论文，河北大学，2010 年，内容摘要。
④ 顾吉辰：《略论〈历代名臣奏议〉的历史价值》，《学术月刊》1992 年第 7 期。

议。虽然部分作品是有关灾异奏对的简短记言片段，但多数仍是精心结撰的宏篇佳构，与《国朝诸臣奏议》里的文章质量大体相当。因此二书相辅相成、综合利用就能为考察和研究两宋灾异奏疏提供重点篇目和典型案例。下文即以此为中心，结合其他相关作品论析宋代灾异奏疏的基本特点、文学价值和思想价值。

赵汝愚在编选《国朝诸臣奏议》的过程中，重新拟定了每篇奏疏的标题，使这些奏章标题呈现出一致性。但是依据宋人别集和其他选集、总集的收录，我们就会看到这些奏章文体名称上的差异。如苏舜钦的《上仁宗应诏论地震春雷之异》在其《苏学士集》中题作《诣匦疏》，欧阳修的《上仁宗论水灾》在其《文忠集》中题作《论水灾疏》，李纲的《上徽宗论水灾》在《梁溪集》中题作《论水灾事乞对奏状》。总观两宋灾异奏章的名称，北宋当以"状""疏"为多。如《苏轼文集》有《乞赈济浙西七州状》《乞降度牒召人入中斛㪷出粜济饥等状》《应诏论四事状》《奏浙西灾伤第二状》《相度准备赈济第四状》等30余篇，而以"札子"为称的只有《述灾沴论赏罚及修河事缴进欧阳修议状札子》《乞将上供封桩斛㪷应副浙西诸郡接续粜米札子》等少数几篇。南宋则是以具有时代特色的"札子"为称居多，许多文人都有直接以"灾异札子"冠名的奏章。如邓肃的《乞责己来直言以应天变札子》、汪应辰的《论灾异札子》、朱熹的《论灾异札子》、赵善括的《言灾异札子》、黄彦平的《灾异札子》等。

与其他文体的灾害书写角度不同，灾异奏疏通常是站在皇帝和朝廷的角度考虑问题，因而奏章中讨论的多是国家带有全局性和根本性的灾害问题。本着"致灾之本，由君臣上下之缺失"①的观念，灾异奏疏侧重从灾异与时政的"关联"去追寻灾异产生的根源，直面朝政和各种时弊，从而达到规劝皇帝和百官惧灾修政的目

---

① （宋）蔡襄：《上仁宗论飞蝗》（第一疏），赵汝愚编：《宋朝诸臣奏议》卷三九，上海古籍出版社1999年版，第396页。

的。在这种思路下，灾异奏疏往往全面检讨时政得失，有些奏议得出的结论今天看来纯属牵强附会。例如，北宋范镇、李大临等人的《上仁宗论水灾乞速定副贰之位》皆因水灾而劝立皇储，如李文云：

> 臣窃以比来大雨入都门，坏庐舍，溺人民，祖宗以来未之有也。谨按《汉书五行志》曰："简宗祀，不祷祠，则水不润下。"今朝廷祭祀非不恭，时享非不至，而反谓简慢者何？皇嗣未立，主鬯有阙故也。夫水，万物之本；太子，天下之本。今天下之根本未立，上天深示灾变。伏望陛下鉴天之戒，早择储嗣，以前定天下之心。①

又如南宋赵善括的《言灾异札子》认为风雨之灾、气候天象反常是因为朝廷弊政和边将寻衅所致：

> 伏见今岁以来，春雨霖霪，夏风飘急，阴阳相薄，气候不齐。或云雷奔腾，或风雨凄冽，日出无光，星文变见，灾异之臻顾岂无自而然哉？良由庙堂之上，出令如反汗，用人如转石；小大之谋，甲可乙否，口是心非；边鄙之臣，挟隙怙威，贪利败类之所致也。（《全宋文》第 241 册，第 369 页）

再如北宋余靖的《论灾异实由人事奏》、南宋陈俊卿的《以灾异论边防奏》，仅凭题目我们就能推知其基本观点和应对主张。诸如此类的灾因阐释和应灾对策显然是不符合现代科学知识的，但是其出发点和结果却有助于改良封建政治，为革弊立新创造条件，可谓歪打正着。

前人在总结奏疏的写法时说："大谛在于据经析理，审时度

---

① 赵汝愚编：《宋朝诸臣奏议》卷三〇，上海古籍出版社 1999 年版，第 293 页。

势。"① 亦即，不论是上万言书，还是做篇幅相对短小的章表启笺，都必须依经立义，以封建时代的最高学问经学为准则。经学本身包含了丰富的灾异思想，北宋著名学者刘敞（1019—1068）指出："五经灾异之说，最深最切，凡四方所上奇物怪变、妖孽沴疾、有非常可疑者，宜使儒学之臣据经义，传时事以言。"② 因此从根本上说，灾异奏疏就是对经学中包含的"灾异之说"进行阐释、发挥，针对当前的灾情"审时度势"地提出应灾方案。可见，依经立义是灾异奏疏的基本特点，两宋也不例外。

二　"忠爱之诚"

尽管儒家经义是奏疏立论的基础，"据经析理"是奏疏的基本写法，但是两宋众多的奏议并没有被写成经学讲义，其中不乏颇富个性情采的文章，一个重要的原因在于它们在说理文字背后倾注了臣僚作者们强烈的思想情感，故前人关于奏疏的文体研究得出结论说："为臣者，惟当馨其忠爱之诚而已尔。"③ 所谓"忠爱之诚"，显然是指忠君、爱国、仁民等基本的封建道义。可以设想，如果这些奏疏只是简单地将其作为道德信条进行宣讲，必然味同嚼蜡，殊少可读性，很难指望打动高高在上的帝王。然而宋代灾异奏疏"忠爱"情怀的敞露却颇有感人之处，我们首先看其写作动机、写作背景的描述。

因为主客观条件的限制，两宋文人以公心上书并非易事。至和三年（1056）欧阳修上《论修河第三状》之际，朝野上下为回河之事顾虑重重，以致出现了"众人不敢言"的状况："右臣伏见朝

---

① （明）朱荃宰：《文通》，卷九，明天启刻本。

② （宋）刘敞：《上仁宗论灾变宜使儒臣据经义以言》，（宋）赵汝愚编：《宋朝诸臣奏议》卷四一，上海古籍出版社1999年版，第415页。

③ （明）吴讷、徐师曾：《文章辨体序说·文体明辨序说》，人民文学出版社1962年版，第39页。

廷定议，开修六塔河口，回水入横垄故道，此大事也。中外之臣皆知不便，而未有肯为国家极言其利害者。"① 但是欧阳修毅然以国家利益为重："至于顾小人之后患，则非臣之所虑也。"将个人得失祸福置之度外，力陈朝廷定议回河之非。熙宁八年（1075）吕公著（1018—1089）作《上神宗答诏论彗星》之时个人处境不佳，但拳拳的"忠爱"之心让投闲弃散的他没有忘怀国事："虽散处闲外，其于爱君忧国，倦倦之心，未尝敢忘。"② 同时富弼（1004—1083）作《上神宗答诏论彗星》则处于衰老疾病之中："臣伏念向缘衰疾，加之年已及格，不能奔走职事，遂求致政。伏蒙圣慈俯从愚恳，退处衡茅之下，杜门自守，屏绝私务，朝夕待尽而已。"③故此际上书，体现的是他为君为国鞠躬尽瘁的心志。而绍圣四年（1097）陈并作《上哲宗答诏论彗星陈四说》可谓"处江湖之远则忧其君"的典型：

> 臣闻主圣臣直，臣备员江外山县穷僻之地，心念朝廷，不敢随众唯唯，辄陈愚见。……夫词臣以言而被责，臣下又不得越职言事，台谏为陛下耳目官，可以言而不言，则是言路壅塞，下情不通，利害不达，非太平之道也。……臣元丰中擢进士第，元祐中实不蒙召用，今日亦不敢干进，故言之无嫌。……臣学术塞浅，言无文采，发于孤忠，言无忌讳。愿陛下万机之暇，少赐睿鉴，幸而采择，念祖宗艰难之业，除去四说之患。若稽先王之道以措之当时，非独臣幸，实天下之幸。④

作为偏远山县的县令，在言路闭塞、转喉触讳的复杂环境中，他上

---

① 《全宋文》第32册，第233页。
② （宋）吕公：《上神宗答诏论彗星》，赵汝愚编：《宋朝诸臣奏议》卷四二，上海古籍出版社1999年版，第437页。
③ （宋）赵汝愚编：《宋朝诸臣奏议》卷四二，上海古籍出版社1999年版，第437页。
④ （宋）赵汝愚编：《宋朝诸臣奏议》卷四四，上海古籍出版社1999年版，第458—462页。

书力陈"四患",鞭挞奸佞;洋洋五千余言,表达了一位直臣位卑未敢忘忧国的赤胆忠心。南宋袁甫上《戊戌风变拟应诏封事》时正处于闲放和重病之中:"臣昨厕从列,兹叨祠廪。目击变异,痛心疾首。虽抱沈痼,屏处衡茅,其敢以是为解,而不思所以仰答清问?是用披沥肝膈,粗陈管见。"但是他仍为"今日伤败危亡之天下"局势而"披沥肝膈",抱病上书数千言。

如果说上述奏疏"忠爱"之情的表达颇有曲折细微之处,那么李纲(1083—1140)的《上徽宗论水灾》(第一疏)则具有慷慨激昂的情感:

> 此诚陛下寅畏天戒、博询众谋之时,而群臣竭智效力、捐躯报国之秋也。累日以来,倾耳以听,缺然未闻,臣窃怪之。……臣仰荷陛下天地父母之恩,亲加识擢,得侍清光,常思奋不顾身,以徇国家之急,辄有己见急切利害事须面奏。伏望圣慈降旨阁门,许臣来日因侍立次,直前奏事,庶几得尽狂瞽,仰裨圣意之万一。

在"积水暴集,淹浸民居,迫近都城"之际,当群臣保持缄默无闻之时,李纲却不愿明哲保身,他力请面奏"己见急切利害事"。[1]结果上疏忤旨,而被"传旨"令其"先退","居家待罪"。在"日夕惴恐,踟蹰无地"之余,他表示自己"惟知仰事陛下,以国家为心",继续"昧死上便宜六事:一曰治其源,二曰弱其势,三曰固河防,四曰恤民隐,五曰省烦费,六曰广储蓄"[2],充分表现了他"爱君忧国"的赤诚情怀。

灾异奏疏中"爱君忧国"的表达是丰富多样的。尽管因灾言事

---

[1] (宋)李纲:《上徽宗论水灾》(第一疏),(宋)赵汝愚编:《宋朝诸臣奏议》卷四五,上海古籍出版社1999年版,第474页。

[2] (宋)李纲:《上徽宗论水灾》(第二疏),(宋)赵汝愚编:《宋朝诸臣奏议》卷四五,上海古籍出版社1999年版,第475页。

在古代成了一种制度性传统，最高统治者不时也会做出诏求直言的姿态，但因灾异奏疏旨在规谏时弊，据"天谴"揭短曝丑，忠言逆耳，因而上书人可能面临不测之灾。西汉以灾异论政的 10 位著名人物总的来说仕途都不顺利，董仲舒因此也险遭杀身之祸。[①] 但熟悉历史掌故的宋代文人在灾异奏疏里不乏犯颜直谏的风采，这在北宋苏舜钦（1008—1049）身上表现得十分突出。天圣七年（1029）玉清昭应宫发生火灾，苏舜钦作《上仁宗论玉清宫灾》，一开篇就直指朝政阙失，批评皇帝弭灾"肆赦"不当：

> 臣伏睹今岁自春徂夏，霖雨阴晦，未尝少止。农田被畜者几于十九，民情嗷嗷，如昏垫焉。臣以谓近位之失人，政令之多缺，赏罚弗公之所速也。天之降灾欲悟陛下，陛下反谓刑狱滥冤之致，故肆赦天下以救之。殊不念如此则杀人者不死，伤人者不抵罪，其为滥冤，则又加甚。

接着他像放连珠炮似的数落宋仁宗企图兴工重修之大错特错：

> 窃知陛下将计工役，再谋兴修，都下之人闻者骇惑，往往聚首横议，咸谓非宜，皆曰章圣皇帝勤俭十余年，天下富庶，帑府流衍，无所贮藏，乃作斯宫。及其毕功，而海内为之虚竭。陛下即位未及十年，数岁连遭水涝，虽征赋减入，而百姓颇甚困乏。若大兴土木之功，则费用不知纪极。财货耗于内，征役劳于下，内耗下劳，何以济矣！况天灾而己为之，是欲竞天，无省己之意？逆天不祥，安己难任，欲祈厚贶，其可得乎？岂天谴告而陛下弗寤邪？岂知而固为之邪？岂再造祈天之佑邪？[②]

---

① 参见杜玉俭、李莉《唐代文学中灾异观念的表现》，《广州大学学报》2006 年第 9 期。

② （宋）赵汝愚编：《宋朝诸臣奏议》卷三七，上海古籍出版社 1999 年版，第 372 页。

正说反说之后，一连串的责问咄咄逼人，视万乘若僚友。如果说时年二十一岁的苏舜钦此时还带有初生牛犊不怕虎的特点，那么九年后已经成熟的苏舜钦在上书中却难能可贵地保持了这种直言极谏的风范。景祐五年（1038）他在《上仁宗应诏论地震春雷之异》里说：

> 臣窃观国史，见祖宗逐日视朝，旰昃方罢，犹坐于后苑门上，有白事者，立得召对，委曲询访，少善必纳。真宗末年不豫，始间日视事。今陛下春秋鼎盛，实宵衣旰食求治之秋，而乃隔日御殿，此政事不亲之效也。今又府库匮竭，民鲜盖藏，诛敛科率，殆无虚日。三司计度经费二十倍于祖宗时，此用度不足明矣。政事不亲而用度不足，斯大可忧也。……今陛下用人似不慎择，昨王随自吏部侍郎转门下侍郎平章事，超越十资，复为上相，此乃非常之恩，必待非常之才。而王随虚庸邪谄，非辅相之器，降麻之后，物论沸腾，故疾缠其身，灾仍于国，此亦天意爱惜我朝，陛下必鉴之。又石中立顷在朝行，以诙谐自任，士人或有宴集必置席间，听其言语，以资笑噱，今处之近辅，不闻嘉谋，物望甚轻，人情所忽，使灾害屡降，而朝廷不尊，盖近臣多非才者。……臣又窃见方今以张观为御史中丞，高若讷为司谏。此二人者皆登高第，本望以词华进用，素履温和软懦，无刚鲠敢言之才。斯皆执政引拔建置，欲其慎默，不敢举扬其私。时有所言，必暗相关说。旁人窥之，甚可笑也。

尽管他明知"不避权右，必恐横遭伤害"，但是从揭露皇帝"政事不亲"、朝廷"府库匮竭"、执政引用朋党，到评议王随、石中立、张观、高若讷等人"虚庸邪谄""物望甚轻"、用非其人。其批评锋芒所及，不避君相，无所畏忌，充分表现了批龙鳞的大无畏精神。如其所言，"自以世受君禄，身齿国命，涵濡惠泽，以长此躯，便欲尽吐肝胆以拜封奏"。① 可见忠君报国是其激切敢言的强大动力所在。

两宋士人这种直言敢谏的精神在宋末灾异奏疏中仍未衰减,其输忠报国之志并未因为国势飘摇而更改。绍熙三年(1192)刘光祖(1142—1222)上《因灾异陈三大事疏》指斥宋光宗君臣自私误国的行径将承担为天下后世诟詈的历史责任。云:

> 而陛下与大臣不图其始而善其后,使天灾如此,臣恐陛下之君臣异时俱无以辞天下后世之议也。臣每谓方今当祸变忧危之后,上下内外决能尽心相与扶持,再造家国。乃今不然,人各异趣,事乖始谋,身谋则急,国谋则缓,良可恨也。……是非急身谋而缓国谋也哉?(《全宋文》第 279 册,第 48—49 页)

袁甫的《应诏封事》揭穿了宋宁宗惧灾修德的虚伪面目:"陛下所谓痛哭流涕者,盖一时愤激之辞,已而怠,久而忘之矣。"牟子才的《应诏言灾异疏》《言灾异疏》等系列奏疏痛切指陈宋理宗后期类似于宋徽宗末年的亡国征候:"尝即其实而考之,其事力反不及于崇、观、宣、靖,而证候则有类乎崇、观、宣、靖也。"② 对于宋理宗晚年的腐朽统治和奢靡生活"愤闷不平"地予以揭露。③

"忠爱之诚"的表达还突出地表现在上书人不畏权贵、嫉恶如仇,敢于抨击和弹劾当朝炙手可热的权贵。前揭苏舜钦《上仁宗应诏论地震春雷之异》已有鲜明的表现,而这在两宋灾异奏疏中比比皆是。吕公著的《上神宗答诏论彗星》直数朝中近臣为"终累陛

---

① (宋)苏舜钦:《上仁宗应诏论地震春雷之异》,(宋)赵汝愚编:《宋朝诸臣奏议》卷三八,上海古籍出版社 1999 年版,第 381—382 页。

② (宋)牟子才:《论时政阙失疏》,《全宋文》第 334 册,第 262 页。

③ (宋)牟子才:《言灾异疏》,《全宋文》第 334 册,第 254 页。另参王德领《〈历代名臣奏议〉(宋代部分)研究》,硕士学位论文,河北大学,2010 年,第 30 页。

下"的"奸邪小人"："况如一二人者，方其未进用之前，天下固知其奸邪小人也，但取其一时附会，故极力推进，此所以终累陛下则哲之明者也。"陈并的《上哲宗答诏论彗星陈四说》则指名道姓痛斥见风使舵、两面三刀的佞臣：

> 如侍御史董敦逸、司谏郭知章，乃是元祐用事之人，在元祐则不言元祐之非，所以能安其身；逮绍圣之后，争言元祐所用所行无一事是，乃获安其身。此两面之人，操两可之说，非所谓一心事上者也。乡原之徒，君子切齿，而二人偃然居之，不自羞愧。使陛下不闻过失，助百官以报恩仇，敦逸、知章，负天下甚矣。

这些都很能体现北宋士人曾有的坚挺士风。南宋文人也不乏这种忠鲠之风。张守（1084—1145）的《论灾异所自札子》敢讲真话，不因某人"以勤王入相""未有显过"就掩饰其"初无王佐之略"之实，要求改用深孚众望的人士为相：

> 窃见某虽有勤王之功，初无王佐之略，论其材能则办一职而有余，论其器识则幹万几而不足，算计见效曾未及于前日，岂不殆哉！唐张守珪破可突干有功，明皇欲相之，张九龄曰："宰相代天理物，不可以赏功。"乃止。今某盖以勤王入相，不几于赏功乎？吴起与田文论功，文不及者三，朱买臣难公孙弘十策，弘得其一，终之田文相魏，公孙佐汉，言宰相自有体也。故黄霸长于治民，及为丞相，则功名损于治郡，以人之才各有分极故也。某人固未有显过，但经济之略未闻。若以防秋在迩，未宜罢免，则臣愚以谓不若更择文武全材、海内推服、公愿以为相者，亲擢而并用之，庶几叶谋共计，各效所长，弥缝其失而正救其灾，则天变亦可收、和气亦可召也。（《全宋文》第 173 册，第 392 页）

当然，灾异奏议表达的"忠爱之诚"中也包含了忧民爱民情怀。如吕公著《上神宗答诏论彗星》在指斥朝政腐败时，纵笔书写百姓在官府侵扰下面临的饥荒、流徙之苦："然临朝愿治，为日已久，在廷之士益乖戾而不和，中立敢言者，罹谗而放逐；阿谀附势者，引类而升进。其外则郡县烦扰，民不安业，畎亩愁叹，上干和气，携老挈幼，流离道路。官仓库廪，所在阙乏，又无以广赈济。至于骨肉相食，转死于沟壑者多矣。上下相蒙，左右前后莫敢正言者。"① 杨万里（1127—1206）的《旱暵应诏上疏》以"隔而不通"说"致旱之由"，"讲备旱之策"，深切灼见民情民隐："民不受实惠""不被深仁"；全文自始至终贯穿体恤民病的思想，具有十分感人的力量，如其有云：

> 然则孰为戾气？斯民叹息之声，此至微也，而足以闻于皇天；斯民愁恨之念，此至隐也，而足以达于上帝。此戾气之所从生，而天地之气所从隔也。爱民如陛下，忧民如陛下，而安得愁恨叹息之事哉？……或曰人主爱民，人臣爱官，故蠲之者未几，而督之者愈峻也。且陛下之爱民，令之则必行，禁之则必止，人臣安得以爱官之故而隔陛下及民之惠也？……所谓宽州县者，非宽州县也，所以宽吾民也。（《全宋文》第 237 册，第 74 页）

此外，士大夫们的"忠爱之诚"在灾异奏疏中还表现为浓厚的忧患意识、备荒意识。王禹偁的《上真宗论黄州虎斗鸡鸣冬雷之异》因黄州境内的虎斗、鸡鸣、冬雷之异而提醒皇帝警觉淮河地区的饥荒问题："今年禾小稔，日下无虞，然亦恐应在他时，即合先有制置。伏望陛下恕臣拙直，察臣愚衷，于淮甸之间，防饥荒之

---

① （宋）赵汝愚编：《宋朝诸臣奏议》卷四二，上海古籍出版社 1999 年版，第 438—439 页。

事，假令灾祥不验，犹胜临事无备矣。"① 孙觉的《上神宗乞以无灾为惧》援引"楚庄无灾以为戒惧"的故实，劝诫神宗"安不忘危，存不忘亡，日新盛德，而勤俭过于平时，损宴游，啬浮费，不迩声色，不殖货利"。② 南宋虞俦的《乞顺天意修人事以答天变奏》更是明确宣称其于灾变"当忧而喜，当喜而忧"的反常态度：

> 近者太白经天，谪见垂象，六月不雨，咎证常旸，人皆以为忧，微臣独以为喜。何者？盖知陛下道超象外，识照几先，必能谨言行以动天地之大，修政事以导阴阳之和。于是焉转祸而为福，散沴而为祥，殆犹反手焉耳。未几，太白渐复常度，一雨遂苏群槁，人皆以为喜，微臣反以为忧。何者？盖以人之常情，既得天时之助，必忘人事之修。谓天不怒，乃敢戏豫；谓天不渝，乃敢驰驱。于是焉患生于所忽，变起于不图，可不为寒心哉！故明君见变能修道以除凶，若其无象，是不谴告，伤败所由而至也。

随后他还引前世明君因灾致治的事迹进一步劝勉初即位的宋光宗应天变、修政事以比隆尧舜："昔唐太宗既得天下，元年关中饥，二年天下蝗，三年大水，方之陛下固不可同日而语。然太宗因天之戒，勤抚其民，变饥馑为丰穰，致贞观之盛治。"③

当然，士大夫们的"忠爱之诚"还从奏章中时常流露的牺牲精神体现出来。韩琦（1008—1075）的《上仁宗论火灾地震》云："臣辞意狂鄙，不识禁忌，傥陛下听断之暇，一纾睿览，采而行之，少助万分之一，则臣退就鈇锧，死无所恨。"④ 苏舜钦的《上仁宗

① （宋）赵汝愚编：《宋朝诸臣奏议》卷三七，上海古籍出版社 1999 年版，第 369 页。
② （宋）赵汝愚编：《宋朝诸臣奏议》卷四二，上海古籍出版社 1999 年版，第 435 页。
③ 《全宋文》第 254 册，第 230 页。
④ （宋）赵汝愚编：《宋朝诸臣奏议》卷三八，上海古籍出版社 1999 年版，第 375 页。

应诏论地震春雷之异》云："伏望陛下少赐观览，苟有所采，乞断自睿意，实时行焉，言或狂瞽，乞付臣斧锧，以非所宜言罪之。"二奏皆援灾异犯颜直谏，表达了"烈士不避鈇钺而进谏"[①] 的忠爱至诚之心。

三　灾难纪事

本着"致灾之本，由君臣上下之缺失"[②] 的观念，灾异奏疏一般不拘泥于具体的灾异事件就事论事，往往会就当时的时政全局多方面发表意见。但是，具体的灾异事件又为灾异奏疏写作所必需，这是全文申发的基点。因此，以议事议理为主的灾异奏疏必然包含陈情叙事的成分。尽管许多奏疏的叙事内容比较简略，或寥寥数语，或一语带过，但将叙事内容综合起来看，又不失为独具特色的灾异叙事。特别是有部分奏疏反映灾情的段落十分生动，包含了不少叙事、抒情的成分，形成可以独立成篇的灾难纪事，具有突出的文学价值。

北宋水患严重，京城开封就是历史上一个水灾严重的典型城市。[③] 欧阳修的《上仁宗论水灾》（第一疏）反映至和三年（1056）京城开封水灾严重的情况云：

> 窃以雨水为患，自古有之，然未有水入国门，大臣奔走，淹浸社稷，破坏都城者。……至于王城京邑，浩如陂湖，冲溺奔逃，号呼昼夜，人畜死者不知其数。其幸免者，屋宇摧塌，无以容身，缚筏露居，上雨下水，累累老幼，狼籍于天街之中。又闻城外坟冢，亦被浸注，棺椁浮出，骸骨飘流。此皆闻之可

---

① （宋）苏舜钦：《上仁宗论玉清宫灾》，赵汝愚编：《宋朝诸臣奏议》卷三七，上海古籍出版社1999年版，第372页。

② （宋）蔡襄：《上仁宗论飞蝗》（第一疏），赵汝愚编：《宋朝诸臣奏议》卷三九，上海古籍出版社1999年版，第396页。

③ 李亚：《历史时期濒水城市水灾问题初探——以北宋开封为例》，《华中科技大学学报》（社会科学版）2003年第5期。

伤，见之可悯，生者不安其室，死者又不得藏，此亦近世水灾未有若斯之甚者。①

对于这年四月京师这场大水，《宋史·仁宗本纪》仅有"是月大雨，水注安上门，门关折，坏官私庐舍数万区"②十余字的记载。比较起来，欧文中的记载详明得多，字里行间充满了惊愕、忧虑、怜悯之情。后来李纲的《上徽宗论水灾》（第一疏）对宣和元年（1119）京城的水灾记述也比较翔实：

> 臣伏睹陛下以积水暴集，淹浸民居，迫近都城，累降御笔处分，遣官吏固护堤防，拯济漂溺。仰见陛下圣虑焦劳，曲尽防患之理。然臣窃谓国家都汴百有六十餘载，未尝少有变故。今事起仓卒，远迩惊骇，诚大异也。臣尝躬谒郊外，窃见积水之来，自都城以西，漫为巨浸。东拒汴堤，停蓄深广，湍悍浚激。东南而流，其势未已。以宗庙社稷之灵，恃雉堞防守之固，万无他虞。然或淹浸旬时，因以风雨，有不可不虑者。③

李文中同样描述了京城内外的洪水形势，虽属粗笔勾勒，同样生动如画，并且还赞颂了水灾中皇帝的处置指挥及其"焦劳"的事迹。欧、李二奏较重的叙事成分表明，这是史书、杂记缺少的灾异纪事，具有浓重的文学色彩。

值得注意的是，这类纪事往往会在灾难叙事过程中伴以强烈的抒情，打破了今日公文的惯例。且看程元凤（1200—1269）的《救灾表》：

---

① （宋）赵汝愚编：《宋朝诸臣奏议》卷四〇，上海古籍出版社 1999 年版，第411—412 页。

② 《宋史》，卷一二，第239—240 页。

③ （宋）李纲：《上徽宗论水灾》（第一疏），（宋）赵汝愚编：《宋朝诸臣奏议》卷四五，上海古籍出版社 1999 年版，第474 页。

今兹夏秋之交，淫雨大作，洪流沸涌。闽浙江乡，同日而水。浮骸蔽江，哭声震野。田畴成砂砾之阜，城郭变泥淖之场。华颠之氓，目所未睹。嗟夫！比年以来，民之死于饥、死于疫、死于兵者，已不知其几，今又罹此大变，何生民之重不幸也！（《全宋文》第 343 册，第 79 页）

随着一幕幕灾难场景的描述，作者浓重的悲悯之情溢于言表，强烈的抒情颇具感染力。更有甚者，有的奏疏已经明显脱离灾难本身，而抒发了深远的人生感慨。如张方平的《上仁宗答诏论地震春雷之异》在惋悼天灾的同时转叹世道不公，思虑十分深沉："臣窃惋悼，痛谀臣之误国也。嗟夫！忠谀之无报，淑慝之不显，其已久矣。又何独长叹于兹乎！"[1] 牟子才的《言灾异疏》侧重记述了对朝廷见灾不救的"愤闷不平"：

臣伏自丙午之夏被命造朝，今一年余矣，所见灾异不可胜数。惟岩廊之上宴安自如，而海内之人寒心已久。乃五月不雨，旱暵为灾，河港断流，秧不入土。既逾夏至，无望晚禾，纵有沾濡，仅洒尘壒。最可怪者，闽中之水、江西之涝，同此一时，而近畿诸郡乃以旱告。上天仁爱之意，厥有攸在。此非责躬修行之时乎？此非下诏求言之时乎？此非避殿减膳之时乎？臣延颈企踵以望此诏久矣，而九重深严迄无声闻。臣工观望，亦失开陈。但闻今日醮内庭，明日祷新宫，今日封神祠，明日迎佛像，倚靠于袀子，听命于黄冠，是皆无益之举。所谓咸平、明道、熙宁、绍兴、淳熙求言之故事，迄不复讲，而专袭靖康不举行之失，以遏天下敢言之口。此臣所以愤闷不平，激而为今日之疏也。（《全宋文》第 334 册，第 254 页）

---

[1] （宋）赵汝愚编：《宋朝诸臣奏议》卷三九，上海古籍出版社 1999 年版，第 388 页。

尽管灾情严重，可是"岩廊之上宴安自如""九重深严迄无声闻"，朝廷救灾只是以佛道禳灾仪式走走过场，难怪"海内之人寒心已久"！在强烈的对照中，统治者的荒淫无道、腐朽没落得到深刻的揭露，也必然激起人们的愤怒和反抗。这类灾异纪事已是十足的文学叙事，为全文的议论说理做了很好的铺垫。

当然，因为奏议的性质，文学手法的调动和运用必须以纪实为准的，不允许虚构夸张，否则就是欺君之罪，可能招来处罚甚至杀身之祸。因此，我们同时看到了许多叙事内容以平实的语气客观真实地报道了当时发生的各种灾异情况，如日食、月晕、彗星、青眚、赤气、日黄珥以及春雷、虎斗、鸡鸣之异等。试看王禹偁（954—1001）的《上真宗论黄州虎斗鸡鸣冬雷之异》：

> 臣本州去年十一月，城南长圻村两虎夜斗，一虎死，食之殆半。当时即欲密奏，便值銮驾北征。既非吉祥，懒闻行在，臣但只隄防盗贼，抚恤军民而已。又今年八月十三日、十四日夜，群鸡忽鸣，至今时复夜鸣未止。又十月十三日，雷声自西北起，与盛夏无殊。①

这样的记载虽乏文学色彩，但因事属奇异，也颇具吸引人心的魅力，客观上保存了对当时自然异象的珍贵记录，成为不可忽视的历史文献。

四　讽谏、铺陈和修辞

从题材内容看，灾异奏疏属于政论文的范畴。因为受文对象至高无上、内容关乎国家大计，为增强说理效果和感染力，许多精心结撰的灾异奏章无论是在说理方式、篇章结构还是修辞手法等方面

---

① （宋）赵汝愚编：《宋朝诸臣奏议》卷三七，上海古籍出版社1999年版，第369页。

都颇为讲求技巧，遵循文道并重的原则，借鉴前代写作经验，力求以最佳的方式表达他们应对灾异的政治主张，达到说服最高统治者的目的。因此除上文论及的议论、叙事、抒情的结合运用外，灾异奏疏的文学价值还突出表现在以下艺术手法的运用上。

第一，讽谏的运用。援灾异以规时政，决定了灾异奏疏几乎都是谏书。上文谈到，两宋不乏犯颜直谏、火药味浓的灾异奏章，但是良药苦口，对于高高在上的皇帝而言，其接受难免没有障碍，善于纳谏的唐太宗尚且有被触怒的时候，其他帝王可以想见。讽谏，就是婉言规劝，又称谲谏，其说理效果多有直谏达不到的妙处，宋代灾异奏疏也多有择用，从而形成讽谏与直谏结合运用的局面。苏洵《谏论》云："古今论谏，常与讽而少直。"① 比较而言，直谏更能彰显上书人的忠直品格、人格魅力，诚为可贵，但讽谏更能展现论辩艺术，其文学色彩更值得关注。

南宋袁甫在《应诏封事》里规谏深宫里的宋宁宗，他不直说宋宁宗不知民情、不恤民瘼、闭塞言路，而说是"天意"希望皇帝"察其所不可见耳"：

> 且夫灾起都城，天意何在？盖欲陛下因其所可见，察其所不可见耳。陛下深居蠖濩之宫，四方虽有危急之事，君门万里，乌得尽知？左右之臣虽知而不言，疏逖之臣欲言而无路，所赖以丁宁告戒，一悟圣心者，惟天而已矣。天谓寇盗纵横，民罹残虐，室庐丘墓，往往为墟，大伤孝子慈孙之心，此陛下所不见，故使陛下亲见延燎太室，惊动神灵，俄顷之间化为灰烬，虽欲不痛哭流涕不可得也。天谓所在州县水溢为灾，江湖城市莽为巨浸，生生之具漂没几尽，此陛下所不见，故使陛下亲见公宇焚荡，居民荒毁，众大之区变为瓦砾，虽欲不痛哭流涕不可得也。天又谓频年以来，干戈满眼，老稚转徙沟壑，壮

① 《全宋文》第 43 册，第 148 页。

者流散四方，亦陛下所不见，故使陛下亲见都人避逃，号呼道路，上及朝士，廨舍为灰，骨肉奔迸，虽欲不痛哭流涕不可得也。天又谓岁屡不登，饿殍盈野，公私之力耗于赈荒，迄今饥民气息尚存，状如鬼质，此陛下所不见，故使陛下亲见都城被焚之家悉仰赡给，钱粟易竭，民饥无穷，其间死伤之人卒致衔冤于地下，虽欲不痛哭流涕不可得也。（《全宋文》第 323 册，第 309—310 页）

这段奏言借"天意"巧妙地揭露了当时社会"寇盗纵横"、洪灾肆虐、百姓流徙、"饿殍盈野"、民不聊生的惨痛现实，比激言直切地指斥受文的皇帝昏庸无道，其进谏效果显然要好；所谓"隐而讽之，主虽暴必容"① 就是这个道理。在多方面反映灾情民苦之时，奏文以"虽欲不痛哭流涕不可得也"四次挽结痛切的陈述，其双重否定的语气也颇能显现讽谏艺术的委婉之处。

"讽谏多抑扬"②，讽谏多术，抑恶扬善、褒功贬过也是灾异奏疏常用的一种手法。因为在灾异发生时皇帝们不时依例下诏求言或罪己，灾异奏疏常常缘此颂美皇帝，为后文指陈时政阙失营造宽松的氛围。胡铨（1102—1180）在高宗年间所作《应诏言事状》先肯定高宗惧灾避殿减膳、诏求直言的举措：

　　臣伏读圣训，见陛下畏天忧民，闻过思治之切也。夫谓政事不修，灾异数见，是畏天之切也。谓江浙水涝，有害秋成，是忧民之切也。令臣等疏陈阙失，是闻过之切也。又及当今急务，是思治之切也。臣幸蒙大问，敢不上体陛下恳恻之意而索言之。（《全宋文》第 195 册，第 49 页）

---

① （宋）苏洵：《谏论》，《全宋文》第 43 册，第 148 页。
② （清）王岱：《了庵诗文集》，诗集卷四，清乾隆刻本。

然后笔锋一转,就时务议论道:"当今急务,莫急于备边,北有金人之患,西有川蜀之虑。"进而转至高宗君臣议和一事,力陈议和之非,主张"坚守和不可成之诏",对朝廷妥协投降的倾向坚决予以批判。可见上文的褒赞犹如包裹药丸的糖衣,其目的是为了让高宗放弃"和议"的打算。全文就此形成欲抑先扬的格局。这种写法带有普遍性,如李纲的《上徽宗论水灾》赞颂宋徽宗"圣虑焦劳,曲尽防患之理",随后笔锋马上转至京城特大洪灾的险情,乞请徽宗广开言路,集思广益,应对当前巨大的灾异变故:"臣愚,伏望陛下断自渊衷,特诏在庭之臣各具所见以闻,择其可采者,非时赐对,特加驱策,施行其说。因众智,协众力,济危图安,上以答天地之戒,下以慰亿兆之心,天下不胜幸甚。"①凡此,皆具有褒戒得宜、功过分明的说理效果。

第二,铺陈、排比的运用。灾异频发,时弊丛生,灾异奏疏好似借题发挥,不会局限于应对灾异本身而关乎时政全局,这就为铺陈、排比手法的运用提供了用武之地。胡铨《应诏言事状》的"今日和议有可为痛哭者十"一语成为统领全文的主题句,全篇主要内容按"可为痛哭者一也""可为痛哭者二也"……的次序逐步展开,层层深入揭示中心论点。同样,袁甫《应诏封事》的"虽欲不痛哭流涕不可得也"一句在文中的多次反复也成为组织灾情、时弊陈述等主要内容的核心结构。可见这些铺陈内容具有全篇章法结构的意义。其实,宋人也曾点明"铺陈"这种灾异奏疏常用的叙事法,如苏舜钦的《上仁宗应诏论地震春雷之异》所谓"时谏官、御史亦不闻进牍白见,铺陈灾害之端,以开上心"云云;牟子才的《言灾异疏》有"铺陈旧失"之语,其《再言火灾疏》也谓"复举崇、观、政、宣之证而铺陈之"。这些地方的"铺陈"对象,皆为灾异事项和时政阙失。

从文章局部看,排比手法也有出色的运用。范仲淹(989—

---

① (宋)赵汝愚编:《宋朝诸臣奏议》卷四五,上海古籍出版社1999年版,第474页。

1052）的《上仁宗论灾异后合行四事》在旱、震、蝗、涝等灾害
频仍之后向宋仁宗进荒政四策，其中第一条就是整顿吏治："委天
下按察使省视官吏，老耄者罢之，贪浊者劾之，昏懦者逐之，是能
去谬吏而纠慢政也。"① 通过排比，一连串的治"慢"举措彰显雷
厉风行的赈灾作风。又如宋祁（998—1061）的《上仁宗应诏论地
震春雷之异》（第二疏）因灾异而论北宋中期的积弊："聚天下莫
急于财，镇天下莫切于兵，制四夷莫神于机，任天下莫谨于官。今
财已匮而不肯计，兵甚冗而不能择，机至而不敢谋，官滥而不知
选。"② 连用两组排比句，一正一反进行对照，足见天下形势严峻，
为下文提出治理"冗官""冗兵"的方略做了很好的铺垫。

第三，经典的征引。灾异奏疏是以儒家的"灾异"思想为基
础，以史为鉴，这就决定它们会频繁地引经据典，出入经史，这不
但是形式、技巧的问题，更是说理的内在要求。对此，我们从南宋
后期刘光祖绍熙五年（1194）上奏的《因灾异陈三大事疏》可以
看得很清楚。面对内忧外患的严峻形势和宋宁宗初即位后的昏庸举
措，奏疏先引董仲舒的"权威"论说开导宋宁宗应当因灾异谴告而
自省：

> 汉大儒董仲舒尝曰："国家将有失道之败而天乃先出灾害以
> 谴告之，不知自省又出怪异以警惧之，尚不知变而伤败乃至，
> 以此见天心之仁爱人君而欲止其乱也。"……陛下所宜深味其
> 言，然后见天心仁爱陛下之至，不可不因其谴告而自省也。臣
> 不敢复引诸儒之说及它占书以渎圣听，请质诸六经以言之。

接着奏文遍引《易》《书》《诗》《春秋》《礼记》《周礼》等"六
经"关于灾异的论述及诸儒的训释，分别从理论上梳理和阐明其重

---

① （宋）赵汝愚编：《宋朝诸臣奏议》卷三九，上海古籍出版社1999年版，第397页。
② （宋）赵汝愚编：《宋朝诸臣奏议》卷三八，上海古籍出版社1999年版，第385页。

视灾异的理论和主张。进而归纳总结，落脚到当朝皇帝足资践行的实践方面：

> 凡兹六籍之言，足为万世之训。今陛下当法《易》之恐惧修省，正念无妄，迁善而改过；当思《书》之敬用五事以致休征，及效成王因天变而信周公；当诵周人灾异之诗，鉴幽厉之失道；当畏《春秋》灾异之书，惩衰世之失国；当如《礼记》中夜起而衣冠，以敬上天之威怒；当体《周官》睹祲祥则讲修政事以救之。如此，乃可谓之应天以实而不以文也。

最后还以本朝大儒欧阳修的相关论述强调应灾修政的重要性和必要性："本朝大儒欧阳修曰：'天人之际，影响不差，未有不召而自至之灾，亦未有已出而不应之变。'此名言也。陛下可不念之乎？"① 由此可见，经义的征引既使文章说理显得义正词严，也体现了当时古文运动倡导的文以载道的主张。当然，除了经义的灾异之说外，灾异奏疏也如其他奏疏一样广泛引用经义的其他内容作为理论依据和修辞手段。

在经典的征引中，前朝君臣惧灾修省、转灾为福的史实常常是灾异奏疏推崇的榜样和据以说理的重要依据，其中应对灾异的本朝祖宗家法也是重点引证的对象。苏舜钦的《上仁宗应诏论地震春雷之异》引"祖宗逐日视朝"的惯例批评仁宗"政事不亲"："臣窃观国史，见祖宗逐日视朝，旰昃方罢。"邓肃（1091—1132）的《乞责己来直言以应天变札子》引宋仁宗作为应对灾异的楷模："盖尝考康定元年春三月，京师大风昼冥经刻，是夜东南有黑气横亘数丈。赤，兵气也；黑，杀气也，用兵之时岂免兵气，乃于杀气则为变尤大矣。然仁宗之时则朝廷无事，人物繁庶，其致治之道过于成康，是果天变不足虑乎！盖仁宗皇帝应天以实而不以文，此天

---

① （宋）刘光祖：《因灾异陈三大事疏》，《全宋文》第 279 册，第 45—50 页。

变所以不能为灾也。"① 杜范（1182—1245）的《论灾异札子》请求恢复"经筵讲读"的"祖宗旧典"作为"消变召和"的举措："臣愿陛下日召二三大臣，与夫经筵讲读之彦，从容吁咈，讲明当今急务，而汲汲施行之。玉堂夜直，以备顾问，此祖宗旧典，旷废已久，亦宜时赐宣召，以裨聪明。庶几见士大夫之时多，接宦姜之时少，志虑清明，缉熙日益，以为消变召和之本，此尤不可不加之意也。"② 显然，援引祖宗家法的说服力超过了前朝史志里的君臣事迹，也超越了经典征引的一般修辞功能。

第四，因为天人感应观念和灾异天谴学说把自然神化为有意志人格的"上天"，灾异奏议就顺势将显现灾异的"上天"视作有喜怒哀乐的常人一般，因此奏文中就常有"天怒""上天喜怒""天意哀怜""天意垂戒"之类的拟人手法。富弼的《上神宗答诏论彗星》甚至设想上天将会对奸邪发语："万一奸诈互入，宸听少惑，俾夫忠告为妄说，恩诏为空文，利泽不出于上，人心复愁于下，则天将曰：'是以虚辞答我，迄无实效。'必回今日之喜为异日之怒，灾变之作，当又甚于前日之彗者矣。"③ 这些拟人手法的运用对于灾异的发生营造出人神共感、天怒人怨的气氛，对于劝谏君臣因灾思过、赈济灾民有形象化的说服作用，从而也使奏文增添了文学色彩。不过灾异奏文对此的运用有过滥、肤浅、僵化的弊病，文学魅力有限。

第五，反问和疑问的运用。为批评君王的过失，灾异奏疏常运用反问句式加强责问的语气，凸显君王的过错。田锡的《上太宗应诏论火灾》对太宗皇帝强人作势、壅蔽言路的做法反诘道："陛下谓之太平，谁敢不谓之太平？陛下谓之至理，谁敢不谓之至理？"④ 牟子才的《言灾异疏》愤懑于理宗以禳弭仪式虚应天灾、坐视灾情

① 《全宋文》第 183 册，第 132 页。

② 《全宋文》第 320 册，第 144 页。

③ （宋）赵汝愚编：《宋朝诸臣奏议》卷四二，上海古籍出版社 1999 年版，第 432 页。

④ （宋）赵汝愚编：《宋朝诸臣奏议》卷三七，上海古籍出版社 1999 年版，第 361 页。

泛滥，接连使用三个反问句谴责理宗无道，咄咄逼人："此非责躬修行之时乎？此非下诏求言之时乎？此非避殿减膳之时乎？"不但加强了问难的力度，也凸显了田锡、牟子才的诤臣形象。

历史上商汤王遇大旱曾以六事反躬自省："汤旱而祷曰：'政不节与，使民疾与？何以不雨至斯极也。宫室荣与，妇谒盛与？何以不雨至斯极也。苞苴行与，谗夫兴与？何以不雨至斯极也。'"① 宋灾异奏疏在引导帝王应灾责躬时也常模仿这种排比疑问句式。如苏舜钦《上仁宗应诏论地震春雷之异》：

> 今此异既告，岂徒然哉！则王者岂宜常安于逸豫，信任近狎，而不省政事乎？庙堂之上执事者，岂有非贤才，或专威福而侵君者乎？其所施设之政，岂有不便于民者乎？深宫之中，岂有阴教不谨，或以媚道滥进者乎？西北之夷，岂有窃萌背盟犯顺之心者乎？②

苏舜钦连用五个问句诱导宋仁宗推测地震春雷之异的政事缘由。钱顗的《上神宗论地震》更是连用了十一个问句推测地震灾由，引导神宗反省为政的得失。可以设想，如果这些地方仍使用反问或陈述句式，就容易坐实这些过失，进而惹怒皇帝。但是改成疑问句式以后，不但有利于提醒皇帝——检讨疏忽与过失，而且因为句式的转换，还赋予了全文活泼的语势和一定的感情色彩。

第六，顶真手法在部分灾异奏议中说明致灾之由和应灾之策时有出色的运用。如刘挚（1030—1098）的《上哲宗论亢旱》："政不和则人情不和，人情不和则天地之气缪戾而生此变也。"③ 蔡襄（1012—1067）的《上仁宗论飞蝗》（第一疏）："救患之方，莫若

---

① （战国）荀况：《荀子》，（唐）杨倞注；耿芸标校，上海古籍出版社 2014 版，第 336 页。

② （宋）赵汝愚编：《宋朝诸臣奏议》卷三八，上海古籍出版社 1999 年版，第 380 页。

③ （宋）赵汝愚编：《宋朝诸臣奏议》卷四三，上海古籍出版社 1999 年版，第 447 页。

原致灾之本；致灾之本，由君臣上下之阙失也。"① 两段话或顺或逆，行云流水般地揭示出灾变的因由。再如梁焘（1034—1097）的《上哲宗论日食》："夫销变之道，莫如修德；修德之要，莫如进学；进学之敏，莫如专志。"② 以蝉联的方式，层层推进，阐明"专志进学"对于君主"修德销变"的重要性。可见，顶真手法使行文显得更加明快畅达，语气坚定，从而显著地增强了说理效果。

第七，比喻和反复在这些奏文中也有妙用。如赵普（922—992）的《上太宗论彗星》云："凡关天象变异，下方必有灾殃。如人脏腑生疾，必先形于面色。"③ 通过比喻把玄奥神秘的天象灾异比作人见人知的疾病，从而使人感到纠补时政阙失犹如治病救人一般自然必要，可谓深入浅出，言近旨远。韩宗武的《上徽宗答诏论日食》因灾变而体察人事之失，连举五方面的弊政，结语皆归结为"国可危也"：

> 夫日食星变，山崩涌泉，天地所以警戒，宜以人事察其几微。……臣窃惟近日之事，亦有微渐而不可不察者。夫大臣不畏公议，私结朋党；小臣趋利附下，遗忘朝廷，国可危也。人主怠于政事，言路壅绝，威柄下移，怨讟上归，国可危也。左右谋议，无儒学辅拂之士，守边捍难，无捍城御侮之臣，国可危也。开大境土，外连边患，财用耗匮，民力凋弊，国可危也。岁谷不登，仓廪空虚，民人流亡，盗贼数起，国可危也。④

奏文利用反复强调亟待更改的严峻形势，为提出对策张本。上文论及铺陈、排比手法时，我们已看到在这些段落里有一些主题句式反复出现，其实这些修辞和艺术手法的套用是常事，它们之间的相得

---

① （宋）赵汝愚编：《宋朝诸臣奏议》卷三九，上海古籍出版社1999年版，第396页。
② （宋）赵汝愚编：《宋朝诸臣奏议》卷四四，上海古籍出版社1999年版，第454页。
③ （宋）赵汝愚编：《宋朝诸臣奏议》卷三七，上海古籍出版社1999年版，第363页。
④ （宋）赵汝愚编：《宋朝诸臣奏议》卷四四，上海古籍出版社1999年版，第463页。

益彰能够显著增强文章的辞采。

此外，灾异奏疏里出现的对偶比较多，不过，这主要是语言表达上的特点，与古文不废骈语、骈散兼行的文风密切相关，而与讨论灾异的主旨不直接相关。对灾异奏疏艺术手法的探讨，本章侧重于与灾异内容的表达密切相关者。

综上所述，宋代灾异奏议在揭露政治腐败、暴露现实黑暗、反映社会危机、建言治国理政等方面具有重要的认识价值。值得注意的是，灾异奏议均为因灾搜讨时政阙失之作，其批判锋芒直指朝政，而受文对象又属至尊的君王，因此很能体现上书臣子的"忠爱"情怀和刚正品格。两宋灾异奏疏集中体现、弘扬了前代奏疏的谏诤精神，具有闪亮的思想光芒。作为士大夫文人参政的重要途径和济道的工具，宋代灾异奏疏展现的忧患意识、诤臣风骨和淑世情怀，是两宋士人高涨的时代精神的写照。苏轼总结北宋士风振作时候的状况有云："争自濯磨，以通经学古为高，以救时行道为贤，以犯颜纳谏为忠。"[①] 两宋灾异奏疏反映的精神面貌与此大体相符。

就灾害纪事而言，不少奏文留下了生动形象的记录，构成灾难历史的珍贵艺术（或准艺术）写照。就文风而言，在表现补察时弊、输忠报国方面，有的犯颜直谏（如牟子才《言灾异疏》）、有的慷慨激昂（如李纲《上徽宗论水灾》第一疏），有的老而弥笃（如吕公著《上神宗答诏论彗星》），有的穷且益坚（如陈并《上哲宗答诏论彗星陈四说》），显示了一定的个性情采和人格美。就表达而言，议论、叙事、抒情兼用，多样的论辩艺术和多种修辞手法的恰当运用也为主题的表达和语言的生动增光添彩。

唐宋散文文体文风的变革至北宋以古文的彻底胜利而结束，两宋灾异奏疏属于宋代古文蓬勃发展取得的成果，完全摆脱了六朝以

---

① 孔凡礼点校：《苏轼文集》卷一○，《六一居士集叙》，中华书局1986年版，第316页。

来的骈俪文风，虽然行文间杂骈语，但都以散语为主，骈散兼行①；在文以载道的旗帜下文道俱重，散文的实用与审美功能得到协调发展，议论、叙事、抒情三大主要功能得到充分发挥。这也是灾异奏疏的文学价值赖以发生的基础。比起汉、唐和前代奏疏来，两宋奏疏的感情色彩、文采整体上已略有逊色②，但四库馆臣还是批评说："宋人奏议多浮文妨要，动至万言，往往晦蚀其本意。"③这固然反映了宋奏篇幅过长的毛病，同时也是要求奏疏回复实用文的历史趋势所在。尽管如此，我们从宋代灾异奏疏深沉的理性、透辟的思维与清疏的文采兼容并生的状况可以感受到奏疏在新的历史条件下维持其实用和审美功能平衡发展的历史样态。就两宋而言，南宋灾异奏疏的感情和词采因素比北宋明显减弱，这应是两宋古文发展大势的反映。

---

① 就本章涉及的众多灾异奏章来看，仅有程元凤的《救灾表》以骈文为主。

② 关于历代奏疏的有关情况，请参刘振娅《论历代奏议体散文的文学成就》，《广西社会科学》1995 年第 4 期。

③ 《四库全书总目》，卷一六〇，《应斋杂著六卷》提要，库本。

第二章　救灾记

记体散文在宋代得到长足发展，成为朝野上下应用广泛的重要文体。就其文体特性而言，宋人认识到："夫记者，所以直书其事，以为后人所闻知也。"① "记者，纪事之文也"，"记以善叙事为主"。② 可见，尽管宋代记体文（以下简称"宋记"）在时代风会的影响下有议论化的特点，但其根本和功能仍是记事，在各体古文中其文学性较强③。两宋自然灾害的严重形势超过了前代，而统治者"赈贫恤患之意视前代为切"④。在这种形势下，长于叙事的宋记广泛介入灾害救治的写作就特别值得关注。据不完全统计，在两宋数以千计的记体文中，以反映当时的灾害救助、治理事件为核心的文章在 180 篇以上。其中包括标题直接点明救灾的，如曾巩的《越州赵公救灾记》、赵善迁的《程太守赈济记》、黄宗仁的《救荒记》，而更多的则是题目没有出现"救灾""赈济""救荒"字样但内容和主旨是反映救灾防灾活动的记体文。迄今为止，文史学界仅关注到其中个别作品，从未将它们集中起来进行考察。尽管已有的研究曾将部分篇目归入"人事杂记""营造记"或其他类目，但这并不妨碍我们对其重新立类研究，因为以题材内容为标准来划分文学作

---

① （宋）吴千仞《英山雷庙记》，《全宋文》第 13 册，第 397 页。

② （宋）王应麟：《玉海》卷二〇四，《辞学指南·记》，江苏古籍出版社 1987 年版，第 3723—3724 页。

③ 祝尚书：《宋元文章学》，中华书局 2013 年版，第 368—370 页。

④ 《宋史》卷一七八，第 4335 页。

品，从不同的角度出发，同一篇作品可能归为不同的类别。本章拟不拘泥于学界对记体文分类的成说，依据古人的创作实绩，借鉴宋人在记体文中单列"灾祥""灾沴"类目的经验①，将这类作品独立出来作为记体文的一大题材类型进行研究，侧重探讨其文学文化价值。为叙述方便，本书将其统一简称为"救灾记"。如同人们熟悉的"营造记""京都赋""田园诗"等概念一样，"救灾记"主要是就题材内容的归类而言，并非要树立一种独立的文体，它的基本文体属性自然仍是记体文。

一　书写范围和纪事述要

两宋自然灾害发生的次数多，种类多，分布广，数量众多的宋记相关记事亦多，涉及的区域亦广。下文拟首先概述这些记体文所反映的各类救灾事件的基本情况，然后在此基础上再做进一步的探讨。

（一）抗震·抗洪·捍海

强烈的地震至今仍是让人恐惧的灾难事件。曾巩（1019—1083）的《瀛州兴造记》记述神宗时北方发生的一场大地震："熙宁元年（1068）七月甲申，河北地大震，坏城郭屋室，瀛州为甚。是日再震，民讹言大水且至，惊欲出走。"② 位于震中地区的瀛州，房屋、城郭皆被破坏。灾害是毁灭性的，并且当日又发生了强烈的余震，下起了大雨，讹言四起，人心惶惶。知州李肃之迅即派人止息讹言，稳定灾民情绪，抢救地震中失去遮盖的仓储库积，命令军队高度戒备，始终维持好灾区社会治安。随即筹备钱款，开展灾后重建，只用了三个月时间就完成修复重建，并且还借此机会实现了

---

① （宋）李昉等编：《文苑英华》卷八三三，中华书局1966版，第4392页；（宋）姚铉编：《唐文粹》，卷七六，库本。

② 《全宋文》第58册，第164页。

对破旧建筑的改造，远远超出了"遭变之初，财匮民流"时候人们的悲观设想。

在两宋频仍的各类灾害中，水灾居于首位①。黄河水患牵动北宋防灾御患全局，堪称水害之首。石介（1005—1045）的《郓城县新堤记》借郓城县令刘准之口记述了地处当时黄泛区的郓城县与洪水反复较量的情形：

> 故郓城为水湿败，予作新城於故城西南十五里，迁其民而居之，雨逾月不止，水如故城。谋再迁之，则重劳吾民。且钜野在天下为大泽之一，周视邑内无高燥旁可居万家之处，虽再迁之，水亦随去。与其劳民而再迁，迁不远水，不若借是民力，择久安之计，民无频迁，水不为患，斯亦可矣。於是环城筑长堤千九百步，高二十尺，厚九尺，足以扞城矣，足以御水矣。（《全宋文》第 30 册，第 3 页）

可见，不但郓城旧城为洪水毁坏，迁建的新城随即也遭洪水围困，并且在县邑内还无地可以迁建，故只好建筑环城长堤来阻挡洪水。可以说郓城人与洪水在进行殊死的搏斗，但生存环境的恶劣艰险没有阻挡郓城人民战胜黄河水灾的顽强斗志，他们凭借坚固的堤防御水于家门之外。

石介的《新济记》记载黄河决溢损毁了济水故道，导致济水"不复能流入于海，仍停于郓之西南，为大泽，作民患三十年"。②天圣十年（1032）知兖州孙奭主持了"疏济故道，通济入海"的治理工程，解除了这一横贯京东两路的积患，取得了泄洪入济、通漕江淮、恢复良田、救急军民饥荒的重大功效。苏轼（1037—

---

① 邱云飞：《中国灾害通史·宋代卷》，郑州大学出版社 2008 年版，第 82 页；石涛：《北宋时期自然灾害与政府管理体系研究》，社会科学文献出版社 2010 年版，第 48、174 页。

② 《全宋文》第 29 册，第 377 页。

1101）的《奖谕敕记》则反映了黄河遗患更远的情况。熙宁十年
（1077）黄河决堤洪水远道奔袭、围困徐州，徐州居民经过三个月
奋战，终于取得了保卫徐州的重大胜利，受到朝廷的通令嘉奖。记
文既反映了城墙"不沉者三版"的危殆局势、抢修防护堤的紧张气
氛和分杀水势的智慧，也记录了洪水退却后加强防御的各项措施。

　　除黄河外，北方其他河流沿岸的洪灾形势也得到一定程度的反
映。尹洙（1001—1047）的《伊阙县筑堤记》反映了黄河支流伊
水上反复出现的洪灾形势，记录了宝元元年（1038）知县张承范
筹建城市防护堤的情况。石亘的《成德军修虖池河记》反映了黄河
更北边的虖池河决溢成灾及其治理情况。在记述沿岸重镇真定府严
重灾情的基础上，记文不但着重记述了作新堤、分湍流、叠埽、建
木岸的修治过程，而且特别记录了其"复河防之卒、植榆柳于堤
足、揭盗决之条"等长防措施。

　　比起黄河，长江干支流上的汛情洪灾同样严峻，两宋的救灾记
书写更多。张孝祥（1132—1170）的《金堤记》记述乾道四年
（1168）中游干流荆州防洪大堤出现的险情："水溢数丈，既坏吾
堤，又啮吾城，昼夜濆洞，如迭万鼓。前尹尚书方公，极救灾之
道，决下流以导水势，亲督吏士别筑堤，城中民安不摇，越两月而
后水平。"这年秋天，继任知州张孝祥并没有掉以轻心，因为"已
决之堤汇为深渊，不可复筑"，他另外组织修建了荆州新堤，"穹
崇坚好，悉倍于旧"。①

　　与此同时，长江支流上的灾情不减于干流。王安石（1021—
1086）的《信州兴造记》记述皇祐二年（1050）地处鄱阳湖水系
的信州洪水破城，知州张衡坐镇谯门之下②，"敕吏士以桴收民，
鳏孤老癃与所徙之囷，咸得不死"。③水降之后，迅即筹办钱粮组

<hr />

① 《全宋文》第 254 册，第 115—116 页。
② 文中未言字号的知州"晋陵张公"即张衡，据李之亮：《宋两江郡守易替考》，
巴蜀书社 2011 年版，第 178 页。
③ 《全宋文》第 65 册，第 45 页。

织重建，只用了 52 天就百废俱兴，取得了既不扰民又不费公帑的理想效果。同属这一地区、地处鄱阳湖之滨的饶州城久被水害及其修治情况在蔡幼学的《饶州新筑城记》里得到了反映。此外，偏远的长江上游的治水事迹也得到了较多反映。赵劒的《单公新堤记》记载嘉陵江、涪江、渠江汇合处——合州严重的汛情云：

> 每夏霖雨涉旬不霁，众水潦而二江涨，奔涛骇浪，湍激盛怒，交战于城之东南隅。悍如谷、洛之斗，汹如淮、汳之争，小则漱啮城基，大或漫毁女垣，生聚阽危，鳃鳃然常恐有啮桑之浮也。岁仍一岁，水复济水，坏官寺，损民舍，病缠一郡，久而未瘳，州将圯，不留神备而去之，亦苟简之失也。（《全宋文》第 72 册，第 320—321 页）

为此，治平三年（1066）知州单公主建大堤，斜遏江流，"缓水维而杀水怒"，从而解除了洪水对城市的威胁。可是到南宋嘉定年间这里的灾情又变得严重起来，任逢的《重修单公堤记》记载："水频灌城市，辄或巨浸，累日渊渟，公私狼狈，流荡徙避。"作为知州，他又组织重修了单公堤。同时，合州上游的涪江流域洪患形势也相当严重。韩己百的《王公堤记》记载梓州城庆元间涪江堤溃淹城的情况云："先是，府牧继植长堤，横遏江要，毋使西顾。己未（1199）仲秋，一夕暴溢，高出堤背十有八尺，平眂城闉，州民惴恐，江落堤溃，中流之犍，盖仅有存者。"提刑兼知府王勋在当年就主持兴建了堤防工程。可见，两宋时期沿河沿江城市都在年复一年地进行着抗洪斗争。

在介于大江大河的淮河上，泗州也是一个洪灾严重的城市。欧阳修（1007—1072）的《先春亭记》记景祐间泗州张知州"问民之所素病，而治其尤暴者。曰：暴莫大于淮"[1]。可见淮河洪水在

---

[1] 《全宋文》第 35 册，第 102 页。

泗州人心目中十分可怕。宋祁（998—1061）的《泗州重修水窦匮记》载云："（景祐）元年淮汴合涨，啮堤传，乘四窦之久敝，入垫区舍。"① 洪水已溢出堤防淹没了部分城区。在张知州的带领下，泗州人抢修防洪设施，总算保住了城市。次年，通过大力改修水窦匮，加强防洪措施，泗州扛住了夏季洪峰，"水留十二日而去"。景祐三年（1036）泗州人又"作城之外堤，因其旧而广之……土实石坚，捍暴备灾，可久而不坏"。（欧阳修《先春亭记》）

按照灾害史、灾害学的观念，洪灾主要有暴雨河洪、山洪等类别区分，以上文章所反映的就是暴雨河洪方面的状况，这也是我国古代包括宋代最常见、危害最大的洪灾。② 同时，也有部分记体文反映山洪肆虐及其救治的情况。成无玷的《南湖水利记》反映余杭县遭受山洪威胁的特殊地理形势云："当苕水之冲，横流岁尝一再至，久雨或数至，倏忽澜漫，高处二丈许，然不三日辄平。其为患虽急除，而难测以御也，故堤防之设，比他为重。使是邑也无堤防，则野不可耕，邑不可居，横流大肆，为旁郡害。"③ 因此余杭及其邻近地区的人们皆赖堤防以保护家园，当"堤堰倾圮"，灾难就会发生。宣和四年（1122）县令江公顺应百姓的急切呼声兴工修治，"尽十四坝之防，一皆完治。于是决渠之岸，无偏强之患"，消除了洪灾隐患。徐安国的《重修南下湖塘记》记录绍熙五年（1194）临安县境内一场山洪暴发带来的惨烈灾难："洪发天目诸山，倏忽水高二丈许，冲决塘岸百余所，漂没室屋千五百余家，流尸散入旁邑，多稼化为腐草。"转运使黄黼奉诏"掩骸赈饥。悼湖塘之废，重为三州六邑之害，锐意兴复"。修复的湖塘在"两湖数十里间，如连冈之隐起，坚壁之横亘"。④

---

① 《全宋文》第 24 册，第 373 页。

② 阎守诚主编：《危机与应对：自然灾害与唐代社会》，人民出版社 2008 年版，第 20—21 页；李树刚主编：《灾害学》，煤炭工业出版社 2008 年版，第 95 页。

③ 《全宋文》第 148 册，第 318 页。

④ 《全宋文》第 225 册，第 55 页。

除暴雨河洪、山洪外，宋记也反映了当时的城市内涝治理情况。曾巩的《齐州北水门记》记载他知齐州时面临的城北水患问题："若岁水溢，城之外流潦暴集，则常取荆苇为蔽，纳土于门，以防外水之入，既弗坚完，又劳且费。"但是，经过他熙宁五年（1072）对北水门的修治后，"内外之水，禁障宣通，皆得其节，人无后庐，劳费以熄"。① 席益的《淘渠记》则反映了南宋初成都的内涝问题："夏暴雨，城中渠湮无所锺泄，城外堤防亦久废，江水夜犯西门，由铁牕入，与城中雨水合，汹涌成涛濑。居人謹趋高阜地。亟遣官揵薪土塞牕，决小东门水口而注之江，仅保庐舍。"于是他发动了一场淘渠运动，疏浚市区大小沟洫渠道，"且补筑大西门外堤役，引江水入城如其故，而作三斗门以节之"②，从而取得了防洪除患、改善城市环境的良好功效。此外，宋文中还有 20 篇以上的记体文记述当时为防洪而兴建各类水利设施的情形。可见，抗洪防洪事件已成为了宋记中十分突出的题材内容。

东部沿海地区的风暴潮（台风）是一种十分严重的自然灾害，两宋时期它多次给沿海城市带来沉重的打击，自然也成为宋记关注的重要对象。台州的灾情在宋记中得到充分反映。试看：

> 庆历五年（1045）夏六月，临海郡大水，坏郛郭，杀人数千，官寺民室，仓帑财积，一朝埽地，化为涂泥。后数日，郡吏乃始得其遗甿于山谷间，第皆相向号哭，而莫知其所措。主计田侯瑜闻之震惊，亟乘传而至，吁众戚而视之。问其食，则糠核而臭腐焉；问其衣，则蓝缕而颠倒焉；问其居，则草茇而渐洳焉。横尸塞于衢，穷盗充于郊。乃喟然曰："兹不可以久生矣！"繇是移文其邻，贸迁用度，以衣食之。相莫厥居，躬自安辑，然后民始知其可造之渐。（苏梦龄《台州新城记》，

---

① 《全宋文》第 58 册，第 171 页。
② 《全宋文》第 156 册，第 77 页。

《全宋文》第 27 册，第 207 页）

绍定二年（1229），台郡夏旱秋潦，九月乙丑朔复雨，丙寅加骤。丁卯天台仙居水自西来，海自南溢，俱会于城下。防者不戒，袭朝天门，大翻括苍门城以入，杂决崇龢门侧城而出，平地高丈有七尺，死人民逾二万。凡物之蔽江塞港入于海者三日。癸酉，前邦君今本路仓使叶公闻变驰来，朝廷以公得台民心，因命当天灾以续民命。至则陵谷反易，城市为沙砾之墟，亡者叠腐，存者改形，为之大戚。（王象祖《浙东提举叶侯生祠记》，《全宋文》第 333 册，第 66 页）

二记反映两宋历史上台州相距 180 余年的两次台风灾害均给当时人民带来了生命财产的巨大损失，受灾现场疮痍满目，惨不忍睹。并且，据此二记和吴子良的《临海县重建县治记》、王象祖的《台州重修子城记》可知，这两次灾难均殃及州城和属县，受灾地域广大，这就决定了临灾救助和灾后重建任务十分繁重艰巨。然而，这两次灾后重建均在大半年时间以内按高标准、严要求完成，显示了当时人民在大灾难面前的顽强意志和非凡智慧。如王象祖《台州重修子城记》所记，不仅重修"大城（指台州主城）增高加厚，挺高堑深，边江蘸水，包山越谷，其用物也洪矣，其取功也多矣"[1]，即使是修建城市外围的防护大堤，他们也"以牛练土，以水试渗"，体现了一丝不苟的负责态度。

当然，宋记也有一些篇章专门反映沿海城市为兴建捍海堤防保护城市的情况。丁宝臣（1010—1067）的《捍海塘石堤记》记述庆历间杭州的防海大堤为大海潮所败，知州杨偕、转运使田瑜"急督人徒负土以置断防，卒免垫溺"。随后为免除老幼的为鱼之忧，他们在朝廷的支持下，"发江淮南、二浙、福建之兵，调十县丁壮，

---

[1]　《全宋文》第 333 册，第 64 页。

合五千人"，当年就建起空前浩壮坚固的新堤。① 至于修建海防设施保护农田的情况，宋记中有更多的反映。邵权的《越州重修山阴县朱储斗门记》记述元祐三年（1088）越州筑塘捍海、修治斗门的情况。杨简（1141—1226）的《永嘉平阳阴均堤记》也记载平阳为保护四十万余亩农田免受咸潮巨害，于嘉定元年（1208）"建埭八十丈于阴均，障海潮，潴清流。又造石门于山之麓，以时启闭，以防涨溢"。② 薛直夫的《雷州海康渠堤记》则反映广南东路修筑扞海之堤的情况。

（二）救旱·救荒·救疫·祈禳

水、旱灾害是我国古代最常见的两类自然灾害，"水旱"一词常被古人用作灾害的代名词。旱灾的直接危害结果通常是农作物枯死、人畜饮水不足，进而容易引发蝗灾、饥荒、疫疾等次生、衍生灾害。③ 比较而言，旱灾的发生通常有一个渐进的过程，不像洪灾那样表现为迅猛的破坏事件，其社会危害主要出现在后续的次生、衍生灾害上。因此，宋记对此的反映多集中在饥馑、赈济、疫病等方面。如曾巩的名篇《越州赵公救灾记》记载当时旱、疫、饥馑连仍的情景："熙宁八年夏，吴越大旱……是时旱疫被吴越，民饥馑疾疬，死者殆半，灾未有巨于此也。"④ 全文围绕这些灾情委曲备至地记述了知州赵抃救灾的各项措施和感人事迹。赵善迁的《程太守赈济记》在记述淳熙辛丑（1181）"江淮两浙皆旱"的背景下颂扬高沙（高邮军）程太守的赈灾活动和功绩。刘辰翁（1232—1297）的《社仓记》则反映大旱之后灾民面临的冷酷世情和饥民绝望自尽的悲惨命运：

---

① 《全宋文》第 43 册，第 260 页。
② 《全宋文》第 276 册，第 7 页。
③ 阎守诚主编：《危机与应对：自然灾害与唐代社会》，人民出版社 2008 年版，第 40 页；李树刚主编：《灾害学》煤炭工业出版社 2008 年版，第 92 页。
④ 《全宋文》第 58 册，第 179 页。

前年吾乡旱既甚，大家逆劝分，闭余粟，冬春无所得籴。乡人之携持叩关者累累不能归，则徘徊浮桥间，中江赴焉；市而夺饼饵盘餐以饱者，起责之金，则含哺而走桥，亦中流赴焉。盖桥者告余曰："夜夫妇相泣，既而水声如投石者不绝常数人，及旦来者乃已，殆不可数也。"彼特中人无策，羞见闾巷，故出此，而官以道殣告者一朝而百余不与也。（《全宋文》第 357 册，第 148 页）

文章在沉痛记事的基础上，颂扬喻邑（临江军新喻县）西溪刘氏宗族热心筹办社仓以备荒的事迹，宣扬和推广他们的做法。刘宰（1166—1239）的《嘉定己巳金坛粥局记》反映大旱之年民间人士施粥赈饥和领养被遗弃幼婴的情形。在官府、士绅和社会各界爱心人士的支持下，收养的孩童超过三百，就食饥民曾经达到每天四千人，持续时间长达半年，可见当时饥荒灾情之重和慈善救灾活动规模之大。

当然，导致饥荒的原因很多，并非只有旱灾。如刘宰的《甲申粥局记》记载嘉定十七年（1224）素来"忧旱不忧水"的金坛因气候反常，水患严重导致饥荒："是岁也，暑不胜寒，谷入大减，菜亦不熟。越明年春，啼饥者载道。"于是他发自己多年的蓄藏设粥局以赈饥，在众多热心人士的支持和帮助下，赈济饥民竟致"来者至万有五千"。施粥是宋代民间最常见的赈饥救荒方式之一[①]，刘宰的两篇《粥局记》成为宋代民间慈善力量参与救灾的生动写照。

大灾之后防大疫。疫病常与灾荒伴生，灾荒之中疾疫的流行与救治在宋记中也多有反映。如曾巩的《越州赵公救灾记》记越州饥荒发生之后的情况："明年春，大疫，为病坊，处疾病之无归者。"

---

① 张文：《宋朝民间慈善活动研究》，西南师范大学出版社 2005 年版，第 28 页。

赵彦秬（1129—1197）的《重建漏泽园记》记绍熙五年（1194）
他解官归至东阳见到的饥疫连发及其救助情况："其冬与次年春，
邑之贫民颇有菜色，至夏而疾疫大起。曾公（县丞曾棠）捃拾常平
之廪费，又以己之俸余，佐之赈施，至于再三，用钱无虑数千百
缗。俾饿者获饱，而病者获起，其为事盖前此所未有也。"刘宰的
《嘉定己巳金坛粥局记》记载他在办粥局的过程中采取了预防疫病
传染的措施。同时宋记中还有专文记载治疗疫病的情况。李昴英
（1201—1257）的《寿安院记》反映当时广州疫病发生及患者遭遇
社会遗弃、虐待的现象：

> 广，山宽海钜，岚雾散泄，故无瘴。土饶醲鲜，细人恣属厌，
> 亦易疾。鳏寡孤独之穷，川浮陆负之贾，驰书传檄之价，才病于
> 主家，旅馆则畏其累己，迫遣之，往往转徙闾巷，虽受病本轻，
> 而不粒不剂，且风且露，困顿久必僵，厢逻又视为奇货，重诛求
> 于死，所为邦人害最大。（《全宋文》第344册，第106页）

该文随即记述了右司刘震孙等人举办专门的机构寿安院收容、救治
病患者的经过。据该文记载："国朝置福田院恤穷疾，与天地同一
好生。常平仓专使领为凶荒疾疫设，将以救民病。"可见宋朝为救
疾疫设立了专门的机构和政府管理部门。宋记较多地反映了地方官
府设立病坊、安养院、居养院、养济院、惠民局等收养、救济疾疫
患者的情况。朱熹（1130—1200）的《江西运司养济院记》记述
江南西路转运司几任官员在隆兴府设置、迁建养济院收治染疾无医
无药无家可归的外来者。陈宓（1171—1230）的《安溪县安养院
记》记录他做安溪县令时建安养院收容那些染上疟疾无家可归的苦
力者，其《安溪县惠民局记》记载他在安溪设置医院，革除信巫尚
鬼、不用医药的陋习。

　　当然，这些疫病救治机构的建置与养生送死的慈善事业是结合
在一起的，其救助对象除了疫病患者，还包括"鳏寡孤独而癃老疾

废贫乏"之"下民""穷民"等社会弱势群体①。此外，一些记文还反映通过浚治河渠，改善居住环境，成功防治疾疫的情况。前引席益《淘渠记》记述成都市区经过引水淘渠就取得了"是岁疫疠不作"的效果。姜容的《州治浚河记》记载嘉定甲申（1224）台州继庆历、乾道浚河之后，第三次"为河以导沟浍，使人脱沮洳，宅亢爽，风气宣泄，疾疠不生"。② 这说明宋人已经充分认识到疫病与公共卫生环境的密切关系。

　　由于历史的局限，两宋政府和民间还试图通过祈祷、祭祀、恐惧修省、因灾言谏、因灾虑囚等一系列宗教、政治活动达到消弭灾害的目的，形成了有别于现实救灾行动的弭灾方式。③ 此类活动今天看来不符合科学理性，但在当时却具有稳定民心，调节灾民心理，影响官员心理乃至作为的积极作用。④ 宋仁宗的《颁祭龙祈雨雪法诏》云："禳禬之方，救灾为急。"⑤ 可见禳弭以救灾为首要目的，二者关系密切。宋记也较多反映了当时的祈祷禳灾活动。其中，写得最多的是祈雨。以祈雨记、祷雨记、谢雨记为题的这类文章就有 15 篇，其他还有龙王庙记、龙潭记、龙堂记、醮厅记等祈雨类记文在 36 篇以上。这类记文多记祷雨灵验及赛谢神祇之事，如苏咸的《南海庙谢雨记》、富临的《南海庙程师孟祷雨记》都写广州知府程师孟奉诏于熙宁六、七年之际"将天子之命求雨于神，而两祷两谢之，获应颇异"。⑥ 毛滂（1056？—1124？）的《湖州武

----

① 吴潜《广惠院记》，《全宋文》第 337 册，第 254 页。
② 《全宋文》第 323 册，第 194 页。
③ 石涛：《北宋时期自然灾害与政府管理体系研究》，社会科学文献出版社 2010 年版，第 129—151、266—274 页。宋人对这两种救灾方式已略有区分，如程元凤《救灾表》将"救灾""弭灾"并立对举："救灾求实政，弭灾求实德，不事空文。"见《全宋文》第 343 册，第 79 页。
④ 石涛：《北宋时期自然灾害与政府管理体系研究》，社会科学文献出版社 2010 年版，第 268 页；阎守诚主编：《危机与应对：自然灾害与唐代社会》，人民出版社 2008 年版，第 5、212 页。
⑤ 《全宋文》第 45 册，第 224 页。
⑥ 《全宋文》第 51 册，第 371 页。

康县渊应庙记》记他做武康县令时在县境内响应山祷雨甚验，并且代为州郡祷雪也获"成功"。薛昂《惠泽龙王庙记》、周颂《雩山庙记》皆写祷雨灵验为答谢神祇而修祠庙。因为不能摆脱这种迷信思想，这些记文常将祷雨应验作为封建官吏的政绩来书写。如程珌《徽州谢守生祠记》因为徽州谢守祷雨而称颂其抗旱建功："比年饥馑相仍，烟青色悴，使君精意感通，每祷辄应。"一代才士苏轼在其《雩泉记》中也自记他在苦旱的密州为民祷雨葺庙，不过，同时他也在探寻水源，凿井引泉。这种救灾、弭灾兼顾的救灾方式反映当时人们救灾活动的全貌。

（三）建仓·兴水利·造桥

两宋时期，封建国家的灾害应对和管理达到了一个新的水平，已建立起一套比较完备的救灾制度，覆盖救灾、防灾、灾时、平时全过程。[①] 上文侧重梳理了宋记反映灾时救急赈恤的情况，下面来侧重看看宋记所反映的防灾备灾情况。

宋代统治者非常重视仓储设施对于防灾备灾的重大意义。宋太宗云："存救之术，储廪是资。所以攘凶灾、防水旱也。"[②] 两宋时期建设的仓廪遍及京城、州县、乡社，名目繁多。并且，"宋朝救荒仓廪并不仅限于常平、义仓、广惠仓、社仓等专设救荒仓廪，而是范围更广，可以说基本涵盖了宋代所有储蓄粮食的仓廪"。[③] 从这个意义上说，宋代以仓廪建置为题材的记文几乎都具有"救灾记"写作的性质。《全宋文》中以"仓记"为题的文章约80篇，其中为全国性的仓廪常平仓、义仓、广惠仓、惠民仓、丰储仓等作记的仅有9篇，而为地方性仓廪作记的单《社仓记》

---

① 王德毅：《宋代灾害救济政策》，台湾商务印书馆1971年版，第27—190页；石涛：《北宋时期自然灾害与政府管理体系研究》，社会科学文献出版社2010年版，第3页。

② 宋太宗：《诫积蓄并勿损坏官物诏》，《全宋文》第4册，第175页。

③ 李华瑞：《宋代救荒仓储制度的发展与变化》，马明达主编：《暨南史学》第七辑，广西师范大学出版社2012年版，第497—498页。

就有 22 篇、《平籴仓记》有 10 篇、《平粜仓记》有 8 篇。① 可见宋代的仓记多写州县乡社自办仓廪的经历。如程珌《徽州平籴仓记》、赵汝乳《桂阳先备仓记》、李直节《（袁州）州济米仓记》、孙德之《嵊县平籴仓记》等皆写自然条件较差的偏远州县自筹钱粮创办地方自有仓廪的事迹。又如朱熹《金华潘氏社仓记》《建宁府建阳县长滩社仓记》《建宁府崇安县五夫社仓记》等记述自己和其他地方官吏及社会贤达在乡社创办社仓的情况。曹锡的《通济仓记》记述他与其兄弟仿建昌南城吴氏私家自办救荒公益粮仓，宣誓"遇歉则发。官府文移与否，一切不问，斗升必等，价值必平，敛金而藏，不以移用"。这些记文及其反映的仓廪建设主要出自南宋人之手，创置这些仓廪的动机主要出于补救国家仓储系统之不足与弊端，故程珌《徽州平籴仓记》云："以济常平之乏，而免大家般运之劳。"②

与仓储制度一样，水利事业是防灾减灾又一个重要方面。与抗震救灾、抗洪抢险及其灾后重建相较，农田水利设施和城市引水工程的建设具有明显的备灾性质。"灌溉之利，农事大本。"③ 宋朝统治者十分重视农业水利问题。作为杰出的政治家，王安石在做地方官和宰相期间都身体力行，大力提倡和开展农田水利建设，取得明显成效。作为文学家，他立文热情地颂扬同僚在水利方面的政绩。其《余姚县海塘记》记述谢景初在余姚县筑海堤的功绩："既堤北海七十里以除水患，遂大浚渠川，酾取江南，以灌义宁等数乡之田。"在该文中他借谢景初之口，阐述了兴水利防灾与兴学校习礼乐同属为政之急务的道理："通途川，治田桑，为之堤防沟浍渠川，以御水旱之灾；而兴学校，属其民人相与习礼乐其中，以化服之，

① 关于宋代仓廪的全国性、地方性仓种分类参见张文《宋朝社会救济研究》，西南师范大学出版社 2005 年版，第 41—78 页；邱云飞：《中国灾害通史·宋代卷》，郑州大学出版社 2008 年版，第 227—238 页。

② 《全宋文》第 298 册，第 116 页。

③ 《宋会要辑稿》食货七之二五、《续资治通鉴长编》卷二三七载宋神宗语。

此其尤丁宁以急，而较然易知者也。"① 可见水利在他心目中的地位。

在众多的水利记中，长江三角洲的水系疏理和水旱防治情况得到了突出的反映。许克昌的《华亭县浚河治闸记》里反映的情况可见一斑：

> 惟苏、湖、常、秀四郡经渠数百，亩浍数千，脉络交会，旁注侧出，更相委输，自松江、太湖而注于海。而所入之道岁久填阏，雨少过涯则泛滥弥漫，决啮堤防，浸灌阡陌。乃隆兴甲申秋八月，淫雨害稼，明年大饥，上临朝咨嗟，分遣使者结辙于道，发廪赋粟以活饥者。乃博谋于庭曰："惟雨旸之不时，予敢不懋于德，然使水旱之不能灾者，宁无人谋？"或曰："巨家嗜利，因岁旱干攘水所居以为田，则虽以邻为壑而不恤。既潴水之地益狭，则不得不溢。盍尽核所占而凿之，以还水故宅，庶民病其少瘳乎？"上曰："是固有之，然不可悉凿也，宁疏水下流而导之。"（《全宋文》第 242 册，第 136 页）

看来，由于自然与人为的因素导致这一带水道"泛滥弥漫"，灾荒频发，严重的灾情引起了孝宗皇帝的重视，他委派官吏调查研究，并亲自参与了治理工程的筹划决策，通过浚河、治高岸、为闸等措施，最后取得了"四州之人自是知耕敛而已，雨旸惟天可也"的治理效果。总之，数十篇水利记广泛反映了以长三角为中心的江南地区疏浚河、渠、港、浦，修治堤、塘、堰、闸以防备水旱的情况。具有代表性的篇目还有：章岷《重开顾会浦记》（1042 年、秀州华亭县）、胡宿《常州晋陵县开渠港记》（1044）、丘与权《昆山至和塘记》（1055 年，苏州昆山县）、邵权《越州重修山阴县朱储斗门记》（1088）、王之道《和州重开新河记》（1159）、范成大《昆山

---

① 《全宋文》第 65 册，第 46 页。

新开塘浦记》（1165 年，苏州昆山县）、李孟传《修塘记》（1182
年，真州）、楼钥《慈溪县兴修水利记》（1186）、魏岘《四明重建
乌金碣记》（1221 年，明州）等。① 虽然全国其他地区的水利建设
情况反映相对较少，但据部分篇目如公乘良弼《重广水利记》
（1063 年，太原府）、郑獬《襄州宜城县木渠记》（1066 年）、侯蒙
《开渠记》（1109 年，关中地区）、薛直夫《雷州海康渠堤记》（约
1169）等篇目看来，两宋疆域内南北东西的水利建设情况都得到了
反映。

　　水利记中有部分篇章记载了人口众多的城市为防备旱灾和缺水
问题兴修大型引水工程的事迹。苏轼的《钱塘六井记》记熙宁五年
杭州修复"引西湖水以足民用"的引水工程，不但解决了城区水质
苦卤的问题，而且有备无患地战胜了次年的大旱。郑侠的《连州重
修车陂记》记广南东路的连州熙宁九年修复废弃的引水工程，解决
山城的"城中之井以十数而少旱即涸"的水源问题。吴师孟
（1021—1110）的《导水记》记绍圣初成都府修复淤塞的引水系
统，解决城市缺水、环境恶化、火灾频发、疾疫丛生等一系列
问题。

　　桥梁的基本功能本在于交通，所谓"桥梁之利，以济不通"②
就是这个道理。同时桥梁的修建也有防险备患的意义，所谓"架木
为桥，防舟险也"③ 代表了宋人对此的认识。特别是作为频发的洪
涝灾害的受灾体，桥梁的修造与防灾救灾具有密切的关系，这在现
存 150 余篇桥记中多有反映。如苏辙的《齐州泺源石桥记》载齐州
西门桥的灾损情况："每岁霖雨，南山水潦暴作，汇于城下，桥不
能支，辄败。熙宁六年七月不雨，明年夏六月乃雨，淫潦继作，桥
遂大坏。"④ 同时，桥的损坏还可能引发严重的灾害事故。赵敦临

---

① 以上篇目后的年份为写作时间。
② （宋）杨亿：《南津桥记》，《全宋文》第 15 册，第 2 页。
③ （宋）陈耆卿：《处州平政桥记》，《全宋文》第 319 册，第 122 页。
④ 《全宋文》第 96 册，第 175 页。

《重建惠政桥记》记载绍兴元年（1131）夏，"淫雨濡涨，桥复坏，死伤者数十人"。① 因此桥的成功兴建往往还具有防灾避险的重要意义。程俱的《衢州溪桥记》记述大观二年（1108）衢州溪桥建成，不但解决了交通问题，而且免除了"操舟绝流，失毫发便辄覆溺漂转，漫不见踪迹"的安全隐患，"于是负乘扶携往来，不择昼夜，虽大水时至，安如平地"。② 可见当时建桥的初衷有许多是出于灾患的防治，类似的记载很多。

此外，宋记还反映了更加多种多样的捍患兴利事迹。欧阳修《偃虹堤记》记述庆历间岳州在洞庭湖畔修筑偃虹堤，救助舟民"风波之恐，覆溺之虞"，保护水路干线上的航运安全。叶适的《连州开楞伽峡记》记述嘉泰二年（1202）连州楞伽峡山崖坍塌引起河道堰塞，进而导致"溪谷倒注横溢，航楫不通，估货不行……城邑吞没，漫为湖海"等一系列灾害事故。直到 18 年后连州人才力克此难。这两类除患事件宋记中少见，尤其能够体现了宋记救灾纪事的多样性和广泛性。同时宋记还写到一些特殊的受灾地区和受灾人群。如黄宗仁的《救荒记》记述宋季贫穷落后的山区严州建德县艰难备至的救荒活动：在遭遇特大水旱灾害后，当地官府赈灾物资严重匮乏，而往岁可以仰仗援助的临近地区和京师也因灾自顾不暇。但是，县令还是设法帮助百姓度过了这场灾荒。常棠的《鲍郎场政绩记》记述秀州海盐县鲍郎盐场庚子岁（1240）遭遇了严重的旱荒，"亭民相脔肉自救，九灶不烟，幸活无几"。然而，新任盐场官厉梦龙到任后还是展开了一系列切实有效的救灾行动："乃清苦检饬，奉公竭廉，戴月披星，锄狱狡蠹，尽心力而为之。复盐灶一所，复盐丁四十余户，复盐额一万六千八十七石有奇，一年而盐场之课额羡，所谓才全而能巨者也。田畴多，俾耕且耨，户百有余家，饥者得君（指厉梦龙）之食。创亭中路，掘土甃，砌草场一

---

① 《全宋文》第 198 册，第 173 页。
② 《全宋文》第 155 册，第 328 页。

十二井，渴者得君之浆。官浦不通六十余年，参度高低，疏浚约七百余丈。"① 总之，该记反映了盐民的灾苦及盐场生产生活的许多情况，这是记文很少写到的内容。

以上事实表明，大到兴复城池、横制江河，小至修桥备粮、施粥散药，宋记广泛反映了当时各地自然灾害的发生和救治情况，留下了关于一次次救灾、治灾事件的时间、地点、人物、过程、工费及其相关数据的具体记载，覆盖灾时、灾后、灾前的各个环节，无疑具有重要的存史、补史、证史价值。同时，由于每一篇都围绕一个中心事件集中叙写，记事较为具体、翔实，内容丰富，因而又具有不可忽视的文学审美价值和思想文化价值。

二　救灾人物与救灾精神

宋代的州县守令和朝廷派到各地的监司官，肩负着直接组织指挥救灾的责任，他们也是救灾记里书写的主角，宋代救灾记几乎都是以他们这些救灾主持者为中心来记事的。虽然记体文旨在记事，但因许多篇章聚焦于重大的灾害事件，把中心人物放在大营救、大工程的复杂背景下予以表现，因而也就具备了"以事写人"的功效，在一定程度上刻画了人物的典型性格，出现了一大批以封建官吏为代表的古代救灾英模形象，表现了他们身上的英雄品质和优良作风。

（一）英模人物的树立

首先，来看部分官员在大灾大难面前表现出来的组织才干、领导风范和人格魅力。

王安石的《信州兴造记》写信州夜半洪水破城，张知州奔赴谯门，坐镇指挥吏士救人，老弱病残和囚徒"咸得不死"，最大限度

---

① 《全宋文》第333册，第414页。

保护了人民的生命安全。他与曾巩《瀛州兴造记》里的李肃之一样，在救灾抢险时候都从容不迫、指挥若定，抓住了关键，为赢得救灾胜利奠定了基础。曾巩的《越州赵公救灾记》所写的救荒活动虽然不像抗洪、抗震那样紧迫，但旱、疫连发，受灾地域广大，灾民众多，持续时间长达五个月；既要筹备钱粮物资解决饥荒问题，又要准备医药、病坊对付瘟疫，还要应对灾荒引发的公共安全、死者的安置以及贷钱、弃幼、灾民增收等一系列社会问题。但在赵抃的"经营绥辑"之下，各项救灾措施得到了落实，"先后终始之际，委曲纤悉，无不备者"。赵抃尽瘁于救灾事业的形象和运筹帷幄、有条不紊的管理才能得到充分的展现。而他在饥荒来临之前细致周密的准备措施更是给人留下了成竹在胸、备之有素的深刻印象。

其次，来看他们在救灾一线的爱民作风和垂范作用。

苏梦龄的《台州新城记》叙述主计田瑜得知灾情后亟赴受灾现场慰问、安置灾民，"亟乘传而至，呼众戚而视之。问其食，则糠核而臭腐焉；问其衣，则蓝缕而颠倒焉；问其居，则草芰而渐洳焉。横尸塞于衢，穷盗充于郊。乃喟然曰：'兹不可以久生矣！'繇是移文其邻，贸迁用度，以衣食之。相奠厥居，躬自安辑，然后民始知其可造之渐"。随后，"役将兴，田侯亲按勉之，士志增倍"[1]。宋祁的《泗州重修水窦隈记》记洪水淹城之际张知州亲临抗洪前线身先士卒，"搴茭执朴，亲督其役，培薄增庳，仅胜厥灾。及水复旧道，君（张知州）曰：吾知防御之要矣"[2]。他的表率行动不但感化和鼓舞了士气，"缮防成城"，保住了城市，而且也使他从中领悟到治洪的要领。有些官员在疾疫严重之时，不顾个人安危，亲到病人中间抚慰存问，同样令人感动。范成大（1126—1193）的《昆山县新开塘浦记》记县令李次山赈恤灾民的情况：

---

① 《全宋文》第 27 册，第 207 页。
② 《全宋文》第 24 册，第 373 页。

"饥疫之烈也，延缘数十县，见大夫错立其间，左奉食，右执饮，嗟饿者于路，穷日力且弗给。"① 程珌的《吉水县创建居养院记》记其舅父黄何 "为县为州，所至多遗爱。岁方饥，疠气纷薄，虽舆夫率惮莫前，公（黄何）必徒行户至，使缗粟药物，人被乃已，平生全活殆千万计"②。

两宋时期资金短缺是长期困扰救灾事业的一大困难。在此背景下，部分官吏带头捐俸发挥了很好的示范引领作用。黄宗仁的《救荒记》记贫穷山区建德县令赵与稹在灾荒之年 "转俸回籴二百斛，率乡都哀助，以济疾苦矜独之不聊生者"，使特别贫困的灾民起死回生。③ 胡朝颖的《重修百丈桥记》》记淳安知县郑擢为修缮存在严重安全隐患的桥梁，"度其费非二百万不可，县帑枵然，莫能倚办，爰辍俸钱二十万，米三十石，为之倡，同僚亦各翕然捐俸为之助"。④ 可见部分官吏在救灾一线发挥了重要的带头作用。

再次，看他们在治灾过程中的亲民作风。

> 熙宁五年秋，太守陈公述古始至，问民之所病。皆曰："六井不治，民不给于水。南井沟庳而井高，水行地中，率常不应。"公曰："嘻，甚矣，吾在此，可使民求水而不得乎！"乃命僧仲文、子圭主办其事。（苏轼《钱塘六井记》，《全宋文》第 90 册，第 419 页）

> 今大夫江公以宣和四年夏临此民（余杭县），属兵火之余，视民瘠甚，为之恻然，思所以振之者。遍谘耆旧，得溪湖利病甚详。民以厌患于堤防来告，公乃以是年冬度工赋事，民欢趋之。（成无玷《南湖水利记》，《全宋文》第 148 册，第 318 页）

> （庆元二年）施君（施宿）始至，问民疾苦，咸以此（海

---

① 《全宋文》第 224 册，第 382 页。
② 《全宋文》第 298 册，第 119 页。
③ 《全宋文》第 353 册，第 71 页。
④ 《全宋文》第 283 册，第 22 页。

堤）为大病。亲往视之，询究利害，乃得要领。（楼钥《余姚县海堤记》，《全宋文》第 265 册，第 48 页）

以上事例表明，在灾害治理的过程中，治灾方案的提出往往是主事官员主动"问民疾苦"的结果，并且他们也注重倾听百姓的呼声，汲取耆老的经验和智慧，不误农时，保护民工的利益。因为兴役除害顺乎民意，百姓多积极支持，踊跃参加，而官员也将其视作济民之志。

最后，看他们在灾害治理的决策和实施过程中的果决风范。

治平三年，合州经过调查研究提出的御洪方案得了到朝廷的批准，然而面对"功役、用度之繁"，工程是否上马还是"众议纷然，尚以为有损而无益"。单知州凭据"乘农之隙""得君命""官吏心励，民庶力助"等有利条件，力排众议，以快刀斩乱麻的作风拍板定案，他说："谋之虽多，决之于独。吾当以孟劳之刃，断群疑之网。窃窃之言，乌足听耶！"并且还雷厉风行地推动工程开工："亟下符谕五邑，吏民莫不响应，乐输竹木，愿助糇粮，籍计其费，沛然有余。"（赵巎《单公新堤记》）可见是单知州的果断决策和雷厉风行的作风促成合州的制洪大堤得以迅速兴造。类似的情况也体现在淳熙九年真州重修具有重要抗旱、漕运价值的陈公塘的决策上：

初公（知州敷文钱公）始来，顾念荐饥之后，思欲为公家长利，乃始议兴筑……是役也，公独权其利害，而灼知之矣。或虑其劳且费也，公乃奋而决，谓利不可以弗究，役不可惮，而功固不可不济。独趋拘挛之见而卒成之，非明且决弗也。（李孟传《修塘记》，《全宋文》第 260 册，第 64 页）

当时真州所在的淮东地区"连岁旱歉"，钱知州寻访到兴建于汉末但"久废弗理"的水库，经过他"恭至其所，周视形便，规寻利源"的实地考察，他感到："今仍岁旱暵，苟有毫发便于民者，虽使规创，犹不当避其劳。况兹塘隐若天造，丰功厚利，肇自昔人，即旧以谋，顾曷可后？"因此尽管当时连年饥荒，此役工程浩大，但他还是以斩钉截铁的态度促成了此塘的成功修复，使这一"自建安自今垂千三十余年"的废弃工程重新造福人类。

以上事迹表明，部分官吏如赵抃、李肃之、叶棠等沉着、干练、忧民、爱民的性格特征已比较鲜明，作为文中的主人公他们的救灾英模形象初步得到确立。除此之外，一些民间救灾人士的形象也得到一定的展露。刘辰翁《社仓记》写到的巽翁先生，"无位而一食三叹，无食而急人朝饥"，荒年他"解衣易米，更相为粥，以食饿者"。他热心宣传临邑创办社仓的经验，当得到西溪刘氏社仓合约便如获宝，"欣然如有饱色"。这个民间爱心人士的形象虽然着墨不多，但给人以较深的印象。其他还有多篇宋记写到僧人参与救灾的情况，少数篇目写到地方富豪饷助救灾的情节，但都是文中次要人物，笔致都很简略，人物形象难以确立。

值得注意的是，救灾记还多以小小的片段或三言两语描述一些反面人物；尽管处于陪衬地位，然而也有性格特征突出者。如刘宰《重修金坛县治记》写金坛官吏荒年"催科益急"的情形："吏雁鹜行以前白（新任县令），曰：'去年夏民负租若干。'又前白曰：'去年秋民负租若干。'一吏唱声，众口和附，皆曰宜以时理，缓且有咎。"简练的文笔活画出部分官吏罔顾灾民死活、沆瀣一气的丑恶嘴脸。当然，反面人物的书写更多的还是概念化的笔触，以反映弊政为目的，人物多以群体的形式出现。通观救灾记里的人物形象，其典型性格还相当简单、粗略，具有类型化、模式化、群体性特征，还不是独特的"这一个"，但这是由于文体的性质、功能决定的，不但不以写人为目的，同时也不允许艺术虚构，不能以今天的文学观念判定优劣。

（二）优良风范的集结

宋代救灾记不但记录下当时治灾的功绩和人民遭受的苦难，而且蕴含着丰富的救灾经验和可贵的抗灾精神，汇聚着多方面的传统美德和优良风范。上述救灾英模事迹已有了初步显现，下面再略述其他几个主要方面。

第一，尽管救灾记不乏灾害惨烈场面的描写，但每一篇作品突出的却是积极论治的情景，洋溢着战胜灾害的乐观精神。叶适《连州开楞伽峡记》明确批评了在灾患面前"不敢言修治"的畏避态度。章岘《重开顾会浦记》描绘了水旱从人的愿景："夫然，则阴阳惨舒之权，岁时丰穰之候，可移于人手，何水旱之足虑哉！"刘辰翁《社仓记》礼赞仓储具有救荒活民的伟力："天地能生而不能使其无饥，父母能生而不能使其无困，于天地父母之不能而能之者，是仓也。"李昂英《寿安院记》讴歌了战胜疾疫的雄心和功德："人病之者既能厝之安，天病之者亦欲拯之生，公之心无愧于两间，无负于吾君矣。"因此救灾记表达了人类驾驭自然的愿望。

第二，在反映治理灾害的困难时，充分体现了节俭办大事的艰苦奋斗作风。章洽的《乾道治水记》记载江阴军通过"摘奸欺，汰浮冗，铢积寸累"的方式积蓄治水经费。钱益的《增筑东江堤记》记载广州东莞县财赋难办，"凛乎有乏供之忧"，但是新任知县赵善郎却依靠"节缩浮费，爬梳蠹弊"筹资筑堤捍护农田，造福于民。蔡幼学《饶州新筑城记》记述南宋末年饶州在朝廷无力资助的情况下，"核隐漏，损浮冗，储其赢以共享"，从而再造了这座洪损严重的城市，"复数十百年已废之规"。

南宋州县为补国家仓储之不足，地方官府纷纷举办自己的备荒仓廪，其本钱大多依靠地方节用省费筹集。程珌的《徽州平籴仓记》、方岳的《徽州平籴仓记》、宋之瑞的《助济仓记》、孙德之的《嵊县平籴仓记》等均记述比较贫穷落实的州县通过"苦积酌损""痛节浮费"的方式自办备荒粮仓的经历。可见"摘奸欺""损浮冗""核隐漏"等般般举措显示了倡行节俭是行之有效的治灾经验，并且还有利于倡扬和促进官府养成清廉精简的作风。

第三，表现了继承传统与发明创新相结合的实践精神。

传统文化讲究举事遵从古范、典型，这种精神也贯穿于灾害的救治活动中。吴师孟的《导水记》在记述成都修复引水工程时引经史云："伊、洛贯成周之中，汾、浍流绛郡之恶，《书》之浚畎浍，《礼》之报水庸，《周官》之善沟防，《月令》之导沟渎，皆是物也。按《史记》：'蜀守冰凿离堆，穿二江成都之中，皆可行舟，有余则用溉。'然则成都水行其中尚矣。"以古制和成例说明成都治水之可行必行。曾巩的《瀛州兴造记》称颂瀛州的震后重建"御备构筑不失其方，亦犹古也"。宋人治灾重古先型范不只着眼于形式，赵鼎的《单公新堤记》引唐代学者啖助的话说："《春秋》之法，凡兴作必书之，重民力也。盖失时则垂为戒，得时则揭为法。"可见其精神实质还在于爱惜民力，不误农时。

宋代救灾记文在宣扬各地官员的救灾举措合于圣贤遗制法则的同时，也表达了因时因地从宜的思想。吕祖谦的《台州修城记》云："土功于古虽有常律，传《春秋》者复出启塞从时之例，岂非城闉之启塞，实有邦之大纪，随时筑治，有不得而已者耶？"因此宋代官吏在治灾过程中不拘泥于"常律""随时筑治"的开拓创新精神也得到表现。吕祖谦的《泰州修桑子河堰记》记"淳熙元年夏六月，泰州东部潮大上，败捍海堰"，在修复过程中人们发现当年范仲淹创制的堤堰颇有不周，知州魏钦绪"不以造端立始、无前橅可袭为惮，慨然闵民病之不可宿，凡土功之政令，与其具修，悉搜悉讲"，赢得了"郡人拥府门欢贺"。他敢于"造端立始"的动力来自根治"民病"，这也是救灾事业中继承与创新实现统一的基础。这种开创精神不但体现在主管官员的防灾规划管理方面，而且也反映在基层民众的救灾实践当中，叶适的《连州开楞伽峡记》就歌颂了人们在破解一线工程技术难题时焕发的发明创造精神：

> 是冬，遂命司法李华、郡人张浩大议疏凿。华巧思强力，侯（连州杨知州）专任不疑。易者劝趋，难者募应，小石绰

运，大石镵落，上以火攻，下以堰取。余隐石黯黯平流中尚数处，工不知所为，华创巨灵凿，贯木百钧，捣之靡碎。春且半，石之为水害者尽平，舟自番禺来城下，群川众壑，各得所归。老稚聚观喜极，或泣曰："连始复为郡矣！"（《全宋文》第 286 册，第 123 页）

所谓"易者劝趋，难者募应"云云，使我们看到了民众和能工巧匠在治灾除患过程中展示的巨大能量和智慧才能。而"巧思强力"的司法吏李华发明的"巨灵凿"，既解决了清除隐石的最关键技术难题，也堪称当时人民治灾智慧的显著代表，千载之下令人想望。

第四，书写了理想的官民关系、同僚关系。

从根本上说，封建时代的官民关系是对立的，然而以官府为主体的救灾活动为民兴利除害，则为二者关系的暂时缓和与融洽带来契机。虽然治灾需要动用巨大的人力、物力，但处理得法就能赢得百姓的支持和积极参与，并激发普通百姓积极参与治灾的热情，从而在治灾过程中出现官民关系的良性互动局面：

尺符所颁，俯期而集，负畚筑者欢呼舆讴，歌以相杵，市之富室偕与饷之，役者悦而无所匿其迟，且未尝鞭扑之而能致其功也。……民之苦于垫溺而知其利也，用不懈于勤，阅三旬之功，余四日之力。（石昼《成德军修庠池河记》，《全宋文》第 104 册，第 212 页）

工徒廪食悉视私役，分命同官日劝旬劳，至有不由率而欣然以酒馔来饷者。不夺农时，虽劳不怨。（任逢《重修单公堤记》，《全宋文》第 284 册，第 429 页）

特别是一些官员救灾有方，辛勤操劳，忧民在先，虑己于后，赢得了百姓的衷心感戴。在南宋绍定年间台州临海县的风暴潮灾后重建中，由于县令吴楷做到首先让百姓安居，所以当他重建官治时，就得到了百姓热情主动的援助：

> 君（吴楷）曰：民之居奠，然后令之居可奠乎？而以累民，吾不忍也。民亦奋曰：令常忧民之居矣，不忧令之居乎？而以累令，吾尤不忍也。令撙他费以创之，民伺其阙而助之。……虽创之者民本无预，而助之者令则难遏也。（吴子良《临海县重建县治记》，《全宋文》第341册，第27页）

这种救灾中形成的亲密无间的官民关系，书写了封建时代官爱民、民爱官的理想社会图景。甚至为了感谢和铭记官长的救灾功德，一些地方的百姓还为他们建生祠。邵权的《越州重修山阴县朱储斗门记》记越州知州黄公筑塘捍海，救护城民，"州人相与绘公之像生祠之"。王象祖的《浙东提举叶侯生祠记》亦记台州人为报谢叶棠救灾重建之功，在市区要道上为他建起生祠。还有一些地方的百姓将官长治灾的功德编成民歌民谣广为传颂。李孟传的《修塘记》记述真州钱知州在成功修复荒废千年的水利工程以后，"百姓老稚欢趋，竭蹶争睹，相与诵之曰：新塘千步，膏流泽注。长我禾黍，公为召父。恭爱无偏，公后陈光。甘棠之阴，共垂亿年"。

在救灾活动中不但官民关系谱写了新的篇章，而且封建官吏的同僚关系也掀开了新的一页。在灾难面前，他们往往改变平日钩心斗角、互相倾轧的习气，同心同德，通力合作，从而保证救灾任务的顺利完成。苏梦龄的《台州新城记》记庆历五年台州那场特大风暴潮灾及灾后重建，涉及以转运使田瑜为代表的一大批官吏，仅提及各方主事官员名姓者就有25人。在救灾过程中又经历了主计、司宪、州守、州倅等主要官员换任、重建方案的修改等诸多变故，但就整个重建过程看来，上下各方始终"协心同功"，"虑忠计远"，"诸大夫各祗所职"。如写他们在修改重建方案过程中民主协商、择善而从的情形：

> 群议又曰："城则信美矣，然万分之一复罹水灾，而激突差久，则惧其或有颓者。不若周之以陶甓，则庶几常无害欤。"外台然而行之，曰："虽重疲吾民，其利至博也已。"惟黄岩令曰："陶甓虽固，犹未如石之确也。"乃请兼用石。

正是这种"同僚协谋，不掣其肘"①的良好官风保证了救灾重建取得理想的效果："费赀不逾千万，而国之大事立焉。"

第五，表现了民间和社会救济的同舟共济、见义勇为精神。

救灾活动虽然由政府主导，但离不开社会各界的广泛参与。刘宰的《嘉定己巳金坛粥局记》记述嘉定二年（1209）由旱蝗之灾引发常、润地区的大饥荒，金坛士绅在官府、寺院和邻邑的支持下设粥局赈济饥民，收养弃儿及老者、疾者，前来就食饥民曾达到三千人。这次善举首先由邑士张汝永、侯琦、新桐川汤使君及刘宰等人发起，困难之际得到官方的有力支持，由僧、道具体负责施粥赈济，主持和襄助者包括邓允文等民间人士和郡博士若干人，弃儿的收养更涉及许多人家，汇集社会各方面的力量救灾，体现了广泛的群众性。刘宰的《甲申粥局记》则记载他退隐后作为民间慈善家于嘉定十七年（1224）自设粥局的亲身经历。因饥民过多，超出了其赈济能力，故他曾打算中止这场施粥活动，但是后来在乡人的支持下，汇成了广泛的群众爱心行动。

> 其始来者才数百，窃自喜日虽多，可无乏事。其后稍增，尽三月乃盈万人，某始窘于无继，议所以止。友人赵若珪玉甫闻之，蹙然踵门而告曰："凡吾邑之民，所以扶老携幼去其室

---

① 楼钥：《慈溪县兴修水利记》，《全宋文》第265册，第43页。该文称道慈溪县淳熙年间"为长堤以捍江潮""又为浚河之役"的成功经验。

庐以苟勺合之食者，所愿更旬余无死则庶乎麦秋，今而弃之，是将济而夺之舟中，缝而绝之缏也，而可乎?"某曰："力竭矣，可若何?"玉甫曰："若然，何不素告我?"乃自振廪，且为书圈封之，又为书博封之，以请于乡之好事者。未几钱谷沓至，乃四月朔更端，俾炀者增灶，奔走者增员。史执笔以书，而受给不欺；阁执朴以徇，而去来无壅。又所用米皆精凿，自平时中下之家不能有，乃今以食饥者，以是远近流传，来者至万有五千，每捧食执饮者至，必举首仰天三叩齿而后敢食。迄十有五日，大麦实乃已……畴昔之事，轻举而不要其终，某固有愧于子鱼者。玉甫之为义，岂直子鱼比哉！至于玉甫之意决于此，一乡之人应于彼，与得之见闻者，力所可至，皆不谒而获，此岂智力所及。（《全宋文》第 300 册，第 122 页）

友人赵若珪的慷慨相助、热心人士的纷纷响应、饥民的仰天感戴、作者的歉愧和觉悟以及上万人的规模、优质的大米等情节，给人留下了深刻的印象。这是古代社会很温暖人心的一幕，显示了天灾无情人有情的人性光辉，弘扬了同舟共济、见义勇为的救灾精神。

此外，宋记还写到其他身份的民间人士支持救灾事业的情形。赵敦临的《重建惠政桥记》记洪流引发的桥梁垮塌事件，县令引咎思过，"邑之富人相谓曰：'此可爱吾财而不能成一桥，以戚吾贤大夫?'翕然输金，醵财鸠工"，从而促成了该桥的及时修复。这是地方富豪参与救灾的情况。在宋代的社会救灾行动中，僧人是一个十分活跃的群体。曾巩《越州赵公救灾记》记赵抃办病坊时，"募僧二人，属以视医药饮食，令无失所恃。凡死者，使在处随收瘗之"。楼钥的《余姚县海堤记》记僧人参与海堤的修建管理："乡民赵明、释子行球董其役。"袁辉的《通惠桥记》记西蜀僧人与士绅在官府懈怠的情况下自发修建桥梁，"经费不资，未尝以闻有司，借民力而功成，水患遂弭"。可见，不论是粥局、病坊的救济，还是桥梁、水利的修建以及疫死者的收瘗，他们都有不可替代的作用。① 有些记文还特别表现了他们对于救灾除患的担当意识和救世济民的雄心壮志。苏简的《重修板桥记》记述兰溪县洪水泛滥，"桥坏弗治，行旅病涉。广智寺僧可威独任其事"。② 林高的《桂州栈阁修桥路记》记述桂州某地"秋水泛滥，假舟楫以渡人，间有沉溺之事，民受其苦，阖郡以为念，未有出力竭智经营，以图永久之利"。③ 可是在此情况下，僧人永玦却"以救治为念，特发大愿"。

第六，反映了救灾活动在历任官员、数代人乃至历朝历代之间的接力传递情况。

自然灾害的周期性、反复性和人类治灾能力的历史局限决定了救灾活动不可能一劳永逸，它必然在数任官员之间、几代人之间以至历朝历代之间接力传递，从而形成连绵不息的抗灾史、奋斗史和创业史。宋记对此作了充分反映。苏梦龄的《台州新城记》所记庆历间台州那场风暴潮灾之后的赈救与重建就是在前后任主计、司宪、州倅等主要负责官员之间的协调配合下完成的。朱熹的《江西运司养济院记》记南宋隆兴府的养济院先后由该转运司的五位官员在乾道、淳熙之际的十年之间不断努力才得以办成。南宋温州平阳的防海工程更是"数十年，五成四坏，其间随治随损，若是者寻常耳"④。同时，还有一些记文反映宋人跨越时代、继往开来肩负治灾历史责任的事迹。丘与权的《至和塘记》记至和二年苏州重修崑山塘，兴旧起废于三百年前的唐代遗址。李孟传的《修塘记》记淳熙九年真州重修陈公塘更是远接汉末建安时期的通漕备旱事业，兴复一千多年前的水利工程。卢钺的《修六井记》在记述咸淳六年临安府修浚杭州的引水系统时回顾了自唐以来杭州历任名宦缮治六井

---

① 黄敏枝：《宋代佛教寺院与地方公益事业》，黄敏枝：《宋代佛教社会经济史论集》，台湾学生书局1989年版，第413—442页；何兆泉：《宋代浙江佛教与地方公益活动关系考论》，《浙江社会科学》2009年第10期。

② 《全宋文》第174册，第206页。

③ 《全宋文》第145册，第311页。

④ 徐谊：《重修沙塘斗门记》，《全宋文》第282册，第80页。

的经历，构成了一幅清晰生动、跨越唐宋的治灾接力图。其间前有苏轼的《六井记》，后有周淙的《乾道重修井记》都曾追溯过此前的缮治过程，修井记、救灾记的写作也形成一种历史接力。许多涉及灾害救治的宋记被冠以"重修""新修""重建""新建"的题目，正是这种历史和文学承传的独特反映。

有些记文还特别记述了不少主持救灾事务的官吏不满足于解燃眉之急，他们胸怀立功当代、利及千秋的远大目光，总是尽力把防灾工程和救灾事务做得十分完善。丁宝臣的《捍海塘石堤记》称道主持杭州海堤修造的诸公前后相继，"合而成绩，以为万世利，后之为政者其念前人之勤，俾勿坏，则斯民无穷之赐也"。吴聿的《靖安河记》记载宣和六年发运使卢公整治长江下游航道的目标即在于"使往来之人高枕安流八十余里，以易大江百有五十里之险，实为万世利"。刘辰翁的《社仓记》亦推扬社仓是备荒救饥的不朽事业："又三岁十岁以至于无穷，子子孙孙与是仓终始而穀亦不可胜食矣。此社仓法也。"王象祖的《浙东提举叶侯生祠记》记述台州遭遇风暴潮重创以后，主持重建的叶棠不畏艰辛，深谋远虑，灾、盗并防："圣人不畏多难，公之为备于后者，岂止水哉？"

值得注意的是上述各种抗灾救灾优良风范已融入传统文化的血液，作为家风世代传承。南宋初成都知府席益以继承其父席旦三十年前的"沟洫之政"自任，力举成都的淘渠清患之役（席益《淘渠记》）。吉水丞黄阅在任上建居养院，使"生有以养，疾有以药，没有以藏矣"，与其父当年不顾个人安危抚慰疫病患者可谓一脉相承，"其渊源有自来矣"（程珌《吉水县创建居养院记》）。宜黄曹锡自办公益粮仓"以备凶荒"、金华潘叔度"慨然出粟五百斛"办社仓、刘宰将自己积蓄十年的粮谷用以设粥局，均自称是追承乐善好施的先志。[①] 这种父子相继、前后任相续、代代相传的救灾活动其实正是子子孙孙平险不止的愚公移山精神的历史写照。

---

① 分别见曹锡《通济仓记》、朱熹《金华潘氏社仓记》、刘宰《甲申粥局记》。

在种种堪称楷模的救灾行动背后，救灾官吏的思想心态也得到一定程度的展露，其强烈的责任意识、忧民情怀得到突出表现。首先，他们对自己肩负的防灾恤民之责有明确的体认。如庆元间常平提举王宁在上奏朝廷力主重修泰州捍海堰时说："水政，臣职也。敢惮改作？所费虽重，撙节财用，铢积寸累，愿就兹役，不敢以烦朝廷。"（楼钥《泰州重筑捍海堰记》）虽然面临财力上的巨大困难，但仍然表示将尽职成事。嘉定间合州知州任逢发现部分官吏面对州城严重的洪灾形势自谋逃生时，他想到的是自己肩上那份沉甸甸的责任："而一城生聚悉弃置不恤，岂弟为民父母之意安在？自是寝惊梦愕，日访防扞备御之策。"（任逢《重修单公堤记》）而一旦发现灾难事故与己职相关，他们会负疚自责。如奉化惠政桥为洪水损坏，导致桥毁人亡，"令尹赵公泣且言：'桥不时修，令过也。'歉然不怿者累月"（赵敦临《重建惠政桥记》）。其次，救灾活动也寄寓了他们建功立业、显身扬名的抱负。景祐间，郓城县令刘准就将自己修堤御水之事与太祖、太宗用武时候以军功取功名相提并论，他说："太平为吏，不从军边塞，效万死一生，立尺寸功，求荣名书国史，此为绩虽细，犹愈夫坐而视民溺死不救者焉。"（《郓城县新堤记》）可见功名事业心也是宋代官吏投身救灾事业的动力源泉之一。当然在救灾问题上唯功名论又会导致虚荣心滋长，走向事情的反面，如任逢的《重修单公堤记》所揭露的："近之君子凡所兴作，必欲自己出，多以循前人轨辙为陈迹可耻。"将防灾工程搞成"政绩工程"，不但容易劳民伤财，而且还可能导致原有的防灾工程"极败大坏"而坐视不管，甚至见灾不救。

宋代救灾记无疑是以上述英模和正面人物为主要表现对象，然而他们的风范未必就是官场主流。王安石曾借颂扬海门救灾善政之机就当时郡县为民兴利除害的现状反问道："而论者或以一邑之善不足书之，今天下之邑多矣，其能有以遗其民而不愧于幽之吏者，果多乎？不多，则予不欲使其无传也。"（《通州海门兴利记》）对此，吴儆的《相公桥记》做了十分明确而肯定的揭示："某尝病今之为郡者侈游观自娱，乐饰厨传称过客，而吾民之不恤。不惟不恤之而已，又竭其膏血而甘之，固无讥也。至于宽厚慈惠号长者，顾多优游迂阔，务姑息事文具，豪民猾吏得志以逞，而善良贫弱之民实受其病。"自然灾害作为构成和加深民病的主要因素，他们所说的"不多""民之不恤"的情形其实不妨视作当时灾政施行的实际情况。王安石曾直接揭露和讽刺那些对救灾不学无术的官吏："今州县之灾相属，民未病灾也，且有治灾之政出焉。弛舍之不适，哀取之不中，元奸宿豪舞手以乘民，而民始病。病极矣，吏乃始瞥然自喜，民相与诽且笑之，而不知也。吏而不知为政，其重困民多如此。此予所以哀民，而闵吏之不学也。"（王安石《信州兴造记》）可见宋代的治灾之政存在许多阴暗可鄙的现象，宋代救灾记在正面弘扬模范事迹的同时，对此也附带作了概略的揭露和批判。

　　首先，是"民之不恤"也即官吏不作为的情形。尹洙的《伊阙县筑堤记》在颂赞伊阙知县张承范预修防洪设施的同时，批评明哲保身、因循守旧的官风："今之为令者，其虑己也深，兴一物，更一政，必思曰谤与咎将及焉；诚不及，犹曰吾无改为尚，可俟后人。后之人亦视前之政，曰：吾独何加焉？积日以幸他迁，苟自简而已也。其虑己之深若是。呜呼，为令者岂当然哉！"苏轼的《雩泉记》则以密州常山祷雨有应、常山雩泉"涌溢赴节"的事例，反讽堂堂在位的官吏对于民生疾苦"有号不闻"的失职行为："今民吁嗟其所不获，而呻吟其所疾痛，亦多矣。吏有能闻而哀之，答其所求，如常山雩泉之可信而恃者乎？"叶适的《连州开楞伽峡记》以连州救灾的重大功绩反衬、指斥救灾失职者莫大的过失："虽然，以今峡视之，舍而不治，则一州废矣。夫忽人患而不加恤，慢天灾而苟自恣，二过孰愈？"任逢的《重修单公堤记》还记录了一些官吏自顾逃生、弃民于水火的自私行为："又明日，凫鹥行，抱案直前，鸠集津渡。操舟之人曰：某舟载库，某舟载寮属，至内而浮家泛宅，外而兵仗之属，亦各预籍定名姓，俾水至毕会，惴惴动色。"

其次，是"竭其膏血而甘之"的情形。席益在成都淘渠除患取得成功以后，又向僚吏探询城市内涝的积弊之由，方知"淘渠之令，岁亦一举行，里胥执府符为醉饱左契尔，如豪举之室屋，权要之官寺，谁敢掊视其通塞者；编户细人虑不及远，每早夜叫呼于门，得所欲则去，间有欲问者，患不知其源委，询诸吏民，各怀私意，莫肯以实告，故因循至此"（席益《淘渠记》）。原来此前成都并没有废止通达沟渎的先王惯制，只不过为里胥所利用，淘渠成了他们中饱私囊，从中渔利的途径。恰相类似，张孝祥在荆州任上组织修复防洪大堤以后，又向耆老探询堤坏之由，方知"异时岁修堤，则太守亲临之，庳者益之，穴者塞之，岁有增而无损也，堤是以能久。今不然矣，二月下县之夫集，则有职于是者率私其人以充它役，或取其佣而纵之；畚锸所及，并宿草与土而去之耳。视堤既平，则告毕工，于是堤日以削而卒致于溃也"（《金堤记》）。同样是由于监管不严，有人从中牟利，以致关系一城安危的堤防成了腐败工程。席、张二人均以强烈的责任心和务实求真的作风发现和揭露了官方救灾活动中存在的趁火打劫、发灾难财的贪腐行为。

再次，看"豪民猾吏得志以逞"的情形。

刘辰翁的《社仓记》反映青黄不接时朝廷下发赈灾粮的过程中存在恃强欺弱的现象，致使弱者难以享受到皇恩，赈济有如虚名而已："其后上捐义仓和籴数万石，深山长谷幸忍须臾食新矣。暨乡都转致，强者干没伪占，弱者择轻受少，独区区藉虚声出藏粟耳。"度正的《巴川社仓记》揭露乡间富豪在灾荒时节囤积居奇、推扬米价发昧心财的现象："吾乡地势高仰，无堤堰陂塘之利，世所谓雷鸣田者，五日不雨则枯，十日不雨则槁，故丰年常少而凶年常多。比年谷价腾涌，比之往时不啻三倍，然人心不厌，犹有闭籴以待善价者。"这是"豪民得志"的情况。相比之下，"猾吏"得逞的情况更加令人发指。刘宰的《重修金坛县治记》揭露官府的救荒"高招"："旱岁官吏相承欲以劝分多寡见能否，往往下户未拜赐而中产已鬻业"，这种剜肉补疮的方式无疑会使贫瘠的金坛雪上加霜。

甚至发生了大饥荒、新任县令奉命来推行荒政时，那些官吏仍众口一辞地反对缓征租赋，根本不顾百姓死活，以巧取豪夺、横征暴敛为能事。锺咏的《萍乡县西社仓记》还记录官府在讲行荒政的过程中不顾实情、胡乱摊派，不懂荒政、不问市场从而人为加剧灾情的情况："有司往往第民产之高下，咸俾出粟，分日赈乏。民或有田无积者，固不容以实免；其或无田而积反厚，或力可致之远方，则又惮官有定价，岁为常额，而不敢出其所有。"所有这些灾荒年月的倒行逆施无疑会导致"善良贫弱之民实受其病"的后果。

当然，无论是从篇幅还是从题旨来看，上述诸多宋记都是以正面赞颂救灾英模的功绩美德为主题，偶尔出现的批判性内容也是为了衬托和表现这个主旋律。这与此类文章本身就以"著成绩"① 为重要写作目的密切相关。

总结宋记丰富多样的灾害纪事，大量具体翔实的救灾防灾事件的叙写，不仅生动地记录了以救灾官员为代表的社会各界兴利除害的丰功伟绩和优良品德，而且形象地再现了当时人们战天斗地的艰辛历程和气吞山河的英雄壮举，总体上构成记录我们祖先开创田园、保卫家园的民族史诗。同时，由于每一次救灾活动的记述必然围绕灾难情景的发生而展开，因此宋记的灾难纪事也成为我们民族历经沧桑的苦难记忆。凭借这些珍贵的历史记录，我们祖先艰苦创业、顽强奋斗的历史场景千百载之下依然宛然在目。因此思想文化内涵丰蕴的救灾记具有重要的思想价值和教育意义。

三 艺术审美内涵和叙事艺术

从根本上说，系列宋代救灾记是一种实用文，具有鲜明的实用目的。如同前揭朱熹的《江西运司养济院记》一样，各篇救灾记对

---

① 朱熹自记其《江西运司养济院记》的写作意图云："既以著夫五君子之成绩而自讼以晓当世，又以告后之人，使知五君子者相为始终十年之间所以成此者之不易而不敢坏也。"《全宋文》第 252 册，第 95 页。

此分别都有明确的表述和阐发。曾巩说他作《越州赵公救灾记》是要推广赵抃的救荒经验："盖灾沴之行，治世不能使之无，而能为之备。民病而后图之，与夫先事而为计者，则有间矣；不习而有为，与夫素得之者，则有间矣。予故采于越，得公所推行，乐为之识其详，岂独以慰越人之思，半使吏之有志于民者不幸而遇岁之灾，推公之所已试，其科条可不待顷而具，则公之泽岂小且近乎！"苏轼说他作《奖谕敕记》是要告诫徐州民众提防黄河水患的凶险："臣某以谓黄河率常五六十年一决，而徐州最处汴泗下流，上下二百余里皆阻山，水尤深悍难落，不与他郡等，恐久远仓卒吏民不复究知，故因上之所赐诏书而记其大略，并刻诸石。"并且这些记文大多要刻石作碑，广布人众，具有很强的公用性，不同于其他诗文通常只在文人圈内交流。作记的实用目的不免会使部分作品功利色彩浓厚，或流于简单记事，质木无文，但大多数作品仍具有不菲的艺术审美内涵，形成一定的艺术特色，其艺术成就不可忽视。宋人称道王安石的《信州兴造记》云："意有发明，文有涵蓄，叙事有法又其余事。"① 其"发明""涵蓄"处正是其精彩和魅力所在，它们有甚于叙事技巧。

（一）艺术内涵

第一，与前揭人物塑造的初步成就密切相关，救灾记具有独特的审美价值。由于题材内容的独特性，特别是记述大灾害的发生、营救及其灾后营建，往往是在灾难深重、情况危急、场面宏大的背景下叙事写人，因此其主人公形象一般都具有英雄的气质和高大的特点，其正面人物的思想言行体现着道义力量和抗灾精神。因此救灾记里不但有因灾而生的恐惧、悲伤情感，更有一种坚忍不拔、力挽狂澜的崇高、壮伟情怀。人类应对自然灾害感天动地的豪情壮举为救灾记带来充满斗争精神的阳刚气质。比较起亭台堂阁记、山水

---

① （宋）楼昉编：《崇古文诀》，卷二〇，库本。

游记、书画记、学记、藏书记等唐宋记体文为人熟悉的题材，这无疑是救灾记最有代表性的一种审美情感。① 当然，救灾记也包含一些轻松优美的笔调和欢庆胜利的凯歌，显示其审美内涵的丰富性。

第二，尽管宋记议论化倾向很突出，甚至"专有以论议为记者"②，不免屡遭诟病，但不少此类宋记恰当精彩的议论不但能使题旨更加显豁，而且给人以智慧的启迪和哲理的遐思。苏轼的《钱塘六井记》通过抗旱引水工程的兴建以及有备无患与有患无备的事实对比，由小见大地揭示了人们在防灾问题上容易疏忽的漏洞、死角，说明御灾应当周备的道理："余以为水者，人之所甚急，而旱至于井竭，非岁之所常有也。以其不常有，而忽其所甚急，此天下之通患也，岂独水哉？"堪称警策。这类箴言至理还有不少，即以防患未然的思想看，丁宝臣的《捍海塘石堤记》发议道："呜呼！自天地来，何尝世无祸灾，惟君子能左右吾民，思患而预防之，使其虽有而不能为害，则幸矣。"深刻的道理出之以深沉的感叹，哲理之外又多了一层情感的魅力。又如李昂英的《寿安院记》就广州设院收治疫病患者而宣扬慈善事业的仁爱思想："天地之大德生而已，所以无终穷，生意不息而已……夫人为三才之一，仁人心也与天地心本不二，如果核中有仁，生意在焉，恻隐其端，不特发见于孺子将入井时，虽草木禽兽之微，萎瘁不得宁其生，亦悯焉动念，病栢病橘，病马病鸥，杜诗韩笔且不遗，而况于民吾同胞乎！"刘辰翁的《社仓记》以饥民纷纷自杀的惨痛现实呼吁人们积极参与救荒救饥的社仓建设："嗟乎，人命亦大矣，向之死者非尽鳏寡孤独也。自鸟兽之群犹知爱其死，闻其悲鸣者犹为之伤心焉，况同类并生之民，父母妻子临流忍诀，则亦见斯世之无足怀，而斯人之无足告耳，其不大可哀与？"上述案例包含的哲理、深情和大爱思想凝

---

① 关于唐宋记体文的常见体式、题材内容和写作特点，请参见王水照主编《宋代文学通论》，河南大学出版社1997年版，第439—447页；杨庆存：《宋代散文研究》，人民文学出版社2011年版（修订本），第264—270页。

② （明）吴讷：《文章辨体序说》，人民文学出版社1962年版，第42页。

聚为作品深沉的意蕴，耐人寻味，感人至深。

第三，除了哲思妙理，救灾记还多抒情写景的内容。刘宰的《重修金坛县治记》写金坛知县韩冠卿救荒用以工代赈的方式重修破旧的县治，当其落成之时："其饰焕然，若与云汉之章相为昭回；其植屹然，若与城池之固相为长久。窈而深，裕乎有容，则又若公之骈幪邑人，使不知风雨之震凌，公于是可谓勤矣。"这段写景抒情、状物喻人的文笔有力地表现了韩氏荒政大得民心的成功和喜悦。又如陈耆卿的《处州平政桥记》写处州重修被洪水冲毁的桥梁："公（知州应元衮）独撤故材受成规，下令曰吾官满即去，桥宜终修。众闻，奔走偻工，闳壮加倍，偃若龙卧，蜷若虹饮。郭内外，人憧憧往来，又若纵步席上，散影涧中，峦麓迎前，而鱼虾出没其左右，一一皆奇观也哉！"即将离任的知州对于灾后修复工程"终修"的愿望和要求激发了建桥者高涨的热情，大功告成的喜悦则以州人竞相过桥的感受来衬托、形容，笔调十分优美。此外，不少作品还引入民歌民谣讼灾、诉苦、颂功，丰富了表达方式和内蕴辞采，特别是一些作品还专门缀以诗章歌咏所记之事，更增添了全文抒情的色彩。如许克昌《华亭县浚河治闸记》、王象祖《浙东提举叶侯生祠记》、楼钥《余姚县海堤记》末尾皆作长歌，抒怀尽意，文采倍增。

第四，宋代救灾记的魅力还表现在记事各有特点，并非千篇一律。同样是救荒，曾巩《越州赵公救灾记》是饥疫并生的情况；锺咏《萍乡县西社仓记》是要革除劝分不公、定价遏籴的弊政；黄宗仁《救荒记》则是贫困山区在邻邑自身难保的情况下荒年如何绝地逢生。同样是筑海塘，王安石《余姚县海塘记》主要赞扬知县"能亲以身当风霜氛雾之毒，以勉民作而除其灾，又能令其民翕然皆劝趋之"。林栗《海塘记》主要是礼赞定海县新海塘的巍峨坚固和欢庆它经受了大海潮的考验。赵孟坚（1199—?）的《海盐县重筑海塘记》则突出县令兴大役而不摊派，拆迁也解决得好："不配于下，不请于上……筑地所经，或当民产，倍直给酬，了无怨咨。"

可见尽管自然灾害反复出现，但每篇写到的灾情、困难和救治方法都不相同，无疑会增强其可读性。

此外，许多灾害记事还多细节、曲折，有的还曲写深衷。刘宰的《重修金坛县治记》贯穿了反常的现象和作为：其一，"邑故非旱之忧，至是水竭，岁以大饥"。其二，新县令没有采纳县吏们齐声附和的主张，改催科为倚阁，"劝分弗强所无"；其三，遏制荒年所谓"劝分"的习惯做法（其实是剜肉补疮），甚至部分百姓主动贡赋而不取；其四，荒年兴役重修县治；其五，不以百姓满意为满足，不以已成者自足，期于大成。这一系列的"反常"举措，有力表现了新县令除旧布新的魄力和惠政利民的政绩。他的《甲申粥局记》还由表及里地反映了事件的波折和心理的波澜：先写亡父救荒活民未遂心愿，赍志以殁，继写自己设粥局以成先志，续写饥民大量涌至，被迫准备中止施粥，再写友人的劝止和乡人的响应支持，直至完成一场历时长、规模大、收效大的慈善活动；与此同时，作者内心的变化也得到展示：先是追承先志的热情，继是赈济力竭的无奈，再是"轻举而不要其终"的歉愧，最后是对"恻隐之心"之说的共鸣，反映了作者内心的矛盾和自我觉悟不断提高的过程。

（二）叙事技巧

宋代救灾记的艺术魅力还表现在它娴熟地运用了多种艺术手法和古文表达的优长。

1. 结构顺序安排多方。宋人作文讲求"叙事有法"，这在救灾记中有突出表现。首先，恰当选用和配合使用顺叙、倒叙、补序、插叙等叙述方式。苏梦龄的《台州新城记》、曾巩的《越州赵公救灾记》和《瀛洲兴造记》、王象祖的《浙东提举叶侯生祠记》等都写重大的灾难事件，事涉千般，百废待兴，可以说千头万绪，难以下手，可是由于它们一般都采用顺叙手法，以时间为主线，开门见山，循序渐进，把握关键，要言不烦，从而把错综复杂的灾情和救治的各个环节组织得井井有条。曾巩《越州赵公救灾记》就因其"详尽明皙"[1]的叙事历来备受称赞。明茅坤赞云："赵公之救灾，丝理发栉，无一遗漏。而曾公之记其事，亦丝理发栉，无一不入于机杼，及其髻总。"[2]

同时有些记文也重视倒叙引人入胜、补叙解释悬念疑问的效果，在头绪不多的救灾事件的叙述中多掺杂使用这些叙事手法。石介的《新济记》先用倒叙从知州孙奭治理济水完工并发挥重大功效写起："春，新济成，夏，汶水涨，新济是赖，汶水无害，郓人适安。今年新济成，明年东方饥，新济是凭，兵不匮食，国不乏用，民不饿死。济之为功也如此。"然后再掉转笔锋介绍"济水弃滞塞废三十年"的灾情，插叙孙奭通显的仕历，交代他不恋京阙、退守乡郡因而得以治济的原因，最后再补叙济水灾患的根源和治济的具体措施、过程以及作记的缘由。文章调动运用多种叙述方式，将整个治理事件的来龙去脉叙述得十分清楚。

2. 体现多种艺术辩证法。虽然这些记文以叙写正面人物、歌功颂德为主，但也写了负面人物，揭露了腐败现象。不同的是，实写、详写前者，虚写、略写后者，一般没有出现具体的负面人物和事件。这样就取得了正反结合、虚实相生、详略得当、主次分明的叙事效果；既弘扬了试图表达的"主旋律"，也鞭挞了官场和社会存在的丑陋现实，更好发挥其德治教化作用。除此以外，每一场救灾活动前后的忧喜、祸福对比也很强烈；重大事件叙事的主次、详略的区分也很明显。如王安石《信州兴造记》记抗洪，着重写了救人；曾巩《瀛州兴造记》记抗震，着重写了辟谣、救仓储；其《越州赵公救灾记》记救荒，着重写了灾前的准备和灾时的赈济、治疫，其他多为略写，虽然头绪繁复，但以要驭繁，从而使叙事有条不紊，结构谨严。

---

[1] （清）高宗弘历选：《唐宋文醇》，卷五六，乾隆评语，库本。

[2] （明）茅坤编，（清）张伯行重订：《唐宋八大家文钞》卷一五，中华书局1985年版，第315页。

在点面结合上，这些作品都以主持救灾的官员为中心来记事，体现了以点带面、突出主干、以主带次的叙事策略。同时，许多作品在记述具体的救灾活动时，还把它与时政关联起来，从而彰显其典型意义和普遍意义。如王安石《信州兴造记》在叙述完张公的信州抗洪救灾事迹后，顺势揶揄当时的灾政状况："公所以救灾补败之政如此，其贤于世吏远矣。"通过张公的特殊性与官场普遍性的对照，张公救灾的模范作用和文章的现实意义、批判意义都得到了增强。

3. 善于通过对话或虚拟对话来交代灾情，反映民意，赞述政绩，歌颂功德。如钱益的《增筑东江堤记》：

> 既期年，（东莞县令赵公）属耆老而告之："令无他长，事苟利民，其敢弗力！"耆老合辞进曰："邑当东江之冲，潦水尝坏民田。元祐初，李令岩创筑护田堤；绍兴中，姚令孝资复修之。而水善啮堤，继此不加意于修培，必仍溃决，既害稼事，且漂民庐，又西湖上下平畴弥望，前此犹未有议兴筑者。公幸加大惠，益修且增之。"公曰："然，是予志也。"乃具畚锸，给资粮，强壮就役，命乡宿陈源董之。（《全宋文》第350册，第50—51页）

通过这段对话，不但交代了东莞水灾的状况、兴治的历史，而且表现了县令关心民瘼，善于听纳民众意见、从善如流的优良作风。关于治灾历史的追溯部分，类同于专门的考究，与日常对话的浅易有所不同，于此可见作者有意通过对话来叙事的用心。袁甫的《衢州平粜仓记》则通过对话和父老之口来歌颂陈通判救灾除盗的政绩："即父老问故，父老泣言：'自明府去，吾老稚厄于灾伤，死于盗贼，于今独相保聚、未填沟壑者，吾别乘陈侯赐也。'"救灾记里与官吏对话的百姓，都是一个模糊的群体，没有具体的人名和个性，较能反映这种对话叙事模拟的性质。有些对话其实也是摹写心声，如上引钱文赵县令的"是予志也"的答复就是如此。又如前引苏轼的《钱塘六井记》写太守陈公在了解缺水的灾情后所说的一番话显得张扬而自负，如果视作他对百姓的讲话，太守的性格就显得轻率浅露，显然不是作者的本意，因此视作心理描写更为恰当。这正好体现了这种对话叙事的特色。

4. 充分运用古文参差、灵活的句式增强表达效果。如赵善迁的《程太守赈济记》概写程太守纪律严明、节俭爱民的灾政风范："赏明罚必，吏不敢怠，无一夫之遗，无一粒之滥。犹以为未也，乃请于朝，乞取营田之稻二万续其食。……惟一事不妄兴，故能一民不妄役；惟一钱不妄出，故能一毫不妄取。适丁旱暵，忧民之忧，使父子兄弟得相保于凶年，而卒逢于乐岁。"前面两组"一"字句的排比和全称否定与后面两组"一"字句的排比、对仗以及全称否定都特别富有语言张力，有力地说明了灾年变乐岁的缘由和成效。又如王象祖的《浙东提举叶侯生祠记》写台风灾害的灾时处置和灾后营建：

> 乃赂贪夫以收遗骸，募卒伍以出途巷，严冥录以靖冤妖，籍户口，颁钱米，助畚筑，弛征榷，阁租赋以请命，求利害以尽人言，问疾苦以通下情。日以所见奏所未闻，且乞大赐予以造一邦。……筑三分其城：新筑者一，补筑者一，余环而高厚甃甓之如一也。矗然伟观，可并边城。又通利河渠，疏整沟闸，坚辟里城，修郡庠，复宾馆，新浮梁，广养济，作雄楼于台上，以压江势。存民立邦，尽能事矣。（《全宋文》第333册，第66—67页）

以排比、对偶的句式整体上形成铺叙，点面结合地概述出纷繁复杂的救灾重建过程。其中三字句、四字句的较多使用，反映了救灾行动的方方面面，它们与其他其句式的组合与搭配，既吸收骈文的句式特长，更发挥了古文句式的优点，取得了言简意赅的叙事效果。

这对于讲求整饬、句式单一的骈文来说是不可想象的。

5. 善于从灾民的角度写救灾的实效和功绩也是救灾记共同的特点。如王安石《信州兴造记》写信州抗洪救灾的仁政惠政："中家以下，见城郭室屋之完，而不知材之所出，见徒之合散，而不见役使之及己。"李昴英《寿安院记》写疫病患者得到救助的情形："奄奄无聊赖之人忽处广厦，适眠飧所需如意，顿使神醒气伸，居养所移半药力。"以灾民的切身感受来反映救灾的功绩无疑十分贴切自然。这说明救灾记已非单一的全知叙事，部分内容已转换为限知叙事，叙事视角的转换无疑增强了记体文的表达功能，丰富了表达手法。

需要指出的是，本章所论有关救灾的宋代记体文，可以分成赈济记、兴造记、堤塘记、浚河记、仓记、桥记、粥局记等多个子类，涵盖灾时、灾后、灾前多个环节，因此上文所说的一些重要特点只适用于部分子类和部分篇目，如前揭"壮伟"的审美情思显然不适合救灾记的全部作品。同时，作为记体文的有机组成部分，救灾记也在一定程度上反映了记体文总的艺术特点。

四　纪事特点和承传影响

在各类传统著述中，记体文的灾害纪事具有特别之处。正史的五行志、河渠志、灾异志有专门的灾害记事，但它们都是综述一朝一代的灾害概况，记载简略，一般不叙述具体的灾害发生、救治过程。叶适的《连州开楞伽峡记》曾指其失："史氏所录，盖多有之，而终不言某能开导，某能攻除，以还其旧者。"史书的人物传记多有具体救灾事件的概略记述，但只是人物众多事迹的一个方面或片段，不是专门的灾害记事。墓志、行状等人物传记里的情形也正相似。奏议虽多涉灾异，但多因灾言政，重在议论，多少带有纸上谈兵的色彩，也不在乎记述灾害事件本身及其救治过程。众多用于禳弭灾害的祝文，是意念中人与神灵的对话与交流，多属于心灵独白，更少在意于记述外在的灾害事件本身。①诗、赋里虽然多有灾害叙事，但一般都服从于抒情、说理成分的统摄，无意做客观、完整的灾害记事。相比之下，记体文在发展中逐渐成为古代一种集中进行灾害记事并且记事最为具体、详备的文体，其内容一般以救灾、治灾、防灾等取得成效的抗灾活动为中心，同时也兼及受灾情况和致灾原委的交代。在古文运动取得彻底胜利、古文写作呈现空前繁荣景象的宋代，众多的救灾记文充分反映了当时灾害治理和灾害肆虐的广阔社会生活，表明记体文在宋代已经习惯于灾害题材的写作，事实上已形成它在题材内容上的重要开拓。除题目标明"救灾"字样的篇目外，其中多篇追记古圣先贤救灾备荒事迹的作品尤见宋记救灾纪事的自觉意识。王之道（1093—1169）的《通济渠记》记述唐代刘晏疏通关中至江淮漕运的功绩及其备荒的重大意义："由是关中虽水旱，物不翔贵矣。"唐仲友（1136—1188）的《汉宣帝常平仓记》赞颂耿寿昌、汉宣帝创建常平仓对于"火旱水毁，五谷不登"等方面的防备"最为善策"，自述其写作动机出于"史阙未补"。二记均非时事，在救灾纪事方面皆有补史之阙的明确意识。这应是救灾题材在宋记中形成趋势之后有意的拾补。

　　各类救灾记在交代写作缘起时，通常还会提及相关写作传统的影响。苏梦龄《台州新城记》云："自昔天下有大灾大患，民敝且死，而仁人任职，能御捍之者，未尝不见于文辞也。"为宋记引作写作典型的首先是经籍，这是古代灾害书写的重要源头。如灾后重建记中曾巩《瀛州兴造记》云："昔郑火，子产救灾补败，得宜当理，史实书之。卫有狄人之难，文公治其城市宫室，合于时制，诗人歌之。今瀛地震之所摧败，与郑之火灾、卫之寇难无异。"亦即他记瀛州的抗震救灾是在师范《春秋》《诗经》书写灾难救治的先例。又如写防灾工程的兴造记，赵鼎的《单公新堤记》云："《春

_____

① 参见刘欢萍《试论中国古代祈雨文的主题特征及其文化内蕴》，《文化遗产》2012年第3期；杨晓霭、肖玉霞：《宋代祈谢雨文的文体类别及其所映现的仪式意涵》，《西北师大学报》2012年第4期。

秋》之法，凡兴作必书之。"丁宝臣的《捍海塘石堤记》云："春秋之义，有济于民者志之，某预见本末，不敢无纪云。"可见他们甚至认为继承《春秋》书法作记是一种义不容辞的著述责任。再如对于救灾功德的颂扬，宋祁的《泗州重修水窦牐记》认为："人思召公之风，爱所憩之棠，《春秋》有所褒者，其文繁而不杀。"也即他赞美张知州抗洪防洪是遵从《诗经》《春秋》的褒美传统。王象祖的《浙东提举叶侯生祠记》说他颂扬叶棠再造台州之功，也是在效法《诗经》的传统："齐威存亡，《风》有《木瓜》，鲁僖复宇，《颂》存《閟宫》，丰功盛心，感叹不足，不足，心声之成音也。"

尽管上述写作动机的表述难免有依经立义、附庸风雅的意味，但其写作传统的示范和感召作用也是客观存在的。如吴师孟《导水记》比附的写作典型是文人制作和民谣："彼王褒纪三篇之迹，廉范播五袴之谣，乃一时褒德之美言。"① 许克昌《华亭县浚河治闸记》亦说他作治水赞歌是效慕汉代"郑白之渠成而关中沃野无凶年，其民歌之"的民歌典范。

宋记标榜的上述传统止于汉代，其实汉代以降直至隋唐，记体文本身的发展也是包括救灾记在内的宋记可资借鉴的源头。只不过记体"至唐始盛"，魏晋六朝是骈文鼎盛的时代，古文势弱，记体文初起，数量有限，篇幅短小，体制尚未完备，就题材内容而言大多记佛经翻译传播之事，故而影响甚小。不过这时候出现了佚名《千金渠石人东胁下记》《造戾陵遏记》等几篇水利兴建之作②，其

---

① 王褒事，当指西汉"神爵、五凤之间，天下殷富，数有嘉应。上（汉宣帝）颇作歌诗，欲兴协律之事……于是益州刺史王襄欲宣风化于众庶，闻王褒有俊材，请与相见，使褒作《中和》、《乐职》、《宣布》诗，选好事者令依《鹿鸣》之声习而歌之"。见（汉）班固：《汉书》，中华书局1962年版，第2821页。廉范事，当指东汉廉范（字叔度）任蜀郡太守进行火政改革，"百姓以为便，歌之曰：'廉叔度，来何暮？不禁火，民安作。平生无襦今五绔'"。（宋）范晔：《后汉书》，（唐）李贤等注，卷三一，中华书局1965年版，第1103页。

② （清）严可均辑：《全晋文》下，商务印书馆1999年版，第1584—1585页。

中后者记刘靖父子兴修水利工程的经过，抒写灌溉之利已比较生动细致，实为唐宋水利记的先驱。唐代记体文正式兴起，不过关于灾害记事作品还十分有限，笔者以本章搜集宋代救灾记界定的范围和方法调查唐代的相关记文，得抗洪救灾记 1 篇，与防灾相关的水利建设记 10 篇，禳祈记 7 篇。主要反映唐代文章成果的宋编总集《文苑英华》《唐文粹》在其"灾祥""灾沴"类记体文中收录的作品均只有吕周任那篇抗洪救灾记《泗州大水记》。① 除此以外，其他篇章在后世没有多少影响，这大概也是宋代人没有提及汉代以降救灾记典范作品的原因。不过可以看出至迟至宋代，中国文学已经有了深远连绵的救灾纪事传统，儒家经典的典范作用尤为显著。

综上所述，记体文在宋代已经发展为集中记述古代救灾防灾活动的重要文体，对后世的荒政实践和灾害纪事产生了深远的影响。以曾巩的《越州赵公救灾记》来看，在宋代就有将其作为官方救灾指南的，如隆兴甲申（1164）永嘉人刘愈（字进之）在家乡发生大饥荒时，"与乡人徐谠求赈救之方，得赵清献公救灾记以献，袁公榜于座右视以为法。为是，生者得食，病者得药，死者得藏，孩提之委弃者得以长养"②。明茅坤认为"救灾者熟读此文，则于地方之流亡如掌股间矣"③。清康熙帝认为该文"斟酌古法，叙次详密，可裨救灾之术"④。乾隆亦谓其为"司牧之臣案头必备之书"⑤。

在后世的文学选本中，宋代救灾记多有作为范文选录的。南宋吕祖谦编《宋文鉴》收录的治灾题材宋记有 6 篇。明茅坤编《唐

---

① 《文苑英华》《唐文萃》均仅选吕周任的《泗州大水记》作为灾害类记体文的代表。（元）王恽《玉堂嘉话》卷八载此文曾引起周世宗的重视，"因览之而诏窦俨论其事"。该文的叙事结构乃至一些重要句式为后来苏辙作《黄楼赋》长序写苏轼徐州抗洪事迹所本。

② （宋）薛季宣：《浪语集》，卷三四《刘进之行状》，库本。

③ （明）茅坤编，（清）张伯行重订：《唐宋八大家文钞》卷一五，中华书局 1985年版，第 315 页。

④ （清）圣祖玄烨：《圣祖仁皇帝御制文》（第三集），卷四一，库本。

⑤ （清）高宗弘历选：《唐宋文醇》，卷五六，乾隆评语，库本。

宋八大家文钞》选录的这类宋记有 12 篇，唐记 2 篇。明末清初的贺复征（1600—?）编《文章辨体汇选》①，记体文专设"兴复"一类，选唐、宋、明文 2 卷 15 篇，其中 12 篇皆属治灾题材，宋文就占 9 篇。明张国维编撰的《吴中水利全书》在选录前代水利记文时，唐代收 1 篇，元代收 6 篇，宋代就收 18 篇。据笔者初步的检索，元明清三代仅以"救灾记""救荒记""赈济记""赈灾记"为题的记体文就有 30 余篇，清初黄宗羲就著有《大方伯马公救灾记》《越州李公救灾记》《邑侯康公救灾记》等多篇。这些情况说明宋代以后的记体文写救灾题材已属常态。今天人们在记录、报道救灾事迹时，习惯上还常使用"救灾记"作为题目，显示了自宋以来救灾记写作传统的潜在影响。由此可见宋代救灾记在确立记体文乃至古代散文的救灾纪事方面的典范作用和核心地位。

当然，宋代救灾记也有明显的缺点和不足。绝大部分作品以歌功颂德为主旨，不免多溢美之词，个别作品甚至还有谀颂的成分。由于这些作品一般都以救灾的组织指挥为中心，基本上都是官方叙事立场，因而很少从灾民角度反映其身心疾苦；对下层民众邻里相赒、患难与共的事迹反映很少，普通民众和灾民的形象还相当模糊。这说明封建文人还不能真正认识民众蕴藏着抗灾救灾的巨大热情和力量。同时，由于不少作品带有比较浓厚的说理论道色彩，一定程度上也会限制真情至性的表达。还有些作品宣传了陈腐的思想和迷信观念。如罗适（1029—1101）的《桐山石桥记》虽然歌颂农夫下民踊跃捐钱建石桥以防范洪患，但是却惋惜他们吝啬钱财教子弟儒术以"中廉能之选"，暴露了士大夫思想观念的局限和功名利禄之心。宋末张璃的《驱蝗记》因上元、江宁、句容、溧水等地蝗灾有天壤之别，而将其邑内"一蝗不入"的情况归功于城隍神②。还有些作品流露了因果报应思想。此外，由于拘泥于写实，

① 参见吴承学《中国古代文体学研究》，人民出版社 2011 年版，第 403—408 页。
② 《全宋文》第 117 册，第 191 页。

有相当一部分作品殊乏文采，可读性较差；特别是尽管宋记写了众多的救灾人物，但总的看来性格单一，缺少个性，只是古代荒政思想简单的传声筒。当然这与文体的功能性质定位有关，不必苛求古人。

第三章　水灾诗

我国自古多水灾，《管子·度地篇》在列举为政者必须应对的五大自然灾害时称："五害之属水为大。"宋朝的水灾比前代有过之而无不及。据统计，唐代439次，年均1.51次；[①] 两宋628次，年均1.90次。[②] 灾害史研究倾向于认为水灾在宋代各类自然灾害中居于首位[③]。故宋人有"唐是土德，便少河患。本朝火德，多水灾"的说法。[④] 应该说这不但反映了唐宋两代在黄河水患方面的巨大差别，同时也是宋代水灾频繁而严重的总体形势留给当时人们的印象。

古今人们通常所谓的"水灾"，在气象学、灾害学、灾害史学上通常被称为洪涝灾害，可分为洪灾与涝灾两大类。洪、涝灾害都是因为水量过多给人类带来的危害和破坏。涝灾，又称雨涝，与洪灾相比，更趋于静态，既能造成农业减产或绝收，也会给人类生活的其他方面带来危害；与涝灾相比，洪灾形成迅速，除危害农作物

---

① 阎守诚主编：《危机与应对：自然灾害与唐代社会》，人民出版社2008年版，第21页。

② 邱云飞：《中国灾害通史·宋代卷》，郑州大学出版社2008年版，第82页。

③ 邱云飞认为在各类自然灾害中水灾居于首位，两宋水灾严重性相差不多，北宋略高于南宋，见其《中国灾害通史·宋代卷》，郑州大学出版社2008年版，第82、85页；石涛认为从暴发次数和规模上看，水灾是北宋第一大灾害，见其《北宋时期自然灾害与政府管理体系研究》，社会科学文献出版社2010年版，第48、174页。

④ （宋）程颢、程颐：《二程遗书》，卷一九，上海古籍出版社2000年版，第317页。这里的"河患"特指黄河水患，本书沿用这一个古今通用的简称。

外，对人们的财产和生命安全都可能带来严重的危害。① 按照具体成因之不同，洪涝灾害可以分成暴雨洪灾、山洪、溃决洪水、风暴潮和雨涝等多种类型。② 两宋诗歌广泛地反映了当时水灾发生、救治的情况，数量众多。据《全宋诗》统计，单据诗题来看，以"洪水""河决"为题的水灾诗分别有 3、4 首；以"大水""观水"为题的水灾诗分别有 53 首、11 首③；以"苦雨""大雨""久雨"为题的诗作分别有 151 首、171 首、181 首，其中大多数诗作内容都以水灾为中心。至于其他题目上虽然看不出与水灾有何联系、内容上却是以水灾为中心的诗作显然是一个更大的数目，如仅以黄河水灾为主题的诗作就有 120 首以上。本章拟对两宋水灾诗的主要内容、思想价值、写作特点和文学成就等进行探讨。

一　城市洪灾

城市洪灾是宋代十分常见而又最为严重的水灾，在两宋诗坛得到了突出的表现，两宋都城都曾频繁遭受洪灾的威胁。

（一）京城洪灾

北宋京城开封严重的水患形势在奏疏、辞赋里都有生动的描述，在诗里更不例外。嘉祐元年（1056）初到京城的苏轼就领教了其降雨成灾的"汪洋"局面，他的《牛口见月》诗回顾说："忽忆丙申年，京邑大雨霶。蔡河中夜决，横浸国南方。车马无复见，纷纷操栧郎。新秋忽已晴，九陌尚汪洋。龙津观夜市，灯火亦煌

---

① 阎守诚主编：《危机与应对：自然灾害与唐代社会》，人民出版社 2008 年版，第 20—21 页；李树刚主编：《灾害学》，煤炭工业出版社 2008 年版，第 95 页。

② 杨达源、间国年：《自然灾害学》，测绘出版社 1993 年版，第 150 页；阎守诚主编：《危机与应对：自然灾害与唐代社会》，人民出版社 2008 年版，第 20—21 页；李树刚主编：《灾害学》，煤炭工业出版社 2008 年版，第 95 页。

③ 排除了以此为题但不以表现灾害为主旨的篇目。

煌。新月皎如昼，疏星弄寒芒。不知京国喧，谓是江湖乡。"① 因为滂沱大雨引发了流经京城的蔡河半夜溃决，洪水泛滥经久不息，昔日喧嚣的都市变成了水乡泽国。其灾情之严重可以想见。据历史记载，这年四月京城"大雨，水注安上门，门关折，坏官私庐舍数万区"，六月"乙亥，雨坏太社、太稷坛"。② 此诗可算是此间水灾形势的一段真实写照，与史书互相印证。

如果说苏诗还是外景式的扫描，那么梅尧臣的《嘉祐二年七月九日大雨寄永叔内翰》则是其居家京城、身困洪涝经历的特写：

> 霹雳夜复作，虾蟆尚听鸣。辇道有白水，都人无陆行。浮萍何处来，青青绕我楹。连墙已坏破，屋赖揹撑牢。缅怀所亲友，亲友皆占高。独知欧阳公，直南望滔滔。遗奴揭厉往，答言"颇力劳。正取旧庋斗，自课僮仆操。明日苟不已，挈家仍避逃"。(《全宋诗》第5册，第3239页)③

就在那场新秋未退的洪灾次年，京师在夏秋之交再一次暴雨成灾。在雷霆霹雳之下，屋外已变成了水的世界，御道也无法行人。诗人的墙壁为涌水冲破，幸赖支撑牢实，房屋没有坍塌。亲友们纷纷转移到高处避水。据家奴涉水打听来的消息，好友欧阳修在家指挥童仆往屋外排水，并准备举家避难。可见水灾已经严重威胁到官僚士大夫家庭的生命财产安全，普通市井细民的命运可以想见一斑。以上苏、梅二诗分别从宏观、微观的角度，反映了京城居民遭遇水灾的内外形势，留下了生动的历史记录。

被宋仁宗誉为"东南第一州"、南宋都城所在地的杭州在宋诗中也有遭受水灾的记录。北宋刘敞（1023—1089）的《西湖水决》

---

① 《苏轼诗集》，第10—11页。
② 《宋史》，卷一二，第239—240页。
③ 按：本书所引诗文辞赋篇目在同一章中重复出现，一般只在首次出现时注明文献来源。

以写意的方式书写了大雨中杭州西湖决溢带来的巨大灾难形势："平原出大水，蚁壤溃长汀。舟楫疑藏壑，波涛骇建瓴。蛟龙随过雨，鱼鳖问沧溟。闻道蓬莱水，桑田亦屡经。"① 宋末元初的方回以五律组诗的形式多方面反映了杭州地区遭受洪灾的状况。其《五月九日甲子至月望庚午，大雨水不已十首》云："西湖湖外水，汹涌入城流。比户升高阁，通衢塞大舟。学泅儿辈喜，绝粒老夫忧。"（其十）② 同样写大雨中西湖决溢横流、涌入市井街衢的情况，工致写实，比刘诗更有文献价值。对于杭州的水患形势，他的《续苦雨行二首》甚至认为比大火灾还厉害："忆昔壬午杭火时，焚户四万七千奇。燖死暍死横道路，所幸米平民不饥。火灾而止犹自可，大雨水灾甚于火。海化桑田田复海，龙妖倮虫规作醮。"（其二）③

作为封建国家的腹心之地、首善之区，两宋京城如此严重的水灾形势恰好是宋王朝困于洪水的一个缩影，它给当时君臣和百姓的生活和思想带来的干扰和冲击是可想而知的。

（二）河患

京师以外，广大的地方州县城市的水灾情况更是得到了诗人们的大力关注。首先，受黄河决溢泛滥影响的北方许多州县是北宋诗坛关注的重点地区。宋太宗赵炅（939—997）以诗记录下他在皇宫里感受到的灾情：

> 河决洪波东南流迤逦，苍生昏垫困其止。去年今岁岂遑安，劳我关心情不已。奔衡浩渺故无涯，十二州民皆忧水。（宋太宗《缘识》其四三，《全宋诗》第 1 册，第 423 页）

诗里描述了太平兴国八年、九年（983—984）滑州黄河多次大决口

---

① 《全宋诗》第 11 册，第 7196 页。
② 《全宋诗》第 66 册，第 41712 页。
③ 同上书，第 41617 页。

的情形，决堤洪水向东南泛滥、淹没十二个州县，给百姓带来巨大的灾患。① 这是北宋现存最早写河患的诗作，曾巩（1019—1083）将其比配为汉武帝的《瓠子歌》，一定程度上反映了宋人开始远绍汉武帝咏叹河患的诗歌创作先河。在整个北宋时期，欧阳修、梅尧臣、韩琦、司马光、王安石、苏轼、苏辙、黄庭坚等北宋名臣、文坛健将和不少下层文士都有河患诗作传世，至今还有三十多位诗人存诗上百篇。河患的灾情和治理在这些诗作里得到广泛反映，其中又以黄河下游州县城市的情况最为突出。

熙宁十年（1077），苏轼（1037—1101）出知徐州不久即遭遇黄河决堤洪水的远道奔袭，徐州城面临覆顶之灾。事后苏轼以诗追述当时的险情云：

> 黄河西来初不觉，但讶清泗奔流浑。夜闻沙岸鸣瓮盎，晓看雪浪浮鹏鲲。吕梁自古喉吻地，万顷一抹何由吞。坐观入市卷闾井，吏民走尽余王尊。（《答吕梁仲屯田》，《苏轼诗集》，第 774 页）
>
> 去年重阳不可说，南城夜半千沤发。水穿城下作雷鸣，泥满城头飞雨滑。黄花白酒无人问，日暮归来洗靴袜。（《九日黄楼作》，《苏轼诗集》，第 868 页）

前诗描写黄河洪水兵临徐州城下并陡然转急的凶猛势头，后诗描述夜间洪水猛涨并在重阳节穿破城墙、节日气氛全消的危急情景。这一时期，在南京（今河南商丘）留守签判任上的苏辙（1039—1112）也见证了这场惊心动魄的黄河水灾，他的系列诗作反映了决堤河水在巨野一带广为泛滥的情景：

---

① 关于此诗本事，《续资治通鉴长编》卷二五雍熙元年三月丁巳条载："滑州言河决已塞，群臣称贺……上作《平河歌》以美成功。"中华书局 1979 年版，第 575 页。（宋）曾巩《黄河》云："兴国之间，房村之决为甚。当此之时，劳十万之众，然后复理。天子为赋诗比《瓠子之歌》。"《全宋文》第 58 册，第 92 页。

尔来钜野溢，流潦压城垒。池塘漫不知，亭榭日倾弛。官吏困堤障，麻鞋污泥滓。（《寄孔武仲》，《全宋诗》第15册，第9913页）

钜野一汗漫，河齐相腾憾。流沙翳桑土，蛟蜃处人屋。农亩分沉埋，城门遭板筑。伤心念漂荡，引手救颠覆。劳苦空自知，吁嗟欲谁告。（《寄济南守李公择》，《全宋诗》第15册，第9914页）

黄河东注竭昆仑，钜野横流入州县。民事萧条委浊流，扁舟出入随奔电。（《送转运判官李公恕还朝》，《全宋诗》第15册，第9915页）①

洪水淹没城池，扫荡州县，冲毁田园、家园，溺杀生民，阻断行路……市井的繁华被浊流洗劫殆尽，一片萧条。

黄河决溢除了带来上述直接灾难外，往往还会导致灾民流徙、交通阻绝等一系列次生灾害和后续问题，这在北宋诗中也得到一定程度的反映。

富弼（1004—1083）的《定州阅古堂》勾画出大河决溢导致生灵涂炭、田园损毁、人民流离失所的历史画图："大河破洮，在河之浒。民被黜垫，田入莽污。流离荡析，不得其所。……乃大招来，乃大保聚。"② 可见，为了稳定灾区的社会秩序，北宋政府不得不花很大力气来安抚流民。晁补之（1053—1110）的《黄河》记述了元丰四年（1081）河决澶州小吴埽之后的灾况："黄河啮小吴，天汉失龟鳌。灵原潭下藕烂死，只有菖蒲不生节。白马桥边迎送胡，冀州断道无来车。"③ 从"藕烂死，菖蒲不生节"等景象看，

---

① 三诗作于熙宁十年至元丰元年之间，系年及本事，参见孔凡礼撰《苏辙年谱》，学苑出版社2001年版，第154、157页。

② 《全宋诗》第5册，第3367页。

③ 《全宋诗》第19册，第12799页。

决堤之后相当长一段时间里灾区得不到泄洪，不但庄稼没有指望，就是野生植物也因为洪水长期浸泡而难以生长。因此，在这样的洪涝区，交通也遭到了破坏，故而"冀州断道无来车"，以致通往北方辽国的交通要道中断，与北人的交接只好改到上游滑州的白马桥边。黄庭坚（1045—1105）的《题文潞公黄河议后》则进一步反映了由此带来的严重后果："澶渊不作渡河梁，由是中原府库疮。"① 由于黄河决溢冲断澶渊一带的河桥，造成交通阻绝，以致河北地区的物产不能运抵中原腹地，致使中原府库出现了严重匮乏，从而影响朝廷的战略储备。同时，这一时期的诗作还反映了黄河决溢给个人出行、交游带来的困难。贺铸的《寄杜邯郸》反映黄河北徙淹没了渡口，使他不能坐船去拜会友人，让他感到十分懊恼："浑河失故渠，怒水方纵横。难凭束苇济，跬步万里程。梦想不知远，笑谈何可并。"② 而晁补之的《示张仲原秀才二首》则为黄河大决侥幸没有泛滥影响到他与友人往还而感到庆幸："去年钜野张狂澜，黄河水不到鱼山。焦城有屋仲子筑，它日能来相往还。"（其一）③ 二诗从正反两面反映了黄河的灾情极大地影响了广大地区人们的日常生活。

（三）淮河洪灾

黄河以外，淮河流域城市的洪灾情况也得到很好的表现。郑獬（1022—1072）的《淮扬大水》反映淮河下游淮北地区（诗里称"淮阳"）的一次特大城市洪灾：

　　淮扬水暴不可言，绕城四面长波皴。如一大瓢寄沧海，十万生聚瓢中存。水之初作自何尔，旧堤有病亡其唇。划然大浪劈地出，正如百万狂牛犇。顷之漂泊成大泽，壮士挟山不可

---

① 《全宋诗》第17册，第11597页。
② 《全宋诗》第19册，第12516页。
③ 同上书，第12836页。

埋。居民窜避争入郭，郭内众人还塞门。老翁走哭觅幼子，哀赴卒为蛟龙吞。岂独异物乃为害，恶人行劫不待昏。此时虾蟆亦得志，撩须睢睨河伯尊。附城庐舍尽水府，惟见屋脊波间横。间或大雨又暴作，直疑瓶盎相奔倾。沟渠涨满无处泄，往往床下飞泉鸣。只恐此城濉洞彻，城中坐见鱼颊生。豪子室中具大筏，此筏岂便长全身。朝夕筑塞渐排去，两月未见车间尘。且喜余生尚存世，资储谁复伤漂沦。

因为年久失修，大暴雨涨洪以致堤决灌城，十万居民命悬"瓠中"，经过两个月"朝夕筑塞"，洪水方才退却。此诗反映的重大灾情史书中罕见明确记载，而诗末云：

> 京师乃处天下腹，亦闻大水来扣阍。至于河朔南两蜀，长江大河俱腾掀。岂惟淮阳一弹地，洪涛乃撼半乾坤。臣闻九畴天公书，三十六字先五行。兹谓水德不润下，盖与土气交相争。愿召近臣讲大义，使之搜凿灾害根。下书遣使巡郡国，旷然一发天子恩。家贫溺死无以葬，赐以棺椁收冤魂。蠲除租赋勿收责，宽其衣食哺子孙。开发仓库收寒饿，庶几疮痏无瘢痕。不尔便恐委沟壑，强者趣聚蚕虿群。伏藏山林弄凶器，今可先事塞其源。朝廷固当有处置，贱臣何者敢僭论。元元仰首望德泽，惟愿陛下无因循。（《全宋诗》第 10 册，第 6839 页）

就其反映当年全国各地普遍洪灾严重的形势来看，与《宋史·英宗本纪》载治平元年的情况颇为相似："是岁，畿内、宋、亳、陈、许、汝、蔡、唐、颍、曹、濮、济、单、濠、泗、庐、寿、楚、杭、宣、洪、鄂、施、渝州、光化、高邮军大水。"[1] 而该诗因灾

进言、大谈灾政、为民请命、恳求皇恩、以诗为谏等内容，与《宋史》本传载其此际确有因灾上言而还朝的经历能够互相印证："治平中，大水求言，獬上书曰……还判三班院。"① 此外，作者尚有《临淮大水》同是写该地区洪灾："大水没树杪，涉冬原隰平。蛟龙移窟宅，蒲稗出纵横。坏屋久不补，污田晚更耕。接春恐流散，何策活苍生？"② 诗里说明洪水经秋入冬才逐渐消退，与《淮扬大水》里"两月未见车间尘"的情形相似；并且，诗意最后落到忧虑灾民流亡、生计等问题，显示他在淮扬地区很可能负有官责。因此，郑獬这两首写淮阳地区洪灾的诗作显示他治平初曾在此地为官，这是现存有关史传没有提及的，可补史阙。至于《淮扬大水》的受灾城市，很可能为州治泗州或扬州，而不大可能为临淮县治。

在郑獬之前，淮河西面汝水上的洪灾已在诗中得到反映。"庚辰秋（1040）七月，汝水暴至溢岸"，时任汝州襄城知县的梅尧臣见证这场威胁襄城安危的特大洪灾：

> 秋水漫长堤，郊原上下迷。孤城闭板筑，高树见巢栖。耳厌蛙声极，沤生雨点齐。渚间牛不辨，谁为扫阴霓？（《全宋诗》第 5 册，第 2789 页）

当时浩瀚的洪水已将襄城围成一座孤城，居民们"知其势危"，纷纷爬上高树避难，梅尧臣虽然也为突如其来的灾难"傍徨愁叹"，同时他又"亲率县徒以土塞郭门"（《观水》序），组织领导了一场抗洪保卫战；经过他们的坚守和顽强奋战（"孤城闭板筑"），最终保住了城市没有被洪水冲垮，极大地避免了洪灾可能带来的更大损失。洪灾后他又作《大水后城中坏庐舍千余作诗自咎》反思洪灾带来的"湍回万瓦裂"的巨大损失。

---

① 《宋史》，卷三二一，第 10418 页。
② 《全宋诗》第 10 册，第 6852 页。

（四）长江洪灾

黄河、淮河城市洪灾的情况代表了诗坛对当时北方洪灾的关注，对长江流域许多城市洪灾的书写则代表了宋诗对南方洪灾的关注。

神宗时钱塘人沈辽（1032—1085）因流放永州见证了湖湘地区的洪灾景象。其《零陵观大水》云：

> 春雨淫不已，江水一夕涨。初闻渐其栅，离明已三丈。老弱走山去，浮沉困丁壮。高楼半欲没，木杪维舟舫。睢盱已怀襄，那能辨闾巷。（《全宋诗》第 12 册，第 8289 页）

春洪暴发就导致了零陵（永州）水淹市井闾巷的灾难。为此，诗人考察了洪灾原因并表达了扫除洪灾、拯救黎民百姓的迫切愿望："升高瞰其下，犬牙萦叠嶂。始知地形隘，何由保无恙。湘川浩东下，其势不相让。安得驱山泽，移徙就空旷。市井安且平，黎民获生养。群流亦适性，千里肆夷漾。"沈辽的《澧阳大水》则反映洞庭湖附近的澧水夏洪危害澧州州治的情况：

> 澧阳地湫底，夏雨无时休。疏恶三尺城，民阽为鱼忧。竹屋易飘荡，薄哉生生谋。羁人岂但免，饬隶资桴浮。洞庭信巨浸，畜泄浮荆州。无乃中江隘，千里壅其流。（《全宋诗》第 12 册，第 8255 页）

这里诗人不但分析了澧阳地势低洼发生洪灾的自然原因，而且注意到城池卑弱、住宅简陋、民生穷困的社会原因。为此，诗人还进一步对比家乡杭州的优越自然条件，批评当地人安土重迁的陈旧观念："嗟嗟南土人，狐貉守一丘。"

以上多北宋诗，其实南宋的洪灾诗也很多。如李石（？—

1181）的《大水寓武信二首》记长江上游涪江沿岸的遂宁府"两旬作淫雨"之后的洪灾情况："半夜水啮堤，一决不及御。贫民无灯火，下床已没股。晓登树杪呼，出没见屋脊。"（其一）[1] 滕岑（1137—1224）的《甲申大水二首》则反映了徽州多洪灾的情形：

> 吾州背山面江流，一雨便有泛溢忧。况复梅霖倒江海，白昼汹若龙移湫。眼看上流没高树，下流屋庐渺无处。君不见甲子之岁至甲申，如此灾变已三度。[2]（《全宋诗》第47册，第29608页）

诗里指出当地一下雨便闹洪灾，特别是梅雨季节水势更大，动辄淹没高树，冲毁房屋，人身和财物安全显然没有保障。从甲子至甲申（1144—1164）的二十年间大洪水就发了三次，如此频度恐怕也是长江流域许多地区洪灾的缩影。

宋诗不但反映了当时洪水多地多发的形势，而且也多角度多侧面地记录、表现其灾情。不但有许多诗篇从洪灾发生、洪峰过境时写起，还有不少诗篇侧重从洪峰退却的灾后境况进行描述。试看：

> 黄流漫涣浸城根，烟火依微日欲昏。禾黍不登非政罪，居人犹得饱鱼飧。（贺铸《金堤客舍望南乐城》，《全宋诗》第19册，第12590页）
>
> 高安昔到岁方闰，大水初去城如墟。危谯堕地瓦破裂，长桥断缆船逃逋。漂浮隙穴乱群蚁，奔走沙砾摧嘉蔬。里闾破散兵火后，饮食敝陋鱼虾余。投荒岂复有便地，遇灾祇复伤羸躯。（苏辙《次韵王适大水》，《全宋诗》第15册，第9987页）

---

[1]　《全宋诗》第35册，第22259页。

[2]　该诗作者亦作曾丰，但其二云："歙水震荡方流东，婺水南来塞其冲。二水争雄屹不去，孤城汇为河伯宫。经旬水落流民复，身在不用嗟无屋。"描述洪灾地点应为徽州，而滕岑曾调徽州歙县尉。

巨浸滔天后，遗黎复业初。桑田皆变海，老稚半为鱼。凿石开新道，行人问故庐。客愁那对此，搔首重欷歔。（黄公度《大水二首》其一，《全宋诗》第 36 册，第 22485 页）

贺铸（1052—1125）诗记录元丰四年（1081）八月他即将离任淦阳（今河北磁县）路过河北灾区所见南乐县城在大水退却之后的景象：城市半淹在黄流浊水中，本来人烟稠密的城市却烟火依微。尽管地方官可以因为河决免除"禾黍不登"的责任，然而灾民却只能依靠黄流浊水捞鱼为生。苏辙诗写高安城（筠州）在洪水过后如同经历过兵火的废墟，灾民衣食无着，纵然投荒要饭，也难寻去处。黄公度（1109—1156）的诗写侥幸逃过劫难的灾民重回故园的情形，不但父老乡亲大半已经罹难，就是田园、道路、房屋已经面目全非，无法辨认。这些诗作都真实反映了洪峰消退之后民生凋敝的悲惨情景，暴露出当时官府和社会对于受灾百姓救援缺位的真实信息，同时其沧桑之概特别深沉。

二 农村洪灾及涝灾风暴潮

宋代诗人对于洪灾的关注不仅聚焦于人口稠密的城市，而且也把笔触伸向偏远的农村。

（一）农村洪灾

山洪是农村地区洪灾的重要类型。彭汝砺（1042—1095）的《暴雨》写一场大暴雨在山村酿成的洪灾惨剧：

云如惊澜如泼墨，万窍怒号四山黑。电母摇睛吓风伯，疾雷怒张坤轴侧。雨如河倾如雨石，上山下山泉动脉。石漂木拔崖裂坼，高原立脚成大泽……壮夫浮泅老者溺，高占鸟巢据猨枳。可怜欲走无羽翮，我起熟视惟叹息。断蘖栖苴在檐额，鸡飞犬跳上屋脊。蛟鼋眱睨迷所宅，乾坤欲晴但顷刻。广庭泥深犹数尺，大浪如银沸阡陌。万马相騀毂相击，穷民欲炊无釜鬲。蚯蚓在堂鱼在阈，儿童捕鱼不知戚。溪南不能过溪北，跬步如越与胡隔。溺者漫不见踪迹，东村西村哭声塞。手援不能泪沾臆，掩骴虽欲终何益。（《全宋诗》第 16 册，第 10454—10455 页）

在特大暴雨的突然袭击下，老弱者横遭漂溺，壮健者逃生甚难；不仅灾时无救，灾后也无炊无赈，连溺死者的尸体也无寻。在村民生命难保的情况下，他们的家园、庄稼自然不值一提。北宋诗中这类惨酷的山洪景象在南宋诗中也有惊人相似的书写。释永颐的《乾元山洪水》叙述道："倏忽人烟数里间，夜半平沈皆不见。东南地坼乾坤浮，几番赤子葬洪流。"① 王炎（1138—1218）的《大水行》也浓墨重彩地描述了"山居人今死于溺"的发生经历。南宋最具典型意义的山洪书写可能要数武康、安吉等地咸淳十年（1274）那次洪灾，董嗣杲的《甲戌八月初九夜武康山中洪水骤发越十日漕司檄往检涝》载云：

　　近辅余英山，洪水中夜发。狼藉彻旬雨，拔地殊飘忽。滔天肆奔迸，变幻起崷崒。徒步登县楼，浩渺沉林樾。妖氛混泽气，势极火焰突。绵亘山下乡，逃难想颠蹶。晨兴雨更潚，邑屋已陻杌。高跳空刺肠，何异睹溟渤。飘尸不可计，强者布竹筏。栖危或得命，其奈服食阙。号天天不闻，不若就灭没。瀑派裂青山，溪岸奔尸骨。杵臼埋虚沙，蛇虺出深窟。（《全宋诗》第 68 册，第 42674 页）

灾难发生时，诗人知武康县。所以他从在县楼焦虑乡民"逃难"写

---

① 《全宋诗》第 57 册，第 35991 页。

及奉檄检灾的见闻，"飘尸不可计""溪岸奔尸骨"的惨景是多么令人触目惊心！而幸存者缺衣乏食、"号天天不闻"的状况同样令人揪心！这是发生在宋末"国脉存如发"的历史背景下的天灾，虽然受灾地点为"近辅余英山"，但宋廷和官府已经无力、无心救灾，因而灾难更加深重。

宋诗在反映山区洪灾时，还对那里的寺院予以特别的关注。如彭汝砺的《暴雨》写寺庙在洪灾中的破败景象："古寺颠前后冈逼，瓦腐椽折破无壁。泥佛露头水浸臆，苔钱藤蔓生金碧。"董嗣杲的《甲戌武康大水净林寺山门殿屋悉皆倒敝》还特别写到九十岁老僧的可怜处境："净林古梵屋，木佛岂得御。当门金刚恶，兹复化何许。方丈九旬僧，足废不能举。"①

当然这些诗作也特别写到了农民的安危冷暖，较多地反映了农业灾害。贺铸诗写他在河北灾区见到民居损坏、乡民露宿渔船的情形："莫问居人溺与逃，破篱敧屋宿渔舠。中庭老树秋风后，鹳鹤将雏夺鹊巢。"（《过澶魏被水民居二首》其二）②残破的景象使诗人感到幸存灾民的命运未必比溺死或逃亡的人更好；而秋风老树上鹳鹤夺占鹊巢的情景寓示着在即将到来的寒冬灾民将面临饥寒交迫的命运。姚勉（1216—1262）的《次杨监簿上陈守赈灾韵》写新秧种讫眼望年丰的时候，却遭遇霖雨成洪的灾害：

> 稻田棋局分郊区，人烟尽障联城隅。新秧入夏种俱了，一色秀绿连天铺。年丰正为忧国愿，雨霪忽动民愁吁。浪浪竹瓦日鸣瀑，烂烂苔砌长跳珠。江流入市舞稿楫，野潦断路迷樵苏。孤树空留白屋少，平地欲缩青天舒。犬鸡登桅叫云雾，蛟鼍上岸疑江湖。（《全宋诗》第 64 册，第 40506—40507 页）

---

① 《全宋诗》第 68 册，第 42674 页。
② 《全宋诗》第 19 册，第 12590 页。

庄稼和房屋都遭受了水淹。释元肇的《大水伤田家》历数洪水给农家带来的种种损害："沙头秋日黄，烟水白茫茫。无处分畦畛，伤时贵秕糠。家鹅随野鹜，农父作渔郎。禹力成千古，孤吟欲断肠。"① 虽然这些诗作没有直接言及生命危险，但这些内容也是构成洪灾危害的重要方面。

（二）涝灾

涝灾虽然来势不如洪水迅猛，但持续时间长，影响范围大，对生产生活影响甚大。宋诗对此多有叙述，众多诗作以"苦雨""久雨""淫雨""阻雨"或"霖雨"为题就是一个显著标志，却很少为灾害学、灾害史等相关研究重视。

涝灾主要危害农作物生长，单就农业灾害而言，它比洪灾更显突出，宋诗中多有从农事角度对此灾情的体察和描述：

> 禾丰不得敛，穗湿依生苗。农家堵户叹，始觉虚勤劳。（毕仲游《苦雨》，《全宋诗》第 18 册，第 11899 页）
>
> 漫漫云无隙，纷纷稻有芽。（黄裳《秋日苦雨》，《全宋诗》第 16 册，第 11058 页）
>
> 禾头昨夜忧生耳，木德何时却守心。（尤袤《次韵德翁苦雨》，《全宋诗》第 43 册，第 26856 页）
>
> 人家蚕治怕桑寒，阶下决明随意绿。朝来横急如少止，忙乱车沟畎秧水。（王洋《吴兴苦雨》，《全宋诗》第 30 册，第 18938 页）
>
> 箔冷蚕迟绩，泥深麦未收。家贫村酒薄，曷解老农忧。（陆游《苦雨二首》其二，《全宋诗》第 40 册，第 25208 页）
>
> 不辞蛾化麦穗，巨忍秧浮浪花。儿孙汩汰护岸，翁媪扶携上车。（范成大《苦雨五首》其二，《全宋诗》第 41 册，第

---

① 《全宋诗》第 59 册，第 36876 页。

25972 页）

> 田官决水归，喜若溃重围。晚种禾头出，新耘稻本肥。已如云气勃，只恨日光稀。安得驱夸父，搪开万里辉。（吴潜《苦雨吟十首呈同官诸丈》，《全宋诗》第 60 册，第 37888 页）

以上诗作或从庄稼收割、生长，或从养蚕、育秧，或从护田、排洪，或从农民的忧喜等多重角度反映涝灾造成的农业灾害和作者对农事、农民的忧患，形成悯农的主题。不少诗作进而写及对民生的忧患：

> 通衢为深渊，高堂生苍苔。稼穑日以没，民生一何哀。（刘敞《苦雨二首》其一，《全宋诗》第 9 册，第 5630 页）
> 已传增米价，只道损苗栽。（韩淲《五六日大雨》，《全宋诗》第 52 册，第 32520 页）
> 一橹十蛛不成网，亿万万喙饥可想。（方回《后苦雨行》，《全宋诗》第 66 册，第 41617 页）

这反映出涝灾的危害不止于农事，它会引发连锁反应，加重灾情。其实除农事外，涝灾的影响本身是多方面、全方位的，宋诗也多有表现。试看王禹偁（954—1001）的《秋霖二首》：

> 秋霖过百日，岁望终何如。嘉谷就穗生，茁茁垂青须。宿麦未入土，大田多泥涂。河阔不辨马，原高恐生鱼。时政苟云失，生民亦何辜。雨若是天泪，天眼应已枯。（其一，《全宋诗》第 2 册，第 686 页）
> 山云百日雨，山水十丈波。田畴与道路，一夕成江河。巨石大于瓮，吹转如蓬窠。夏旱既损麦，秋潦复无禾。津梁尽倾坏，商贩绝经过。斗米二百金，吾生将奈何。安敢比夷齐，愚圣不同科。应如元鲁山，饿死深山阿。（其二，《全宋诗》第 2

册，第686页）

二诗写连绵百日的秋雨，不仅给庄稼的长成、播种带来巨大的妨害，而且积潦成河，倾坏桥梁，阻绝商贸，米价飞涨，以致诗人担心发生饥荒而饿死。二诗不但反映了涝灾带来的一系列社会危害，而且显示了在这种灾害天气下形成的压抑心理。其他重要的涝灾诗还有梅尧臣的《苦雨》、王安石的《久雨》、司马光的《南园杂诗六首·苦雨》、李觏的《中春苦雨书怀》、赵蕃的《大雨连昼夜不止》、晁补之的《顺之将携室行而苦雨用前韵戏之》、刘攽的《次韵周遗直京城苦雨五首》、杨万里的《豫章光华馆苦雨》等。众多诗作都从不同侧面多角度地反映了涝灾给社会带来的全方位影响和危害。

　　值得一提的是，在书写涝灾带来的各种危害中，宋人表达了农事优先的思想。王之道的《苦雨呈蕲守徐次公》云："颓垣就崩摧，败屋遂倾卸。垂成麦伤潦，将老蚕病柘。那知困羁旅，正恐害耕稼。"[1] 意即，颓垣败屋、羁困行旅都不如妨害耕稼更严重。释居简的《苦雨》云："最怜万亩伤禾颖，忘却重阳对菊花。"[2] 也即因为关注禾苗的灾伤而误了重阳赏花，可见他这位诗僧对农事最倾情。这既反映了涝灾害农的严重性，也是古代重农思想的流露。

（三）风暴潮

　　宋代还有一种危害性很大的水灾——风暴潮，大略相当于今天所谓的台风，属于海洋灾害，与上述各类水灾主要形成发生于内陆不同。[3] 但由于其灾因灾象主要表现为狂风暴雨和洪水，宋人一般认为是雨师风伯作怪，故古今人们常将其视作一种水灾。尽管它发

---

①　《全宋诗》第32册，第20150页。

②　《全宋诗》第53册，第33206页。

③　李树刚主编：《灾害学》，煤炭工业出版社2008年版，第104页；阎守诚主编：《危机与应对：自然灾害与唐代社会》，人民出版社2008年版，第20—21页。

生于东部沿海地区，内地罕见，但还是得到了诗坛的关注和着力表现。如果说释德洪的《抵琼夜为飓风吹去所居屋》、李纲的《飓风二绝句》只是粗略地记述其巨大的声威，那么却别有诗作详细地描述了其超强的破坏力及其带来的巨大灾难。

黄庶有诗题作《皇祐五年三月乙巳，齐大风，海水暴上，寿光、千乘两县民数百家被其灾，而死者几半。丞相平阳公以同年李君子仪往赈之，以诗见寄，因而和酬》，其实是以序代题，交代了这次风暴潮的时间、地点和大致灾情，虽系转述赈灾官员的百言诗作，但诗里出现了一些生动的记述："天意似遣阳侯驱，卷水沃杀煎海炉。怒涛百尺不及逋，老幼十五其为鱼。"受灾对象主要是在青州海隅居家谋生的盐民，作者既对他们寄予同情，又对他们"奔走末业田园芜"持轻视态度，并试图以此告诫耕夫蚕妇不要弃"本"逐"末"。同时作者热情歌颂奉命赈灾的友人不辞劳苦、星夜兼程的赈济功德："埋掩尸骼矜惸孤……日走百里嫌昳晡，不饮不食颜色癯。"[1] 郭祥正（1035—1113）的《漳南书事》则是他知漳州任上遭遇特大灾害的亲身经历：

> 元丰五年秋，七月十九日。猛风终夜发，拔木坏庐室。须臾海涛翻，倒注九溪溢。湍流崩重城，万户竞仓卒。万牛岂复辨，涯渚怳已失。婴老相携扶，回首但凄栗。忧心漫如焚，救疹竟无术。（《全宋诗》第13册，第8867页）

诗里写到拔木坏屋、海涛倒注、重城崩摧、老幼恐慌等灾况，灾情之严重，使他这位州守感到施救无术，漳南人民遭受巨灾的惨状使他对传统的天理人伦感到大惑不解。左纬的诗记述他在北宋末年在台州亲历的台风灾害，尽管州城在飓风急雨的重创下侥幸保存，但诗里描写当时灾难场面十分危急，令人恐怖：

---

① 《全宋诗》第8册，第5508页。

飓风欻卷地，急雨如崩帑。屋瓦逗飞鸟，云枡棼乱丝。暗
恐江汉覆，又疑山岳隳。百川肆横流，倏忽漱城陲。居民类烧
蚁，惶恐不自持。为鱼在顷刻，呼叫声何悲。（《大观戊子秋七
月大雨，洪水薄城，几至奔决。太守李公出祷城上，即刻雨
止，水势为杀，而民获免焉，因叙其所见，为古体诗五十韵，
且言台之城不可不修也》，《全宋诗》第 29 册，第 18817 页）

诗作在后半部分还回顾了以往严重的灾情："往岁雨暴作，水行适
及榱。城坏而入水，黎民无孑遗。官府一朝废，所亡盖不赀。朝廷
痛民害，大为筑城池。中间水屡溢，几乎与城夷。城坚水无隙，民
处不复危。今则城已敝，阙落空残壖。"以往灾后大筑城池的御灾
经验，昭示了眼前残破城池的修缮工作迫在眉睫，刻不容缓。因
此，诗作既歌咏了知州临危不惧、祷禳退水的"神效"，也弘扬了
他为修城奔走请命的功德。

三　灾难命运的深化与政治批判

在两宋，伴随着天灾流行，虐政、战乱等人祸常常乘时而起，
互相交织，共同把人民推向苦难的深渊。宋朝号称"恩养"百姓，
可是每当灾害降临时，从官府到民间总存在着赈救不力、缺位乃至
失职渎职、助纣为虐等黑暗现象。诗人们在对灾民寄予深切同情之
时，常常还以敏锐的目光对此进行揭露和批判。

（一）救助失位

梅尧臣的《岸贫》《小村》等诗记述庆历八年（1048）他所经
历的淮河沿岸村庄在发生洪水之后得不到赈济的衰败景象：

淮阔州多忽有村，棘篱疏败谩为门。寒鸡得食自呼伴，老

叟无衣犹抱孙。野艇鸟翘唯断缆，枯桑水啮只危根。嗟哉生计
一如此，谬入王民版籍论。（《小村》，《全宋诗》第 5 册，第
1961 页）

首句描述大水泛滥过后宽阔而多沙洲的淮河景象，以下五句反映受
灾"人民没有房屋，没有衣服，没有船舶，没有桑树"[1] 的赤贫景
象。"末句婉而多风"[2]，感叹略无"生计"的村民"谬入王民版
籍"，实际上是对封建官府赈灾真相的揭露和嘲讽。作为一位现实
主义诗人，梅尧臣在诗中还进一步暴露了部分封建官吏在洪灾面前
逃离职守的行为。其《五月十三日大水》记录至和二年（1055）
他丁忧居故乡宣城所遭遇的山洪突发情景：

我家地势高，四顾如湖溇。浮萍穿篱眼，断荇过屋头。官
吏救市桥，停车当市楼。应念此中居，望不辩马牛。危湍泻天
河，漫漫无汀洲……纷纭闾里儿，踊跃竟学泅。吾慕孔宣父，
有意乘桴浮。（《五月十三日大水》，《全宋诗》第 5 册，第
3141 页）

"应念此中居"以下四句表达了被洪水围困的宣城百姓吁求紧急救
援的心声。这时候停车市楼旁的官吏却并不救人，而去抢修冲坏的
市桥，其目的无非是想乘车逃离险境。因此，百姓在失望之余"踊
跃竟学泅"，诗人也只好自己设法逃生。此诗以纪实的手法反映了
受灾人民面临封建官府见死不救的不幸命运，中间两句关于官吏活
动的记述，寓褒贬于客观的叙事之中，在不经意间刻画了一伙官吏
临灾脱逃、置人民生死于不顾的丑态。

当然，对于封建官府在水灾中失职行为的揭露和追究在其他诗

---

[1]　朱东润：《梅尧臣诗选》，人民文学出版社 1980 年版，第 125 页。
[2]　陈衍：《宋诗精华录》，江西人民出版社 1984 年版，第 35 页。

人那里也同样存在。李石的《大水寓武信二首》记遂宁府"半夜水啮堤，一决不及御"，老百姓慌忙中爬上高树避难却盼不到官府舟筏的救援，许多人最后还是为洪水冲走：

> 仓卒老稚计，共此高树栖。茫茫无舟筏，渺渺失陵陂。号呼性命急，千钧悬一丝。引手幸免鱼，十五为流尸。古今民父母，唯有恺悌诗。吾诗本不作，聊以箴厥堤。（《全宋诗》第35册，第22259页）

因此，诗末讽刺说"民父母"那样的好官只存在于古诗中，并且将矛头指向对决堤负有责任的官府。

（二）催租催税和外侮内乱

其实更为悲惨的是，百姓在水灾的打击下，不但得不到救济，反而遭遇官府变本加厉的剥削、奴役。范成大（1126—1193）的《后催租行》反映遭遇洪涝灾害无收的农民被催租的悲剧：

> 老父田荒秋雨里，旧时高岸今江水。佣耕犹自抱长饥，的知无力输租米。自从乡官新上来，黄纸放尽白纸催。卖衣得钱都纳却，病骨虽寒聊免缚。去年衣尽到家口，大女临歧两分首。今年次女已行媒，亦复驱将换升斗。室中更有第三女，明年不怕催租苦。（《全宋诗》第41册，第25788页）

虽然朝廷已发了蠲免的文告，但是上任乡官还是加紧催租，农家被迫卖尽了衣物，为了养家糊口又被迫嫁女卖女。陈刚中的《视涝》记述暨阳遭遇大洪水，民田已可行船，农民面临饿死的威胁，但是"酷吏"征敛租税仍然敲骨吸髓：

> 暨阳古泽中，今岁仍大水。舟行民田中，一浪四十里。农

夫相对泣，父子饥欲死。酷吏亦何心，诛求殊未已。岂繄竭膏血，直欲剥肤髓。哀此无告民，有生皆赤子。天灾自流行，助虐亦何理。（《全宋诗》第 33 册，第 21248 页）

"天灾流行，国家代有。救灾恤邻，道也。"[①] 这是我国人民自古以来就崇奉的救灾理念，可是这些官吏却倒行逆施。因此作者直接控诉这是一种助纣为虐（"助虐"）的残酷行径。方外之人释文珦（1210—?）的《大水后作》也对久雨成灾的情况下地主急于催租、官府照常征税的事情进行揭露，并吁请皇恩的拯救：

田家望西成，弥月雨霖霪。流潦迷川泽，秔稻尽漂淤。牛犬奔崇丘，鸡亦栖高树。室庐毕沉没，野老无归处。大家还急租，官中未蠲赋。妻子多转徙，天高不可吁。但愿吾皇知，圣恩加咻噢。下诏发仓廪，赈恤散红腐。不唯赤子活，亦使根本固。八表皆归仁，万岁永终誉。（《全宋诗》第 63 册，第 39516 页）

在以上三诗中，惨无人道的封建剥削和阶级压迫得到深刻的揭露和鞭挞。同时，封建弊政对灾民的困扰也不可小视。苏轼的《吴中田妇叹》反映熙宁间江南农户在遭遇秋涝的情况下又遭遇当时变法的重创：

今年粳稻熟苦迟，庶见霜风来几时。霜风来时雨如泻，杷头出菌镰生衣。眼枯泪尽雨不尽，忍见黄穗卧青泥。茅苫一月垅上宿，天晴获稻随车归。汗流肩赪载入市，价贱乞与如糠粞。卖牛纳税拆屋炊，虑浅不及明年饥。官今要钱不要米，西

---

① 《左传·僖公十三年》，（清）阮元：《十三经注疏》，上海古籍出版社 1997 年版，第 1803 页。

北万里招羌儿。龚黄满朝人更苦，不如却作河伯妇。(《苏轼诗集》，第404页)

由于新法改以现钞纳税，造成钱荒谷贱，农户只有贱卖因为涝灾而大为歉收的粮食，甚至为此"卖牛拆屋"，趋于破产。虽然此诗可能对当时的新法不无偏见，但作者表达了对天灾、人祸联合夹攻下农民命运的深切同情和对苛税、虐政的抨击。

此外，战乱也是加剧洪涝等天灾的重要因素，这在遭受金、元相继侵略的南宋及南宋诗中表现得十分突出。程俱（1078—1144）的《苦雨》反映他在南渡流亡期间遭遇洪涝灾害的情景：

积潦彻厚地，油云成漏天。乘舟迷晚市，悬釜郁晨烟。卉服几三沐，蓬庐亦九迁。何由开白日，直恐垫黄泉。天道终持满，皇心剧挟然。多应洗兵马，且复奠山川。浩浩收溟涨，穰穰浃帝廛。燮调知努力，延颈待丰年。(《全宋诗》第25册，第16352页)

由于积潦遍地，他们只得乘船，所经的路道又不熟悉；雨中露天悬釜煮饭，柴禾不燃；衣单日久，居无定所。流亡的人们这时候是多么盼望雨过天晴，洪水消退，战火平息！因此诗人的愿望既要"收溟涨"，又要"洗兵马"。滕岑的《甲申大水二首》劝慰灾民不要为冲走的房屋悲戚，他对比过金兵的侵略与凶恶的洪灾："经旬水落流民复，身在不用嗟无屋。君不见去年金人破淮壖，城郭千里无人烟。"洪水还让他们侥幸身还，而前一年金人的兵火是把当地人屠杀殆尽。可见野蛮的战争要比洪水猛兽还要惨烈。①

到宋末，在外侮内乱加剧的情况下，百姓遭受天灾的命运就更

---

① 诗题作甲申年，在滕岑的有生之年间为隆兴二年（1164）。上年五月宋攻金，溃于宿州。金人的屠杀应为此间事。参见《宋史》，卷三三，第622—623页。

悲苦。董嗣杲的《甲戌八月初九夜武康山中洪水骤发越十日漕司檄往检涝》反映南宋在与元蒙侵略者进行殊死较量时近畿的武康县遭遇特大山洪也得不到朝廷救济的实情："边方乘孔殷，糜烂事征伐。民生不奠枕，复罹此酷罚。隐忧非一端，国脉存如发。检涝亦具文，民力各已竭。岂知坐困穷，终岁常矻矻。奉行亦漫尔，持论敢躐越。"① 方一夔的《大水寄洪复翁》反映此际某内地山区县份也起了兵乱，被洪水冲毁家园的流民命运更加悲惨："昨夜龙宫留恶客，使者借车收二麦。溪涧洪流十丈高，不辨东阡与西陌。高田忽变黄鹄陂，下者汇作鱼龙宅。新陈接食已触望，夏不早耕后何获。似闻山县未休戍，旁郡豪酋遗俘馘。携孥扶老避人祸，漂麦涨田遭鬼责。不知造化谁主张，罪欲谁归问河伯。"② 这时候，灾民不但"遭鬼责"难以得到救助，而且在扶老携幼、逃荒要饭的路上还要"避人祸"。

（三）援灾规政直击河政和评古论今

我国古代自来就有依据天人感应、灾害天谴观念议论、讽谏时政的传统。即使在救治灾害的过程中未见失措的灾政，也要求统治者恐惧修省，反思过失。这不但在灾异奏疏中屡见不鲜，在宋代水灾诗中同样有充分的表现。苏辙的《苦雨》（七月朔）在陈述涝灾带给农民的灾难以后议论道："天灾非妄行，人事密有偿。嗟哉竟未悟，自谓予不戕。造祸未有害，无辜辄先伤。箪瓢吾何忧，作诗热中肠。"③ 据灾影写造祸者的无道，揭露善恶报应的不公。黄公度的《大水二首》指出天降洪水是上天垂儆，要求追究统治者的过失："浸水应垂儆，高穹岂不仁。发陈遵故事，执咎定何人。岸落溪容改，山摧土色新。伤心问耆旧，谁与吊斯民。"④（其二）曾丰

---

① 《全宋诗》第 68 册，第 42674 页。
② 《全宋诗》第 67 册，第 42252 页。
③ 《全宋诗》第 15 册，第 10118 页。
④ 《全宋诗》第 36 册，第 22485 页。

的《癸卯九月赣吉大水》以秋江涨洪、接连的涝灾推原政治上的灾因祸根：

> 秋江次第落到底，夜半忽如潮涌起。方陵屋山遽城头，已失沙背况沙嘴。五月小潦似未伤，九月大潦疑非常。感召之心上所谨，推原厥咎谁其当。一部麟经几书异，敢用丁宁今执事。休责汉公贤不贤，且论尧具备未备。① （《全宋诗》第48册，第30179页）

末以孔子《春秋》记灾"书异"的深意，正告执政者警惕天戒，并且要拿出切实的备荒措施，摒弃以灾异指斥某人"贤不贤"之类的空谈。方回的《梅雨大水》追究连年梅雨成灾的根源在于朝廷纵容官吏虐民："积年梅雨动兼旬，咎证源源殆有因。狐假虎威饶此辈，鼠穿牛角念吾民。涎流白饭难侥幸，汗滴青秧浪苦辛。曲许乖龙啖梁燕，何如饥溺拯穷人。"② 最后表明应该中止搜刮鱼肉百姓的行为，而代之以赈饥拯溺，救助穷苦人民。这些诗作都表现了干预时政的强烈愿望。

除了上述带天谴色彩的批判以外，直接批评当时治水弊政的情形也不少，这突出表现在对黄河的治理上。如徐积批评当时黄河河道狭窄、年久失修的状况和治标不治本的做法："两堤束其势，如缚吞舟鱼。适足激其怒，使之逃囚拘。又水性隐伏，有容而必居。浸淫而灌注，日往而月徂。埽材有腐败，土壤有浮虚。水进而不止，正如人病躯。病已在骨髓，医方治皮肤。"同时他指斥在当时的灾区"乡官胥徒，实为巨害"（《送赵漕僴》），意即基层官吏在防河赈灾中存在鱼肉百姓和贪污钱财的问题。故其《大河上天章公

---

① 汉公，当指汉"安汉公"王莽，"安汉公"是汉朝皇帝授予王莽独有的爵位，这里代指朝臣。关于"尧具备未备"句意的理解，可参见姜特立《岁在绍熙甲寅浙东西大旱……》中"尧汤备先具"句。
② 《全宋诗》第66册，第41712页。

顾子敦》提出应当"精选强明吏,处之使平均。乡官与胥徒,欺者以重论"①。吕陶(1028—1104)的《送吴龙图归阙》还透露出此中存在"巨奸"大贪的信息:"昔为御史时,率先问豺狼。及其按河患,巨奸缩锋铓。"② 比较而言,苏轼对当时河患治理的批判微婉而富有深意。其《庚辰岁人日作,时闻黄河已复北流,老臣旧数论此,今斯言乃验二首》通过记述自己在朝反对回河东流的正确主张在他远谪海南时最终得到应验的事实,反映了忠言谠论遭受压制打击的政治环境,诗中他以治河有方的贾让和孤忠的虞翻自况:"三策已应思贾让,孤忠终未赦虞翻。"③ 声讨了一意孤行酿成河决北流灾祸的朝中权贵,反映了借河政排斥异己的黑暗政治。

当然,水灾诗的批判主题和批评角度都是多样的。除了现实的批判,评古论今也是宋人常用的手法。当贺铸在黄泛灾区痛定思痛时,他感叹大禹治水之后后继无人:"滞水生苔没马蹄,涨沙隐约见金堤。禹功寖久人无继,未信东流不复西。"(《再涉南罗渡》)④ 邹浩(1060—1111)的《菏泽》通过咏赞大禹治河时"导菏泽"(《尚书·禹贡》)的功绩反衬朝中显贵治水无能,高谈阔论,虚费国家钱财:"君不见黄河泛滥金堤摧,縻费皇家几亿财。华衣肉食皆妙选,年年议论喧中台。"相形之下,刘敞的三首咏史诗不提现实,只对汉武帝治河发起猛烈的批判:

> 茫茫文景后,田野卒污莱。孰谓将相谋,竟贻黔首哀。晚悟富民侯,后时信悠哉。(《汉武帝二首》其一,第9册,第5683页)

> 洪波漏金堤,河伯独不仁。不有封禅行,安知愁吾民。(《汉武帝二首》其二,同上)

---

① 《全宋诗》第11册,第7623页。
② 《全宋诗》第12册,第7747页。
③ 《苏轼诗集》,第2342页。
④ 《全宋诗》第19册,第12590页。

传闻大河决，远与北溟通。氾滥蛟鼍怒，萧条郡国空。淇园方下竹，瓠子复修宫。世代文成术，民怀伯禹功。沈牲烦太史，负土困关东。（《河决东郡以平声为韵叔父令赋》，《全宋诗》第 9 册，第 5893 页）

其中第一首诗首先揭露武帝君臣将相当年坐视百姓田园淹没、哀鸿遍野的灾情于不顾，接着写汉武帝后来有所醒悟，但其所谓"富民"、福民之事最终悠邈无闻，并没有落实①。第二首诗则揭示说，如果汉武帝不是为了举行封禅大典出行，意外见到黄河为患的灾情，他就根本不会想到哀怜百姓，进而下决心堵决救灾。诗作虽然表面上是在谴责"河伯独不仁"，其实是在鞭挞他们对于"黔首哀"漠不关心、见死不救。第三首，进一步揭露他们在堵口还没有完工的情况下，就忙于修宫表功；迷信崇奉神仙道术，无视百姓求救的呼声，以致河患坐大，重困天下。这些批评既出于封建道义，又深具人性光彩。虽然是直接针对汉武帝而发，但也并非空穴来风，封建统治者见灾不救的情况历代屡见不鲜，宋朝也不例外，号称"仁君"的仁宗、神宗时期都存在河决多年不治的情况，诗歌里反映灾区民不聊生的景况比比皆是。因此，刘敞诗曲折反映了他对朝廷治河不力的不满。

在对水灾中发生的形形色色阴暗现象进行揭露的同时，部分诗作抨击了商人见利忘义的行为，凸显了水灾诗批判主题的深广。姜特立（1125—?）有诗题作《岁在绍熙甲寅，浙东西大旱，旁连江淮，至秋暴雨，水发天目，漂民庐，浸禾稼，而苏常大歉，小人趋利，争运衢婺谷粟顺流而下，日夜不止。又去冬岁暮多雨，连绵至春半，未有晴意，人情忧闷，聊书数语以备采谣者，至辞之工拙固所不计也，乙卯仲春作》，记述在一系列连发的灾害饥荒之后商人日夜不停地运走雨涝的贫困山区本已匮乏的粮食：

---

① 汉武帝《瓠子歌》有"宣房塞兮万福来"之句。

> 传闻常润间，流殍满路衢。鄞江祸尤酷，越山复何如。米乡已无积，山郡岂有余。小人急眼前，负贩日夜趋。只知利一己，岂暇恤里闾。屈指至秋成，未可保无虞。尧汤备先具，庶冀收桑榆。（《全宋诗》第38册，第24122页）

他们发昧心财的行为无疑会使灾情雪上加霜。最后诗人只好把赈灾的希望寄托于朝廷的备荒之策。

四　治水颂歌与忧责意识

宋代水灾诗在暴露阴暗现象时，也记录了不少可歌可泣的优秀事迹。如同批判主题的诗作一样，这些作品仍以官方活动与官吏为中心，其中以歌颂部分官吏治水功绩最为突出。

（一）治水政绩颂

黄河决溢殃及数十个州县、近半个国家，是北宋王朝的心腹大患，也造就了当时最大的治水工程。北宋诗坛在对河患的关注中，呼唤和刻画了一批勇担治河重任的士大夫形象。苏轼的《送顾子敦奉使河朔》把毅然放弃朝廷清要之职，赴任河患重灾区的顾临（字子敦）塑造成为慷慨辞朝、"河来屹不去"的英雄。[①] 苏辙的《席上再送》也颂扬他"横身障西流"[②] 的英雄气概。虽然这些事迹多出于想象之词，但顾氏确实是临危受命，当"举朝之人，睥睨前却，不敢径往以蹈后悔。子敦独日夜计画，以为己任"[③]。难怪徐积将自己一生的治河抱负和韬略熔铸成长诗《大河上天章公顾子敦》向他披肝沥胆地倾诉，并在他身上寄托自己的治河理想。

---

① 顾子敦的有关事迹参《宋史·顾临传》，诗见《苏轼诗集》，第1494页。
② 《全宋诗》第15册，第10027页。
③ （宋）孔武仲《送顾子敦赴河北序》，《全宋文》第100册，第256页。

　　至于那些在治河斗争中做出实绩的英模人物，自然更成为诗中歌颂的重要对象。富弼的《定州阅古堂》颂扬韩琦庆历年间在定州大力赈济、安置河决灾民："公戚曰吁，予敢宁处。乃大招来，乃大保聚。乃营帛粟，寒衣饥茹。民归而安，水下孰御。强弱死生，由公复虑。"强至的《依韵奉和司徒侍中视河惬山》则颂扬他在大名府的防患未然之功："邻国一朝罹暴水，相君先虑护严城。"① 苏轼在徐州抗洪的事迹更是在文人中传为美谈。郭祥正的《徐州黄楼歌寄苏子瞻》歌颂他在黄河洪水围困徐州之际，忠心耿耿，指挥若定，取得了保全一州城民的重大胜利：

　　　　黄河西来骇奔流，顷刻十丈平城头。浑涛春撞怒鲸跃，危堞仅若杯盂浮。斯民嚣嚣坐恐化鱼鳖，刺史当分天子忧。植材筑土夜运昼，神物借力非人谋。河还故道万家喜，匪公何以全吾州。(《全宋诗》第 13 册，第 8748 页)

释道潜则歌颂他在危急关头靠前指挥、力挽狂澜的英雄气概和忠义精神："大河当日决澶渊，横被东徐正渺漫。城上结庐亲指顾，敢将忠义折狂澜。"(《东坡先生挽词》其十一)②

　　此外，北宋诗人还由眼前颂及历史和传说中的治河英杰，其中歌颂大禹治河的最多。如刘敞的《龙门》云："人怜山气佳，予叹禹功美。想彼未凿时，极目皆洪水。谁知耕桑民，幸免鲂与鲤。"③ 韩琦的《视河惬山》则不但推许汉成帝时两堵黄河决口的王延世，而且称道开凿御水，通漕都城的无名氏："谁凿故山酾御水，却通新漕入都城。一疏一塞俱称利，暂访遗踪岂易评。"④

　　黄河以外，当时全国的大小江河上其实也多在上演治水斗蛟的

---

　　① 《全宋诗》第 10 册，第 7025 页。
　　② 《全宋诗》第 16 册，第 10801 页。
　　③ 《全宋诗》第 9 册，第 6069 页。
　　④ 《全宋诗》第 16 册，第 4090 页。

历史正剧。郭祥正的《治水谣》主要歌咏了何县令在江南圩田地区治水的事迹，颂扬他治水得法、赏罚公平、摊派合理、身先士卒、不怕疲劳、不怕牺牲的美德：

> 去年圩破官不救，阙食逋亡十八九。今年大水如去年，民困适遭何令贤。贤哉何令能治水，枪木编芦多准拟。赏罚公平贫富均，赤脚亲临食亡匕。每趋危垫必身先，往复连宵几百里。浪头作恶工莫施，一拜能令二龙起。白龙先去黑龙随，鳞鬣分明皆见之。须臾浪定埂可御，父老惊嗟咸涕洟。西门投巫安足比，亦胜乘舆济溱洧。活我生灵十万家，惠泽阴功浃神理。天子临轩方用才，时时有诏搜草莱。请歌何令能治水，愿采斯言献天子。（《全宋诗》第13册，第8798页）

诗作还特别书写了他制伏汹涌的波涛，排除施工的关键障碍，最终建立让"十万家"人民安居乐业的莫大功勋。诗作虽然说他是以祷"拜"的方式力挽狂澜，但真正的治水法宝应是前文铺叙的脚踏实地的作风。这里的巫祝式的书写既可能反映作者的历史局限，也可以理解为艺术地书写何令治水的神明。刘弇（1048—1102）的《送李令如堤上部夫》在歌咏李县令在江淮一带治水的业绩时就特别嘲笑了西汉王尊单凭忠信以退黄河洪水的非理性治水方式：

> 我欲揖君空酒樽，君刺野航朝涉津。翩然挥手谢春去，我欲留之良苦辛。沙堤漫漫失故处，下有清海涛头奔。涛头奔，可奈何，江淮由来水事多。田家遣丁才取具，吴畎行畡不烦诃。蜗牛小庐乱云锸，捽土把草夷陂阤。我闻神禹乂九土，息壤能蛰千丈波。独坐败堤去民吏，翻笑王尊御浊河。（《全宋诗》第18册，第11971页）

"独坐败堤、御浊河"的方式形同坐以待毙，王尊反衬了李县令修堤的必要性。他翩然辞友、慷慨奔赴漫溢堤防，体现的是务实的治水作风和积极的应对态度。同时诗作还进一步歌颂了他急民之急、亲临一线、艰苦奋斗的优良品德和乐观精神："李侯方精强，程督宜有科。民事不可缓，田畴久滂沱。嗷嗷老将稚，意在却蛟鼍。无为坐叹息，劳事非蹉跎。山肤杂水豢，强饭时吟哦。暮归泊烦促，不厌玉颜酡。"特别值得注意的是，诗作也反映了遭受水灾的"田家"积极治水的热情和因陋就简的创造性，李县令治水依靠了群众。诗末憧憬御水的长堤落成之际李县令功成荣迁："他时解看官门北，千里长虹卧软莎。"与《治水谣》结尾如出一辙，反映了封建士大夫不无局限的思想情趣。

不论是保护农田，还是防御洪水，修筑堤防都具有重要意义，以上二诗都有体现。郑獬的《上李太傅》颂扬陈州治水也写知州在洪水中抢修堤防并严厉打击破坏堤防的坏人：

> 陈人尝传李太傅，云作太守来此州。顷遭暴水拉堤出，设施画略排横流。大偷尝欲穴堤腹，掩之即日断其头。至于小獝幸民祸，钩罗姓名皆不留。陈人恬恬但眠食，恃公牢固如山丘。今兹水暴潴外郭，眼见盗贼何由仇。况我方在艰陁中，窜奔日惧蛟龙求。乌乎不见李太傅，使我涕泪成沈忧。(《全宋诗》第 10 册，第 6844 页)

因为坚决剪除了这些幸灾乐祸、乘灾作乱的"大偷小獝"，陈州人民免除了水患，过上安宁日子，但这却是以前李太傅做知州时的情景，而眼前又出现了洪水围城、盗贼作乱的局面。对照之下，李太傅的陈州治绩得到凸显。

作为文士和官僚，宋代许多诗人在官任上都亲自组织指挥了抗洪救灾，对于他们自己建立的功绩，其诗都没有直接宣扬，但也有部分诗作在不经意间有所记述。如苏轼在徐州抗洪保卫战中立下的功劳受到朝廷通令嘉奖，但其有关诗作并没有正面表露，直到离任之际才通过记录徐州父老的感戴作了间接流露："前年无使君，鱼鳖化儿童。"（《罢徐州往南京，马上走笔寄子由》）① 又如淳熙七年（1180）抚州霖雨成灾，河水涨溢，沿岸村庄百姓纷纷撤退至山丘避水。当时提举江南西路常平茶盐公事的陆游闻讯发粟赈灾：

> 传闻霖潦千里远，榜舟发粟敢不勉。空村避水无鸡犬，茆舍夜深萤火满。（自注：民家避水多依丘阜，以小舟载米赈之。）（《大雨逾旬既止复作江遂大涨》，《全宋诗》第 39 册，第 24516 页）

从"空村避水"二句的独特洪灾景象描写看，当是他深夜乘小船亲自参与载米赈灾的生动记载。② 显然，这也是在以诗歌的形式保存和颂扬古代部分官吏救灾恤民的功勋。

（二）防洪工程颂

在古代的科技条件下，治理江河水患无疑是十分困难的。值得注意的是，宋诗歌咏了两宋时期人民兴修堤防水利设施的恢宏事迹。强至的《董役河上风霾继日》描述北都大名府春天例修河堤的艰苦场面："春迟地冷日萧骚，野旷林疏风怒号。畚锸一声趋蚁垤，旗幡四面落鸿毛。黄埃成穗坐还积，绿鬓欲丝歌漫劳。暂闭柴荆如避寇，江湖归思入渔舠。"③ 艰苦的劳动环境让他这位督役的官员产生了弃官归隐的消极念头，由此不难推知河工们劳作的艰辛。而黄庭坚的诗作则突出表现了这里治河百县齐动员的高涨热情和壮观场景："昏昏版筑气，王事始繁兴。大堤如连山，小堤如冈陵。增卑更培薄，万杵何登登。……忽念耒耜闲，为民保丘塍。百县伐鼓出，夜半废曲肱。"（《同尧民游灵源庙，廖献臣置酒，用马陵二字

---

① 《苏轼诗集》，第 935 页。
② 此诗作年，参见于北山《陆游年谱》，上海古籍出版社 2006 年版，第 255 页。
③ 《全宋诗》第 10 册，第 6973 页。

赋诗》)① 同时他还特别记录下护堤吏卒常时维修、守护千里堤防的辛劳场景:"直渠杀势烦才吏,机器爬沙聚水兵。河面常从天上落,金堤千里护都城。"(《和谢公定河朔漫成八首》之二)② 这些诗篇反映了我们祖先治黄的艰辛历程和伟大力量,成为记录民族发展历程的珍贵历史写照。

与地处北宋王朝腹心地带的河患灾区一样,偏居一隅的西蜀州县同样有规模浩大的治水工程。南宋爱国诗人陆游很关心治水,他在蜀中为官时多次组织兴修、视察水利工程,留下了热情讴歌当地堤防建设的诗篇。其《十二月十一日视筑堤》是修治防洪大堤的赞歌:

> 江水来自蛮夷中,五月六月声摩空。巨鱼穿龟牙须雄,欲取阛市为龙宫。横堤百丈卧霁虹,始谁筑此东平公。今年乐哉适岁丰,吏不相倚勇赴功。西山大竹织万笼,船舸载石来亡穷。横陈屹立相迭重,置力尤在水庙东。我登高原相其冲,一盾可受百箭攻。蜿蜒其长高隆隆,截如长城限羌戎。安得椽笔记始终,插江石崖坚可砻。(《全宋诗》第39册,第24345页)

诗作怀念百丈大堤的始建者,描述了当前修治大堤的热烈盛大场面,咏赞大堤的巍峨坚固,抒发了以堤制水护城的壮志豪情。他的《出城至吕公亭按视修堤》也描述了农闲时候治堤的壮观场面,并且对筑堤的方法提出改进的建议:

> 翠霭横山澹日升,孤亭聊借曲栏凭。霜威渐重江初缩,农事方休役可兴。重阜护城高历历,千夫在野筑登登。寓公仅蹑前人迹,伐石西山恨未能。(自注:西州筑堤,织竹贮江石,

---

① 《全宋诗》第17册,第11488页。
② 同上书,第11471页。

不三年辄坏。意谓如吴中取大石砌成，则可支久。异日当有办此者。）（《全宋诗》第 39 册，第 24336 页）

虽然二诗均不以颂扬个人的功绩为中心，但无疑都是当时人民治水集体智慧和力量的颂歌；"勇赴功"的各地官吏、"来亡穷"的载石船、"千夫在野"的修筑大军与前述北宋诗里"旗幡四面""万杵登登"的场面遥相呼应，反映当时人们依靠集体力量战胜强大自然灾害的豪情壮志。

（三）平民剪影和"平河"歌

在表现治水救灾的感人事迹时，宋诗很少以下层人物为聚焦中心，多以局部细节点到为止。如苏轼反映徐州人民取得抗洪斗争胜利的《河复》，结尾处写洪水刚退就出现"楚人种麦满河淤"的生产自救情景，表现了当地人民乐观顽强的救灾精神。又如南宋末年周密（1232—1298）写农家在特大洪灾中顶风冒雨救田的紧张场面："雷车推翻电车折，龙鬣劳劳滴清血。羲和愁抱赤乌眠，阳侯怒蹴秋潢裂。风寒田火夜不明，桔槔椎鼓声彭彭。家家捄田如捄死，处处防陇如防城。"（《甲戌八月武康安吉水祸甚惨人畜田庐漂没殆尽，赋苦雨行以纪一时之实》）[1] 再如，范成大的《苦雨五首》中写到的那些"扶携上车"、车水排涝救田的"翁媪"以及上述多篇诗作写到的踊跃参加治水工程的"田家""千夫"和下级官吏。其实这些下层人民才是灾患救治的主力军，他们的历史作用在士大夫文学中很大程度被遮蔽了。

尽管这些下民百姓很难成为治水颂歌中的主人公，但也有个别诗作曾集中笔力书写他们在洪灾中的非凡之举。孔武仲（1041—1097）的《蔡州三首》记录了一件山洪暴发时奋不顾身救母的英雄事迹：

---

[1] 《全宋诗》第 67 册，第 42567 页。

　　　　狂霖出群山，夜半击堤口。水横溢陵阿，余波犹怒吼。东
　　村五百户，一塌如摧朽。砰兀声如雷，牛马不及走。壮者上枝
　　柯，幼子浮罂缶。惊逐吞天澜，儿犹闯其母。旁人避形迹，睨
　　视谁敢救。(《全宋诗》第 15 册，第 10242 页)

　　出山的洪水以排山倒海之势扫荡沟谷村落，人人唯恐躲闪不及，可
是这位少年却敢于追逐吞天巨澜，去寻找、营救其母。[①]还有前引
郑獬的《淮扬大水》也有类似的情景："居民窜避争入郭，郭内众
人还塞门。老翁走哭觅幼子，哀赴卒为蛟龙吞。"这位老翁为救幼
子不顾个人安危，不幸被洪水吞没。亲情的力量和这对老少的仁勇
在洪灾中得到了凸显。虽然这些内容仍然属于局部书写，但在一定
程度弥补了歌颂主题对下层人民关注的不足。

　　经过君臣士民的共同努力和艰苦斗争，宋代治水也取得了一些
阶段性的胜利，宋诗因此也产生了一些治水凯歌。以治河为例，宋
太宗的《平河歌》叙述他面临滑州河决果断调兵遣将，以禁军代替
民夫；将帅们争相请缨，昼夜兼程，从而很快就迎来堵决的成功：
"未经月余便成功，龙门一合士民喜。欢乎欢，忻斯睹，土木如山
杵如雨。"苏轼的《河复》则深情抒写奋战七十多个日日夜夜的徐
州抗洪终于赢得河复故道、转危为安的喜人局面："吾君仁圣如帝
尧，百神受职河神骄。帝遣风师下约束，北流夜起澶州桥。东风吹
冻收微渌，神功不用淇园竹。"

　　除了庆贺治河的成功，部分诗作还礼赞黄河安流的祥和景象。
欧阳修的《巩县初见黄河》反映仁宗时期出现的黄河由祸转福的一
段好年景：

_____

　　① 关于"闯"字在此诗中的含义，据《康熙字典》《汉语大词典》，有"窥觇"
"探头观望"之义，读作 chèn。

前岁河怒惊滑民，浸濑洋洋淫不止。滑人奔走若锋骇，河伯视之若儿戏。呀呀怒口缺若门，日啖薪石万万计。明堂天子圣且神，悼河不神嗟日喟。河伯素顽不可令，至诚一感惶且畏。引流辟易趋故道，闭口不敢烦官吏。遵途率职直东下，咫尺莫可离其次。尔来岁星行一周，民牛饱刍邦羡费。滑人居河饮河流，耕河之壖浸河濆。嗟河改凶作民福，呜呼明堂圣天子。(《全宋诗》第 6 册，第 3732 页)

写黄河由兴灾作难到听从人愿，成为沿岸人民的衣食之源。虽然诗里将黄河"改凶作福"说成是天子的"至诚"圣德所致，近乎神话、"儿戏"，但确实反映了当时人们在河患消歇时期的欣喜、感恩之情。司马光的《河北道中作》还描绘了河北灾区恢复和平安宁的景象："绿柳阴中白浪花，河边日日暗风沙。""河势东回今几年？浓阴满目尽桑田。"[①] "绿阴白浪"代替了黄流浊浪，"满目桑麻"代替了汪洋泽国；回味黄河变害为利的不凡历程，诗人轻松愉悦的心情流注在字里行间。这些诗作都反映了河患区来之不易的治水成果，反映了当时人们消除水灾的美好愿望。

（四）忧国忧责忧民

因为集官僚和文士于一生，宋代诗人常常负有救灾备灾的责任，故许多颂扬救灾事迹的诗作以这些官员为主角也在情理之中。不仅如此，许多诗作更擅长表达他们担当救灾责任的内心世界，这在两宋水灾诗中有突出表现。

首先看系列河患诗表达的忧国情怀。面对河患这样牵系国家全局的大灾难，北宋文人不论是身在灾区，还是远离河患，不论是身任其责，还是在朝在野，他们在诗里都对黄河决溢的灾情表现出强

---

① 《全宋诗》第 9 册，第 6168 页。

烈的忧患意识。刘敞面对商胡河决八年未复，作《河之水》云："河之水兮一直而一曲，嗟汤汤兮安所属。河之水兮一浊而一清，嗟汤汤兮何时平。"① 颇能代表盘踞在一代士人心中的深忧隐痛。熙宁初判守大名府的韩琦作《元城埽行河》诗吐露了他对河防形势的严重忧虑和护佑子民的祈愿："怒河秋涨俯都城，纵啮长堤岂易平。气悍若从天上落，势高难使地中行。筑垣居水虽危事，沈马回波是至诚。故道几时循禹迹，免教常岁害民生。"② 他的部属强至也深感"日负洪河决溢之忧图"③，其和诗《依韵奉和司徒侍中元城埽行河》也感叹河势危殆，治河穷耗民力："一鼓千夫下捷声，缺堤漏穴几时平。盘涡倒吸湍流住，巨浸疑浮厚地行。举锸每年劳众力，治河无策贡愚诚。"④ 进而还为自己"治河无策"表示愧疚。

那些不曾亲到灾区或不在河患现场的诗人也常常在诗里表达他们对河患的牵系。特别是当身边有人赴任灾区时，他们内心的忧虑常常被牵扯出来。苏辙《送鲁有开中大知洺州次子瞻韵》因为友人将赴任灾区而感念千里之外的河决灾情："秋潦决河防，遗黎化惊魂。忧心念千里，何暇把一樽。……新晴水尚壮，想见民惊奔。安得万丈堤，止此百里浑。"⑤ 如同杜甫呼唤大庇寒士的"广厦千万间"，他呼唤守护百里灾区安宁的"万丈堤"。张舜民的《送叶伸出使河北》设想在灾区迎接新任官员的酒筵歌席上，歌女所唱非侑酒佐欢的《白纻词》，而是汉武帝哀唱黄河决堤的《瓠子歌》："燕赵多佳人，善舞体婆娑。不学白纻词，能唱瓠子歌。歌罢令翁愁，井灶宅鼋鼍。"⑥ 以此表达他对河患疾苦的惦念。

不过，严重的河患不但没有使宋人退却，反而激起他们的顽强斗志，治河因而成了一代士人的理想抱负。作为一位视听皆有严重

---

① 《全宋诗》第 9 册，第 5617 页。

② 《全宋诗》第 10 册，第 4087 页。

③ （宋）强至：《与荆南郑舍人书》，《全宋文》第 66 册，第 315 页。

④ 《全宋诗》第 10 册，第 7023 页。

⑤ 《全宋诗》第 15 册，第 10022 页。

⑥ 《全宋诗》第 14 册，第 9666 页。

障碍的残疾人，徐积抱有矢志不渝的治河志向，他在《送赵漕儞》诗里夫子自道曰："我自黑头，尽心河渠，逢人辄问，三十年余。"① 陆佃《送张颉待制帅瀛州》也袒露过平息河患以解君忧的襟抱："如何更讲黄河策，定取横流副两宫。"② 作为抗御河患的直接参与者和指挥者，苏轼在黄河堵决未成之际披露过他守护城民的忧心、决心和信心："宣房未筑淮泗满，故道堙灭疮痍存。明年劳苦应更甚，我当畚锸先黥髡。付君万指伐顽石，千锤雷动苍山根。高城如铁洪口快，谈笑却扫看崩奔。农夫掉臂免狼顾，秋谷布野如云屯。"（《答吕梁仲屯田》)③ 表现了不畏艰难、未雨绸缪的救灾精神和身先士卒、胸有成竹的贤能风范。

　　值得注意的是，宋代士人在诗里是从国家"大事"的高度来认识河患的。徐积（1028—1103）的《大河上蒋宝文》诗云："大河者大事，我辈安足明。"④ 河事作为国家大事，以致他这位寒士要自谦不能；其《送赵漕儞》诗注就说得更分明了："大河、赈饥之类，二者天下之大事，方今之急务也。"苏辙的《送顾子敦奉使河朔》将其提到"君忧臣辱"的高度来认识，称他对治河成功的庆贺是"为国颂河平"："河流西决不入土，千里汗漫败原隰。壮夫奔亡老稚死，粟麦无苗安取食。君忧臣辱自古然，自说过门三不入。……成功岂在延世下，好勇真令腐儒服。此时为国颂河平，当使君名长不没。"⑤ 类似的情形，黄庭坚认为眼前还未得到治理的河决是国之"大疮"，巨大的伤创正在使国家和人民蒙受苦难："忆昨河失道，平原鱼可罾。田莱人未复，疮大国方惩。"（《同尧民游灵源庙，廖献臣置酒，用马陵二字赋诗》)⑥ 甚至当南宋许及之出使至转为金人统治的河患灾区时其《卫州》诗仍说"河决从

---

① 《全宋诗》第 11 册，第 7606 页。
② 《全宋诗》第 16 册，第 10659 页。
③ 《苏轼诗集》，第 774 页。
④ 《全宋诗》第 11 册，第 7623 页。
⑤ 《全宋诗》第 15 册，第 10022 页。
⑥ 《全宋诗》第 17 册，第 11488 页。

来国隐忧"①，可算是两宋文人对河患的责任担当意识的总结。可见在河患问题上，凝集着一代士人的"国忧"情结。

宋朝"至南渡而后，贻其祸于金源氏"②，将河患这个沉重的包袱转给了金人，但在强敌压境的南宋后期，随着国家危亡的加深，水灾诗中的忧国情怀又变得浓重起来。孙应时（1154—1206）的《秋雨旬日偶成》在其积雨淹禾的愁怀中夹杂着几多"忧国心"："积雨断行迹，满门秋草深。老禾眠水底，野菌出墙阴。懒负读书眼，间多忧国心。夜长幽梦短，清耳听虫吟。"③ 叶茵（1199？—?）的《苦雨》因为久雨妨碍农事，颇感灾异而作"忧国（奏）疏"："农事正纷纷，天时异所闻。举头方见日，翻手又为云。茅舍蛙分部，槐庭蚁失群。裁成忧国疏，斋沐告吾君。"④ 刘克庄（1187—1269）的《梅雨隳城自用前韵》因身边梅雨坏城而深感城池破陋难以御敌，不论是对洪灾祸国的历史回顾，还是曾在边城筑城的切身经历，都显示了作者对国家边患的忧虑："迭石黏灰事尚新，忽因沾渍减嶙峋。晋阳昔仅存三板，瓠子今谁助束薪。恃陋窃忧难御寇，加工却恐倍劳民。狂生亦岂前知者，曾是边城荷杵人。"到宋末亡国之时，马廷鸾（1222—1289）的《苦雨》书写的则是敲打禾黍的霖雨伴着诗人的"旧国山河泪"俱下："长潏旧国山河泪，细滴孤臣禾黍心。"⑤ 已是十足的亡国哀音了。忧国成分的渗入显然提高了两宋水灾诗的思想品格。

其次，看水灾发生时体现的愧疚心理和责任意识。因为灾害天谴观念的影响和束缚，有些责任感重的文人会因灾引咎自责。如梅尧臣的《大水后城中坏庐舍千余作诗自咎》反映他因洪灾带来的巨大损失而陷入深深的自责之中：

---

① 《全宋诗》第46册，第28440页。
② 《宋史》，卷九一，第2256页。
③ 《全宋诗》第51册，第31732页。
④ 《全宋诗》第61册，第38205页。
⑤ 《全宋诗》第66册，第41254页。

不如无道国，而水冒城郭。岂敢问天灾，但惭为政恶。湍
回万瓦裂，槎向千林阁。独此怀百忧，思归卧云壑。（《全宋
诗》第 5 册，第 2789 页）

如其《观水》序所述，他在组织襄城抗洪抢险方面，靠前指挥，身
先士卒，并无失职，但因为治下发生了水淹城郭的灾难，他谴责自
己为政"不如无道国"，"但惭"平素"为政恶"，甚至想要辞官归
隐。诗人如此归咎于己，刻己自责，说明他在自觉奉行"遇灾而
惧，侧身修行"① 的圣贤遗训。谢景初（1020—1084）的《余姚董
役海堤有作》反映他身为县令亲赴一线督修海堤，体认、恪守职责
的情况："五行交相陵，海水不润下。处处坏堤防，白浪大于马。
顾予为其长，恐惧敢暂舍。董众完筑塞，跋履率旷野。使人安于
生，兹不羞民社。调和阴与阳，自有任责者。"② 又如，张耒《仲
春苦雨》反映他在雨涝中对为政进行反躬自省："仲春乃积雨，和
景良未舒。……流红委花外，渟碧涨池余。商羊未悔祸，椒醑屡传
巫。岂惟政无补，多惭诚未孚。农事滞南亩，土功隳败圩。悠哉欲
何奈，浊酒且为娱。"③ 他不但解剖自己"政无补"，而且检讨自己
祈禳"诚未孚"，无奈之中聊以浊酒自宽。再如，陈造《苦雨》写
自己担心百姓田畴被淹，米价疯涨："坐想田畴沦沼沚，忍闻升合
换罗纨。纵阳援溺知无术，惭愧身为抚字官。"④ 惭愧自己身为父
母官无术使天放晴。可见这些诗作深刻地反映了文人士大夫高度的
官责意识和深刻的自省精神。

再次，看文人们对灾后重建和救济状况的忧虑。郑獬的《临淮
大水》由灾后重建不力念及来春百姓流散的深忧："坏屋久不补，

① 《毛诗序》，《十三经注疏》，上海古籍出版社 1997 年版，第 561 页。
② 《全宋诗》第 9 册，第 6296 页。
③ 《全宋诗》第 20 册，第 13317 页。
④ 《全宋诗》第 45 册，第 28162 页。

污田晚更耕。接春恐流散，何策活苍生。"① 吴潜的《苦雨吟十首
呈同官诸丈》更是十分详细地表白了自己作为知府对涝灾的忧虑和
应对筹划：

> 自春爰及夏，多雨少曾晴。积压兼旬潦，弥漫四泽盈。穉
> 苗忧冒没，矮岸恐颓倾。急遣洪宾佐，代余省尔氓。（其一，
> 《全宋诗》第 60 册，第 37887 页）

> 早晚遣长须，行田西北隅。稻禾都旺否，庐舍莫淹无。高
> 仰为何碶，低漥是某都。水痕如退落，分寸要相符。（其二，
> 《全宋诗》第 60 册，第 37888 页）

> 老守最忧农，往来思虑怦。半时半刻里，一饭一茶中。饥
> 溺真犹己，恫瘝在厥躬。天高元听下，一念岂难通。（其十，
> 《全宋诗》第 60 册，第 37888 页）

这一番慰问灾民、视察灾情、体察民瘼的内心活动的倾诉，包含对
下属的殷切叮嘱和对百姓灾苦的换位思考，表现了忠于职守、对百
姓关怀备至的高尚心灵。

最后来看无责也忧的情形。俗话说：不在其位，不谋其政。对
于普遍具有参政热情和兼济情怀的宋代文人士大夫阶层来说，即使
罢官引退或身处贫贱也往往对处于灾苦之中的苍生、社稷充满忧
念，这在宋代水灾诗中多有表现。司马光的《南园杂诗六首·苦
雨》反映他仕途困顿时面对雨涝的心态："闲官虽无责，饱食愧有
禄。"② 苏辙的《苦雨》反映他甘于箪食瓢饮的贫寒生活但又禁不
住忧患民生的苦楚："箪瓢吾何忧，作诗热中肠。"③ 方回的《苦
雨》直接吐露自己无责也愁的心声："苦雨何其久……溺饥非己

---

① 《全宋诗》第 10 册，第 6852 页。
② 《全宋诗》第 9 册，第 6063 页。
③ 《全宋诗》第 15 册，第 10118 页。

责，愁绝望朝阳。"① 不少诗作反映穷士自身的处境和心态：

> 浯至已惊占习坎，汩陈深恐败彝伦。苍生可念非吾力，漏屋颓垣不庇身。（韩维《和六弟苦雨》，《全宋诗》第 8 册，第 5210 页）
>
> 我亦有此患，漏榻绕屋扛。……区区苦吏役，展骥曾非庞。强亦歌巴歈，跛鳖惭骊騄。（刘弇《和仲武苦雨见寄》，《全宋诗》第 18 册，第 11994 页）
>
> 旧雨未干新雨涨，可怜愁绝力田翁。（程俱《穷居苦雨》，《全宋诗》第 25 册，第 16335 页）

看得出来，在士人自身面临水灾侵凌的情况下，他们有无力济苍生的苦恼，有对自身遭遇的怨叹，也有对农事和农民的忧患。此外，士大夫化了的方外人也多表现了对水灾中农事和民生的忧念。释文珦的《苦雨》云："秋雨连三月，愁吟野水溃。渐看禾黍没，难使渭泾分。山泽才通气，天霄便作云。民忧昏垫苦，苦语不堪闻。"

水灾面前上述忧国、忧责、忧民情怀的种种表达，无疑洋溢着爱国爱民、尽职尽责、克己修身的懿德芬芳，是一首首心灵的颂歌，实质上构成了对水灾诗颂扬主题的重要补充。

五　观念突破·生命优先·患难与共

黄河至今仍是世界上最为复杂难治的河流。频繁决溢、塞而复决的黄河无疑向宋人显示了难以抗拒的强大自然力，因此在当时历史条件下，个别诗人诗作面对河患不免流露出畏难情绪。如王安石的《河势》（"河势浩难测，禹功传所闻"）透露出其"于回河之议

---

① 《全宋诗》第 66 册，第 41546 页。

初无所主"。① 徐积的《大河上天章公顾子敦》在回顾前代治河方略时说:"学虽有专攻,术亦有穷欸。……事有甚难者,虽知无所补。"黄庭坚的《同尧民游灵源庙》对于移民以让黄河放任自流这样的浅见不能有所主张:"此论似太高,吾亦茫取舍。"同样,在其他洪涝灾害面前部分诗作也不免表露类似思想情绪和各种迷信思想。但所有这些水灾诗蕴藏和体现的优秀思想文化价值却是主流。除上文的揭示外,还有如下几个突出方面。

其一,直面灾害现实,就事论事,一定程度上摆脱了天人感应论的束缚。经传云:"圣人有国,则河不满溢。"② 但徐积的《大河上天章公顾子敦》在谈论大禹治河后"无所决溢"的千年历史时却说:"国君与世主,岂皆尽有德。盖繇河未徙,一皆循禹迹。"③ 摒弃了神秘的符瑞思想,体现了求实理性精神。文同的《季夏己亥大雨》在追问暴雨灾害发生的根源时没有按照灾害天谴论的传统说法去批评时政,而是在做理性的推断:

> 黑云堆空天地昏,风势猛恶山岳掀。……土肉刮尽惟骨
> 存,漂荡秋稼无一根。天生烝民主仁恩,覆露养育生理蕃。谁
> 持害钥开祸门,绝灭黍豆灾元元。无路能去陈九阍,此事是非
> 安可论。(《全宋诗》第8册,第5319页)

他认为,天地本主仁恩,养育呵护庶民百姓,如今暴雨成灾,到底是谁打开了祸害的大门?无奈天高难问,是非难定。这里作者没有影射政治,只是表达了他的迷惘。郭祥正的《漳南书事》在记述了漳州风暴潮灾的惨状以后,对天戒说提出了怀疑:

---

① 王安石著,李壁注,李之亮校点补笺:《王荆公诗注补笺》,巴蜀书社2002年版,第446页。

② (宋)李昉:《太平御览》,卷六一引《大戴礼》,四部丛刊本。

③ 《全宋诗》第11册,第7554页。

　　畴咨风雨师，残害皆天物。天心本好仁，忍视久不恤。况今大上圣，治具严且密。骑马藏民间，教兵授神笔。四夷还旧疆，百辟奉新律。固宜集和气，祥瑞为时出。缘何漳南民，憔悴抱愁疾？（《全宋诗》第 13 册，第 8867 页）

当今的圣治"固宜集和气"、召"祥瑞"，为何却发生了如此惨烈的灾祸？这显然是天人感应论解释不通的。他在《临漳亭观水分得大字》里进一步指出自然违背"人理"的属性，以至埋怨说"孰谓乾坤大"：

　　溟蒙云气浮，势与江海汇。苍山恐低沉，况复问畎浍。禾麻安更论，老稚念颠狈。蛟鼍自出没，牛马失向背。雨师恣侵凌，人理亦可罪。殷殷非雷声，远近屋庐坏。君臣正逢时，上下宜交泰。驱云清白日，朗彻照幽怪。一雨即弥漫，孰谓乾坤大。（《全宋诗》第 13 册，第 8868 页）

暴雨恣肆泛滥，损坏禾麻，颠沛老幼，倾倒屋庐，而此时并非朝政昏暗，而是君臣逢时，按照感应论本应国泰民安。灾难的事实表明"人理亦可罪"，这个"人理"应是以天人感应论为代表的传统灾害观。诗中怨天而不尤人，体现的正是客观认识天人关系的理性态度。彭汝砺的《暴雨》在记灾以后对是否存在"天理"表示怀疑："天理吁嗟杳难测，悍独无辜不爱惜。葬填溪鱼瘗砂砾，乃能屈折容盗贼。"① 雨灾残害无辜百姓，是伤天害理的事，岂有"天理"？盗贼逍遥人间，却不见天诛地杀。可见这些诗作都以灾害违背人伦人性的事实否定了灾害天谴论、天人感应论对天人和谐、天人合一关系的设定，因而也就动摇了对这些占主导

---

① 《全宋诗》第 16 册，第 10455 页。

地位的灾害观的基本信仰。当然这些怀疑和否定，根本上还是即兴式的诗性判断，远非严密的理论阐析，不过这无妨其思想解放价值。

其二，是对迷信和禳灾观念的突破。由于受鬼神观念的影响，古代社会对于水灾的认识和治理长期存在现实与虚妄、科学与迷信两条路线的斗争。唐庚的《戊子大水二首》（1108）就典型地反映了这两股力量在某些地方反复较量的情况：

> 夜半传呼河入室，揽衣下床深没膝。旧来水不到谯门，老巫归咎西门君。西门君去老巫舞，明年却娶河伯妇。（《全宋诗》第 23 册，第 15033 页）

当大水冲进城门、在市井间登堂入室时，老巫把罪责归咎到"西门君"头上。"西门君"代表像西门豹那样反对以巫术"治灾"的官吏。随着他们的离去，老巫卷土重来，随后又将重演为河伯娶妇那样图财害命的事情。这说明在宋代一些水灾地区巫风和迷信观念盛行。在这样的历史背景下，部分水灾诗对当时主流社会认可的禳弭之类的消极应灾方式进行讥讽，具有破除迷信的性质。如刘弇的《送李令如堤上部夫》嘲笑汉代王尊单凭忠信退洪的做法："独坐败堤去民吏，翻笑王尊御浊河。"从诗中歌颂主人公积极有为的修堤治水措施看，作者蔑视虚而不实的弭灾方式，对传统救灾观念有所突破，具有朴素的科学观念。同时更进一步说，上述诸多诗篇热情讴歌热火朝天的防洪工程建设和艰苦卓绝的治水历程，弘扬的正是华夏民族历来践行的现实、理性、积极的救灾主旋律。

其三，体现了尊重自然、保护生态、标本兼治、集思广益的治河思想。

黄庭坚诗反思汉代河患的人为因素云："汉时水占十万顷，官寺民居皆浊河。岂必九渠亡故道，直缘穿凿用功多。"（《和谢公定河朔漫成八首》其五)① 他认为是强占河道和人为的"穿凿"破坏了原来的九渠故道，才导致了下游河道系统宣泄不畅，河患严重。可见其要求顺应自然、保护河道天然环境、反对强行人工改道（"回河"）的治河主张。苏辙治河不满足于一地的堵决赈灾，明确表达了着眼全局、正本清源的思想："姑尔救一境，谁当理其源?"（《送鲁有开中大知洺州次子瞻韵》）王安石也主张黄河要从源头治起："我欲往沧海，客来自河源。手探囊中胶，救此千载浑。我语客徒尔，当还治昆仑。"（《我欲往沧海》）这些都是宋人在朴素的科学理性思维主导下表现出来的深远目光。此外，陆游对家乡镜湖发生的水灾也做了符合现代环保观念的思考和揭示：

> 朝雨暮雨梅正黄，城南积潦入车箱。镜湖无复针青秧，直浸山脚白茫茫。湖三百里汉讫唐，千载未尝废陂防。屹如长城限氐羌，啬夫有秩走且僵。旱有灌注水何伤，越民岁岁常丰穰。洗湖谁始谋不臧，使我妇子餍糟糠。陵迁谷变亦何常，会有妙手开湖光。蒲鱼自足被四方，烟艇满目菱歌长。（《丙午五月大雨五日不止，镜湖渺然，想见湖未废时，有感而赋》，《全宋诗》第39册，第24649页）

诗人身边的镜湖在梅雨时节就发生漫溢，淹没近旁的秧田，街道积水高至车厢，严重影响城市交通。当他回顾镜湖兴废的历史，意识到这是原本"三百里"的湖面遭到侵占的结果。由此他一再谴责人们对镜湖的破坏："洗湖谁始谋不臧""镜湖洗已久，造祸初非天""山阴洗湖二百岁，坐使膏腴成瘠卤"②，反复表达恢复镜湖生态环境的愿望。

值得注意的是，北宋文人不管其个性气质如何特立独行，在治

---

① 《全宋诗》第17册，第11471—11472页。
② （宋）陆游：《镜湖》《甲申雨》，《剑南诗稿校注》，钱仲联校注，卷三二，上海古籍出版社1985年版，第2127、2653页。

河上都一致持十分谨慎的态度。石介"遇事奋然敢为"（《宋史》本传），然而在替人主思考治河对策时，仍然只是杂陈众说以备采择："不然寻九河，故道皆历历。一劳而永逸，此成功无斁。或可勿复治，顺其性所适。徙民就宽肥，注水灌戎狄。试听刍荛言，三者君自择。"（《河决》）① 梅尧臣秉持庆历新政的革新精神，关切国事，积极主张诗歌干预时事。然而面对变化莫测的黄河，他也表现出"消极保守"的反常态度：

> 地息戎马牧，民苦黄河流。浑浑发西极，奋奋入九州。自古患决溢，于今为疮疣。禹力顺而东，汉防筑其陬。完坏非一日，利害经千秋。主印无切责，治水莫轻谋。府公山西种，贵已为通侯。樽酒与歌舞，上客共优游。（《送柳秘丞大名知录》，《全宋诗》第5册，第3322页）

他告诫赴任灾区的友人"治水莫轻谋"，甚至主张他"歌舞优游"以回避河事。从梅氏的为人为文看来，这不当是出于明哲保身的缘故，而在于"轻谋"的后果十分可怕。为此，徐积主张治河应该广泛听取各方面、各阶层的意见："或博物君子，或宿儒老师。或滨河野叟，或市井年耆。或愚直夫妇，所言无蔽欺。或老胥退兵，耳闻而目窥。或世为水学，可与讲是非。或博募水工，按地形高卑。"（《大河上天章公顾子敦》）② 与石介"试听刍荛言"的主张十分相近。与诗里形成呼应的是，北宋人慎之又慎的治河思想在文章中更有明确的表白。如曾巩《黄河》云："愚既以为堤防壅塞暗于用，仿禹之迹为可，然水之为迹难明久矣，非深考博通，心知其详，固难以臆见决策举事也，宜博求能疏川浚河者，与之虑定，然后施功，则可以下安元元，上追禹绩矣。"③

---

① 《全宋诗》第5册，第3405页。
② 《全宋诗》第11册，第7554页。
③ 《全宋文》第58册，第575页。

其四，水灾诗多有人们逃生的描写，留下了面临生命危险的心理记载，表达了珍视生命、直面死亡的思想。

梅尧臣《嘉祐二年七月九日大雨寄永叔内翰》写他见亲友纷纷躲避洪水去了，却"独知欧阳公，直南望滔滔"，以为欧阳公这样的贤者一定能想办法排解京城的洪水；可是当打听到欧阳家也准备逃生时才幡然醒悟洪水势大，保全在世上哪怕轻如鸿毛的生命也很重要："贤者尚若是，焉用数我曹。免为不吊鬼，世上一鸿毛。"这里梅氏的"迂拙"说明他在洪水进屋之时本想有所作为，瞧不起那些抢先逃命的亲友。彭汝砺的《暴雨》书写了救命不成、掩瘗无尸的悲哀："溺者漫不见踪迹，东村西村哭声塞。手援不能泪沾臆，掩瘗虽欲终何益。"[1] 反映他对无辜生命横遭摧折的痛惜。吕本中的《商村河决》从眼前的生命威胁，忧及自己葬身鱼腹的无辜乃至身后祭奠之不得："今年河口决商村，远望飞涛匹马奔。……犹恐因循葬鱼腹，故人无地与招魂。"[2] 表现了对生命价值和尊严的重视，是人性真实地流露，体现了个体生命意识的自觉和苏醒。李石的《大水寓武信二首》则惋惜那些爱惜钱财而痛失最佳逃生机会的穷人："奔流决户入，尚怀囊橐资。……十五为流尸。"（其二）表明了救灾中贵于钱财的生命优先原则。

但是，在生死未卜的危急关头，有些诗作又表现了坦然面对危难的态度。刘敞的《纪危》记其在一次洪流中转危为安的经历："四月河水湍，怒风复相乘。维绝柁亦摧，舟人废其能。中流急回环，顷刻不可胜。性命委自然，岂知所依凭。"[3] 韩元吉的《记建安大水》回忆三十年前自己一家人遭遇暴雨满庭、浮家水上的沉沦之险："孤城雨脚暮云平，不觉鱼龙自满庭。托命已甘同木偶，置身端亦似羸瓶。浮家却羡鸱夷子，弄月常忧太白星。"[4]

---

① 《全宋诗》第 16 册，第 10455 页。
② 《全宋诗》第 28 册，第 18102 页。
③ 《全宋诗》第 9 册，第 5636 页。
④ 《全宋诗》第 38 册，第 23653 页。

涝灾主要危害农作物，但是没日没夜的连绵雨水也会给人带来死亡的威胁。王禹偁的《秋霖二首》因为秋霖而忧虑稼穑不成、交通阻绝、商旅不行，最终想到饿死："应如元鲁山，饿死深山阿。"（其二）类似的情况还有不少，如曾几的《苦雨》："未怪蛙争席，真忧水冒城。"①廖刚的《次韵和陈几叟苦雨》："云雾阴阴阁太虚，雨余蛙蚓上阶除。山颓井塌应无奈，大有人愁化作鱼。"②尽管这可能有放大的心理因素，但是客观上反映了当时人们在绵绵无绝期的霖雨中阴郁、脆弱的心理。

其五，表达了同舟共济、患难与共的思想。刘敞的《吴中大水，有负郭田在常州，云已漂溃，作一首示公仪》记自己在常州的庄稼被洪水冲毁的感受：

> 百谷驰东南，三江浇吴会。积阴漏云汉，涌水翻积块。斯民既昏垫，我稼堕颠沛。鱼鳖有余粮，郊原靡遗穗。糊口窃自恕，矜寡将何赖。天道有盈虚，吾宁罪于岁。救饥苦谋拙，禹稷不可待。行矣帆长风，因之浮海外。（《全宋诗》第9册，第5737页）

虽然他能够以勉强糊口自宽，却为不能周济穷人而惭愧、惋惜，从而表达了"矜寡""救饥"的心志。李石（？—1181）的《大水寓武信二首》记淫雨破堤给贫民、富人同样带来灾苦：

> 贫民无灯火，下床已没股。晓登树杪呼，出没见屋脊。舟车或幸灾，桂玉岂易煮。天数苟有定，民患谁适与。我穷一席地，此忧岂暇汝。为汝愁天公，闭户不欲语。（其一，《全宋诗》第35册，第22259页）

① 《全宋诗》第29册，第18528页。
② 《全宋诗》第23册，第15399页。

作为穷士，他既忧无力周济，也愁天公降灾，只好无奈地闭户独处。二诗都表达了诗人面对灾害无力赈救的惆怅。吴芾（1104—1183）的《久雨》则通过预计灾害来临说明共同面对灾害、休戚与共的道理：

> 岁旦值庚午，已有旱暵忧。甲申与甲子，仍更雨不收。岂惟主夏旱，还虑麦不收。农占吁可畏，使我生春愁。我今安静退，身外百无求。止愿年谷熟，高枕卧林丘。时时与亲友，尊酒相献酬。天意今乃尔，一饱未易谋。众人忧饿死，我能独乐不。念此不成寐，中夜涕泗流。无所用吾力，止望天赐休。天不绝民命，会见大有秋。（《全宋诗》第 35 册，第 21857 页）

他由久雨天气、年成可畏述及自己的退隐理想（年谷丰收、亲友同欢），说明在"众饿"的情况下自己不可能"一饱、独乐"，从而表达了共渡难关、同甘共苦的愿望。

六　总体特点和文学成就

综上所述，宋诗反映水灾比较突出、集中的内容大致得到呈现，除此以外，其水灾题材内容的丰富性还可以从下列写得较少的水灾话题和角度得到说明。

葛胜仲的《次韵道祖大水》一反对官府救灾多批判之语的主调，对雨过天晴、朝廷赈灾充满信心和希望："天公忽作弥月雨，忧岁上勤黄屋尊。……休叹栖苴接飞翼，林端会见宾红日。木饥水毁傥时运，救灾行看恩洋溢。"[①] 这是水灾诗中少于出现的君民关系，虽然灾情不浅，但对水灾表现出少有的淡定沉着。李石的《大雨水，忧三堰决坏，且念吾挺之在病，无与共此忧者，四走笔为问

---

① 《全宋诗》第 24 册，第 15633 页。

四首》写他担忧大雨中水库决堤和友我贫病交加的处境："君今已作十日病，我去颇觉三秋迟。俸钱不来水破灶，君自不饱我忍饥。"① 方岳（1199—1262）的《五月初四大水》写幽居生活感受到的灾情，从书斋角度写水灾形势别有特点："山云一夜雨，溪涨疾于飞。小市通为壑，幽居半及扉。木披龙有迹，墙断鹤无归。书帙方狼籍，谁看旧钓矶。"② 而释居简（1164—1246）的《八月大风大水》以佛家世外观世的方式写农家罹灾："零落茅茨水半扉，媪辇翁蹙小儿啼。老鸡不管丰凶事，独自将雏树上栖。"（其二）③沉静不露声色，与许多具有充沛激情的水灾诗格调不同。

　　总体看来，宋诗广泛反映了两宋时期各地城市、乡村多种多样多发的洪涝形势及其救治情况，表达了对受灾百姓的同情关怀，揭露和批判了伴随水灾发生出现的多种阴暗丑恶现象，颂扬了官民治水救灾的英模事迹和高尚品质，突出抒写了文人士大夫的忧责、忧国、忧民情怀，表达了破除迷信、顺应自然、珍视生命等进步的救灾思想。

　　宋代水灾诗题材内容的广泛性表明它还具有突出的文献价值，许多诗作可以与相关史料互证，或补史之阙，上面已随文有所揭示，这里不妨以河患诗为例略作申说。北宋以来数量骤增的河患诗多侧面反映了当时的河患灾难，比较完整地记录下一代治黄斗争的艰难历程，许多诗篇构成相关史实的生动注脚和说明。像苏轼、苏辙记述熙宁十年黄河泛滥的诗作，无疑是对语焉不详的历史记载珍贵的补充。而徐积《大河上天章公顾子敦》追溯河患的来源、回顾治河的曲折，纵论治河的方略，洋洋二千余言，"简直就是治理黄河的条陈"④。与之类似的还有石介《河决》、欧阳修《巩县初见黄

---

① 《全宋诗》第 35 册，第 22314 页。
② 《全宋诗》第 61 册，第 38323 页。
③ 《全宋诗》第 53 册，第 33121 页。
④ 赵齐平：《浅谈宋诗的"议论"》，《中国文学史百题》，中华书局 1990 年版，第542 页。

河》，都立足现实，视通古今，篇幅宏大，堪称"治水史诗"。还有吕本中《商村河决》、刘敞《闻德州河决》反映的灾情，史志失载，具有明显的存史价值。至于这些诗作对于临灾时候的环境氛围和人们的心理精神状态的描述，则更是一般史书不屑记载的。因此，这些诗作的"诗史"性质决定了它们在历史学、灾害学、水利学乃至心理史学等方面都具有珍贵的历史文献价值。

就思想情调而言，多数作品都以严肃口吻、沉重的心情直接正面反映灾情与救治。但也有部分作品以轻松诙谐的笔调从侧面间接表现主题。朱熹《苦雨用俳谐体》述灾虽然标榜"俳谐体"，示意谐谑，其实心情急切："仰诉天公雨太多，才方欲住又滂沱。九关虎豹还知否，烂尽田中白死禾。"（自注：楚词《招魂》云：虎豹九关啄害下人些。）① 在朱熹之前，韩琦的《苦雨方霁蛙声不已》埋怨雨水多让青蛙得志："暑雨朝来已厌多，蛙鸣犹更幸滂沱。虽然快尔狂跳志，争奈良田有害何。"② 反衬出雨涝伤农，表达忧农主旨，写得活泼俏皮。唐庚的《戊子大水二首》写龙王嗔怒发了大水，许多村落都差点被淹没："踏歌喧喧杂铙鼓，潭边呼龙令作雨。龙嗔挥水十丈余，千村万落几为鱼。寄谢龙神且安处，熟睡深潭不惊汝。"（其一）③ 尽管水灾形势十分危急，但是，由于开篇写了村民踏歌"呼龙作雨"，结尾写祈求龙王熟睡深潭，就显示出民歌民俗风调，使本来沉重的话题变得轻松起来。上揭部分诗作沉着、冷静、冷眼的书写笔调进一步丰富了水灾诗的情感内涵和表达方式。

就艺术手法而言，大多数作品都属于纪实性书写或现实主义范畴。可是也有相当一部作品富于想象，借助神话和民间传说，运用拟人、夸张、比喻等手法，使得诗作充满各种神怪形象，从而表现出浓郁的浪漫主义色彩。如王安石的《久雨》描述久雨灾象："煤

---

① 《全宋诗》第 44 册，第 27645 页。
② 《全宋诗》第 6 册，第 3999 页。
③ 《全宋诗》第 23 册，第 15033 页。

兔著天无寸空，白沫上岸吹鱼龙。羲和推车出不得，河伯欲取山为宫。"① 郭祥正的《苦雨行》则充满离奇的反常乱象："日月暗行天岂安，地下万物泥潦沈。角鹰快鹘摧羽翰，小鱼为凤蛙为鸾。"南宋释永颐的《乾元山洪水》以潜伏的水怪作害写洪灾："乾元山头洪水发，溪有长蛟潜伺察。两岸居人莫等闲，年深物怪终腾拔。"② 邓肃的《大水杂言》写救溺之志，出现了食千头龙、女娲补天、沧海变桑田、铁索锁支祁怪、贬天神作囚犯等一系列神异的形象，使其济苍生的襟抱得到别具特色的表白：

> 那知复如倾，漫天飞瀑布。介休借车振苍穹，十八叶幡如火红。涛头起伏万银屋，河伯尽以山为宫。门前小艇疾飞鸿，挽我同趋急流中。人生如梦贵适意，乘此可食千头龙。醉中举杯谢舟子，口腹自营吁可鄙。不闻大禹不过门，血指为疏九年水。何如乘风拜张坚，唤取女娲来补天。坐令赤子脱鱼腹，六合内外还桑田。柳枝却下蛟龙约，谈笑支奇付铁索。异时天上敢惊呼，斥作人间铛折脚。（《全宋诗》第 31 册，第 19716 页）

此外，黄人杰《官舍苦雨》表达驱除雨涝的愿望也是超现实的："泥途滑滑妨行客，烟陇阴阴碍种田。我欲乘风干造化，尽披云雾睹青天。"③

就诗体而言，古体、近体、律诗、绝句、五言、七言、杂言等主要诗体皆备。范成大《苦雨五首》、刘克庄《久雨六言四首》，是少见的六言组诗形式。古体中，郭祥正《治水谣》采用乐府民歌体歌颂治水功德颇具特色。在修辞运用上，拟人、夸张、比喻也运用得很有特色。如方回《苦雨》中拟人的运用："拟勒移文问雨

---

① 《全宋诗》第 10 册，第 6521 页。
② 《全宋诗》第 57 册，第 35991 页。
③ 《全宋诗》第 47 册，第 29124 页。

龙，麦秋忍不念吾农。黄云万顷成泥烂，偏与闲檐活瓦松。"① 滕岑《辛丑大水》比拟发大水为天公出涕："天公哀此生人苦，潸然出涕洒下土。五昼五夜涕不已，平陆成河山作渚。……天公用是涕愈流，阳侯正自喜且舞。我愿天公且收涕，忧之反伤亦奚补。但令老眼开日月，苍生自然得安堵。"② 转晴则拟作"老眼开日月"。郑獬《上李太傅》、郭祥正《治水谣》中的今昔对比，毕仲游《苦雨》中的旱、涝对比，方回《续苦雨行二首》的水、火灾害对比，等等，这些都给人留下了鲜明的印象，也切合表达的需要。此外如范纯仁、毕仲游、强至、孔平仲等以"苦雨""久雨"为题的古体诗排比、铺叙的运用也很突出。

　　至于写作目的，仅有极少数诗作了说明。郭祥正的《治水谣》是为了宣传治水功德："请歌何令能治水，愿采斯言献天子。"姜特立的《……又去冬岁暮多雨，连绵至春半，未有晴意，人情忧闷，聊书数语以备采谣者，至辞之工拙，固所不计也，乙卯仲春作》是为了继承古代采诗的传统以便统治者了解下情。郑刚中的《益昌霪雨逾月，负郭皆浸。祷祠之后，仓廪保全，居民复业。运使国博喜而赋诗，辄成三绝句以报来贶》在洪水退却之后欣喜地认为诗歌能镇住洪水泛滥的波澜："一月山前雨带风，拍天江水涨惊洪。朝来莫怪波澜静，收向诗翁笔势中。"（其一）③ 虽然诗歌不能直接抑制洪水，但是却能抚慰灾难带来的伤痛、平息爱恨的心理波澜，这是产生众多水灾诗的重要原因。当然，水灾诗的写作动机比较复杂，恐难做简单归结。

　　水灾作为最常见的自然灾害，中国诗歌自古以来就多有书写，至迟至魏晋，以"愁霖""苦雨"为题的诗歌创作就蔚然成风。若论反映重大洪灾事件的诗作，远可上溯至汉武帝写黄河决堤的《瓠子歌》。在诗歌高度繁荣的唐代，水灾题材的各体诗作显著增多。

---

① 《全宋诗》第 66 册，第 41613 页。
② 《全宋诗》第 47 册，第 29608—29609 页。
③ 《全宋诗》第 30 册，第 19160 页。

杜甫《秋雨叹三首》、高适《东平路中遇大水》、白居易《大水》、元稹《苦雨》、皮日休和陆龟蒙的《苦雨》诗唱和等早为人们熟知。不过，比起前代，宋代的水灾诗显然是后来居上，不仅数量大增，而且题材、体裁、风格更加多样，内容十分深广，继唐代之后达到新的巅峰，与宋诗在诗歌史上的地位是相称的。其文学史价值主要在于众多诗人从不同角度艺术地再现了历史上人民饱受洪涝灾害而奋起抗争的艰辛历程，表现了华夏民族战胜巨大历史灾难的坚韧顽强精神，整体上构成记录民族生存发展进程的民族史诗。其直面灾难现实、心系灾民疾苦、讴歌防洪建设的内容主题弘扬了忧国忧民、敢于担当、自强不息的崇高精神和昂扬气概。同时这些诗作中频繁出现的洪水泛滥、灾情惨重、工程浩大的诗歌意象和庄谐兼备的思想情调、多种多样的表现方式显著丰富了中国诗歌的艺术形象和审美内涵。

第四章　旱灾诗

在我国，旱灾历来是与水灾相提并论的最常见两大自然灾害之一。通常，我国旱灾所造成的损失，除少数特大洪涝年外，常居各种自然灾害的首位。① 宋代的旱灾形势和水灾一样严峻，比起唐代旱灾毫不逊色。据统计，唐代旱灾有 197 次，宋代旱灾有 259 次②，这还只是正史上的数据。论其危害，宋人有云："民之灾患，大者有四：一曰疫，二曰旱，三曰水，四曰畜。灾岁必有其一，但或轻或重耳。四事之害，旱暵为甚，盖田无畎浍，悉不可救，所损必尽。"③ 旱灾主要危害农作物生长发育，造成减产绝收，对于处于农耕时代的宋代普通百姓而言，"旱灾危害最大"的观点基本符合事实。

宋代以旱灾为表现主题的诗作多到难以计数。从题目上看，以"大旱"为题的有 18 首、以"久旱"为题的有 44 首、以"悯（闵）旱"为题的有 9 首、以"闵（悯）雨"为题的 78 首④、以"祈雨""祷雨"为题的分别有 108 首、136 首，以"望雨""不

---

① 李树刚主编：《灾害学》，煤炭工业出版社 2008 年版，第 92 页。

② 唐代旱灾为 197 次，见阎守诚主编《危机与应对：自然灾害与唐代社会》，人民出版社 2008 年版，第 41 页。关于宋代旱灾，邓拓《中国救荒史》认为有 183 次，陈高佣《中国历代天灾人祸表》认为有 226 次，邱云飞《中国灾害通史·宋代卷》认为有 259 次，均见邱云飞《中国灾害通史·宋代卷》，郑州大学出版社 2008 年版，第 104 页。

③ 邢昺奏对宋真宗语，见《宋史》卷四三一，第 12799 页；《续资治通鉴长编》卷六七，上海古籍出版社 1993 年版，第 1507 页。

④ 此中只有黄庭坚《承示中秋不见月及悯雨连作恐妨秋成奉次元韵》1 首例外写雨涝。

雨""无雪"为题的分别有 14 首、55 首、9 首，还有以"喜雨"
"喜雪"为题的诗作与旱灾密切相关，分别有 650 首、278 首。至
于内容涉及旱灾的，显然就更多了。大量的旱灾诗从灾时、灾后、
救灾、防灾、检灾等不同角度广泛地反映了两宋各地旱灾发生、救
治的情况，本章拟对两宋旱灾诗的主要内容、思想价值、写作特点
和文学价值等进行探讨，并对水、旱灾害诗歌创作略作对比和
总结。

一 灾情书写

两宋旱灾遍布全境，并不与降雨量的多少简单对应，也远非后
世所谓"南涝北旱"的说法所能概括。① 数量众多的宋代旱灾诗广
泛反映了两宋各地的旱灾发生情况及其带给人们的苦难。

（一）季节性、连旱和地域性

宋诗反映旱灾是多角度的。首先，它写足了不同时节的旱情。
通常夏、秋旱势比冬、春更为猛烈。刘敞的《闵雨》描述的是淮海
地区的夏旱：

> 长夏炎气隆，高田剧焚烧。惜哉淮海卑，无力能沃焦。起
> 顾郊野间，离离悉苞萧。日夕多狂风，飞尘蔽招摇。谁能起蛟
> 龙，雷雨苏宿苗。眇然坐自想，幽意增烦歊。（《全宋诗》第 9
> 册，第 5621 页）

尽管这一带地势低下，河湖众多，但风（干热风）助旱势，苗草枯
焦，飞尘蔽野，该地也无力抵挡旱魔的淫威。牟𪩘（1227—1311）

---

① 石涛：《北宋时期自然灾害与政府管理体系研究》，社会科学文献出版社 2010 年
版，第 60—64 页；邱云飞：《中国灾害通史·宋代卷》，郑州大学出版社 2008 年版，第
31 页。

的《己巳秋七月不雨，人心焦然……》写秋成时节遭遇旱灾的景象："休休早稻已焦卷，晚稻摇风更可怜。枯尽百源无一滴，老龙何处卷云眠。"（其一）① 不但接茬的庄稼收获无望，就是人畜饮水也遭遇严重困难，百姓的生计无疑十分艰难。

相形之下，稍显"温和"的春旱也不可小视。俗话说：春雨贵如油。苏辙（1039—1112）的《春旱弥月郡人取水邢山二月五日水入城而雨》写春旱少雨引发火灾和庄稼生长艰难的情况："春旱时闻爇火然，邢山龙老不安眠。麦生三寸未覆垄，雨过一犁初及泉。"② 何耕的《段文昌读书台》则写春旱易致虫灾的隐忧："陇麦渐渐满意青，只忧春旱起蟊螟。"（其二）③ 因此，春旱同样让人愁苦难堪："春旱恼人头欲白。"（项安世《次韵衡山徐监酒同考府学试八首》其三）④ "春旱愁人是去年，如今说着尚心酸。"（杨万里《初离常州夜宿小井清晓放船三首》其三）⑤ 宋代冬旱最少，一般也没有紧急的灾情，但其遗患不小。⑥ 丘葵（1244—1333）的《禽言》写冬旱导致来年歉收的恶果："去年冬旱无麦熟，阿婆饼焦难再得。门前忽报谷公来，灶冷樽空难接客。"⑦ 因为冬旱导致来年麦收无成，到布谷催耕的春夏之交，平素热情的农家人却难于迎接客人，因为农家"灶冷樽空"，青黄不接，难以度日。因此，苏辙的《欲雪》写老农也十分担忧发生冬旱："今年麦中熟，饼饵不充口。老农畏冬旱，薄雪未覆亩。骄阳引狂风，三白知应否。"⑧ 他们秋季已歉收——"中熟"，如果冬旱形成，来年的好收成就没有希望。如此恶性循环下去，就会形成连旱，农民的景况将更加凄

---

① 《全宋诗》第 67 册，第 41971 页。
② 《全宋诗》第 15 册，第 10143 页。
③ 《全宋诗》第 43 册，第 26847 页。
④ 《全宋诗》第 44 册，第 27218 页。
⑤ 《全宋诗》第 42 册，第 26239 页。
⑥ 关于宋代旱灾的季节分布情况参见邱云飞《中国灾害通史·宋代卷》，郑州大学出版社 2008 年版，第 129—130 页。
⑦ 《全宋诗》第 69 册，第 43855 页。
⑧ 《全宋诗》第 15 册，第 10123 页。

凉。对此，宋诗也多有反映。南宋薛靖的《岁久旱喜雨》即写春夏连旱，富庶的吴越地区入夏仍然还是千里赤地，整村整落的人家都被迫出外逃荒，饿死填沟壑的大有人在："东南苦亢阳，吴越重瘣厄。流徙罄村墟，入夏地尚赤。诅无沟中人，矧乃急往役。"① 苏舜钦（1008—1049）的《城南感怀呈永叔》写饥肠辘辘的人们在秋冬连旱、农事惨淡的情况下，被迫漫山遍野去找寻野菜充饥："去年水后旱，田亩不及犁。冬温晚得雪，宿麦生者稀。前去固无望，即日已苦饥。老稚满田野，斸掘寻凫茈。"② 陈藻《辛巳秋后访卢子俞作》还写到"五年亢旱"的情形：

> 本是吾乡少富藏，五年亢旱太难当。麦苗俱尽村如洗，蔬芋全无市亦荒。笑我拟为饥莩去，访君那得酒肴尝。更生一见真欢喜，忍听他人尚绝粮。（《全宋诗》第 50 册，第 31342 页）

因为旱灾庄稼完全绝收，集市上也买不到蔬菜食物，诗人也差点饿死，后来当他访友吃到酒肴时，不仅有"更生一见"之慨，欢喜之余他又听说了他人绝粮的消息……可见，对于持续时间较长的旱灾，宋诗既反映了单季节的旱灾，也反映了跨季、跨年的连续旱灾，书写广泛。

其次，虽然旱灾的危害各地大同小异，但是，宋诗也在一定程度上体现了地理、地域差异。侧重反映农村旱灾的宋诗主要以庄稼、田野的受灾情况和救旱活动为关注重点。如：

> 皇天诏龙司下土，谷苗干死天未雨。如何不念苍生苦，村落攘攘椎旱鼓。（张咏《悯旱》，《全宋诗》第 1 册，第 502 页）
> 高田黄欲枯，下田青欲变。三更辘轳声，挈水急于电。（李

---

① 《全宋诗》第 34 册，第 21563 页。
② 《全宋诗》第 6 册，第 3900 页。

弥逊《再和久旱望雨韵》,《全宋诗》第 30 册, 第 19245 页)

二诗均反映禾苗干死、村民救旱的情形, "椎旱鼓"当是祈祷求雨的仪式, "三更挈水"可见已出现了争水问题。赵蕃 (1143—1229) 的《六月十五日时闵雨甚矣三首》也描述了千村万户望雨、抗旱的艰难情景:"万室望霓愿, 千村车水歌。民劳已至此, 天意定如何。"(其二)① 刘子翚 (1101—1147) 的《谕俗》虽然着重写井水干涸、饮水困难, 但更担心的却是田地里的旱情:"村南井欲干, 晓汲盈瓢浊。饮浊不足言, 奈此田亩涸。"(其八)② 宋末王梦雷的《勘灾》则全景式地记录了山乡旱灾的景象:"散吏驰驱踏旱邱, 沙尘泥土掩双眸。山中树木减颜色, 涧畔泉源绝细流。处处桑麻增太息, 家家老幼哭无收。下官虽有忧民泪, 一担难肩万姓忧。"③ 山中树木干枯, 泉源断绝, 庄稼无收, 家家哭泣, 下官欲救不能, 情况悲惨。相比之下, 戴复古的《嘉熙己亥大旱荒, 庚子夏麦熟》则勾画了农村更为可怕的旱荒景象:"琐琐饥年事, 骎骎谷价高。人将委沟壑, 谁肯发仓廒。涸沼鱼枯死, 荒村犬饿号。"(其四)④

同时, 也有部分宋诗突出描述了城市旱灾的景象。王安石 (1021—1086) 的《读诏书》写汴京秋旱、沙尘遍布的情景:"去秋东出汴河梁, 已见中州旱势强。日射地穿千里赤, 风吹沙度满城黄。"⑤ 张耒 (1054—1114) 的《不雨》写黄州干旱引发缺水、火灾的情形:"齐安一郡雨不足, 稻畦土坚不入谷。城中赤日风吹沙, 老鸦衔火烧竹屋。百尺长绳抽井底, 井中泥滓多于水。"⑥ 程俱 (1078—1144) 的《吴下去冬不寒, 春不雨, 人以为病, 城中火灾

---

① 《全宋诗》第 49 册, 第 30639 页。
② 《全宋诗》第 34 册, 第 21360 页。
③ 《全宋诗》第 70 册, 第 44375 页。
④ 《全宋诗》第 54 册, 第 33502 页。
⑤ 《全宋诗》第 10 册, 第 6672 页。
⑥ 《全宋诗》第 20 册, 第 13356 页。

相仍……》更是记述了苏州冬旱火灾频发的严重形势："城中一日二三发，微巡司魃徒纵横。楚天万里无纤云，旱气塞空日昼昏。"①南宋后期林泳的《西湖无水》描述杭州西湖干涸的重大旱情：

> 红云赤日煮清澜，涸蜳枯鱼不忍看。佛老因言沧海变，诗人曾赋洞庭干。弄船渡子愁归去，枕鼓雷官唤醒难。谩道天仙司下土，绿章几度祝星坛。（《全宋诗》第 66 册，第 41304 页）

宋末仇远（1247—?）的《纪事》诗亦记载："六十年前曾记得，步行一直过西湖。"（其一）该诗自注云："淳祐丁未（1247）亦旱，予始生。"②可见二诗所咏当属同一事件，也与《宋史·五行四》记载本年"行都旱"吻合。可见一时旱情之深。

值得一提的是，诗人们还注意到一个特殊地区——滨江地带特有的旱情：一边是连天无际的江水，一边却是焦枯龟裂的田野，由于地势的阻隔，附近充沛的水源不能救旱，特别让人感到痛心惋惜。刘攽（1023—1089）的《闵雨》云："山上田万顷，江中水千里。东流自弥漫，旱苗日焦死。惜哉不能救，地势正如此。云雷未兴潜，蛟龙困泥滓。昭回虽在天，叹息真已矣。"③项安世（1129—1208）的《大旱小雨》云："白水连天九泽浑，平田五月献龟纹。北人未识黄梅雨，千里争占赤土云。"（其一）后诗自注云："江陵虽有大江，不足以救旱。夏秋间堤外常苦水，堤内常苦旱，故首句及之。"④下联二句写南来的北方人不知道正下着的黄梅雨本来就丝丝缕缕，还争相占测云霞，希望滂沱大雨来解旱情；南北人士对于气候的经验差异凸显了旱灾的地域特色。看来，像江陵这种靠着大江而困旱的情况还有不少。如王令（1032—1059）的

---

① 《全宋诗》第 25 册，第 16248 页。
② 《全宋诗》第 70 册，第 44231 页。
③ 《全宋诗》第 11 册，第 7083 页。
④ 《全宋诗》第 44 册，第 27322 页。

《不雨》也类似的怨叹：“赤日有威空射地，清江无际漫连天。”①这反映了一定历史条件下人类利用和改造自然的历史局限，不过也潜在地表达了人类战胜自然灾害的愿望。

（二）并发灾、饥荒及心理困扰

旱灾的更大危害通常不在于其直接影响，而在于其引发的次生、伴生和并发灾害。上文已提到旱灾引发的火灾问题，与旱灾叠加的灾害还有许多。王令的《暑旱苦热》反映的是干旱和酷暑交加发力的威势，苏轼所谓“从来蝗旱必相资，此事吾闻老农语”②，反映了旱蝗亲密的关系。戴复古（1167—?）的《嘉熙己亥大旱荒庚子夏麦熟》反映旱灾、虫灾共同引发饥荒问题：“四野萧条甚，百年无此荒。早禾遭夏旱，晚稻被虫伤。富室无储粟，农家已绝粮。逢人相告语，生理尚茫茫。”③

因为古代水运交通往往盛于陆运，旱灾不仅严重影响农事，而且直接制约水上交通的畅通，因此有不少宋诗反映干旱带来航运的阻塞问题：

> 莫言春作迟，但念寒滩阻。何当发泉源，绿水浸沙渚。不与农者期，自将舟人语。（梅尧臣《将行赛昭亭祠喜雨》，《全宋诗》第5册，第3006页）
>
> 溽暑烦挥箑，荒湾久住船。何时出污浊，洗闷向清川。（孔平仲《不雨》，《全宋诗》第16册，第10925页）
>
> 五月不雨至六月，河流一尺清泥浑。舟人系鼓挽舟去，牛头刺地挽不行。我舟系岸已七日，疑与绿树同生根。（郑獬《滞客》，《全宋诗》第10册，第6847页）
>
> 那知旱暵甚，有此困涸阨。岂无车班班，莫胜仓箱积。譬

---

① 《全宋诗》第11册，第8167页。
② （宋）苏轼：《次韵章传道喜雨》，《苏轼诗集》，第622页。
③ 《全宋诗》第54册，第33501页。

犹一鹦飞，孰与鹜累百。汲江劳瓮盎，祷雨费珪璧。端为鱼鳖忧，无乃云雷斁。安得千里波，篙师发棹歌。愿借壮士手，为乃挽天河。（李纲《次韵王尧明四旱诗·河运》，《全宋诗》第27册，第17637页）

总之，由于旱灾和诸多灾害的伴生、并生，加剧了灾害的危害和人民的苦难，也成为许多诗作反复歌吟的灾难主题。王禹偁（954—1001）的商州系列诗就记录下当时水、旱、霜灾并发的苦难生活：

商山水复旱，谷价方腾贵。更恐到前春，藜藿亦不继。（《蔬食示舍弟禹圭并嘉祐》，《全宋诗》第2册，第662页）
夏旱麦禾死，春霜花木挫。……商土本硗瘠，商民久劳瘅。霜旱固不支，水潦复无奈。居人且艰食，行商不通货。郡小数千家，今夕唯愁呵。（《七夕》，《全宋诗》第2册，第657页）

特别是他的一些诗作还反映了人民在多重天灾的紧逼下发生的人间惨剧，其《感流亡》记述淳化二年（991）关中大旱引发的逃荒问题：

门临商於路，有客憩檐前。老翁与病妪，头鬓皆皤然。呱呱三儿泣，惸惸一夫鳏。道粮无斗粟，路费无百钱。聚头未有食，颜色颇饥寒。试问何许人，答云家长安。去年关辅旱，逐熟入穰川。妇死埋异乡，客贫思故园。故园虽孔迩，秦岭隔蓝关。山深号六里，路峻名七盘。极负且乞丐，冻馁复险艰。唯愁大雨雪，僵死山谷间。（《全宋诗》第2册，第660页）

诗中通过一家老小逃荒要饭的经历，深刻反映了饥荒带来的苦难。苏舜钦的《城南感怀呈永叔》写旱荒中挖食野菜的许多灾民不幸中

毒身亡的惨剧:

> 老稚满田野, 斲掘寻凫茈。此物近亦尽, 卷耳共所资。昔
> 云能驱风, 充腹理不疑。今乃有毒厉, 肠胃坐疮痍。十有七八
> 死, 当路横其尸。犬彘咋其骨, 乌鸢啄其皮。胡为残良民, 令
> 此鸟兽肥。(《全宋诗》第 6 册, 第 3902 页)

更为悲惨的是, 诗中写灾民死后无人收瘗, 任由饥饿的犬彘、乌鸢
啃啮尸首, 人的尊严遭受残酷践踏。类似的情况, 刘宰 (1166—
1239) 的《野犬行》记嘉定己巳 (1209) 浙西大旱引发的饥荒中
一家人妻子、丈夫、儿子先后全家饿死在逃荒路上, 他们的尸体被
当地人简单掩埋, 不料却被饥饿的野犬和林乌寻着:

> 野有犬, 林有乌。犬饿得食声咿呜, 乌驱不去尾毕逋。田
> 舍无烟人迹疏, 我欲言之涕泪俱。村南村北衢路隔, 妻唤不省
> 哭者夫, 父气欲绝孤儿扶。夜半夫死儿亦殂, 尸横路隅一缕
> 无。乌啄眼, 犬衔须, 身上那有全肌肤。叫呼伍伯烦里闾, 浅
> 土元不盖头颅。过者且勿叹, 闻者且莫吁。生必有死数莫吁,
> 饥冻而死非幸欤。君不见荒祠之中荆棘里, 脔割不知谁氏子。
> 苍天苍天叫不闻, 应羡道旁饥冻死。(《全宋诗》第 53 册, 第
> 33412 页)

死者的眼睛为乌鸦啄食, 肌肤肢体为野犬撕扯, 情状惨不忍睹, 在
这里人的尊严已荡然无存, 与鸡犬无异。然而诗人竟然觉得他们的
命运值得 "羡慕", 因为这时候的生者还有去荒野中脔割人的尸体
为食的。人食人, 比犬、乌等动物野兽食人更加野蛮, 可见旱荒已
使人退化到了原始的动物世界。宋代诗人对旱灾、饥荒带来的巨大
灾难做了灵与肉的深刻揭露, 寄托了他们对灾民的深切同情和可贵
的人道关怀。

旱灾的连发，多种灾害的并发，引发了宋代诗人对灾害频仍的深沉感慨。吕南公（1047—1086）的《黄茅行》从商人的角度感叹："旱伤水剥疫疬频，何处商廛犹佚纵。"[①] 赵蕃的《见负梅趋都城者甚伙作卖花行》从粮农和花农的角度慨叹："种田年年水旱伤，种花岁岁天时穰。"[②] 王炎（1138—1218）《大水行》由眼前汹涌的山洪溯及去年夏秋的连旱、往年的秋洪："往年秋水沈半壁，阖门九死得一生"，发出了呼天抢地的怨告：

> 君不见去年四月不雨至七月，涧溪一线皆断绝。川居人曾死于暍，山居人今死于溺。下田黄尘曾蓬勃，高田白沙今障没。呜呼灾害何其频，剿民之命谁肯任。剿民之命谁肯任，苍天苍天实照临。（《全宋诗》第 48 册，第 29697 页）

"灾害何其频"的感叹，"剿民之命"的问责，表达了作者声诉灾害、为民请命的激越情怀。刘黻（1217—1276）的《癸丑九月苦雨和宋饮冰韵》由旱涝伤稼的灾情、老农祷祝的虔诚、叫天不应的凄苦、市井的骚乱、村落的萧索生发出"千载一熟"的苍凉浩叹：

> 旱潦苦伤稼，景象难休休。老农早夜祝，愿见虞与周。弥望泪欲滴，相对如楚囚。苍天叫不应，空使霜白头。市廛强喧饰，村落多阒幽。偻指千载间，曾无三两秋。（《全宋诗》第 65 册，第 40680 页）

这既是"灾害何其频"的心理投影，也是人类艰难抵抗灾害的历史写照。

除了这些大悲大喜的情形外，宋诗还反映了旱灾给人带来的多

---

① 《全宋诗》第 18 册，第 11827 页。
② 《全宋诗》第 49 册，第 30513 页。

种多样的困扰和烦恼。例如，当雨不雨，似乎总与人作对："正要雨时须不雨，已成灾处更成灾。如何百谷欲焦烂，遍地止存蒿与莱。"[1] 旱灾中重要的庄稼焦死了，无用的蒿莱却还长得好。又如，久旱逢雨，但雨或太小、太短：

> 晚云万丈如银山，日光返射红屛颜。莫夸突兀在天上，且放滂沱来人间。（文同《久不雨喜见晚云》，《全宋诗》第 8 册，第 5327 页）
>
> 天阔山长雨似烟，忽然飞去暗平川。秔禾未实籼禾瘦，不用廉纤便霈然。（《范成大《钟山阁上望雨》，《全宋诗》第 41 册，第 25959 页》
>
> 稍觉丝丝来万弩，如闻隐隐动千军。夜窗一霎聊堪睡，未救田家卒岁勤。（项安世《大旱小雨》其二，《全宋诗》第 44 册，第 27322 页）
>
> 映空终日但如丝，安得垂檐似縆縻。须作深秋霖雨想，要无遗恨欲晴时。（张嵲《闵雨》，《全宋诗》第 32 册，第 20550 页）

或"激将"雨水下大，或表达"未救田家"的遗憾，或表达雨水下足、下透的愿望。再如，盼雨中眼看就要下雨，但结果却是浮云戏耍人或只打雷不下雨：

> 大旱如焚气不苏，云师谁遣上天衢。人人准拟为霖甚，风动雷行雨却无。（郭印《感旱二首》其一，《全宋诗》第 29 册，第 18737 页）
>
> 一身兼百虑，旱暵最关心。稻获饥逾甚，民贫祸转深。……苦被浮云恼，时时谩作阴。（汪炎昶《悯旱》，《全宋诗》第 71 册，第 44820 页）

---

[1] 邵雍《悯旱》，《全宋诗》第 7 册，第 4571 页。

海激天翻电雹真，苍枝十丈擘为薪。须臾龙卷他山去，误杀田头望雨人。（潘妨《雷鸣不雨》，《全宋诗》第62册，第39208页）

云叶纷纷雨脚匀，乱花柔草长精神。雷车却碾前山过，不洒原头陌上尘。（江公著《久旱微雨》，《全宋诗》第14册，第9745页）

于是，在雨水欲下未下之时，对天公是否无视人间旱情表示怀疑："黯黯漫空云四垂，飘风何事一时吹。天公岂是无情者，人物焦干总不知?!"（郭印《感旱二首》其二）还有，就是祷雨不得时的遗憾或得雨后后悔当初白焦虑一场：

乞灵走群祀，晚电明霍霍。屯膏竟未施，天意自难度。（刘子翚《谕俗》其八）

向来春夏交，旱气亦太虐。山川已遍走，云物竟索寞。双鬓愁得白，两膝拜将剥。早知有今雨，老怀枉作恶。（杨万里《望雨》，《全宋诗》第42册，第26192页）

此外，诗人们对天公解旱的神功也有领教。陆游（1125—1209）的《夏秋之交久不雨方以旱为忧忽得甘澍喜而有作》惊叹"天公终老手，谈笑活焦枯"[1]。牟巘的《己巳秋七月不雨，人心焦然……》亦咏叹旱热的瞬息变化："老火犹骄气蕴隆，炉香蒸罢日方中。片云忽卷天河落，顷刻难名造化功。"倏忽之间的水旱变换，也会引发诗人对灾害的忧虑。苏辙的《次韵子瞻吴中田妇叹》写因为天气的倏忽变幻，旱涝的记忆使人雨也忧，晴也忧，涝时想晴，旱时思雨："久雨得晴唯恐迟，既晴求雨来何时。"[2]王十朋（1112—1171）的《得雨复用闻水车韵》写旱后刚刚得雨就开始忧

---

① 《全宋诗》第39册，第24781页。
② 《全宋诗》第15册，第10087页。

涝："但愿为霖莫为潦，免使泥陷羸牛车。"（其一）① 这些都反映了频繁的水旱灾害留给人一定程度的心理扭曲。

更耐人寻味的是，强至（1022—1076）的《苦雨》在经历了一场解旱之雨急剧演变成水灾之后，还体会到天公的难处：

> 关辅连岁旱，耕地千里赤。官家放租税，犹有道边瘠。群国乞膏雨，童巫叫蜥蜴。神听久寂寞，民意转凄恻。天公忽瞑目，一怒乖龙殛。雨师偃其旁，惊起振厥职。不复计多寡，倾泻信朝夕。……落势曾未停，庐井反忧溺。始知天公难，不易人愿适。举头告风伯，速吹湿云坼。却还秋日光，迤逦照阡陌。俾民布新种，来岁饱麰麦。（《全宋诗》第10册，第6907页）

因为人们要求雨水适度，不大不小，他反倒体谅起天公来。其实这仍是人在雨旸之间饱受折腾的曲折反映。

二 祈雨和赈济颂

灾难是人的试金石。面对旱灾及其并发灾害，各级封建官府和臣民的积极或消极作为构成了旱灾诗褒贬分明的两大题材取向和基本主题。

由于历史条件的限制，宋人的抗旱救灾活动与其他朝代一样可以分为减灾、弭灾两大系统。② 减灾等同于今天科学观念指导下的救灾，弭灾类似于今天的迷信活动，只不过当时普遍认同、合理合

---

① 《全宋诗》第36册，第22950—22951页。

② 石涛：《北宋时期自然灾害与政府管理体系研究》，社会科学文献出版社2010年版，第129、237页；阎守诚主编：《危机与应对：自然灾害与唐代社会》，人民出版社2008年版，第183、220页。

法，朝廷为此还一再颁布祈雨祈雪的法令予以推广①，并且还规定了上自皇帝下至各级官吏的弭灾责任。② 宋诗的颂扬主题更多的是针对弭灾活动及其主人公，皇帝和各级地方长官成为歌颂的主角。每当祈禳应验，臣民僚友就会赋诗赞颂，从而使歌咏君主臣民祈雨以致功德就成为许多诗人创作中的一个反复出现的题材类型与思想主题。

梅尧臣（1002—1060）的《和人喜雨》歌咏当朝皇帝宋仁宗祈雨灵验的圣德：

> 仲冬至仲春，阴隔久不雨，耕农将失时，萌颖未出土。帝心实焦劳，日夜不安处，祷祠烦骏奔，肸蚃杳无补。帝时降金舆，遍款灵真宇，百姓知帝勤，变愁为鼓舞。和气能致祥，是日云蔽午。夕风不鸣条，甘润忽周普。已见尧为君，安问谁为辅。（《全宋诗》第 5 册，第 1853 页）

他"焦劳"三月不雨的旱情，派人四处"祷祠"，并亲身"遍款灵真宇"，稳定了灾民的焦虑心情，最终"感动"上苍普降甘霖。韩琦（1008—1075）的《驾幸西太一宫祈雨》当也是歌咏宋仁宗祈雨救旱："晓跸声干下九重，西郊岑寂款琳宫。骄阳尚作三春旱，多稼期沾一雨丰。恤物致虔归上德，应诚为答即神聪。从来圣感无旋日，不在商岩傅说功。"③ 他从皇帝亲自祷雨的虔诚期待降雨救旱必将成功。黄庭坚（1045—1105）的《六月闵雨》则是歌咏熙宁七年宋廷采取的一系列弭灾救旱行动：

---

① 邱云飞：《中国灾害通史·宋代卷》，郑州大学出版社 2008 年版，第 247—248 页。石涛：《北宋时期自然灾害与政府管理体系研究》，社会科学文献出版社 2010 年版，第 131—132 页。

② （宋）董煟：《救荒活民书》，卷三，中华书局 1985 年版，第 49—50 页。

③ 《全宋诗》第 6 册，第 4046 页。

汤帝咨嗟惩六事，汉庭灾异劾三公。圣朝罪己恩宽大，时雨愆期旱蕴隆。东海得无冤死妇，南阳疑有卧云龙。传闻已减大官膳，肉食诸君合奏功。（《全宋诗》第 17 册，第 11663 页）

三月宋神宗因旱下诏求直言，效商汤桑林祷辞作了自我检讨："听纳不得于理与？狱讼非其情与？赋敛失其节与？忠言谠论郁于上闻，而阿谀壅蔽以成其私者众与？"① 让宰相王安石引咎辞职，此外还减大官膳等，这些现实的政治活动今天看来与救灾没有直接联系，却是一套行之已久的通用救灾制度。因此诗人预见庙堂诸公救旱必然奏功。

天子尚且如此，对于地方官而言，祈雨更是守土有责，宋诗更多的是写地方官祈雨救旱。如梅尧臣的《南阳谢公祈雨》歌咏邓州知州谢绛宝元二年祈雨："万草欲焚如，千畴几赭色。刺史为民忧，侵晨车竞饬，竭来款宫祠，岂不念黍稷。"② 晁补之（1053—1110）的诗作歌颂苏轼元祐末知扬州之际对祈雨的重视与其祈雨活动：

去年使君道广陵，吾州空市看双旌。今年吾州欢一口，使君来为广陵守。麦如栉发稻立锥，使君忧民如己饥。似闻维舟祷灵塔，如丝气上淮西陲。随轩膏泽人所待，风伯何知亦前戒。虎头未用沈沧江，龙尾先看挂清海。为霖功业在傅岩，如何白首拥彤幨。世上谀夫乱红紫，天教仁政满东南。（《东坡先生移守广陵，以诗往迎，先生以淮南旱，书中教虎头祈雨法。始走诸祠，即得甘泽，因为贺》，《全宋诗》19 册，第 12826 页）

---

① 《宋史》，卷 315，第 10308 页。
② 《全宋诗》第 5 册，第 2780 页。

再如，戴复古的诗作歌颂临江守臣王幼学绍定五年（1232）祷雨成功、丰收在望的景象：

> 天续饥民命，神知太守心。骄旸化霖雨，六月借春阴。早稻先秋熟，晚田储水深。去年饥欲死，不料到于今。（《江西壬辰秋大旱饥，临江守王幼学监簿极力救民，癸巳夏不雨几成荐饿，监簿祷之甚切，终有感于天》其二，《全宋诗》第 54 册，第 33550 页）

这些诗作都强调祈雨活动的忧民、为民的仁政性质。也有部分官吏作诗自颂祷雨灵验、奏效的。如元符间武康县令毛滂有《伯骏同官以仆祷雨龙湫屡效百里荐岁熙和官曹无事作诗见宠辄次韵奉酬一首》：

> 荐岁熙和属卧龙，得分闲暇与君同。春筐缕雪衾裯足，午甑吹珠颊辅丰。蜥蜴兴云谁汝信，商羊舞雨自言功。州人欲识余霙雪，寄与飞廉百里风。（《全宋诗》第 21 册，第 14118 页）

作者自注云："武康去州城百里。前日大风折木，随即见雪，乃祷龙之明日也。"夸耀其祷雨之功盖过了县境，连州城湖州也见雪了。牟巘有诗以序为题，交代了他咸淳五年至六年（1269—1270）作为知州祷雨的艰辛经历：《己巳秋七月不雨，人心焦然，乃戊午斋宿致城隍清源渠渡龙君鳌山五神于州宅以祷，始至雨洗尘，自是间微雨，辄随止，旱气转深，苗且就槁，要神弗获，某忧惧不知所出，越癸亥日亭午，率郡僚吏申祷于庭，未移顷，雨大挚，髦稚呼舞，皆曰神之赐也。某既拜贶，又明日以神归，念无为神报者，乃作送神之诗七章以侈神功，且又以祈焉》。作者以诗为报，颂神、送神并以诗为祈。

除官员外，宋诗也讴歌了另一重要人群佛道人士祈雨救旱的事迹。叶适（1150—1223）的《赠祈雨妙阇黎》描述僧了妙在秋—冬—春连旱时辛苦祷祈的情形，称颂作法的艰难：

> 雨悭水涩从季秋，倏忽春半河断流。有僧了妙能祷祈，直云天阙非人求。朝诵咒，夜安禅，十阴九暗来纤纤。咒光禅寂转相发，润泽徐乃通幽潜。我老拜请良独难，香烟郁薄重霄间。旁搜潭洞搅龙蛰，鞭雷走电开天关。天意岂令一犁缓，人心正待百渠满。补天不及人未知，禅心况寂嗟尔为。（《全宋诗》第50册，第31235页）

"人心正待"句说明其法式具有安定人心的意义。许端夫的《赠祈雨僧彦圆》赞颂僧彦圆祈雨有佛门"积薪危坐"至诚感通的祖风："净戒当年赛愿身，积薪危坐志通神。应诚甘霆苏群品，今有高人继后尘。"[1] 姚勉（1216—1262）的《赠黄道士思成祈雨感应》歌咏黄道士在灾荒十分严重、县官祈祷不灵的情况下，主动出山祈雨，大功告成：

> 丁巳孟秋春戊午，不雨三时嗟旱苦。低田高垄皆黄埃，佳种几成不入土。富家仓廪铁灌锁，民腹为雷泪为雨。更迟十日天不问，血肉磨牙总豺虎。县官祈祷聊具文，饥声嗷嗷恬不闻。山中道士睡不着，鞭龙起电驱风云。天瓢点滴翻骏马，一日甘霖遍天下。尽将昨夜赤千里，化作今朝青四野。农家笑语无愁声，指日可望天太平。熙朝真主圣且明，汉雨不待宏羊烹。或言天民天自恤，或夸调燮有新术。山中道士不言功，饱饭熟睡听松风。（《全宋诗》第64册，第40506页）

末尾颂扬他功成弗居，与凡俗的官僚或听天由命或居功自傲不同。

---

[1] 《全宋诗》第33册，第21231页。

很相似，林景熙的《赠泰霞真士祈雨之验》歌颂泰霞真士在佛法和各种法术祈雨不灵的情形下祷雨"功成"：

> 火旗焰焰烧坤垠，蒺藜满道风扬尘。槁苗无花不作谷，老农扶杖田头哭。哭声不为填沟渠，室罄何以供官输。檥龙呗佛寂不应，蜥蜴那能擅权柄。泰霞真士鞭风霆，绿章叩天天亦惊。玄云沛雨起肤寸，点点都是盘中饭。须臾收敛归无声，翩然驾虬出山城。我闻调元功自古，亢为常旸伏常雨。庙堂有道司牧良，坐看玉烛开金穰。淮南捕蝗蝗更在，饥蛟啮人陆成海。肥羊日日供大官，论功乃使专黄冠。（《全宋诗》第69册，第43490页）

末尾反讽庙堂大臣理政、捕蝗、治水无术，反衬道士功高。当然，以上宋诗所谓祈雨"灵验"之事，在今天看来只能是巧合，宋诗同时也记载不少祈雨不应之事。

宋代旱灾诗的颂扬主题当然也体现在对减灾行动的歌咏上。王阮（？—1208）的《代胡仓进圣德惠民诗一首·并序》是一位专司赈济的官员的自述，反映他在长沙旱荒严重、仓储废弛的情况下千方百计缓解灾情、抚恤灾民的事迹。如写他初到任奏发常平积弊、调运粮食物资、抑制兼并、畅通商旅、蠲免租赋的情形：

> 义廪真良法，（自注：常平。）皇家以备先。积仓何止万，存数仅余千。（自注：潭州每岁正苗三十八万石，每石收义仓一斗。自乙卯至辛卯，当有百万石。臣到任点检，仅存四万石。）滥以疏庸迹，来司敛散权。一身初抵此，四顾但茫然。奏发常平弊，财蒙内帑捐。敢云呈敏手，幸免奋空拳。蒉问秦输闭，专稽稷懋迁。陆修流马运，水作泛舟连。凡属灾伤事，深将利害研。兼并勤告谕，商旅渐喧阗。市直虽翔踊，官收却痛蠲。北来因鼎粟，南至出渠船。（自注：分路招籴，广米自灵渠出。）

又如写他深入灾区视察了解饥、疫灾情，收养鳏寡，发放衾裯、药剂，活跃市场，招徕流民，恢复生产的情况：

> 忆昨初行日，萧然亦可怜。饿赢皆偃仆，疾疫更牵缠。讵止家徒壁，多遗屋数椽。葛根殚旧食，竹米继新饘。（自注：去冬人食葛根，今春又食竹米。）略救朝昏急，终非肺腑便。声音中改变，形质外赢羸。气苶胸排骨，神昏眼露圈。步欹身欲仆，头褪发俱卷。妇馁心成疾，儿啼口坠涎。乱花生目睫，炎火亢喉咽。衺衺浑无力，昏昏只欲眠。尽挛持耒手，顿削负薪肩。状貌已成鬼，号呼几乱蝉。……置院收鳏寡，分场赈市廛。贷粮招复业，散种使耕田。（自注：臣尝乞以米五万石依条给贷四等以下户。又以谷三万石分诸县借给。）寒给衾裯暖，（自注：给纸袄）春颁药剂煎。凡今严吏责，皆是恤民编。

再如写他担心赈济未遍，跋涉千里在广大灾区和各路郡边界司赈的情景：

> 起于衡岳趾，环厥洞庭舷。湖北疆参错，江西境接联。里虽千万远，身亦再三遄。必务经行遍，深防赈给偏。规模颁郡吏，出纳谨乡贤。敢避风兼雨，周爱陌与阡。有时沉水底，镇日上山巅。不复通舟楫，宁容坐马鞯。屐多穿石仄，裳惯湿河壖。江步时时到，村虚日日穿。（自注：楚语以江岸为步，村市为虚。）救头方甚急，援手讵辞胼。（《全宋诗》第50册，第31110—31111页）

总之，此诗虽然不免有自我表功之嫌，但叙事周详，事迹感人，充满真情实感，从而塑造一位踏实干练、尽忠尽职的赈灾官形象。陈造（1133—1203）的《检旱宿香云》亦记述了自己不辞劳苦、深入穷乡僻壤检旱的经历：

投床有梦不能记，忽听风林如过雨。鸡声不贷拥被温，又控疲骖陵险阻。出门便觉仙凡隔，犹闻窣堵风铃语。今年旱暵遂无年，枵腹吁天连保伍。颇能念我困驰驱，两两致词相劳苦。但使秋租毋病汝，吾自卑官惯尘土。（《全宋诗》第45册，第28063页）

诗里叙述他们一行人夜宿僧舍，凌晨又闻鸡起程；记述他们看到旱暵无年、饥民吁天的实情；也披露了他体察灾民疾苦，决心如实报灾，免除灾民秋租，而不计较个人官职升迁的爱民心迹。诗作还反映灾民慰答检灾官吏风尘劳苦，显示了官民关系的良性互动，实为少见。张伯子的《视旱田赋呈上元主簿杨明卿》则书写一种理想化勘灾作风：

一朝王事有期会，百里民情同探讨。详于禹贡辨等级，明似离娄烛幽渺。高依丘垄或微收，低近陂塘翻尽槁。凶荒有数合均一，报应于中又分晓。不能究实害非浅，倘使从宽恩岂小。兹行到处欲春风，批放莫教分数少。（《全宋诗》第68册，第42597页）

强调体察民情，实事求是，细致认真，大公无私，从宽批放，恩泽百姓。虽然可能还不是既成事实，但是表达了仁政惠民的救灾理想。

除官方赈济外，宋诗也颂扬了民间赈灾救济活动。吴芾（1104—1183）的诗记其侄吴谓是这样一位勤劳致富、乐善好施的乡里义士："辛勤农亩三十载，顿立门户成家肥。耻同流俗事骄吝，好贤乐业常怡怡。闻人急难如在己，见义踊跃无不为。"其所在贫困山村因遭遇旱灾而闹饥荒，因为官府赈济不足，乡人靠挖野菜为生：

此邑山多土田少，民贫自昔难支持。其间岁收数百斛，已
为富室他可知。况复今年苦亢旱，州里远近咸告饥。田畴弥望
总如燎，细民未免俱流移。纵使人能保常产，亦复有甑无米
炊。虽幸朝家行赈济，正恐未能遍群黎。往往倾村走山谷，荷
锄掘地寻蕨萁。取根为粉虽可饱，食之既久人亦羸。春来必至
生疫疠，死填沟壑夫何疑。

吴谓见此首先捐钱二百万接济乡邻，眼看粮价太高，索性又把自己
家藏二千石粮食全部捐献出来：

吾侄见之辄忧恻，首议倡率输家赀。既捐青蚨二百万，犹
恨籴贵难疗饥。庾中仅存二千石，一旦倾倒尽散之。此心但欲
济邻里，身外浮名非所希。吁嗟薄俗务贪鄙，计较升斗争刀
锥。徒知富有可润屋，岂虑人怨亲戚离。有如吾侄为此举，吾
乡自古应亦稀。小惠所施固未博，风义自足洗浇漓。傥使人人
皆若尔，千里岂复忧馁时。(《癸巳岁邑中大歉，三七侄捐金散
谷以济艰食，因成三十韵以纪之》，《全宋诗》第 35 册，第
21866—21867 页)

诗人高度颂扬这种不为名利、急人之难的慷慨义赈行为，将其高风
亮节与为富不仁的作风进行对照，认为其"风义"所至足以转换浇
薄的世风。全诗因此彰显了旌善斥恶的主旨。

冯楫（？—1153）的《劝谕赈济诗》则以自己一生致力于义
赈的经历劝导人们积极参与慈善救济事业，实际上也是对民间义赈
的颂扬。冯氏将自己的赈济大致分为三个阶段。第一阶段是他未第
时在乡里两度带头赈饥："我朝未第日，乡间逢岁饥。两率闾里人，
相共行赈济。饥民仅得食，免困饿而毙。"第二阶段是他罢官复职
之际劝导乡里收养道旁弃儿并施粥赈济："及我登第后，被罪归田

里。寻复拜召命，迤逦治行计。忽见道途间，小儿有遗弃。复自劝乡邦，割己用施惠。日饭八千人，八旬乃休止。"第三个阶段是做泸州守臣时捐米三百斛救荒活民，又减价卖一千石平抑荒年物价："今年又少歉，我适帅泸水。无户备饭食，所济俱用米。聊舍三百斛，十中活一二。又以一千石，减价平行市。每石减十钱，庶几无涌贵。更有不熟处，资简潼川类。计用减价粜，所祈均获济。"① 这也就是时人记其事迹所云："绍兴辛未（1139），岁歉米贵，泸帅冯楫出俸钱买米，减价粜卖，赈济救民，赋诗示干事人。"② 并且冯氏还特别说明其赈济初衷："初本不望报，人以为能事"，"我非财有余，但愍民不易"。即他之所以乐于赈济不是为了报偿，也不是因为自己富足，而是"愍民不易"，救人饥溺，与上诗所谓"闻人急难如在己"的赈灾精神是一致的。

三　御旱赞歌

水利事业在人类的抗旱备荒斗争中具有举足轻重的地位。宋诗多角度吟咏了当时社会从民间到官方兴修和利用水利设施救旱的事迹。

苏轼贬谪黄州期间，务农自给，深深体会到抗旱保丰收的重要性，其《次韵孔毅父久旱已而甚雨三首》（其二）抒写了兴修水库抵御旱灾的亲身经历：

> 平生懒惰今始悔，老大劝农天所直。……腐儒粗粝支百年，力耕不受众目怜。破陂漏水不耐旱，人力未至求天全。会当作塘径千步，横断西北遮山泉。四邻相率助举杵，人人知我囊无钱。明年共看决渠雨，饥饱在我宁关天。（《苏轼诗集》，第1123页）

---

① 《全宋诗》第32册，第20279—20280页。
② （宋）董煟：《救荒活民书》卷三记录该诗所作按语。中华书局1985年版，第74页。

以苏轼当时的特殊身份和境遇，"力耕"自立具有鄙弃官场俸禄、追求自由人生的重要意义。而他试图借以立身的农业，又受到旱灾的严重制约。因此营建"耐旱"的陂塘蓄水既直接关乎"饥饱"问题，也攸关人生独立。四邻的无私帮助因而具有特别温暖和鼓舞人心的力量，诗人进而表达了驾驭自然的豪迈心声。

相较之下，旱灾诗较多的还是歌颂地方官吏在这方面建树的政绩。张孝祥（1132—1170）有诗颂扬他在静江府（治所在今广西桂林）的继任张维（字仲钦）组织运用筒车抗旱救急①，号令神速："筒车无停轮，木枧着高格。秔稌接新润，草木丐余泽。府公为霖手，号令行顷刻。愿持一勺水，敬往寿南伯。"② 前日枯槁的稻苗得到及时灌溉，很快变得润泽鲜活，诗人表达了他的敬意。王庭珪（1080—1172）的《寅陂行》歌颂安成县丞兴复久废的寅陂，并重视用水管理，"躬视阡陌，灌注先后，各有绳约，不可乱"，取得了抗旱夺丰收的重大胜利："是岁绍兴十三年（1143），适大旱，而寅陂溉万二千亩，苗独不槁，民颂歌之。"对此功绩，"丞不肯自言，部使者终不及省察"。（该诗序）当县丞离任时，百姓感戴他的功德，纷纷前去为他送行，书写了封建时代官民关系的理想篇章：

> 安成城头乌夜宿，啼乌未起鸡登木。倾村入城来送君，马首摩肩袂相属。但有庞首不识名，何物老翁出山谷。老翁持酒前致词："家住西村大江曲。大江两岸皆腴田，古有寅陂置官属。自从陂废田亦荒，官中无人开旧渎。公沿故道堰横流，陂傍秔稻年年熟。今年虽旱翁不忧，田头已打新春谷。"谁云此陂会当复，老父曾闻两黄鹄。嗟哉如君不负丞，躬行阡陌劝农耕。监司项背只相望，风谣满路胡不听。胡不听《寅陂行》，

---

① 梁德林：《张孝祥在广西的文学创作》，《广西文史》2010 年第 3 期。

② 张孝祥：《前日出城，苗犹立槁，今日过卒安境上，田水灌输，郁然弥望，有秋可必，乃知贤者之政神速如此，辄寄呈交代仲钦秘阁》，《全宋诗》第 45 册，第 27756 页。

为扣天阍叫一声。(《全宋诗》第 25 册，第 16733 页)

末尾诗人为其事迹不彰愤愤不平，故赋诗旌扬他的功绩，具有代"民颂歌之"的性质。

除了对人们抗旱业绩的直接书写，宋诗还有许多咏赞抗旱工具、抗旱设施及其运用的诗作，虽然不是歌颂具体的人物，实质却是人类御旱胜天的赞歌。这类诗作包含了吟咏水车、筒车、辘轳、水井、河湖等众多咏物之作。试看赋写水车（这里指翻车）、筒车灌溉救旱的颂歌：

> 翻翻联联衔尾鸦，莘莘确确蜕骨蛇。分畦翠浪走云阵，刺水绿针插稻芽。(苏轼《无锡道中赋水车》，《苏轼诗集》，第 557 页)

> 江边终日水车鸣，我自生平爱此声。风月一时都属客，杖藜聊复寄诗情。(陈与义《水车》，《全宋诗》第 31 册，第 19556 页)

> 村田高仰对低窊，咫尺溪流有等差。我欲浸灌均两涯，天公不遣雷鞭车。老龙下饮骨节瘦，引水上泥声呷呀。初疑蹩踏动地轴，风轮共转相钩加。嗟我妇子脚不停，日走百里不离家。绿芒刺水秧初芽，雪浪翻垄何时花。农家作劳无别想，两耳未厌长呕哑。残年我亦冀一饱，谓此鼓吹胜闻蛙。(刘一止《水车一首》，《全宋诗》第 25 册，第 16680—16681 页)

> 门前屏障绕潺湲，付与林僧夜定还。松盖作云连十里，竹龙行雨出千山。(舒亶《题云湖庆安院》，《全宋诗》第 15 册，第 10401 页)

> 竹龙衔尾转山房，饮足寒清滴夜长。……千山从此俱蒙润，一线才通未可量。六月炎方了无暑，谁知世上有清凉。(朱翌《南华卓锡泉复出》，《全宋诗》第 33 册，第 20845 页)

后二诗中的"竹龙",从诗作内容看,应为翻车之类的提灌工具。为了突出上述提灌工具行雨的功绩,诗人们还常常通过比较它们的优劣来强化歌颂的主题。李处权(?—1155)的《士贵要予赋水轮因广之幸率介卿同作兼呈郭宰》赞颂省力的水轮(筒车)运量和速度均优于水车:

> 吴侬踏车茧盈足,用力多而见功少。江南水轮不假人,智者创物真大巧。一轮十筒挹且注,循环下上无时了。四山开辟中沃壤,万顷秧齐绿云绕。绿云看即变黄云,一岁丰穰百家饱。(《全宋诗》第 32 册,第 20391 页)

张孝祥的《湖湘以竹车激水,秔稻如云,书此能仁院壁》赞颂湖湘的竹车(筒车)胜于江东吴地的水车——七蹋[①],表示要向吴地推介这种先进农具:

> 象龙唤不应,竹龙起行雨。联绵十车辐,伊轧百舟橹。转此大法轮,救汝旱岁苦。横江锁巨石,溅瀑叠城鼓。神机日夜运,甘泽高下普。老农用不知,瞬息了千亩。抱孙带黄犊,但看翠浪舞。余波及井臼,舂玉饮酏乳。江吴夸七蹋,足茧腰背偻。此乐殊未知,吾归当教汝。(《全宋诗》第 45 册,第 27746 页)

除水车、筒车外,宋诗也咏赞及辘轳、桔槔、水井的救旱之功。如咏辘轳的,黄庶(1019—1058)的《赋辘轳》:"火云旱风苗欲死,曲木直绠寒泉深。耕夫泪湿原上土,老圃顾盼轻黄金。"[②]

---

① 七蹋,有两种解释。一种认为蹋同踏,七,旧时分一昼夜为十二个时辰,通常以卯至酉为昼,共七个时辰,此处引申为一整天。另一种看法认为应是七人驱动的特大型翻车。

② 《全宋诗》第 8 册,第 5498 页。

艾性夫的《灌园》："土渴群蔬不肯青，辘轳百转汲深清。"咏桔槔的，仇远的《交山龙祠祷雨》："灌木云昏旌斾出，高田土渴桔槔忙。"① 曾协的《和俞几先喜雨二首》："万人望岁正艰难，坐对盘餐泚在颜。沿沂谩谈舟楫利，圃畦未放桔槔闲。"（其一）② 咏井的，如李纲（1083—1140）的《次韵王尧明四旱诗·井汲》："居然值岁旱，此志无由全。……逝将向井拜，飞泉为溅溅。泓澄古镜色，吸引星光圆。洋洋疗众渴，不竭如巨川。"③ 刘宰的《赛龙谣寄陈倅校书（模）兼呈黄堂》："重光协洽之岁夏四月，朱方不雨川源竭。田家汲井灌新秧，绠短瓶羸汗流血。"④

此外，宋诗还咏赞了竹米等野食的救旱救荒之功。如陈造的《竹米行》："今岁麦秋旱岁余，得麦仅足偿官租。竹君悯农如士夫，著花结实千林俱。密砌玉粒缀旒珠，株株撷取虽锱铢。弥顷亘亩无闲株，硙磨蒸炊胜雕胡。邻里乞索水火如，坐令颦蹙兴歌呼。野叟好事能分吾，香清而洌甘而腴。此君行能不一书，此惠及物旋就枯。"⑤ 汪炎昶（1261—1338）的《次韵竹米》云："性命毫毛轻，骨肉草芥捐。惟类偶遗脱，此君所安全。春花簇堕露，夏实攒荒烟。陟危虎豹怒，缒峻萝葛缠。采采簸地净，蒸曝舂粒坚。捉筐儿羸股，力杵妇耸肩。功与稻粱并，状如牟麦然。"⑥

当然，天然的湖泊、河流在遭逢岁旱时发挥的润泽"济旱"之功也得到诗人们的赞颂。如许当的《小湖》云："水德润于物，此湖无谓卑。溪塞有通源，风涛无险期。泽广均田浍，功高济旱时。好看雷雨会，腾踏起蛟螭。"⑦ 张尧同的《嘉禾百咏·穆溪》云：

---

① 《全宋诗》第 70 册，第 44205 页。
② 《全宋诗》第 37 册，第 23017 页。
③ 《全宋诗》第 27 册，第 17637 页。
④ 《全宋诗》第 53 册，第 33415 页。
⑤ 《全宋诗》第 45 册，第 28036 页。
⑥ 《全宋诗》第 71 册，第 44820 页。
⑦ 《全宋诗》第 5 册，第 3380 页。

"静练明田外，源流笠泽通。不因逢岁旱，谁识济时功。"①

四　人祸与批判

　　救灾恤患历来是我国人民的优良传统，也是宋代各级官吏的明确责任。然而，事实上总有不少官府和官吏在应对灾害时罔顾职守乃至倒行逆施，从而导致天灾人祸并行，加深了人民的灾难，这也成了宋代旱灾诗揭露和批判的重要主题。苏舜钦的《城南感怀呈永叔》揭露在旱荒导致灾民"十有七八死"的情况下，官方却"高位厌粱肉，坐论揽云霓"。苏辙的《春旱弥月郡人取水邢山二月五日水入城而雨》亦揭露说："深愧贫民饥欲死，可怜肉食坐称贤。"② 一边是"饥死"和"饥欲死"的贫困灾民，一边是"厌粱肉"的达官贵人，严重的贫富分化在灾荒中得到了凸显。后者养尊处优、高谈阔论却见死不救，庸碌无为却自视高明，诗作勾画了他们在灾荒中的丑恶情态。戴复古的《庚子荐饥》一针见血地指斥宋末官府赈灾走形式的真相："官司行赈恤，不过是文移。"③ 更加令人发指的是他们在灾荒严重时还加紧搜刮和压榨百姓。苏舜钦的《吴越大旱》记述康定、庆历间（1040—1041）宋廷为抵御西夏入侵，不顾军需供给地严重的灾情，在饿殍遍野的旱荒之际征敛如故，甚至还强征兵役，大肆练兵，虐待士卒，以致许多人被折磨而死：

　　炎暑发厉气，死者道路积。是时西羌贼，凶焰日炽剧。军须出东南，暴敛不暂息。复闻籍兵民，驱以教战力。吴侬水为命，舟楫乃其职。金革戈盾矛，生眼未尝识。鞭笞血涂地，惶惑宇宙窄。三丁二丁死，存者亦乏食。（《全宋诗》第 6 册，第 3901 页）

---

① 《全宋诗》第 56 册，第 35172 页。
② 《全宋诗》第 15 册，第 10143 页。
③ 《全宋诗》第 54 册，第 33502—33503 页。

苏籀（1091—?）的《夏旱一首》也反映南宋初年朝廷类似的举措："土田灵龟坼，水车渴乌梶。历时书不雨，槁矣吁田畯。虽然海有潮，何堪井无水。……资舟舟已尽，振廪廪余几。杅然望云汉，邈乎嘷屏翳。戎虏未入朝，耕战诚劳勚。收募联什伍，倍蓰给饷馈。"① 在庄稼枯槁、井水断绝、赈济无力的情况下，为应对外敌侵扰，宋廷大大加强增兵、征赋力度，不顾百姓死活。

即使是在没有军情边事的情况下，仍有官府变本加厉地剥削灾民。曾巩（1019—1083）的《追租》记述大旱之年民有菜色，大家都盼望官府倚租阁赋、倒廪赈济，没想到官府竟然严刑催逼，锱铢必较：

> 胡为此岁暮，老少颜色恶。……今岁九夏旱，赤日万里灼。陂湖蹙埃塩，禾黍死硗确。众期必见省，理在非可略。谓须倒廪赈，讵止追租阁。吾人已迫切，此望亦迂邈。奈何呻吟诉，卒受鞭捶却。宁论救憔悴，反与争合龠。（《全宋诗》第8册，第5547页）

范浚（1102—1150）的《叹旱》讲述一位老农在旱灾绝收的情况下遭逼租税的遭遇："饿死填沟自不辞，只愁逋负官家税。即今官税催输入，督吏临门如火急。老儿可是乐征呼，其奈黍头无一粒。"② 这位生怕拖欠官税的憨厚老农在大灾之年仍然免不了官吏临门火急的催逼。人们在同情他的不幸遭遇的同时，也不禁会憎恶官府的凶残。陆游的《闵雨二首》描述了一幅万类绝迹、唯有胥吏挨户上门征课的大旱酷热情景："赤日黄尘江上村，征租惟有吏过门。微风敢喜北窗卧，大旱恐非东海冤。"（其二）③ 诗人由此感叹大旱并非单纯一件冤狱所致，言下之意官府丧尽天良的征逼才是导致天怒人怨、上天降罚的根由。

---

① 《全宋诗》第31册，第19624页。
② 《全宋诗》第34册，第21491页。
③ 《全宋诗》第39册，第24861页。

除直接的剥削和压迫外，乱作为的封建弊政也是加剧旱荒的重要原因。苏辙的《次韵子瞻吴中田妇叹》记旱灾导致东南沿海民不聊生，灾民为求生路铤而走险，私自贩盐，官府毫不留情地重治他们，连其婴孩也一起收治下狱："不知天公谁怨怒，弃置下土尘与泥。丈夫强健四方走，妇女龌龊将安归。塌然四壁倚机杼，收拾遗粒吹糠秕。东邻十日营一炊，西邻谁使救汝饥。海边唯有盐不旱，卖盐连坐收婴儿。传闻四方同此苦，不关东海诛孝妇。"[1] 末二句表明造成"四方同苦"、全国同罪的根源不在冤狱，而在于当时熙宁变法期间的盐法改革及其相关的严刑峻法。虽然此诗不免带有党争偏见的影子，但也真实地反映了当时人为加重的灾苦。刘宰的《运河行》揭露官府毁弃运河水利设施的错误行径："尽驱丁壮折函管，更运木石归城闉。吕城一百二十里，不知被扰凡几人。太守仁民古无比，凝香阁下宁闻此。"[2] 诗作以小民之口反复申诉保护泻水闸函管的抗旱、泄洪和航运意义：

> 运河岸，丁夫荷锸声缭乱。红莲幕府谁献言，运河泄水由函管。函管掘开须到底，运材归府供薪爨。庶几一坏不可复，民田虽槁河长满。……岂但旱时须灌溉，亦忧久潦水伤田。向来久旱河流绝，放水练湖忧水泄。州家有令塞函管，函管虽存谁复决。小须雨泽又流通，函管犹存不费工。只今掘尽谁敢计，但恐民田从此废。丰年余水注江湖，涓滴不为农亩利。有时骤雨浸民田，水不通流禾尽弃。况今农务正纷纭，高田须灌草须耘。（《全宋诗》第 53 册，第 33417 页）

小民苦口婆心的劝戒和请愿，足见官府拆除函管行动的愚顽和胡作非为。

---

[1] 《全宋诗》第 15 册，第 9874 页。
[2] 《全宋诗》第 53 册，第 33417 页。

宋代旱灾诗也在一定程度上揭露了灾荒中冷酷的世情。前揭戴复古的《嘉熙己亥大旱荒，庚子夏麦熟》反映当时农村富室在饥荒年为了自保不肯开仓放粮赈济濒死饥民。他的《庚子荐饥》鞭挞了富豪在荒年闭籴的铁石心肠："乘时皆闭籴，有谷贵如金。寒士糟糠腹，豪民铁石心。"（其四）穷人以糟糠果腹，可是他们却狠心囤积粮食，谷价上扬如金。戴表元（1244—1310）的《饥旱》反映旱荒年米价飞涨，米商从中牟利，大发横财："簪珥陡顿尽，衾绸纤细将。夺从女奴手，并入米客囊。……山州古硗瘠，岁计仰苏杭。发地流玉粒，浮天驾牙樯。如何水后郡，翻籴浙东粮。行路急促促，人情沸皇皇。"[1] 他们驾船把贫瘠荒歉的浙东山区粮食大量运往同样面临灾荒的富饶州郡，谋取更大的利益，山区百姓为此感到恐慌。诗作在揭露奸商不义行径的同时，客观上反映了灾荒时节的地区矛盾。

张耒的《旱谣》在反映灾情时触及下层民众之间的矛盾，诗中特别写到农户为争水而发生的斗杀事件：

> 七月不雨井水浑，孤城烈日风扬尘。楚天万里无纤云，旱气塞空日昼昏。土龙蜥蜴竟无神，田中水车声相闻。努力踏车莫厌勤，但忧水势伤禾根。道傍执送者何人，稻塍争水杀厥邻。五湖七泽水不贫，正赖老龙一屈伸。（《全宋诗》第20册，第13044页）

"道傍执送"两句，叙述有人为田边地界的水源之争而杀死乡邻，正被扭送公堂。虽然着墨不多，但这是旱灾诗少于写到的人祸因素，突出了灾情的严重性，增添了旱灾诗的悲剧性内涵。

此外，部分诗作还对巫神人员因灾得势的生存状态给予揭露。苏辙的《次韵子瞻祈雨》写三秋久旱，祈雨不应，田家聊且糠粃果

---

① 《全宋诗》第69册，第43645—43646页。

腹，然而祠庙的神职人员却吃得酒足饭饱，唯有"忧心未已"的诗人还在燃香祈祷："世故纷纷谁复闲，蛟龙不雨独安眠。人间已厌三秋旱，洞底犹悭一掬泉。庙令酒肴时醉饱，田家糠粃久安便。忧心未已谁知恤，更把炉香试一燃。"① 赵鼎臣的《悯旱》写四月农家苦旱，可是老巫却因为祈禳活动得意起来："南亩望云心激烈，老巫当午气凭陵。"② 虽然这些内容不多，却显著地增强了旱灾诗反映现实的广度和深度。

　　由于天人感应、灾害天谴观念的影响，即使当政者的所作所为于灾害的发生没有直接影响，人们也可能因灾咎责。因此宋诗常常据灾影射、批评时政。苏舜钦的《吴越大旱》因统治者灾荒时加重剥削和压迫而认为冤气导致春夏连旱，灾情延续："冤对结不宣，冲迫气候逆。二年春及夏，不雨但赫日。"③ 苏轼熙宁十年所作《和李邦直沂山祈雨有应》表面上全是写因旱祷雨之事："半年不雨坐龙慵，共怨天公不怨龙。今朝一雨聊自赎，龙神社鬼各言功。无功日盗太仓谷，嗟我与龙同此责。劝农使者不汝容，因君作诗先自劾。"④ 可是元丰二年苏轼下御史台狱，尝自供此诗作意云："本因龙神慵堕不行雨，却使人心怨天公。以讥讽大臣不任职，不能燮理阴阳，却使人心怨天子。以天公比天子，以神龙社鬼比执政大臣及百执事也。"⑤ 李纲的《自去冬不雨至今道傍井竭田多不耕有感》由描述旱情转入追究致旱之由："匝地风雷空震荡，终宵云雨竟虚无。偷闲农具田皆废，喝死行人井半枯。东海愆阳缘孝妇，桑林谒祷本逭夫。忠魂昭雪奸邪逐，坐见为霖万物苏。"⑥ 认为历来旱灾都有冤情，眼下的旱灾是由于奸臣当道，忠良蒙冤，因此呼吁昭雪忠魂，贬斥奸邪，肃清朝政。旱灾诗完全变成了政治诗。

----

① 《全宋诗》第 15 册，第 9877 页。
② 《全宋诗》第 22 册，第 14899 页。
③ 《全宋诗》第 6 册，第 3901 页。
④ 《苏轼诗集》，第 734 页。
⑤ （宋）吴曾：《能改斋漫录》，卷一六，上海古籍出版社 1960 年版，第 320 页。
⑥ 《全宋诗》第 27 册，第 17730 页。

五　思想光芒、艺术成就和诗史地位

（一）"忧国爱元元"

在农耕社会里，旱灾是在时空上影响范围较大、危害严重到可能祸及整个社会、国家的天灾。面对各地频繁严峻的旱灾形势，宋代文人普遍表现出忧国忧民的兼济情怀，并在悯雨抗旱救荒的过程中对旱灾作过深沉的理性思考，从而使宋代旱灾诗闪耀出可贵的思想光芒。

忧国忧民思想在宋代旱灾诗中多有明确的表露。王令的《龙池二绝》以苍龙行雨自喻，表达其济世之志："满目尘埃白日阴，皇天无命且深沉。终当力卷沧溟水，来作人间十日霖。"（其一）① 他的《暑旱苦热》抒发其不愿独善其身，而要提携天下的高远理想："昆仑之高有积雪，蓬莱之远常遗寒。不能手提天下往，何忍身去游其间。"② 与王令诗的理想色彩不同，许多诗作以朴素的文笔表达其旱荒中的赈饥救溺之志。孔平仲的《夏旱》写其不满足于自身的禄食温饱而念及饥民的命运："吾徒禄食固可饱，更愿眼前无饿莩。"③ 郑獬的《闵雨》写他为旱情而焦虑无眠："潭底乖龙唤不膺，骄阳似欲败西成。虚堂永夜耿无寐，起听四郊车水声。"④ 薛嵎（1212—?）的《己亥大旱官催秋苗甚急》也记邻州守倅为旱情彻夜不眠："饥锄山草尽，喝汲井泥坚。闻道邻州牧，忧民夜不眠。"⑤ 毛滂的《二月二十八日祷雨龙湫》写他为遭灾的子民食不甘味："折腰五斗自难堪，每为斯人食不甘。赤地黄埃迷泽国，老

---

① 《全宋诗》第 11 册，第 8151 页。
② 同上书，第 8126 页。
③ 《全宋诗》第 16 册，第 10869 页。
④ 《全宋诗》第 10 册，第 6896 页。该诗亦作陆游作。见《全宋诗》，第 39 册，第 24521 页。
⑤ 《全宋诗》第 63 册，第 39867 页。

龙饮血亦分甘。"① 韩淲不惧自己的井水干涸，而担忧贫困山村在旱灾中的生路："炎蒸经月掩荆扉，城市红尘十丈飞。井水欲干犹可忍，空山不旱已常饥。"（《二十九日大雨》其三)② 汪炎昶忧旱不遗他地，显示了博大的思想情怀："见说他州旱，孤怀尚惨然。"（《六月二十一日大雨，数里外旱如故，是岁淮浙皆大旱》)③

以上例证有限，其实这种因旱写志的创作状况在其他旱灾诗作里普遍存在，现存宋诗对此有很好的解读和转述。王十朋的《又次韵闵雨》在述及饶州知州的闵雨诗时说："新诗首及民疾苦，更闵鄱阳境无雨。鄱阳假守仁不熟，作郡端如种焦谷。匈中剩有愁千斛，阖门百指颜公粥。"④ 赵蕃的《王主簿以湘潭检旱诗卷为示，用其广惠寺蠲放韵》在述及王主簿的湘潭检旱诗卷时亦说："细读赋诗知用意，是为忧国爱元元。"⑤ 可见"忧国爱元元"确曾是当时旱灾诗创作的基本主题。其实就这些诗作大量以"悯（闵）旱""闵（悯）雨""不雨"等词语制题来看，儒家经义宣扬的济民之旨已潜藏其中，如《春秋穀梁传·僖公三年》云："不雨者勤雨也"，"闵雨者有志乎民者也"，"喜雨者有志乎民者也"。⑥ 宋代旱灾诗的思想主旨可见一斑。特别是到了南宋，外敌的入侵、国家的危机更加深化了这一思想题旨。

周紫芝的《悯雨叹》作于靖康南渡之后，当诗人在南方面对眼前的旱灾时，他由百神失序的天庭想到了北狩的二帝和先朝：

> 南方久不雨，旱气日益酷。起视夜何其，星斗灿满目。朝云蔼空蒙，暮雨思霡霂。雷师方鞭车，风伯忽舞纛。百神各颠倒，谁为调玉烛。两宫方蒙尘，百执被驱逐。万里沙漠行，长

---

① 《全宋诗》第 21 册，第 14129 页。
② 《全宋诗》第 52 册，第 32703 页。
③ 《全宋诗》第 71 册，第 44804 页。
④ 《全宋诗》第 36 册，第 22789 页。
⑤ 《全宋诗》第 49 册，第 30775 页。
⑥ 《春秋穀梁传》，（晋）范宁集释，（唐）陆德明音义，四部丛刊景宋本。

征犯三伏。悬知臣子心，北望眢两目。愿兴肤寸云，朝隮暮渗漉。天公倘悔祸，何止望一熟。皇舆既言归，壤地亦旋复。谁当挽天河，下洗忧愤辱。（《全宋诗》第26册，第17152页）

当他盼雨时，如其所言其冀望"何止望一熟"？而是语义双关地包含了要洗刷皇室被掳、"壤地"沦陷的忧愤和羞辱。南宋后期的戴复古在诗中深切地感受到灾荒与国家安危休戚相关：

> 饿喙偏生事，空言不疗饥。谁知岁丰歉，实系国安危。世变到极处，人心无藉时。客来谈盗贼，相对各愁眉。（《嘉熙己亥大旱荒庚子夏麦熟》其三）
> 正月彗星出，连年旱魃兴。自应多变故，何可望丰登。孰有回天力，谁怀济世能。嫠居不恤纬，忧国瘦崚嶒。（《庚子荐饥》其一，《全宋诗》第54册，第33502—33503页）

国忧和旱荒交织，忧患十分深沉，呼唤"回天力、济世能"。卫宗武（？—1289）的《次韵悯雨》从忧旱、忧饥至百忧丛生（"百沴生"），包含了对国势和现实的诸多怨屈和愤懑：

> 百谷仰雨而蕃滋，乃颖乃苞乃成实。锸云方喜高下齐，大田俄报东南坼。民穷至此噫亦甚，无年饿死其无日。佛灵犹未致涓流，人力焉能施寸尺。况当十室九室空，可堪百里千里赤。仰天无路扣彼苍，望云自旦寻至黑。一岁不稔百沴生，所忧岂止人艰食。声嗟气叹方载途，屈莫求伸枉莫直。（《全宋诗》第63册，第39452页）

此外，上文所论苏舜钦的《城南感怀呈永叔》、刘宰的《野犬行》等诗还通过对饥民死后命运的关注和对"食人"生者的悲悯，体现了具有终极意义的人道关怀，这是人性觉醒的表露。

（二）"阳骄不能闭"

宋人云："旱非人力之能移。"① 与水灾相比，人类很难通过迁移等方式逃避灾害的笼罩，在掌握人工降雨等技术以前，人类在旱灾面前常感束手无策，对此宋诗多有体悟和认识：

> 向夕有微阴，扫然还复霁。吾闻先儒言，阳骄不能闭。此时系穹旻，己力安所诣。宣王《云汉》诗，曾不鉴上帝。（梅尧臣《亢阳和欲行舟者》，《全宋诗》第5册，第2995页）
>
> 赫赫炎官未退藏，祈禳已尽别无方。（阳枋《和知宗喜雨》其二，《全宋诗》第57册，第36116—36117页）
>
> 助苗敢辞劳，人力讵能遍。（李弥逊《再和久旱望雨韵》，《全宋诗》第30册，第19245页）
>
> 一身兼百虑，旱暵最关心。（汪炎昶《悯旱》，《全宋诗》第71册，第44820页）

当祈禳不应或祈禳灵验之时，诗人们往往匍匐在旱灾面前感叹人力的弱小，但是，当人类以现实理性的方式改变或影响旱灾结果时，诗人们却认识到人的智慧和力量。如苏轼希望通过修筑陂塘实现"饥饱在我宁关天"的愿望；诸多诗作颂扬水轮、水车的"行雨"之功。为此，这些咏赞抗旱工具的诗作不但改变了听天由命、"惭用人力"（梅尧臣《南阳谢公祈雨》）的思想，还表达了积极利用机械抗旱的开明思想。梅尧臣的《水轮咏》《水车》在讴歌水轮、水车成就霖雨之功的同时，揶揄抱瓮汲水的简陋作为和愚顽思想：

> 孤轮运寒水，无乃农者营。随流转自速，居高还复倾。利才畎浍间，功欲霖雨并。不学假混沌，忘机抱瓮罂。（《水轮

---

① 《全宋文》第36册，第60页。

咏》，《全宋诗》第 5 册，第 2760 页）

　　既如车轮转，又若川虹饮。能移霖雨功，自致禾苗稔。上倾成下流，损少以益甚。汉阴抱瓮人，此理未可谂。（《水车》，《全宋诗》第 5 册，第 3212 页）

《水车》尤其具有幽默色彩，以水车提水上下互用、积少成多的辩证道理，委婉地讽刺了那些不肯利用农业机械的抱残守缺者。事实胜于雄辩，沈辽的《水车》也通过田间对水车的运用显示机械力的高明："黄叶渡头春水生，江中水车上下鸣。谁道田间得机事，不如抱瓮可忘情。"楼璹（1090—1162）的《耕图二十一首·灌溉》吟赞了利用水车的农业灌溉技术："揠苗鄙宋人，抱瓮惭蒙庄。何如衔尾鸦，倒流竭池塘。穋稏舞翠浪，簦籧生昼凉。"在说明水车使抱瓮汲水相形见绌的同时，也批评了揠苗助长的做法，表达了古人掌握运用客观规律兴利除害的愿望。

　　对于年时水旱不均，诗人们有太多感喟。苏辙的《次韵子瞻吴中田妇叹》云："今年舟楫委平地，去年蓑笠为裳衣。不知天公谁怨怒，弃置下土尘与泥。"[①] 王炎的《大水行》也极写水旱灾害的反复无常："川居人曾死于暍，山居人今死于溺。下田黄尘曾蓬勃，高田白沙今障没。"水旱不均也突出表现在地区分布上。张耒的《旱谣》将身边的旱情与五湖七泽相对照："五湖七泽水不贫，正赖老龙一屈伸。"张孝祥的《月之四日至南陵，大雨，江边之圩已有没者，入鄱阳境中，山田乃以无雨为病，偶成一章呈王龟龄》感叹毗邻的两地或涝或旱，又都同样带给人灾苦：

　　圩田雨多水拍拍，山田政作龟兆拆。两般种田一般苦，一处祈晴一祈雨。去年水大高田熟，低田不收一粒谷。只今万钱籴一斛，浙西排门煮稀粥。圣神天子如尧汤，曰雨而雨旸而

---

　　① 《全宋诗》第 15 册，第 9874 页。

旸。天公广大岂有意，尔自作孽非天殃。（《全宋诗》第 32 册，第 20391 页）

孔平仲《夏旱》面对如此水旱之不齐，设想以北方泛滥决堤的黄河洪水来解救同时正遭大旱的东南地区的灾情，从而达到洪灾、旱灾二灾并除的理想治理效果：

> 元丰四年夏六月，旱风扬尘日流血。高田已白低田干，陂池行车井泉竭。多稼如云欲成就，天胡不仁忍断绝。雷声隆隆电摇帜，雨竟无成空混热。如闻大河决北方，目极千里波涛黄。我愿蛟龙卷此水，洒落东南救焦死。又闻戎泸方用兵，战车甲马穿云行。安得疏江拥三峡，余波末流灌百城。分支引派入南亩，尽使枯槁得复生。（《全宋诗》第 16 册，第 10869 页）

同时，作者的思想并没有就此止步，他又进一步设想疏导澎湃的长江三峡水去救济缺水的百城万户，灌溉农田，最早以书面形式表达了我国建设三峡水利工程的宏愿。

值得注意的是，对于弭禳救旱，部分宋诗已表现了怀疑的思想。刘敞的《闵雨》云：“古书难尽信，雩舞竟悠悠。”章甫的《白露行》描述了一系列祈雨禳灾活动，但均不奏效。对于朝廷颁行的蜥蜴求雨法，毛滂的《伯骏同官以仆祷雨龙湫屡效……》直接表示了否定：“蜥蜴兴云谁汝信。”于石（1247—?）的《祈雨》明确揭露方士画符祈祷雨是骗人术，“贪天之功”：

> 六月不雨至七月，草木脆干石欲裂。方士画符如画鸦，呵叱风伯鞭雷车。九天云垂海水立，骄阳化为雨三日。万口竞夸方士灵，彼亦自谓吾符神。谁知水旱皆天数，贪天之功天所恶。吾心修德可弭灾，大抵雨从心上来。桑林自责天乃雨，岂在区区用方士。（《全宋诗》第 70 册，第 44132 页）

但是他还是持"修德可弭灾"的观念，没有摆脱天人感应思想的束缚。

在反映旱灾忧患时，诗人同样表达面对水灾时表现的重农思想。刘子翚《谕俗》在反映井水干涸的情况下，表示田亩的旱情更要急："村南井欲干，晓汲盈瓢浊。饮浊不足言，奈此田亩涸。"（其八）郑獬的《滞客》写干旱水落无法开航，但觉得与农事受损相比，自己耽误的航程就不足道了："高田已槁下田瘦，我为滞客何足言。"这既反映了传统思想的影响，也是农业作为小农经济命脉的现实体现。

（三）多样的艺术表达

除思想内容外，大量的宋代旱灾诗也自有其艺术成就。与水灾诗相似，宋代大多数旱灾诗也是运用纪实或现实主义的手法直接正面反映忧旱、救旱的情景，但也有部分作品借助神话和民间传说，运用拟人、夸张、比喻等手法，使得诗作表现出神异的浪漫主义色彩。王洋的《悯旱》设想旱灾的致灾之由云：

> 天心爱民非不勤，民心有恨天必闻。为嫌流水入城郭，指挥山泽收浮云。浮云未肯便承命，往来空中无定性。平时风伯谗口多，忍看云师自奔横。愿得天公张网罗，要令灭迹须严科。雷公传声泽灵死，呜呼奈尔风伯何。（《全宋诗》第30册，第18939页）

诗中出现了天公、泽灵、云师、风伯、雷公等天神地灵形象，他们之间的复杂关系导致浮云散漫、风伯逞强，以致人间旱灾横行。诗作因此呈现浓郁的神话色彩和明显的故事性。周紫芝的《题张元明四鬼捕懒龙图》则认为旱灾是懒龙失职所致，因此就有雷师奉帝令带四鬼去捉拿懒龙伏职的故事演绎：

> 五月江南地无黍，帝遣雷师下行雨。百神受职群龙奔，一

龙藏头翳玄云。雷师奋虬叱四鬼，拽取老龙朝帝阍。张侯直气不可屈，云间睥睨旁怒嗔。归来面壁聊一吐，画作新图走儿女。潜虬怕死不肯行，夜叉飞天发毛竖。人间空笑虎头痴，笔底风云遽如许。今年雨足年亦丰，蜥蜴螟蜓俱论功。龙方下避千里赤，疾雷破柱颂天公。天公有令那得尔，寄语痴龙莫辞死。(《全宋诗》第 26 册，第 17181 页)

诗中也出现了天公、雷师、群龙、懒龙、蜥蜴、螟蜓等神怪形象；作为题画诗，它所取材的对象本是当时绘画表现的题材之一。由此可见旱灾题材的文艺创作在当时的丰富性。二诗对旱灾题材神话传说的艺术处理，使原本沉重、严肃的灾难话题显示出轻松诙谐的一面，丰富了旱灾诗的艺术表现。

关于忧旱求雨，宋诗也采神话传说，创造新的艺术形象表达救旱的愿望。郑刚中的诗借民间关于牛郎织女七夕渡天河相会的传说，向牛女提出了协助降雨的请求，使祈雨望丰收的愿望借助瑰丽的神话传说得到曲折的表达：

人间适焦窘，龟兆生田畴。当时大军后，皆抱糠籺忧。我劝二星者，鹊桥无谩游。曷不攀天河，驾浪鞭龙头。共化油然云，白雨淋九州。无庸事机巧，下副儿女求。良宵幸款曲，愿尔深自谋。无令一年中，虚烦天地秋。(《建炎丁未自中夏徂秋不雨，七夕日戏成一诗，简牛郎织女云》，《全宋诗》第 30 册，第 19049 页)

关于救旱以致兼济之志的表达，前揭王令的《龙池二绝》和《暑旱苦热》等诗也描述了宏阔的景象和壮伟的情怀，"骨气老苍，识度高远"[1]，具有强烈的思想和艺术感染力，与众多纪实性的朴直

---

[1] (宋)刘克庄：《后村先生大全集》，卷一七四，四部丛刊本。

表白情趣有别。关于旱势灾情的书写，宋诗的表达形式也不单一。苏籀的《不雨一绝》开篇先声夺人，以鏖战的军情写救旱之雨强大的声威："云将炮车来御敌，雨师箭镞插于房。西成一颗望千滴，跋扈朱明未可量。"① 然而，后二句却极写丰收难成、夏旱跋扈，可知前二句所写实为盼雨的强烈愿望。短短的一绝，显现了强烈的雨旸对比和巨大的心理张力，有力地表现了旱势之厉害和求雨之心切，不失骏发卓厉的艺术神采。

此外，有些旱灾诗修辞艺术的成功运用也给人留下了深刻的印象。如周紫芝的《悯雨叹》里的双关艺术："天公倘悔祸，何止望一熟。皇舆既言归，壤地亦旋复。谁当挽天河，下洗忧愤辱。"李纲的《次韵王尧明四旱诗·河运》里的对比艺术："漕渠如坦途，泛此往来宅。疏川谁之功，乘木本诸益。常疑侔沧溟，巨钓可龙伯。那知旱暵甚，有此困涸阨。岂无车班班，莫胜仓箱积。譬犹一鹗飞，孰与鹜累百。汲江劳瓮盎，祷雨费珪璧。……"② 总之，旱灾诗在颇富诗歌艺术素养的宋人笔下不经意间呈现出多彩的艺术风貌。

最后，宋代旱灾诗众体兼备，除了常见的五、七言诗外，还有杂言、四言、六言等，如刘敞的《闵雨诗》是包含13首诗作的四言组诗，从旱灾缘起写起，咏及皇帝弭灾、喜获甘霖、润泽四方、庆贺颂圣的全过程。

（四）诗史地位

从古代旱灾诗的创作历程来看，宋代旱灾诗处于承前启后的重要发展阶段，宋前创作历程的回溯有助于进一步明确其创作成就和文学史地位。

《诗经·大雅·云汉》是第一首集中写旱灾的诗作，也是第一

---

① 《全宋诗》第 31 册，第 19634 页。
② 《全宋诗》第 27 册，第 17637 页。

首专门写自然灾害的典型灾害诗。此后汉魏六朝专门写旱灾的诗作并不多，从西晋到梁代，旱灾诗的主要内容在于描述旱灾景象，表达对灾后生计的忧虑或歌咏君臣的祷雨解旱事迹：

> 炎旱历三时，天运失其道。河中飞尘起，野田无生草。一飡重丘山，哀之以终老。君无半粒储，形影不相保。（傅玄《炎旱诗》，《先秦汉魏晋南北朝诗歌》，第 573 页）
>
> 阳山蛇不蛰，汭泽鸟犹攒。暂息流膏雨，将似怨祁寒。文衣夜不卧，蔬食昼忘餐。洁诚同望祀，惟馨等浴兰。江苹享上帝，荆璧莫高峦。繁云兴岳立，蒸穴动龙蟠。渭渠还积水，滮池更起澜。（庾肩吾《奉和武帝苦旱诗》，同上书，第 1992 页）

这些诗作多就事论事，忧患主要在旱灾的自然因素，内容单纯，缺乏打动人的思想艺术内涵。到唐代，杜甫写旱灾率先将旱情与战乱结合起来，显著地增强了诗作的情感内涵。如其《夏日叹》："雨降不濡物，良田起黄埃。飞鸟苦热死，池鱼涸其泥。万人尚流冗，举目唯蒿莱。至今大河北，化作虎与豺。"[1]《喜雨》云："春旱天地昏，日色赤如血。农事都已休，兵戈况骚屑。巴人困军须，恸哭厚土热。"[2] 深化了对人民苦难命运的关怀，表达忧国忧民的情怀。韩愈、白居易在书写灾情的同时，重心转向了加剧旱灾的人祸因素，其中官府在灾荒中不恤民病、横征暴敛的行径尤其令人发指。韩愈的《赴江陵途中寄赠王二十补阙李十一拾遗李二十六员外翰林三学士》写旱灾后饥荒惨状："是年京师旱，田亩少年收。上怜民无食，征赋半已休。有司恤经费，未免烦征求。富者既云急，贫者固已流。传闻闾里间，赤子弃渠沟。持男易斗粟，掉臂莫肯酬。"[3] 官府在朝廷下诏减免租税的情况下，仍然征求如故，百姓被迫弃婴

---

[1] （清）彭定求编：《全唐诗》，中华书局 1960 年版，第 7 册，第 2285 页。

[2] 《全唐诗》第 7 册，第 2311 页。

[3] 《全唐诗》第 10 册，第 3768 页。

卖子。白居易的《杜陵叟》写基层官吏匿灾不报、拖延蠲免诏旨，致使百姓灾难深重："杜陵叟，杜陵居，岁种薄田一顷余。三月无雨旱风起，麦苗不秀多黄死。九月降霜秋早寒，禾穗未熟皆青干。长吏明知不申破，急敛暴征求考课。典桑卖地纳官租，明年衣食将何如。"[1] 他的《轻肥》更是将显贵们斗富摆阔的奢靡生活与灾民无食吃人肉的情景进行鲜明的对比："是岁江南旱，衢州人食人。"[2] 可见灾荒中社会分化和阶级对立之严重。与上述诗作的内容迥异，元稹的《旱灾自咎，贻七县宰》反映旱灾中部分正直官吏的良心和责任。在祷雨不灵的情况下，元稹提出注重人事，反思为政得失："吾闻上帝心，降命明且仁。臣稹苟有罪，胡不灾我身？胡为旱一州，祸此千万人？……以彼天道远，岂如人事亲。团团图圄中，无乃冤不申。扰扰食廪内，无乃奸有因。轧轧输送车，无乃使不伦。遥遥负担卒，无乃役不均。今年无大麦，计与珠玉滨。邮胥与里吏，无乃求取繁。符下敛钱急，值官因酒嗔。诛求与挞罚，无乃不逡巡。生小下里住，不曾州县门。诉词千万恨，无乃不得闻。……上羞朝廷寄，下愧闾里民。"[3] 可见到中唐，旱灾诗已侧重书写灾害下的社会关系，具有充实深刻的思想内容和高超的艺术水平，彻底改变了唐前旱灾诗单薄无味的状况。不过唐代的作品数量有限，反映旱荒生活的广度和深度都有待于进一步开拓，宋代旱灾诗正是在此基础上继往开来，不但数量大增，而且思想和艺术都达到了新的高度，堪称旱灾诗创作的兴盛时代，与水灾诗相似，同样与宋诗的诗史地位相称。

---

[1] 《全唐诗》第 13 册，第 4676 页。
[2] 《全唐诗》第 12 册，第 4704 页。
[3] 同上书，第 4470 页。

第五章　蝗灾诗

　　虫灾与水灾、旱灾，并称我国历史上三大自然灾害，虫灾中又以蝗灾危害最大、最有代表性。明末农学家徐光启（1562—1633）在揭示蝗灾的严重性时曾说："国家不务畜积，不备凶饥，人事之失也。凶饥之因有三：曰水、曰旱、曰蝗。地有高卑，雨泽有偏，被水、旱为灾，尚多倖免之处，惟旱极而蝗，数千里间草木皆尽，或牛马毛幡帜皆尽，其害尤惨过于水旱者也。"① 应该说这种状况大致也适合于反映宋代的蝗灾危害。据统计，我国自前 707 年至 1935 年止的 2642 年，有过确实记载的蝗灾约为 796 次。② 其中唐代蝗灾有 54 次③，两宋蝗灾有 168 次④，北宋较大范围的蝗灾就有 87 次⑤。凡此种种，皆可见宋代蝗灾的严重形势。同时，宋代继唐代之后在对蝗虫的科学性认识方面又有新的进展，成为我国首次以诏令的形式，向全国推行统一而科学捕蝗方法的朝代。⑥ 宋代文人士大夫不但是治蝗活动的组织管理者，同时他们中许多人（特别是

---

　　① （明）徐光启：《除蝗疏》，《农政全书》，卷四四，明崇祯平露堂本。
　　② 此为昆虫学学者陈家祥在 1935 年所作的统计，转引自范毓周《殷代的蝗灾》，《农业考古》1983 年第 2 期。
　　③ 阎守诚主编：《危机与应对：自然灾害与唐代社会》，人民出版社 2008 年版，第 75 页。
　　④ 邱云飞：《中国灾害通史·宋代卷》，郑州大学出版社 2008 年版，第 134 页。
　　⑤ 石涛：《北宋时期自然灾害与政府管理体系研究》，社会科学文献出版社 2010 年版，第 68 页。
　　⑥ 李华瑞：《宋代的捕蝗与祭蝗》，《山西大学学报》（哲学社会科学版）2011 年第 6 期。

中下层文人）也是蝗灾的直接受害者，因此关系国计民生的蝗灾得到他们的普遍重视，也相应地反映在他们的诗歌创作里。宋诗写到蝗灾的篇目很多，单以"捕蝗"为题的就有 21 首，并且宋诗特多反映蝗灾与其他灾害特别是旱灾连发并生的情况，因此涉及蝗灾的宋诗总体上难以计数。本章主要关注那些集中写蝗灾的诗作。

一　灾情及其深化

两宋诗歌从不同角度书写了当时蝗灾广泛发生及其给农业带来严重危害的情况。孔平仲的古体长诗《长芦咏蝗》首先以惊惶的语气慨叹飞蝗的害虫特性，继而描述其破坏山林植被、吞噬稻粱黍稷的跋扈景象：

> 蝗乎，飞蝗乎，谁使汝为飞蝗，而如此之孽也。一气所生乃自然，百虫之中何为者。若岁大旱汝则多，人虽畏之可奈何。来时漫不见首尾，往往蔽日连数里。河南却集河北岸，东村西村闹如蚁。捕逐百千才十一，入地如锥又生子。山林所过为一空，万口飒飒如雨风。稻粱黍稷复何有，田畴已尽腹未充。农夫去岁望得雪，千耦辈作乘春发。耕耘喜及苗已长，与汝何冤乃遭啮。（《全宋诗》第 16 册，第 10848 页）

戴表元的五律《蝗来》以惊疑的口气力诉蝗虫为灾的景象，表达扫灭蝗虫的愿望：

> 不晓苍苍者，生渠意若何。移踪青穗尽，眩眼黑花多。害惨阴机械，殃逾虫毒蛾。秋霖幸痛快，一卷向沧波。（《全宋诗》第 69 册，第 43682 页）

从时间上看，二诗的咏叹分别发端于春夏之交和秋季的蝗灾。其中所述蝗虫在收获季节大面积糟蹋庄稼的情形尤其让人触目惊心。除了上述二诗的概略描述外，石介的"野草离离尽，秋禾穗穗零"①、张耒的"旱蝗千里秋田净，野秫萧萧八月天"② 等诗句对秋季蝗灾过后糟蹋一空的田野景象也做了生动的描述。此外，苏辙的《十一月十三日雪》描述冬季蝗虫猖獗的景象少为人知、出人意料："飞蝗昨过野，遗种遍陂泊。春阳百日至，闹若蚕生箔。"③

　　从地域上看，《长芦咏蝗》写北方河北东路沧州地区的蝗灾④，《十一月十三日雪》写了地处中原的陈宋地区的蝗灾："今年陈宋灾，水旱更为虐。"而陈元晋（1186—？）的《仓檄出惠阳督诸邑捕蝗》则写了岭南少有的蝗灾状况："古来传说驱蝗法，近岁惊闻田有蝗。无耐吏饕甘地恶，何辜民病重天殃。秋风要满扶犁望，夏日宁辞走檄忙。"⑤ 诗题所谓"惠阳"，即今广东惠州。"惊闻"二句可见这里本来蝗灾很少，现在闹蝗灾更加重了当地官府搜刮百姓带来的疾苦。岭南的官府按例督捕蝗虫既说明灾情较重，也说明宋廷的捕蝗法令行之有效，不遗边远。此外，戴栩的《捕蝗回奉化泊剡源有感》还记述浙东海滨蝗灾严重的情况："海田无雨种十一，是处奔走祈渊龙。龙慵不报蝗四起，茹草啖叶无留踪。早击暮遮夜秉火，遗子已复同蜩蚻。"⑥ 可见宋诗对蝗灾的反映十分广泛。

　　不仅如此，由于蝗虫具有远距离迁飞的能力，宋诗还反映了蝗灾跨地域迁移、扩散的灾情。其中以蝗灾从北至南飞越长江深入富饶的东南地区最为严重。苏轼的《次韵章传道喜雨》记述他熙宁间通判杭州所经历的北来蝗灾的入侵："前时渡江入吴越，布阵横空如项羽。（去岁钱塘见飞蝗自西北来，极可畏。）农夫拱手但垂泣，

---

①　石介：《和奉符知县马寺丞永伯捕蝗回有作》，《全宋诗》第 5 册，第 3427 页。
②　张耒：《田家二首》其一，《全宋诗》第 20 册，第 13027 页。
③　《全宋诗》第 15 册，第 9938 页。
④　北宋乾德二年省长芦县入清池县，参见（宋）乐史《太平寰宇记》，卷六五《河北道》，中华书局 2007 年版，第 1325 页。
⑤　《全宋诗》第 57 册，第 36021 页。
⑥　《全宋诗》第 56 册，第 35111 页。

人力区区固难御。扑缘发尾困牛马，唼喋衣服穿房户。"① 诗中所述可谓来势凶猛，而李纲的《得家信报淮南飞蝗渡江入浙岁事殊可忧感而赋诗》所反映的渡江飞蝗同样声势浩大，给其家计岁事带来很大的隐忧："闻说飞蝗起自淮，势如风雨渡江来。我家岁事何须虑，只恐人言不是灾。"② 身在异地的诗人只好以传言未信安慰自己和家人。

伴随着蝗灾给农业经济和自然环境带来的巨大破坏，蝗灾还给人心理上带来忧虑和恐慌。在蝗害严重、除蝗艰难之际，有时人们还产生一些糊涂愚昧的想法。章甫的《分蝗食》写他祈求与蝗分食的卑微愿望：

> 田园政尔无多子，连岁旱荒饥欲死。今年何幸风雨时，岂意蝗虫乃如此。麦秋飞从淮北过，遗子满野何其多。扑灭焚瘗能几何，羽翼已长如飞蛾。天公生尔为民害，尔如不食焉逃罪。老夫寒饿悲恼缠，分而食之天或怜。（《全宋诗》第 47 册，第 29052 页）

在他看来，蝗虫成灾，强悍难御，有如以夺食害民为天职一般，"不食"庄稼对于蝗虫好像在责难逃。观点迂腐可笑，人在蝗灾面前现出可怜相，反映了治蝗能力弱小的历史时期蝗灾十分强大。

单纯的蝗灾致害已深，与其他灾害叠加更是会加剧灾情。两宋诗歌多有这类灾患频仍的记述。如梅尧臣的《田家语》云："水既害我菽，蝗又食我粟。"陈傅良的《因客说秋秌水伤复用前韵》云："无由种秌求旁舍，旁舍秋螟已蠹心。"陆游的《冬暖》云："日忧疾疫被齐民，更畏螟蝗残宿麦。"③ 这些诗作述说了蝗灾与水灾、疫病并发的苦情。石介（1005—1045）的《河决》还反映了

---

① 《苏轼诗集》，第 622 页。
② 《全宋诗》第 27 册，第 17607 页。
③ 《全宋诗》第 39 册，第 24556 页。

黄河大决前夕百姓疲困于连年的蝗灾、旱灾的情形："亦或中夜思，斯民苦瘦瘠。四年困蝗旱，五谷饵螽蟹。"

祸不单行的是，除了连绵不息的天灾，战争、剥削等人祸因素又进一步深化了人民的苦难。苏舜钦的《有客》反映蝗灾加重了报国志士对边事的忧患："有客论时事，相看各惨然。蛮夷杀郡将，蝗蝻食民田。"① 陈宓（1171—1230）的《长夏叹》则反映盛夏酷暑蝗灾与旱灾、战争的杀戮并至的情形：

> 六月不雨旸乌骄，飞蝗更剪深田苗。农夫抱耒覆一亩，背裂口焦如火烧。农夫农夫莫怨怒，更有无田可耕处。昨日长淮禾稻区，白骨成堆今莫数。金缯百万去安边，城壁不修唯坏垣。人言犬羊盟誓坚，我愿夏日长如年。（《全宋诗》第54册，第34011页）

嘉定元年（1208）宋金间签订南宋最屈辱的嘉定和议，南宋为开禧北伐（1206）战败赔付金人巨额钱物。而此间江浙连年的蝗旱更是雪上加霜。② 诗里写农民遭遇旱蝗的十分凄惨，但相比之下，边境战争带来的灾难和破坏更加惨烈："长淮禾稻区白骨成堆"，大量抛荒，时人有"两淮兵后，千里萧条"之说③，故面对夏日蝗灾诗人安慰灾民遂有"我愿夏日长如年"的反常心理，反衬战争的巨大破坏和罪恶。

与此同时，宋诗也揭露了封建剥削加剧蝗害的情况。孔平仲的《长芦咏蝗》反映农民遭受饥蝗之苦时苛捐杂税仍然征敛如故："忍见深冬瘦如腊，征赋繁兴蓄积缺。"高斯得的《次韵不浮问疾末章及蝗》反映农民为遭受蝗灾侵袭申诉灾伤，不但得不到赈恤，反而被加紧搜刮的官府严刑处罚，弄得家破人亡："末章悼飞蝗，

---

① 《全宋诗》第6册，第3934页。
② 参见章义和《中国蝗灾史》，安徽人民出版社2008年版，第284—285页。
③ （清）毕沅：《续资治通鉴》卷一五八《宋纪》，中华书局1957年版，第4278页。

布阵长千里。那知自北来，今亦遍苕水。公田吏如虎，收拾无滞穗。诉伤服大刑，遑哀室如毁。古来此乱国，赤子先遭弃。"诗作还进一步反映富室、奸商为富不仁，不肯赈济灾民的冷酷社会图景："北桥千万仓，何翅敖洛峙。一粒不肯捐，肯念饥由己。"苏辙的《十一月十三日雪》还揭示这类"闭籴"行为导致贫民被迫逃荒的现象："闭籴斯不仁，逐熟自难却。"可见蝗灾还会引发社会的连锁反应，深化人民的苦难。

二　治蝗的苦乐

在应对蝗灾方面，尽管宋人一方面仍然沿袭前代流传下来的禳祓活动，另一方面已明显改变了以前对蝗虫祭拜如神不敢捕打的观念，由官方组织、民间响应的各种现实治蝗活动在各地普遍开展，贯穿两宋各个历史时期。特别是宋朝"把捕蝗活动提升到各级政府的议事日程上来，使之制度化、法理化"[1]，更显示了蝗灾的防治已达到了新的历史水平。在这种形势下，官民捕蝗的苦乐生活频繁进入诗歌创作。

苏轼通判杭州、知密州期间都亲自参加过督捕蝗虫的活动。其诗记录下他为此辛苦奔走的情形：

> 无人可诉乌衔肉，忆弟难凭犬附书。自笑迂疏皆此类，区区犹欲理蝗余。(《捕蝗至浮云岭山行疲苶有怀子由弟二首》，《苏轼诗集》，第580页)
>
> 麦穗人许长，谷苗牛可没。天公独何意，忍使蝗虫发。驱攘著令典，农事安可忽。我仆既胼胝，我马亦款砆。飞腾渐云少，筋力亦已竭。苟无百篇诗，何以醒睡兀。(《和赵郎中捕蝗

---

① 李华瑞：《宋代的捕蝗与祭蝗》，《山西大学学报》（哲学社会科学版）2011年11月第6期。另参见章义和《中国蝗灾史》，安徽人民出版社2008年版，第九章《蝗灾发生与历代的官府行为》之二《宋辽金元时期抗御蝗灾的制度建设》，第196—204页。

见寄次韵》,《苏轼诗集》,第 685 页)

二诗均反映了捕蝗行程中的疲苦情状。后诗明言"驱攘著令典",反映了当时捕蝗有法可依的情况。章甫的《王梦得捕蝗二首》也记述了同僚闻令则行、起早摸黑、风餐露宿的捕蝗日程:

> 相逢每叹俱飘流,尊酒作意同新秋。蝗虫日来复满野,府帖夜下还呼舟。江天尚黑客骑马,草露未晞人牧牛。路长遥想兀残梦,家在风烟兰杜洲。(其一,《全宋诗》第 47 册,第 29052 页)
>
> 江头晓日方曈曈,仆夫喘汗天无风。茅檐汲井洗尘土,野寺煮饼烧油葱。平生忧国寸心赤,在处哦诗双鬓蓬。村民喜识长官面,树阴可坐毋匆匆。(其二,同上)

后诗还反映了这些封建官吏因此走出官署,深入民间,与下层百姓亲切接触的场面。因为各地官吏都负有驱除本地蝗灾的责任,故在他们之间有时还会发生一些小小的利害冲突。据记载,米芾作县令时,因驱蝗入邻境为邻邑宰令移文问罪,他因此而作诗辩解,引得闻者大笑。其诗云:"蝗虫本是天灾,不由人力挤排。若是敝邑遣去,却烦贵县发来。"此事反映了地方官吏唯恐本境打捕不力的忧责心理,而诗在这里发挥了说理、滑稽、解愠等多种功效。类似的事情也发生在钱穆甫身上。①

既然督捕蝗虫的官吏如此辛苦,直接承担捕蝗责任的农民的苦楚就可想而知。郑獬(1022—1072)的《捕蝗》反映农家老幼在官府的驱遣下艰难捕蝗的情景:

---

① 诗及本事见(宋)周紫芝:《竹坡诗话》,明津逮秘书本;(宋)何薳:《春渚纪闻》,中华书局 1983 年版,第 30 页;(宋)叶梦得:《避暑录话》,大象出版社 2006 年版,第 348 页。诗的文字在三书有出入。另参见李华瑞《宋代的捕蝗与祭蝗》,《山西大学学报》(哲学社会科学版)2011 年 11 月第 6 期。

翁妪妇子相催行，官遣捕蝗赤日里。蝗满田中不见田，穗头栉栉如排指。凿坑篝火齐声驱，腹饱翅短飞不起。囊提篑负输入官，换官仓粟能得几。虽然捕得一斗蝗，又生百斗新蝗子。只应食尽田中禾，饿杀农夫方始死。（《全宋诗》第10册，第6849页）

在密密麻麻布满田野的蝗虫面前，捕蝗的人力显得是那么弱小，难见扑灭的希望，以致让人担心蝗虫吃尽庄稼、饿死农夫。彭汝砺（1042—1095）的《和君玉捕蝗杂咏》也反映了农民扑除蝗虫的艰难："南北驱之既，东西长又多。已知蠹人力，毋亦渗天和。号令趋风雨，鞭笞畏网罗。相看愁欲死，恐未及欢歌。"（其四）[①] 驱除了一方田野上的蝗虫，另一方的蝗虫又集满。尽管人已精疲力竭，但官方还是不断发号施令，不惜动用刑法律条驱赶农民捕蝗。虽然二诗骨子流露出对捕蝗政策有抵触情绪，但还是客观地反映了农夫捕蝗的艰辛愁苦和官府对他们的压迫。晁补之（1053—1110）的《跋遮曲》描写农民自主扑蝗抢救庄稼的场面："蝗飞食场谷，击鼓烦趁扑，我家家具如笋束。"[②] 击鼓壮威，农家早有准备，捕蝗犹如出战一般。可见当时扑蝗耗费了大量的人力。

在数量庞大的蝗群面前，人力捕蝗在当时力量显得十分有限，然而正如欧阳修的《答朱寀捕蝗诗》所说："敛微成众在人力，顷刻露积如京坻。"[③] 人力捕蝗还是能够取得显著的成绩。苏轼的《次韵章传道喜雨》盘点捕蝗的功劳有云："县前已窖八千斛，（自注：今春及今，得蝗子八千余斛。）率以一升完一亩。更看蚕妇过初眠，（自注：蚕一眠，则蝗不复生矣。）未用贺客来旁午。"[④] 加

---

① 《全宋诗》第16册，第10583页。
② 《全宋诗》第19册，第12802页。
③ 《全宋诗》第6册，第3749页。
④ 《苏轼诗集》，第622页。

之喜获甘霖，诗人对除蝗救旱充满了信心，喜悦之情溢于言表。当然，雨雪天气巨大的自然力更是诗人们欢欣鼓舞的除蝗利器，在两宋多有庆贺雨雪灭蝗的欢歌。如苏轼的《雪后书北台壁》祝颂道："遗蝗入地应千尺，宿麦连云有几家。"苏辙的《十一月十三日雪》也禁不住为瑞雪带来的灭蝗天机而欢呼雀跃："得雪流土中，及泉尽鱼跃。美哉丰年祥，不待炎火灼。呼儿具樽酒，对妇同一酌。"陈造的《喜雨口号呈陈守伯固十二首》抒写雨后蝗除的欣喜之情："雨后郊原小杖藜，行人相语各伸眉。即今极目如云稼，曾是蝗虫盖地皮。"（其一二）① 更让诗人们大喜过望的是，蝗虫天敌的灭蝗功勋：

> 广州奇禽鸿鹄群，劲羽长翼飞蔽云。啸俦命侣自共职，饮水栖林余不闻。今年飞蝗起东国，所过田畴畏蚕食。神假之手天诱衷，此鸟乃能去螟贼。数十百千如合围，搜原剔薮无孑遗。历寻古记未曾有，细察物理尤应稀。忆昔虞舜德动天，象为耕地鸟耘田。圣时多瑞亦宜尔，请学春秋书有年。（刘敞《襃信新蔡两令言飞蝗所过有大鸟如鹳数千为群》，《全宋诗》第9册，第5782页）

> 居贫得田不百亩，天赐时雨苗氤氲。迟明当熟晚未刈，灾蝗夜至如惊军。秋风吟茅雨洗瓦，叶上穗落青纷纷。常嫌莎鸡聒麦垄，纺车细掉喧晨昏。莎鸡可怜尔吻利，驱蝗逐螭群披分。岂惟秋蝉畏螳斧，蝗亦为尔森跳奔。天下灾蝗凡几郡，安得尔辈盈千群。扬眉振羽如屯云，尔虽强聒谁烦闻。（晁补之《莎鸡食蝗》，《全宋诗》第19册，第12811页）

刘诗为听说蔡州襃信、新蔡两县令的汇报而欣然命笔，大约为其庆历六年（1046）通判蔡州（今河南汝阳县）所作。所记不知名的

---

① 《全宋诗》第四十五册，第28243页。

食蝗大鸟"广州奇禽"，可能类似于美国盐湖城灭蝗有功的海鸥之类。诗中特别记述了它们百千成群、"啸俦命侣"合围全歼两县蝗虫的情景。末尾诧异这是古来少见的吉瑞之事，因而歌颂君主和时代的圣明。晁诗所记莎鸡食蝗则是作者未第时躬耕陇亩的亲身经历，通过丰收在望的庄稼遭遇蝗灾命运的戏剧性变化，热情地讲述了莎鸡"驱蝗逐螟"的喜人事迹，真切地反映了农民惧蝗的处境和驱蝗的愿望。①

在抵御蝗灾的斗争中，飞蝗不入境也是地方官吏感到庆幸和荣耀的事情。神宗时林磐"知青州千乘县，时诸县旱蝗，独不入青丘境，尝自为诗云：'赈济饥荒尚未苏，旱蝗何幸我疆无。悲愁远宦天应悯，不复乡村闹鼓桴。'"②诗人在作诗庆贺之际，没有作飞蝗避境的自我炫耀，而是感恩上天的怜悯，语意谦逊，特别是他的高兴之处在于不劳乡民驱蝗，反映了他对百姓疾苦的关怀。

三　颂歌与讽刺

宋代诗人在书写官吏捕蝗的辛苦时，凡为吟咏同僚捕蝗的篇什，往往都是在歌颂对方的功德。前述章甫的《王梦得捕蝗二首》即是一例，又如石介的《和奉符知县马寺丞永伯捕蝗回有作》颂曰："知君恤民意，鬓减数茎青。"③再如黄庶的《和子仪巡捕蝗》较为细致地颂扬了僚友防微杜渐、除蝗务尽的为政作风：

---

① 参见拙作《论晁补之的农事诗》，《求索》2007 年第 9 期。

李华瑞先生据（晋）崔豹《古今注》卷中《鱼虫第五》的记载："莎鸡一名促织，一名络纬，一名蟋蟀。促织谓鸣声如急织，络纬谓其鸣声如纺绩也。"将莎鸡作为蟋蟀，见其《宋代的捕蝗与祭蝗》，《山西大学学报》（哲学社会科学版）2011 年 11 月第 6 期。但此处"莎鸡"应为纺织娘，与诗里写其"纺车细掉喧晨昏"的生活特性相符。另参[日]冈元凤纂辑、王承略点校解说：《毛诗品物图考》，山东画报出版社 2002 年版，第222 页；杜哉：《莎鸡、冈元凤及其它》，《中华读书报》2002 年 11 月 6 日。

② （明）陈道：《八闽通志》，卷六八，《人物》，明弘治刻本。

③ 《全宋诗》第 5 册，第 3427 页。

　　　　俗愚其何知，蝗来谒公仁。所至不为灾，群飞乱烟云。公
　　虑种吾土，且为沴气根。计丁立捕法，官行劳其勤。老幼千里
　　眉，朝麾夕已伸。我知公之德，由此碑齐人。(《全宋诗》第 8
　　册，第 5510 页)

尽管过境之时蝗不为灾，但这位官员却不敢掉以轻心，为了免除蝗
虫遗子的后患，他制定规章，按照每家每户的丁口分派挖掘蝗卵的
任务，不辞劳苦地奔走督导，由此解除了百姓的后顾之忧，当地人
民有口皆碑。

　　在以蝗灾为题材的颂歌中，有一类以"虽蝗不为害"作为瑞应
气象歌功颂德的诗作。周紫芝的《秋蝗叹》就是这样的典型。

　　　　君看西来蝗，落地辄盖土。入境不入田，食草不食秬。老
　　农亦何幸，此乐讵天与。为言相君贤，为惠寔在汝。群凶满江
　　淮，杀气自消阻。微虫初何知，仁者亦复与。知公意在民，有
　　谷宁忍咀。劝尔但自欢，蝗来不须御。(《全宋诗》第 26 册，
　　第 17219—17220 页)

它借蝗虫"入境不入田，食草不食秬"歌颂"相君贤"，甚至认为
"蝗来不须御"，侵略军的嚣张气焰也会自行消散，相信宰相之德能
够御灾除蝗，显然是一片理想化的图景，思想迂腐，具有明显的谀
颂性质。类似的情况，如陈造的《喜雨口号呈陈守伯固十二首》(其
七)以雨降蝗死的景象颂美某知州的治绩："使君手有垂云帚，虐魃
妖螟扫不余。十顷飞蝗戴蛆死，已濡银笔为君书。"(自注：是夏凌
塘飞蝗十顷许忽至，人方忧惧，继皆抱草死，一蛆食其脑。)[1]
　　在借蝗作颂的同时，也有借此大害虫寓讽的作品。如刘攽诗刺

---

　　① 《全宋诗》第 45 册，第 28243 页。

王安石的情形：

> 荆公罢相出镇金陵，时飞蝗自北而南，江东诸郡皆有之，百官饯荆公于城外。刘贡父后至，追之不及，见其行榻上有一书屏，因书一绝以寄云："青苗助役两妨农，天下嗷嗷怨相公。惟有蝗虫偏感德，又随台斾过江东。"①

王安石变法过程中由于执行和用人不当，出现了"妨农"现象，以致天下怨尤。适逢王安石罢相南迁，飞蝗同向迁飞，刘攽借蝗害隐刺安石举措害民，语极辛辣。相比之下，苏轼借飞蝗避境、"蝗自识人"反刺有司"不识"人、遗弃贤才显得委婉得多：

> 宦游逢此岁年恶，飞蝗来时半天黑。羡君封境稻如云，蝗自识人人不识。（《梅圣俞诗中有毛长官者今于潜令国华也圣俞没十五年而君犹为令捕蝗至其邑作诗戏之》，《苏轼诗集》，第583页）

王令以蝗灾为题的诗作讽刺批判的锋芒伸得更远。其《原蝗》从灾害天谴的观念出发，醒悟政治腐败才是蝗灾发生的根由："始知在人不在天，譬之蚤虱生裳衣。扪搜剔拨要归尽，是岂仁者尚好之。"② 表达对政治腐败的强烈批判。他至和元年（1054）所作的《梦蝗》更是借题发挥，以蝗虫的口吻、寓言的形式，大胆地揭露社会的贵贱贫富悬殊，无情地鞭挞各种虚伪阴险可耻的行径，说明人世的罪恶甚于蝗灾：

> 至和改元之一年，有蝗不知自何来。……"尝闻尔人中，

---

① （宋）祝穆：《古今事文类聚》，前集卷五引《泊宅编》，库本。
② 《全宋诗》第11册，第8079页。

贵贱等第殊。雍雍材能官，雅雅仁义儒。脱剥虎豹皮，借假尧舜趋。齿牙隐针锥，腹肠包虫蛆。……其次尔人间，兵皂倡优徒。子不父而父，妻不夫而夫。……吾害尚可逃，尔害死不除。而作疾我诗，子语得无迂。"（《全宋诗》第 11 册，第 8087—8088 页）

此诗特别富有战斗精神，其主旨已不在蝗灾本身了。此外，前揭部分反映人祸因素的诗作显然也具有不可忽视的批判价值。

四 思想路线斗争

虽然宋代蝗灾诗几乎都是抒情诗，侧重于记录宋人面对蝗灾的情感经历，但是，如果将其叙事成分综合起来大致又能形成一部轮廓大致清晰的蝗灾史，可见蝗灾诗具有一定的历史文献价值。同时这些诗作对蝗灾下民生疾苦的关怀、对捕蝗业绩的歌颂、对于贻害百姓行为的鞭挞无疑又具有闪光的思想价值。特别是在治蝗问题上表现出来的唯物主义思想路线尤其值得关注。

虽然在敢不敢、能不能捕杀扑灭蝗虫的问题上，唐代经历过姚崇灭蝗的激烈斗争，在一定程度上抑制了迷信思想的泛滥[1]，但是两宋社会仍然始终存在浓厚的迷信观念和频繁的弭灾活动，宋廷还专门颁布过主要用于禳除蝗灾的"醮祭"法令。[2] 有些地方对于蝗虫的认识还停留在十分愚昧落后的状态。如苏轼知密州时反映当地官员认为"蝗不为灾"的状况："自入境，见民以蒿蔓裹蝗虫而瘗之道左，累累相望者，二百余里，捕杀之数，闻于官者几三万斛。

---

① 阎守诚主编：《危机与应对：自然灾害与唐代社会》，人民出版社 2008 年版，第 83 页。
② 李华瑞：《宋代的捕蝗与祭蝗》，《山西大学学报》（哲学社会科学版）2011 年第 6 期。

然吏皆言蝗不为灾，甚者或言为民除草。"① 在这种情况下，一些诗作（如郑獬的《捕蝗》）在反映捕蝗带来的沉重负担时，流露了人力捕蝗无能为力的悲观思想情绪。有些诗作公开批评姚崇灭蝗的举措，鼓倡以德禳灾的弭灾思想。如释居简的《蝗去》远引唐太宗吞蝗移灾的仁圣故实，近举田间农夫禳弭而蝗去的"亲见"事实，说明"格天心""德感"才是治蝗的根本法：

> 伊昔贞观中，民生皆熙熙。呻吟化讴歌，文教渐戎夷。……当此全盛际，蝗起夫何为。初传满郡国，遄复侵京畿。民瘵副所求，丙夜长怀思。奋然事吞噬，厥类举族移。……仲夏月既望，我适田中归。趯趯五六辈，出入荒芜茨。见之辄怵惕，滂然挥涕洟。小复相与言，胡为乎来兹。倘尔因我来，伴我食蕨薇。毋使我稼伤，勿令秋庾亏。俾其丰粢盛，余则糁藿葵。谨勿鸠尔类，谨勿增我悲。尔众易暴寡，我瘠难再肥。一善倘可禳，众戾幸见归。天乎弗退弃，虽死甘如饴。蝗方蔽天来，容与天云垂。悠哉翔而集，果适他山飞。曩闻斯行诸，今者亲见之。便当如负暄，排云叫天扉。庶几持一得，或可赞万几。宣示刍荛言，下付百职司。上宰天下平，连帅阃外威。郡国其颁行，风俗端可移。勿谓此道迂，试以诚至推。推此及四海，贞观何远而。当法太宗是，毋遂姚崇非。（《全宋诗》第 53 册，第 33306 页）

诗作进而还以贞观、天宝的灭蝗活动作对比，宣称"太宗是、姚崇非"，明确反对扑打蝗虫（"人力恶乎施"），显示了治蝗观念的保守与顽固。

与此同时，更有一批诗人和诗作针锋相对地反驳上述观点和做法，宣扬积极有为的捕蝗举措。如：

---

① 苏轼：《上韩丞相论灾伤手实书》，《全宋文》第 87 册，第 313 页。

捕蝗之术世所非，欲究此语兴于谁。或云丰凶岁有数，天蘖未可人力支。或言蝗多不易捕，驱民入野践其畦。驱虽不尽胜养患，昔人固已决不疑。大凡万事悉如此，祸当早绝防其微。盖藏十不敢申一，上心虽恻何由知。不如宽法择良令，告蝗不隐捕以时。敛微成众在人力，顷刻露积如京坻。乃知蘖虫虽甚众，嫉恶苟锐无难为。往时姚崇用此议，诚哉贤相得所宜。因吟君赠广其说，为我持之告采诗。（欧阳修《答朱寀捕蝗诗》，《全宋诗》第 6 册，第 3749 页）

闵旱意不乐，驾言游近坰。田父纷在野，祭酺方乞灵。借问何以然，东皋产蝗螟。主张有神物，薄礼羞微馨。神歆庶灾熄，敢爱酒满瓴。导我试往观，戢戢初插翎。剪穗齐若刀，抱秆牢如钉。异哉天壤间，孕此妖蘖形。群族既蕃衍，气类屯膻腥。仲尼所不堪，纪异垂麟经。昪火见周雅，捕瘥闻唐庭。人力自足胜，何须诘冥冥。聪明实依人，正直神所听。区区笾豆间，厥德安足铭。（李纲《次韵王尧明四旱诗·酺祭》，《全宋诗》第 27 册，第 17637 页）

欧诗批驳的"天蘖未可人力支"，也就是历来颇有市场的"蝗乃天灾，非人力所及"的唯心观念。但欧阳修却肯定抗御天灾中人的力量和作为，主张继承姚崇等人的贤明作风，以"祸当早绝""敛微成众"的务实精神和疾恶如仇、除恶务尽的坚决态度防治蝗灾。李诗否定眼前酺祭仪式的神明作用，主张发扬自《诗经·小雅·大田》至姚崇的灭蝗传统，高扬"人力自足胜"天灾的旗帜，使人看到人力战胜天灾的信心和力量，表现了鲜明的无神论精神和理性务实的治蝗态度。苏轼对于捕蝗也持积极有为的思想，反对坐以待毙、无所作为的迷信做法："坐观不救亦何心，秉畀炎火传自古。荷锄散掘谁敢后，得米济饥还小补。"（《次韵章传道喜雨》）因此宋诗里两条治蝗路线的斗争，有利于促进当时人们思想的解放。

五　创作传统和诗史地位

宋代蝗灾诗的写作既植根于当时人们的社会生活，也是对前代诗歌创作传统的继承和发展。作为农业文明的古老国度，我国最早的诗歌总集《诗经》就多有咏及蝗虫的篇什，其中《小雅·大田》已用细节特写先民的治蝗活动："去其螟螣，及其蟊贼，无害我田稚。田祖有神，秉畀炎火。"成为中国诗歌写蝗灾的最早章节，这也成为后人和宋诗高扬的一面治蝗旗帜。不过，从那时直至唐代，尽管中国诗歌对蝗灾的反映不绝如缕，但一直没有出现整篇专门关注蝗灾的作品。唐前诗歌对蝗灾的关注，都是作为诗篇中的一个片段，或作为歌颂时瑞的一个标志，或直接反映蝗来蝗去的忧喜。例如：

> 灾蝗一时为绝息，上天时雨露。（魏·缪袭《太和》，《乐府诗集》卷一八）
>
> 乳雉方可驯，流蝗庶能弭。（宋·沈约《被褐守山东》，《先秦汉魏晋南北朝诗歌》，第 1669 页）
>
> 英王牧荆楚，听讼出池台。督邮称蝗去，亭长说乌来。（梁·庾肩吾《奉和药名诗》，《先秦汉魏晋南北朝诗歌》，第 1995 页）
>
> 炎炎屡焚如，螟蜮①恣中田。风雨纵横至，收敛不盈廛。（晋·陶渊明《怨诗楚调示庞主簿邓治中》，《先秦汉魏晋南北朝诗歌》，第 976 页）

到了诗歌繁荣的唐代，诗歌不但频频提及蝗虫、蝗灾，而且还出现了多首专门写蝗灾的作品。中唐诗人戴叔伦（约 732—约 789）的《屯田词》写军屯士卒和其家属垦田遭遇旱灾、蝗灾以致无衣无

---

① 古代诗歌多有蝗、螟不分的情形，故此处将该诗作为写蝗灾对待。

食的悲惨遭遇："春来耕田遍沙碛，老稚欣欣种禾麦。麦苗渐长天苦晴，土干确确锄不得。新禾未熟飞蝗至，青苗食尽余枯茎。捕蝗归来守空屋，囊无寸帛缾无粟。"① 显然笔致已相当细腻。白居易（772—846）的《捕蝗》更是通篇写大蝗灾的发生和地方官组织捕蝗的情景：

> 捕蝗捕蝗谁家子，天热日长饥欲死。兴元兵后伤阴阳，和气盅蠹化为蝗。始自两河及三辅，荐食如蚕飞似雨。雨飞蚕食千里间，不见青苗空赤土。河南长吏言忧农，课人昼夜捕蝗虫。是时粟斗钱三百，蝗虫之价与粟同。捕蝗捕蝗竟何利，徒使饥人重劳费。一虫虽死百虫来，岂将人力定天灾。我闻古之良吏有善政，以政驱蝗蝗出境。又闻贞观之初道欲昌，文皇仰天吞一蝗。一人有庆兆民赖，是岁虽蝗不为害。（《全唐诗》第 13 册，第 4694—4695 页）

开篇即讲当时的蝗灾是兴元间（784）的兵火伤了阴阳和气所致②，故结尾表达他应对蝗灾的政见时认为人力捕蝗无济于事，主张肃清政治，"以政驱蝗"、以德驱蝗，要旨在于"刺长吏也"，这个观点在古代文人中很有代表性，郑獬《捕蝗》的思想主题是其翻版。此外，同期稍早还有"霍总赋《蝗旱诗》一章七十有二句"③，可惜没有流传下来。总之，唐诗涉蝗已多，但数量和内容都还很有限。因此，宋诗承前启后，使蝗灾题材的作品数量大增，涉及的题材内容已广，写作手法不但有直接反映灾情及其防治活动的，而且还有运用比兴象征手法来抨击黑暗现实的，因而使蝗灾诗的创作在数量、质量各方面都达到新的高度。

---

① 《全唐诗》第 9 册，第 3071 页。

② 唐朝兴元元年（784）至贞元二年（786）北方连年发生大蝗灾，参见闵祥鹏《中国灾害通史·隋唐五代卷》，郑州大学出版社 2008 年版，第 302—308 页。

③ （清）董诰等编：《全唐文》，中华书局 1982 年版，第 8 册，第 8183 页。

第六章　疾疫诗

　　古人所谓"疾疫"或"灾疫""疫疠"，即今之所谓流行性传染病，惯称瘟疫，包含古人常说的"疟疾"（又称"痁"）、"瘴疠"等疾病。我国历史上是一个疾疫危害严重的国家，自先秦以来历代都曾因此而屡屡发生惨重的疫死事件乃至社会震荡，"疫死者几半""疫死者半""疫死过半"的历史记载司空见惯。在此背景下，中国诗歌在发轫之初就开始关注疾疫。《小雅·节南山》云："天方荐瘥，丧乱弘多。民言无嘉，憯莫惩嗟！"这里的"瘥"即"疫病"。① 此后中国诗歌对疫病继有关注。西晋潘岳的《关中诗》反映动乱中疾疫乘势为虐的情形："师旅既加，饥馑是因。疫疠淫行，荆棘成榛。"② 东晋陶渊明也咏及其晚年病痁的情况。③ 不过，直至唐前，中国诗歌还未出现专门吟咏疾疫的诗作，上述赋咏还只是片言只语。唐代诗歌繁荣，咏及疾疫的诗歌大增④，特别是出现了诗坛大家专写疫病的一系列诗作（如杜甫《病后遇王倚饮赠歌》、韩愈《谴疟鬼》、元稹《酬乐天寄生衣》、温庭筠《夏中病痁作》等），标志着中国诗歌的疫病（或疾病）主题已经确立。尽管

---

　　① 《毛诗正义》卷一二，《十三经注疏》，郑玄笺注，上海古籍出版社 1997 年版，第 440 页。

　　② 逯钦立辑校：《先秦汉魏晋南北朝诗歌》，中华书局 1983 年版，第 629 页。

　　③ 参见李锦旺《陶渊明晚年痁疾及其对诗歌创作的影响》，《江淮学刊》2013 年第 6 期。

　　④ 据统计，唐代有数十位诗人 300 多首诗歌咏及疾疫，参见闵祥鹏《诗中之意与诗外之"疫"》，《五邑大学学报》（社会科学版）2005 年第 4 期。

如此，唐代诗坛真正集中笔力赋咏疾疫的还局限于上述诸家数首，大多数涉疫诗歌对疾疫的表现仍是甚为简略的局部书写。相形之下，继起的宋诗在这一领域有了更为显著的拓展，相关诗作数量倍增。据《全宋诗》统计，以"疫""疠""瘴""疟""痁"为题的诗作有 57 首，以疾疫为表现主题的诗作近百首，包含"疫""瘴疠""疟""痁"四个词汇的诗篇有 300 余首，包含"瘴"字的诗篇近千首，涉及作家在一百位以上。这说明疾疫题材的诗歌创作已渐趋成熟，成为诗史上一个值得关注的取材动向。迄今为止，有关疾疫题材的历代诗歌除了此类唐诗得到过史学本位的专门关注外①，还没有发现其他任何专门研究，文学研究也不例外。本章拟从文学本位出发，对两宋众多疾疫诗的思想艺术和价值成就进行多方面的考察研究，借此管窥古代疾疫诗创作和中国诗歌关注病苦生活的情况。

一　社会疮痍与忧悯情怀

宋人云："民之灾患大者有四：一曰疫，二曰旱，三曰水，四曰畜灾。岁必有其一，但或轻或重耳。"② 可见对于当时普通百姓，疾疫如同水旱灾害一样严重而频繁。在此形势下，与唐代诗人侧重写个人罹病状况不同，两宋诗歌从不同角度反映了当时社会疾疫流行、疮痍满目的景象。如人口稠密的城市发生疫疾的情况：

> 冬温春疫早，死者晨满街。（王令《闻哭》，《全宋诗》第 11 册，第 8108 页）
> 来往三吴一梦间，故人半作冢累然。（苏轼《仆去杭五年，吴中仍岁大饥疫，故人往往逝去……》，《苏轼诗集》，第 970 页）

---

① 参见闵祥鹏《诗中之意与诗外之"疫"》，《五邑大学学报》（社会科学版）2005 年第 4 期。

② 《宋史》，卷四三一，第 12799 页。

今春齐安大疾疫，闾里老弱死籍籍。篾绳芦席肩两夫，绕郭累累瘗千百。（张耒《雪中狂言五首》，《全宋诗》第 20 册，第 13358 页）

山城询故旧，十九是丘墟。（舒岳祥《八月十九日得董正翁寺丞书，兵疫后城中故旧十丧八九……》，《全宋诗》第 65 册，第 40923 页）

居城近城门，前市后山郊。质明沸枢鼓，彻夜喧僧铙。暑病人死多，当此秋夏交。盐米哄贾贩，杖绖酸哀号。倏忽异存殁，所争常毫毛。（方回《西斋秋日杂书五首》，《全宋诗》第 66 册，第 41496 页）

以上诗作分别描述了当时各地城市四时疾疫导致众多人口死亡的骇人场面，其中前四诗是比较粗略的全景笔墨，末首则聚焦于丧事鼎沸的市井街衢，可谓生死杂处，倏忽转换。同时，城市之外偏僻乡村的疫情诗人们也没有忽视。陆游的《门外野望》记述了农家忙于禳疫求神的景象："僧呗家禳疫，神船社送穷。"[1] 方回（1227—1307）的《治圃杂书二十首》通过村人之口透露了少为人知的乡村疫情："新年雨雪频，五戊又逾旬。寒更过于腊，晴犹不似春。燕瘴甘再蛰，花瘦黯无神。卖树翁来说，村多疫死人。"（其十）[2] 可见疾疫在地域广阔的农村同样夺走许多人的生命。

与水旱等原发灾害相比，两宋的疾疫多属于次生灾害，因此它的发生往往伴随其他灾害共同将人们推入苦难的深渊。[3] 赵蕃（1143—1229）的《送赵叔自吏部知福州四首》反映的是旱、疫连仍的情形："旱疫苦相仍，要当蒙大赉。"（其三）[4] 吴芾诗反映灾

---

[1] 钱仲联、马亚中主编：《陆游全集校注》第五册，浙江教育出版社 2011 年版，第 486 页。

[2] 《全宋诗》第 66 册，第 41727 页。

[3] 关于宋代疾疫与其他灾害伴生连发的情况，参见石涛《北宋时期自然灾害与政府管理体系研究》，社会科学文献出版社 2010 年版，第 73 页。

[4] 《全宋诗》第 49 册，第 30413 页。

荒时节掘食野菜引发疾疫的情况："往往倾村走山谷，荷锄掘地寻蕨茸。取根为粉虽可饱，食之既久人亦羸。春来必至生疫疠，死填沟壑夫何疑。"（《癸巳岁邑中大歉，三七侄捐金散谷以济艰食，因成三十韵以纪之》）[1] 王迈（1184—1248）的《书怀奉简黄成甫史君》则记录下南宋末年强敌压境、内外交困下的京师疫情："向欲恢三京，今日蹙五百。西蜀断咽喉，北军患肘腋。流民满京师，戾气成疾疫。"[2] 此外，罗椅的《挑濠歌》反映沉重的劳役导致许多民工染上疟疾的情况："几人带雨濠上啼，半湿半饥春病疟。"[3]

　　显然，两宋疾疫诗在反映当时严重的疫情时没有停留在事件的表象上，它们还深入地反映疫灾给人们带来的心灵创伤。蔡襄（1012—1067）的《酅阳行》一方面描述疫死者被投尸官坑、抛尸路道乃至任随犬豕争食的惨状，另一方面也表现了幸存者痛失亲旧的哀伤：

> 殍亡与疫死，颠倒投官坑。坑满弃道傍，腐肉犬豕争。往往互食啮，欲语心惊魂。荒村但寂寥，晚日多哭声。哭哀声不续，饥病焉能哭。止哭复吞声，清血暗双目。（《全宋诗》第7册，第4774—4775页）

此诗聚焦于穷人疫死之后类同于牲畜的命运，与前引张耒诗关注的"篾绳芦席肩两夫"的情景一样，表达了对死者深切的人道关怀。吕南公（1047—1086）更以专门的诗章从这个角度深刻地反映穷人悲惨的遭遇：

> 乌翩翩，鱼漉漉，陂湖漫漫浮穷肉。贫民疫死尸且坏，冢儿忍看熏墙屋。桐棺一寸无钱置，亦可躲埋难乞地。绳牵篑载

---

① 《全宋诗》第35册，第21866—21867页。
② 《全宋诗》第57册，第35726页。
③ 《全宋诗》第62册，第39218页。

肩负舁，暮夜间关来此弃。哀号数声泪淋沥，归掩柴荆邻寂寂。官家政令如文王，日月不为盆下光。（《乌翩翩行》，《全宋诗》第 18 册，第 11836 页）

诗里记述一位贫民疫死后因为家里无钱治棺木、无地安葬，直至其尸体在屋内发臭其子才在夜里悄悄把他背负出来丢到陂塘里。不想其浮尸引来湖塘周围乌鸦云集，水里鱼群也不安宁。他那位本该修墓守家的儿子回屋后哭都不敢出声，失去父母的悲痛都不能表达。此诗从一个独特的角度反映了穷人生也可怜死也悲凉的凄惨命运，与蔡襄诗一样，都揭露了疫灾问题的社会本质，暴露了官府的失职和皇恩的虚伪。后来陈普（1244—1315）的《永丰疫疠事佛人多死》特别写到疫情遍及佛徒和信众的情况："天行底事无差择，偏入长斋礼佛家。"[1] 疾疫给人们带来的信仰打击可以想见。

诗言志。面对严重的疫情和千家万户的病苦，宋代文人士大夫表达了他们深沉的悲悯和兼济情怀。范成大（1126—1193）作诗叩问天地，冀望感通神灵的护佑：

乖气肆行伤好春，十家九空寒螿呻。阴阳何者强作孽，天地岂其真不仁。去腊奇寒釜似铁，连年薄热甑生尘。疲氓瘉矣可更病，我作此诗当感神。（《民病春疫作诗悯之》，《全宋诗》第 41 册，第 26012 页）

王炎（1138—1218）忧虑当地百姓信巫不信医的状况，希望唤起良医如和、缓妙手回春，守护千家万户的安宁："不信医方可活人，但随巫语去迎神。凭谁妙手如和缓，调护江皋万户春。"（《居民多疫为散药》）[2] 陈宓的《延平次郑倅答田父词韵》书写了他在旱、

---

① 《全宋诗》第 69 册，第 43765 页。
② 《全宋诗》第 44 册，第 29745 页。

疟之下做地方长官的心态:

> 田家安乐时,尚有饥寒苦。况值久旱馀,十须逾缺五。加以疟鬼威,空庐倍贫窭。我适丁此时,期以报君父。人言灾害深,未知嗟近古。里间十家聚,往往半埋土。伊予忝刍牧,上恐负仁主。或妇失其夫,或子失其母。累累日就尽,公私窘捐瘠。此是政令乖,伊谁所自取。尝乞减十算,苍穹未蒙许。遂使强惭颜,缪称事摩抚。日冀天色寒,旧恙或可愈。如何腊已至,未有雪花舞。明当自投劾,待罪听官府。(《全宋诗》第 54 册,第 34013 页)

贫病交加的灾情和生民死尽的忧惧使诗人深感上负其君、下愧其民,万般无奈之际,诗人只好做辞官归隐以谢罪的打算。这里诗人敢于坦言自己抚民无能,"惭颜"其位,是古代官人可贵的良心发现。诗人强烈的责任意识由此得到充分展示。

除人疫外,少数宋诗也写到重要的牲畜瘟疫——牛疫。杨亿(974—1021)的《民牛多疫死》就是颇具代表性的一篇。据作者题注:"水牛多自湘广商人驱至,民间贵市之以给用。"这些被湘广商人贩运到吴越地区的水牛本来为民户准备用作耕牛,但水土不服,又无医药救治,以致"多疫死":

> 南海逸风如失性,东吴喘月不逢医。一元祀典古所重,九谷民天命在斯。真相柩车宁致问,族庖更刃亦焉施。炎神厉鬼争为虐,渡虎消蝗复是谁。[1]

此诗虽多西昆体的隐晦笔法,但作者表现出来的急切心情还是很显

---

① 此诗引自(宋)吕祖谦编《宋文鉴》,卷二四,齐治平点校,中华书局 1990 年版,第 359 页。

明的，他是从农事、民生命脉所系的高度来认识这场灾疫的。此外还有一些诗作从反映民生疾苦的角度局部写及牛疫，如释善珍的《山溪谣》云："君不见先年春旱牛遇疫，妻儿挽犁代牛力。"① 张守的《丰岁行》云："牛遭疠疫大半死，挽犁岂夸人力强。妻儿翁媪共耕凿，勤劳有此一稔偿。"② 均写农户痛失耕牛，耕田不得不以人代牛，妻儿老小齐上阵，劳作十分艰辛。

二　文人病疫与以诗驱疟

在疾疫的频繁流行中，文人们自身也很难幸免罹病。与反映民众的疫情笼统地称"疫""疠"不同，宋代文人反映个人染疫情况常在诗中言明疾疫为"疟"、为"瘴"。故"诗人多病疟"③ 的诗句，就反映了当时文人与疫病曾有密切的关系。特别是当他们遭遇贬谪、客居异乡、穷愁潦倒之时最容易成为疫疾的易发人群。唐庚的《疟疾寄示圣俞》记述自己谪居岭南罹患当地"万户疟"的具体情状：

> 体中初微温，末势如汤镬。忽然毛发起，冷撼如振铎。良久交战罢，顶背如释缚。尚觉头涔涔，眉额如镵凿。空日一寒暑，有准如契约。伏枕两晦朔，枵然如空橐。平生十围腹，病起如饥鹤。衰发本无几，脱去如秋箨。到今仅能步，出没如尺蠖。旧闻五岭表，有此万户疟。而我自侨寓，了不蒙阔略。况子又持养，何至亦例着。（《全宋诗》第 23 册，第 14994 页）

让他没有想到的是安居"持养"的友人也没有逃脱疟疾的"例着"。类似的情况，文弱的晁公遡流寓病疟时也对其豪健的友人染

---

① 《全宋诗》第 60 册，第 37778 页。
② 《全宋诗》第 28 册，第 18016 页。
③ 舒岳祥：《山甫病中归峡作此问之》，《全宋诗》第 65 册，第 40966 页。

疫感到意外："自惟形羸甚，固易中肤革。昔年见君至，豪气非我敌。谓将独免此，不受瘴疠厄。……迩来亦抱病，发作乃并日。"（《病中一首简陈行之》）① 陆游晚年也常犯疟疾，有数首诗作反映病疟的情况。如其《十月暄甚人多疾十六日风雨作寒气候方少正短歌以记之》所述，情状十分痛苦："迩来四十载，余景迫耄荒。结茅镜湖曲，气候岁靡常。残暑排不去，单衣作重阳。霜晚木未丹，地燠草不黄。玄冥失号令，疟鬼意颉颃。忽焉风雨恶，纵击势莫当。颇疑地撼轴，又恐河决防。和泥补窍穴，乞火燎衣裳。霰雪虽未作，疾疠幸退藏。"②

由于疫疾严重的传染性，文人诗作也多反映家人染病的情况。王安石的《疟起舍弟尚未已示道原》说自己病愈而弟弟的疟病还令人担忧。吴芾的《病中有作》写自己把疟病传给了妻子："吾年七十五，一朝忽患疟。仍害及老妻，对床更撼铎。"③ 特别严重的，是全家都感染上疫病的情形。如李觏的《寄祖秘丞》云："是年之季冬，举家缠疫疠。老母尚委顿，微躯盖蝼蚁。形骸非我有，魂魄与心离。权柄在鬼物，功力非服饵。晓突谁能炊，午关犹未启。"④ 疫情严重到一家老小没有人能够起床做早饭，甚至到了中午，还没有人去打开家门。舒岳祥的《生日仲素惠羊酒作此奉谢》则反映其举家病疟、历时数月、每况愈下的危殆局面："举家病疟涉三月，一日计减一斗粮。"⑤

可见，两宋诗歌多方面反映了当时疟疾猖獗和文人普遍病疟的情况。正因为如此，诗歌得以深入窥视个人的病苦，反映疾疫中文人的内心世界和精神生活。许多诗作都反映他们在寒热、呕泻、饿羸的病痛世界里挣扎的苦情。在病苦中，他们常有生死不明、前途

---

① 《全宋诗》第35册，第22405页。

② 《全宋诗》第40册，第25341页。

③ 《全宋诗》第35册，第21863页。

④ 《全宋诗》第7册，第4297页。

⑤ 《全宋诗》第65册，第40913页。

未卜的忧虑和恐惧。如赵蕃的《病中寄呈王信州老谢丈》云:"莫知所生理,真恐遂鬼录。"① 吴芾的《病中有作》甚至大写以死解脱疟病之苦的心愿:

> 作诗告天公,纵我有过恶,愿天少垂怜,疾痛且阔略。但速赐之死,莫令我知觉。一生缠世网,正欲解其缚。假使寿百年,宁免此一著。不如早归藏,且免论强弱。我非畏死人,久已办棺椁。(《全宋诗》第 35 册,21863 页)

疟疾带来的病痛之苦,让风烛残年的诗人感到即使长寿百年自己也不愿再活了,相当真切地表现了常人病苦的真实心理。因此,疾疫有时不免会加剧文人们功名事业失落的情绪。病疟曾使陆游从军报国的大志一时遭受摧挫:"病疟秋来久未平,草堂遥夜不胜清。……钓车且作桐江梦,莫念安西万里行。"(《病中夜兴》)② 赵蕃也反映自己因病疟而消沉了慷慨之志:"秋来疟鬼不销亡,令我兼旬病在床。……但添物色增悲壮,那有功名忆慨慷。"(《王彦博徐审知频来问疾口占示之》)③ 自拟"壮士"的王阮病后检点自己身心遭受的摧挫云:"不解雕虫赋逐贫,又无饶舌论钱神。遭逢此鬼今番疟,零落吾生有限身。旧学试温浑易忘,新书欲谨自难真。时危壮士乃如此,为报堂堂有位人。"(《都下病起呈王枢密》)④ 当然,疾疫还会加重他们贫寒的处境。

然而,更多的诗篇面对疫病却表现出乐观顽强的抗争精神。其中最典型的就是以诗"驱疟"的案例。对于疫疾的认识,古人很早以来就流行"有鬼行疾也"⑤ 的观念。对于疟疾,至宋时已很流行

---

① 《全宋诗》第 49 册,第 30448 页。
② 《全宋诗》第 39 册,第 24542 页。
③ 《全宋诗》第 49 册,第 30691 页。
④ 《全宋诗》第 50 册,第 31124 页。
⑤ (宋)李昉:《太平御览》,卷七四二,引汉刘熙《释名·释天》,四部丛刊本。

杜甫以诗却疟的传说①，加之韩愈确有以诗"驱疟"的创作实践，
宋人对其《遣疟鬼》诗耳熟能详，因此每当遭遇疟疾，他们纷纷效
法诗圣文宗，互相鼓倡，频频将诗歌创作运用于疟疾的治疗中。陆
游诗云："狂诵新诗驱疟鬼，醉吹横笛舞神龙。"（《寓叹二首》其
二）② 以诗"驱疟"不但频繁见诸行动，而且逐渐成为他们共有的
信念。赵蕃的《呈齐之二首》诗云："韩诗不可犯，颜字不可渎。
旧言驱疟疠，其效甚符箓。"③ 认为韩诗、颜字驱疟甚于符箓，并
且已为"旧言"，由来已久。虞俦劝勉病疟的友人赶快下笔作诗：
"诗能驱疟鬼，下笔莫踌躇。"（《久不得广文俞同年书颇闻病疟小
诗往问讯》）④ 在此基础上，赵蕃还以杜甫为例，揭发、倡扬一种
不惧贫病的顽强精神："君不见少陵一生穷到死，亦有诗能驱疟
鬼。"（《呈齐之二首》）

　　宋人的驱疟诗大都表现出无畏的抗争精神，没有屈服于疟鬼疫
魔的折磨。晁公遡的《病中一首简陈行之》描述疟鬼在"豪气"
的士人面前只好退却的情景："涤胃无全功，徙薪有上策。意其水
帝子，欲君更奇出。手掉芙蓉旗，聊尔一戏剧。庶闻遣疟篇，相将
还白石。"⑤ 显示了战胜疟鬼的必胜信心。苏洞的《途次口占三首》
则反映自己虽然多灾多难、身处异乡却保持乐观的精神风貌："草
檄头风愈，吟诗疟鬼藏。三年如昨日，多难更殊乡。洞底秋花小，
枝头病叶黄。饥餐并困卧，平地有仙方。"（其一）⑥ 在宋人流传下
来专为驱疟而作的诗歌中，以陈克的《谢疟鬼》和戴昺的《逐疟
鬼》为代表，二诗如韩诗一样，对于疟鬼都持戏谑调笑、呵斥驱遣
的态度，表现了高昂不屈的精神和斗志。如戴诗写自己在疟鬼的纠

---

　　① 如陆游《予秋夜观月得疟疾枕上赋小诗自戏》自注："唐小说载郑虔妻病疟，
杜子美教诵'子璋髑髅血模糊'等句以却之。"《全宋诗》第 39 册，第 24588 页。

　　② 《全宋诗》第 39 册，第 24683 页。

　　③ 《全宋诗》第 49 册，第 30491 页。

　　④ 《全宋诗》第 46 册，第 28482 页。

　　⑤ 《全宋诗》第 35 册，第 22405 页。

　　⑥ 《全宋诗》第 54 册，第 33914 页。

缠下诗酒如故、泰然自若：

> 人生一岁一寒暑，自有大疟缠其躯。翻手为凉覆手暖，笑尔祸福才须臾。痴儿騃女或汝怖，那能吓我烈丈夫。……尔来经旬瞰吾室，再三谢遣犹踟蹰。吾诗吾酒既不废，汝穷汝技将何如。（《全宋诗》第 25 册，第 16898 页）

王炎的《次韵韩毅伯病疟》还描绘了一位诗情酒兴逐趁疟病高涨的文人形象："示病维摩非实相，戏人疟鬼助文穷。笔头排闷诗千首，瓮面消愁酒一中。"① 疟鬼不但没有击倒他，反而有助于他克服"文穷"之厄，体现了睨视病魔的乐观豪迈气派。程公许（1182—?）书写自己病疫的诗篇更是别开生面，突破了关于疟疾病因的千年成说：

> 锦江傲吏真痴绝，公事无多日赋诗。风月讳人贪掊拾，烟霞痼我费医治。非关疟鬼工为厉，岂有诗人不耐饥。三月不曾吟一句，汗颜何以有毛锥。（《余为华阳尉三年，事制置使权牧都漕两使者，皆以文字辱知，不尽责以吏也。既满戍，拟蒙阳丞归亲旁，范使者为改注左绵学官。疟病再作，未即就戍，成二诗呈兄长及诸友》其一，《全宋诗》第 57 册，第 35588 页）

诗人以文见知、以文自许，认为自己一再病疫不是因为耐不住贫寒而让疟鬼得手，而是因为被他取作诗料的"风月烟霞"忌讳作祟；与疟鬼作祟的陈旧观念相比，特别风雅有情趣，表现了他甘于贫寒的风骨和痴于赋诗的淡薄情志，是诗人的傲骨情采的独特写照。既然诗人"汗颜"疟中无诗，并已恢复作诗，可见其不惧"疟病再作"、执着于诗的顽强精神。因此，这是一首特别的驱疟诗。

---

① 《全宋诗》第 48 册，第 29742 页。

　　因为有了自唐以来特别是入宋以后广泛的以诗驱疟行动，南宋后期的刘克庄还从理论上肯定了诗歌遣疟的重要社会功能，在回顾诗歌发展历程、慨叹诗道衰落的同时，将"遣疟去病"作为诗歌尚存的少数功用之一："自从风雅陵夷后，吟到梅村世岂多。……击蒙何止闻童稚，遣疟犹堪去病魔。"（《题倪鲁玉诗后二首》其二）①可见诗歌疗疟、文学治病在两宋无论是实践还是理论都有了显著的进步。如果说文学最初最重要的历史功能是治疗和救灾②，那么宋人以诗疗疟在一定程度上实现了对其原初功能的复归。

　　在面对瘴疾的问题上，宋人同样表现出硬朗的作风，这一点与唐人有很大的不同。如王禹偁的《登秦岭》反映唐人忧惧的态度："韩愈谪官忧瘴疠，乐天左宦白髭须。"③而宋人就乐观豁达得多，宋人笑傲瘴疠的诗篇俯拾即是。如王安石的《送杜十八之广南》："清谈消瘴疠，秀句起烟云。"④孔平仲的《正月三日唐林夫舟中醉题》："瘴疠讴吟外，风波笑傲间。"⑤然而宋人不单如是作诗。释道潜《东坡先生挽词》写苏轼晚年远谪岭南云："群惊投老窜炎荒，瘴雨蛮烟岂易当。煮气内全真自葆，铁心无动亦何妨。"（其六）⑥李光的《成氏园》记其自身谪居岭南亦云："焚香隐几如逃禅，一枰胜负聊欣然。谁云岭南瘴疠地，城西一壑吾欲专。"⑦瘴疠并非单纯的文化概念⑧，对此李之仪有切身体会："我闻瘴疠地，

---

　　①　《全宋诗》第58册，第36713页。

　　②　参见叶舒宪《文学与治疗——关于文学功能的人类学研究》，《中国比较文学》1998年第2期；叶舒宪：《文学治疗的民族志：文学功能的现代遮蔽与后现代苏醒》，《百色学院学报》2008年第5期。

　　③　《全宋诗》第2册，第803页。

　　④　《全宋诗》第10册，第6595页。

　　⑤　《全宋诗》第16册，第10896页。

　　⑥　同上书，第10801页。

　　⑦　《全宋诗》第25册，第16396页。

　　⑧　有学者认为，瘴气与瘴病更多的是一种文化概念，而非一种疾病概念；瘴气与瘴病是建立在中原华夏文明正统观基础上的对异域及其族群的偏见和歧视。参见张文《地域偏见和族群歧视：中国古代瘴气与瘴病的文化学解读》，《民族研究》2005年第3期。

去者无生还。吾凡三十口，归来尽颓颜。"（《读渊明诗效其体十首》）① 可见，在常人视若畏途的瘴疠地，苏轼、李光凭借自己的坚毅刚强顺利地渡过了自己人生道路上的险道难关。

宋人笑傲疾疫自然不光在于诗的神明，奉持正大光明的道义担当也是其重要的力量源泉之一。孔平仲有诗题云《晦之诗尤疟鬼，某意鬼不能为端士害，奉酬作诗》：

> 晦之履行并仁义，常揭名教为己操。天将大任预连蹇，薄宦南州初折腰。劬劳戴星出视事，冒突瘴雾匪一朝。浸淫不制偶成疾，愁卧漳浦拥敝袍。有时体燥似灼火，愤怒索笔为长谣。句中有意谴疟鬼，词气凌铄吏部高。予窃料君所守正，彼鬼何者能为妖。（《全宋诗》第 16 册，第 10874 页）

诗人相信"鬼不能为端士害"，疟鬼也不能伤害笃行"仁义"、护持"名教"的友人，并以此鼓励和祝福他早日康复。李觏的《闻女子疟疾偶书二十四韵寄示》为诗人在外地挂念病疟的女儿所作。他反思自己的德行问心无愧，无可挑剔，因而认定女儿病疟非疟鬼"行疾"而属"饕餮魂"（俗谓"饿鬼"）乞食：

> 嗟哉鬼无知，何于我为孽。我本重修饰，胸中掬冰雪。祸淫虽甚苛，无所可挑抉。疑是饕餮魂，私求盘碗设。尽室唯琴书，何路致荤血。无钱顾越巫，刀剑百斩决。徒恣彼昏邪，公然敢抄撮。吾闻上帝灵，网目匪疏缺。行当悉追捕，汝苦旦夕歇。（《全宋诗》第 7 册，第 4303 页）

但是，诗人贫寒的书生之家不能备办"荤血"，也无钱请巫去邪。对于"饿鬼"在家作祟，诗人以纲纪严明的上帝行将对其严惩不贷

告慰女儿，并预言她将很快康复。在鬼神和疾疫面前，诗人展示了他冰雪般的操守，贫而无谄，威武不屈；正大光明的信念给了他战胜邪神恶鬼的勇气和力量。

　　对于两宋的许多文人来说，贫寒的家世也是他们容易遭受疟病侵袭的重要因素。他们在表达对疟鬼的怨愤的同时，也不时发泄牢骚，表面骂鬼，实也刺世。如陈克的《谢疟鬼》：

　　　　非针艾所及，区区事祈禳。牺牲一物无，祝祠甚荒唐。殷勤谢众鬼，汝计诚未良。汝利在呕泄，藜苋焉足尝。我贫乏钱财，调汝徒披猖。来汝岂不闻，儒生类强梁。子美虽老瘦，腼颜事新妆。退之稍奸黠，百药更臭香。身病易语言，咄咄多谤伤。吾将援此例，勉作新诗章。（《全宋诗》第 25 册，第 16898 页）

诗人以自己"贫乏钱财""牺牲一物无"、食唯"藜苋"嘲笑疟鬼阴谋落空，并且还以杜甫、韩愈为例，向疟鬼宣示儒生顽强的斗疟精神。穷寒家事的自嘲，同时也是发露心中的块垒；对于疟鬼的奚落，也是抒写心中的愤懑不平。正如诗中所说："身病易语言，咄咄多谤伤。"诗人既谴责了疟鬼，也讥刺了时病。同样，朱翌（1097—1169）的《谢方务德惠粟麦》也语中带刺地揭露时局的凶险和自身处境的困厄："投闲闭门且稳坐，动辄有碍天难测。钱神不肯赴招要，疟鬼乘时作寒热。"[1]"疟鬼乘时作寒热"何尝不是世态炎凉的绝好写照。

　　通观宋人的驱疟用诗，它们既可以是杜甫、韩愈的相关诗作，也可以是自己或他人的相关创作。陆游所谓"且倚诵诗驱疟鬼"（《予秋夜观月得疟疾枕上赋小诗自戏》）[2]，应当运用了他自己的诗

---

[1] 《全宋诗》第 33 册，第 20827 页。
[2] 《全宋诗》第 39 册，第 24588 页。

作；胡寅劝人疗疟要读他的诗："胡为颦呻不料理，冰炭受坐疟鬼怖。愿君读此一醒然，未负当年少陵句。"（《晓乘大雾访仲固》）①这些诗作内容既有专门针对疟病而作的，也有兼顾其他事项的；既不似官方的祈禳文有固定的程序和格套，也绝不似巫、道神秘的符咒——与当时其他抒情言志的诗作没有什么两样，是真正意义的文学作品。因此，寄希望于它们疗疟发挥药到病除的作用是很难的，何况以诗疗疟本身是建立在"有鬼行疾"的迷信观念基础上，缺乏科学依据。对此宋诗也有失效的记录。如刘克庄的《客中作》载云："小儿仍病疟，诗句竟无神。"② 不过，以诗驱疟对于病疟的文人可望发挥摅幽解闷、转移疾患痛苦、积极的心理诱导等作用，对于其疟病的康复可能是有益的，这也符合传统医学"移精变气""精神复强而内守"③ 等治疗理念。今天看来，以诗疗疟实质是诗歌被寄予卫生使命，自然不堪其任，但此时却是诗歌与人走得最近的时候。

三　救治祈禳与庆贺赞颂

应对疾疫，宋诗也表现过无神论思想。方回诗云："火热冰寒但绝欲，世间疫疠本无神。"（《病后夏初杂书近况十首》其一）④可见他遵从医家避色节欲的修养防治方法，不信鬼神。不过从宋诗里看，两宋主要还是沿袭了传统的医巫并治加祈禳祝祷的治疫方式。且看梅尧臣的《闻刁景纯侍女疟已》记录一位病疟的歌女得到救治的过程：

前时君家饮，不见吹笛姬。君言彼娉婷，病疟久屡治。隔

①《全宋诗》第33册，第20941页。
②《全宋诗》第58册，第36125页。
③（唐）王冰注：《重广补注黄帝内经素问》，卷四，四部丛刊本。
④《全宋诗》第66册，第41707页。

日作寒热，经时销膏脂。医师尤饮食，冷滑滞在脾。次闻有鬼物，水火阴以施。乃因道士逐，实得鬼所为。手洒桃枝汤，足学夏禹驰。呵叱出门墙，勿复顾呕遗。今虽病且已，皮骨尚尪赢。（《全宋诗》第5册，第3083页）

诗里反映医师、道士相继治病、驱鬼，歌女的疟疾逐渐转好。前引陈克的《谢疟鬼》则反映他病疟时"针艾"无济于事，转向"祈禳"，然而因为家贫无钱备办祭品，故而采用最经济的赋诗驱疟疗法。可见宋诗里的治疟方式与韩愈的《遣疟鬼》反映的情况没有什么差异。

除此之外，宋诗还记录了许多祛疟逐疫的防治活动。王安中的《观傩》描述腊月里民间流行沿袭已久的驱傩仪式："天回星斗腊将残，傩仗欢呼陛盾寒。逐疠已随三阕鼓，炼真何待五辛盘。"① 张镃的《守岁》记迎新年避凶趋吉的厌胜仪式："朱泥逐疫烧灵药，桃板书符换旧诗。但愿明年更闲散，无灾无难复何疑。"② 史浩的《钟馗图得人字》反映民间挂钟馗图驱疟的习俗："收功祛疟鬼，流咏起唐人。"宋代还有以蟹驱疟的风习，也在诗中得到了反映，如曾几的《钱仲修饷新蟹》咏蟹："横行足使班寅惧，干死能令疟鬼亡。"③ 洪咨夔的《高倅送糟蟹破故纸芽口占以谢》云："便好挂门驱疟鬼，不须诗咏血模糊。"（其一）④ 可见当时各类防疫方式已深入岁时年节和民间日常生活，因而这类赋咏更具有民俗书写色彩。此外，张咏的《每忆家国乐蜀中寄傅逸人》还记载"剧谈"祛疟的效应："每忆家园乐，名贤共里间。剧谈祛夜疟，幽梦验乡书。"对此，诗人自注云："开宝中与傅会于韩城，终夕谈话，诸

---

① 《全宋诗》第24册，第16003页。
② 《全宋诗》第50册，第31593页。
③ 《全宋诗》第29册，第18596页。
④ 《全宋诗》第55册，第34499页。

邻病疟，皆云不发。"①

与此同时，官方的救治行动也得到了反映。王炎的《居民多疫为散药》写他试图匡救巫风甚炽的民风，为治下延请药到病除的良医。刘阆风的《寿胡运使》颂扬官长派医送药的功勋："专城治郡政不苛，分医散药起札瘥。"② 陈造（1133—1203）赞述某知州疾疫流行时频频为民治备医药，挽救了许多病弱百姓的生命："疠疾流时囊探九，羸癃十九得安全。再烦起死回生手，挽作山城大有年。"（《喜雨口号呈陈守伯固十二首》其八）③ 吴芾的《对海棠怀江朝宗》歌颂僚友为救疫误了赏花之约："忆昨君来花未放，却言花放定相过。……意君为花必少驻，那知事复成参差。……匆匆直向剡溪去，急为饥民救札瘥。万人既欲全性命，赏心乐事自应那。"④ 项安世的《贺孟漕为疫祷雨》赞颂官员为疫祷雨："绿简朱书扣紫圜，黑烟红电搅黄渊。……病祝香灯犹未炷，疫民针艾已先痊。"⑤ 同时这也显示了当时人们希望雨雪天气改变环境以达到祛疫的愿望。宋诗常通过写好雨瑞雪来表达祛疫消灾的欢情：

> 群阎逐去疫疠远，长逵压下尘埃清。（范仲淹《依韵和提刑太博嘉雪》，《全宋诗》第 3 册，第 1877 页）
>
> 农壤遍膏民疠息，相君余兴付厌厌。（宋祁《雪后与张转运任通判何都官游湖上》，《全宋诗》第 4 册，第 2441 页）
>
> 冬温成俗疫，得此胜针砭。（黄庶《观雪》，《全宋诗》第 8 册，第 5480 页）
>
> 着人消瘴疫，覆麦长根荄。（苏辙《腊雪五首》，《全宋诗》第 15 册，第 9938 页）

---

① 《全宋诗》第 1 册，第 532 页。
② 《全宋诗》第 72 册，第 45630 页。
③ 《全宋诗》第 45 册，第 28243 页。
④ 《全宋诗》第 35 册，第 21869 页。
⑤ 《全宋诗》第 44 册，第 27299 页。

夜雨百泉响，晚晴风报秋。……疫疠且不作，稻粱行亦稠。吾徒今则喜，向者为民忧。（孔平仲《晚霁》，《全宋诗》第 16 册，第 10910 页）

玄冥一日行正令，疠气入地应千尺。异乡身健百不忧，有钱但知沽酒吃。（张耒《雪中狂言五首》，《全宋诗》第 20 册，第 13358 页）

疠疫千家净，炎蒸一夕空。安眠知处处，端的谢天公。（郭印《夏夜喜雨诗》，《全宋诗》第 29 册，第 18686 页）

遐想瑞叶舞层霄，剪裁不费造化力。丰年一饱戴君恩，比屋千家消疠疫。（李洪《忆雪歌》，《全宋诗》第 43 册，第 27139 页）

疫疠潜攘却，埃氛一洗苏。相看即阳复，何必待傩驱。（赵蕃《雪中四诗》，《全宋诗》第 49 册，第 30895 页）

万家疫疠一扫除，尽道年时无此雪。（吴芾《和刘判官喜雪》，《全宋诗》第 35 册，第 21868 页）

疫疠已消麰麦润，更随晴色探芳菲。（綦崇礼《喜雪呈已懋使君兼简德升尚书国佐侍郎》，《全宋诗》第 27 册，第 17847 页）

可见，雪、雨天气对于疫病的冲刷、减缓作用在宋人那里得到了公认。以上诗作都是着眼于疫灾的全局概略地抒写疫去的吉瑞气氛，同时也有少部分作品抒写了个人疾疫消退的好心情：

祗役来异乡，疟鬼巧伺便。寒热四五行，大小六七战。初如蹈阴壑，赤身卧冰霰。继若煽红炉，虐焰工煅炼。先生但坚壁，高卧观物变。谓我则忘吾，曰舍其犹传。童子更进药，先生强起咽。群鬼竟挪揄，医工何瞑眩。忽然汗四出，心愧颜有腼。须臾返清凉，轻健欲舞抃。宁唯疏枕簟，便觉美肴膳。气和疾自去，福至祸亦转。（虞俦《病起据案无绪辄书二十五韵

呈簿尉》，《全宋诗》第 46 册，第 28465 页）

在对救治疫病的歌咏中，宋诗突出颂扬了相互关爱的友情。单从诗题上就可看出他们投诗递简、频频慰问。赵蕃的《王彦博徐审知频来问疾口占示之》记述友人的关怀云：“治药频成问良苦……多谢故人来问疾，几回宵度石为梁。”① 周孚（1135—1177）的《大疫闻德厚病虽少愈而苦未能愈》则抒写他对友人病情的焦虑和挂念：“棘人元自瘦，况复病相侵。锺赵妖犹昔，岐雷术谩今。昏昏药应倦，忽忽日殊深。安得詹何辈，澜翻慰此心。”② 虞俦的《再寄广文俞同年》表现了友人之间病中互相关怀的莫逆之情：“病疟犹怜我，流行也到渠。平生真莫逆，裹饭肯踌蹰。”③ 梅尧臣的《闻刁景纯侍女疟已》还表现了对友人家一位歌妓病疟的殷切牵挂，默默地祝福她早日康复，重放往日的光彩。真诚的关爱对于病人战胜疫疾产生了强烈的感化作用。薛季宣的《疟疾中元式示诗走笔次韵》云：“鄙人病在床，政苦风寒侵。之子步池上，攀条哦柳阴。掷我珠玉辞，疟鬼毛发森。豁尔脱沈疴，脩然洗烦襟。”④ 友人示诗让病疟的诗人豁然病愈，许及之的诗里甚至还说：“好语自足驱疟疠，嘉祥况乃销离瘼。”（《雪再作，山甫约游雨花台不遂，闻与诸公登凤凰台，次韵送似》）⑤ 看似不经意的一点关怀，在病人那里产生了巨大的鼓舞人心力量。

有些诗作还叙述了救助疫病患者的感人事迹。陈藻的《寄刘八》记述往昔自己不幸客中病疟：

忆昔在桂堂，疟鬼罹我殃。世情疏客病，移我君家床。儿

① 《全宋诗》第 49 册，第 30691 页。
② 《全宋诗》第 46 册，第 28763 页。
③ 同上书，第 28481 页。
④ 同上书，第 28683 页。
⑤ 同上书，第 28305 页。

女不辞劳，仆妾何惮忙。秋风黄叶飞，明灯药炉傍。我身何日殒，此念何时忘。(《全宋诗》第 50 册，第 31295 页)

当世人疏远回避他时，刘氏一家却冒着风险把他转移至自己家里，儿女仆妾不辞劳苦地照料他，使他感受到了永志不忘的恩情。徐瑞（1255—1325）的《病疟》记述友人冒雪骑驴为他送来一枝报春的梅花，事情虽小，然而却使病疟的诗人感到友人像仙人一般高洁不凡："破雪折梅相料理，要将春信报新年。独跨瘦驴披鹤氅，更于何处觅神仙。"①

四 成就成因和多重价值

古人没有"疾疫诗"的概念，本章所论诸多作品是对他们在各自不同的创作中不自觉形成的一大诗歌题材或主题类型的归纳和总结，因而不存在特定的诗歌体式和统一的艺术追求。然而这类诗作却具有丰富的艺术内涵，局部上形成一定的思想艺术特色，具有珍贵的文学文化价值。

如上文所述，尽管部分诗作流露过对疾疫的害怕心理和鬼神迷信观念，但大部分宋代疾疫诗表现了积极向上的思想情趣。文人们忧念民瘼的胸怀、官员们派医散药的举措、为赶赴疫区而放弃赏花预约的宦迹、相互之间的关切慰问、嘲笑疟鬼的姿态、笑傲瘴疠的豁达、名教道德的守护、不惧个人安危的救助、世态炎凉的揶揄……这些在灾疫面前表现出来的仁风义举无不传递人间的友爱和温情，集聚为战胜疫病的无形力量，闪耀着传统美德和优秀文化的光辉。在灾疫横行、人心惶惶之际，"力持正论明无鬼"②的声音和立场，反映两宋诗坛无神论的思想旗帜始终没有倒下。

---

① 《全宋诗》第 71 册，第 44666 页。
② 方一夔：《续遣疟鬼》，《全宋诗》第 67 册，第 42282 页。

　　从艺术表达来看，宋代疾疫诗包含了多种诗体形式：既有句式齐整的五、七言律、古，也有句式活泼多变的乐府歌调（如吕南公《乌翩翩行》、释善珍的《山溪谣》），还有徐积的《闵灾词》那样的包含了四言、骚体句式和众多散语的杂言诗作。其叙述方式也多种多样：既有大量作品从文人作者自身角度进行的观照、独白和对话，也有《山溪谣》那样的代山民立言，还有《乌翩翩行》那样的全知叙事，而杨亿的《民牛多疫死》采用深密隐微的西昆体式也很别致。从风格类型来看，多数作品属于现实主义的写实之作，同时也有驱逐疟鬼诗歌那样的浪漫神魔色彩。从情感类型上看，这些诗作既有深重的忧患和悲悯情怀，也有轻松的幽默和戏谑，还有欢快的凯歌和颂歌，包含多重审美形态。

　　就艺术创造性而言，系列驱疟鬼诗尤其值得注意。它们依据素来的疟鬼观念和相关传说，将无形无迹的疟鬼人格化，将虚幻的鬼物写得生动形象，创造出奇特的魔幻世界，不论是写病症，还是述驱疟仪式，都继承和发展了韩愈《谴疟鬼》的形式特色，苦乐转换，戏谑嘲讽，诙谐幽默。陈克的《谢疟鬼》、戴昺的《逐疟鬼》比起韩愈的《谴疟鬼》，篇制规模更大，自嘲、刺世更加泼辣俏皮。如陈诗云："诗以荣汝归，自可捐糗粮。资送于汝足，此外何所望。"以诗歌荣封发遣疟鬼，风趣自豪的语气，不但表现了穷诗人在疟鬼面前不低眉俯首的高昂姿态，同时也显示了诗歌的荣耀和诗人的骄傲。舒岳祥的《八月初十日疟起行园》将自己遭受的病苦折磨视作疟鬼作弄诗人的儿戏："疟鬼自与诗人谑，小儿狡狯弄炎凉。"① 以游戏的态度与病魔周旋，与那些痛苦凄切的疾疫书写情调迥然有别。虽然上述特点和艺术成就并非疾疫诗所独有，但这无疑显著丰富了宋诗的艺术表达。

　　综上所述，宋诗将唐人开拓的疾疫题材创作拓展发挥到新的高度，其疫病书写更加全面细致，反映了以疾疫为中心的广阔社会生

---

① 《全宋诗》第 65 册，第 40996 页。

活，内容十分深广，表现角度也丰富多样，可以说把疾疫题材的创作推向了成熟的境地，正式拉开了中国诗歌集中关注人类病苦生活的序幕。其中，宋人以诗驱疟的频频实践代表了诗歌关注、参与疫病救治的活跃程度和诗歌干预现实生活的强度。

就唐宋时期而言，疾疫有逐渐加重的趋势。据正史统计，唐代的人疫有23次①，两宋的人疫49次②，疾疫诗的增长与发病率大致同步。不过，比起魏晋南北朝的疾疫高发，唐宋时期的疾疫总体上属于低发期③，而疾疫诗的创作取得了丰硕成果。可见疾疫流行固然是相关创作的客观原因，但疾疫诗的发展根本上还是唐宋诗歌繁荣的结果。就唐宋诗的异同而言，宋诗写病疫的疾苦、谴疟的行动是对唐诗的直接继承，而其对社会疫情的忧虑、与疟鬼疫魔的周旋以及睥睨瘴疠的态度，则更多体现宋代文人的特点，至于其对疫死者的人道关怀、对救疫义行的讴歌、对祛疫风俗的书写当属相关创作的扩展和深化。

因为众多的疾疫诗从灾疫场景、疫病症状到防治方式、病疫心理作了多方面形象生动的描述，因而这些作品汇集起来就形成一部粗具规模的宋代灾疫史料。既然文学的记述显然非正史杂记三言两语的粗略记载所能代替，那么宋诗关于疫灾病苦的书写无疑为后人留下了关于灾害史、疾病史、民俗史的珍贵历史记录。这不但有利于唤醒沉睡的历史记忆，了解民族经历的灾疫和苦难，而且对于今人鉴往知来，搞好今天的疫病防治工作也具有不可忽视的启示意义。

以诗驱疟，在杜甫那里尚属传闻，至韩愈已确有其事，有诗为证。不过，据现存资料看来，唐人明确参与其事只限于杜、韩二

---

① 阎守诚主编：《危机与应对：自然灾害与唐代社会》，人民出版社2008年版，第85页。

② 邱云飞：《中国灾害通史·宋代卷》，郑州大学出版社2008年版，第163—167页。

③ 参张剑光：《三千年疫情》，江西高校出版社1998年版，前言，第1页；陈丽：《唐宋时期瘟疫发生的规律及特点》，《首都师范大学学报》（社会科学版）2009年第6期。

人。只是到了宋代，文人们才广为效尤。至明清两代，以杜诗疗疟、疗病的案例记载也不绝如缕。① 可见，从文学治疗的发展历程来看，宋人以其广泛的实践将其推进到日趋成熟的阶段，从而在文学治病的民族日志上留下浓重的一笔。今天"文学治疗"的话题在国内外日益得到关注，其实践应用也有新的发展②，宋人以诗驱疟祛疫的历史遗产无疑为我们反思、追溯文学的社会功能留下不可多得的历史典范。

<hr />

① 参见李宗鲁、赵羽《"杜诗疗疟"考》，《重庆科技学院学报》（社会科学版）2012 年第 14 期。

② 参见叶舒宪《文学治疗的原理及实践》，《文艺研究》1998 年第 6 期；叶舒宪：《文学与治疗——关于文学功能的人类学研究》，《中国比较文学》1998 年第 2 期；叶舒宪：《文学与治疗》，社会科学文献出版社 1999 年；许社露、庞尤：《以诗治病》，《科学养生》1998 年第 2 期；曾宏伟：《文学治疗研究十年：回顾与反思》，《学术界》2009 年第 1 期；周一海：《疗妒汤与读诗治病》，《长寿》2014 年第 8 期，等。

第七章　火灾诗

俗话说"水火无情"。从古至今，洪水与火灾都是与人们生活密切相关的常见灾害。比起洪灾，火灾既有自然的原因，更有人为因素，故在已成学术热点的自然灾害史研究中，"学者们往往将火灾排除在外"①。与历史灾害学这种研究状况相比，以火灾为题材的古代文学创作更是很少受到关注，文学研究迄今还缺少这样一个专门的研究角度。事实上，历史悠久的中国文学产生过不少以火灾为表现主题的文学作品。即以诗歌来看，至迟在唐宋时期有关创作已颇有起色。据不完全统计，唐代着意写火灾的诗人诗作在 8 人 9 首以上，宋代已达 28 人 40 首以上，其独立的文学、文献价值和现实启示意义显然不可忽视。火灾的发生无疑常有人为原因，但"造成灾难后果的火根本上是一种无意识的自然力"②。既然目前的灾害史研究已没有因为分不清是天灾还是人祸而放弃对火灾的研究，那么相应的文学研究更不必因此画地为牢。本章拟在梳理宋前火灾诗发展轨迹的基础上，重点考察宋代火灾诗取得的思想和艺术成就，同时也希望借此管窥唐宋诗歌的递嬗关系和古代消防文化的一角。

---

① 阎守诚主编：《危机与应对：自然灾害与唐代社会》，人民出版社 2008 年版，第 98 页。

② 同上。

一　题材的初步确立

比较起水旱等自然灾害的文学书写，火灾诗的写作起步较晚，唐前的火灾诗很少。除了东汉蜀郡百姓歌咏太守廉范火政改革的民谣和梁释宝志宣扬佛法的火灾《谶诗》外[1]，东晋陶渊明（约365—427）的《戊申岁六月中遇火诗》便是唐前唯一见存的火灾诗。该诗记述他辞官归田的第三年（408）遭遇火灾的穷困处境和初心不改的素志："草庐寄穷巷，甘以辞华轩。正夏长风急，林室顿烧燔。一宅无遗宇，舫舟荫门前。……既已不遇兹，且遂灌西园。"[2] 成为文人写作火灾诗留下的最早记录。然而此后经历了三、四百年，中晚唐诗坛才留下数首专门关注火灾的诗篇。

此间先有杜甫大历元年（766）流寓夔州的诗作《火》表现他对当地经月不息的祈雨山火的隐忧："青林一灰烬，云气无处所。……势欲焚昆仑，光弥燉洲渚。腥至焦长蛇，声吼缠猛虎。神物已高飞，不见石与土。……远迁谁扑灭，将恐及环堵。"[3] 诗中生动描述了大火吞噬万物的可怕威力。随后元和四年（809）韩愈作《陆浑山火和皇甫湜用其韵》更是踵事增华，极写一场盛大酷烈的山火，历来很有名，虽然也反映了烧杀飞禽走兽的情景，但正如宋人林希逸（1193—?）的《纪异诗》所说："陆浑山火虽富妍，无所劝戒何足编。"[4] 即因为没有表现"劝戒"的主旨，徒然刻画火势，不能算作真正的火灾诗，只是其怪奇诗风的代表作之一。因此，唐代诗坛真正开启火灾书写的还是稍后几首反映城市民居和寺

---

[1]　逯钦立辑校：《先秦汉魏晋南北朝诗歌》，中华书局1983年版，第210页，第2189页。

[2]　关于此诗的引文和作年，参许树棣校注《陶渊明集校注》，中州古籍出版社1986年版，第48页。

[3]　关于此诗的引文及其涉及地点、作年，参萧涤非主编《杜甫全集校注》第7册，人民文学出版社2014年版，第3643页。

[4]　《全宋诗》第59册，第37321页。

庙灾情的诗作。其中刘禹锡（772—842）的《武陵观火诗》记述他元和八年（813）在朗州（湖南省常德市）经历的一场城市火灾的全过程，涉及火灾的起因、火势的蔓延、过火的灾情：

> 是时直突烟，发自晨炊徒。盲风扇其威，白昼曛阳乌。操缏不暇汲，循墙还避逾。怒如列缺光，迅与芬轮俱。联延掩四远，赫弈成洪炉。汹疑云涛翻，飒若鬼神趋。……市人委百货，邑令遗双凫。余势下隈隩，长熛烘舳舻。吹焚照水府，炙浪愁天吴。灾罢云日晚，心惊视听殊。高灰辨廪庾，黑土连闤阓。众烬合星罗，游氛铄人肤。厚地藏宿热，遥林呈骤枯。①

诗末还反映地方长官到场的赈恤以及灾后重建的设想，因而从题目到内容都堪称一首地道的火灾诗。此际元稹（779—831）写作了《茅舍》，反映江陵、洪州等南方地区的茅舍民居存在的严重火灾形势和安全隐患，谈论民居改造涉及的诸多政事问题以及他对州守的期望和劝勉：

> 篱落不蔽肩，街衢不容驾。南风五月盛，时雨不来下。竹蠹茅亦干，迎风自焚炟。防虞集邻里，巡警劳昼夜。遗烬一星然，连延祸相嫁。号呼怜谷帛，奔走伐桑柘。旧架已新焚，新茅又初架。……我欲他郡长，三时务耕稼。农收次邑居，先室后台榭。启闭既及期，公私亦相借。度材无强略，庀役有定价。不使及僭差，粗得御寒夏。火至殊陈郑，人安极嵩华。②

此诗已不局限于某次具体的火灾，而是在探讨火灾的社会问题，着

---

① 关于此诗的引文、作年，参高志忠校注《刘禹锡诗编年校注》，黑龙江人民出版社 2005 年版，第 284 页。

② 关于此诗的引文及其涉及地点、作年，参周相录校注《元稹集校注》上册，上海古籍出版社 2011 年版，第 77 页。

重议政论事，流露作者高涨的参政热情。以上二诗都集中反映了火灾引发的严重民生和治理问题，对于火灾都表现出鲜明的正面关切态度，与杜、韩二诗因写山火侧面而及火灾明显不同，标志着以火灾为表现主题的诗歌创作真正出现。

唐代寺院也是火灾多发的场地。① 张谓（？—778?）的《长沙失火后戏题莲花寺》、罗隐的《甘露寺火后》以简短的律绝形式反映佛寺火灾的情况，揭示佛神不能幸免于灾火的真相："楼殿纵随烟焰去，火中何处出莲花。"② "只道鬼神能护物，不知龙象自成灰。"③ 在神灵崇拜十分普遍的唐代社会，具有破除迷信的可贵思想。释皎然（730—799）的《兵后经永安法空寺寄悟禅师》则抒写寺院惨遭兵火焚毁的悲痛。齐己（863—937）的《乱中闻郑谷吴延保下世》咏及兵火对诗书、京城的破坏："兵火焚诗草……长安已涂炭，追想更凄然。"④ 此外，吴融（850—903）的《废宅》通过描写废宅的凄凉反映火灾带来的危害，诗末以秦末咸阳宫阙遭焚毁的历史教训明确警示了火灾的巨大破坏力："不独凄凉眼前事，咸阳一火便成原。"⑤ 他的《赴阙次留献荆南成相公三十韵》热情歌颂了地方官员组织救火和灾后重建的政绩："卓旗云梦泽，扑火细腰宫。铲土楼台构，连江雉堞笼。似平铺掌上，疑涌出壶中。岂是劳人力，宁因役鬼工。本遗三户在，今匝万家通。"⑥ 与刘禹锡《武陵观火》中"贤守恤人瘼，临烟驻骊驹"数句一样表达了赞颂主题，不过这还只是局部书写。

由此可见，唐诗涉及了多地、多场次的火灾，反映过火灾现场、救治和危害的情况；已频繁将民众和社会的灾情纳入诗歌的关

---

① 阎守诚主编：《危机与应对：自然灾害与唐代社会》，人民出版社 2008 年版，第 98—102 页。

② 《全唐诗》第 6 册，第 2022 页。

③ 《全唐诗》第 19 册，第 7591 页。

④ 《全唐诗》第 24 册，第 9445 页。

⑤ 《全唐诗》第 20 册，第 7883 页。

⑥ 同上书，第 7866 页。

注中心，体现了诗坛关注火灾的自觉意识，与此前陶渊明写自家火灾的情况有所不同。因此在唐代火灾诗已初步确立，不过数量还很有限，难以取得重要成就。

二　灾难主题的深化

相形之下，数量显著增长的宋代火灾诗题材内容有了显著的扩展，火灾所及，公私之间，上至京城、皇宫、都市，下至集镇、寺庙、学宫、山野，广大区域和多种场合的火灾在宋诗里都有涉及，在此基础上诗歌的主题和写法大有拓展。

首先，宋诗广泛反映了火灾给当时社会和人民带来的巨大灾难，一些重特大火灾事件在诗中得到直接表现。梅尧臣（1002—1060）的《十六日会灵火》写北宋间隔25年的两次皇宫大火，损失惨重："章圣皇帝兴三宫，三宫鼎峙何崇崇，天圣七年六月尾，玉清始灾坛宇空。于今二十有五载，上元后夜星轸中，乃闻会灵五殿火，丹焰彻天明月红。千楹万栋一夕尽，赤烟奔突西南风。"[①]洪咨夔（1176—1236）的《哭都城火》写南宋都城临安绍定辛卯年（1231）的大火连太庙也没能幸免："九月丙戌夜未中，祝融涨焰通天红。曾楼杰观舞燧象，绮峰绣陌奔烛龙。始从李博士桥起，三面分风十五里。崩摧汹汹海潮翻，填咽纷纷釜鱼死。开禧回禄前未闻，今更五分多二分。……祖宗神灵飞上天，痛哉九庙成焦土。"[②]诗中连带写出的"开禧回禄"，即开禧二年（1206）二月的寿慈宫火和四月的行都大火，与此次大火同样相隔25年。[③]两首诗就触及两宋京都5次大火，可见当时火灾之频繁及其造成的巨大社

---

① （宋）梅尧臣：《梅尧臣集编年校注》，朱东润校注，上海古籍出版社1980年版，第654页。

② 《全宋诗》第55册，第34584页。

③ 关于南宋都城这三次火灾的本事，见《宋史》，卷四一、卷三八、卷六三，第795页，第740页，第1383页。

会破坏，宋诗反映火灾重大题材可见一斑。

　　与此同时，宋诗开始深入关注火灾带来的民生疾苦和严重后患。同样是旁观者的角度，与唐诗多概略的笔触不同，孔平仲的《十月二十一日夜》特别描述了一位老媪在一场"久旱水泉竭"的夜间大火中痛失家园的情景，表达他对失火人家的深切同情："皇皇奔走最可念，耿耿不寝心飞惊。明朝出视火起处，焦木颓垣不知数。白头老姥啼向天，叹息之声满行路。"① 邹浩（1060—1111）的《闻市中遗火殆尽》反映火灾给一个江边小集镇造成的毁灭性打击以及由此而来的饥荒生计问题："市井才如一小虚，更堪回禄扫成墟。从今匕箸知何有，百煎江流瀹野蔬。"（其一）② 陆游（1125—1209）的《予数年不至城府丁巳火后今始见之》则从凭吊火灾陈迹的角度来反映庆元三年（1197）绍兴火灾带给人的巨大物质和精神伤害：

　　　　陈迹关心已自悲，劫灰满眼更增欷。山川壮丽昔无敌，城郭萧条今已非。窣堵招提俱昨梦，祝融回禄尚余威。故交减尽新知少，纵保桑榆谁与归。③

灾后多年，绍兴府昔日壮丽繁华的山川、城郭、寺院仍是萧条不堪，因为那场火灾让诗人"故交减尽"而感到晚景特别凄凉。可见宋代火灾诗对灾害的反映已由财物损害深入灵魂深处。

　　与唐诗相比，宋诗恢复了陶渊明从灾民切身感受表现火灾危害和人生遭际的写法。宋末方回（1227—1307）通过回顾老少时候的两场大火使其失去赖以庇身的祖居和家业，深刻反映了火灾导致的个人和家族悲剧：

---

　　① 《全宋诗》第 16 册，第 10845 页。
　　② 《全宋诗》第 21 册，第 14047 页。
　　③ （宋）陆游：《剑南诗稿校注》，钱仲联校注，浙江教育出版社 2011 年版，第 95 页。

　　吾州斗大城，辛丑爇于火。予时年十五，天地一蜾蠃。窜身城北门，尚忆双髻髻。秋暑七月半，汹涌沸炎堁。日午饥无食，枝头得梨果。不谓心尚孩，析薪未克荷。先君儒起家，负冤踣奔播。赭垣获苟免，小宅亦云颇。先祖之旧居，竟弗脱此祸。二三叔父家，赀产素不伙。焚如既已酷，生理各坎轲。老者渐丧亡，赖尝教救我。田屋悉破散，江湖走一舸。……乙未九月灾，天特赦么麽。肖然七十翁，吾其理归柂。（《记火》，《全宋诗》第66册，第41781—41782页）

十五岁时遭遇火灾，使其忍饥冒暑，家道中落，宗族飘零；七十岁时遭遇火灾，让他重理舟楫，远走江湖。这里，火灾是苦难命运的罪魁祸首。

　　此外，不少诗作还通过火灾与其他灾害特别是兵火的叠加，天灾与人祸、火灾与动乱并写，深化了灾难主题的表达。如方回写火灾、洪灾交互肆虐下的民生："秋来数郡融风烈，万舍烟灰千屋拆。（自注：池、严、徽、温，皆大火）骄阳失性化为霖，鞭蛟笞龙精髓竭。救火救水不少闲，民生下土何其难。"（《读孟信州和方亨道六月雨时当雪天改为欲作雪先作雨次韵》）[1] 又如南宋初期周紫芝（1082—1155？）的系列诗作以自己的亲身经历写战乱中的火灾，其《二月四日大火吾庐独免》写坏人趁乱放火让逃难的人们处于"忧火复忧兵"的境地：

　　颠风尽日恶，顽云吹不开。行人对面不相识，千岭万岭沉风霾。不知谁纵一炬火，坐遣万屋成飞灰。……但见通衢半瓦砾，男呻女泣声酸哀。避胡十年常作客，几见连甍变荆棘。（《全宋诗》第26册，第17228页）

---

[1] 《全宋诗》第66册，第41747页。

其《二月五日再火吾庐复免》反映连遭大火，一城房舍、粮草和守备设施都被焚毁殆尽的恐怖局势：

> 昨日北风如箭疾，城南一燎三百室。城西片瓦不复存，今日风高火仍急。池鱼已作沸鼎焦，槁木那容飞鸟集。糗粮不峙恐民流，楼橹俱空忧盗入。……城中有屋无二三，道路横尸十六七。（《全宋诗》第26册，第17228页）

他的《群不逞乘时纵火，以病良民……》进一步写由于官府对纵火犯的姑息纵容，虽然他家的庐舍幸存"仅免"，但是在惶恐不安中还是被迫迁居的情形。其"乱后飘零无定所""身如逆旅家蘧庐"的悲凉感慨和"只今兵犹满天地，黔黎谁复能安居"① 的茫然呼唤无疑表达了动乱时代黎民百姓的共同心声。周紫芝这一组诗典型地表现了动乱时代广大人民风雨飘摇、朝不保夕的悲苦生活，构成对"兵火"一词的生动历史诠释，具有"诗史"的价值。此外，周紫芝的同时人刘一止（1080—1161）《闻杭州乱二首》反映当时临安军人跋扈作乱、纵火作恶的情况："往时金陵困刺史，今者杭州漕臣死。稽天烈焰穷朝昏，千丈红霞炫江水。邻州之兵如此兵，呜呼此难何时平。"（其一）② 这与周诗一样，除文学价值外，还具有重要的历史文献价值。

三　问责、劝戒、超脱及远虑

火灾带来的严重损失和灾难势必激起人们对火灾原因和责任的追究。梅尧臣的《十六日会灵火》从传统的天谴观念出发，直言近臣骄纵为致灾之由："大臣骄蹇不从祀，岳灵不歆为不恭。若此示

---

① 《全宋诗》第26册，第17229页。
② 《全宋诗》第25册，第16685页。

变犹影响，宜鉴陛下无惰容。神非怒乙遂及甲，天意警圣不警凶。不独洪水累尧德，尧仁未忍流骧共。"① 其所谓"尧仁未忍"、有"累圣德"云云，无非是对当朝仁宗皇帝未肯罢逐身边佞幸所发的微词。可见此诗表达了对现实政治的强烈关怀和大胆批判。梅尧臣还有反映宣城孔庙遭雷击起火的《孔子庙震》也具有鲜明的政治批判色彩："霹雳下虚殿，破楹非梦凶。昔尝瞻画衮，今实见升龙。隐隐雷声散，疏疏雾气从。予知仲尼庙，不是蓄乖憷。"② 除了"破楹"一语，诗中再无灾损情况，其主旨纯粹在于借天意以警示不作为（"乖憷"）的统治者。虽然这种灾因认识不符合现代科学观念，是古人弭灾思想的体现，但梅尧臣继承前代诗文援灾议政的传统，为火灾诗开辟了一种新的写法。

当然，多数火灾诗还是以现实理性的态度对火灾事故进行审视、褒贬。周紫芝的《群不逞乘时纵火，以病良民……》揭露官府对待放火犯的失职行径至有助纣为虐、狼狈为奸之嫌（"有捕于官者，辄送遣之，或厚与之金，使之出境"），而对于申诉的百姓却"怒颜"相向（"公庭得贼尽纵遣，上诉官曹多怒颜"）。洪咨夔的《哭都城火》既揭发有关人士的严重失职（"大涂小撤噤不讲，拱手坐视连宵焚"），又暴露大火中"史丞相府独全"③ 一事（"殿前将军猛如虎，救得汾阳令公府"），反映当日的世态人情，影射宰相炎赫的权势，显露锐利的批判锋芒。特别值得注意的是，郑刚中（1088—1154）的《辨毕方》对北宋末年方腊一伙"穷民失业乃相攻剽，白昼秉炬而相焚"的放火行为能够摒弃灾祥谶应的思想，从社会现实认识致火根由，甚至对穷人纵火为盗流露理解之同情："比屋皆良民，为盗岂无以。富足义所生，贫穷盗之始。冻饿家无储，追呼官不已。妖幻随鼓之，安得不群起。纵火资盗威，势固自

---

① （宋）梅尧臣：《梅尧臣集编年校注》，朱东润校注，上海古籍出版社 1980 年版，第 654 页。

② 同上书，第 535 页。

③ （宋）罗大经：《鹤林玉露》，中华书局 1983 年版，第 265 页。

应尔。"① 无独有偶，韩淲的《祝融吟》对于绍熙三年（1192）信州众多邸店遭焚的事件也从社会问题寻找答案："闲常巷党人，意谓颇丰逸。高者即见鄙，下者但相疾。终岁纵栖栖，畴肯顾蓬荜。生产今泯焉，诸贤必能悉。祝融疑相吾，参元可同律。"② 认为贫富对立和两极分化是火灾发生的根本原因。其中"诸贤""祝融"两句箴戒社会贤达的重视和疗救，比柳宗元《贺进士王参元失火书》论火灾只揭示仇富心理更进一步。可见宋诗深刻揭露了部分火灾的社会本质，达到了一定的思想高度。

以上尖锐的政治、社会批判，可以说是宋代诗坛对君臣、官府和统治阶级的严肃问责。同时它对于有关民众和部分官吏，也提出了相应的批评和规诫。邹浩的《闻市中遗火殆尽》在火灾之后痛定思痛，究诘当地人救火迟缓不力，防火措施缺乏，消防意识淡薄："何暇从容白丈人，火边绠缶定纷纷。徙薪曲突非无策，自是当时藐不闻。"（其三）③ 郑刚中《学山野烧异常……》以学校野烧引发的火患为例，规劝学官防微杜渐，做好火灾预防："传道官颇清，防患计微拙。学宫墙外草，十里望不绝。芟除失豫备，滋蔓久盘结。野烧因风起，四垣俱烈烈。……先生听我言，事细不堪忽。徙薪与去草，此理同一辙。"④ 从宋人对韩愈的《陆浑山火》诗的批评来看，除了林希逸谓其"无所劝戒"，韩淲的《读唐韩文公和皇甫持正陆浑山火诗》也对其徒然高吟山火而缺少警戒之意表示不满："神焦鬼烂陆浑山，皇甫与韩吟其间。曲突徙薪城市事，可怜焦土是咸关。"⑤ 缪瑜的《遇灾报应诗序》亦表明其"作诗志往劝来者"⑥ 的意旨。可见宋人对火灾诗的写作提出了"劝戒"的创作主张。

---

① 《全宋诗》第 30 册，第 19048 页。
② 《全宋诗》第 52 册，第 32453—32454 页。
③ 《全宋诗》第 21 册，第 14047 页。
④ 《全宋诗》第 30 册，第 19117 页。
⑤ 《全宋诗》第 52 册，第 32739 页。
⑥ 《全宋诗》第 51 册，第 32215 页。

宋诗的"劝戒"主旨不止于救火防火的现实举措。缪瑜的《遇灾报应诗》写一位"好善、事佛"的老人及其家人在京都大火中幸免于难，林希逸的《纪异诗》记一位扫街老妪及其破屋在大火中因为"祝于天而获免"，二诗皆明言其得免的原因在于"仓卒遂蒙鬼神护、苍苍表善有如此"①，"以此吁天天见怜"②。意即他们因积善行德、笃信神明而得到上天的护佑。这说明在善恶报应思想盛行的宋代③，修德弭灾、皈依佛神也是人们应对火灾崇奉的思想行为准则，并已成为诗歌表现的主题。虽然这比起唐诗对佛神不灵的嘲笑反而落后，但此中也体现了对下层人民困厄无奈处境的同情，具有劝善惩恶的社会教化意义。

对于火灾的损失和伤害，宋诗不但反映了官府和社会的责任，而且表现了人们精神上的倔强应对。王安石有三首诗写其家中失火，不但未写颓落心绪，反而诙谐自嘲、讽世。如其《外厨遗火示公佐》：

> 刀匕初无欲清人，如何灶鬼尚嫌嗔。翛翛短褐方炀火，冉冉青烟已被宸。邂逅焚巢连鸟雀，仓黄濡幕愧比邻。王阳幸有囊衣在，报赏焦头亦未贫。

首言自家食用俭薄，但不知如何招惹了"灶鬼"，以致厨房火起殃及邻里。其《外厨遗火二首》对此似有醒悟，原来是"灶鬼"也嗔怪其家境贫寒："灶鬼何为便赫然，似嫌刀机苦无膻。"（其一）。面对灾后更为严重的贫困处境，诗人庆幸"囊衣幸在"和"图书得免同煨烬"，同时感恩救火人和警醒不眠的厨子。值得注意的是，诗人在写"赤焰侵寻上瓦沟"的灾情时，还顺势揶揄世人的趋炎附势："门户便疑能炙手，比邻何苦却焦头。"（《外厨遗火二首》其

---

① 《全宋诗》第 51 册，第 32215 页。
② 《全宋诗》第 59 册，第 37321 页。
③ 参见刘道超《善恶报应观念探索》，《社会科学家》1988 年第 3 期。

二）这是诗人罢相后退居金陵所作①，昔日世人追奉的相门与如今着火遭灾的冷落门庭其反差何啻天渊！然而诗人却将其深沉复杂的感怀付于一句轻松的调侃，其遭灾失落的痛楚完全被消解，凸显了诗人面对贫寒和流俗的兀傲人格。与他相似，宋末的罗公升《西楼火》写自家书楼失火，图史荡然无存，却敞现豁达坦荡的胸怀："成毁有定理，那足介我胸。造物解相补，放入山数重。此境如此心，空洞无垣墉。"② 这些诗作颇能表现宋代士人穷且益坚的健朗人格和圆融达观的智慧，与陶渊明《遇火诗》表达的情志有相通之处。此外，释道济（1148—1209）的《净慈寺火灾》也从受灾者的角度表现方外人对佛门惨重火患的超脱："无名一点起逡巡，大厦千间尽作尘。非是我佛不灵感，故要楼台一度新。"③ 除旧布新的哲理禅意不但驱除了沮丧，反而指引人向上一路。

从友情慰问的角度涉及这一问题的宋诗也有类似上述写作。宋庠（996—1066）的《闻安道舍为邻火所焚》以称道对方的"自足"品性来安慰受灾友人："天知君自足，聊复寄灵台。"④ 谢薖《闻彦光田舍遇火几焚其廪》以火灾未及仓廪的不幸之幸颂扬甘于饥寒的清癯诗友蒙受上天保佑："天公似惜诗人癯，约束风伯为回车。百神救廪鸟工往，不待绠缶浇焚如。尚令太瘦逢饭颗，幸未饥死同侏儒。"⑤ 同时，诗人对友人受灾困境的贴心体察和"作诗嘲诮供一笑"的良苦用心自然也传递了慰藉伤痛的精神力量。

除了上述直接给人们的生命财产带来损害的火灾以外，宋诗也继承唐代诗人写山火野烧的传统，沿着杜甫《火》诗中关怀生灵万

---

① 关于王安石三诗的引文、作年，参见李德身《王安石诗文系年》，陕西人民出版社1987年版，第297、第337页；（宋）李璧注，李之亮补笺《王荆公诗注补笺》，巴蜀书社2002年版，第280、498页。

② 《全宋诗》第70册，第44359页。

③ 《全宋诗》第50册，第31102页。

④ 《全宋诗》第4册，第2192页。

⑤ 《全宋诗》第24册，第15770页。

物和防患于未然的思想轨迹，宋代诗人洞见时人漫不经心的野烧存在严重隐患，梅尧臣《观博阳山火》即发此嚆矢。诗写由于土地兼并严重，"小农"为开荒辟地在初冬的原野上点燃了"连山起狂烧"的大火：

> 高焰过危峰，飞火入遐峤。玉石被焚灼，谁能见辉耀。猿猱失轻捷，亦不暇相吊。长风又助恶，怒号生万窍。炎炎赤龙奔，划划阴电笑。愿倾寒江潮，势逆难沃浇，愿倾天河水，虽顺云衢遥。青松心已烂，蔓草根未焦。小农候春锄，寒客失冬樵。谁知兼并子，平陆闲肥饶。不易天地意，长养非一朝。（《全宋诗》第 5 册，第 2764 页）

虽然直接的危害不过是"寒客失冬樵"，但从诗末的喟叹和全诗绝大部分的内容来看，诗人最感痛心的是那些被烧焦烧死的蔓草青松和猿猱等动植物以及整个山林生态系统的破坏。可见诗人已领会到现代社会才变得突出的环境灾难问题。随后陈舜俞（？—1075）的《野烧》和米芾（1051—1107）的《夜登鉴远观江南野烧作》也同此主旨，其中后诗明确认为野烧是日后严重的灾害："欲知利害日相磨，此火害人尤惨热。"[1] 因此宋代火灾诗一定程度上表现了具有远见卓识的环保意识。

四　特色、承传及消防文化思想

作为按题材类型汇集起来的一类诗作，上述火灾诗产生于不同的历史时期和不同的作者，一般不具有贯通各篇的艺术共性，但是这类诗作却在一定范围内表现了与火灾密切相关的艺术特色，具有独特的艺术价值。

---

① 《全宋诗》第 18 册，第 12267 页。

首先，为了反映火势灾情，不少诗作都运用了铺陈的赋笔。杜甫的《火》已肇其端，韩愈的《陆浑山火》更是铺张扬厉，成为逞奇炫异的典范，以致其思想主旨受到后世非议。这个情况在唐代尤为突出，就连刘禹锡的《武陵观火》也因为过多渲染火势而多少冲淡了全诗的主旨。继起的宋诗有更多诗篇用此赋笔，从宋初梅尧臣的《十六日会灵火》到北宋后期谢薖的《闻彦光田舍遇火几焚其廪》，从两宋之际郑刚中的《学山野烧异常……》，再到宋末罗公升的《西楼火》，无不可以看到联翩的诗句用于刻画形容烈火巨焰。不过，比起唐人，宋人对此的处理比较恰当，基本上做到意到即止，为表达相关主题做了较好的铺垫。当然，赋笔的运用主要出现在古体诗里，律绝因为篇幅限制对此的描述都比较简略，因而呈现善用虚笔的特点。如连文凤（1240—？）的《壬午观火地》："烧尽长安市上花，何时重见此繁华。独怜几处堂前燕，失却新巢过别家。"① 以昔日的"繁华"反衬今时"烧尽"的惨痛；以被殃及的比邻燕子失巢影写受灾人无家可归的命运，从侧面表现了火灾的严重后果，虚实结合，取得蕴藉含蓄的艺术效果。

其次，由于鬼神观念的影响，许多诗作出现与火灾相关的神魔形象，因而写灾情救治时多用拟人手法，有些诗作进而虚构故事情节，颇有神话色彩。如罗公升《西楼火》把书房着火轻松写成火龙在火神鞭策下的匆忙失路：

> 祝融下省方，掉鞭鞭火龙。夜行失故路，误入书窗中。红光拂斗极，幻出琉璃宫。鱼龙沸幽壑，台观游太空。六丁摄图史，羽化茫无踪。（《全宋诗》第 70 册，第 44359 页）

诗里就出现了祝融、灶鬼、六丁等神鬼和魔幻形象。又如郑刚中的《罪回禄》《辨毕方》借鉴韩愈《谴疟鬼》诗、柳宗元《逐毕方》

---

① 《全宋诗》第 69 册，第 43367 页。

文的写法，通过问罪火神回禄以及质疑传说怪禽毕方是否为火灾征兆，展现了北宋末年方腊等人纵火为盗的惨痛现实，深刻揭示了其社会根源。火灾诗由此增添了新异的文学形象、表达形式和艺术情调。进一步说，诸多诗作连篇的烟焰、灰烬、焦土、火神、火魔和扫荡一空的火势、失财失所的人群等组成一个特别的诗歌意象群，寻常而凶狠、热烈而惨淡的景象伴以惊恐、痛楚、忧伤的情感，迥异于古典诗词常见的优美艺术形象，显然丰富了中国诗歌的艺术世界和审美内涵。

最后，部分诗作运用反语、谐音双关的手法富有特色。郑刚中的《学山野烧异常……》戏称平日清冷的学宫火灾时变得炙手可热："三日冷官门，炙手犹可热。"① 这与王安石的《外厨遗火二首》自嘲门庭冷落（"门户便疑能炙手"）如出一辙。又如王安中以吞噬财物的灾火所有的温暖反衬诗友贫寒的家境和困厄的遭际："魏仓一炬非无为，似与寒枯慰晚春。"（《予行为魏仓监门忽得前监仓官诗人江南彭少逸诗因次韵时彭以遗火失官》)② 通过极具艺术张力的冷暖、虚实对照，表达了深沉的思想意蕴和人生况味。显然这些诗作往往带有戏谑的色彩。如谢薖的《闻彦光田舍遇火几焚其廪》明言"作诗嘲诮供一笑，逢人举似应卢胡"，郑刚中作《学山野烧异常……》亦谓"戏为赋之"③。可见此类诗诙谐幽默的成分有助于缓解火灾带来的沉重和痛苦，凸显宋人落拓不羁的文化品格。当然，涉及火灾还时有打诨插科而非幸灾乐祸之举，除了文化人格、作者自嘲和分寸把握外，所涉多为小火灾也是重要原因。总之，宋人有关火灾的诗咏做到了戚谐皆成文章。至于邵伯温借妓院失火讽咏官人狎妓之作："火星飞入富春坊，天恣风流此夜狂。只恐夜深花睡去，高烧锻烛照红妆。"④ 虽然风格谐谑，内容和主旨

---

① 《全宋诗》第30册，第19116页。
② 《全宋诗》第24册，第16009页。
③ 《全宋诗》第30册，第19116页。
④ 引自刘永翔《咏富春坊失火谐谑诗词》，《词学》2007年卷，第395页。

已落入恶俗的艳词之列，与上述火灾诗情趣迥异。

综上所述，陶渊明的《遇火诗》实为历代文人写作火灾诗之滥觞。从东晋至中唐，文人火灾诗从无到有，特别是在唐代多位诗人的参与下，火灾诗有了显著开拓，逐步在诗坛确立了一个题材方向。两宋是继唐诗之后火灾诗发展中的又一重要阶段，比较全面地继承了晋、唐以来的写作传统，不但生动记录了当时火灾发生的众多场景，广泛深入地表现了火灾给人们带来的严重灾难和精神伤害，而且开辟了政治批判、劝世讽世、关注环保等新的主题取向；艺术上除了直陈其事的纪实型写法外，还较多引入神魔形象和戏谑、反讽笔调。可见宋诗显著拓展了火灾诗的题材内容、思想主题和表达手法，反映了丰富深刻的社会生活，具有多种风格特色，将火灾题材的诗歌创作推向日渐成熟的境地。总之，在唐宋诗人的相继努力下，诗坛增添了火灾这个新的题材类型，尽管它还少为人知，但其数量的显著增加无疑使唐宋诗歌的题材内容进一步完备起来，特别是其中不少诗作以其充实的内容、深刻的主题、特有的艺术形象和亦庄亦谐的风格特色丰富了古典诗歌的表现领域、审美情态，增进了其表达技能。这也是走向巅峰的中国诗歌借以壮大堂庑的一个契机。其直面现实伤痛的创作精神有助于拉近诗歌与日常生活的距离。

唐宋火灾诗的发展和成熟无疑有其客观条件。据统计，唐代"有火灾记载的年次为 45 个，占 15.5%"①，北宋有火灾 106 州次②。显然，这些来自正史的统计数据还只限于一些重大的火灾事故，实际上当时大大小小的火灾不计其数，本章所引诗作反映的情形绝大多数都没有进入史书的记载。不过，客观条件还不是火灾诗发展的决定性因素，唐宋以前的火灾连绵不绝，却很少引起诗坛的

———————

① 阎守诚主编：《危机与应对：自然灾害与唐代社会》，人民出版社 2008 年版，第 96 页。

② 石涛：《北宋时期自然灾害与政府管理体系研究》，社会科学文献出版社 2010 年版，第 84 页。

关注。因此，从根本上说它是唐宋诗歌发展的结果，是中国诗歌走向繁荣的一个侧面，它得力于当时整个诗歌大潮的推动，同时也反映着自中唐以来诗歌题材日益贴近日常生活的大势。唐宋诗歌的相关创作显现了此际诗歌发展演变的轨迹，二者的异同反映了唐宋诗歌承传因革的一面，唐诗的开辟之功、宋诗的拓展深化及其在唐诗高峰面前的作为于此都可以得到具体、清晰的体认。如果说唐代是中国诗歌处理火灾题材的最初阶段，火灾诗写得比较自然本色，那么宋诗在立意构思上就显得善于翻新出奇，其新添的诸多主题和戚谐兼备的艺术风格即为明证。同时，由于宋代士大夫文人的社会地位更加优越，其参政热情、忧患意识十分强烈，因而其火灾诗突出了灾难书写和政治批判、劝世教化的主题；又由于宋人理性老成的文化性格，其火灾诗又不乏幽默诙谐的情调。唐宋诗歌在同一题材创作上的呼应、递嬗关系，有助于认识古典诗歌走向巅峰状态的历史过程和复杂成因。

火灾诗是人们同火灾做斗争的思想文化成果，唐宋火灾诗积淀了丰富的传统消防文化思想，彰显了古人的防火救灾精神。刘禹锡、元稹、孔平仲、洪咨夔等反映民众和公家火灾的诗作无不敞露关怀民瘼国事的兼济情怀；陶渊明、王安石、罗公升等反映私家失火之作，则突出了安贫乐道、坚毅豁达的人格魅力对于火灾的疗伤作用；梅尧臣、米芾等写山火野烧的诗作同时表达了超前的环保意识和保护生灵的仁爱思想；杜甫、郑刚中反映火灾隐患的诗作体现了防微杜渐的忧患意识和防火思想；吴融、邹浩、韩淲的诗作连番戒告、叮咛防火故实（"咸阳一火""大涂小撒""曲突徙薪"），说明吸取历史教训和继承消防传统之必要。张谓、罗隐质疑佛神护佑的诗作冲破了迷信思想的束缚，而缪瑜、林希逸在歌咏火灾幸存奇迹时又宣扬了修德弭灾的传统观念。此外，郑刚中、韩淲反映社会动乱的火灾之作还具有同情贫穷百姓、追求社会和谐的思想；多首诗作对官民失火责任的诘问和救火功过的抑扬表现出对"防火人人有责"观念的诉求。因此，古代火灾诗的研究还是我们反思、借鉴古代消防文化的契机。虽然上述思想认识还没有完全摆脱弭灾、迷信等落后观念，但总体上理性务实，忧国爱民，惩恶扬善，富有斗争精神和长远眼光，是优秀传统文化不可缺少的组成部分。

第八章　地震风雹及其他灾害诗

除水、旱、蝗、疫、火灾外，宋诗还广泛反映了多种常见或少见的自然灾害。本章拟简要考察宋诗对地震、风灾、沙尘、冰雹、冰雪、雷电、潮汐、山崩等灾害的书写情况。

一　地震诗

从古至今，地震都是人类难以防御的严重自然灾害。我国是一个地震多发的国家，历来文献多有记载。中国文学很早就开始反映地震灾害，诗歌这种古老而又年轻的文学体式就是其中突出的代表。我国最早的诗集《诗经》就有关于地震灾害的描述，《小雅·十月之交》刻画了一幅巨大的地震灾变图："百川沸腾，山冢崒崩。高岸为谷，深谷为陵。哀今之人，胡憯莫惩。"因为诗中还有"日有食之，亦孔之丑"的日食记录，此诗反映的地震状况长期被推定为周幽王六年（前776）的事。[①] 无论此诗的主题是"刺幽王"（《毛诗序》），"刺厉王"（郑玄注），还是"刺皇父"[②]，都说明早在西周时代人们就有了灾异天谴的观念和援灾议政的政治批判传统。尽管上述诗句为后人耳熟能详，然而，在随后千余年的中国

---

① 此诗作年也有周幽王二年（前780）之说，参王会安、闻黎明主编《中国地震历史资料汇编》第一卷，科学出版社1983年版，第2—3页；赵逵夫编《先秦文学编年史》上册，商务印书馆2010年版，第393页。

② （清）姚际恒：《九经通论》，卷十，清道光十七年铁琴山馆刻本。

诗歌发展历程中却鲜见关于地震灾害的吟咏。在诗歌繁荣的唐代，晚唐诗人杜牧（803—852）为揭露奸邪专权跋扈、打击迫害忠良，在其《李甘诗》中曾提及一次地震："九年夏四月，天诫若言语。烈风驾地震，狞雷驱猛雨。夜于正殿阶，拔去千年树。吾君不省觉，二凶日威武。操持北斗柄，开闭天门路。"① 对照新旧《唐书》的相关记载，太和九年（835）此际京师确实发生过地震。② 诗作沿用"天戒"说，将"地震"与"烈风""狞雷"并提，共同构成烘托奸臣弄权的背景，然而全诗仅此一语，地震远未作为诗歌的主题予以表现。到了宋代，情况发生了显著变化，专门吟咏地震灾害的诗歌出现了，至今存诗近十首，并且还出现了以地震命名的专题诗作，地震开始成为中国诗歌着力表现的内容和主题。

两宋的地震诗首先继承了《诗经》开辟的因灾言政、讽喻时政的传统。苏舜钦（1008—1049）、苏舜元（1006—1054）的《地动联句》在陈述天圣七年（1029）京师地震的灾况后有云："念此大灾患，必由政瑕疵。……天戒岂得慢，肉食宜自思。变省孽可息，损降祸可违。愿进小臣语，兼为丹宸规。"③ 又如曾巩（1019—1083）的《地动》亦在反映灾情之后议论道：

> 阴为气静乃如此，天意昧密宁能详。或云蛮夷尚侵轶，已事岂必垂灾祥。意者邪臣有专恣，气象翕翕难为当。据经若此非臆决，皎如秋日浮清霜。祖宗威灵陛下圣，安得直语闻明堂。朝廷肃穆法度治，岂用懔懔忧胡羌。（《全宋诗》第8册，第5544页）

---

① 《全唐诗》第16册，第5942页。
② 参王会安、闻黎明主编《中国地震历史资料汇编》第一卷，科学出版社1983年版，第94—95页。
③ （宋）苏舜钦：《苏舜钦集编年校注》，傅平骧，胡问陶校注，巴蜀书社1991年版，第3页。

推究致灾的缘由在于边境上"蛮夷尚侵轶"或是内廷里"邪臣有专恣",最后表达整肃朝纲、有备无患的愿望。这个述灾议政的模式贯穿两宋诗坛。如南宋后期魏了翁(1178—1237)的《山河叹送刘左史(光祖)归简州》写当时灾害频发,震灾也是一个重要因素:

> 苍旻茫茫君为度,但见咎异来相因。连年夏旱天无云,江淮湖浙田生尘。飞蝗排空如羽阵,嗟类猥众何诜诜。粤南山萃陵谷异,后土矹矹如转轮。春秋二百四十载,地震才五兹何频。去年东南复告旱,遍以牲币走百神。太阳朔蚀忽无光,金星昼见亦累旬。汉沔沸腾地移轴,涪潼溢溢涛翻银。星文屡变台符坼,阴象较著阳德屯。外为兵戈为裔夷,内为宫壶为群臣。天心渝怒有如此,犹以谴告施其仁。惧而修政庶可弭,恬不知警将仍臻。(《全宋诗》第56册,第35011页)

伴随山崩地裂的强烈地震,连年的夏旱、凶猛的蝗灾、特大的洪灾以及日食、金星昼见等灾异事件纷至沓来;诗作进而据此议论边事、内政,呼吁统治者警惕天谴,"惧而修政",不要"恬不知警"。

与此同时,宋诗将震灾引发的民生疾苦和忧国情怀作为重要的内容予以表现。刘敞(1019—1068)的《夏寒》反映了地震与河患及其他灾患引发的深重忧虑:"昆仑摇地轴,渤海涨河流。天事无端错,民生若许愁。"该诗题注有云:"是时湖北地大震,河溢六塔。"[1]"河溢六塔"事在嘉祐元年(1056)四月[2],而"湖北地大震"却不见于《宋史》《长编》等史籍,可见此诗不但描述了天摇地动如昆仑倾极的地震灾情,而且还具有一定的补史性质。黄庭坚的《流民叹》描述熙宁元年(1068)河北地震和伴发的洪灾给

---

① 《全宋诗》第9册,第5826页。
② 参见《续资治通鉴长编》卷一八二,第4400页;《宋史》卷九一,第2273页。

人民带来房舍倾覆、迁徙流移、哀鸿遍野的惨景：

> 朔方频年无好雨，五种不入虚春秋。迩来后土中夜震，有似巨鳌复戴三山游。倾墙摧栋压老弱，冤声未定随洪流。地文划劐水臛沸，十户八九生鱼头。稍闻澶渊渡河日数万，河北不知虚几州。累累襁负裹叶间，问舍无所耕无牛。初来犹自得旷土，嗟尔后至将何怙。①

此诗充分表现了诗人忧国忧民的心志，初步摆脱了灾乃天谴、因灾刺政的诗歌创作模式。

到了国势日蹙的南宋后期，地震诗作反映的国家灾难更加严重，忧虑国事的爱国思想更加鲜明。如魏了翁的《次韵西叔兄日食地震诗》云："正月太阳食，六月阴萋萋。利沔阶成间，桑土为涂泥。破山覆桥合，灌城坏河堤。蜀地五六震，积潦伤农畦。……番军袭江淮，将士惊噬脐。四方靡所寄，容身仅坤倪。灾异又如此，宁保梁益西！"② 诗作描述了蜀地连发的震灾带来的巨大破坏场面，同时还述及伴发的异常天象、反常气候和洪涝灾害。在此基础上，诗人忧及外敌的侵凌、国土的沦丧，反映了国家和人民的深重灾难。王迈（1184—1248）的《二月朔日得诗二十六韵》反映南宋末年兵乱和地震相连、天灾人祸交织的灾难局面也属于这类写作："所恨黄巾炽，能为邻境祅。四郊群啸聚，十室九焚焦。旧腊月亏蚀，新年地震摇。台占频告异，途说洚兴妖。带甲多沦没，抽丁困役徭。"③

如果说上述内容主要是从宏观的角度对百姓群体遭受震灾的概略描述的话，宋诗同时还有侧重从个人角度对震灾的书写。苏舜

---

① 此诗作年，据（宋）史容注《山谷外集诗注》为熙宁二年，但地震发生于上年，见黄宝华点校：《山谷诗集注》，上海古籍出版社2003年版，第524页。
② 《全宋诗》第56册，第34892页。
③ 《全宋诗》第57册，第35758页。

钦、苏舜元的《地动联句》就侧重从个体感受的角度铺写了地震发生过程中的诸多灾况：

> 民甍函鼓舞，禁堞强崩离。坐骇市声死，立怖人足踦。坦途重车偾，急传壮马敏。陵阜动抚手，砾块当扬箕。停污有乱浪，僵木无静枝。众喙不敢息，杳嶂惊欲飞。踊塔撼铎碎，安流荡舟疲。倒壶丧午漏，颠巢骇眠鸥。居人眩眸子，行客劳髑儿。南北顿儵忽，西东播戎夷。四镇一毛重，百川寸涔微。斗薮不如大，轩干主者谁。共工岂复怒，富妪安得为。宁无折轴患，顿易崩山悲。众蛰不安土，群毛难丽皮。惊者去靡所，仆或如见挤。轰雷下檐瓦，决玉倾仓粲。双颠太室吻，四跃宸庭螭。万宇变旋室，百城如转机。①

地震发生时人们感受到的晕眩、混乱局面和恐怖气氛在诗里都得到摹写和刻画。作为诗歌史上最早专题吟咏地震的诗作，此诗的创作方式虽属"联句"，不免有"作诗"的痕迹，但其细腻的笔触、多方位的视角和对地震灾害的集中表现，标志着地震作为独立的题材在中国诗歌中的正式确立。能够进一步说明诗歌史这一题材取向的还有刘攽（1023—1089）的《地震戏王深父》：

> 员方肇开坼，积块成坤舆。漂浮大波不自止，幸有万里之鳌鱼。抃首戴炎州，尾直昆仑墟。亿载不坠陷，始知力有余。扬鬐播四岳，鼓鬣摇五湖。岂知古今士，竟以地震书。自是世俗闻见拘，潢汙蛙黾相随居。我从龙伯借钩饵，钓鳌惟子知非诬。（《全宋诗》第 11 册，第 7161 页）

---

① （宋）苏舜钦：《苏舜钦集编年校注》，傅平骧，胡问陶校注，巴蜀书社 1991 年版，第 2—3 页。

此诗也是专咏地震，并且脱离开某一次具体的地震，侧重就其作为一类灾害现象来书写。原注有云："俗云地震，鳌鱼动。"这也就是黄庭坚《流民叹》提到的"巨鳌复戴三山游"的故实。有关地震这个传说由来已久，《楚辞·天问》里已有"鳌戴山抃，何以安之"的疑问，《列仙传》还有较为生动的记述："有巨灵之鳌，背负蓬莱之山而抃舞，戏沧海之中。"①刘诗据此想象发挥，把地震的发生写成巨鳌负载大地在海洋中"扬鬐""鼓鬣"的游泳，对照在地震面前惊恐万状的世人，诗中的立场和观点颇为超脱。全诗想象瑰奇，语调幽默，诗末设想"从龙伯借钩饵钓鳌"，颇富浪漫色彩，完全消解了生活中人们对地震的恐惧。此外，宋末陆文圭（1250—1334）的《和心渊雷雨地震诗》将面临的地震和雷霆视作天公的"恶作剧"，表现了一种无所畏惧的精神和顽强的意志："天公恶作剧，翻手变炎凉。海运三山动，江高数尺强。震雷惊失匕，漏雨苦移床。不虑填沟壑，真成老更狂。"②为地震诗的创作增添了积极的思想主题。

综上所述，在处理地震灾害题材方面，宋代诗歌在内容和形式上较前代都有显著的开拓，可以说直至宋代，中国诗歌才真正出现了后世所谓的"地震诗"。此后地震诗日渐增多，在明清时期开始大量涌现，逐渐成为中国诗歌一类常见题材。笔者和曾经致力于收集中国历代地震诗歌作品的学界同行几乎都不能搜辑到宋代以前的地震诗歌③，这种文献状况是宋诗地震题材开拓之功的有力佐证。宋代地震诗在地震诗史上的突出地位由此可见一斑。

地震诗在宋代脱颖而出有其主客观条件，并非偶然。首先，唐宋时期的地震灾害有日渐增加的趋势。唐代可统计的地震灾害有

---

① （清）陈元龙：《格致镜原》，卷九四，库本。
② 《全宋诗》第 71 册，第 44564 页。
③ 参见江苏省地震局编《中国历代地震诗百首》，中国展望出版社 1989 年版；侯英：《由汶川抗震诗歌大潮看中国古代地震诗歌》，《防灾科技学院学报》2010 年第 1 期。

76 次①，两宋则有 127 次②。这是宋代地震诗写作的历史背景。不过，这显然还不是地震诗发展的决定性因素，对于一个诗歌衰微或不够发达的时代来说，地震的频率对于地震诗创作没有多少实在意义，秦汉魏晋南北朝八百年诗坛不见地震诗留存就是一个显例。因此从根本上说宋代地震诗是宋诗发展繁荣的结果。从承传关系看，宋代地震诗继承了《诗经》的政治批判传统，同时把关注重点更多地转向了民生疾苦和个体的临震处境，表现了对题材内容的显著开拓和创新。这既是宋代文人济世热忱高涨、忧患意识强烈的表现，也是宋诗题材进一步贴近日常生活的显现，反映了因革中诗歌观念的更新。唐代诗歌同样发达，但诗坛内外还不完全具备这些条件，只有等到宋代，地震诗才真正脱离以灾异天谴为基本观念的政治批判诗而赢得独立发展。

二 风灾和沙尘诗

作为一种常见灾害，正史记载的宋代风灾有 109 次③，《全宋诗》中单带"大风"一词的篇目就有 194 首，其中大多数都涉及风灾，可见宋诗对此有较多的反映。自古以来"风调雨顺"代表了我国人民对气候和年成的美好期望，宋诗用"十风五雨"反复表达了这个愿望。陆游的《村居初夏五首》云："十风五雨岁丰穰。"（《其四》）④ 龚颐正的《陈山龙君祠迎享送神曲》云："十风兮五雨，佑我海邦兮污莱斥卤。"舒岳祥诗云："十风五雨天常顺。"⑤

---

① 参见阎守诚主编《危机与应对：自然灾害与唐代社会》，人民出版社 2008 年版，第 87 页。有的学者认为唐代地震有 86 次，见闵祥鹏：《中国灾害通史·隋唐五代卷》，郑州大学出版社 2008 年版，第 127 页。

② 邱云飞：《中国灾害通史·宋代卷》，郑州大学出版社 2008 年版，第 149 页。

③ 同上书，第 180 页。

④ 《全宋诗》第 39 册，第 24743 页。

⑤ 舒岳祥：《五月间与正仲立耕养堂前见石榴一花吐初因以荆公诗并俗语作对云万绿一红十风五雨好作尺牍中时令语正仲云只作诗语亦佳别后因补成章以寄之》，《全宋诗》第 65 册，第 41031 页。

可见风灾的状况在决定年成的好坏方面占有举足轻重的地位。故宋代官方要沿俗举行祭祀风师（风神）的仪式，范仲淹的《祠风师酬提刑赵学士见贻》是他做知州时对风神的许愿：

> 先王制礼经，祠为国大事。孟春祭风师，刺史敢有二。斋戒升于坛，拜手首至地。所祈动以时，生物得咸遂。勿鼓江海涛，害我舟楫利。旱天六七月，会有雷雨至。慎无吹散去，坐使百谷悴。高秋三五夕，明月生天际。乃可驱云烟，以喜万人意。愿君入薰弦，上副吾皇志。阜财复解愠，即为天下赐。（《全宋诗》第 3 册，第 1873 页）

从中可以看出，当时的风灾主要妨害水运安全、夏旱降雨、高秋赏月等方面。梅尧臣的《大风》曾经集中列举风灾五大罪状："谒不诉于帝，斥之出远方。风伯有罪五，孰肯进皂囊。往时岁苦旱，救热雨欲滂，吹之不使下，云雷遂深藏。复摇江海波，白日沉舟航。又卷关塞沙，千里填河隍。拔木与退鹢，书传言已详。"[1] 他的多首以阻风、值风、遇风为题诗作充分反映风灾对江河水运安全的危害。其《泊寿春龙潭上夜半黑风破一舟》记述他一家夜半遭遇大风破船而出生入死的经历："盲风吼空来，不识前山遮，回激入湾口，暗浪腾水涯。喧闻破我船，沉没惊一家。……妻孥皆失色，一夕鬓欲华。"[2] 杨万里的《檄风伯》也是声讨风灾威胁水运安全的檄文："峭壁呀呀虎擘口，恶滩汹汹雷出吼。泝流更着打头风，如撑铁船上牛斗。"[3]

　　除航运灾害外，宋诗展开对风灾危害的多方面书写。郭祥正的《大风》描述风灾翻江转石、拔木偃禾、扫荡陇亩："飘风自南至，

---

[1] 《全宋诗》第 5 册，第 2941 页。
[2] 同上书，第 2966 页。
[3] 《全宋诗》第 42 册，第 26286 页。

汹汹结阴溇。须臾江涛翻，石裂巨木倒。禾麻安愁论，畦陇溅若扫。"① 刘弇的《元丰辛酉七月九夜大风四十韵》揭露它摧毁房屋，倾家荡产，灾莫大焉："尔来暴旱亦时有，孰与掀屋扬楣枅。小家破荡大家耗，饮泣茹恨肩相骈。"② 仇远的《秋雨》记载风灾对城市的重创："钱唐近报融风起，瓦砾尘埃半城市。霜餐露宿人遑遑，衣食难谋况居止。"③ 廖刚（1071—1143）的《初冬再至龙岩过崎滩闵竹之灾吊之》，还反映风灾造成的毛竹之灾："凡木无端折大风，玉摧成竹救无从。"④ 刘敞（1019—1068）的《大风》和郑清之（1176—1251）的《七月初五日城中大风雨》虽未具体写灾情，但却烘托出大风肆虐的恐怖声势，如郑诗云："瓦阵飞翻千鹄起，屐声旁午万蛙鸣。骈肩重足人如醉，涌溜奔云气未平。"⑤

在艺术上，刘弇的《元丰辛酉七月九夜大风四十韵》驰骋笔力绘声绘色地描写海畔城邑遭遇特大风暴灾害的情景，特别是后半部分写大风情状由实转虚，意象纷呈，怪怪奇奇，层出不穷，酷似韩愈《陆浑山火》的风格：

> 戛空飞砾正激射，况复急雨筛涌泉。初疑昆阳遁猛兽，又讶伏弩攒庞涓。黔头豹褌健肘髀，剖拆囊袋椎钤键。天吴助强马衔舞，鼯鼬嘷啸尸阴权。呼声过于赴赵日，烈势更甚焚昆前。酣奔剧骤耆未已，阵马沓奏摩双鞭。蚩尤歼师洒腥血，驱驾山岳挥秦鞭。海涛撞舂万鼙震，炭薪直恐三山骞。林梢宿鸟乱投坠，胁息岂间乌与鸢。虾蟆何知妄嘈囋，似为得意惊翩翻。流萤迸草戢光耀，啾蚓缩穴愁蹲跧。泓窔往往走湍濑，卧内直可浮长鳣。（《全宋诗》第 18 册，第 11962 页）

---

① 《全宋诗》第 13 册，第 8856 页。
② 《全宋诗》第 18 册，第 11962 页。
③ 《全宋诗》第 70 册，第 44178 页。
④ 《全宋诗》第 23 册，第 15408 页。
⑤ 《全宋诗》第 55 册，第 34621 页。

此诗具有夺人心魄的艺术魅力，表现了雄富的艺术才力。诗末写诗人一腔义愤，为民请命，责问上天，以虚写实，映照现实，足配全诗丰富生动的艺术形象："胡为斯民罹此患，孰任咎责当尤愆。我将訇天吐愤懑，坐使百怪成拘挛。是非曲直当有辨，略举大较归吾编。飞廉遣诛丰隆斥，庶几复使斯民瘳。"

郭祥正的《大风》则是这类诗中少有的叙事诗，诗末写他与老叟对眼前风灾的不同看法，反映了他以老庄的自然观看待风灾的唯物思想，与其水灾诗的类似思想主题形成呼应：

> 苍天本好仁，孰使风伯暴。有叟重咨嗟，吾年行已耄。此风未尝见，神理所诚告。我因谕彼侬，天地广覆焘。噫气亦偶然，何必泥应报。掉头不吾顾，植杖复悲悼。

但老叟坚持他的灾害天谴观，难以从"悲悼"中解脱出来，这也正说明诗人思想的特出与超前。

沙尘灾害在宋代一些地区也比较严重。正史记载两宋的沙尘灾害有 69 次[1]，宋诗多有沙尘天气的描写，并且不乏主题旨在表现这种灾害的。如陈与义的《中牟道中二首》记其春夏之交中原之行沿路赏柳，但扬沙天气让他感到大煞风景："杨柳招人不待媒，蜻蜓近马忽相猜。如何得与凉风约，不共尘沙一并来。"（其二）[2] 如果说此诗还是委婉地流露怨怒心情，那么刘敞《大风》里的情绪已明显变得愤激，因为沙尘不但笼罩天地，持续"一春三月"，而且势头很猛，"波涛翻空"，遮天蔽日，是今人熟悉的沙尘暴了：

> 朝风吹沙天宇窄，暮风吹沙地载薄。视天昏冥畏其压，视地震荡忧其坼。一春三月风不息，踢天踏地劳筋力。波涛翻空

---

[1]　邱云飞：《中国灾害通史·宋代卷》，郑州大学出版社 2008 年版，第 178 页。
[2]　《全宋诗》第 31 册，第 19491 页。

礔礰怒，行路之难行不得。安得重云十日雨，洗眼去眯分白黑。(《全宋诗》第 11 册，第 7144 页)

陈、刘二诗都反映了沙尘灾害对日常生活的影响。宋遗民陆文圭（1250—1334）的《辛卯二月记异》记述元至元二十八年苏州发生的"雨土"天气也属于沙尘灾害：

> 客子游吴中，步上姑苏台。是日天雨土，四面集尘埃。微明日漏出，半朗风吹开。痴儿戏团沙，智士疑劫灰。天意复如此，人事信悠哉。(《全宋诗》第 71 册，第 44525 页)

诗末写儿童"戏沙"，但诗人却疑惑其为"劫灰"，从而流露出明显的遗民情结。

三 雪寒和雹灾诗

冰雪严寒是我国许多地方常见的灾害性天气，宋诗对此反映甚多，其思想主题主要有两类。一类侧重描写下层民众的饥寒处境，表现爱民情怀。韩琦的《广陵大雪》记述庆历间他知扬州面临大雪成灾的情况：

> 淮南常岁冬犹燠，今年阴沴何严酷。黑云漫天一月昏，大雪飞扬平压屋。风力轩号助其势，摆撼琳琅摧冻木。通宵彻昼不暂停，堆积楼台满溪谷。有时造出可怜态，柳絮梨花乱纷扑。乘温变化雨声来，度日阶庭涿淋漉。几萦寒霰不成丝，骤集疏檐还挂瀑。蛰蛙得意欲跳掷，幽鹭无情成挫辱。罾鱼江叟冰透蓑，卖炭野翁泥没辐。间阎细民诚可哀，三市不喧游手束。牛衣破解突无烟，饿犬声微饥子哭。……太守忧民仰天祝，愿曙氛霾看晴旭。望晴不晴无奈何，拥被醉眠头更缩。

（《全宋诗》第 6 册，第 3966 页）

诗作从雪景写起，渐次落到"闾阎细民"的寒苦生活，反映他这位父母官的"忧民"心情和责任意识。同样，郑獬的《荆江大雪》反映他在英宗治平中出知荆南忽遭大雪的情境："长鲸戏浪喷沧海，北风吹乾成雪花。漫空倾下不暂住，三日不见金老鸦。天工斗巧变物境，玉作荆州十万家。须臾堆地厚一尺，直疑天漏亡由遮。白头老柏最崛强，压折铁干纷鬖髿。"在描述了一番大雪景象之后，诗人表达他对贫寒百姓的牵挂：

> 竹屋夜倒不知数，但闻走下雷霆车。南方瘴土本炎热，经腊犹生碧草芽。忽遭大雪固可怪，冻儿赤立徒悲嗟。青钱满把不酬价，斗粟重于黄金沙。此时刺史颇自愧，起望霁景殊无涯。有民不能为抚养，安用黄堂坐两衙。（《全宋诗》第 10 册，第 6837 页）

面对"冻儿赤立"、粮价飞涨的雪灾境况，他表达了不能"抚养"百姓的愧疚心情。

韩、郑二诗都是从外部角度写雪寒灾害的民生疾苦，陈宓（1171—1230）的《南康大雪》则已深入贫民的内心世界，反映他们面临雪灾的矛盾心理："谁言民窭贫，积此珠与瑶。冻死不敢恨，千山长禾苗。蝗螟永入地，疠疫仍潜消。"[①] 虽说瑞雪兆丰年，但是对于朝不保夕、御寒能力弱小的百姓来说，眼前的"瑞雪"无疑加剧了其贫寒的处境，故而"冻死不敢恨"是一种十分苦涩而又顽强的生存状态。于石（1247—?）的诗作更是道破大雪"可喜""为瑞"的真相："丰年固知雪可喜，贫民不以雪为瑞。安得见睍

---

① 《全宋诗》第 54 册，第 34013 页。

消凝阴，寒崖草木皆生春。"（《对雪》）① "和气胚胎斡化钧，胡然积雪拥柴门。……昌黎浪说丰年瑞，为瑞为灾未易言。"（《壬辰春雪》）② 可见，对于贫民来讲，"瑞雪"很可能也是灾害。

雪寒灾害诗的另一类主题是揭露贫富分化，批判现实。强至（1022—1076）的《京华对雪》通过达官贵人与市井细民、路边流民、下层官吏在雪寒天气中的不同命运，深刻地反映了贵贱悬殊的社会现实：

> 嘉祐岁庚子，长安一尺雪。落地还成冰，后土冻欲裂。出门望天街，层城裹银阙。健马载高冠，傍人指夔卨。拜表瑶墀归，酒面风前热。万井莫回头，穷阎正骚屑。晓突无青烟，饥唇闵僵舌。咄嗟路边子，未死衣百结。亦有待次人，空囊磨岁月。愁吟徒尔为，泱漭天地阔。（《全宋诗》第 10 册，第 6907 页）

恰相类似，范浚（1102—1150）的《苦寒行》愤激不平地揭露了这种不公的社会现实，谴责了富贵阶层的冷酷无情，暴露了社会的阶级对立与分化：

> 君不见诗人著布裘，愿得大裘一万里。又不见诗人叹茅屋，愿得广厦千万间。重堂复宇御狐白，今世谁念人多寒。我衣穿空垂百结，蓬萝盖头四壁裂。却顾悲号穷独人，露宿牛衣冷如铁。（《全宋诗》第 34 册，第 21500 页）

由此可见，雪寒诗反映了社会生活的本质，具有深刻的思想内涵。

雹灾也是宋代的常见灾害，正史记载有 121 次。③ 据《全宋诗》检索，带"雹"字的篇目有 19 首，实际写到雹灾的诗篇远不

---

① 《全宋诗》第 70 册，第 44135 页。
② 同上书，第 44147 页。
③ 邱云飞：《中国灾害通史·宋代卷》，郑州大学出版社 2008 年版，第 191 页。

止此。如王安石的《丙戌五日京师作二首》写风沙天气里出现的雹灾："北风阁雨去不下，惊沙苍茫乱昏晓。传闻城外八九里，雹大如拳死飞鸟。"① 苏轼的《十月十六日记所见》写突来的飞雹让市人猝不及防："忽惊飞雹穿户牖，迅驶不复容遮防。市人颠沛百贾乱，疾雷一声如颓墙。"② 他的《惜花》写雹灾摧残花朵，坏了赏花盛事："夜来雨雹如李梅，红残绿暗吁可哀。"事后诗人回忆说："昨日雨雹，知此花之存者有几，可为太息也！"（本诗自注）③ 可见宋诗对雹灾多有表现。

宋诗直接写雹灾灾情的笔墨不多。张耒和方回的书写算是比较明显，如张耒的《昨者》云："昨者飞雹几破屋，颇说四郊妨麦熟。"④ 其《己未四月二十二日大雨雹》云："起听但觉屋欲动，檐瓦破坠无复全。"⑤ 方回的《夜大雷雨雹》云："雹声击瓦疑皆碎，电影穿帷恍似虚。明日麦摧桃李仆，更惊无叶剩园蔬。"⑥ 更多的则是通过环境描写来衬托。如王安石的《丙戌五日京师作二首》所谓的"传闻死飞鸟"。张耒的《己未四月二十二日大雨雹》亦谓："屋头雏鸦失其母，足伤翅折亦可怜。"苏籀的《次韵邓志宏三月辛卯大雨雹》云："隋和抵鹊虎儿吼，阳愆阴伏推从来。雀鼠怀安怖入壁，声侔海翻星陨石。疾雷破山万壑沸，急雨悬河平地尺。嘉生春浅才纤毫，季子御雹勤嗟嘁。"⑦ 曹勋的《次李提举过南园饮散赋诗韵》则庆幸农家无雹而致丰收的喜悦："今年田畴极丰熟，早禾晚禾靡风雹。"⑧ 反衬雹灾对农事的严重影响。曾巩的《雹》还抒发了雨雹带来的郁闷心情："何繇得见晴辉上，愁放昏昏睡

---

① 《全宋诗》第 10 册，第 6569 页。
② 《苏轼诗集》，第 293 页。
③ 《苏轼诗集》，第 625 页。
④ 《全宋诗》第 20 册，第 13135 页。
⑤ 同上。
⑥ 《全宋诗》第 66 册，第 41466 页。
⑦ 《全宋诗》第 31 册，第 19618 页。
⑧ 《全宋诗》第 33 册，第 21098 页。

眼开。"①

因为雹灾具有突如其来的怪异性，这些诗作常常据此议论自然和人事。如张耒的《己未四月二十二日大雨雹》惊异于雹灾出现前后的瞬息变幻，进而认为经书传统的说法是"臆度"，认为自然难穷其究，表现为一种客观的科学态度："是日晚晴星斗出，镜静万里无云烟。乾坤变化竟谁使，造作诡怪须臾间。邻家老翁发已白，云昔见此今十年。木衰火滥气浮泄，激此阴渗成冰坚。儒生臆度知是否，天事谁得穷其源。"而宋末戴埴的长诗《雹》则纵横评议汉儒关于雹的灾异阐释，尽管表示了大胆的质疑，最后还是没有走出灾变示警的传统灾异观：

> 天非欲示惩，讵用作戏剧。汉儒说证应，纷纷太不一。或贤邪易位，或赋敛苛刻，或妻妾失伦，或大臣擅法。玄道幽且渺，牵附多穿凿。仲尼百世师，麟经戒侵逼。

不过他将警示意义落脚到"公室寝衰削、自下凌上"，则体现了拯救衰微的宋室和倾颓国事的济时用心，故末尾仍按例输忠进谏："我愿圣王睹此揽乾纲，用夬决，登俊良，屏邪慝。阴尘静扫单于庭，阳和遍歇邹子律。大明威威照九州，寒燠时序百谷熟。天若雨珠真可噱，请以缀衮冕之十二旒，龙旗和鸾之缨络。"

度正（1167—?）有诗题作《今春大震电雨雹，南峰无之，黄梦得诗来，有"天意因以旌遗逸"之句，正恐其轻忽灾异，失圣人迅雷风烈必变之意，用其韵以解之》，也强调发扬儒家遇灾思过、恐惧修省传统的重要性：

> 腾光初觉火烧空，打屋乍疑天陨石。出门愁见荒山径，高卧徒惊堕四壁。尝闻正直天所佑，又闻豪横天所疾。盲风怪雨

---

① 《全宋诗》第8册，第5610页。

岂徒然，颠倒横纵未遑卹。老农惨怛心欲死，群蛙号呼兴自逸。那知杀菽困黔首，但指嘉禾歌赤乌。何人漫读周官书，更笑深山间小舷。（《全宋诗》第 54 册，第 33663 页）

他因为友人诗来有歌咏"嘉禾赤乌"瑞应升平之语，故而以遭遇雹灾的亲身经历批评"轻忽灾异"，表达其忧勤灾苦、居安思危的古道热心。吕本中的《阳山大雹》借雹灾骇人的"天威"语意双关地抒发其抗金救国之志：

> 建炎庚戌正月尾，阳山雨雹大如李。疾雷先驱风御随，顷刻云屯遍千里。初疑地轴开九渊，固阴惊蛰神龙起。又恐帝出发震怒，下扫炎荒除疬鬼。破窗穿牖□□横，触石摧林势难比。……吾君圣德过成康，胡虏凭陵殊未已。中原郡邑半丘墟，铁骑犹思犯南鄙。安得天威假庙谟，恢复两河端可竢。
> （《全宋诗》第 28 册，第 18240—18241 页）

南渡之初，南犯的金兵气势汹汹，南宋朝廷立足未稳，诗人借雹灾这种强大的自然力鼓倡"恢复"，在表达爱国思想方面颇有力度。总体看来，雹灾诗在表达悯灾恤患的主题时，也突出地表现了士人匡时济世的炽烈情怀。此外，张耒面对雹灾祈愿君子安康、抒发恬淡心志的主题也值得注意："草木伤摧亦可怜，造物凭陵竟何欲。阴阳错行成疫疠，君子慎疾防寒燠。荒凉穷巷幸无他，更劝高眠饱饘粥。"（《昨者》）

在艺术上，多首诗作以环境烘托写灾情、巧妙运用比兴手法（如吕本中的《阳山大雹》）都很有特色。苏籀的《次韵邓志宏三月辛卯大雨雹》写灾情造语精新、典重也颇为别致。而戴埴的《雹》则较多使用散文句式，以文为诗："京师连雨雹，小者如弹，大者如拳。林柯叶乱下，乌鸢折飞翮。屋瓦叒划遭击扑，居人颠沛，行道错愕。……尝闻圣人在上冬夏无愆伏，亭毒二气不相剥。

破块封条已无异，祉羽无劳验风角。今天子握极衡，运斗枢，景化豫顺群慝萧灼。"① 与其援灾议政的主题结合，颇似诗歌形式的灾异奏疏。

四　霜、蟹、海潮、虎、狼、狐灾和山崩诗

除了上文和前面各章反映的灾种外，宋诗写得较少的灾害题材也值得关注。

就农事及其收成而言，梅尧臣的《伤桑》是古代诗人较少写到的霜灾、桑灾："柔条初变绿，春野忽飞霜，田妇搔蓬首，冰蚕绝茧肠。"② 宋庠的《郡圃观稻》写到的蟹灾也很少为其他诗人关注："自应蝉鸣候，应无蟹啮灾。"③ 特别是部分反映滨海农田受灾情况的诗作更能说明宋诗的灾害关怀无处不在：

> 傍海千塍稻，由来稏稬蟠。异时更虐飓，中夕舞惊澜。竟使鱼鳖有，不堪蛙黾谨。嗟吾无急策，坐视汝凋残。（刘弇《莆田杂诗二十首》其一七，《全宋诗》第 18 册，第 12006 页）
>
> 良田水旱不妨耕，海际成田禾罕生。一夜潮来留剩水，民家辛苦望西成。（张侃《海际民田》，《全宋诗》第 59 册，第 37158 页）

二诗通过大海风浪、潮汐吞噬丰收在望的庄稼和大片农田，反映了滨海地区农事的艰辛和海洋灾害的残酷，表达了深切的悯农情怀，客观上也反映了宋代农业垦殖已达到天涯海角。

就人身安全而言，石介的《读诏书》（乙亥中作）写到今天基本已经消失的灾害——虎灾、狼灾：

---

① 《全宋诗》第 63 册，第 39390 页。
② 《全宋诗》第 5 册，第 2715 页。
③ 《全宋诗》第 4 册，第 2198 页。

关中有山生虎狼，虎狼性虣不可当。去岁食人十有一，无
辜被此恶物伤。守臣具事奏圣帝，圣帝读之恻上意。乃诏天下
捕虎狼，意欲斯民无枉死。吾君仁覆如天地，只知虎狼有牙
齿。害人不独在虎狼，臣请勿捕捕贪吏。（《全宋诗》第 5 册，
第 3404 页）

当时关中山区的虎、狼伤人之严重甚至惊动朝廷，以致皇帝诏令
"天下捕虎狼"。但是诗人别有心解，认为"捕贪吏"更为急迫，
是"苛政猛于虎"的另一个版本。诗意因此得到升华。文同的
《霹雳》则写到雷电灾害："君不见前时忽疑天地坼，万里一声晴
霹雳。彼某氏者尔何人，敢自欺诬被诛磔。子烂华容神火燎，父碎
梓潼灵礔劈。惟震与曜今晓然，谁对君亲肆奸逆。"[1] 诗里反映"六
月四日有父子被震者"（该诗题注），引"雷击不孝子"的说法宣
扬忠孝之道；虽然赋予灾害书写以明确的社会伦理意义，避免了单
纯记灾，但今天看来不免迂腐，带有头巾气。

写得更少而更有奇异色彩的是苏舜钦的《猎狐篇》，讲述一只
盘踞城隅的老狐狸作恶多端最终被猎杀的故事：

老狐宅城隅，涵养体丰大。不知窟穴处，草木但掩蔼。秋
食承露禾，夏饮灌园派。暮夜出旁舍，鸡畜遭横害。晚登埤堄
鸣，呼吸召百怪。或为婴儿啼，或变艳妇态。不知几十年，出
处颇安泰。古语比社鼠，盖亦有恃赖。邑中年少儿，耽猎若沉
瘵。远郊尽雉兔，近水歼鳞介。养犬号青鹢，逐兽驰不再。勇
闻此老狐，取必将自快。纵犬索幽邃，张人作疆界。兹时颇窘
急，迸出赤电骇。群小助呼噪，奔驰数颠沛。所向不能入，有
类狼失狈。钩牙咋巨颡，髓血相溃沫。喘叫遂死矣，争观若期

---

[1]　《全宋诗》第 8 册，第 5220 页。

会。何暇正首丘，腥臊满蓬艾。数穴相穿通，城堞几隳坏。久纵此凶妖，一旦果祸败。皮为榻上藉，肉作盘中脔。观此为之吟，书以为警戒。①

诗作通过记述老狐为害几十年，几至隳坏城堞的严重后果说明不能姑息养奸、除恶务尽的道理，赋予这个灭狐故事发人深省的社会和政治寓意，与石介捕虎狼的诗作类似，显著升华了主题。同时，诗作也颂扬了年青猎手勇斗妖狐、为民除害的胆识和智慧。

如果说以上灾害题材的诗作甚少，可能与这类灾害的发生频次较少密切相关，那么关于山崩的宋诗书写就是一则典型的反例。正史记载北宋的山崩仅有 6 次②，但影响较大的华州少华山崩塌事件却引起诗坛较多的关注。③ 邵雍接连作了两首《闻少华崩》，一为五古，一为七律。其中五古诗不但记录了严重的灾情："熙宁壬子岁，少华忽然崩。七社民俱死，九泉神不宁。"④ 而且特别借此抨击"燮理阴阳者"（即宰辅之臣）对此灾变无动于衷（"略不惊"）；其同题七律诗更是借此警示说如不理会天戒，灾变还会更大（"岂止轩腾少华山"）。相反，如改弦更张，倾听民意，尧舜时代都可以重现："刍荛一句能收采，尧舜之时自可攀。"⑤ 此事发生在熙宁五年（1072），正是朝廷推行变法之际，此诗可见作者反对变法的政治态度和立场。李廌（1059—1109）在事后多年作《少华山》诗仍然痛惜此事：

---

① 《苏舜钦集编年校注》，傅平骧，胡问陶校注，巴蜀书社 1991 年版，第 331—332 页。

② 石涛：《北宋时期自然灾害与政府管理体系研究》，社会科学文献出版社 2010 年版，第 79 页。

③ 关于少华山崩塌事件，《宋史·五行志》《续资治通鉴长编》均有记载，《宋史·吕大防传》载伤亡较大："华岳摧，自山属渭河，被害者众。"见《宋史》，卷三四〇，第 1084 页。

④ 《全宋诗》第 7 册，第 4696 页。

⑤ 同上书，第 4539 页。

　　昔年蛟龙忽变化，怒矗山巅压州境。山灵吐怪助豪强，地轴狂推如转梗。盘龙七社万户余，卵覆巢倾伸臂猛。近来又说神羊岭，六里横开罅如井。居民惴惴已忧疑，惟恐蛟龙怒还逞。勿令岸谷复颠移，鼓铸神功烦禹鼎。（《全宋诗》第20册，第13598页）

同时他还念及神羊岭的地裂缝给当地居民带来的恐惧形势，最后只好无奈地寄希望于朝廷的声威能够镇定"岸谷颠移"。李复的事后之作《观西华摧》描述他所见到的巨大自然变故，因此"岸谷"之变惊叹于天地、世事不息的沧桑变幻，抒发了对自然和历史的深沉感慨：

　　惟羡势雄尊，作镇屹西服。严威物所仰，宜滋万生福。胡不静归根，震荡屡翻覆。天地域中大，奔驰犹未足。世事百年间，反衍如转毂。开辟浩劫来，揽之不盈掬。纷纷祗如此，于予幸乞独。归来拂虚榻，孤坐但冥默。（《全宋诗》第19册，第12413页）

而在陈舜俞的《和刘道原骑牛歌》中少华山崩已成"沧海桑田"新的代名词："人生顾何常，古来海水生柔桑。少华一峰已为谷，白日西出明朝阳。"[①] 北宋诗歌关于山崩的书写情况大致说明，灾害的强度与频次一样会直接影响相关诗的写作。
　　以上考察表明，两宋的自然灾害多种多样，宋诗的灾害题材书写十分广泛，没有边界。这是宋诗题材进一步开拓、宋诗生活化的重要侧面。

---

　　① 《全宋诗》第8册，第4955页。

第九章　灾害赋

在中国文学的分体研究中，赋学长于题材内容的分类研究，不过迄今为止，古今赋学界还没有以"灾异""灾害"为题的整理和研究。① 那么这是否意味着历代赋坛缺少此类创作？答案显然是否定的。事实上，自赋体文学正式形成的西汉以来，就不断有各类自然灾害题材的赋作问世。据统计，自汉至唐的千余年间此类赋作尚存 40 余篇，两宋三百余年的留存也在 40 篇以上。可见赋史上灾害题材的创作实绩历来不菲，立类进行专门研究在赋学史上具有开创意义。本章拟在回溯赋史相关创作的基础上，侧重对宋代灾害题材赋作的内容、主题、特色和成就做具体深入的探讨。

两宋的灾害赋不但数量明显增多，而且涉及的灾害种类也较前代大增。与前代一样，宋赋写得最多的是我国历来最为常见的水旱灾害及其防治，其次要数高温酷暑，当然还涉及其他多种常见或少见的灾害。下文拟首先分类梳理各类灾害赋的大致情况，然后再进一步做综合研究。

一　水灾赋

在赋史上，汉魏之际的蔡邕、应玚、曹丕、曹植、缪袭等人的系列《霖雨赋》《愁霖赋》《喜霁赋》开启了赋体文学写洪涝灾害

---

① 参见踪凡《〈历代赋汇〉的汉赋编录与分类》，《天津社会科学》2004 年第 6 期。

的先河。与前代相比，两宋的水灾赋更加贴近生活，关注现实，和具体的灾害事件联系更加紧密，一些大的灾难事件进入辞赋，具有明显的纪实性。

北宋京城开封是一个水灾严重的城市，徐仲谋的《秋霖赋》反映皇祐中京城严重的内涝形势："连绵乎七月八月，潦浸乎大田小田。望晴霁而终朝礼佛，放朝参而隔夜传宣。泥途没于街心，不通车马；波浪平于桥面，难渡舟船。"① 连绵两月的雨水不但淹没广大的田园、阻碍了市区的交通，灾情严重到影响了朝廷正常的政务活动。刘攽（1023—1089）的《葺所居赋·并序》特别记述了水灾给民生带来的灾难，据赋序交代："治平三年秋，京师大雨，涌水出，民舍多垫坏者。"赋文铺叙出受灾的直接状况：

> 岁荒落之淫雨兮，涌虽出而为灾。汩波流之罔极兮，浩潺湲而无涯。栋梁圮而弗支兮，堂坛荡而为溪。何昔日之高明兮，今直委而淤泥。彼携持之与抱负兮，或耄耋之与孩婴。念独不保其闾庐兮，亦有朱户之亡其闬闳。将鬼瞰之使然兮，固天理平其不平也。愧予居之僻陋兮，岂择处而淹留。四邻耸而逋逃兮，恨众人之我尤。（《全宋文》第 68 册，第 233 页）

不但普通市民的房屋被淹没冲毁，就是大户人家宽敞高大的府第也被整栋整院地损毁。四邻八舍只好纷纷逃离家园。赋作进而以自己的房屋侥幸躲过水淹而宽慰自己安贫乐道。

堪称北宋水害之最的黄河水患也在宋赋中得到反映。熙宁十年（1077），黄河澶渊决堤，洪水泛滥至遥远的徐州。知州苏轼组织领导了一场惊心动魄的徐州抗洪保卫战。苏辙的《黄楼赋》长序记述了这次抗洪斗争的大致经过和苏轼指挥抗洪的功绩：

---

① 《全宋文》第 28 册，第 141 页。

熙宁十年秋七月乙丑，河决于澶渊，东流入钜野，北溢于济，南溢于泗。八月戊戌，水及彭城下。余兄子瞻适为彭城守，水未至，使民具畚锸，畜土石，积刍茭，完窒隙穴，以为水备，故水至而民不恐。自戊戌至九月戊申，水及城下者二丈八尺。塞东、西、北门，水皆自城际山，雨昼夜不止，子瞻衣制履屦，庐于城上。调急夫、发禁卒以从事，令民无得窃出避水，以身率之，与城存亡，故水大至而民不溃。方水之淫也，汗漫千余里，漂庐舍，败冢墓，老弱蔽川而下，壮者狂走，无所得食，槁死于丘陵林木之上。子瞻使习水者浮舟楫，载糇饵以济之，得脱者无数。水既涸，朝廷方塞澶渊，未暇及徐。子瞻曰："澶渊诚塞，徐则无害。塞不塞，天也，不可使徐人重被其患。"乃请增筑徐城。相水之冲，以木堤捍之，水虽复至，不能以病徐也。故水既去，而民益亲，于是即城之东门为大楼焉，垩以黄土，曰："土实胜水。"徐人相劝成之。（《全宋文》第 93 册，第 354 页）

洪退后，按照五行相生相克观念修建的黄楼，既是落实各项防洪措施的标志，也是徐州抗洪救灾取得胜利的纪念，远不可以文人雅士流连风月的风景名胜视之。故秦观（1049—1100）的同名赋作不但回溯了当日大河横决，军民精诚团结、救亡图存的峥嵘图景，而且特别弘扬了徐州抗洪居安思危、未雨绸缪的深谋远虑和忧患意识：

繄大河之初决兮，狂流漫而稽天。御扶摇以东下兮，纷万马而争前。象罔出而侮人兮，蟂蜃过而垂涎。微精诚之所贯兮，几孤墉之不全。偷朝夕以昧远兮，固前识之所羞。虑异日之或然兮，复压之以兹楼。（《全宋文》第 119 册，第 288 页）

二赋写苏轼与客友在凭赏黄楼一带瑰玮景象的同时，"弔古人之既逝，闵河决于畴昔"，抒发了对经历这场巨大灾变的深沉感慨。赋虽名为"黄楼"，实际上却记录了一段艰苦卓绝的抗洪斗争。

魏晋六朝以来的水灾赋已多有念及民瘼农事的。如晋潘尼的《苦雨赋》云："惧二源之并合，畏黔首之为鱼。"① 傅咸的《患雨赋》云："将收雷之要月，弃嘉谷于已成。"② 不过，此时这只是作为全赋一个小小的片段或片言只语，如陆云的《愁霖赋》是宋前赋坛表现忧民思想最多、最突出的，该赋言及农业灾害，序云："永宁三年夏六月，邺都大霖。旬有奇日，稼穑沈湮，生民愁瘁。"赋文亦云："遵渚回于凌河兮，黍稷仆于中田。匮多稼于亿廪兮，虚夙敬于祈年。……考伤怀于众苦兮，愁岂霖之足悲！"③ 然而，终是全赋的一小部分，还没有出现全篇集中表达忧民灾苦的赋作。相形之下，宋赋的忧民情怀表现得更加深切。张耒的《喜晴赋》云："顾大田之多荒，乃愀然而兴哀。聊雷霆之一嬉，遽下土而罹灾。诏龙螭使伏蟠，息愤怒之喧阗，曰予悔祸于斯人，劳苦雨师以一杯，惠我农师，岂不休哉。"④ 在哀叹雷雨成灾的同时，表现了为民请命的思想。特别是南宋洪咨夔的《闵氓赋》，题目就直接标明其哀怜灾民的主旨，通篇以骚体的形式倾诉洪灾中百姓悲惨的命运和作家对他们的深切同情：

> 嗟蚩蚩兮皇之氓，惟皇引逸兮民不自逸。厥生考室于山兮山啸而瀑，其降丘宅土兮上又垫而谷中田为庐，谓可高枕无虞兮，划吞啮为川渠。倚岸环竹以奠厥居兮，岸且善溃不可以久诸。死敛无衾生炀无灶，哭不成声兮仰天以晞。天荡荡兮何尤，阳侯不仁兮挟天虐氓而横流。卑畦席卷兮望已绝，潴洿圻兮高畴随裂。今夕之忧兮无以为归，明发之忧兮何以御饥？呜

---

① （清）严可均辑《全晋文》中，商务印书馆 1999 年版，第 998 页。
② （清）严可均辑《全晋文》上，商务印书馆 1999 年版，第 527 页。
③ （清）严可均辑《全晋文》中，商务印书馆 1999 年版，第 1058 页。
④ 《全宋文》第 127 册，第 232 页。

呼，茕茕之氓兮惟皇之依！（《全宋文》第306册，第168页）

赋中写受灾百姓山上的房屋遭遇瀑布般暴雨的洗刷，平陆谷田上的茅屋则被洪水吞噬为川渠，依傍河岸竹林的住宅又面临溃岸的威胁。他们在洪水毁坏家园以后，处于生无食、死无葬（"死敛无衾生炀无灶"）的境地。万般无奈之际，作家为民吁请皇帝的赈济——这大概是当时灾民唯一的依靠，可是还处于缺位的状态。全赋直面残酷的灾难情景，执着地聚焦于灾民悲惨绝伦的命运，表达了深沉的悲悯情怀，在宋代灾害赋中极为少见。

值得注意的是，宋赋还借用历史题材表达了对现实灾害的忧虑。北宋黄河屡塞屡决，重复汉代治河的困境。刘跂的《宣防宫赋》依据《汉书》的简略记载①，扩写了汉元封年间治河的一段史实，渲染汉武帝大肆庆功的情景，表达了河患难治、反对麻痹懈怠的防灾思想。赋作先写汉武帝"患去喜至""燕其群臣""顾盼意得"。而大臣东方朔应诏对策认为"未可谓无忧也"，让汉武帝感到失望。他从大禹治水来之不易的安澜局面，谈到群雄凭据黄河天险争霸的割据局面；从兴师动众、劳民伤财的防汛治河工程，谈到在堵决成功的背后潜藏的巨大隐忧："然而燕雀贺而人吊，枝叶茂而本拨。财乏力屈，河且再塞。"至此，人主应当闻者足戒，幡然醒悟，然而忠言逆耳，汉武帝继续陶醉在堵决的胜利之中，大兴宫室，纵乐游观："君王方且驻属车以流观，启离宫而落成，却四载之乘，劳负薪之臣。举烽赋酒，飞轮奉牲。戢长虑于一笑，起驾望而凭陵。神闲意定，澹然无营。"②赋末以"自塞宣房后，河复北决于馆陶"③的历史事实，印证东方朔的预言不幸言中："其后馆

---

① 《汉书》载："于是卒塞瓠子，筑宫其上，名曰宣防。"见（汉）班固《汉书》卷二九，中华书局1962年版，第1684页。

② 《全宋文》第123册，第178—179页。

③ （汉）班固：《汉书》卷二九，中华书局1962年版，第1686页。

陶之役，竟如东方大夫言。”① 其讽谏意义十分鲜明，令人深思。汉魏之际应玚的《灵河赋》曾赋及汉武帝黄河堵决这一重大历史事件：“肇乘高而迅逝兮，阳侯怖而振惊。有汉中叶，金堤隤而瓠子倾。兴万乘而亲务，董群后而来营。下淇园之丰篆，投玉璧而沈星。”② 但全赋旨在歌咏黄河的神奇壮伟，这一典故的运用属于点缀和映衬，没有治灾忧灾的含义，与《宣防宫赋》的意旨明显不同，后者无疑是北宋河患现实的投影。

此外，北宋狄遵度的《凿二江赋》缅怀历史上李冰治水的丰功伟绩，颂扬他为蜀人消除了“几年几世之积害”③，再现了疏凿江河的宏壮场景，激励当时官吏积极兴利除弊，为民谋利，与《宣防宫赋》正反异趣，体现了赋作反映治水事业的多面性。

二　旱灾赋

旱灾与酷暑不同，但又有密切的联系，有时会形成暑旱并行、更加严重的灾害性天气。如汉贾谊的《旱云赋》描写暑旱交加的情形：“隆盛暑而无聊兮，煎沙石而烂煟。……畎亩枯槁而失泽兮，壤石相聚而为害。”④ 魏曹植的《大暑赋》云：“遂乃温风赫戏，草木垂干，山溯海沸，沙融砾烂。”⑤ 晋夏侯湛的《大暑赋》云：“而乃土坟地坼，谷枯川竭，寒泉潜沸，冰井腾沫。”⑥ 后来北宋张耒的《暑雨赋》仍有暑旱并写的赋作：“方炎夏之隆赫兮，闵时泽之不濡。魃乘时而行虐兮，盗威烈乎旸乌。”⑦ 当然，二者在赋篇中往往有主有次，据此，相关赋作可以分别立类考察。

① 《全宋文》第123册，第179页。
② （清）严可均辑《全后汉文》，商务印书馆1999年版，第418页。
③ 《全宋文》第76册，第127页。
④ （清）严可均辑《全汉文》，商务印书馆1999年版，第152页。
⑤ （清）严可均辑《全三国文》，商务印书馆1999年版，第126页。
⑥ （清）严可均辑《全晋文》，商务印书馆1999年版，第713页。
⑦ 《全宋文》第127册，第217页。

　　唐田沈的《骄阳赋》云："旱如何其，农为是恤。"① 旱灾直接关乎农事和民生，关系封建国家的生计，备受封建统治者的重视，也很早就进入赋篇的书写。关于旱灾入赋的情况，赋史上最早有贾谊的《旱云赋》、东方朔的《旱颂》②、刘向的《请雨华山赋》以及亡佚的《杂山陵水泡云气雨旱赋十六篇》等篇目；并且据现存文献看来，这也是最早的灾害赋。后世赋家对旱灾的关注主要体现在"喜雨""贺雨"为题的赋篇里。如晋宋时候傅咸《喜雨赋》、傅亮《喜雨赋》，唐玄宗、张说、韩休、徐安贞、李宙、贾登君臣唱和的《喜雨赋》。宋代的旱灾赋创作也主要集中在王炎、王柏等人的4篇《喜雨赋》里。这些作品有旱情的描述、祈雨禳灾仪式的记述和喜降甘霖的讴歌。所谓"喜雨者，有志于民也"（《春秋谷梁传》）。这些赋作既反映对农事、民生的忧嗟，也不免充满着歌功颂德、歌咏升平的内容。此外，宋范纯仁的《喜雪赋》写时逢冬旱，他作为地方官奉诏展祀，进而喜降嘉雪。虽然此前有晋孙楚《雪赋》赋咏瑞雪解旱情："嗟亢阳之逾时兮，情反侧以寝兴。丰隆洒雪，交错翻纷。膏泽偃液，普润中田。肃肃三麦，实获丰年。"③ 但无论是从篇幅大小还是命题方式来看，范作有意仿作由来已久的《喜雨赋》写作模式而写救旱事迹的意图和创制都十分显。可以说为旱灾赋增添了新的种类。与前代相比，宋代的《喜雨赋》已由皇帝和内臣的祈雨转为地方官的祈雨活动，如王炎的《喜雨赋》赋咏淳熙三年（1176）"崇阳宰吴侯以诚祷雨遂优渥"之事，而王柏的《喜雨赋》、陈造的《听雨赋》几乎已不写得雨前的祷祠活动和人物，因此更少颂圣贡谀的御用文学色彩。

　　除此之外，唐宋时期歌咏救旱工具的咏物赋也值得注意。唐陈章（又作廷章）的《水轮赋》颂扬水轮对于农业灌溉的巨大贡献，宋范仲淹《水车赋》铺写水车的灌溉之利，颂扬它"自解成汤之

---

① 《全唐文》第10册，第9858页。

② 参姚军《〈旱云赋〉与〈旱颂〉关系臆测》，《陕西教育》（高教）2013年第10期。

③ （清）严可均辑《全晋文》，商务印书馆1999年版，第622页。

旱……亦救焚之功大"①。陈藻的《桔槔赋》咏写百姓运用桔槔艰
难救旱的情景："渔溪之民兮桔槔，一日不雨兮则劳。土既薄兮沙
石多，水钻钻以下筛。井凑凑而涌高，十日不雨兮因回。数而损
泉，巽之愈低，力其倍宣。昼虽给于西园，夕恐焦乎东田。"② 不
过，这类作品数量较少，还有个别堪称别调的旱灾赋数量更少。唐
田沈的《骄阳赋》敷述旱灾情状和各种弭灾救旱典故，南宋陈炳的
《望黄山词》以骚体的形式反映严重旱灾形势下民生凋敝的情景和
自己守土有责、忧旱盼雨的心情。这些作品的出现，反映了唐宋时
期灾害赋的题材内容得到不断拓展的形势。

更能反映灾害题材深度拓展的，是唐宋赋出现了赞颂兼济水旱
灾害的水利设施和水利工程的作品。唐吕令则《河堤赋》赞颂筑堤
"有备无患"："夫水可以为人之利，堤可以防水之溢。堤修则中国
无忧，水败则下人多恤。"③ 宋代吴儆的《良干堨赋》和晏袤的
《山河堰赋》赋咏徽州和关中兴复水利工程的情况。二赋序文交代
修筑起因分别云："未几堨以震圮，积五十年莫能复。复之，辄
震。"④ "夏潦暴涨，六堰尽决，田畴几荒，民用战栗。"⑤ 可见兴复
活动是救灾和防灾的结合。吴赋在序中交代起因之后，正文叙述了
修复过程及建成后发挥的灌溉功效，内容和笔法颇似当时的记体文
写水利建设的情况。晏赋正文残缺，内容、结构和写法大致相似。
这些赋作所写都是完全褪去了迷信色彩的现实救灾捍患行动。至此
可以说，赋体文学书写灾害题材已跨入诗文所擅的领域，赋体文学
的表达功能已得到充分发挥。

① 《全宋文》第 18 册，第 16 页。
② 《全宋文》第 287 册，第 89 页。
③ 《全唐文》第 10 册，第 9920 页。
④ 《全宋文》第 224 册，第 51 页。
⑤ 《全宋文》第 292 册，第 121 页。

三 酷暑赋

酷暑天气一般不会像洪水灾害那样带来严重的灾害事故，但它直接妨害人们的日常生活，使人们饱受高温热浪的煎熬，在古代的技术条件下人们尤其难以逃避它的笼罩。魏晋文人对此心意感通，互相促发，同题共作多篇《大暑赋》，今日尚存或全或残的篇目在7篇以上。唐代虽无"暑赋"为题的赋作传世，但有贾嵩的一篇《夏日可畏赋》铺叙暑热旱嫁的情形，写足了炎威的声势，结尾远引申发，隐写时政。两宋以"暑赋"为题的作品就有10篇，其他还有多篇含有病暑、却暑情节的赋作。比起魏晋赋更多地描绘暑热的自然外在形貌，宋赋的内心刻画和社会内涵大大增加。

魏晋暑赋都属于抒情小赋，通常先对暑热中的天地、动植物和自然万类作描摹刻画，进而再抒写人的暑热苦情，写出了社会各阶层不同的却暑情状。如刘桢《大暑赋》："披襟领而长啸，冀微风之来思。"[1] 夏侯湛《大暑赋》："沃新水以达夕，振轻箑以终日。"这是庶民大众共有的方式。此中，特别写到了勤劳的农夫、织女不得不停止劳作的情况："农畯捉镈而去畴，织女释杼而下机。"（刘桢《大暑赋》）"机女绝综，农夫释耘。"（曹植《大暑赋》）表达了对下层百姓的关怀。而对王公贵族消暑纳凉方式的书写既反映了强烈的避暑愿望，也表现了对帝后贵族生活方式的羡慕和向往，同时还带有风俗描写的色彩：

> 于是帝后顺时，幸九峻之阴冈，托甘泉之清野，御华殿于林光，潜广室之邃宇，激寒流于下堂。重屋百层，垂阴千庑。九闼洞开，周帷高举。坚冰常奠，寒馔代叙。（王粲《大暑赋》，《全后汉文》，第907页）

---

[1] （清）严可均辑《全后汉文》，商务印书馆1999年版，第662页。

于是大臣迁居宅幽，绥神育灵。云屋重构，闲房肃清。寒泉涌流，玄木奋荣。积素冰于幽馆，气飞结而为霜。奏白云于琴瑟，朔风感而增凉。（曹植《大暑赋》，《全三国文》，第126页）

相比之下，宋代的暑赋形式多样，既有骚体（如刘敞、欧阳修、张耒的《病暑赋》），又有文赋（如刘子翚《溽暑赋》、晁公遡《暑赋》），还有大赋（如崔敦礼《大暑赋》）。除了描述大暑的自然情状，宋赋侧重于对于清暑、却暑之方的探求，书写酷暑煎熬下各种解脱方式。这从周紫芝的《却暑赋》、李曾伯的《避暑赋》、李龏的《诮暑赋》等题目就可以清楚地看出来。与魏晋赋对社会多阶层的扫视不同，宋赋更多反映中下层文士的避暑生活，特别是写他们通过想象神游于清凉之乡或冰雪世界的精神解脱。如刘敞的《病暑赋》通过寻求泯灭物我的老庄虚无世界超脱现实的暑热世界："孰能违俗之昏昏，去物之汶汶，款大莫之所极，超无有而独存，亘万古而一息兮？吾请从其后云。"① 又如欧阳修的《病暑赋》赋云："吾将东走乎泰山兮，履崔嵬之高峰。荫白云之摇曳兮，听石溜之玲珑。松林仰不见白日，阴壑惨惨多悲风。……吾将西登乎昆仑兮，出于九州之外。览星辰之浮没，视日月之隐蔽。披阊阖之清风，饮黄流之巨派。……既欲泛乎南溟兮……又欲临乎北荒兮，飞雪层冰之所聚。"② 张耒的《暑雨赋》赋云："付六凿于浑沌，独天游而神悦。忽翛然而轻举，固已窥寒门而蹈冰雪。揽北斗而酌天酒，觐上帝于玄阙。"③ 周紫芝的《却暑赋》道破了这种游仙方式的写作动机："悠然遐想，戏作寒语，一笑为乐，以却烦暑。"④ 通过发挥主观精神的能动作用，以达到超脱暑患的目的。其实这是古

---

① 《全宋文》第59册，第4页。
② 《全宋文》第31册，第134页。
③ 《全宋文》第127册，第217页。
④ 《全宋文》第162册，第45页。

今人们在无奈之下共有的消暑心理疗法。

除了清凉世界的幻影外，宋赋的却暑之方还多灵丹妙药。例如，欧阳修的《病暑赋》引圣贤的处世风范作为睥睨炎酷的力量："知其无可奈何而安之兮，乃圣贤之高躅。惟冥心以息虑兮，庶可忘于烦酷。"① 晁公遡的《暑赋》通过贵族式的避暑方式与农夫、行役人、采桑女、戍卒、贫民等下层民众的暑热生活的对比，说明了"佚者不视劳，崇者不观库，终身戚戚，何时乐为"的道理，从而揭示了知足常乐的淡泊心志才是真正的解暑之道："自适其适，以休以息，其乐易给，故自居此室而暑不我疾也。且夫与客清谈相对，危坐隐几，吾心湛然，清若止水。"② 张耒《病暑赋》通过领悟阴阳循环的自然规律，预计严冬御寒以解暑害："阴阳循环，靡穷极兮。时至而变，有常则兮。融液金铁，烁山石兮。谨视其报，在朔易兮。玄阴大冬，冰雪积兮。无畏其机，备其极兮。补完裘褐，戒纺绩兮。保我岁寒，以终吉兮。"③ 刘子翚的《溽暑赋》以溽暑为"阴阳之争气"的自然之道类推治国之道："辅弼不争，为国者败。斯言虽小，可以喻大。"④ 从而达到"惟清论之慰沃，斯烦歊之可捐"，却暑之方十分高妙。

因此，尽管宋赋多"病暑赋"之类的题目，但每篇都发挥主观精神的超越能力，没有为眼前的暑热困苦所压倒，以豁达乐观的态度，表现出睿智健朗的思想境界，没有颓唐消沉的人生喟叹。江湖游士李龏（1194—?）的《消暑赋》在如焚如烹的酷暑条件下，没有为流离失所、贫病交加的生活所吓倒，抱着乐观坚韧的信念，讥消暑威必将散去："斗柄西指，凉风秋矣。火热斯极，金伏收矣。积阳上升，兹日瘳矣。火官之臣，行且休矣。"⑤ 表现了乐观顽强

---

① 《全宋文》第 31 册，第 134 页。
② 《全宋文》第 211 册，第 99 页。
③ 《全宋文》第 127 册，第 231 页。
④ 《全宋文》第 193 册，第 122 页。
⑤ 《全宋文》第 343 册，第 259 页。

的生活信念和精神风貌。而魏晋赋往往弥漫着愁闷无奈感伤的思想
情调。如繁钦的《暑赋》云："庶望秋节，慰我愁叹。"① 王粲的
《大暑赋》云："体烦茹以於悒，心愤闷而窘惶。"

宋代的酷暑赋还表达了丰富的社会内涵。首先，由酷暑煎熬感
悟、反思人生的磨难。刘敞《病暑赋》铺叙酷暑中人的情状，思索
造化自然对人的"陶冶镕烁"，感悟人由少变老的自然规律："少
者且壮而老矣，鲜者且花而槁矣。"张耒《病暑赋》在炎夏的仕途
奔波中发出了人不如鸟兽的感喟："嗟人胡独不能兮，无乃欲息而
被驱。"当然这类人生悲凉的体味在作品中都是局部细节，与全篇
达观的意旨并不矛盾。

其次，寒士的身世之感比较强烈。欧阳修《病暑赋》云："惟
衰病之不堪兮，譬燎枯而灼焦。矧空庐之湫卑兮，甚龟蜗之踽缩。
飞蚊幸余之露坐兮，壁蝎伺余之入屋。"② 周紫芝《却暑赋》通过
客人嘲笑他酷暑中想望寒冬，将其贫寒酸苦的牢骚发泄一通："夫
子之室，枵然中空，囊无败絮，衣衾不重。念鹑衣而莫得，况狐裘
之蒙茸。秋风飕飒，露泣草虫，稚子号寒，老妇改容，不于未寒而
求衣，乃反大言以自盲聋。"③ 李觏的《诮暑赋》则直书江湖诗人
酷暑下流落的处境："采苹老人，鬓已焦秃，旅寄中吴，假住地屋。
倚喘弗苏，百骸罹毒。朝面崇墙，炎晖炙目；夕坐短檐，返照烁
肉。南北无十弓之长，东西才两寻之广。旁之林薮，蔑有荫障。况
迫近于淤河，遂蒸熇而愈王。病妇释针而倦纫，稚女洗妆而退
帐。"④ 妇病、女幼与其老境催逼、流落不偶、酷暑炎蒸、居处逼
仄，无一不折射出作者苦灼的心事。

再次，暴露劳逸不均、贫贱悬殊的社会现实。晁公遡《暑赋》
分别写了七种不同身份的人物遇暑、避暑的情状，反映了严重的社

---

① （清）严可均辑《全后汉文》，商务印书馆1999年版，第941页。

② 《全宋文》第31册，第134页。

③ 《全宋文》第162册，第45页。

④ 《全宋文》第343册，第259页。

会不公的严重现实。如他写农夫："今夫大农之廛，栉比钩联，谷稚草壮，尽日出田，携畚荷锸，长后幼先，此人适逢线溜滥觞，如骥赴泉。"写贫民："绳枢之子，宅不盈亩，外逼阛阓，纵步无所行者。接武如穴，中鼠衔窭。龃龉偪仄，环堵中置。锜釜炀灶之烟，烦冤勃郁，冲牗袭户，此人困于烦嚣，不得动作，一见天宇，犹以为乐。"① 由于身处社会底层，生活极端困苦，其解暑乃至生活的愿望十分卑微，与富贵人家趋附"沈李寒冰""南皮之乐"的消暑生活形成鲜明的对照。由此，作品也表达了对穷苦人民的同情。相比之下，魏晋时期王粲的《大暑赋》、曹植的《大暑赋》均以歆羡态度书写帝后、贵族消暑逸乐的生活，并无抑郁不平的抱怨。

最后，批判暴政，呼唤仁政。崔敦礼（1139—1182）的《大暑赋》将残暴的统治比作"毒日作""祸日兴"，老百姓水深火热的生活就如同酷暑笼罩一般：

> 若乃渠魁元恶，肆厥暴怒，斮斩屠剔膏流节离之，毒日作而人不得全其形体。焚拆抵掎胁驱迫逐之，祸日兴而人不得集其族类。凡厥烝民，莫不沸涌灼烂，号呼惊蹈，无有救止，群望而赴愬。皇帝于是丕降霖雨，雷厉风行，天戈所麾，咸顺使令。旧染之俗，攸徂之民，徒奋袒呼，壶浆以迎。慰望云于大旱，释徯苏于群情，救之火穽，置之安平。清暑之道，不其大哉！（《全宋文》第 269 册，第 9 页）

相应地，此际人民如同"望云于大旱"一般，渴望皇恩浩荡，"丕降霖雨"。正反之间表达了伐暴救民的强烈愿望。无独有偶，李曾伯（1198—1268）的《避暑赋》以酷暑比拟残民以逞的酷吏和士人奔竞的权门，揭露封建统治者凶残、腐败的本质，呼唤济世利民

---

① 《全宋文》第 211 册，第 99 页。

的清明政治："于时云盖张空，日驭铄石，犹酷吏之堪畏，类权门之可炙……与其处唐帝之风殿兮，人间苦乎炎热，孰若罢汉文之露台兮，海内庶乎清净！……倘不思有司之酷于暑兮，毋乃使元元之不堪命。"①

总而言之，宋赋远绍魏晋传统，将酷暑类题材的创作大大地拓展和深化了。

四　雪灾、沙暴、飓风等灾害赋

以上三类灾害是宋赋和宋前赋坛写得最多的，在古代也最为常见。除此之外，宋赋还有少数篇章写到以前赋家没有或很少写过的灾害，这些灾害并非罕见。

钱惟演（977—1034）的《春雪赋》反映天圣元年（1023）春天一场反常的春雪寒冻给农耕、渔猎、行旅乃至花鸟带来的妨害。灾虽不大，但很能体现作者作为地方官体恤民瘼，"以民为心"的情怀。② 这是古来赋家少于写到的雪灾，对于以前的咏雪赋写作是一个重要突破。

梅尧臣的《风异赋》记述了康定元年（1040）三月发生在中原地区的一场严重的沙尘暴灾害。赋作先写其来势之迅猛浩大，次写其降临时"白昼如晦""扬沙走块""众心惊惶，广衢翳昧"的恐怖场面，再写次日所见的灾情："牛复马还绝衔鼻，草靡木折荚实坠，禽鸟堕死泥满喙，几案倾欹尘覆器。民庐毁坏，商车颠踬。"③ 此赋具有很强的纪实性，十分生动完整地描述了这次灾害发生、为害的全过程，在现存古文献中可能是对沙尘暴天气记述最

---

① 《全宋文》第339册，第5—6页。
② 《全宋文》第9册，第385页。
③ 梅尧臣著：《梅尧臣集编年校注》，朱东润校注，上海古籍出版社1980年版，第172—173页。

为详细的，对于"康定元年三月丙子，大风昼暝，经刻乃复"① 之类的史书记录，当属最好的注解，颇能充实史实。赋序和结尾对于当时朝廷"诏出郡县系狱死罪已下"的应灾方式提出了质疑："夫风者天地之气也，犹人之呼嘘喘吸，岂常哉。若应人事之变，则余不知。""言变咎则非愚者之能议。"体现了作者对传统的主流灾害思想——天人感应论的批判态度。

苏过的《飓风赋》当是他随父苏轼谪居海南期间的一次亲身经历。赋文以生动的文笔十分逼真地描述了这场发生在"仲秋之夕"历"三日而后息"的飓风灾害（台风）。从飓风过境的描述和过后的应对处理来看，这次飓风显然带来了财物乃至生命安全的较大损失："排户破牖，殒瓦擗屋。礧击巨石，揉拔乔木。""理草木之既偃，辑轩槛之已折。补茅屋之罅漏，塞墙垣之颓缺。"但赋作侧重书写了作者为此遭受的巨大恐惧：在来临之初他"敛衽变色"，在过境之时他"为之股栗毛耸，索气侧足。夜拊榻而九徙，昼命龟而三卜"。② 故而赋末试图以道家的相对主义观念看待、虚化这场巨大灾难的险境灾情，表现达观处世、处变不惊的人生态度。

以上三赋所述灾害为宋前赋坛罕见，具有鲜明的纪实性。类似的情况还表现在宋赋对疫病、蝗灾的关注上。

刘敞的《逐伯强文》记宝元二年（1039）淮南疾疫流行，作者致慨于天子仁圣、政治清明时代百姓反遭疾疫之苦的不公现实，哀怜百姓的不幸遭遇："我民不怡兮，既丧其盛。白黑眩瞀兮，孰訾其正。谓寿反夭兮，谓康反病。仁义无益兮，苟且为幸。"谴责为疫作害中国生民的疫疠之神伯强："天不可长罔兮，民不可久侵。天诛诚加兮靡所避，雷公驱兮风伯逝，嗟尔子强兮何所诣？"③ 并指引它去往侵扰边陲的南蛮西戎，用以毒攻毒、以病惩恶的方式"代天伐诛"，表达他对边事、国事的关切。文章虽以"文"名篇，

---

① 《宋史》，卷六七，第 1473 页。
② 《全宋文》第 144 册，第 130 页。
③ 《全宋文》第 59 册，第 30 页。

但通篇押韵，说理成分居多，多四字句，又间以七字句、八字句，属于骚体赋。

与为国驱疠不同，秦观的《遣疟鬼文》是驱逐缠绕一己之躯的疟鬼。作者以邗沟处士自托，赋文先述其遭遇疟疾的病苦：

> 邗沟处士秋得痎疟之疾，发以景中，起于毛端，伸欠乃作。其始也，凄风转雨，洒然薄人。其少进也，如冱窒阴崖，单衣犯雪，龟穷蠖屈，奄奄欲绝。寒威既替，热复大来。毕方媒毒，回禄嗣灾，躁外渴中，卧已复兴。欲挟斗杓，东适渤澥，酌以注嗌，未足为快。徂酉尽戌，渑然沾汗，然后乃已。（《全宋文》第 120 册，第 198 页）

继以问对的方式说明疟鬼作害的理由在于他放弃了求道致远的追求，任性而为，以致内外交困："荒唐是师，跅弛是友；果于自为，横心肆口；随世上下，金镕木揉。尝于禁戒，隳灭应手；交亲指议，传笑十九。"而他则以"久宦无成，家徒壁立"的贫寒遭遇为自己捐弃淑世之志随俗俯仰、与世浮沉做辩解。这反映了作者在仕途坎坷、世道混浊的情况下内心信念发生的动摇。不过念之作者行事，实乃正话反说，为愤激之语。全文记事、问对都有铺排逞辞的倾向，散语、韵文相间，以四字句为主，又句式参差多变，故可归入辞赋。这与后来南宋王之道的《遣疟鬼文》以大篇幅的散文记一家老小在甲寅（1134）至丙辰（1136）的三年间遭遇疟疾之毒的情况不同，尽管王文末尾系有送鬼之辞为韵文，但这属于古文常例，无妨于全文的散文性质。

南宋后期孙因的《蝗虫辞》是少见的一篇反映蝗灾的辞赋作品。全文以主客问答、人蝗问对的形式，反映了宁宗开禧三年（1207）的秋蝗灾害和孟冬官府组织农民"伐鼓举烽"的灭蝗活动。文章主体部分以寓言形式，借蝗虫之口指斥自三代以来"为害三千余年"的一切祸国殃民者为蝗虫，并且铺陈贪官、冗兵、吏胥、夷鬼等阶层人物形形色色的祸害行径，指斥他们"皆人其形而蝗其腹者"，认为他们比蝗害更为严重，流毒至深："况害稼者有时，害民者无期。害稼者遇官吏如鲁中牟则不入境，遇人主如唐太宗则不为灾，而彼害民者谁惮而不为邪？"① 全文 1500 余字，如同一篇讨伐古往今来的剥削者、害民者、误国者的檄文，明显借鉴了北宋王令的《梦蝗》诗的批判精神和艺术形式，而铺排更甚，篇制宏大，火药味更浓。

就内容而言，宋赋涵盖了汉魏六朝赋所及的全部灾害题材范围，同时还继承了唐赋在题材和写法上的一些开拓。唐代李观《苦雨赋》从天人感应论出发，以"今霖雨弥月，莫睹天符"② 为凭据，因灾议政，影射当朝无贤人。唐张鼎《御雹赋》以雹灾为例，直接议论灾政，强调灾害预防的重要性："夫伤谷者莫大于雹，御雹者其在乎冰……虽雹可以御，亦冰其是藏……若待反时之为灾，其何御之能得！"③ 宋人则继承唐人这种以赋写灾害政论的精神，在庆历二年的殿试中以"应天以实不以文"为题，让各地贡士就灾异直言时政阙失。作为同知礼院的考官，欧阳修也特地作《进拟御试应天以实不以文赋》，"引近事而为证""直言当今要务"④；"指陈当世阙失"，并得宋仁宗"赐勅书奖谕"⑤。除了欧阳修的赋作外，当场进士金君卿的《应天以实不以文赋》也保存至今。欧阳修赋序云："外议皆称，自来科场只是考试进士文辞，但取空言，无益时事。亦有人君能上思天戒，广求规谏以为试题者。此乃自有殿试以来，数百年间最美之事，独见于陛下。"这种作赋方式实质等同于历代臣僚因灾应诏上书，可见宋仁宗君臣开了以赋写灾异奏疏的先河，在灾害赋的种类上有创制的性质。

---

① 《全宋文》第 337 册，第 12 页。
② 《全唐文》第 10 册，第 9920 页。
③ 《全唐文》第 4 册，第 3697 页。
④ 《全宋文》第 31 册，第 344 页。
⑤ （宋）欧阳修：《文忠集》，附录《文忠集年谱》"庆历二年壬午公年三十六"条，库本。

此后两宋之际的周紫芝作有《造雹赋》，因微虫守宫造雹为灾的传说引发了对自然神怪现象的关注和思考："夫物之神怪，其类无穷，故龙嘘而为云，虎啸而生风……物苟为孽，初无小大，皆足以自神其智。"得出"万汇千品，而潜奸伏慝"的结论，表达他对奸邪阴恶人物和世道的批判。虽然引申离灾异现象本身已远，也可算是对唐赋《御雹赋》关注雹灾的响应。

冰雪严寒是与酷暑相对的一种灾害性天气。西晋傅玄的《大寒赋》、夏侯湛的《寒雪赋》就有其凛冽景象的吟咏："天地凛冽，庶极气否。严霜夜结，悲风昼起。""严气枯杀，玄泽闭凝。"① 唐赋继起深化了其思想内涵。赵自厉的《寒赋》泛写冰雪严寒中各色人的悲凉处境，特别落脚于寒士遭时不遇、流落栖迟的命运。唐末徐寅《寒赋》通过对比帝王之寒与农者之寒、战士之寒、儒者之寒的巨大差异，揭露了尖锐的社会矛盾，从而劝谏统治者体恤民情，实行宽政，"闵征战之劳，命偃乎兵革。念农耕之苦，命蠲乎徭役。知儒者之寒，命选於宗伯"。② 相比之下，宋代只保存了一篇崔敦礼的《苦寒赋》以续接前代，与宋代多有酷暑赋不同。崔赋既渲染了人们"苦寒之暴，畏寒之威"的一面，又写了御寒活动的欢乐和温馨的一面："张重幄，处温室，衣狐裘，坐熊席。盛兽炭之春红，酌羔羊之琼液，撷粉萼于新梅，鲙银丝于鲜鲫。侑以郢客阳春之曲，吹以邹谷变寒之律。"③ 看似矛盾，然而既可畏，又可御的特点启示人们看待自然灾害应具有客观理性和全面的态度。

宋赋在灾害题材的继承和开拓方面明显胜过前代，但也存在个别缺失。唐赋中周针的《羿射九日赋》、关图的《巨灵擘太华赋》、陈山甫的《禹凿龙门赋》、丘鸿渐的《愚公移山赋》运用神话传说、寓言故事，歌颂了后羿、巨灵神、大禹、愚公治理灾害的丰功伟绩和伟大人格，想象奇瑰，气势磅礴，文辞壮丽，抒写了唐人的

---

① （清）严可均辑《全晋文》，商务印书馆 1999 年版，第 456 页、第 713 页。
② 《全唐文》第 9 册，第 8749 页。
③ 《全宋文》第 269 册，第 10 页。

豪迈气概和浪漫情怀，谱写了赋史上具有时代意义的华彩乐章。尽管宋人写了许多有关灾害及其治理的现实、历史题材，但他们在这一子类题材上却留下了空白。

不过除此之外，宋赋继承和涵盖了此前赋史上各种灾害题材的创作，并且增加了沙尘暴、飓风、雪灾等新型灾害赋作，增加了汉武帝治河等历史题材，开创了灾异奏议赋体，骚赋、大赋、小赋、骈赋、律赋、文赋等赋体类型都有采用。并且，就内容来看，其现实感、纪实性明显增强，明显增加了对具体灾害事件特别是一些重大灾害事件的关注，题材内容有明显的拓展、深化。因此，就灾害题材内容所涉及的广度和深度来看，"赋之为用，宋人实超过前人"的论断①，也是能够成立的。

五　总体特点及思想价值

综上所述，宋代灾害赋较前代不仅题材拓展、体式增多，而且思想内涵也更加丰富厚重，明显改变了魏晋六朝灾害赋内容单薄、质实的面貌，明显摆脱了六朝赋"有辞无情"②或有辞无意的缺点。

首先，宋代灾害赋的书写刻画更加生动翔实，有的作品篇制宏大，作品中的场景、人物和抒情主人公的社会身份愈加清晰。不少赋作都直接反映了具体的灾害事件，苏辙和秦观的《黄楼赋》、梅尧臣的《风异赋》、吴儆的《良干塌赋》等赋作还反映了当时重大的灾害和救灾、治灾事件。就其记载的详细程度来看，远非正史等史籍可比。如关于熙宁十年黄河澶州决堤泛滥徐州的情况，《宋史·河渠志》只有寥寥数语的记载："凡灌郡县四十五，而濮、齐、郓、徐尤甚，坏田逾三十万顷。"③《续资治通鉴长编》相关记

---

① 曾枣庄：《论宋代辞赋》，《清华大学学报》（哲学社会科学版）2003 年第 5 期。
② （明）吴讷：《文章辨体序说》，人民文学出版社 1962 年版，第 22 页。
③ 《宋史》，卷九二，第 2284 页。

事亦然。而苏辙的《黄楼赋》仅赋序就有近四百字的生动记述，有的学者还据此证明《宋史·神宗纪》对此事的时间记载"不够准确"①。其补史、存史之用由此可见一斑。

还可注意的是，同类题材的创作也得到深度拓展。如水灾赋，不仅有主要反映灾情灾况的赋作，而且还出现了进一步反映抗洪救灾、兴修水利乃至吟咏防洪抗旱工具的作品；有关水灾的历史题材也在赋作得到表现。可见，赋体文学反映现实、干预生活的功能得到加强。

其次，宋代灾害赋不满足于单纯叙述灾害事件，总是要透过事件表面，发掘其深层的意义内涵，提炼出鲜明的思想主题。因此，许多赋作都会据事阐发、引申出一番"要言妙道"。

刘攽的《葺所居赋》发端于"治平三年秋，京师大雨，涌水出，民舍多垫坏者，予所居独完整无恙"（赋序）。正文侧重据朱门大户在这次暴雨灾害中也不能保其阖庐闬闳而展开议论，认为这是"天理平其不平"，抒发对世道贤愚不分、贫富悬殊的郁闷，从而坚定自己无厌僻陋之居、"用拙而自如"的处世之道。苏过的《飓风赋》虽然花费大量笔墨书写自己所经历的一场大风暴，但重心还是转向了如何平息内心因此而生的恐惧，如何在小大、夷险、忧喜的倏忽变幻中处变不惊。有些赋作因此而远离了发端所在的灾异事迹本身。如秦观的《浮山堰赋》敷述历史上人为原因造成的淮河特大水灾，其主旨不在于反映如何救灾除患，而在于评议事故原委："背自然以司凿兮，固神禹之所恶。世苟近以昧远兮，或不改其此度。螳蜋怒臂以当车兮，精卫衔石而填海。懵梁人之不思兮，卒取非于异代。岂方迫于寻引兮，不遑议夫无穷。将奸臣取容以幸入兮，公相援而欺蒙。"②揭橥自然规律不可能违抗的道理，指斥梁武帝等人的愚昧迷信，揭露急功近利、奸臣取幸等社会政治现

---

① 程章灿：《唐宋元石刻中的赋》，《文献》1999 年第 4 期。
② 《全宋文》第 119 册，第 286 页。

象。孙因的《蝗虫辞》更是剑走偏锋，据眼前的蝗灾引申发挥，批评古往今来的祸国殃民者，除序文外，正文已无一语言及蝗灾本身。

可见，这些赋作多不以灾害纪事为中心，而转以议理为中心，灾况和救治的叙述反不如说理重要。由此，赋作的思想性明显增强，呈现出浓郁的理趣。故而宋人有谓："本朝以词赋取士，虽曰雕虫篆刻，而赋有极工者，往往寓意深远，遣词超诣，其得人亦多矣。自废诗赋以后，无复有高妙之作。"① 当然，宋赋立意深远的特点不局限于灾害题材而带普遍性。

魏晋以来，在抒情小赋发达的过程中，写水旱、暑热的系列灾害赋作在工致体物的同时，政治色彩变得相当淡薄。此前贾谊《旱云赋》、蔡邕《述行赋》中那种强烈的现实政治关怀淡漠了。唐玄宗君臣围绕亢旱、喜雨的唱和，虽然免不了歌功颂德、赞颂升平的窠臼，但也鲜明地表现了对国运民生的关怀。同时，唐宋科场应试的律赋也系紧了与政治的关系。在这种背景下，作为士大夫政治主体的宋代文人在灾害赋中表现出强烈的忧国忧民情怀和政治批判意识，赋体文学的讽谏功能得到一定的发挥。欧阳修所谓"盖赋者，古人规谏之文"（《进拟御试应天以实不以文赋》）的观点代表着许多文人的看法。梅尧臣的《风异赋》对于朝廷采用恤囚方式以应对沙尘暴明确表示质疑和不满。秦观作于熙宁二年（1069）的《浮山堰赋》以梁武帝听信"降虏之诡计"、逆流拦截淮河而最终招致"堰坏淹死者数十万人"的特大水灾，影射当时招致强烈反对的王安石变法："世苟近以昧远兮，或不改其此度。……将奸臣取容以幸入兮，公相援而欺蒙。"

如果说这种批判方式还嫌直切的话，委婉致讽的政见表达也在宋人灾害赋中得到很好的体现。刘子翚的《溽暑赋》以溽暑的生成缘故作譬，以小喻大，揭示"辅弼不争，为国者败"的道理，批评

---

① （宋）沈作喆：《寓简》，中华书局1985年版，附录，第33页。

朝政中宰辅的渎职、懈怠行为。崔敦礼的《大暑赋》在铺叙出酷暑煊赫之势以后，力举"声音之至清、宫室之至清、饮食之至清、游乐之至清、山林之至清"的清暑之方，最后再提出其最理想的清暑之方：

> 今圣天子在上，洒扫宇宙，清宁乾坤，仁风惠气，劚刷上下。无严威虐焰之刑以烁民之肌肤，故其民瀳然休然，相安以生；无星火疾驰之令以惊民之耳目，故其民萧然怡然，相嬉以宁；无竭源涸泽焦熬峻急之征，故其民得以润泽其家室；无蹈汤赴火汗肌浃肤之役，故其民皆得逍遥于田里。恩同祥风翔，德与和气游。蒸而为清氛，疏而为泠风。垂髫戴白，无小大，无远近，萧萧乎如游清凉之境、太清之世，不知暑之为暑也。（《全宋文》第 269 册，第 9 页）

只有天子的"仁风惠气"才能使天下百姓"不知暑之为暑"，即使置身酷暑也能感受习习清风。可见，统治者的"严威虐焰之刑""星火疾驰之令""焦熬峻急之征""蹈汤赴火汗肌浃肤之役"皆胜过酷烈之暑，正所谓"苛政猛于虎"。在对比中，崔赋表达了天下百姓的仁政理想，进而对暴政也进行了揭露和抨击。

在表达政治讽喻方面，其实唐人已为宋人导夫先路。晚唐贾嵩的《夏日可畏赋》以畏日酷暑托喻，呼唤赫赫的君威和严明的纲纪："猛以济威，刚以驭下。牧於外而寇乱咸戢，升于朝而谄谀斯寡。如夏日之赫焉，孰云不足畏也。"[1] 正是中晚唐政局内有宦官专权，外有藩镇割据的艺术折射。周针的《羿射九日赋》赋咏后羿射灭九个邪日的神话故事，歌颂尧的君德圣大、羿的射技高强："九矢皆中，讶妖氛之忽无；一曜高悬，望邪明而何有？……混烛灭而平权衡，暑运正而分刻漏……设使尧德不圣，羿技不臧，则苍

---

[1] 《全唐文》第 8 册，第 7923 页。

苍茫茫，终乱纪纲。又安得廓六合，定三光？故曰：天无二日，民无二王。"① 其实也是在以影射当时军阀强人纷纷僭号称王的乱局，表达反对分裂割据，维护封建统一的愿望。由此可见，灾害赋的讽喻教化在唐宋时期逐步得到了很好的发挥。

上文的诸多论述表明，宋代灾害赋在记事、议理、抒情之间无疑体现一定的思想价值。如防备灾难的忧患意识、关切百姓命运的忧民情怀、鞭挞暴政的批判精神、呼唤仁政的理想追求、守职尽责的忠义精神等。其中，应对灾害的达观态度和超脱精神既表现突出又具有时代特色，值得特别注意。

苏轼的《秋阳赋》以贫寒农家遭遇夏潦之灾的极端困苦经历，让生于华屋的贵公子真正感受到久雨放晴的秋阳之乐，形象地说明应该看淡人生苦乐、傲睨忧患的道理。上述多篇酷暑赋通过思想观念的一次次升华挣脱了一场又一场酷暑的煎熬。因此，苏辙《黄楼赋》中的思想主题可以说代表了宋人对于遭遇灾害所持的辩证、通达的观点："今夫安于乐者，不知乐之为乐也，必涉于害者而后知之。"② 因此，面对飘忽如梦的短暂人生和洪水压城的灭顶之灾——"吊古人之既逝，闵河决于畴昔"，他就能够"知变化之无在，付杯酒以终日"，做到遗弃忧患，超然自得，不为是否侥幸得脱于洪灾而忧戚、感叹。

此外，宋代灾害赋中朴素的科学理性精神也值得注意。除上文论及梅尧臣的《风异赋》、崔敦礼的《苦寒赋》外，当时其他文人的赋作中已有类似思想。如刘敞的《罪岁赋》面对"岁星至之日"天灾人祸层出不穷的事实对"岁星所在，五谷逢昌"的说法③明确提出了怀疑：

　　昔余受命於圣哲兮，谓天道其不吾欺。何重华之莫予谅

---

① 《全唐文》第10册，第9904页。
② 《全宋文》第93册，第354页。
③ （汉）司马迁：《史记》卷二七，《天官书》，中华书局1957年版，第1342页。

兮，忽乎使予以交疑。……水与旱以并爽兮，中与外而交悴。天苍苍其不言兮，吾谁与鉴夫赏罚。(《全宋文》第 59 册，第 3 页)

表达了对占星术、天数论等传统观念的否定，并对天道不公表示了愤懑和抗议。由此可见，宋赋歌颂帝王禳灾的作品和内容与前代相比明显减少不是偶然的。

六　表现手法与艺术特色

文学史上，虽然反映灾害的赋作数量远远不能与诗文相比，但辞赋处理灾害题材有其自身的特点和优长。宋灾害赋不仅体式较前代更加完备，而且在运用赋体的基本写法方面也有其自身特色。

《文心雕龙·诠赋》云："赋者，铺也；铺采摛文，体物写志也。"[①] 可见铺叙为赋体文学的基本表现手法。刘熙载《艺概·赋概》更指出了在这方面赋比诗具有的优势："赋起于情事杂沓，诗不能驭，故为赋以铺陈之，斯与千态万状，层见叠出者，吐无不畅，畅无或竭。"[②] 从灾害赋的写作进程看，由汉至宋总体上篇幅越来越长，在两宋出现了一些长篇大赋。如崔敦礼《大暑赋》全文3000 余字，单描写刻画暑热状况就有 1000 余字。体制和篇幅的扩大最明显的效用反映在灾情描述和除灾后喜悦的抒写更加充分、细致，书写角度和方位更加多样，体物更加工细。

梅尧臣的《风异赋》按事件发生的先后顺序对那场沙尘暴从头到尾进行了生动如实的描写刻画，使得它成为现存文献中记录此灾最为详细的历史文本。陈造的《听雨赋》畅叙旱后得雨之欢欣，状雨貌，忆旱情，颂润泽更生之功，想丰收在望之乐，述里咏途歌之

---

① 《文心雕龙注》(上册)，《范文澜全集》(第五卷)，河北教育出版社 2002 年版，第 118 页。

② (清) 刘熙载：《艺概》卷三，上海古籍出版社 1978 年版，第 86 页。

喜，展示了赋体铺叙展衍之能事，读来沁人心脾。孙因的《蝗虫辞》借鉴学习王令《梦蝗》诗的寓言手法，其铺排之甚远非王诗可比：出入古今，人蝗兼写，形形色色的误国害民者的斑斑事迹得到淋漓尽致的揭露；纵横捭阖，气势充沛，批判更有力度。

在赋作铺叙展衍的过程中，赋家的写景状物之功、飞驰想象之笔自然会得到充分展露。苏过的《飓风赋》能"早行于世"①，为他带来早年的文学声誉，一方面固然与他早年独特的人生经历有关，另一方面当更与此赋铺写刻画飓风生动逼真密切相关，至于赋末归结于道家思想，小大一体，夷险同观，则宋代文人多已熟稔，不足为奇。

同时，铺叙也并非简单排比罗列。它的对比之效，使晁公遡的《暑赋》在各色避暑方式的比较中展示了社会各阶层的反差对立。它的递进关系与衬托作用，使崔敦礼《大暑赋》层层深入，最终烘云托月般地凸显了仁风惠政的主题。此外，铺叙也为夸饰和辞采提供了用武之地。

主客问答，通常被认为是赋特有的结构形式，在汉赋中广泛运用。可是自魏晋以迄唐五代的灾害赋中却很难见到它。到了宋代情况很不相同，灾异赋就有 13 篇采用了这种形式。一方面，这与文赋的兴起干系甚大，主要出现在文赋里；另一方面则与宋赋主议论密切相关，这取决于它在赋中的作用。

《文心雕龙·诠赋》所谓"述客主以首引"②，即以客主对话开篇或为序，交代正文内容的背景。如苏过的《飓风赋》、孙因的《蝗虫辞》皆为此例。不过更多的时候主客问答的内容贯穿全篇，发挥结构全篇的功能，如苏轼《秋阳赋》、苏辙《黄楼赋》、刘跂《宣防宫赋》、刘子翚《溽暑赋》、晁公遡《暑赋》、崔敦礼《大暑

---

① （宋）晁说之：《宋故通直郎眉山苏叔党墓志铭》，《全宋文》第 130 册，第 340 页。

② 《文心雕龙注》（上册），《范文澜全集》（第五卷），河北教育出版社 2002 年版，第 119 页。

赋》等莫不如此。这些赋作问答的设置，主要在于推动说理，通过主客双方不同观点的辩驳（大赋有多个回合），最后伸主抑客，达成高明的见解，曲终奏雅，显示了对汉大赋传统的继承一面，同时它又很契合宋赋主议论的表达需要，故多有采用。此外，苏过《飓风赋》、吴儆《良干竭赋》、王柏《喜雨赋》等作品中的问答则服从于叙事的需要，构成叙事的重要环节，显示了与古文趋同的迹象，这是以文为赋的革新一面，颇具时代特色。

赋要"体物写志"，并早已形成讽喻传统。宋代文人普遍具有参政热情，怀抱淑世理想，因此在灾害赋中他们较多地运用了比兴、双关等艺术手法，含蓄地议政，委曲地讽谏，从而丰富了赋作的思想艺术内涵。大致说来暑、旱、涝、虫害被他们用来比作社会恶势力，而霖雨、水车、桔槔等救灾工具设施则被歌颂为贤良人物、匡济功德。

范仲淹的《水车赋》讴歌通灌溉之利的水车，谓其"自解成汤之旱""高宗之世，亦命为霖"，而这又关涉经典《尚书·商书·说命上》里的名言："若岁大旱，用汝作霖雨。"语意双关地表达其救旱、慕贤、用贤之心。梅尧臣的《雨赋》以春雨润泽万物与随波逐流、"积而成潦"，影写君臣的贤明、昏奸，活画出君臣们的各色情态，表达了他的政治关切："春雨之至兮，风呵而云导，在上为膏，在途为淖，被末渐本，润万物者欤。施及天下，不收报者欤。入波而随流，因积而成潦，专好而失道者欤。坏瓦漏屋，蒸菌出木，过而为酷者欤。朝使人愁，夜使鬼哭，迷而不知复者欤。"

晁公遡的《暑赋》以中暑的情状揶揄趋炎附势的士风："而当世之士，恶寒附炎，焦烂不止，弗内省于厥躬，徒归咎于一气，亦甚矣。"具有幽默的讽刺效果。崔敦礼的《大暑赋》则以酷暑的笼罩比喻老百姓遭受苛政的统治，把残暴的统治者拟作"毒日""祸日"，"仁风惠气"就成了想望中的君恩仁政。孙因的《蝗虫辞》则通过蝗灾来写古今"害民者"。可见宋赋继承了古代诗文的讽刺、比兴艺术，同时这也是直接借鉴了唐代灾害赋的写法。如周针

《羿射九日赋》歌颂后羿射日，直揭"天无二日，民无二王"的主旨，反对封建割据，拥护衰落的皇权。陈章《水轮赋》颂扬水轮对于农业灌溉的巨大贡献，歌咏其勤劳忠诚、扬清激浊、吐故纳新的品格，托物寓怀，言近旨远。

宋代灾害赋还善于学习借鉴屈赋驰骋想象、神游八极的特点，驱遣神仙鬼怪，或兴灾作恶，或消灾除患创造出光怪陆离的灾异景象和奇幻瑰丽的理想世界。这在崔敦礼的鸿篇巨制《大暑赋》中有突出的表现。如开篇写"隆暑之歊戯"：

> 且夫勾芒既往，祝融乃来，紫纛丹幢，左右从陪，炎官热属，前导后随。朱冠缇颜，嘘呵火维。煽以烈焰，奋以毒威。御烛龙以长驱兮，驾火轮而飞驰。前执衡使举麾兮，丽朱鸟而承旗。环天地以为炉兮，播造化于冶中。……西域消长积之雪，北极无不释之冰。乘清风而游广寒兮，广寒燠其增烦；排阊阖而入凌兢兮，凌兢翕焉如蒸。天丁退听以屏息兮，旱魃健行而肆志。飞廉嘘以喘息兮，吁号渴而欲毙。丰山之神人心郁乎清泠之宫，姑射之仙子汗浃乎冰雪之体。噫！神焦与鬼烂兮，彼将焉其逃避。若乃层潭之府，极深之渊，毒阳激烁，阴火潜然，熺炭重燔，吹炯九泉，与日喷薄，流耀扬焆。朱焰绿烟，要眇婵娟。河汉沸兮若煮，川渎涌兮如汤。螭龙喘以鳞折兮，鲲鲵躁而甲张。长鲸嘛鳃以吐沫，巨鳌暴骼而且僵。

接着又接连写了五种清暑之方，其中前四者均写清凉的飘逸境界，如第一种清暑之方云：

> 大冥之墟，孤桐生焉。下瞰冰渊之湄，上直寒涯之巅。左当风谷，右临云溪。遡九秋之惊飚，洞三冬之寒威。零雪积其根，霏霜封其枝。神泉漱其浒，清露润其皮。此盖木之清泠而寒洁者也。于是翦寒柯，剖孤茎，匠石运斤，师襄均声。寒水

之玉以为徽，冰蚕之丝以为弦。水精之珥以为䍪，精冰之金以为悬。尔乃歌南风之古曲，奏绿水之清音。迸流泉之幽韵，动积雪之悲吟。弄羽则红云含霜，叩商则烈日成霖。跃流鱼于澄渊，舞鸑鷟于庭阴。此声音之至清也，可以清暑乎？①

崔赋如此笔力，当推古今"暑赋第一"。张嵲的《憎雨赋》指斥云霓群阴遮蔽天穹，以屈原的求索精神寄托其恢复朗朗乾坤的强烈愿望，特别富有战斗精神和理想色彩：

> 苟大钧之若是兮，吾将排阊阖而问之。建列宿以为旌兮，召丰隆以为御。令祝融使先驱兮，历元冥而问故。命蓐收司刑兮，皋陶为理。囚屏翳于雷渊兮，制飞电而诛虹蜺。闻羲御之将驾兮，吾将怀椒糈而要之。皇天反其明兮，后土无所污。望舒承夜兮，昏与明其代序。（《全宋文》第186册，第290页）

其中，驱使神话、历史、传说人物，想象大胆，富有神奇的浪漫色彩，模仿《离骚》之迹甚明。这种象征化的消灾除难表达，艺术色彩鲜明，与那些现实主义的灾异赋情趣迥然不同。此外，不少对话情景，虚拟人物，冠以雅号，问对清雅，亦真亦幻，也颇具浪漫精神。如苏轼《秋阳赋》虚拟的贵公子："越王之孙，有贤公子，宅于不土之里，而咏无言之诗。"崔敦礼《苦寒赋》虚拟的情景："有广寒先生问于清虚子……"诸如此类的情节，来源于生活，又具虚幻色彩，引人遐思，情趣高雅。

---

① 《全宋文》第269册，第5—6页。

第十章　宋词的灾害书写

在宋代诗文乃至辞赋里，自然灾害都成为文学表现的一类重要题材，那么，作为"一代之文学"的宋词有没有此类写作呢？在人们的心目中，唐宋词具有"以富为美""以艳为美"的特质①，似乎与反映灾害异趣，可是如果我们不把灾害书写局限于严重的灾情描述、灾难书写，那么宋词有关灾害的内容还为数不少，并且不乏全篇主题、命意都在于此的作品。这对于题材相对狭窄的宋词来说，不论是对于加强其题材内容本身的研究，还是据此审视词体特点和词史演变，无疑都具有独特的意义和价值。纵观两宋词坛，关涉自然灾害的内容和篇目从无到有，由少到多，初步的统计显示有100多处（篇），大致可以分为两大类型，即整篇围绕灾害救治的主题写作和局部的灾害意象的运用。本章拟先分别探讨二者的基本情况，然后在此基础上探讨其价值、特点和成因。

一　涉灾主题

在《全宋词》中，整篇以现实灾害事件及其救治过程为表现主题的词作计有 20 余首，主要涉及水旱灾害。其中较早出现也堪称典型的灾害词作是释净端（1030—1103）②的《苏幕遮》：

---

① 参见杨海明《唐宋词美学》，江苏教育出版社 1998 年版，第 354 页。
② 释净端生卒年，见高慎涛《宋代僧词作者考略》，《宁夏社会科学》2007 年第 6 期。

遇荒年，每常见。就中今年，洪水皆淹遍。父母分离无可恋。幸望豪民，救取庄家汉。　最堪伤，何忍见。古寺禅林，翻作悲田院。日夜烧香频□□，祷告皇天，救护开方便。（《全宋词》第 2 册，第 821 页）

词里直接描述了一场特大洪水淹没了广大地区的田园和房舍，流离失所、骨肉分离的农民本指望"豪民"富室的救助，结果却不得不投靠不堪救济重任的佛寺过活；身为佛徒的词人只好无奈地"祷告皇天"，祈求上苍的"救护"。此词不但反映了洪灾给"庄稼汉"带来的深重灾难，同时也反映了寺庙因此而遭受的困苦，暴露了官府救援失位的真相和灾害发生时冷酷的世情，具有丰富的社会内涵和深刻的思想意义。

不过，此种风范的灾害词作却属于凤毛麟角，词人们的灾害书写一般不以社会灾苦为中心，而侧重于表现干旱、暑热消退后的欢欣和喜悦。因而宋词中灾害题材的写作以喜雨词数量最多。在这方面苏轼作有《浣溪沙·徐门石潭谢雨道上作五首》，反映他知徐州时为旱求雨"应验"之后去谢神的欢乐心情。由于作者在喜雨的心情下着力描写农村风光、抒发乐政亲民之怀，尽管词中也透露了旱灾的遗患①，但通常这组词被当作农村词。如果说苏轼词的主旨还不在于灾害，那么后来多位词人的喜雨之作则确实以旱灾及其缓解、救治为主要内容。如李之仪（1048—?）的《浣溪沙·和人喜雨》：

龟坼沟塍草压堤。三农终日望云霓。一番甘雨报佳时。
闻道醉乡新占断，更开诗社互排蠡。此时空恨隔云泥。（《全宋词》第 1 册，第 452 页）

---

① 如苏轼《浣溪沙·徐门石潭谢雨道上作五首》其三写旱灾导致农家青黄不接的境况："垂白杖藜抬醉眼，捋青捣䴬软饥肠。问言豆叶几时黄。"《全宋词》第 1 册，第 407 页。

写旱灾"龟坼沟塍",农家渴望雨水;"甘雨"应时而降,文友们集社欢贺,纵酒吟诗,让身在异地的词人闻讯羡慕、抱憾不已。词题标示为和作,显示此类创作的普遍性。比较而言,陈克(1081—?)的《虞美人·张宰祈雨有感》善于多角度抒写大旱逢甘霖的欢乐:

> 踏车不用青裙女。日夜歌声苦。风流墨绶强跻攀。唤起潜蛟飞舞、破天悭。 公庭休更重门掩。细听催诗点。一尊已咏北窗风。卧看雪儿纤手、剥莲蓬。(《全宋词》第2册,第1071页)

先写村姑村妇不用再终日辛苦车水救旱,继写官府的文人听雨赋诗,再写歌女伸手剥莲蓬。从底层民众咏及官僚文人、市井细民,富有浓郁的生活情趣。

然而,更多的喜雨词却不是这样出于抒情言怀,它们往往带有歌功颂德的目的。这类词作中几乎没有对于自然灾害的直接描写,而是更多地称颂对方"缓解灾情"的功绩。如南宋瞿翁的《满江红·孟史君祷而得雨》歌颂孟知州精诚祷雨并"得雨",从而缓解旱情、丰收在望的功劳:

> 祷雨文昌,只全靠、心香一瓣。才信宿,沛然膏泽,来从方寸。早稻含风香旖旎,晚秧饱水青葱蒨。问螺江、恰见线来流,今平岸。 君作事,看天面。天有眼,从君愿。信瑞莲芝草,几曾虚献。此雨千金无买处,丰年饱吃君侯饭。管酿成、春酒上公堂,人人献。①

----

① 朱德才主编:《增订注释全宋词》,第四卷,文化艺术出版社1997年版,第271页。

虽然岁旱祷雨在当时是一种普遍观念和惯例，此词也抒写了时雨润泽庄稼、涨满河流的喜人景象，但全词仍多华而不实的祥瑞内容。更有一些词作将祝寿和贺雨结合起来，其谀颂色彩更加明显。姚述尧的《减字木兰花·厉万顷生日，时久旱得雨》便是这样的作品：

> 飞龙利见。前夜君王方锡宴。今日相逢。却向南阳起卧龙。　　果为霖雨。洗尽苍生炎夏苦。喜气匆匆。好向尊前醉晚风。（《全宋词》第 3 册，第 2015 页）

因为寿主的生日和久旱得雨的巧合，便赞颂其为"洗尽苍生炎夏苦"的霖雨，虽然巧妙，但不免牵强。这类词作还有廖行之的《水调歌头·寿汪监》和胡幼黄的《水调歌头·寿段知事。时方旱，祈雨大作》。当然也有一些词作专门颂扬官员救旱赈灾的功德。如洪适的《望江南·答徐守韵》：

> 嗟故岁，夏旱复秋阳。十雨五风皆定数，千方百计为灾伤。小郡怎禁当。　　劳拊字，惠露洽丁黄。田舍炊烟常蔽野，居民安堵不离乡。祖道免赍粮。（《全宋词》第 2 册，第 1797 页）

词中回顾徐知州在一场大旱中千方百计赈灾济民、帮助百姓渡过难关的业绩，虽然意在颂人，但叙事纪实，显得真实，较少阿谀奉承的色彩。同时，此词记述"夏旱复秋阳"的连旱情景说明上述喜雨词虽然着重写旱后的欢欣，但也曲折地反映了旱时的灾情。

值得注意的是，在对旱灾的反映中，宋词还有一些特别的情形。如张先（990—1078）的《惜琼花》以旱灾妨碍航行写离别相思，堪称别致："旱河流，如带窄。任身轻似叶，何计归得。断云孤鹜青山极。楼上徘徊，无尽相忆。"[1] 又如刘过（1154—1206）

---

[1] 《全宋词》第 1 册，第 104 页。

的《清平乐》为了达到鼓动抗金北伐的目的，词述嘉泰三、四年（1203—1204）金国遭遇严重旱灾的情形："新来塞北。传到真消息。赤地居民无一粒。更五单于争立。"① 二词意在说相思和恢复大计，主旨已不在受灾、救灾本身，但旱灾已构成词作的重要内容和表达手段，较之传统的题材内容，其生新的面目特别能够显示宋词日益贴近现实生活的趋向。

宋词的旱灾书写角度较多，除上述情形外，姚述尧的《鹧鸪天·渴雨》还从盼雨的角度描写了旱灾之时举国企望甘霖的情景：

> 几阵萧萧弄雨风。片云微破月朦胧。田家侧耳听鸣鹳，寰海倾心想卧龙。　　尧日近，舜云浓。圣仁天覆忍民穷。会看膏泽随车下，只恐诗人句未工。（《全宋词》第 3 册，第 2013 页）

下片歌咏朝政清明、天地仁圣，虽然有粉饰太平的意味，但其对于甘霖降临的信念是词中罕见的。

此外，喜雨词还反映了酷热天气及其消退的情景：

> 云头电掣如金索。须臾天尽帏幕。一凉恩到骨，正骤雨、盆倾檐角。　　桃笙今夜难禁也，赖醉乡、情分非薄。清梦何处托。又只是、故园篱落。（吴潜《秋夜雨·客有道秋夜雨古词，因用其韵，而不知角之为阁也。并付一笑》，《全宋词》第 4 册，第 3517 页）

> 今岁渝州热，过似岭南州。火流石铄如，尤更炽于秋。竟日襟常沾汗，中夕簟无停手，几至欲焦头。世岂乏凉境，老向此山囚。　　赖苍灵，怜赤子，起龙湫。刹那顷耳，天瓢倾下足西畴。荡涤两间炎酷，苏醒一番枯槁，民瘼庶其瘳。清入诗脾里，一笑解吾忧。（李曾伯《水调歌头·暑中得雨》，《全宋

---

① 《全宋词》第 3 册，第 2777 页。

词》第 4 册，第 3582 页）

前词写雷雨消除秋暑的快意，后词写今日"火炉"重庆昔日的酷暑
及其消退后的清爽。其中"一凉恩到骨""清入诗脾里"二句都堪
称妙句，对酷热方退、甘霖布泽体会甚深；"苏醒、民瘼"二句语
带双关地表现了作者对"民瘼"的体恤和关怀。

相比之下，反映水灾的宋词明显要少，专意写水灾的词除前引
净端的《苏幕遮》外，大约只有刘辰翁（1232—1297）的《乌夜
啼·中秋》了：

> 素娥醉语曾留。又中秋。待得重圆谁妒、两悠悠。　　向
愁旱，今愁水，没中洲。看取明朝晴去、不须愁。①

中秋词写水灾之忧，盼月圆时"愁水"盼晴，堪称别调，水旱灾害
的摄入对于传统题材创作的突破，其意义不言而喻。

除水旱灾害外，宋词对航行中的风潮灾害的书写也比较突出。
向子諲（1085—1152）的《虞美人·明年过彭蠡，遇大风，行巨
浪中。用前韵寄赵正之及洪州李相公，兼示开元栖隐二老》写其行
舟鄱阳湖遭遇巨大风浪："银山堆里庐山对。舟子愁如醉。笑看五
老了无忧。大觉胸中云梦、气横秋。"②虽然船夫都感到惶恐，但
词人却表现了阔大的心胸和豪迈的气魄。陈著（1214—1297）的
《减字木兰花·丁未泊丈亭》写自己的航行为风潮所阻：

> 夜帆初上。准拟今朝过越上。及到今朝。却被西风挫一
潮。　　丈亭一处。要得纵观赢得住。行止皆天。谁道人生客
路难。（《全宋词》第 4 册，第 3854 页）

---

① 朱德才主编：《增订注释全宋词》，第四卷，文化艺术出版社 1997 年版，第
174 页。
② 《全宋词》第 2 册，第 1239 页。

但滞留却让词人得以"纵观"当地景物，词作一反羁旅行役的愁苦老调，表现出乐观豪健的风调而又富于哲理。李处全的《水调歌头·冒大风渡沙子》写自己行舟不怕风涛"掀舞"，但却因收复壮志失落而感悟"风波"可畏；以自然灾害衬托人世的坎坷，表达了深沉的爱国情感，主题得到升华：

> 落日暝云合，客子意如何。定知今日，封六巽二弄干戈。四望际天空阔，一叶凌涛掀舞，壮志未消磨。为向吴儿道，听我扣舷歌。　我常欲，利剑戟，斩蛟鼍。胡尘未扫，指挥壮士挽天河。谁料半生忧患，成就如今老态，白发逐年多。对此貌无恐，心亦畏风波。（《全宋词》第 3 册，第 2236 页）

除了现实题材外，宋词的灾害书写还涉及历史题材。辛弃疾在镇江知府任上凭临大江缅怀历史上大禹治水的辛劳和功绩：

> 悠悠万世功，矻矻当年苦。鱼自入深渊，人自居平土。
> 红日又西沈，白浪长东去。不是望金山，我自思量禹。（《生查子·题京口郡治尘表亭》，《全宋词》第 3 册，第 2543 页）

作为平生"以功业自许"① 的英雄词人，他极力推崇治水平天下的"万世功"，在他那个"南共北，正分裂"② 的时代，无疑寄托了收复河山、实现统一的报国壮志。然而时年已经六十五岁的英雄词人面对江河日下的国势和浑浑噩噩的南宋统治者，他所感到的时代使命又不单单只是军事上的统一；词人临景思慕大禹那样的治水英雄，不但有功业的向往，更有治国平天下的担当和深沉复杂的人生感怀。

---

① （宋）范开：《稼轩词序》，《全宋文》第 283 册，第 17 页。
② 辛弃疾：《贺新郎》（戏把君诗说），《全宋词》第 3 册，第 2439 页。

通观两宋词的灾害题材写作，虽然其题材范围远不能与诗文相较，但自北宋以来相关写作日渐增长，南宋更是明显多于北宋，涉及罢灾、救灾和灾后庆贺及多个灾种，思想性、艺术性都有一定展现，特别是这些词作大多以灾情及其应对为中心主题，表明单列一类"灾害词"基本可以成立。这是宋词发展过程中一个不应忽视的侧面。

二　灾害及治灾意象

除了上文那些全篇以应对自然灾害为主旨的作品外，宋词还多局部、片段的灾害书写，有关灾害及其救治的意象频繁出现在词作里。如在《全宋词》中，关于瘴疫的"瘴"就出现了 31 处，关于救旱的"霖雨"出现了 37 处。依据学界有关诗歌意象的基本认识，笔者把宋词中这些有关灾害的片段视作"灾害意象"予以探讨。纵观两宋词史，涉及灾害书写的意象主要有"瘴疠"、"为霖"、"补天"、治水等。其中"瘴疠"属于当时社会生活实有，后三者主要属于典故运用。

（一）瘴疠

瘴疠是中国古代一种严重的区域性疫病，主要分布于我国南方，自秦汉以来其分布范围具有逐渐南移的趋势。① 至宋代，西南、岭南仍有许多瘴疫记载，一些瘴疫严重的地区甚至有"大法场""小法场"之称。② 黄庭坚的《醉落魄》词序也直接反映了当时人们对瘴疫的忧惧："老夫止酒十五年矣。到戎州（今四川宜宾），恐为瘴疠所侵，故晨举一杯。"③ 自北宋中后期以来，随着历次党

---

① 龚胜生：《2000 年来中国瘴病的分布变迁的初步研究》，《地理学报》1993 年第 4 期。

② （宋）周去非：《岭外代答校注》，杨武泉校注，中华书局 1999 年版，第 151 页。

③ 《全宋词》第 1 册，第 510 页。

争的兴起、金人的入侵、宋室的南渡，大批文人贬谪、赴任南方边远地区，宋词里逐渐出现了"瘴疠""瘴气""瘴雾""瘴雨"等与瘴疠相关的意象，具有比较典型的思想情感内涵和突出的文学表现作用。

以北宋来看，逐渐增多的"瘴疠"意象主要具有环境描写和衬托作用。一些词作以物喻人，歌颂了他们在南迁的恶劣环境中表现出来的坚贞气节和乐观精神。苏轼的《西江月·梅花》歌咏梅花在"瘴雾"中保持"冰姿玉骨"的"仙风"："玉骨那愁瘴雾，冰姿自有仙风。海仙时遣探芳丛。倒挂绿毛么凤。"① 惠洪（1071—?）的《凤栖梧》（碧瓦笼晴烟雾绕）写被江瘴笼罩的梅花在"通灵春色"的医治下亦然气度"不凡"："道骨不凡江瘴晓。春色通灵，医得花重少。"② 而陈师道的《南乡子》（九日用东坡韵）则是在料想南迁友人将遭遇瘴疠的恶劣处境："瘴雨无花孰与愁。"（其二)③ 体现词人对贬谪友人的牵挂。

南宋初期，许多词人都有流落岭南、西南所谓"瘴疠之地"的经历，因而在他们笔下出现了许多瘴疠意象，成为他们所处环境的写照和心境的衬托。按照词作思想主题和情感基调的不同，大致可以分为三类。

第一类是被运用来表达伤时忧国的沉重情怀。洛阳人朱敦儒（1081—1159）在南渡以前有笑傲王侯的狂放作风，词风潇洒明快，南渡之后则有浓重的中原沦陷之悲和身世飘零之忧。如其《浪淘沙·中秋阴雨，同显忠、桩年、谅之坐寺门作》写其流落南越的中秋感怀："圆月又中秋。南海西头。蛮云瘴雨晚难收。北客相逢弹泪坐，合恨分愁。"④ 南渡初曾与金兵鏖战的向子諲也有类似的时代悲音："谁知瘴雨蛮烟地，重上襄王玳瑁筵。"（《鹧鸪天·番

① 《全宋词》第1册，第367页。
② 《全宋词》第2册，第921页。
③ 《全宋词》第1册，第754页。
④ 《全宋词》第2册，第1100页。

禺齐安郡王席上赠故人》)①"瘴雨"环境都特别容易触发他们的异乡之感和家国之恨。

第二类则被运用来表达南迁志士的乐观劲健风节。南宋名臣李光（1078—1159）因秦桧的排挤打击，曾久谪南荒，但其词作却表现了泰然自若、翛然自适的情怀。尽管他也深感"流转海南"太久、年华老大，但他却能做到"行尽荒烟蛮瘴""潇洒任吾年"（《水调歌头》）。②他的《减字木兰花》（芳心一点）咏赞梅花"瘴雾难侵尘不染"③，与苏轼的《西江月·梅花》有异曲同工之妙，是其不畏瘴疠、睥睨人生忧患的艺术写照。他的《汉宫春·琼台元夕次太守韵》写他在瘴疠环境下吟赏奇观胜景："清江瘴海，乘流处处分身。"④ 在这些词作中，瘴疠意象有力地反衬出词人旷达的心怀。

第三类是书写谪居"瘴乡"的艰难处境。高登（1104—1148）是一位敢于同蔡京、秦桧等权奸做顽强斗争的爱国志士，"临卒所言皆天下大计"⑤。其词直接记录了他在贬所遭受的巨大磨难：

> 瘴气如云。暑气如焚。病轻时、也是十分。沉疴恼客，罪罟萦人。叹槛中猿，笼中鸟，辙中鳞。　　休负文章，休说经纶。得生还、已早因循。菱花照影，筇竹随身。奈沈郎尫，潘郎老，阮郎贫。（《行香子》，《全宋词》第2册，第1675页）

在瘴气、暑气都很酷烈的环境下，久病的词人身心都遭受着巨大的创痛。此中有重病的煎熬、罪身的束缚、生还的隐忧、衰老的侵凌、贫穷的折磨；人生的灾苦云集一身。不过，即使是病倒"瘴

---

① 《全宋词》第2册，第1240页。
② 同上书，第1016页。
③ 同上书，第1017页。
④ 同上书，第1018页。
⑤ 《宋史》，卷三九九，第12131页。

乡"，词人仍不乏高情胜致。其《蓦山溪·容州病起作》写他身处瘴毒最严重的"黄茅时节"，"瘦得不胜衣"，"短发已无多"，但重阳节在儿曹的搀扶下，词人依旧赏菊泛新，脱略形骸："东篱兴在，手种菊方黄，摘晚艳，泛新蓥，谁道乾坤窄。"① 表达了豁达乐观、坚韧顽强的生活态度，这也是他矢志报国、睥睨打击迫害的傲岸人格写照。

在随后的"中兴"时代，词中的瘴疠意象意义内涵有新的开拓，这主要表现在鼓倡抗金报国的辛派词中。辛派先驱张孝祥（1132—1170）颂扬僚友张仲钦（张维）巡视广南西路边疆云："净蛮烟瘴雨，朔云边雪。"（《念奴娇·张仲钦提刑行边》）② "长驱万里山收瘴，径度层波海不风。"（《鹧鸪天·提刑仲钦行部万里阅四月而后来归辄成为太夫人寿》）③ 这里的瘴疠意象不但有写实因素，更有威胁边疆安宁的象征意义。辛派领袖辛弃疾在祝寿词《蓦山溪》（画堂帘卷）中颂扬对方担负的军事守备任务时有云："兵符传垒，已莅葵丘戍。两手挽天河，要一洗、蛮烟瘴雨。貂蝉冠冕，应是出兜鍪，餐五鼎，梦三刀，侯印黄金铸。"④ 这里要"挽天河"洗弃的"蛮烟瘴雨"，不但包括威胁和平安宁的侵略者，而且还包括阻扰他恢复大业的投降派，原本带有南方特定地域内涵的意象已完全失去了区分南疆北界的地理意义。

由此可见，宋词中的瘴疠意象基本上已经脱离具体的疫疠景象而成为恶劣环境、艰难处境、敌对势力的象征，对于相关词作歌咏的高洁顽强品格、患难真情和报国情志做了有力衬托，成为宋词中极富个性特色的文学形象。

---

① 《全宋词》第 2 册，第 1675 页。
② 《全宋词》第 3 册，第 2185 页。
③ 朱德才主编：《增订注释全宋词》，第二卷，文化艺术出版社 1997 年版，第 679 页。
④ 孔凡礼辑《全宋词补辑》，中华书局 1981 年版，第 50 页。

（二）为霖

除了反映现实的灾害外，宋词还出现了不少关于救治灾害的历史典故、神话传说，形成具有一定表现力的诗歌意象，它们也是宋词的灾害书写中不应忽视的内容。其中运用比较突出的有为霖（作霖）、治水、补天等意象。

"为霖"一语，源自《尚书·说命上》记载殷高宗立傅说为相时语："若岁大旱，用汝作霖雨。"① 它出现在宋词中主要有两层含义。一层含义为做廊庙大臣、皇帝近臣的代称、美称，如李纲（1083—1140）《苏武令》抒写其济时志向："调鼎为霖，登坛作将，燕然即须平扫。"② 辛弃疾的《水龙吟》送别"有召命"的友人傅先之云："问归来何日，君家旧事，直须待、为霖了。"③ 朝廷大臣位尊秩优，又便于济世救民，因此文人们在交际场合常用以称美对方，以致千篇一律，用得比较俗滥。"为霖"的另一层含义就是或隐或显地赞美对方的济民功德。姚述尧的《减字木兰花·厉万顷生日，时久旱得雨》语意双关地歌颂对方有惠泽利民之举："果为霖雨。洗尽苍生炎夏苦。"④ 而方味道的《庄椿岁·寿赵丞相》还具有为民请命劝勉进言的含义："奈此苍生，愿苏炎热，仰为霖雨。趁丹心未老，将整顿乾坤，手为经理。"⑤

通观两宋词坛，为霖意象多产生于词体的交际功能，有些词作具有明显的谀颂色彩，思想性不免会打折扣，但除了流露个人功名富贵思想以外，这些词作也借此宣扬了济世利民的思想和担当意识，无疑具有积极意义。

---

① （汉）孔安国传，（唐）孔颖达疏：《尚书正义》，卷十，北京大学出版社 2000 年版，第 294 页。
② 《全宋词》第 2 册，第 1179 页。
③ 《全宋词》第 3 册，第 2447 页。
④ 同上书，第 2015 页。
⑤ 《全宋词》第 4 册，第 3231 页。

（三）补天

补天意象，来源于女娲补天的上古神话传说。与为霖意象相似，补天意象多出现在交际词中，常用以称道对方具有挽回世运的经邦济世才力。例如：

> 经国谋猷，补天气力，岳衹来佐兴运。（吴则礼《东风第一枝》，《全宋词补辑》第 15 页）
>
> 廊庙补天手，夷夏想威名。（徐鹿卿《水调歌头·快阁上绣使萧大著》，《全宋词》第 4 册，第 2978 页）
>
> 补天工，取日手，济时材。（汪相如《水调歌·寿退休丞相》，《全宋词》第 4 册，第 3111 页）

因为补天才力常人难副其实，所以该意象的使用不免带有溢美、谀颂色彩。但是，当此意象在南宋被用来称颂抗金复国的爱国志士及其志在统一的豪情壮志时，其表达就显得十分恰当，并且特别富有力度。如辛弃疾的《贺新郎·同父见和，再用前韵》写在南宋统治集团的妥协投降政策下，抗金志士面临艰危的处境，然而他们却发出了誓死报国的时代最强音：

> 问渠侬、神州毕竟，几番离合？汗血盐车无人顾，千里空收骏骨。正目断、关河路绝。我最怜君中宵舞，道男儿、到死心如铁。看试手，补天裂。（《全宋词》第 3 册，第 2439 页）

词末情绪达到了高潮，以补天意象铿锵有力地表达了统一祖国的强烈自信心、责任感和英雄气概。这里是辛弃疾推崇与他志同道合的陈亮，而杨炎正的《满江红·寿稼轩》却是用它赞美辛弃疾盖世的辅弼才略和恢复大志："君不是，长庚白。又不是，严陵客。只应是，明主梦中良弼。好把袖间经济手，如今去补天西北。等瑶池、侍宴夜归时，骑箕翼。"① 这里虽然也有交际应酬的成分，但是因为符合辛弃疾其人的抱负才能，而并不使人感到虚浮不实。可见"为霖""补天"等救灾意象的成功使用，需要与赞颂的人物、事实相符，否则会适得其反，落入阿谀奉承的俗套。

（四）治水

治水的意象主要出现在南宋词中，一方面取譬于黄河水患，另一方面又运用了大禹治水的传说，以天灾比喻人祸，以治水比喻抗金救国。张元干（1091—1161）的《贺新郎·送胡邦衡待制》以黄河泛滥比喻侵占中原的金人横行猖獗，气焰嚣张："底事昆仑倾砥柱。九地黄流乱注。聚万落、千村狐兔。"② 韩淲（1159—1224）的《朝中措·约和卿、敬之持醪为文叔生朝》也以"黄流乱注，狂澜既倒，砥柱能东"的黄河泛滥景象反映中原沦陷、神州陆沉的沉痛现实，在祝寿之际激发奋起克敌的龙虎精神："此际诞弥杯酒，宜歌风虎云龙。"③ 范成大（1126—1193）的《水调歌头·燕山九日作》写他出使金国行遍北宋故都，瞩目沦陷河山，中夜感奋，呼唤大禹重生，像治理黄河那样收拾整顿遭蹂躏的故土："旧京行遍，中夜呼禹济黄流。寥落桑榆西北，无限太行紫翠，相伴过芦沟。"④ 朱熹的《好事近》写其身在七闽之地迎春赏雪，却禁不住怀念被占领的中原故土："中原佳气郁葱葱，河山壮宫阙。丞相功成千载，映黄流清澈。"⑤ 希望当朝丞相能够建树海晏河清的千载之功。这里，朱熹也是以治理黄河表现他的恢复之志。辛弃疾的《生查子·题京口郡治尘表亭》以大禹治水平天下寄托他实现统一、澄清天下的宏图大志。

---

① 《全宋词》第 3 册，第 2723 页。
② 《全宋词》第 2 册，第 1393 页。
③ 《全宋词》第 4 册，第 2901 页。
④ 《全宋词》第 3 册，第 2088 页。
⑤ 同上书，第 2163 页。

此外，宋词还出现了灭蝗的意象。如：

　　宿麦连云，遗蝗入地，田家知未。更明年看取，东阡北陌，黄云万里。（杨无咎《水龙吟》，《全宋词》第 2 册，第 1525 页）

　　宿麦连云，遗蝗入地。坡仙有句谁能继。元宵此去日无多，会看霁色生和气。（郭应祥《踏莎行·乙巳正月二日雪》，《全宋词》第 4 册，第 2874 页）

两首喜雪词皆化用苏轼的诗句"遗蝗入地应千尺，宿麦连云有几家"（《雪后书北台壁》）①，以"遗蝗入地"表达消灾除患、期盼丰年的愿望。另有沈唐的失调名残篇"蝗虫三叠"，可惜因为篇残，词意难明。

三　成就及成因

　　宋词的灾害书写数量有限，也少为人知，但通过上文的梳理，我们看到它对与灾害相关的社会生活的反映仍有一定的认识价值和文献参考价值。当然这还不是其价值的主要方面。统观宋词灾害书写的两个方面，除了反映对灾害的关注和民生疾苦的同情外，宋词侧重反映了御灾、消灾取得胜利的一面，有关灾情描述的内容较少，突出表现了应对灾害的乐观顽强精神与战胜灾害的信心和力量。部分祝颂词对官员赈灾祈雨事迹的颂扬，突出了对建树救灾功德的崇仰；反映风潮灾害的词作，表现了淡定豁达的情怀；在瘴疠意象的使用中，虽然个别词作写到梅花的"憔悴"："如今憔悴，蛮烟瘴雨，谁肯寻搜。"（黄公度《眼儿媚》）②流露出遭遇贬谪的

---

① 《苏轼诗集》，第 605 页。
② 《全宋词》第 2 册，第 1720 页。

身世之感，但以苏轼的《西江月》（玉骨那愁瘴雾）、李光的《减字木兰花》（芳心一点）为代表的相关词作赞美了梅花等芳物不惧瘴雾的贞洁品性；以辛弃疾词为代表的补天、治水意象，表现了抗敌报国、救治天下的非凡信心和力量。而以喜雨词为代表的一批词作，集中抒写救旱御灾中的欣喜和欢畅，为充满离愁别恨的宋词注入了欢愉的色调，对其"以悲为美"的感伤情调具有明显的缓释作用。总之，宋词的各类灾害书写对唐宋词的"悲美"传统和"富""艳"风格具有一定的突破意义。

　　与传统诗文相较，"别是一家"的宋词介入灾害书写艺术上也值得关注。王国维说："词之为体，要眇宜修。"① 标举的是"一种属于词之特质的曲折含蕴之美"②，与词以婉约为宗的传统观念颇为相通。比照这些影响广泛的词学观念，我们看到宋词的灾害书写颇有新异之处。以写得最多的喜雨、祷雨词作来看，上文所述陈克的《虞美人·张宰祈雨有感》算得上一首轻盈和婉的作品。虽然没有喜雨诗词常有的爽利风调，但写"青裙女""不用踏车"、文人"细听催诗点""雪儿纤手剥莲蓬"，语意清雅，颇具"绸缪宛转之度"③。姚述尧的《鹧鸪天·渴雨》写盼雨，上片写大旱之中迎来风云变态，农家和社会各界"侧耳""倾心"、凝神望雨的情形，笔致细腻多变，是词中罕见的清新景象。下片虽有颂圣的内容，但充满信心的守望和对天地仁心的体察，物我一体，使全词意旨处在沉厚不露的境界之中，颇得蕴藉绰约的风神。这是宋词少有的新境。

　　至南宋后期，词坛大家吴文英（1207？—1269？）以慢词的体制和特有的笔法写应祷的霖雨祛旱，展现了如梦如幻、异彩纷呈的艺术境界：

　　① 王国维：《人间词话》，人民文学出版社1960年版，第226页。
　　② 叶嘉莹：《叶嘉莹说词》，上海古籍出版社1999年版，第191页。
　　③ 宋人胡寅为倡扬苏轼的豪放词风所总结的传统婉约词风的特点之一，见其《酒边词原序》，载于（宋）向子諲：《酒边词》，卷首，库本。

秋入灯花，夜深檐影琵琶语。越娥青镜洗红埃，山斗秦眉妩。相间金茸翠亩。认城阴、春耕旧处。晚春相应，新稻炊香，疏烟林莽。　　清磬风前，海沉宿袅芙蓉炷。阿香秋梦起娇啼，玉女传幽素。人驾梅槎未渡。试梧桐、聊分宴俎。采菱别调，留取蓬莱，霎时云住。（《烛影摇红·越上霖雨应祷》，《全宋词》第4册，第3695页）

其中"阿香、玉女"二句，以推雷车的女神阿香和神女（"玉女"）的形象状狂暴的雷电景物，摧刚为柔，新颖别致，在舒缓和悦的全词基调中运用颇为恰当，体现了吴词的典型风格。吴文英另有《江神子·喜雨上麓翁》，艺术上也同此机杼。比起同类词作（如李之仪的《浣溪沙·和人喜雨》、瞿翁的《满江红·孟史君祷而得雨》等），吴词完全拉开了与诗歌的距离，应该说其灾害题材的写作与词体的婉约风致结合得相当美妙。

以上情况表明，灾害题材与宋词特有的艺术风范是可以结合并能创造新的词境。当然我们也不能将这种婉约风致作为评论灾害词和所有词作的唯一标准。如那些借御灾表达豁达思想、爱国情感的词作显然不适宜于运用此类标准。再如上文所论净端的《苏幕遮》（遇荒年）反映洪灾之苦，语言明白如话，如同民间歌谣，艺术上缺乏余韵，但作为僧侣的民间写作，与文人的创作应该允许有所不同。此外，南宋书会才人李霜崖的《晴偏好》反映西湖干旱则是幽默诙谐的笔调："平湖千顷生芳草。芙蓉不照红颠倒。东坡道，波光潋滟晴偏好。"[①] 属于典型的民间词调。民谣是古今人们反映灾苦的常见文学形式，词体本来起源于民间，因此艺术上颇有可取之处，可惜此类创作很少保存下来。

---

① 朱德才主编：《增订注释全宋词》，第三卷，文化艺术出版社1997年版，第978页。

王国维云："词必以境界为最上。有境界则自成高格，自有名句。"① 王氏所谓"境界"即我们通常所说的"意境"。"意象与意境的关系，就是局部与整体，材料与结构的关系，若干语象或意象建构起一个呼唤性的本文就是意境。"② "意象是意境的具体体现，意境是意象的组合、序列与整体所形成的。"③ 可见要评价自然灾害意象运用的得失，就要看它在意境的建构和主题的形成中的作用。如上文所述，瘴疠意象或为歌咏对象的环境衬托，或为艰难处境的象征，都有力地凸显了人物的高洁品格、坚毅意志、真挚友谊和壮志难酬的苦闷。辛弃疾词运用神话传说中的补天和治水意象，充分表达了词人的恢复壮志、英雄气概，给人以深刻的印象，具有强烈的艺术感染力。比较而言，为霖意象多有奉承的色彩，相对比较平庸。

回顾词的发展历史，唐五代的词作中只有易静的《兵要望江南》涉及灾害题材的写作。不过就其创作性质而言，它以词体写兵法，有占卜预测疫病的内容，但只是利用了词调形式而已，属于实用性歌诀④；"不仅仅不是词，而且，也已经脱离了诗的大范畴，压韵之文耳。"⑤ 可见这种灾害书写与宋代文人的相关创作明显不同。至于灾害意象的运用，唐五代词很少涉及，只有李珣《南乡子》里的瘴疠意象值得注意。该词云："渔市散，渡船稀。越南云树望中微。行客待潮天欲暮。送春浦。愁听猩猩啼瘴雨。"⑥ 李珣为梓州（今四川三台）人，曾仕前蜀王衍，此词写到"瘴雨"等南方景物，当是他

① 王国维：《人间词话》，人民文学出版社 1960 年版，第 191 页。
② 蒋寅：《语象·物象·意象·意境》，《文学评论》2002 年第 3 期。
③ 皮朝纲：《中国古代文艺美学概要》，四川省社会科学院出版社 1986 年版，第53 页。
④ 参见闵祥鹏《诗中之意与诗外之"疫"——由唐诗的疫病表现说起》，《五邑大学学报》（社会科学版）2005 年第 4 期；杨东甫：《中国词史上最为奇特的词集——读〈兵要望江南〉》，《阅读与写作》2009 年第 11 期；刘尊明：《试论唐宋〈望江南〉词的艺术风格》，《学术研究》2012 年第 8 期。
⑤ 木斋、李松石：《论花间体及温韦之异同》，《天中学刊》2005 年第 1 期。
⑥ 曾昭岷等编：《全唐五代词》，中华书局 1999 年版，第 601 页。

在蜀亡后流落南方所作，词中流露出来的愁苦之思，应属于他国亡不仕的"感慨之音"①，与南宋初期词人的瘴疠书写有相似的地方，但如此孤例很难说对宋人有什么影响。因此，宋词的灾害书写在词史上具有特别的意义，构成词体文学的一个发展契机和兴盛侧面，初步开拓了一个大有可为的题材类型，必将对后世词坛产生显著的影响。且如词体中兴的清代，陈维崧的《金浮图·夜宿翁村时方刈稻苦雨不绝词纪田家语》、孙朝庆的《满江红·过黄河》、胡成浚的《玲珑四犯·壬戌六月悯旱》、杨夔生的《临江仙》（晚稻成包罶出谷）等众多词作直击当时的水旱民生、黄河水患或其他重大的灾害事件及救灾方略，说明表现灾害题材已逐渐成为此际词坛的常事，宋词道夫先路的意义由此可以略见一斑。

唐五代直至宋初近百年的词史上，关涉灾害书写的词作几乎没有。自北宋中后期开始，灾害书写日渐出现，至南宋明显增多。自唐至宋的灾害史研究表明，此间的自然灾害没有根本性的重大变化；常见的水旱灾害尤其如此，而它们正是宋词的灾害书写涉及的主要对象。因此，唐宋词史里灾害书写的缘由根本上还在于词体文学自身的发展和词学观念的变化。从词作的内容看，它无疑是宋词贴近生活的反映；从词作的写作目的和功用看，上文的考察显示灾害书写主要出现在交际、祝颂、咏怀、咏物等类词作中，与词的闺情、艳情、闲愁等传统题材相较，这些后起的写作已经脱离了词早先的娱宾遣兴功能，与词的诗化大致同步。因此文人的灾害书写其实是词的诗化趋向的有机组成部分，它对词的传统审美观念的突破归根结底在于向诗的功能的回归。不过由于词体自身固有的特性，毕竟赋予了它与诗歌书写以不同的艺术风貌，其思想内容也不是诗歌完全可以涵盖的。因此，宋词的灾害书写无论是对于词体的壮大，还是自然灾害的文学书写都是值得珍视的文学样态。

---

① 中国社会科学院文学研究所编：《唐宋词选》，人民文学出版社 1981 年版，第 51 页。

结　　语

通过本书以上各章的分别考察，宋代灾害题材文学创作的基本面貌和有关问题大致得到呈现，其题材内容的广泛性、思想主题的深刻性、艺术风格的多样性和审美价值的独特性已得到一定程度的揭示，此类创作与当时自然灾害的发生种类、频次、强度呈正态对应的总体趋势基本显露。这些情况为总体把握这一文学现象和探索相关创作规律准备了条件。下面笔者拟以宋代文学为中心，对灾害题材创作的文学意义、社会功能、创作动机进行总结，并由此管窥宋代文学的时代特点及其文学承传关系，反思灾害文学创作的得失，展望相关研究的学术发展趋势。

一　灾害书写的文学意义和影响

如果说东汉中后期自然灾害对文学的影响主要表现在对当时的文学思潮和文人心态上[①]，那么两宋自然灾害的影响则主要体现在文人的创作中，情况有别。总体看来，两宋文人对待包括疫疾在内的各类自然灾害的态度不像汉末文人那样感情强烈，态度趋于理性，当反映着古代自然灾害影响文学的常态。

[①] 参见高一农，张新科《东汉中后期的自然灾害对文人心态的影响》，《光明日报》2007 年 3 月 2 日第 11 版；魏宏灿：《建安时期的天灾对建安文学的影响》，《安徽大学学报》（哲学社会科学版）2009 年第 1 期。

自然灾害"是以最直接、最粗暴的方式干预社会、进入历史的"①,当这种影响传递到文学领域时,宋代文坛成千上万的灾害题材作品便被催生出来,为千姿百态的文学题材和主题类型增加了一大类别。本书引录的大量作品足以印证"灾害文学"的客观存在。从这个意义上说自然灾害成为文学创作的原动力,古人论文学发生"物感心动"(钟嵘《诗品序》)的原理在这里表现得十分鲜明。这也是灾害影响文学的显在反映。对此,我们还可以从许多个案得到说明。如最常见的水旱灾害,也是宋代文学中表现最多的灾种;北宋兴起的河患诗潮显然与当时空前严峻的河患形势密切相关。② 通观两宋灾害诗赋的写作,我们看到关怀民生的现实主义诗风占了上风,浪漫色彩的作品明显较少,甚至用笔朦胧隐曲的昆体领袖杨亿因为反映牛疫而出现了直击民瘼的诗歌创作。

在作家们关注灾害的现实主义创作中,灾荒背景下的社会生活得到广泛的反映,因为严重灾情和极端处境的书写,不少作品表现出强烈的现实关怀,而且出现了深刻的思想主题。苏舜钦的《城南感怀呈永叔》、蔡襄的《鄮阳行》、吕南公的《乌翩翩行》等诗作反映饿死、疫死的穷人生前死后的悲惨遭遇,不但揭露了灾荒问题的社会本质,也反映了深刻的人道悲剧。同样,陈棣的《鬻妇叹》、刘宰的《野犬行》、方回的《人日立春记苦雨无冰》等诗作③,写穷人凶年被迫卖妻、"食人"以养家糊口,暴露人伦失范、

---

① 阎守诚主编:《危机与应对:自然灾害与唐代社会》,人民出版社 2008 年版,第3页。

② 黄河在经历了自东汉至隋唐的长期相对安流以后,在五代、北宋进入空前严重的泛溢期。在北宋统治期间,黄河下游地区平均每 2—3 年就有一次重大决溢。唐代黄河决溢共 18 次,平均约 16 年一次。参见《黄河流域水旱灾害》,不著撰人,黄河水利出版社 1996 年版,第 60 页;邱云飞:《中国灾害通史·宋代卷》,郑州大学出版社 2008 年版,第 92 页;石涛:《北宋时期自然灾害与政府管理体系研究》,社会科学文献出版社 2010 年版,第 102 页;阎守诚主编《危机与应对:自然灾害与唐代社会》,人民出版社 2008 年版,第 110 页。

③ 方回《人日立春记苦雨无冰》有云:"乞人抢夺人食人,旱极西湖干见底。"《全宋诗》第 66 册,第 41829 页。

野蛮退化的畸形社会现实。戴复古的《嘉熙己亥大旱荒庚子夏麦熟》《庚子荐饥》和许及之的《曾主管由宜春道中得遗弃小儿属予收养道间寄诗纪实次韵奉酬》反映富室和商人荒年不肯开仓放粮的铁石心肠，对人性冷酷的一面予以暴露和鞭挞。① 晁补之的《跋遮曲》写农民在频繁的天灾中反复抗争，但希望还是一个个破灭，则属于深刻的命运悲剧。② 当然，在灾荒书写中也不乏光明、温暖的一面。如多篇救灾记中那些带头捐俸赈灾的官员、刘宰的《甲申粥局记》中那位慷慨急义振廪散粥的慈善人士、刘辰翁的《社仓记》中那位"无食而急人朝饥"的爱心人士以及郑獬的《淮扬大水》、孔武仲的《蔡州三首》诗中那些冒险救人的事迹。

在这些灾害叙事中，艺术表达也呈丰富多样的特点。虽然大部分作品是采用纪实再现的方式反映灾情及其救治，但同时也有相当多的作品利用神话和民间传说，发挥想象，利用拟人、夸张等修辞手法，营造出奇幻诡怪的艺术世界。因为在当时人们的观念中，几乎每一种灾害都有相关的鬼神作祟，故而在许多灾害诗文中，频繁出现龙王、风伯、雨师、旱魃、疠鬼等神怪形象，王安石的《久雨》、郭祥正的《苦雨行》、王庭珪的《暴雨初晴》、李石的《夏旱》等都有这类怪异景象的书写。甚至苏轼的《起伏龙行》、周紫芝的《题张元明四鬼捕懒龙图》、王洋的《悯旱》、王庭珪的《暴雨初晴》等诗作还出现了龙虎激斗以邀雨之类的故事情节。苏轼的《蝎虎》、唐庚的《戊子大水二首》等写民间求雨习俗，具有明显的民俗书写色彩。王令的《龙池二绝》《暑旱苦热》、邓肃的《大水杂言》等，因水旱灾害抒写救旱拯溺之志，具有浓郁的理想色彩。因此，灾害书写的结果使相当一部分作品呈现神奇浪漫的色

---

① 参见第四章《旱灾诗》第五部分。许及之《曾主管由宜春道中得遗弃小儿属予收养道间寄诗纪实次韵奉酬》诗云："一旱出料外，谁与填饥坑。豪家亦何心，闭籴门忍横。指困宽笞笞，凛若临大兵。"《全宋诗》第46册，第28291页。

② 参见拙作《一首不该遗忘的好诗——晁补之〈跋遮曲〉探析》，《名作欣赏》2007年第8期。

彩，对后世的神魔小说也当有所沾溉。

灾难常是沉重严肃的话题，但经过上述神话、虚构等艺术处理，又显示出轻松诙谐的一面。因此，宋代文学的灾害书写，不但有怨天尤人的一面，也有欢笑和幽默，亦庄亦谐，如同生活本身一样酸甜苦辣俱全。米芾作驱蝗诗幽默地化解两地的纠纷就是一则明显的例子。不仅性喜幽默的苏轼常在诗作里自我调侃，平日比较严肃的王安石在其火灾诗里也多有冷嘲热讽。① 至于众多欢庆洪旱灾害消除、水利工程落成的诗文里更是洋溢着欢乐的情调。

特别值得注意的是，一些极端情况的灾害书写还产生了特有的艺术效果，具有独特的审美价值。如晁补之的《跋遮曲》写乡亲们抗灾一次次失败，具有荒诞剧的色彩。刘宰的《开禧纪事二首》写灾民的"得意"——"有板盈车死不晚"②，炫耀自己为饿死准备好了棺材，则属于黑色幽默。这是古代文学里少见的审美形态。

有道是"国家不幸诗家幸，赋到沧桑句便工"（清·赵翼《题遗山诗》）。作为诗、赋、词等韵文的重要题材，自然灾害的书写也为文学带来了新的文学形象，开拓了新的意境。"雨如河倾如雨石"的暴雨（彭汝砺《暴雨》）、"洪涛乃撼半乾坤"的洪灾（郑獬《淮扬大水》）、"日射地穿千里赤"的旱灾（王安石《读诏书》）、"山萃陵谷异"的地震（魏了翁《山河叹送刘左史归简州》）、"布阵横空如项羽"的蝗灾（苏轼《次韵章传道喜雨》）、"闾里老弱死籍籍"的瘟疫（张耒《雪中狂言五首》）、"澶渊渡河日数万"的流民（黄庭坚的《流民叹》）……峥嵘的变异、苍莽的浩劫、满目的疮痍，这些被收入诗章的恐怖、悲惨画面犹如灾难电影里的浩大场面，与人们熟悉的风花雪月文学风貌迥然不同，属于悲剧、恐怖一类审美形态，有其独特的审美价值，丰富了古代文学的艺术画廊。它们既是历史的，也是艺术的。伴随着这些灾难景象

---

① 参见第七章《火灾诗》。
② 《全宋诗》第 53 册，第 33390 页。

的描述，这些作品也抒发了悲天悯人的情感、补天修月的壮志，讴歌了巍峨耸峙的捍海大堤、气吞山河的治河工程，宣泄着英雄主义和集体主义的激越情怀，展示了艰苦奋斗、百折不挠的顽强斗志，昭显了崇高壮美的审美精神。

《诗经·十月之交》写地震、日食等灾异，既是写实，又用以影射昏暗的时政，《离骚》呼应这种手法，形成了中国诗歌"香草美人""恶禽臭物"的比兴传统（王逸《离骚》序）。宋诗也较多地借鉴这种写法，运用灾害及其救治的形象托物言志、刺时讽政。王令的《龙池二绝》以苍龙行雨救旱表达救世志向。胡仲弓的《咏冰》以冰冻灾害导致行舟阻绝，比喻阴邪小人沆瀣一气，感叹世路艰难，但坚信冰消日出的光明前景。① 舒岳祥的《放言》以天地病疴需要医治表达其强烈的革弊除奸愿望："寒暑一大瘥，天地一病躯……愿借大雷斧，磔此害物徒。"② 还有王令的《梦蝗》、孙因的《蝗虫辞》等以蝗灾比拟那些祸国殃民者。可见有关灾害的诗歌意象，主要有纪实、比兴和虚拟的相关神魔形象三个类型，三者都为文学提供了典型的艺术形象，具有独特的审美价值。

宋代各种文体都介入灾害书写，各类文体不同的表达尤其能够反映灾害书写的丰富样态。就内容而言，记侧重于记述救灾事迹，奏疏侧重于条陈救灾策略，祈雨文侧重于祷告请雨，赋侧重于写灾况、发妙论，词侧重于写灾后的庆贺，诗的内容则最为深广全面。从审美情态看，奏疏论灾异如临大敌，与部分相关诗作一样，最见忧患激切之思，是宋代士大夫忠君忧国情怀的集中敞露；记体文主要记述救灾的功绩，多苦尽甘来的凯歌，又因多属重大的治灾事件，故不时洋溢着斗争的壮志豪情；赋则凸显应对灾害的豁达态度和超脱精神。其中各类"文"（散文）主要属于公用写作，诗、

---

① 胡仲弓《咏冰》："群阴正胶轕，结作千丈冰，江河冻欲枯，雪意犹凭凌。舟楫不可济，水波那能兴。世路多风寒，履此何兢兢。本是污浊流，一合乃许凝。阳气动地回，阴无间可乘。一旦自消融，红日东方升。"《全宋诗》第63册，第39738页。

② 《全宋诗》第65册，第40893页。

赋、词多属个人写作。就表达而言，文都比较庄重，格式严谨，诗、赋、词姿态万方，更切合今人的审美文学观。以诗来看，它写水灾明显比文细腻，奏疏、记体文等叙事明显是粗线条式的，并且诗涉及的灾种和题材范围十分广泛，叙述中细节、鸟瞰等角度转换自如，抒情、叙事、议论手法交错使用，更加灵活，因而也更能够深入人的内心世界，在灾害书写中特别能够体现其"文学轻骑兵"的特点。并且诗体内部还分不少子类，不同诗体的表达也各有特点，如古体诗叙事比较翔实，律诗抒情性强，绝句则常以典型独特的景象以少胜多。当然其他文体的表达也各有胜致，如赋笔更加精细，叙写灾情、抒写灾后欢情更加充分，这在同样采用铺排手法的王令《梦蝗》诗和孙因《蝗虫辞》赋等作品中有鲜明的反映。①

不同文体的灾荒书写也会对文体自身的发展带来影响。如记体文的情况，唐宋时期大略以亭阁、山水、书画、藏书等为常见题材，不免书卷气息浓厚，但是因为救灾捍患事迹的频频书写，宋代记体文显然增重了严肃气氛、阳刚气质和壮美情采。又如宋词的情况，由于多写旱热消退、灾后庆贺和不惧风浪，因而增重了欢愉情调，对擅长写愁怨的词风有改造作用，对词的"悲美"传统形成一定的冲击。而有关受灾、消灾内容的书写对于其传统的"富""艳"风格显然不无突破意义。可惜因多属应酬之作，失之情意浅薄。

在奏、记、诗、赋、词等文类里，本书还分别探讨过各类灾种的书写情况。总体看来，各类书写都涉及灾情和救治的记述、忧患情怀的抒发、治灾苦乐的述说、褒贬主题的表达以及灾害问题的议论与思考，出现了不少相似或相同的主题。虽然灾种不同，但都有危害或灾难，在忧灾、忧民、忧责、忧国问题上有一致性。应该说各类灾况和应灾反应的书写，共同丰富了灾害文学的题材内容、艺术形象、审美价值，这些共同性奠定了灾害文学的统一性。同时，

---

① 参见第九章《灾害赋》第四、第六部分。

不同灾种的书写也带来灾害文学的多样性，不但灾情灾况多种多样，而且在思想艺术上也有所不同。就洪灾来看，有突发性，有紧急灾情，有重大伤亡事故，故而洪灾诗文多急剧变故和强烈的感慨。而涝灾书写，则多忧农事，常常表现郁闷的心情。旱灾带来的灾变不如洪灾迅猛，其危害主要表现在饥荒方面；在悯雨抗旱救荒的过程中，诗、赋常常表达对天人关系的理性思考，从而闪耀出可贵的思想光芒。蝗灾，因为人们对其治理始终交织着弭禳与灭蝗的斗争，因而在治蝗的苦乐和褒贬主题上存在鲜明的对比。疫灾严重地威胁着人们的生命和健康，诗文都表现了染疫的下民百姓深刻的命运悲剧，诗歌还特别表现了文人以诗驱疟的抗疫斗争，揭示了赋诗与疗疟之间曾经密切的历史关联。对于地震灾害，宋诗则侧重表现了人们的恐惧心理以及戏谑式的审美消解。

　　不同灾种的书写差异在作家的个体书写中表现得更加明显。例如，通过对梅尧臣灾害诗的分类考察可以看到，其水灾诗特别能够体现他对民生疾苦的关怀及其官责意识；旱灾诗多歌咏君主臣民祈雨以致功德，对水旱灾害下的天人关系做过深刻的反思；风灾诗表现诗人宦海奔波的艰难历程，使他在与风浪的生死较量中体悟到事与愿违的天人冲突；暑热诗反映诗人自己的穷困处境，揶揄热衷功名富贵的世态人情。写日食、冬雷等异常天象的诗则援灾异以规时政，影射朝政。① 苏轼的洪灾诗多写灾前灾后环境和命运的巨大变故和劫后余生的深沉感喟。② 其旱灾诗也很能表现他对天人关系的思考。③ 可见，灾害的自然属性对于相关创作有潜在的影响。

---

　　① 参见拙作《论梅尧臣的自然灾害题材诗赋》，《贵州师范大学学报》（哲学社会科学版）2011年第1期。

　　② 苏轼在徐州大水退去之后感叹侥幸生还，人生如梦诗云："入城相对如梦寐，我亦仅免为鱼鼋。……人生如寄何不乐，任使绛蜡烧黄昏。"（《答吕梁仲屯田》）"岂知还复有今年，把盏对花容一哂。"（《九日黄楼作》）《苏轼诗集》，第775页，第868页。

　　③ 苏轼《次韵孔毅父久旱已而甚雨三首》云："今年旱势复如此，岁晚何以黔吾突。青天荡荡呼不闻，况欲稽首号泥佛。瓮中蜥蜴尤可笑，跂跂脉脉何等秩。阴阳有时雨有数，民是天民天自恤。"（其一）"破陂漏水不耐旱，人力未至求天全。"（其二）《苏轼诗集》，第1121—1123页。

总之，灾害文学书写的多种体裁、种类、题材、主题以及各类书写的特色、异同在本书中已有较多的揭示，灾害文学丰富的内容和表现形态基本得到呈现，灾害文学书写的多样性也寄寓着诸多相似性、雷同性和统一性。

二　灾害文学的社会功能和创作动机

面对当代的自然灾害及相关创作，文艺家们在追问自己的使命："面对巨大灾害，文学何为？"[①] 理论界也在呼吁"重新理解文学在文化乃至社会中的功能、地位与作用"[②]，反思"在灾害频繁袭击人类并成为人类共同关注的对象时，文学何为？艺术何为？文艺学何为？"[③] 那么宋代灾害文学的社会功能和创作动机何在呢？尽管古今文学观念存在不小的差异，但我们不妨以比较切近今人文学观的诗、赋、词体裁进行相应的考察。

现代研究表明，巫术、法术思维模式下的禳灾祭祀活动与诗歌韵文体文学的发生有密切的关系。上古歌谣《蜡辞》《诗经·江有汜》等诗作被认作祛除地质灾害、洪水、动植物灾害的咒语。[④] 在宋代这种思想观念和创作方式仍然存在明显的影响，文人们沿袭古老的思维习惯，重视诗歌感通鬼神、祛灾避邪的"魔力"。范仲淹祭祀风师时"作诗歌祭义"，其目的是"诚欲通神明，非徒奖州

---

① 大江健三郎：《面对巨大灾害，文学何为？》，《文学报》2008 年 5 月 21 日。

② 支宇：《灾难写作的危机与灾难文学意义空间的拓展》，《中华文化论坛》2009 年第 1 期。

③ 李继凯：《揪心痛楚的文艺研究——代"文艺与灾害"专栏导语》，《湘潭大学学报》（哲学社会科学版）2010 年第 3 期。

④ 参见游国恩《楚辞论文集》，古典文学出版社 1957 年版，《九歌的山川之神》，第 135 页；叶舒宪：《文学禳灾的民族志》，《中外文化与文论》2010 年第 1 期；吴广平：《一首远古先民消灾祈福的巫咒歌谣——〈蜡辞〉的文化人类学阐释》，《文化学刊》2008 年第 4 期；袁心澜：《先秦诗歌中的自然灾害母题与意象研究》，硕士学位论文，湖南科技大学，2010 年。

吏"。(《祠风师酬提刑赵学士见贻》）① 邹浩（1060—1111）在面临旱灾思雨时也想到诗歌惊龙行雨的魅力："若为惊起苍龙睡，赖有新诗胜大雩。"（《和路主簿思雨》）卫宗武（？—1289）为解除洪涝灾害也想到诗歌泣鬼神的能耐："我念民穷作此歌，歌此能令鬼神泣。鬼神为我诉之天，天岂不惟民是恤。"（《夏秋积雨，岁用大祲，长言纪实》）② 仇远（1247—？）谈到诗与雨的互相促发作用："昔时曾说雨催诗，今朝还要诗催雨。"（《七月丙辰迎土山龙王入郛》）③ 应该说诗里谈到的这些情况，不啻是具有诗意的说法，宋人明确记载了以诗消灾祛邪的实践活动。且不说释德一的《祷雨颂》就是僧人用于祷雨的法式咒语："振法雷，击法鼓。布慈云，洒甘露。"④ 就是普通文人也多有类似作为。如文同（1018—1079）的诗题载云：《辛亥孟秋戊子，有虹下天，绕飞泉山，入东谷，饮古井，良久去，作大雨，咄之以诗》⑤。张耒（1054—1114）的《恝魃》诗序记载自己在官任上为应对旱灾和沙尘暴作诗诅咒旱魃："寿安夏旱，麦且死，民忧之，无所不祷。云既兴，辄有大风击去之。间而雨尘，不辨人物，类有物为之者。张子考于《诗》，以为旱之神曰魃。意者魃为之乎，作恝魃词。"⑥ 至于不少文人都有作诗驱疟鬼的经历，更可见当时将诗歌直接用于禳灾的普遍情形。

　　至于文学的实用救灾功能，宋人更是广为运用，多有发挥。首先，继承古代的采诗传统反映民情，下情上达。梅尧臣作《田家语》反映天灾人祸、民不聊生的现实，其目的在于"因录田家之言次为文，以俟采诗者"。⑦ 孙因作《蝗虫辞》揭露毒害有甚于蝗灾

---

① 《全宋诗》第 3 册，第 1874 页。
② 《全宋诗》第 63 册，第 39454 页。
③ 《全宋诗》第 70 册，第 44178 页。
④ 《全宋诗》第 4 册，第 21514 页。
⑤ 《全宋诗》第 8 册，第 5378 页。
⑥ 《全宋诗》第 20 册，第 13047 页。
⑦ 《全宋诗》第 5 册，第 2791 页。

的统治者，其目的在于"且俾观风者得之，以为有位警焉"。当然民意也有对治灾功德的感戴。王禹偁的《和杨遂贺雨》认为作为词臣，他有责任代民作歌谣颂扬帝王救旱的德泽："为霖非我事，职业唯词臣。若有民谣起，当歌帝泽春。庶使采诗官，入奏助南薰。"① 郭祥正作《治水谣》是为了上报下级官吏治水的功绩："贤哉何令能治水……请歌何令能治水，愿采斯言献天子。"② 王庭珪作《寅陂行》也是为了代民彰显官吏兴修抗旱水利工程的功劳："今寅陂功绩崇崛，丞不肯自言，部使者终不及省察。某出城别君东门外，逢寅陂之民塞路涕泣言此，为叙其事，作《寅陂行》。不复缘饰，皆老农语也，冀有采之者。"③

其次，发挥讽谏作用，干预时政。如苏轼的《次韵张昌言喜雨》所说："爱君谁似元和老，贺雨诗成即谏书。"④ 发扬白居易诗歌因灾刺政、耸动朝野的创作风范。⑤ 苏轼本人就因为旱灾求雨诗讽刺当朝执政大臣而成为日后乌台诗案的罪状之一。⑥ 刘弇（1048—1102）的风灾诗将诗作为代民申冤的诉状："胡为斯民罹此患，孰任咎责当尤愆。我将觇天吐愤懑，坐使百怪成拘挛。是非曲直当有辨，略举大较归吾编。飞廉遣诛丰隆斥，庶几复使斯民痊。"（《元丰辛酉七月九夜大风四十韵》）其所谓上诉天庭、诛飞廉、斥豐隆，无非是要求整肃朝纲、清除奸佞的代名词。同时宋赋也具有这种讽世功能，如梅尧臣的《风异赋》不单述灾异，而对朝廷的应灾虑囚措施提出质疑。特别是宋人还发扬唐人以赋论政的做法，开创了灾异政论赋的写作。⑦

---

① 《全宋诗》第 2 册，第 681 页。

② 《全宋诗》第 13 册，第 8798 页。

③ 《全宋诗》第 25 册，第 16733 页。

④ 《苏轼诗集》，第 1510 页。

⑤ 白居易的《与元九书》自道其灾害诗的影响云："凡闻仆《贺雨诗》，众口籍籍，已谓非宜矣。"《全唐文》，卷六七五，第 6888 页。

⑥ （宋）吴曾：《能改斋漫录》，卷一六，上海古籍出版社 1960 年版，第 320 页。

⑦ 参见第九章《灾害赋》第四部分《雪灾沙暴飓风等灾害赋》。

再次，把诗当作救灾活动的宣传工具，发挥传播沟通作用。欧阳修作《答朱寀捕蝗诗》是为了直接阐述自己的治蝗主张："乃知孽虫虽甚众，嫉恶苟锐无难为。往时姚崇用此议，诚哉贤相得所宜。"徐积作《大河上天章公顾子敦》诗是为了直陈自己的治河韬略："沥吾之肝胆，不得已为诗，非无病呻吟。"冯楫（？—1153）作《劝谕赈济诗》是为了现身说法，劝谕民众参与赈灾的慈善活动："一时所施行，乐为之识记。"① 类似的情况，刘克庄（1187—1269）的《周天益由福侨剑水灾毁室辄奉小诗劝缘》试图以诗为遭受水灾重创的友人化缘："自古托天公，讵肯怨河伯。后村空劝缘，诗不一钱直。莫愁草堂赀，必得檀越力。"② 虽然诗人表示诗不值一钱，但他寄诗宽慰遭灾的友人应当具有一定的抚慰作用；同时如果他将诗广寄诗友，其"劝缘"的目的可望达到。而宋祁作《仲夏愆雨，稚苗告悴，辄按先帝诏书总龙请雨，兼祷霍山淮渎二祠。戊寅蒇祀，己卯获雨，谨成喜雨诗呈官属》则用以慰劳参加请雨活动的同僚和下属："抒藻拙言词，窃用慰群掾。"③ 苏轼作《河复》是为了庆贺黄河回复故道、徐州抗洪取得胜利："而河流一枝已复故道闻之喜甚，庶几可塞乎。以致民愿而迎神休。"④ 吴潜（1195—1262）作《苦雨吟十首呈同官诸丈》还在诗里安排吩咐部属勘灾、救灾事宜。当然前述米芾作诗化解与邻境的驱蝗纠纷，自然也是诗歌在治灾中发挥沟通作用的典型案例。此外，宋代的喜雨词之作往往是为了称贺颂美对方官员的祷雨之功，其创作目的显然也在于交际。

宋人作灾害诗文还有一个实用动机就是官吏文人罪己自怨，起心理调适作用。梅尧臣为治下洪灾而作《大水后，城中坏庐舍千余，作诗自咎》，苏轼也因旱灾作诗"自劾"（《和李邦直沂山祈雨

---

① 《全宋诗》第 32 册，第 20279—20280 页。
② 《全宋诗》第 58 册，第 36382 页。
③ 《全宋诗》第 4 册，第 2335 页。
④ 《苏轼诗集》，第 765 页。

有应》），周紫芝因为圩堤溃败作《圩氓叹》，愧责自己于圩民"救尔无远谋，每饭惭食肉"。彭汝砺的《暴雨》云："我歌且谣写悲恻，竹林一夜生秋色。"① 虽未道明自咎之意，但他为自己治下洪灾伤亡惨重而宣泄"悲恻"、缓释内疚之意是明显的。文学的心理调节作用还表现在文人劫后余生的安抚作用。刘敞作《纪危》，讲述洪水中的历险经历，虽说"因书作长诗，俾不忘战兢"②，其实正是对心有余悸的缓释。韩元吉作《记建安大水》是为三十年前全家险些葬身鱼腹的灾难"作诗自喑"（自注）③。在这里，文学的心理调适表现为对灾难记忆的抚慰、催眠，同时它对当下的灾苦也有缓解作用。黄敏求的《凉棚》诗云："未庚赫日已焚空，亭午西斋坐甑同。……分我清凉诗境界，一蝉吟到夕阳红。"④ 也即诗歌对处于酷暑的人们可能有一种"清凉"作用，尽管这可能只是一种心理暗示而已。总之，灾害文学可能具有的心理调适作用体现了相关创作的深层动因，接近审美超越，属于典型的精神救灾。

灾害书写还有一大功能就是其文献价值，本书在各章中已多有揭发，涉及各种文体多个灾种，联结起来对相关灾害史可望形成重要补充。中国诗歌有悠久的现实主义传统，在灾害书写中比起浪漫主义占绝对优势。同时，从北宋开始，以诗为史成为普遍思潮，在接受和创作中都同时存在。⑤ 许多时候我们通过诗题、诗序、题注、夹注等内容就可以直接明了灾害发生、救治的时间、地点或事件内容，如王安石《丙戌五日京师作二首》、张耒《己未四月二十二日大雨雹》、刘弇《元丰辛酉七月九夜大风四十韵》、范浚《叹旱》（题注：时年十八）、吴芾《癸巳岁邑中大歉，三七侄捐金散谷以济艰食，因成三十韵以纪之》、陆文圭《辛卯二月记异》等。值得

---

① 《全宋诗》第 16 册，第 10455 页。
② 《全宋诗》第 9 册，第 5636 页。
③ 《全宋诗》第 38 册，第 23653 页。
④ 《全宋诗》第 57 册，第 35646 页。
⑤ 周裕锴：《中国古代阐释学研究》，上海人民出版社 2003 年版，第 234 页、第 242 页。

注意的是，有些诗家在作这类灾害书写时还明确地表达了自觉的"诗史"意识。请看：

> 嘉定己卯岁，正月十七朝。新春才五日，大雪滂以飘。……我得一笑归，还家诧渔樵。作诗纪事实，持付村童谣。（陈宓《南康大雪》，《全宋诗》第 54 册，第 34013 页）
>
> 岁在乙酉孟春朔，天气凝滞云不开。一日二日三四日，或雪或雨或夜雷。山川失色万物病，寒气折骨淖没胫。……天时人事乃如此，何以解吾忧世忧。元日连阴至七日，老杜感时诗纪实。（陈著《后纪时行》，《全宋诗》第 64 册，第 40289 页）
>
> 甲申春仲夜廿六，怪事可无诗史书。星斗横陈九霄上，风雷鼎沸一更余。雹声击瓦疑皆碎，电影穿帷恍似虚。（方回《夜大雷雨雹》，《全宋诗》第 66 册，第 41476 页）

三诗提到的时间，"嘉定己卯岁"为嘉定十二年（1219）；"岁在乙酉"，为嘉定十八年（1225）；"甲申"为至元二十一年（1284）[①]。三诗在运用史家笔调进行灾害记事时，还表明了其效法杜甫"作诗纪事实"或"书诗史"的作意。因此，多重因素决定了这些时地确凿、形象生动的文学书写在当时社会就具有重要的情报通讯和档案资料价值，至于其流传后世的历史文献价值，自是不必赘述。

以上考察表明，灾害文学在应对灾害中具有多方面的社会功能和作用，具有十分突出的实用价值，既是古代大文学观念的表现，也是文学界参与救灾的必然结果。这说明当时的文学功能很少是纯粹审美的，文学的审美价值建立在其实用功能的基础之上。灾害文学创作的成败，很大程度上取决于二者的关系是否协调统一。

---

① 此时时代虽入元，但对于 50 岁才入元的方回（1227—1307）来说，可以代表其宋时观念。

三 灾害视域中的宋代文学

宋代实行佑文抑武的政策，文人的政治地位、社会地位较高，普遍具有强烈的参政意识、济世热情，其思想文化动向重视将经世济用的经学付诸社会实践。[①] 与此同时，在严重的自然灾害形势下，北宋的灾害救济与管理已具备现代灾害管理模式的雏形，当时出现的灾害专业管理机构"涵盖了几乎所有现代灾害专业管理的全部内容"，使宋代成为"我国古代社会保障制度发展的高峰阶段"。[②] 对于士大夫文人来讲，治灾救灾不但是实现其济世抱负的需要，同时也属于其群体和个人的社会责任担当。当时"地方官吏能帮助地方蠲免赋税或倚阁赋税，则一定要树碑立传，将其视为自己的功德，记录在神道碑、行状和史传中"。[③] 可见灾害救治成为一代士人的时代使命，是其忧国忧民的具体体现，因而灾害主题的写作也当属于一代文学的时代主题，与强敌压境、外敌侵凌背景下高扬的爱国主题同样值得重视，这是我们以往有所忽略的地方。

作为一种具有时代意义的思想主题，灾害文学映现一代文学的时代特征。

首先，由于官僚、文士结合的作家身份和传统的灾异思想的影响，宋代的诗文赋不但忧国忧民情怀表现强烈，而且政治批判色彩也很浓厚，灾害题材的写作尤有显现。

其次，由于受"天人合一"思想的影响，宋代文学在面对灾害与人的巨大冲突时，伦理化的唯心主义自然观和天意怜人的仁义道德思想占据着主导地位。《尚书·泰誓上》云："天矜于民，民之

---

① 参李华瑞：《论北宋政治变革时期的文化》，《文献》1999 年第 2 期。

② 石涛：《北宋时期自然灾害与政府管理体系研究》，社会科学文献出版社 2010 年版，第 3 页、第 180 页、第 154 页。

③ 同上书，第 263 页。

所欲，天必从之。"① 苏轼根源于这种思想的诗句"阴阳有时雨有数，民是天民天自恤"成为回荡众多灾害诗文中的主旋律。② 当然也不时会有否定这种观念的"怨天"思想主题，如郭祥正诗云："一雨即弥漫，孰谓乾坤大。"③ 不过作为思想突破的星火，这始终处于次要地位。两类具有对立意味的思想主题长期在宋代文学的发展进程中交织共存。

再次，比起唐人，宋人具有内敛、老成的文化品格，因此在对待人生忧患和各种疫疾、灾难时，宋代文学多表现出达观、超脱的态度和理性健朗的思想境界，与唐人多忧惧的状况不同，唐宋诗词里对待瘴疠的不同态度就是一个鲜明的例子。④

最后，从各类文体灾害写作的差异上看，诗、文比词、赋明显为多。在宋代，尽管宋词崛起，与灾害相关题材的写作已有突破和开拓，但涉及灾害题材的广度和深度仍然十分有限，应当说这既与各类文体的艺术传统和审美要求密切相关，也反映了各体文学在宋代的发展格局。

通过以上各章的分体、分类研究及相关写作源流传统的爬梳，我们明显看到灾害文学在宋代无论是数量、质量，还是体裁、类别，各方面都有长足的进展，呈现出蔚为壮观的创作局面，可以说在宋代灾害文学作为一大题材类别已经完全成熟。灾害文学的兴盛景象是宋代文学繁荣的一个重要侧面，在许多方面都清晰地显示着以雅文学为代表的宋代文学突过前代文学的发展轨迹。学界通常认为唐诗的发展已十分完备，题材内容无所不包，有"一切好诗到唐

---

① （汉）孔安国传，（唐）孔颖达疏：《尚书正义》，卷一一，北京大学出版社2000年版，第325页。

② 见苏轼《次韵孔毅父久旱已而甚雨三首》其一。征引、隐括此句的诗作有：赵蕃《乐岁歌》："东坡先生故尝言，民自天民天定恤。"（《全宋诗》第49册，第30394页）陈造《次韵许节推喜雨》："民是天民天自恤，佛天之功天所疾。"（《全宋诗》第45册，第28067页）王十朋《喜雨用前韻》云："五风十雨尧舜世，自古天意缘人情。"（《全宋诗》第36册，第22661页）

③ 参第三章《水灾诗》第五部分"观念突破"一节。

④ 参第六章《疾疫诗》第二部分《文人病疫与赋诗驱疟》。

代已被做完"之说（鲁迅），但就灾害题材的写作来看，唐诗在不少领域都有待于宋诗的大力开拓。例如，蝗灾诗的创作唐代已有了专题吟咏，但只有几首，宋代不但数量大增，而且在体制的扩大、手法的多样、主题的深刻等方面都有大幅进展；火灾诗在唐代也寥若晨星，但宋代的火灾诗已从都市、公共场所、山野写到私家，出现了自嘲、讽世、命运悲剧、家族兴衰、生态危机等主题。灾荒书写，尽管唐代已出现了"路有冻死骨"（杜甫）、"衢州人食人"（白居易）那样的惨剧，但宋代刘宰的《野犬行》等诗作已经深入人道灾难的灵魂深处来予以表现，主题进一步深化。[①] 至于宋代出现的多首地震诗、潮灾诗、虎狼狐灾和山崩诗等题材，唐诗中还没有发现。因此宋诗较唐诗又有显著的进步和拓展，其他主要文体的灾害创作考察也具有相同或类似的结果。据此我们说宋代的雅文学较之前代具有总结性、高峰性，这也应当是宋代文化"造极"盛况的重要组成部分。与此同时，我们又要看到灾害题材的创作在唐代的诗、文、赋中已经有了良好的开端或发展，在此基础上宋代进入繁荣发达的境地。[②] 因此，当我们在谈论"唐音宋调"的差别或"唐宋转型"的话题时，也不应当忽视文学、文化发展的继承性和连续性，根本上不能割断历史。

关于宋代灾害文学创作取得的成就，上文和正文各章探讨已多，在本项研究行将结束之际不妨来集中讨论一下其创作上的缺点和不足。对此，前面部分章节已略有涉及，下面拟做简要总结。

其一，在宋代文学广泛介入灾害书写的过程中，尽管形象生动的描述和作家的忧戚、哀怜、自咎、讥刺、哲思等情感内容给这些作品注入了灵魂，使其与史书纪事拉开了距离，但仍有许多作品写得太随意，千篇一律、形式单一、内容肤浅雷同等现象比较突出，

---

① 参第四章《旱灾诗》第四部分《诗史地位》。
② 参见第七章《火灾诗》第四部分《特色、承传及消防文化思想》。

从而导致佳作和精品数量有限，流传后世的名篇较少。这大概与当时作家的创作方式有关，绝大多数作品属于随兴即录，缺乏必要的艺术加工，如姜特立的诗题所说《……又去冬岁暮多雨，连绵至春半，未有晴意，人情忧闷，聊书数语以备采谣者，至辞之工拙，固所不计也》，王庭珪的《寅陂行》诗序所谓"不复缘饰，皆老农语也"。尽管保持生活的原貌很有意义，但这并不等于可以放弃艺术的典型化照搬生活，文学也不例外。

其二，对待灾害问题的泛政治化一方面促进了相关创作的批判现实趋向，另一方面也导致许多诗作偏向于关注政治问题，进而落入天人感应论的思想窠臼，诱导主题走向集中、套式和单一。同时灾害问题的政治化也助长了宋诗议论化的特点，使作品的艺术性受到损害，部分诗作因此写得直露、冗长，甚者如进奏的"条陈"。北宋徐积的《大河上天章公顾子敦》、南宋戴埴的《雹》就是这样的代表作品。

其三，由于思想认识的局限和写作动机的制约，有些作品（如祈祷禳灾的诗文）宣扬了神异灵验的思想，有些作品（如庆贺祷雨成功的诗词）存在明显的谀颂倾向，还有些作品宣扬了因果报应的封建思想，因而降低了作品的思想价值。林希逸《纪异诗》、缪瑜《遇灾感应诗》、吴芾《癸巳岁邑中大歉三七俉捐金散谷以济艰食因成三十韵以纪之》就是这样的作品。如吴芾诗云："阴功在人天心报，会俾尔寿膺繁禧。梓里遗芳传未艾，世有子孙攀桂枝。"

其四，诗词赋中的部分抒情类作品，对于文学的实用价值和审美价值的关系处理不当，以致流于纯粹说理，枯燥乏味。邵雍的山崩诗即为这方面的代表。

其五，有些文学体裁如宋词的灾害书写，由于没有处理好灾害题材与文体特性、审美传统的协调性问题，不少作品雷同于诗，严格说来属于失败之作。

其六，各类灾害文学创作都以封建官吏和文人士大夫为中心，基于灾民特别是下层人民及其生命关怀的书写不足，许多作品的灾难书写是粗略肤浅的。如涉及已广的北宋河患诗这个问题就比较突出，而明清时候则多有诗作关注河决中普通百姓的命运和治河役夫的疾苦，在写法上也多专门学乐府、民歌、民谣叙事的，对宋诗的有关缺失是很好的弥补。

当然以上不足也有时代及其文风局限的问题，不宜过分苛求。

四　专门研究的建立

从古至今，我国文学都不乏反映自然灾害的作品，越是往后，历代王朝留存的相关作品和文献资料愈加丰富。本书的初步揭示已足以证明"灾害文学"是历代普遍存在而以往学界有所忽略的重要文学现象。一方面现存典籍保存了大量涉及灾害的文学作品和相关文献资料，蕴含独特的文学、文献、思想、文化、审美价值；另一方面，作为研究对象，其外延还可以延伸古今，跨越中外。"灾害文学"的存量、增量和丰厚内蕴及其内在的统一性足以支撑其作为一个文学分支单列出来，与人们熟悉的其他主题（题材）文学并立而为一个独立的文学子目。同时，处于自然灾害困境的当今人类显然也离不开文学的救助，每当重大灾害发生中外文坛就会引发系列相关文学创作就是明证。① 因此，古今文学的创作状况呼唤相应的专门研究单元的建立。新世纪以来，随着"地震诗潮"的热烈讨论和国家社会科学基金对相关课题的立项资助，有关古今灾害文学的研究已渐次兴起，针对其思想与艺术、个案与断代乃至通代的研究成果都已产生，各类灾种和文体都已涉及。在这样的学术形势下，适时总结相关研究的经验得失，探索行之有效的研究方法，制定合理的学术规范，就成为相关领域学术自觉的必然要求。从学术环境

---

① 参见［保加利亚］埃米尔·阿夫拉莫夫·卡洛《没有文学，我们无法在灾难尽头发现答案》，《文艺报》2010 年 6 月 14 日第 3 版。

和学术氛围看，形成学术和文化热点的灾害史、灾害学、生态文学、科幻文学、灾难电影等学术和文艺部门为"灾害文学"的研究准备了可以广为借鉴利用的知识基础、资料文献、方法理念和研究对象。因此我们可以期待"灾害文学"的研究将迎来日益兴旺的学术前景，发挥其独特的学术价值和可贵的现实意义，形成古今文学研究中一支别具特色的独立研究门类。

主要参考文献

一 著作

B

《避暑录话》，（宋）叶梦得撰，大象出版社 2006 年版。

《北宋经抚年表·南宋制抚年表》，（清）吴廷燮撰，中华书局 1984 年版。

《北宋时期自然灾害与政府管理体系研究》，石涛著，社会科学文献出版社 2010 年版。

C

《晁补之词编年笺注》，乔力笺注，齐鲁书社 1992 年版。

《楚辞论文集》，游国恩著，古典文学出版社 1957 年版。

《楚辞集注》，（宋）朱熹撰，蒋立甫校点，上海古籍出版社 2001 年版。

《楚辞补注》，洪兴祖注，卞岐整理，凤凰出版社 2007 年版。

《辞赋大辞典》，霍松林主编，江苏古籍出版社 1996 年版。

《词话丛编》，唐圭璋编，中华书局 1986 年版。

《桂海虞衡志》，（宋）范成大撰，严沛校注，广西人民出版社 1986 年版。

《崇古文诀》，（宋）楼昉编，文渊阁四库全书本。

《春秋繁露》，（汉）董仲舒撰，中华书局 1975 年版。

《词学新诠》，叶嘉莹著，北京大学出版社 2008 年版。

《春渚纪闻》，（宋）何薳撰，中华书局 1983 年版。

D

《多维视野下的宋代文学》，诸葛忆兵著，中国社会科学出版社
　　2015 年版。

G

《古今图书集成》，（清）陈梦雷等辑，中华书局、巴蜀书社 1986
　　年版。

H

《汉代奏议的文学意蕴与文化精神》，王启才撰，人民出版社 2009
　　年版。

《鹤林玉露》，（宋）罗大经撰，中华书局 1983 年版。

《黄河流域水旱灾害》，不著撰人，黄河水利出版社 1996 年版。

《河南水旱灾害》，吴天铺主编，黄河水利出版社 1999 年版。

《河南自然灾害》，温彦主编，河南教育出版社 1994 年版。

《黄庭坚年谱新编》，郑永晓著，社会科学文献出版社 1997 年版。

《韩愈全集校注》，屈守元、常思春主编，四川大学出版社 1996 年版。

J

《救荒活民书》，（宋）董煟撰，中华书局 1985 年版。

《建炎以来系年要录》，（宋）李心传撰，中华书局 1985 年版。

《郡斋读书志校证》，（宋）晁公武撰，孙猛校证，上海古籍出版社
　　1990 年版。

L

《历代诗话》，（清）何文焕辑，中华书局 1981 年版。

《历史研究》，［英］汤因比著，上海人民出版社 1959 年版。

《岭外代答校注》，（宋）周去非著，杨武泉校注，中华书局 1999
　　年版。

《陆游年谱》，于北山著，上海古籍出版社 2006 年版。

　　　　M

《民国时期自然灾害与现代文学书写》，张堂会著，中国社会科学
　　出版社 2012 年版。

《明诗纪事》，陈田辑撰，上海古籍出版社 1993 年版。

《毛诗品物图考》，［日］冈元凤纂辑，王承略点校解说，山东画报
　　出版社 2002 年版。

《梅尧臣集编年校注》，（宋）梅尧臣著，朱东润校注，上海古籍出
　　版社 1980 年版。

《梅尧臣诗选》，朱东润选注，人民文学出版社 1980 年版。

　　　　N

《南北朝文学编年史》，曹道衡、刘跃进著，人民文学出版社 2000
　　年版。

《能改斋漫录》，（宋）吴曾撰，上海古籍出版社 1960 年版。

《南宋文人与党争》，沈松勤著，人民出版社 2005 年版。

　　　　Q

《秦观集编年校注》，周義敢、程自信等编注，人民文学出版社
　　2001 年版。

《秦汉文学编年史》，刘跃进著，商务印书馆 2006 年版。

《秦少游年谱长编》，徐培均著，中华书局 2002 年版。

《全唐诗》，（清）彭定求编，中华书局 1960 年版。

《全唐文》，（清）董诰等编，中华书局 1983 年版。

《全唐五代词》，曾昭岷、曹济平、王兆鹏、刘尊明编撰，中华书

局 1999 年版。

《全宋词》，唐圭璋编，中华书局 1999 年版。

《全上古三代秦汉三国六朝文》，（清）严可均辑，商务印书馆 1999
　年版。

《全宋诗》，傅璇琮等编，北京大学出版社 1991—1998 年版。

《全宋文》，曾枣庄、刘琳主编，上海辞书出版社、安徽教育出版
　社 2006 年版。

　　　R

《人间词话》，王国维撰，人民文学出版社 1960 年版。

《禳灾与减灾：秦汉社会自然灾害应对制度的形成》，段伟著，复
　旦大学出版社 2008 年版。

　　　S

《宋朝民间慈善活动研究》，张文著，西南师范大学出版社 2005
　年版。

《宋朝诸臣奏议》，（宋）赵汝愚编，上海古籍出版社 1999 年版。

《宋代传奇集》，李剑国辑校，中华书局 2002 年版。

《宋代范浚及其宗族考论》，张剑著，中国社会科学出版社 2014
　年版。

《宋代官制辞典》，龚延明编著，中华书局 1997 年版。

《宋代黄河史研究》，［日］吉冈义信著，东京：御茶之水书房 1978
　年版。

《宋代散文研究》（修订本），杨庆存著，人民文学出版社 2011 年版。

《宋代文学通论》，王水照主编，河南大学出版社 1997 年版。

《山谷诗集注》，（宋）黄庭坚著，任渊、史容、史季温注，黄宝华
　点校，上海古籍出版社 2003 年版。

《诗歌意象论》，陈植锷著，中国社会科学出版社 1996 年版。

《宋会要辑稿》，（清）徐松辑，中华书局 1957 年版。

《宋名臣奏议》，（宋）赵汝愚编，文渊阁四库全书本。

《宋史》，（元）脱脱等撰，中华书局1977年版。

《宋诗精华录》，陈衍编选，江西人民出版社1984年版。

《宋诗选注》，钱锺书著，人民文学出版社1958年版。

《宋文鉴》，（宋）吕祖谦编，中华书局1992年版。

《苏轼年谱》，孔凡礼著，中华书局1998年版。

《苏轼诗集》，（宋）苏轼撰，（清）王文诰辑注，孔凡礼点校，中华书局1982年版。

《苏轼文集》，（宋）苏轼撰，孔凡礼点校，中华书局1986年版。

《尚书正义》，（汉）孔安国传，（唐）孔颖达疏，北京大学出版社2000年版。

《十三经注疏》，上海古籍出版社1997年版。

《宋文鉴》，齐治平点校，中华书局1990年版。

《宋元文章学》，祝尚书著，中华书局2013年版。

《苏辙年谱》，孔凡礼撰，学苑出版社2001年版。

T

《太平寰宇记》，（宋）乐史撰，中华书局2007年版。

《太平御览》，（宋）李昉撰，河北教育出版社2000年版。

《苕溪渔隐丛话》（前、后集），（宋）胡仔撰，廖德明校点，人民文学出版社1962年版。

《唐宋八大家文钞》，（明）茅坤编，（清）张伯行重订，中华书局1985年版。

《唐宋词美学》，杨海明著，江苏教育出版社1998年版。

《唐宋词史》，杨海明著，江苏古籍出版社1987年版。

《唐宋词史论》，王兆鹏著，人民文学出版社2000年版。

《唐宋词选》，中国社会科学院文学研究所编，人民文学出版社1981年版。

《唐文粹》，（宋）姚铉编，文渊阁四库全书本。

W

《汶川地震的启示——灾害伦理学》，刘雪松、王晓琼著，科学出版社 2009 年版。

《吴梦窗词笺释》，（宋）吴文英撰，杨铁夫注，广东人民出版社 1992 年版。

《王令集》，（宋）王令撰，沈文倬校点，上海古籍社 2011 年版。

《王荆公诗注补笺》，王安石撰，李壁注，李之亮校点补笺，巴蜀书社 2002 年版。

《危机与应对：自然灾害与唐代社会》，阎守诚主编，人民出版社 2008 年版。

《文学与治疗》，叶舒宪著，社会科学文献出版社 1999 年版。

《文心雕龙注》（《范文澜全集》第五卷），（梁）刘勰撰，范文澜注，河北教育出版社 2002 年版。

《瘟疫论》，（清）吴有性撰，文渊阁四库全书本。

《王禹偁事迹著作编年》，徐规著，商务印书馆 2003 年版。

《文章辨体汇选》，（明）贺复征编，文渊阁四库全书本。

《文章辨体序说·文体明辨序说》，吴讷、徐师曾撰，人民文学出版社 1962 年版。

《吴中水利全书》，（明）张国维撰，文渊阁四库全书本。

X

《辛稼轩年谱》，邓广铭著，上海古籍出版社 1957 年版。

《先秦汉魏晋南北朝诗歌》，逯钦立辑，中华书局 1983 年版。

《先秦文学编年史》，赵逵夫编，商务印书馆 2010 年版。

《续资治通鉴》，（清）毕沅撰，中华书局 1979 年版。

《续资治通鉴长编》，（宋）李焘撰，上海古籍出版社 1993 年版。

Y

《玉海》，（宋）王应麟撰，江苏古籍出版社 1987 年版。

《寓简》，（宋）沈作喆撰，中华书局 1985 年版。

《于湖居士文集》，（宋）张孝祥撰，徐鹏校点，上海古籍出版社 1980 年版。

《叶嘉莹说词》，叶嘉莹著，上海古籍出版社 1999 年版。

《艺概》，（清）刘熙载撰，上海古籍出版社 1978 年版。

《艺文类聚》，（唐）欧阳询撰，上海古籍出版社 1982 年版。

《永乐大典》，北京图书馆编，中华书局 1986 年版。

Z

《灾害学》，李树刚主编，煤炭工业出版社 2008 年版。

《中国词学的现代观》，叶嘉莹著，岳麓书社 1992 年版。

《中国地震历史资料汇编》（第一卷），谢毓寿、蔡美彪著，科学出版社 1983 年版。

《中国地震历史资料汇编》，谢毓寿、蔡美彪主编，科学出版社 1987 年版。

《中国传统救灾思想研究》，张涛、项永琴、檀晶著，社会科学文献出版社 2009 年版。

《中国古代阐释学研究》，周裕锴著，上海人民出版社 2003 年版。

《中国古代文体学研究》，吴承学著，人民出版社 2011 年版。

《中国古代文艺美学概要》，皮朝纲著，四川省社会科学院出版社 1986 年版。

《中国古代灾害史研究》，郝治清主编，中国社会科学出版社 2007 年版。

《中国古代文体概论》，褚斌杰著，北京大学出版社 1990 年版。

《中国救荒史》，邓云特著，上海书店 1984 年版。

《中国历代地震诗百首》，江苏省地震局编，中国展望出版社 1989 年版。

《中国历史地图集》，谭其骧主编，地图出版社 1982 年版。

《中国文化论稿》，杨庆存著，中国社会科学出版社 2015 年版。

《中国文学家大辞典》（宋代卷），曾枣庄主编，中华书局 2004
　　年版。

《中国文学史》，中国科学院文学研究所编，人民文学出版社 1979
　　年版。

《中国蝗灾史》，章义和著，安徽人民出版社 2008 年版。

《中国灾害通史·隋唐五代卷》，闵祥鹏著，郑州大学出版社 2008
　　年版。

《中国灾害通史·宋代卷》，邱云飞著，郑州大学 2008 年版。

《中国水利史纲要》，姚汉源著，水利电力出版社 1987 年版。

《中国诗歌艺术研究》，袁行霈著，北京大学出版社 1996 年版。

《增订注释全宋词》，朱德才主编，文化艺术出版社 1997 年版。

《增订注释全唐诗》，陈贻焮主编，文化艺术出版社 2001 年版。

二　期刊论文

《瘴气的文献研究》，冯汉镛撰，《中华医史杂志》1981 年第 1 期。

《殷代的蝗灾》，范毓周撰，《农业考古》1983 年第 2 期。

《中国古典意象论》，敏泽撰，《文艺研究》1983 年第 3 期。

《中国历史上的蝗灾分析》，郑云飞撰，《中国农史》1990 年第
　　4 期。

《读韩愈〈谴疟鬼〉诗》，王星桥撰，《中医药文化》1990 年第
　　4 期。

《晚清诗歌中的灾荒描写》，李文海撰，《清史研究》1992 年第
　　4 期。

《2000 年来中国瘴病的分布变迁的初步研究》，龚胜生撰，《地理学
　　报》1993 年第 4 期。

《论历代奏议体散文的文学成就》，刘振娅撰，《广西社会科学》
　　1995 年第 4 期。

《历代"黄河诗"的史料价值》，王双怀撰，《中国历史地理论丛》

1996 年第 2 期。

《热旱情境中的诗歌意象与诗人心态——论杜甫的苦热诗》，李贵撰，《杜甫研究学刊》1997 年第 1 期。

《文学与治疗——关于文学功能的人类学研究》，叶舒宪撰，《中国比较文学》1998 年第 2 期。

《文学治疗的原理及实践》，叶舒宪撰，《文艺研究》1998 年第 6 期。

《以诗治病》，许社露、庞尤撰，《科学养生》1998 年第 2 期。

《论北宋政治变革时期的文化》，李华瑞撰，《文献》1999 年第 2 期。

《唐宋元石刻中的赋》，程章灿撰，《文献》1999 年第 4 期。

《全民科学减灾呼唤"灾害文学"》，金磊、李沉撰，《上海市建设职工大学学报》2000 年第 1 期。

《新世纪文学的出路：科学文学——兼论灾害文学的创立及发展思路》，金磊撰，《科学学与科学技术管理》2000 年第 4 期。

《语象·物象·意象·意境》，蒋寅撰，《文学评论》2002 年第 3 期。

《灾荒与战乱——试论明清之际章回小说的时代主题》，莎日娜撰，《内蒙古师范大学学报》（哲学社会科学版）2003 年第 2 期。

《论宋代辞赋》，曾枣庄撰，《清华大学学报》（哲学社会科学版）2003 年第 5 期。

《历史时期濒水城市水灾问题初探——以北宋开封为例》，李亚撰，《华中科技大学学报》（社会科学版）2003 年第 5 期。

《宋元时期的瘴疾与文化变迁》，左鹏撰，《中国社会科学》2004 年第 1 期。

《古代湘省水灾、旱灾与诗》，张颖华撰，《船山学刊》2004 年第 1 期。

《〈历代赋汇〉的汉赋编录与分类》，踪凡撰，《天津社会科学》2004 年第 6 期。

《论花间体及温韦之异同》，木斋、李松石撰，《天中学刊》2005 年第 1 期。

《地域偏见和族群歧视：中国古代瘴气与瘴病的文化学解读》，张文撰，《民族研究》2005 年第 3 期。

《诗中之意与诗外之"疫"》，闵祥鹏撰，《五邑大学学报》（社会科学版）2005 年第 4 期。

《论西汉的灾异奏疏》，王允亮撰，《青岛科技大学学报》2006 年第 1 期。

《宋元两朝桑灾比较》，龚光明、杨旺生撰，《农业与技术》2006 年第 6 期。

《唐代文学中灾异观念的表现》，杜玉俭、李莉撰，《广州大学学报》2006 年第 9 期。

《宋代僧词作者考略》，高慎涛撰，《宁夏社会科学》，2007 年第 6 期。

《回顾与展望：社会史视野下的中国蝗灾史研究》，马维强、邓宏琴撰，《中国历史地理论丛》2008 年第 1 期。

《文学中的灾难与救世》，叶舒宪撰，《文化学刊》2008 年第 4 期。

《一首远古先民消灾祈福的巫咒歌谣——〈蜡辞〉的文化人类学阐释》，吴广平撰，《文化学刊》2008 年第 4 期。

《论近代诗人何绍基》，曹旭撰，《上海师范大学学报》（哲学社会科学版）2008 年第 5 期。

《清人的地震诗》，山疑撰，《文史杂志》2008 年第 4 期。

《五代词人李珣〈琼瑶集〉及其生平新探》，高法成撰，《今日南国》（理论创新版）2009 年第 1 期。

《文学治疗研究十年：回顾与反思》，曾宏伟撰，《学术界》2009 年第 1 期。

《建安时期的天灾对建安文学的影响》，魏宏灿撰，《安徽大学学报》（哲学社会科学版）2009 年第 1 期。

《灾难写作的危机与灾难文学意义空间的拓展》，支宇撰，《中华文化论坛》2009 年第 1 期。

《古诗话旱》，霍寿喜撰，《生命与灾害》2009 年第 3 期。

《民国时期自然灾害下的人与社会——以现代文学为中心的考察》，
　　张堂会撰，《中国现代文学研究丛刊》2009 年第 3 期。

《唐宋时期瘟疫发生的规律及特点》，陈丽撰，《首都师范大学学
　　报》（社会科学版）2009 年第 6 期。

《宋代浙江佛教与地方公益活动关系考论》，何兆泉撰，《浙江社会
　　科学》2009 年第 10 期。

《中国词史上最为奇特的词集——读〈兵要望江南〉》，杨东甫撰，
　　《阅读与写作》2009 年第 11 期。

《两宋时期自然灾害的文学记述与地理分布规律》，李铁松等撰，
　　《自然灾害学报》2010 年第 1 期。

《由汶川抗震诗歌大潮看中国古代地震诗歌》，侯英撰，《防灾科技
　　学院学报》2010 年第 1 期。

《文学禳灾的民族志》，叶舒宪撰，《中外文化与文论》2010 年第
　　1 期。

《康雍乾灾害诗歌主题变化与三朝灾害信仰之流变》，杨静、秦立、
　　王爱敏撰，《防灾科技学院学报》2010 年第 2 期。

《灾害文学研究初探》，侯英撰，《时代文学》2010 年第 2 期。

《我国古代灾害文学作品概说》，侯英、李静波撰，《防灾科技学院
　　学报》2010 年第 2 期。

《张孝祥在广西的文学创作》，梁德林撰，《广西文史》2010 年第
　　3 期。

《比较视野中的中国洪水神话》，全群艳撰，《社会科学家》2010 年
　　第 5 期。

《先秦古歌的叙事性和文体形态》，张海鸥撰，《兰州大学学报》
　　（社会科学版）2010 年第 5 期。

《与地震灾害相遇的文学与文学理论》，冯宪光撰，《西南民族大学
　　学报》（人文社会科学版）2010 年第 8 期。

《宋代的捕蝗与祭蝗》，李华瑞撰，《山西大学学报》（哲学社会科学版）2011 年第 6 期。

《清朝诗歌中的山西灾荒——以方志为中心的考察》，王璋撰，《中国地方志》2012 年第 1 期。

《由元光河决与所谓王景治河重论东汉以后黄河长期安流的原因》，辛德勇撰，《文史》2012 年第 1 辑。

《论蒲松龄的灾难诗》，王建平撰，《蒲松龄研究》2012 年第 1 期。

《灾难视野中的文学回响——先秦灾难的文学表现及其意义》，王秀臣撰，《湘潭大学学报》（哲学社会科学版）2012 年第 3 期。

《〈清诗铎〉祈雨术初探》，王焕然撰，《世界宗教研究》2012 年第 3 期。

《试论中国古代祈雨文的主题特征及其文化内蕴》，刘欢萍撰，《文化遗产》2012 年第 3 期。

《宋代祈谢雨文的文体类别及其所映现的仪式意涵》，杨晓霭、肖玉霞撰，《西北师大学报》2012 年第 4 期。

《试论唐宋〈望江南〉词的艺术风格》，刘尊明撰，《学术研究》2012 年第 8 期。

《"杜诗疗疟"考》，李宗鲁、赵羽撰，《重庆科技学院学报》（社会科学版）2012 年第 14 期。

《宋代救荒仓储制度的发展与变化》，李华瑞撰，《暨南史学》第 7 辑（马明达主编），广西师范大学出版社 2012 年版。

《杜甫天灾诗探微》，刘艺撰，《杜甫研究学刊》2013 年第 1 期。

《试论王禹偁的灾害诗》，王莜梅撰，《贵州民族大学学报》（哲学社会科学版）2013 年第 1 期。

《明清灾害叙事中匪灾事象的文学言说机制》，刘卫英撰，《东疆学刊》2013 年第 1 期。

《白居易的灾害诗》，吴夏平撰，《古典文学知识》2013 年第 3 期。

《略论汉代灾荒诗》，宋丹丹撰，《金田》2013 年第 12 期。

《论北宋名臣韩琦的诗歌》，莫砺锋撰，《文学遗产》2014 年第 1 期。

《唐代祈雨诗文罪己咎责主题及其现实意义》，杨晓霭撰，《华南师
　　范大学学报》（社会科学版）2014 年第 3 期。
《宋代天人感应学说与祥瑞灾异赋创作》，于雯霞、刘培撰，《安徽
　　大学学报》（哲学社会科学版）2014 年第 4 期。
《疗妒汤与读诗治病》，周一海撰，《长寿》2014 年第 8 期。

三　学位论文

《台湾天然灾害类古典诗歌研究：清代至日据时代》，戴雅芬撰，
　　台湾中国政治大学 2002 届硕士学位论文。
《明末山东灾荒与社会应对——以〈醒世姻缘传〉展现的山东地方
　　社会为中心》，邓峰撰，北京师范大学 2005 届硕士学位论文。
《宋代祝颂词研究》，梁葆莉撰，北京师范大学 2007 届博士学位论文。
《西汉奏疏研究》，张金耀撰，河北师范大学 2008 届硕士学位论文。
《从康雍乾灾害诗歌的表现看三朝灾害观念的嬗变》，杨静撰，首
　　都师范大学 2009 届硕士学位论文。
《先秦诗歌中的自然灾害母题与意象研究》，袁心澜撰，湖南科技
　　大学 2010 届硕士学位论文。
《两汉灾异奏疏研究》，马悦撰，东北师范大学 2011 届硕士学位
　　论文。
《宋诗与宋代灾害探研》，王宇飞撰，四川师范大学 2012 届硕士学
　　位论文。
《先秦两汉魏晋灾异诗赋研究》，陈妮撰，湖南师范大学 2014 届硕
　　士学位论文。
《东汉灾害文学研究》，李文娟撰，安徽大学 2014 届硕士学位论文。
《魏晋南北朝灾害文学研究》，孙从从撰，鲁东大学 2014 届硕士学
　　位论文。

附录一　先秦至两宋主要涉灾文学作品编目

说明：由于涉及作品较多，本编所列篇目以两宋为详。全编大致以作家生年先后为序，以人系文。作家个人的作品以散文、辞赋、词、诗歌为序，文体之间以分号为间；散文大致以诏、奏、记、文为序。小说戏曲作品暂付阙如。

上古神话：夸父逐日、鲧禹治水、女娲补天、后羿射日、应龙布雨、女魃致旱、愚公移山

先秦歌诗杂辞：商汤《祷雨辞》（《荀子·大略》）《蜡辞》（《礼记·郊特牲》）《佹诗》（《荀子·赋篇》）《鲁童谣》《长水童谣》（《先秦汉魏晋南北朝诗歌》）

《诗经》：《召南·江有汜》《魏风·硕鼠》《大雅·云汉》《大雅·桑柔》《小雅·正月》《小雅·雨无正》《小雅·十月之交》《小雅·鸿雁》《小雅·谷风》《周颂·昊天有成命》《商颂·长发》

屈原（前340—前278）：《天问》《招魂》《九歌·东君》《九歌·河伯》

按：游国恩《论〈九歌〉山川之神》认为《九歌·河伯》"确为咏河伯娶妇之事也"（《楚辞论文集》，古典文学出版社1957年版，第135页）。张树国《〈九歌·东君〉与古代救日习俗》认为《九歌·东君》与古代楚国的日食禳救活动密切相关。（《中州学刊》1996年第1期）

贾谊（前200—前168）：《旱云赋》

董仲舒（前179—前104）：《贤良策》《雨雹对》《高庙园灾

349

对》《奏江都王求雨》；《救日食祝》《请雨祝》《止雨祝》

汉文帝：《日食求言诏》

汉武帝（前156—前87）：《瓠子歌》

汉宣帝（前91—前49）：《地震诏》

东方朔：《旱颂》

刘向（前77—前6）：《请雨华山赋》

佚名：《杂山陵水泡云气雨旱赋十六篇》

汉元帝（前74—前33）：《免灾民租赋诏》《灾异求言诏》

汉光武帝（前5—57）：《因日食下诏》《地震诏》《祷雨诏》

汉章帝（57—88）：《地震举贤良方正诏》

翼奉：《因灾异应诏上封事》《因灾异上疏》

谷永：《灾异对》《塞河议》

张匡：《日蚀对》

杨兴：《黄雾对》

马援（前14—49）：《武溪深》

郎𫖮：《对状尚书条便宜七事》

襄楷：《诣阙上疏》

张衡（78—139）：《阳嘉二年京师地震对策》

张文：《蝗虫疏》

李郃：《因日食地震上安帝书》

陈蕃（？—168）：《因火灾上疏》

蔡邕（133—192）：《对诏问灾异八事》；《述行赋》《愁霖赋》

汉代歌谣：汉元帝时童谣（"井水溢"）、《蜀郡民为廉范歌》《洛阳人为祝良歌》

曹操（155—220）：《赡给灾民令》《存恤令》

王粲（177—217）：《大暑赋》

应玚（177—217）：《愁霖赋》

繁钦（？—218）：《暑赋》

刘桢（186—217）：《大暑赋》、佚名诗（"初春含寒气"）

缪袭（186—245）：《喜霁赋》

曹丕（187—226）：《息兵诏》《与吴质书》《与王朗书》；《愁霖赋》

应璩（190—252）：《与广川长岑文瑜书》

曹植（192—232）：《说疫气》；《愁霖赋》《大暑赋》；《赠丁仪诗》《怨歌行》

傅玄（217—278）：《大寒赋》；《炎旱诗》《苦雨诗》《苦热诗》《季冬诗》

张协（？—307?）：《苦雨诗》

成公绥（231—273）：《戒火文》；《阴霖赋》《大河赋》

傅咸（239—294）：《患雨赋》《喜雨赋》；《愁霖诗》

夏侯湛（约243—约291）：《大
　　暑赋》《寒雪赋》

潘岳（247—300）：《关中诗》

潘尼（约250—约311）：《苦雨
　　赋》《苦雨诗》

陆机（261—303）：《愁霖赋》；
　　《赠尚书郎顾彦先诗》

陆云（262—303）：《愁霖赋》

嵇含（263—306）：《诰风伯》

曹毗：《请雨文》；《霖雨诗》

李颙：《经涡路作诗》

范泰（355—428）：《表贺元正并
　　陈旱灾》

陶渊明（约365—427）：《怨诗
　　楚调示庞主簿邓治中》《戊申
　　岁六月中遇火诗》

佚名：《千金渠石人东胁下记》
　　《造戾陵遏记》

傅亮（374—426）：《喜雨赋》

卞伯玉：《大暑赋》

谢惠连（407—433）：《喜雨诗》

鲍照（414—466）：《苦雨诗》
　　《喜雨诗》

江淹（444—505）：《苦雨诗》

庾肩吾（487—551）：《奉和武帝
　　苦旱詩》《奉和药名诗》

庾信（513—581）：《和乐仪同苦
　　热诗》

孔德绍：《王泽岭遭洪水》

李峤（646—715?）：《晚秋喜雨》

沈佺期（约656—约715）：《赦
　　到不得归题江上石》

宋之问（约656—约712）：《祭
　　禹庙文》；《谒禹庙》

权龙褒：《喜雨》

张说（667—730）：《喜雨赋》；
　　《端州别高六戬》

张九龄（678—740年）：《奉和
　　圣制喜雨》《洪州西山祈雨是
　　日辄应因赋诗言事》

唐玄宗（685—762）：《喜雨赋》

丘为（694?—789?）：《省试夏
　　日可畏》

李白（701—762）：《公无渡河》
　　《玉真公主别馆苦雨赠卫尉张
　　卿二首》（其二）

王维（701—761）：《苦热》

高适（702?—765）：《东平路中
　　遇大水》《苦雪四首》《苦雨
　　寄房四昆季》《自淇涉黄河途
　　中作十三首》（其九）《送郑
　　侍御谪回闽中》《效古二首》

丁仙芝（705—763）：《赠朱中书》

钱起（710?—782?）：《秋霖
　　曲》《苦雨忆皇甫冉》《中书
　　遇雨》

杜甫（712—770）：《临邑舍弟书
　　至苦雨黄河泛溢堤防之患簿领
　　所忧因寄此诗用宽其意》《夏
　　日叹》《夏夜叹》《秋雨叹》

《早秋苦热堆案相仍》《喜雨》
《大雨》《雨过苏端》《桥陵诗
三十韵因呈县内诸官》《白水
明府舅宅喜雨》《三川观水涨
二十韵》《久雨期王将军不至》
《热》《火》《病后遇王倚饮赠
歌》《寄薛三郎中璩》《九日
寄岑参》《苦雨奉寄陇西公兼
呈王徵士》《寄彭州高三十五
使君适虢州岑二十七长史参三
十韵》《石犀行》《茅屋为秋
风所破歌》《多病执热奉怀李
尚书》《柟树为风雨所拔叹》
《哭台州郑司户苏少监》《前苦
寒行二首》

皇甫冉（717—770）：《杂言迎
神词》

元结（719—772）：《闵荒诗》
《农臣怨》《酬孟武昌苦雪》

孟彦深：《元次山居武昌之樊山
新春大雪以诗问之》

独孤及（725—777）：《奉和李大
夫同吕评事太行苦热行兼寄院
中诸公》

刘长卿（约726—约790）：《奉
和李大夫同吕评事太行苦热行
兼寄院中诸公仍呈王员外》

顾况（约727—约815）：《在滁
苦雨归桃花崦伤亲友略尽》
《苦雨》《历阳苦雨》

乔知之（？—690）：《苦寒》

张鼎：《御霭赋》

释皎然（730—799）：《同薛员外
谊久旱感怀寄兼呈上杨使君》
《同薛员外谊喜雨诗兼上杨使
君》《陪颜使君饯宣谕萧常侍》
《兵后经永安法空寺寄悟禅师》

戴叔伦（约732—约789）：《屯
田词》《女耕田行》《喜雨》
《送李大夫渡口阻风》

韦应物（737—792）：《使云阳寄
府曹》《观沣水涨》

卢纶（739—799）：《客舍苦雨即
事寄钱起郎士元二员外》《苦
雨闻包谏议欲见访戏赠》

戎昱（744—800）：《云安阻雨》

李益（746—827？）：《度破讷沙
二首》（其一）

刘叉：《雪车》

孟郊（751—814）：《寒地百姓吟》
《苦寒吟》《和丁助教塞上吟》
《寒江吟》《寒溪》（其七）

权德舆（759—818）：《和李大夫
西山祈雨因感张曲江故事十
韵》《病中苦热》

李观（766—794）：《苦雨赋》

王建（766？—？）：《水运行》

韩愈（768—824）：《遣疟鬼》
《归彭城》《龊龊》《赴江陵途
中寄赠翰林王二十补阙李十一

拾遗李二十六员外翰林三学士》《洞庭湖阻风赠张十一署》《苦寒》《苦寒歌》《月蚀诗效玉川子作》《辛卯年雪》《陆浑山火和皇甫湜用其韵》《题炭谷湫祠堂》《郴州祈雨》《题木居士二首》《永贞行》《酬蓝田崔丞立之咏雪见寄》《宿曾江口示侄孙湘二首》（其一）《秋雨联句》

吕温（771—811）：《贞元十四年旱甚见权门移芍药花》

刘禹锡（772—842）：《苦雨行》《历阳书事七十韵》《武陵观火诗》

白居易（772—846）：《捕蝗》《杜陵叟》《黑潭龙》《贺雨》《春雪》《采地黄者》《村居苦寒》《闻微之江陵卧病以大通中散碧腴垂云膏寄之因题四韵》《放旅雁》《霖雨苦多江湖暴涨块然独望因题北亭》《阴雨》《和韩侍郎苦雨》《连雨》《大水》《夏旱》《轻肥》《喜雨》（圃旱忧葵堇）《喜雨》（"西北油然云势浓"）《赠韦处士六年夏大热旱》《旱热二首》《久雨闲闷对酒偶吟》《山中五绝句·岭上云》《旱热》《苦热》《新制绫袄成感

而有咏》《酬郑侍御多雨春空过诗三十韵》《效陶潜体诗十六首》

李绅（772—846）：《却到浙西》《到宣武三十韵》《肥河维舟阻冻祗待敕命》

柳宗元（773—819）：《贺进士王参元失火书》《逐毕方文·并序》；《岭南江行》《汨罗遇风》《韦使君黄溪祈雨见召从行至祠下口号》《种白蘘荷》

元稹（779—831）：《茅舍》《旱灾自咎贻七县宰》《痁卧闻幕中诸公征乐会饮》《遣病十首》（其一）《江边四十韵》《苦雨》《书异》《夜雨》《酬乐天寄生衣》《酬乐天见寄》《拜禹庙》《瘴塞》《酬乐天得微之诗知通州事因成四首》《虫豸诗》

严维（？—780）：《陪皇甫大夫谒禹庙》《奉和皇甫大夫祈雨应时雨降》

耿湋：《贺李观察祷河神降雨》

姚合（781？—846）：《苦雨》《除夜二首》（其二）

张祜（约785—849？）：《苦旱》《苦雨二十韵》《戊午年感事抒怀二百韵谨寄献太原裴令公淮南李相公汉南李仆射宣武

李尚书》

李贺（790—816）：《仁和里杂叙皇甫湜湜新尉陆浑》《昌谷诗》

许浑（约791—约858）：《汉水伤稼》

卢仝（？—835）：《月蚀诗》《酬愿公雪中见寄》 《苦雪寄退之》

马异：《贞元旱岁》

霍总：《蝗旱诗》

杨衡：《南海苦雨寄赠王四侍御》

李约：《观祈雨》

张谓（？—778?）：《长沙失火后戏题莲花寺》

杜牧（803—约852）：《李甘诗》《大雨行》

李商隐（813?—858）：《昭州》《所居永乐县久旱县宰祈祷得雨因赋诗》

薛能：《汉庙祈雨回阳春亭有怀》

吕周任：《泗州大水记》

丘鸿渐：《愚公移山赋》

卢肇（818—882）： 《汉堤诗·并序》

高骈（821—887）：《海翻》

雍裕之：《农家望晴》

罗隐（833—909）：《甘露寺火后》《董仲舒》

司空图（837—908）：《杨柳枝寿杯词十八首》（其八）

皮日休（约838—约883）：《太湖诗》《吴中苦雨因书一百韵寄鲁望》《苦雨杂言寄鲁望》《苦雨中又作四声诗寄鲁望》《三羞诗》

陆龟蒙（？—881）：《五歌·刈获》《记稻鼠》《战秋辞》

贯休（832—912）：《贺雨上王使君二首》《苦寒行》《甘雨应祈》

来鹄（？—883）：《云》

僧鸾：《苦热行》

刘驾（822—?）：《苦寒吟》《苦寒行》

孟迟：《发蕙风馆遇阴不见九华山有作》

吴融（850—903）：《废宅》《赴阙次留献荆南成相公三十韵》

杜光庭（850—933）：《六十甲子歌》（甲子秋耕民怀苦忧）

齐己（863—937）：《乱中闻郑谷吴延保下世》

盛均：《人旱解》

田沈：《骄阳赋》

钱翊：《荧惑退舍宰相请复常膳表》

周针：《羿射九日赋》

关图：《巨灵擘太华赋》

陈山甫：《禹凿龙门赋》

贾嵩：《夏日可畏赋》

窦羣：《漏赋》

张光朝：《荻塘西庄赠房元垂》

张乔：《送友人进士许棠》

唐代歌谣：《蜥蜴求雨歌》《鲁城
民歌》

赵普（922—992）：《上太宗论
彗星》

宋太宗（939—997）：《缘识》
（其四三）

田锡（940—1004）：《上太宗应
诏论火灾》《上太宗论旱灾》

张咏（946—1015）：《每忆家国
乐蜀中寄傅逸人》《悯旱》

王禹偁（954—1001）：《上真宗
论黄州虎斗鸡鸣冬雷之异》；
《秋霖二首》《登秦岭》《感流
亡》《蔬食示舍弟禹圭并嘉祐》
《七夕》《雷》《和杨遂贺雨》
《省中苦雨》《仲咸以一秋苦雨
两日忽晴以四韵见寄因次原韵
兼纾客情》《霖雨中偶书所见》
《和国子柳博士喜晴见赠》《寄
汶阳田告处士》《苦热行》
《中元夜宿余杭仙泉寺留题》
《观邻家园中种黍示嘉祐》《合
崖湫》《自嘲》

鞠仲谋：《连江县重浚东湖记》

刘仲堪：《七岩山娘子庙记》

杨亿（974—1021）：《民牛多疫
死》

钱惟演（977—1034）：《春雪赋》

苏梦龄：《台州新城记》

袁延庆：《疏泉亭记》

刘随：《上仁宗论水旱虫螟之异》
《上仁宗论星变》

李从：《梁县新建常平仓记》

范仲淹（989—1052）：《上仁宗
论灾异后合行四事》；《水车
赋》；《依韵和提刑太博嘉雪》
《祠风师酬提刑赵学士见贻》

张先（990—1078）：《惜琼花》

宋庠（996—1066）：《闻安道舍
为邻火所焚》《郡圃观稻》

孙沔（996—1066）：《上仁宗论
久阴》

胡宿（996—1067）：《常州晋陵
县开渠港记》《真州水闸记》

宋祁（998—1061）：《上仁宗应
诏论地震春雷之异》（第一状、
第二状）《上仁宗论星变地震
火灾》；《泗州重修水窦飐记》
《寿州重修浮桥记》；《仲夏愆
雨，稚苗告悴，辄按先帝诏书
总龙请雨，兼祷霍山淮渎二
祠。戊寅葳祀，己卯获雨，谨
成喜雨诗，呈官属》《雪后与
张转运任通判何都官游湖上》

余靖（1000—1064）：《论灾异实
由人事奏》《上仁宗论飞蝗》
（第一状、第二状）

尹洙（1001—1047）：《伊阙县筑
堤记》

梅尧臣（1002—1060）：《风异
赋》；《送柳秘丞大名知录》
《大水后，城中坏庐舍千余，
作诗自咎》《伤桑》《田家语》
《水轮咏》《水车》《亢阳和欲
行舟者》《南阳谢公祈雨》
《将行赛昭亭祠喜雨》《嘉祐二
年七月九日大雨寄永叔内翰》
《和人喜雨》《苦雨》《大水后
城中坏庐舍千余作诗自咎》
《观水》《五月十三日大水》
《嘉祐二年七月九日大雨寄永
叔内翰》《岸贫》《小村》《大
风》《泊寿春龙潭上夜半黑风
破一舟》《闰三月八日淮上遇
风杜挺之先至洪泽遣人来迎》
《过褐山矶值风》《蔡河阻浅》
《阻风》《十六日会灵火》《孔
子庙震》《观博阳山火》《秋
雷》《和蔡仲谋苦热》《次韵
和马都官苦热》《苦热》《次
韵和永叔夜闻风声有感》《次
韵和永叔石枕与笛竹簟》《依
韵和郭秘校苦寒》《和王仲仪
咏瘿二十韵》《日蚀》《闻刁
景纯侍女疟已》

富弼（1004—1083）：《上神宗答
诏论彗星》；《定州阅古堂》

石介（1005—1045）：《郓城县新
堤记》《新济记》；《河决》
《久旱》《读诏书》《和奉符知
县马寺丞永伯捕蝗回有作》

程珦（1006—1090）：《上英宗应
诏论水灾》

文彦博（1006—1097）：《上仁宗
答诏论星变》

欧阳修（1007—1072）：《论修河
状》（第一、二、三状）《上
仁宗论水灾》（第一、二状）
《论水入太社劄子》；《进拟御
试应天以实不以文赋》；《病暑
赋》；《先春亭记》《偃虹堤
记》；《答朱寀捕蝗诗》《黄河
八韵寄呈圣俞》《巩县初见黄
河》《代书寄尹十一兄杨十六
王三》

张方平（1007—1091）：《上仁宗
论地震》《上仁宗答诏论地震
春雷之异》《江宁府重修府署
记》《上英宗论星变》《上神
宗论并废汴河》

韩琦（1008—1075）：《上仁宗
论火灾地震》《上仁宗论星
变》《上仁宗论星变地震冬无
积雪》《上仁宗论众星流散月
入南斗》《上仁宗论并忻地
震》；《元城埽行河》《视河惬
山》《苦雨方霁蛙声不已》

《岁旱晚雨》《驾幸西太一宫祈雨》《广陵大雪》

苏舜钦（1008—1049）：《上仁宗应诏论地震春雷之异》《上仁宗论玉清宫灾》；《地动联句》《城南感怀呈永叔》《吴越大旱》《有客》《大风》《猎狐篇》

范镇（1009—1088）：《上仁宗论水旱乞裁节国用》《上仁宗论水旱之本》《上仁宗论黑气蔽日及风雨寒暑变异》

叶清臣（1000—1049）：《上仁宗论月食》

李觏（1009—1059）：《中春苦雨书怀》《闻女子疟疾偶书二十四韵寄示》《寄祖秘丞》

丁宝臣（1010—1067）：《捍海塘石堤记》

邵雍（1011—1077）：《闻少华崩》（2首）《悯旱》

吴奎（1011—1068）：《上仁宗论水灾》

蔡襄（1012—1067）：《上仁宗论飞蝗》（第一状、第二状）；《万安渡石桥记》《通远桥记》《导伊水记》；《鄴阳行》

张奕（1012—1066）：《台州兴修记》

韩维（1017—1098）：《和六弟苦雨》

司马光（1019—1086）：《上仁宗论日食遇阴云不见乞不称贺》《上神宗乞访四方雨水》；《河北道中作》《送朱校理知潍州》《南园杂诗六首·苦雨》

谢景初（1020—1084）：《余姚董役海堤有作》

陈舜俞（？—1075）：《野烧》《和刘道原骑牛歌》

吕海（1014—1071）：《上英宗应诏论水灾》

文同（1018—1079）：《久不雨喜见晚云》《辛亥孟秋戊子，有虹下天，绕飞泉山，入东谷，饮古井，良久去，作大雨，咄之以诗》《霹雳》《季夏己亥大雨》

吕公著（1018—1089）：《上英宗应诏论水灾》《上神宗论淫雨地震》《上神宗答诏论彗星》

陈并：《上哲宗答诏论彗星陈四说》

黄庶（1019—1058）：《和子仪巡捕蝗》《赋辘轳》《观雪》《皇祐五年三月乙巳，齐大风，海水暴上，寿光千乘两县民数百家被其灾，而死者几半。丞相平阳公以同年李君子仪往赈之，以诗见寄，因而和酬》

刘敞（1019—1068）：《上仁宗论灾变宜使儒臣据经义以言》《上仁宗论水旱之本》《上仁宗论天久不雨》；《罪岁赋》《病暑赋》《逐伯强文》；《大风》《襄信新蔡两令言飞蝗所过有大鸟如鹳数千为群》《闵雨诗》《河决东郡以平声为韵叔父令赋》《龙门》《和张仲通追赋陪资政侍郎吴公临虚亭燕集，寄呈陕府祖择之学士》《河之水》《夏寒》《闻德州河决》《纪危》《吴中大水，有负郭田在常州，云已漂溃，作一首示公仪》《苦雨二首》《得隐直书，重阳日登高于三门禹庙，怅然恨不参之，作一诗以寄》《汉武帝二首》

曾巩（1019—1083）：《本朝政要策·黄河》；《瀛州兴造记》《越州赵公救灾记》《齐州北水门记》《襄州宜城县长渠记》《广德湖记》；《地动》《雹》《追租》

王安石（1021—1086）：《信州兴造记》《余姚县海塘记》《通州海门兴利记》《鄞县经游记》；《久雨》《河北民》《送河间晁寺丞》《河势》《我欲往沧海》《读诏书》《丙戌五日京师作二首》《外厨遗火示公佐》《疟起舍弟尚未已示道原》《送杜十八之广南》

吴师孟（1021—1110）：《导水记》

强至（1022—1076）：《与荆南郑舍人书》；《京华对雪》《董役河上风霾继日》《依韵奉和司徒侍中视河悢山》《苦雨》

郑獬（1022—1072）：《上英宗应诏论水灾》《上神宗论水灾地震》《襄州宜城县木渠记》；《淮扬大水》《临淮大水》《滞客》《荆江大雪》《捕蝗》《闵雨》《上李太傅》

刘攽（1023—1089）：《葺所居赋·并序》；《地震戏王深父》《西湖水决》《大风》《分题河决东郡》《送子惇出使河北》《闵雨》

石亘：《成德军修虏池河记》

章岷：《重开顾会浦记》

许当：《小湖》

狄遵度：《凿二江赋》

公乘良弼：《重广水利记》

丘与权：《昆山至和塘记》

赵鼎：《单公新堤记》

冯浩：《江渎庙设醮厅记》

赵瞻：《渑池县新沟记》

李京：《上仁宗论定襄地震孟夏雷未发声》

何涉：《縻枣堰刘公祠堂记》

钱彦远：《上仁宗答诏论旱灾》

任辅：《龙水县龙潭记》

范纯仁（1027—1101）：《上哲宗
论回河》；《喜雪赋》；
《龙门行》

吕大防（1027—1097）：《上英宗
应诏论水灾》《上神宗论华州
山变》《上神宗答诏论彗星上
三说九宜》

吕陶（1028—1104）：《送吴龙图
归阙》《蜀州新堰记》

孙觉（1028—1090）：《上神宗乞
以无灾为惧》

罗适（1029—1101）：《桐山
石桥记》

刘挚（1030—1097）：《上哲宗论
亢旱》；《送吴雍平凉令》

释净端（1030—1103）：《苏幕
遮》（遇荒年）

沈辽（1032—1085）：《零陵观大
水》《澧阳大水》《水车》

王令（1032—1059）：《不雨》
《龙池二绝》《暑旱苦热》《原
蝗》《梦蝗》《闻哭》

韦骧（1033—1105）：《黄河》

王汝舟（1034—1112）：《婺源新
开巽渠记》

梁焘（1034—1097）：《上哲宗论
华山摧》《上哲宗论日食》

《上哲宗乞开旧日汴口》

郭祥正（1035—1113）：《漳南书
事》《临漳亭观水分得大字》
《治水谣》《徐州黄楼歌寄苏子
瞻》《苦雨行》《大风》

王觌（1036—1103）：《上哲宗论
旱为不肃之罚》

朱光庭（1037—1094）：《上哲宗
论回河》

苏轼（1037—1101）：《乞赈济浙
西七州状》《乞降度牒召人入
中斛斗出粜济饥等状》《应诏
论四事状》《奏浙西灾伤第二
状》《相度准备赈济第四状》
《徐州谢奖谕表》；《零泉记》
《钱塘六井记》《奖谕敕记》；
《秋阳赋》；《浣溪沙·徐门石
潭谢雨道上作五首》《西江
月·梅花》；《牛口见月》《壬
寅二月有诏令，郡吏分往属县
减决囚禁……十九日乃归，作
诗五百言以记凡所经历者寄子
由》《和李邦直沂山祈雨有应》
《次韵张昌言喜雨》《十月十六
日记所见》《惜花》《次韵章
传道喜雨》《雪后书北台壁》
《梅圣俞诗中有毛长官者今于
潜令国华也圣俞没十五年而君
犹为令捕蝗至其邑作诗戏之》
《和赵郎中捕蝗见寄次韵》《无

锡道中赋水车》《庚辰岁人日
作，时闻黄河已复北流，老臣
旧数论此，今斯言乃验二首》
《河复》《罢徐州往南京，马上
走笔寄子由》《送顾子敦奉使
河朔》《九日黄楼作》《答吕
梁仲屯田》《吴中田妇叹》
《仆去杭五年，吴中仍岁大饥
疫》《次韵孔毅父久旱已而甚
雨三首》《蝎虎》《起伏龙行》
《捕蝗至浮云岭山行疲苶有怀
子由弟二首》

苏辙（1039—1112）：《上哲宗论
回河》《上哲宗论阴雪》《上
哲宗论水旱乞许群臣面封言
事》；《齐州泺源石桥记》；
《黄楼赋·并叙》；《次韵子瞻
吴中田妇叹》《次韵子瞻祈雨》
《寄孔武仲》《寄济南守李公
择》《送转运判官李公恕还朝》
《苦雨》（七月朔）《次韵王适
大水》《欲雪》《腊雪五首》
《送鲁有开中大知洺州次子瞻
韵》《送顾子敦奉使河朔》
《席上再送》《春旱弥月郡人取
水邢山二月五日水入城而雨》
《十一月十三日雪》

舒亶（1041—1103）：《西湖引水
记》《西湖记》；《题云湖
庆安院》

郑侠（1041—1119）：《连州重修
车陂记》

孔武仲（1041—1097）：《送顾子
敦赴河北序》；《蔡州三首》

范祖禹（1041—1098）：《上哲宗
论回河》（第一、二奏）

彭汝砺（1042—1095）：《暴雨》
《和君玉捕蝗杂咏》

陆佃（1042—1102）：《送张颉待
制帅瀛州》

黄裳（1043—1129）：《秋日苦雨》

王岩叟（1043—1093）：《上哲宗
乞诏大臣早决河议》

释道潜（1043—1106）：《东坡先
生挽词》（其六、其十一）

龚原：《治滩记》

方仲谋：《重兴古渠记》

张寿：《越州山阴县新建广陵斗
门记》

沈绅：《山阴县朱储石斗门记》

马遵：《上仁宗议开浚汴河》

孔平仲：《晦之诗尤疟鬼，某意
鬼不能为端士害，奉酬作诗》
《正月三日唐林夫舟中醉题》
《夏旱》《不雨》《晚霁》《正
月三日唐林夫舟中醉题》《十
月二十一日夜》《晚霁》

邢恕：《上神宗答诏论彗星上三

说九宜》

张舜民：《送叶伸出使河北》

江公著：《久旱微雨》

钱顗：《上神宗论地震》

邵权：《越州重修山阴县朱储斗门记》

黄积：《南海庙程师孟祷雨记》

苏咸：《南海庙谢雨记》

侯溥：《灵泉县瑞应院祈雨记》

富临：《南海庙程师孟祷雨记》

黄降：《广丰陂记》

徐许：《岁寒桥记》

黄庭坚（1045—1105）：《次韵子瞻与舒尧文祷雪雾猪泉唱和》《流民叹》《次韵子瞻送顾子敦河北都运二首》《题文潞公黄河议后》《次韵孔四著作早行》《和谢公定河朔漫成八首》《同尧民游灵源庙，廖献臣置酒，用马陵二字赋诗》《六月闵雨》《二月丁卯喜雨吴体为北门留守文潞公作》

吕南公（1047—1086）：《黄篆祈雨记》；《黄茅行》《乌翩翩行》

毕仲游（1047—1121）：《苦雨》

任伯雨（1047—1119）：《上徽宗论赤气之异》（第一、二状）《上徽宗论月晕围昂华》《上徽宗论建火星观以禳赤气》

曾肇（1047—1107）：《上徽宗论日食赤气之异》

刘弇（1048—1102）：《送李令如堤上部夫》《莆田杂诗二十首》（其一七）《和仲武苦雨见寄》《元丰辛酉七月九夜大风四十韵》

刘安世（1048—1125）：《上哲宗论岁旱地震星陨》

李之仪（1048—1118）：《浣溪沙·和人喜雨》；《读渊明诗效其体十首》（其七）

秦观（1049—1100）：《黄楼赋》《浮山堰赋·并引》；《谴疟鬼文》

米芾（1051—1107）：《夜登鉴远观江南野烧作》

贺铸（1052—1125）：《过澶魏被水民居二首》《金堤客舍望南乐城》《再涉南罗渡》《寄杜邯郸》

李复（1052—?）：《观西华摧》

晁补之（1053—1110）：《河议》；《莎鸡食蝗》《跋遮曲》《黄河》《示张仲原秀才二首》《东坡先生移守广陵，以诗往迎，先生以淮南旱，书中教虎头祈雨法。始走诸祠，即得甘泽，因为贺》

张耒（1054—1114）：《病暑赋》《喜晴赋》《暑雨赋》；《恩魃》

《仲春苦雨》《不雨》《旱谣》《田家二首》《雪中狂言五首》《昨者》《己未四月二十二日大雨雹》

侯蒙（1054—1121）：《开渠记》

毛滂（1056？—1125？）：《湖州武康县渊应庙记》；《伯骏同官以仆祷雨龙湫屡效百里荐岁熙和官曹无事作诗见宠辄次韵奉酬一首》《二月二十八日祷雨龙湫》

陈瓘（1057—1124）：《上徽宗论星变》

李廌（1059—1109）：《少华山》

薛昂：《惠泽龙王庙记》

邹浩（1060—1111）：《上徽宗天象乞申敕太史无有讳避》；《菏泽》《闻市中遗火殆尽》《和路主簿思雨》

王涣之（1060—1124）：《上徽宗论应天以实》

李大临：《上仁宗论水灾乞速定副贰之位》

徐仲谋：《秋霖赋》

刘跂：《宣防宫赋》

金君卿：《应天以实不以文赋》

韩宗武：《上徽宗答诏论日食》

杨蒙：《重修它山堰引水记》

袁辉：《通惠桥记》

蔡大年：《蒙岩祷雨二洞记》

毛注：《上徽宗答诏论彗星四事》

曾孝序：《灵泉记》

惠洪（1070—1128）：《凤栖梧》（碧瓦笼晴烟雾绕）；《抵琼夜为飓风吹去所居屋》

唐庚（1071—1121）：《戊子大水二首》《疟疾寄示圣俞》

廖刚（1071—1143）：《次韵和陈几叟苦雨》《初冬再至龙岩过崎滩闵竹之灾吊之》

苏过（1072—1123）：《飓风赋·并叙》《志隐赋》

葛胜仲（1072—1144）：《次韵道祖大水》

谢薖（1074—1116）：《闻彦光田舍遇火几焚其廪》

王安中（1076—1134）：《观傩》《予行为魏仓监门忽得前监仓官诗人江南彭少逸诗因次韵时彭以遗火失官》

陈公辅（1076—1141）：《上钦宗论阴盛》

王襄：《上钦宗论彗星》

汪叔詹：《祷雨记》

程俱（1078—1144）：《衢州溪桥记》；《苦雨》《穷居苦雨》《吴下去冬不寒，春不雨，人以为病，城中火灾相仍，自十二月至今凡八九发，雍熙佛寺灾势尤甚。闾里讹言相惊，往往徙货泉，载家具，日为避火计。二月乙巳，郡守以承天佛寺慧感神像供府第，为佛事禳祷，是日雨，明日雪，丁未又大雪，农事有初，火怪庶或熄，人心稍安，作诗记其事》

李光（1078—1159）：《论火灾状》；《水调歌头》（自笑客行久）；《江西久旱，遍祷莫应。稚山少卿将赴行朝，一夕大雨，遝迤沾足，因成喜雨诗送行》《成氏园》

汪藻（1079—1154）：《靖州营造记》

刘一止（1080—1161）：《闻杭州乱二首》《水车一首》

王庭珪（1080—1172）：《寅陂行》

孙觌（1081—1169）：《抚州宜黄县兴造记》

陈克（1081—?）：《谢疟鬼》；《虞美人·张宰祈雨有感》

周紫芝（1082—1155?）：《却暑赋》《造雹赋》；《二月四日大火吾庐独免》《二月五日再火吾庐复免》《群不逞乘时纵火，以病良民，有捕于官者，辄送遣之，或厚与之金，使之出境。二月二十八日敞庐为恶少见焚，虽复仅免，而官不为直，不能言安。三月六日徙居寓舍》《秋蝗叹》《悯雨叹》《题张元明四鬼捕懒龙图》《悯雨叹》《圩氓叹》

李纲（1083—1140）：《上徽宗论水灾》（第一状、第二状）；《飓风二绝句》《次韵王尧明四旱诗·河运》《得家信报淮南飞蝗渡江入浙岁事殊可忧感而赋诗》《自去冬不雨至今道傍井竭田多不耕有感》

綦崇礼（1083—1142）：《喜雪呈已懋使君兼简德升尚书国佐侍郎》

吕本中（1084—1145）：《阳山大雹》《商村河决》

张守（1084—1145）：《乞捕飞蝗札子》《论灾异所自札子》；《丰岁行》

曾几（1085—1166）：《苦雨》《钱仲修饷新蟹》

向子諲（1085—1152）：《虞美人·明年过彭蠡，遇大风，行巨浪中。用前韵寄赵正之及洪州李相公，兼示开元栖隐二老》《鹧鸪天·番禺齐安郡王席上赠故人》

王洋（1087?—1154?）：《吴兴苦雨》《悯旱》

郑刚中（1088—1154）：《建炎丁未自中夏徂秋不雨，七夕日戏

成一诗,简牛郎织女云》《益
昌霪雨逾月,负郭皆浸。祷祠
之后,仓廪保全,居民复业。
运使国博喜而赋诗,辄成三绝
句以报来贶》《罪回禄》《辨
毕方》《学山野烧异常,登高
望泮宫如在火池中间,泮师率
诸生救之,下至齑浆饮食悉以
投火,久而扑灭,护持一学固
有功,然不豫除草莽绝火路,
亦其过也,戏为赋之》

李弥逊(1089—1153):《再和久
旱望雨韵》

陈与义(1090—1138):《中牟道
中二首》《水车》

楼璹(1090—1162):《耕图二十
一首·灌溉》

邓肃(1091—1132):《乞责己来
直言以应天变札子》;《大
水杂言》

苏籀(1091—?):《夏旱一首》
《次韵邓志宏三月辛卯大雨雹》
《不雨一绝》

王之道(1093—1169):《和州重
开新河记》《通济渠记》《谴
疟鬼文》

张嵲(1096—1148):《上疏论地
震》;《憎雨赋》;《闵雨》

朱翌(1097—1167):《南华卓锡
泉复出》《谢方务德惠粟麦》

曹勋(1098?—1174):《次李提
举过南园饮散赋诗韵》

成无玷:《南湖水利记》

袁辉:《通惠桥记》

吴聿:《靖安河记》

孙琪:《疏泉记》

许端夫:《赠祈雨僧彦圆》

李处权(?—1155):《水调歌
头·冒大风渡沙子》;《士贵要
予赋水轮因广之幸率介卿同作
兼呈郭宰》

左纬:《大观戊子秋七月,大雨,
洪水薄城,几至奔决。太守李
公出祷城上,即刻雨止,水势
为杀,而民获免焉,因叙其所
见,为古体诗五十韵,且言台
之城不可不修也》

林高:《桂州栈阁修桥路记》

赵子明:《灵岩寺谢雨记》

席益:《淘渠记》

苏简:《重修板桥记》

郭印:《夏夜喜雨诗》《感
旱二首》

赵敦临:《重建惠政桥记》

刘子翚(1101—1147):《溽暑
赋》;《谕俗》

范浚(1102—1150):《苦寒行》
《叹旱》

胡铨(1102—1180):《应诏
言事状》

薛靖：《岁久旱喜雨》

吴芾（1104—1183）：《久雨》《癸
　巳岁邑中大歉，三七侄捐金散
　谷以济艰食，因成三十韵以纪
　之》《和刘判官喜雪》《对海棠
　怀江朝宗》《病中有作》

高登（1104—1148）：《行香子》
　（瘴气如云）

郑樵（1104—1162）：《重修木兰
　陂记》

黄公度（1109—1156）：《大水
　二首》

瞿翁：《满江红·孟史君祷
　而得雨》

陈刚中：《视涝》

王十朋（1112—1171）：《得雨复
　用闻水车韵》《又次韵闵雨》
　《喜雨用前韵》

陈俊卿（1113—1186）：《以灾异
　论边防奏》《灾异上时事奏》

晁公遡（1117—?）：《暑赋》；
　《病中一首简陈行之》《乡人欲
　开旧江相勉以诗》《郡人请开
　旧江口因往视之而作》《劳刘
　子仪视作红花堰》

洪适（1117—1184）：《望江南·
　答徐守韵》

韩元吉（1118—?）：《记建安大水》

姚述尧：《鹧鸪天·渴雨》《减字
　木兰花·厉万顷生日，时久旱

得雨》

戴埴：《雹》

周淙：《乾道重修井记》

吴儆（1125—1183）：《相公桥记》

陆游（1125—1209）：《予数年不
　至城府丁巳火后今始见之》
　《村居初夏五首》《门外野望》
　《病疟后偶书》《寓叹二首》
　《病疟两作而愈》《病疟后偶
　书》《寓叹二首》《苦雨二首》
　《出城至吕公亭按视修堤》《丙
　午五月大雨五日不止，镜湖渺
　然，想见湖未废时，有感而
　赋》《大雨逾旬既止复作江遂
　大涨二首》《十二月十一日视
　筑堤》《秋夜将晓出篱门迎凉
　有感》《记梦三首》《大雪》
　《夏秋之交久不雨方以旱为忧
　忽得甘澍喜而有作》《闵雨二
　首》《冬暖》《村居初夏五首》
　《病中夜兴》

姜特立（1125—?）：《岁在绍熙
　甲寅，浙东西大旱，旁连江
　淮，至秋暴雨，水发天目，漂
　民庐，浸禾稼，而苏常大歉，
　小人趋利，争运衢婺谷粟顺流
　而下，日夜不止。又去冬岁暮
　多雨，连绵至春半，未有晴
　意，人情忧闷，聊书数语以备
　采谣者，至辞之工拙固所不计

也，乙卯仲春作》

吴儆（1125—1183）：《相公桥记》；《良干竭赋》

范成大（1126—1193）：《昆山新开塘浦记》；《后催租行》《渐水》《钟山阁上望雨》《民病春疫作诗悯之》《钟山阁上望雨》《苦雨五首》

周必大（1126—1204）：《论阴雨劄子》

杨万里（1127—1206）：《旱暵应诏上疏》《上寿皇论天变地震》；《秋雨赋》；《檄风伯》《豫章光华馆苦雨》《初离常州夜宿小井清晓放船三首》《望雨》

尤袤（1127—1194）：《次韵德翁苦雨》

何耕（1127—1183）：《段文昌读书台》

赵彦秬（1129—1197）：《重建漏泽园记》

李洪（1129—?）：《忆雪歌》

项安世（1129—1208）：《大旱小雨》《次韵衡山徐监酒同考府学试八首》《贺孟漕为疫祷雨》

赵彦秬（1129—1197）：《重建漏泽园记》

朱熹（1130—1200）：《论灾异札子》；《江西运司养济院记》

《金华潘氏社仓记》《建宁府建阳县长滩社仓记》《建宁府崇安县五夫社仓记》；《苦雨用俳谐体》

林大中（1131—1208）：《论事多中出奏》

章洽：《乾道治水记》

张孝祥（1132—1170）：《金堤记》；《前日出城，苗犹立槁，今日过兴安境上，田水灌输，郁然弥望，有秋可必，乃知贤者之政神速如此，辄寄呈交代仲钦秘阁》《湖湘以竹车激水，秔稻如云，书此能仁院壁》《月之四日至南陵，大雨，江边之圩已有没者，入鄱阳境中，山田乃以无雨为病，偶成一章呈王龟龄》

虞俦：《乞顺天意修人事以答天变奏》《上时政阙失札子》；《再寄广文俞同年》《病起据案无绪辄书二十五韵呈簿尉》《久不得广文俞同年书颇闻病疟小诗往问讯》

陈造（1133—1203）：《听雨赋》；《检旱宿香云》《喜雨口号呈陈守伯固十二首》《次韵许节推喜雨》

王阮（?—1208）：《代胡仓进圣德惠民诗一首·并序》

薛季宣（1134—1173）：《疟疾中

元式示诗走笔次韵》

周孚（1135—1177）：《大疫闻德厚病虽少愈而苦未能愈》

刘德秀（1135—1207）：《观巷堤记》

黄人杰：《官舍苦雨》

许克昌：《华亭县浚河治闸记》

唐仲友（1136—1188）：《汉宣帝常平仓记》

滕岑（1137—1224）：《甲申大水二首》《辛丑大水》

楼钥（1137—1213）：《慈溪县兴修水利记》《余姚县海堤记》《泰州重筑捍海堰记》

陈傅良（1137—1203）：《因客说秋秋水伤复用前韵》

滕岑（1137—1224）：《甲申大水二首》

吕祖谦（1137—1181）：《台州修城记》《泰州修桑子河堰记》

王炎（1138—1218）：《居民多疫为散药》《次韵韩毅伯病疟》《大水行》《喜雨赋》

崔敦礼（1139—1182）：《大暑赋》《苦寒赋》

辛弃疾（1140—1207）：《生查子·题京口郡治尘表亭》

袁说友（1140—1204）：《过宫后再入奏状》

杨简（1141—1226）：《永嘉平阳阴均堤记》

曾丰（1142—?）：《癸卯九月赣吉大水》

彭龟年（1142—1206）：《论雷雪之异疏》

刘光祖（1142—1222）：《因灾异陈三大事疏》

赵蕃（1143—1229）：《王彦博徐审知频来问疾口占示之》《见负梅趋都城者甚伙作卖花行》《视旱田赋呈上元主簿杨明卿》《王主簿以湘潭检旱诗卷为示用其广惠寺蠲放韵》《乐岁歌》《送赵叔自吏部知福州四首》《呈齐之二首》《雪中四诗》《乐岁歌》《六月十五日时闵雨甚矣三首》《病中寄呈王信州老谢丈》

袁燮（1144—1224）：《论弭咎征宜戒逸豫札子》《论修战守札子》

张伯子：《视旱田赋呈上元主簿杨明卿》

赵善迁：《程太守赈济记》

胡朝颖：《重修百丈桥记》》

李孟传：《修塘记》

陈炳：《望黄山词》

赵善括：《言灾异札子》

韩己百：《王公堤记》

晏袤：《山河堰赋》

程九万：《修大堤记》

许及之（？—1209）：《卫州》《老婆娑》《雪再作，山甫约游雨花台不遂，闻与诸公登凤凰台，次韵送似》《皇帝合春帖子》（其三）

叶适（1150—1223）：《赠祈雨妙阇黎》《连州开楞伽峡记》

陈藻（1150？—1225）：《桔槔赋》

张镃（1153—？）：《守岁》

孙应时（1154—1206）：《秋雨旬日偶成》

刘过（1154—1206）：《清平乐》（新来塞北）

蔡幼学（1154—1217）：《饶州新筑城记》

王阮（？—1208）：《都下病起呈王枢密》《代胡仓进圣德惠民诗一首·并序》

徐安国：《重修南下湖塘记》

韩淲（1159—1224）：《二十九日大雨》《五六日大雨》《读唐韩文公和皇甫持正陆浑山火诗》

李直节：《（袁州）州济米仓记》

李石（？—1181）：《大水寓武信二首》《大雨水，忧三堰决坏，且念吾挺之在病，无与共此忧者，四走笔为问四首》

魏岘：《四明重建乌金堨记》

任逢：《重修单公堤记》

魏了翁（1178—1237）：《次韵西叔兄日食地震诗》《山河叹送刘左史（光祖）归简州》《次韵李参政湖上杂咏录寄龙鹤坟庐》

陈耆卿（1180—1236）：《处州平政桥记》

杜范（1182—1245）：《论灾异札子》

冯楫（？—1153）：《劝谕赈济诗》

释居简（1164—1246）：《蝗去》《八月大风大水》《苦雨》

宋之瑞：《助济仓记》

程珌（1164—1242）：《徽州谢守生祠记》《徽州平籴仓记》《吉水县创建居养院记》

刘宰（1166—1239）：《嘉定己巳金坛粥局记》《甲申粥局记》《重修金坛县治记》；《运河行》《野犬行》《赛龙谣寄陈倅校书（模）兼呈黄堂》

薛直夫：《雷州海康渠堤记》

度正（1167—？）：《巴川社仓记》；《今春大震电雨雹，南峰无之，黄梦得诗来，有"天意因以旌遗逸"之句，正恐其轻忽灾异，失圣人迅雷风烈必变之意，用其韵以解之》

戴复古（1167—？）：《嘉熙己亥

大旱荒庚子夏麦熟》《庚子荐饥》《江西壬辰秋大旱饥,临江守王幼学监簿极力救民,癸巳夏不雨几成荐饿,监簿祷之甚切,终有感于天》

林泳:《西湖无水》

缪瑜:《遇灾感应诗》

王象祖:《浙东提举叶侯生祠记》《台州重修子城记》

苏泂(1170—?):《途次口占三首》《陋室诗》

陈宓(1171—1230):《安溪县安养院记》《安溪县惠民局记》;《南康大雪》《长夏叹》《延平次郑倅答田父词韵》

洪咨夔(1176—1236):《重筑采芹堤记》;《闵氓赋》;《哭都城火》《高倅送糟蟹破故纸芽口占以谢》《益昌次费伯矩赠行韵五首》

郑清之(1176—1251):《七月初五日城中大风雨》

戴栩:《捕蝗回奉化泊剡源有感》

曾协(?—1173):《和俞几先喜雨二首》

陈仲巽:《华阳山喜雨亭记》

韩己百:《王公堤记》

姜容:《州治浚河记》

张侃:《海际民田》

黄敏求:《凉棚》

李直节:《州济米仓记》

谢天宪:《龙洞山祷雨记》

程公许(1182—?):《余为华阳尉三年,事制置使权牧都漕两使者,皆以文字辱知,不尽责以吏也。既满戍,拟蒙阳丞归亲旁,范使者为改注左绵学官。疢病再作,未即就戍,成二诗呈兄长及诸友》

王迈(1184—1248):《书怀奉简黄成甫史君》《二月朔日得诗二十六韵》

牟子才:《应诏言灾异疏》《言灾异疏》

袁甫:《戊戌风变拟应诏封事》《应诏封事》;《衢州平粜仓记》

陈元晋(1186—?):《仓檄出惠阳督诸邑捕蝗》

阳枋(1187—1267):《和知宗喜雨》

刘克庄(1187—1269):《题倪鲁玉诗后二首》《梅雨骤城自用前韵》《客中作》《周天益由福侨剑水灾毁室辄奉小诗劝缘》

释元肇(1189—?):《大水伤田家》

戴昺:《逐疟鬼》

赵汝乳:《桂阳先备仓记》

常棠:《鲍郎场政绩记》

钱益：《增筑东江堤记》

周颂：《雩山庙记》

锺咏：《萍乡县西社仓记》

孙德之（1192—？）：《嵊县平籴
　　仓记》

林希逸（1193—？）：《福清县重
　　造石塘祥符陂记》；《纪异诗》

释善珍（1194—1277）：《山溪谣》

李鼻（1194—？）：《消暑赋》

吴潜（1195—1262）：《广惠院记》；
　　《苦雨吟十首呈同官诸丈》

吴子良（1197—1256）：《临海县
　　重建县治记》

王柏（1197—1274）：《喜雨赋》

李曾伯（1198—1268）：《避暑
　　赋》；《水调歌头·暑中得雨》

赵孟坚（1199—？）：《五洩祷雨
　　记》《海盐县重筑海塘记》

林栗：《海塘记》

叶茵（1199？—？）：《苦雨》

方岳（1199—1262）：《徽州平籴
　　仓记》；《五月初四大水》

程元凤（1200—1269）：《救灾表》

李昴英（1201—1257）：《寿安
　　院记》

孙因：《蝗虫辞》

张尧同：《嘉禾百咏·穆溪》

高斯得：《次韵不浮问疾末
　　章及蝗》

黄宗仁：《救荒记》

曹锡：《通济仓记》

潘牥（1204—1246）：《雷鸣不雨》

吴文英（1207？—1269？）：《烛
　　影摇红·越上霖雨应祷》

释文珦（1210—？）：《大水后作》

释永颐：《乾元山洪水》

陈藻：《桔槔赋》；《寄刘八》
　　《辛巳秋后访卢子俞作》

徐润：《别创常平仓记》

黄震（1213—1280）：《绍兴府万
　　柳塘记》

陈著（1214—1297）：《减字木兰
　　花·丁未泊丈亭》；《后
　　纪时行》

姚勉（1216—1262）：《赠黄道士
　　思成祈雨感应》

刘黻（1217—1276）：《癸丑九月
　　苦雨和宋饮冰韵》

舒岳祥（1219—1298）：《生日仲
　　素惠羊酒作此奉谢》《八月十
　　九日得董正翁寺丞书，兵疫后
　　城中故旧十丧八九，怆怀久
　　之，顾我已多幸矣》《放言》
　　《瑞麦歌》　《八月初十日疟
　　起行园》

马廷鸾（1222—1289）：《苦雨》

方回（1227—1307）：《西斋秋日
　　杂书五首》《治圃杂书二十首》
　　（其十）《五月九日甲子至月望
　　庚午大雨水不已十首》《梅雨

大水》《后苦雨行》《续苦雨行二首》《夜大雷雨雹》《记火》《读孟信州和方亨道六月雨时当雪天改为欲作雪先作雨次韵》

牟巘（1227—1311）：《己巳秋七月不雨，人心焦然，乃戊午斋宿致城隍清源渠渡龙君鳌山五神于州宅以祷，始至雨洗尘，自是间微雨，辄随止，旱气转深，苗且就槁，要神弗获，某忧惧不知所出，越癸亥日亭午，率郡僚吏申祷于庭，未移顷，雨大挚，耄稚呼舞，皆曰神之赐也。某既拜贶，又明日以神归，念无为神报者，乃作送神之诗七章以侈神功，且又以祈焉》

汪梦斗：《贝丘道中看王莽所塞黄河旧迹》

周密（1232—1298）：《甲戌八月武康安吉水祸甚惨人畜田庐漂没殆尽，赋苦雨行以纪一时之实》

刘辰翁（1232—1297）：《社仓记》；《乌夜啼·中秋》

董嗣杲：《甲戌八月初九夜武康山中洪水骤发越十日漕司檄往检涝》《甲戌武康大水净林寺山门殿屋悉皆倒敝》

卫宗武（？—1289）：《次韵悯雨》《夏秋积雨，岁用大祲，长言纪实》

章甫：《白露行》《王梦得捕蝗二首》《分蝗食》

连文凤（1240—?）：《壬午观火地》

郑思肖（1241—1318）：《黄河清》

林景熙（1242—1310）：《赠泰霞真士祈雨之验》

丘葵（1244—1333）：《禽言》

戴表元（1244—1310）：《饥旱》《蝗来》

于石（1247—?）：《祈雨》《对雪》《壬辰春雪》

陆文圭（1250—1334）：《辛卯二月记异》《和心渊雷雨地震诗》

艾性夫：《灌园》

王梦雷：《勘灾》

方一夔（1253—1314）：《大水寄洪复翁》《续遣疟鬼》

徐瑞（1255—1325）：《病疟新差仲退折梅一枝冒雪跨驴访我松下且赋诗一首次韵以谢闰月廿八日也》

汪炎昶（1261—1338）：《六月二十一日大雨，数里外旱如故，是岁淮浙皆大旱》《次韵竹米》

张璃：《驱蝗记》

龚颐正：《陈山龙君祠迎享送神曲》

度正（1167—?）：《今春大震电雨雹，南峰无之，黄梦得诗来，有"天意因以旌遗逸"之句，正恐其轻忽灾异，失圣人迅雷风烈必变之意，用其韵以解之》

罗公升：《西楼火》

附录二　宋代部分涉灾文学作品编年

宋太宗太平兴国九年甲申（984），一作雍熙元年

宋太宗《平河歌》。李焘《续资治通鉴长编》雍熙元年三月丁巳条载："（三月）己未，滑州言河决已塞，群臣称贺……上作《平河歌》以美成功。"曾巩《元丰类稿》卷四九《本朝政要策·黄河》云："兴国之间，房村之决为甚。当此之时，劳十万之众，然后复理。天子为赋诗，比瓠子之歌。"本诗即《全宋诗》所收太宗赵炅《缘识》之四三。

雍熙六年己丑（989），一作端拱二年

田锡《上太宗应诏论火灾》，雍熙六年八月上，时以右补阙知睦州。赵普《上太宗论彗星》，雍熙六年八月上，时为太保兼侍中。田锡《上太宗论旱灾》，端拱二年十月上，时知制诰。均据《宋名臣奏议》卷三七。

淳化二年辛卯（991）

鞠仲谋《连江县重浚东湖记》，系年从《全宋文》第8册，第221页。

淳化三年壬辰（992）

王禹偁《感流亡》《雷》《七夕》《秋霖二首》《仲咸以一秋苦雨，两日忽晴，以四韵见寄，因次元韵，兼纾客情》。据《王禹偁事迹著作编年》，第123页、第125页。

淳化四年癸巳（993）

王禹偁《蔬食示舍弟禹圭并嘉祐》，据《王禹偁事迹著作编年》，第 130 页。

至道二年丙申（996）

王禹偁《贺杨遂贺雨》，据《王禹偁事迹著作编年》，第 158 页。

咸平二年己丑（999）

朱台符《上真宗应诏论彗星旱灾》，咸平二年闰三月上，时为京西转运副使。据《宋名臣奏议》卷三七。

咸平三年庚子（1000）

王禹偁《上真宗论黄州虎斗鸡鸣冬雷之异》，十月上，时王禹偁知黄州，据《王禹偁事迹著作编年》，第 189 页。

咸平四年辛丑（1001）

刘仲堪《七岩山娘子庙记》。系年从《全宋文》第 13 册，第 420 页。

天禧三年己未（1019）

袁延庆《疏泉亭记》。系年从《全宋文》第 13 册，第 417 页。

宋仁宗天圣元年癸亥（1023）

钱惟演《春雪赋》。赋文开篇记雪灾发生于"癸亥岁二月晦迄季春"。

天圣五年丁卯（1027）

胡宿《真州水闸记》，系年从《全宋文》第 13 册，第 193 页。

刘随《上仁宗论水旱虫螟之异》，据《宋名臣奏议》卷三七。

天圣六年戊辰（1028）

刘随《上仁宗论水星变》，据《宋名臣奏议》卷三七。

天圣七年己巳（1029）

苏舜钦、苏舜元《地动联句》。苏舜钦撰《苏学士集》卷五《地动联句》诗题题记："天圣己巳十月二十二日作。"苏舜钦《上仁宗论玉清宫灾》，舜钦时年二十一，为太庙斋郎上，据《宋名臣奏议》卷三七。

天圣九年辛未（1031）

梅尧臣《黄河》《伤桑》，据《梅尧臣集编年校注》，第 13 页、第 21 页。

李从《梁县新建常平仓记》，作于天圣九年七月，据《全宋文》第 19 册，第 192 页。

天圣十年壬申（1032）

梅尧臣《依韵和欧阳永叔黄河八韵》，据《梅尧臣集编年校注》，第 40 页。

欧阳修《黄河八韵寄呈圣俞》为梅尧臣《依韵和欧阳永叔黄河八韵》同期原唱。

明道二年癸酉（1033）

欧阳修《巩县初见黄河》，据《欧阳文忠公年谱》，（清）华孳享撰，"癸酉明道二年公二十七岁"条。

景祐元年甲戌（1034）

石介《新济记》。文末题记："景祐元年月日记。"

景祐二年乙亥（1035）

石介《河决》（乙亥中作）、《读诏书》（乙亥中作）。

景祐三年丙子（1036）

宋祁《泗州重修水窦闸记》。文云："（景祐）元年淮汴合涨，啮堤传，乘四窦之久敝，入垫区舍。……明年遂议改作，撤壤之朽，易瓴之苦，规以墨文，臬其高下，更镵石千枚，伐木作楗，并固窦门。……其夏水复泛溢，几高民屋，而新堤蟠如，新窦呀如。……明年为记，乃刊石云。"

欧阳修《先春亭记》，据《欧阳文忠公年谱》，（清）华孳享撰，"丙子景祐三年公三十岁"条。

景祐四年丁丑（1037）

石介《郓城县新堤记》，文末题记作年："景祐四年六月一日。"

韩琦《上仁宗论火灾地震》《上仁宗论星变》《上仁宗论星变地震冬无积雪》《上仁宗论众星流散月入南斗》《上仁宗论并忻地震》，均据《宋名臣奏议》卷三八。

宝元元年戊寅（1038），一作景祐五年

尹洙《伊阙县筑堤记》，系年从《全宋文》第 28 册，第 32 页。

苏舜钦《上仁宗应诏论地震春雷之异》，又题作《诣匦疏》。宋祁《上仁宗应诏论地震春雷之异》（第一状、第二状）《上仁宗论星变地震火灾》。张方平《上仁宗答诏论地震春雷之异》。韩琦《上仁宗答诏论地震春雷之异》。据《宋名臣奏议》卷三八、卷三九。

宝元二年己卯（1039）

蔡襄《通远桥记》《导伊水记》，系年从《全宋文》第 47 册，第 183—184 页。

梅尧臣《南阳谢公祈雨》，据《梅尧臣集编年校注》，第 139 页。

刘敞《逐伯强文》，序文云："宝元二年，予羁旅淮南，医来言曰今兹岁多疾疫，予因作文以逐伯强。"

康定元年庚辰（1040）

叶清臣《上仁宗论月食》，康定元年正月上，时为右正言知制诰，据《宋名臣奏议》卷三九。

梅尧臣《观水》，诗序云："庚辰秋七月，汝水暴至溢岸，亲率县徒以土塞郭门，居者知其势危，皆结庵于木末，傍徨愁叹，故作是诗。"梅尧臣《风异赋·并序》，序文云："庚辰岁三月丙子，天大风，壬午诏出郡县系狱死罪已下。夫风者天地之气也，犹人之呼嘘喘吸，岂常哉。若应人事之变，则余不知，故赋其大略云。"

梅尧臣《大水后城中坏庐舍千余作诗自咎》《田家语》，据《梅尧臣集编年校注》，第 155 页、第 159 页、第 164 页。

庆历元年辛巳（1041）

孙沔《上仁宗论久阴》，庆历元年三月上，时孙沔为右正言直谏院，据《宋名臣奏议》卷三九。

庆历二年壬午（1042）

欧阳修《进拟御试应天以实不以文赋》《进拟御试应天以实不

以文赋引状》，金君卿《应天以实不以文赋》。据《宋会要辑稿》选举七："庆历二年三月十五日，帝御崇政殿试部奏名进士，内出《应天以实不以文赋》《吹律听凤鸣诗》《顺德者昌论题》，得杨寘以下四百三十六人等为五等，并赐及第出身、同出身。"欧阳修、金君卿二赋韵字皆为"推诚在天岂尚文饰"。

宋祁《寿州重修浮桥记》，文云："庆历之元，予来守藩。……明年后九月，乃刻记于石。"见《全宋文》第24册，第372页。

章岷《重开顾会浦记》，系年从《全宋文》第28册，第181页。

庆历三年癸未（1043）

孙甫《上仁宗论赤雪地震之异》（第一状、第二状），据《宋名臣奏议》卷三九。

庆历四年甲申（1044）

胡宿《常州晋陵县开渠港记》，据《全宋文》第22册，第200页。

蔡襄《上仁宗论飞蝗》、余靖《上仁宗论飞蝗》（第一状、第二状），庆历四年七月蔡襄、余靖同时上，时余靖为谏院。范仲淹《上仁宗论灾异后合行四事》，庆历四年上，时为参知政事。均据《宋名臣奏议》卷三九。

庆历五年乙酉（1045）

冯浩《江渎庙设醮厅记》，文云："庆历乙酉春，枢密学士平阳文公来帅，用立夏斋祭，又祷雨，屡至庙下。谓其僚曰……因相外门之东，得铢地二百步，别为醮设之宇，驿闻于庙而后蒇事。墠洼薙莽，新基固厚。……浩辱公命，俾识其事，且闻老者之语，敢次第云。"

赵瞻《渑池县新沟记》，据《全宋文》第51册，第308页。

韩琦《广陵大雪》，诗记韩琦庆历五年知扬州时的雪灾情况。参莫砺锋《论北宋名臣韩琦的诗歌》，《文学遗产》2014年第1期。

李京《上仁宗论定襄地震孟夏雷未发声》，庆历五年四月上，时为言事御史，据《宋名臣奏议》卷三九。

庆历六年丙戌（1046）

张方平《上仁宗论地震》，庆历六年十月上，时为翰林学士权御史中丞，据《宋名臣奏议》卷三九。

苏梦龄《台州新城记》，文内时间线索："庆历五年夏六月，临海郡大水，坏郛郭，杀人数千……背春涉冬，厥墉甫毕。……梦龄不佞，虽知此徽烈当书太史，而欲有以永台民之传，故妄志其大略云。"

欧阳修《偃虹堤记》，据《全宋文》第35册，第143页。

何涉《糜枣堰刘公祠堂记》，文末云："庆历六年记。"

韩琦《岁旱晚雨》，诗云："庆历丙戌夏，旱气蒸如焚。"

庆历七年丁亥（1047）

王安石《鄞县经游记》，文内自记这次外出时间为自庆历七年十一月丁丑（十四日）到二十五日。

钱彦远《上仁宗答诏论旱灾》，庆历七年四月上，时知润州。包拯《上仁宗论旱灾得雨》，庆历七年上，时为户部判官。均据《宋名臣奏议》卷四〇。

庆历八年戊子（1048）

王安石《余姚县海塘记》，文末云："庆历八年七月日记。"

梅尧臣《雨赋》《小村》《岸贫》，据《梅尧臣集编年校注》，第425页、第431页、第470页、第475页。

富弼《定州阅古堂》并序。序云："庆历七年，甘陵妖贼据城叛，河北妖党相摇以谋应，卒骄将懦，人心大震。天子悟，始议选儒臣帅四路，以督诸将。乃起知郓州资政殿学士给事中昌黎韩公帅正定，以遏乱萌。明年春，贼诛人安。既而，夏大雨，河决商胡，东北入于海。河北灾，人复不宁，流离失业者咸四出，不啻千里，僵殍满道。天子恤然，且虞他奸，遂以公帅定。……创大屋以类相次，绘於周壁，榜之曰：'阅古堂'。……公邮问索诗，因粗序所致之旨，以志其始，而示于后。""河决商胡"指《宋史》卷十一

《仁宗三》所载：庆历八年六月"丙子，河决澶州商胡埽"。

皇祐元年己丑（1049）

张方平《江宁府重修府署记》，文末云："时皇祐元年冬十一月戊申日长至谨记。"

文彦博《上仁宗答诏论星变》，皇祐元年上，时为昭文馆大学士中书门下平章事，据《宋名臣奏议》卷四〇。

皇祐二年庚寅（1050）

王安石《信州兴造记》，文云："晋陵张公治信之明年，皇祐二年也，奸强帖柔，隐逃发舒，既政大行，民以宁息。夏六月乙亥，大水。……十月二十日，临川王某记。"

皇祐三年辛卯（1051）八月

吴奎《上仁宗论水灾》，据《宋名臣奏议》卷四〇。

刘敞《上仁宗论修商胡口》，皇祐三年九月上，时直集贤院，据《宋名臣奏议》卷一二七。

皇祐四年壬辰（1052）

刘敞《上仁宗论天久不雨》，皇祐四年上，时知制诰，据《宋名臣奏议》卷四〇。

皇祐五年癸巳（1053）

梅尧臣《十六日会灵火》，诗云："天圣七年六月尾，玉清始灾坛宇空。于今二十有五载……"《宋史》卷六三《五行二上》载："皇祐五年正月丁巳，会灵观火。"

梅尧臣《闻刁景纯侍女疟已》，据《梅尧臣集编年校注》，第690页。

黄庶《皇祐五年三月乙巳，齐大风，海水暴上，寿光、千乘两县民数百家被其灾，而死者几半。丞相平阳公以同年李君子仪往赈之，以诗见寄，因而和酬》。

徐仲谋《秋霖赋》。宋曾慥编《类说》卷四八引《墨客挥犀》云："徐仲谋皇祐中罢广东提刑到阙时京师多雨，仲谋献《秋霖赋》。"记京城洪涝灾害发生于皇祐中（1049—1053），姑系于本年。

至和元年甲午（1054）

范镇《上仁宗论水旱乞裁节国用》，至和元年八月上，时知谏院。据《宋名臣奏议》卷四〇。

欧阳修《上仁宗论水灾》（第二状），即《再论水灾状》，至和元年七月上，时为翰林学士。据《宋名臣奏议》卷四一。

王安石《通州海门兴利记》，文末云："至和元年六月六日，临川王某记。"

王令《梦蝗》，据《王令集》，王令撰，沈文倬校点，上海古籍出版社 2011 年版，第 436 页。

张奕（1012—1066）《台州兴修记》，据《全宋文》第 36 册，第 339 页。

至和二年乙未（1055）

欧阳修《论修河第一状》《论修河第二状》，据欧阳修《文忠集》卷一〇八、卷一〇九。

丘与权《至和塘记》，末云："于是议请更之曰至和，识年号也。建亭曰乙未，记岁功也。太守嘉其有成，谓权实区区于其间，其言必详，命之为记。""至和""乙未"即指本年。

梅尧臣《五月十三日大水》，据《梅尧臣集编年校注》，第 792 页。

刘敞《上仁宗论水旱之本》，至和二年上，时知制诰。范镇《上仁宗论水旱之本》，至和二年四月上，时知谏院。范镇《上仁宗论黑气蔽日及风雨寒暑变异》，至和二年三月上，时知谏院。均据《宋名臣奏议》卷四〇。

嘉祐元年丙申（1056）

欧阳修《论修河第三状》，题一作《论六塔河》，作于本年初，据欧阳修《文忠集》卷一〇九。

欧阳修《论水入太社劄子》，据欧阳修《文忠集》卷一一〇。

欧阳修《论水灾疏》，即《上仁宗论水灾》，至和三年七月上，时为翰林学士，据《宋名臣奏议》卷四〇。

马遵《上仁宗议开浚汴河》，嘉祐元年上，时为右司谏，据《宋名臣奏议》卷一二七。

刘敞《河之水》，该诗序称："自河决商胡八年于兹矣，用事者议塞之与勿塞，至今未决，而河颇为害。予至河北，问河之曲折，作《河之水》二章以告病。"庆历八年黄河在澶州商胡埽大决口，河水改道北流。

刘敞《夏寒》，诗注云："是时湖北地大震，河溢六塔。""河溢六塔"在嘉祐元年（1056）四月。据《续资治通鉴长编》卷一八二夏四月壬子朔条、《宋史·河渠一》。

嘉祐二年丁酉（1057）

梅尧臣《嘉祐二年七月九日大雨寄永叔内翰》。

嘉祐四年己亥（1059）

刘敞《上仁宗论灾变宜使儒臣据经义以言》，嘉祐四年上，时知制诰，据《宋名臣奏议》卷四一。

欧阳修《病暑赋》，《全宋文》收录此赋系年"嘉祐四年"（第31册，第134页）。因该赋题注云"和刘原父作"，故知刘敞《病暑赋》也作于本年。

沈绅《山阴县朱储石斗门记》，系年从《全宋文》第41册，第309页。

苏轼《牛口见月》，据《苏轼诗集》，第10页。

梅尧臣《送柳秘丞大名知录》，据《梅尧臣集编年校注》，第1115页。

嘉祐五年庚子（1060）

强至《京华对雪》，诗云："嘉祐岁庚子，长安一尺雪。落地还成冰，后土冻欲裂。"

蔡襄《万安渡石桥记》，文云："以嘉祐四年辛未讫工。……明年秋，蒙召还京，道由是出。因纪所作勒於岸左。"

嘉祐六年辛丑（1061）

欧阳修《鬼车》。诗云："嘉祐六年秋，九月二十有八日。"司马光《上仁宗论日食遇阴云不见乞不称贺》，嘉祐六年五月上，时为起居注判礼部。是岁果大雨不见日食，不复称贺，自后遂踵以为例。据《宋名臣奏议》卷四一。

嘉祐七年壬寅（1062）

苏轼《壬寅二月有诏令，郡吏分往属县减决囚禁……十九日乃归，作诗五百言以记凡所经历者寄子由》，据《苏轼诗集》，第122页。

嘉祐八年癸卯（1063）

公乘良弼《重广水利记》，文末题记："嘉祐八年二月初五日记。"。

任辅《龙水县龙潭记》、张寿《越州山阴县新建广陵斗门记》，据《全宋文》第69册，第321页、第341页。

宋英宗治平二年乙巳（1065）

文同《梓州中江县新堤记》。文云："治平二年春，河内廖君子孟为之令，将解去，尚访遗敝及此……于是料材课工，趣之成期，补完垫漏，填筑坚埒，以循沿而推轧之。……汝奇等退，以图以书诣余求文，其言如此。余受之曰：是可纪也。乃为论次。"

吕诲《上英宗应诏论水灾》、吕大防《上英宗应诏论水灾》、程珦《上英宗应诏论水灾》、郑獬《上英宗应诏论水灾》、吕公著《上英宗应诏论水灾》。均据《宋名臣奏议》卷四二。

治平三年乙巳（1066）

张方平《上英宗论星变》，治平三年三月上，时为翰林学士承旨。据《宋名臣奏议》卷四二。

郑獬《襄州宜城县木渠记》，文云："治平二年，沘川朱君为宜城令。治邑之明年，按渠之故道，欲再凿之曰：此令事也，安敢不力。即募民治之。……然而朱君之为是邑才逾岁而去……予既为之作记，且将镵之于石。"

刘攽《葺所居赋·并序》，赋序交代："治平三年秋，京师大雨，涌水出，民舍多垫坏者。"

治平四年丁未（1067）

赵瞻《单公新堤记》，文末云："治平四年闰三月十有五日记。"

司马光《上神宗乞访四方雨水》，治平四年五月上，时以右谏议大夫权御史中丞，据《宋名臣奏议》卷四二。

宋神宗熙宁元年戊申（1068）

曾巩《瀛州兴造记》，文云："熙宁元年七月甲申，河北地大震，坏城郭屋室，瀛州为甚。……自七月庚子始事，至十月己未落成。……而予之从父兄适与军政，在公幕府，乃以书来，属予记之。予不得辞，故为之记。"

郎淑《新建顺民仓记》，文末云："时熙宁元年三月十一日，将仕郎、前守沂州临沂县令郎淑记。"

钱顗《上神宗论地震》，熙宁元年七月上，时为殿中侍御史里行。富弼《上神宗论灾变非时数》，熙宁元年十二月上。郑獬《上神宗论水灾地震》，八月上，时为翰林学士。吕公著《上神宗论淫雨地震》，熙宁元年七月上，时为翰林学士兼侍讲。均据《宋名臣奏议》卷四二。

宋神宗熙宁二年己酉（1069）

曾巩《广德湖记》，文云："以熙宁元年十一月始役，而以明年二月卒事。……是年予通判越州事……故为之书。"

秦观《浮山堰赋·并引》，据《秦观集编年校注》，周义敢、程自信等编注，人民文学出版社2001年版，第2页。

黄降《广丰陂记》，系年从《全宋文》第92册，第279页。

孙觉《上神宗乞以无灾为惧》，熙宁二年十一月上，时为右正言供谏职，据《宋名臣奏议》卷四二。

熙宁三年庚戌（1070）

黄庭坚《流民叹》，据史容注《山谷外集诗注》原目，见《山谷诗集注》，第524页。

熙宁四年辛亥（1071）

苏轼《十月十六日记所见》，据《苏轼年谱》，第212页。

文同（1018—1079）《辛亥孟秋戊子，有虹下天，绕飞泉山，入东谷，饮古井，良久去，作大雨，咄之以诗》。

熙宁五年壬子（1072）

曾巩《齐州北水门记》，文云："二人者，欲后之人知作之自吾三人者始也，来请书，故为之书。是时熙宁五年壬子也。"

苏轼《吴中田妇叹》。据《苏轼诗集》，第361页、第404页。

吕大防《上神宗论华州山变》，熙宁五年九月丙寅，山前阜显谷岭摧陷，大防因上此奏，时知华州，据《宋名臣奏议》卷四二。

邵雍两首《闻少华崩》。

熙宁六年癸丑（1073）

苏轼《钱塘六井记》，据《东坡全集》（库本）附载《东坡先生年谱》。

苏辙《次韵子瞻祈雨》，孔凡礼撰《苏辙年谱》，学苑出版社2001年版，第103页。

张方平《上神宗论并废汴河》，熙宁六年上，时知应天府，据《宋名臣奏议》卷一二七。

熙宁七年甲寅（1074）

黄庭坚《六月闵雨》，《山谷年谱》，（宋）黄𪿄撰，卷六，库本。

黄积《南海庙程师孟祷雨记》、苏咸《南海庙谢雨记》、侯溥《灵泉县瑞应院祈雨记》、富临《南海庙程师孟祷雨记》。分别据《全宋文》第51册，第371页；第69册，第321页；第79册，第396页；第82册，第299页。

熙宁八年乙卯（1075）

富弼《上神宗答诏论彗星》、吕公著《上神宗答诏论彗星》，均据《宋名臣奏议》卷四二。

苏轼《雩泉记》，文云："熙宁八年春夏旱，轼再祷焉，皆应如响。乃新其庙。……作亭于其上，而名之曰雩泉。"

曾巩《襄州宜城县长渠记》，文末云："（熙宁八年）八月丁丑记。"

苏辙《齐州泺源石桥记》，文云："熙宁六年七月不雨，明年夏六月乃雨，淫潦继作，桥遂大坏。……又明年，水复至，桥遂无患。……遂为之记。"

吕陶《蜀州新堰记》，系年从《全宋文》第 74 册，第 54 页。

韩琦《元日祀坟道中》，参莫砺锋《论北宋名臣韩琦的诗歌》，《文学遗产》2014 年第 1 期。

熙宁九年丙辰（1076）

黄庭坚《二月丁卯喜雨吴体为北门留守文潞公作》。作年据（宋）黄𥟵《山谷年谱》，卷七，库本。

熙宁十年丁巳（1077）

苏轼《和李邦直沂山祈雨有应》《答吕梁仲屯田》，据《苏轼年谱》，第 365 页、第 377 页。

苏轼《河复》，诗序自记作年。

苏辙《寄孔武仲》《寄济南守李公择》，据《苏辙年谱》，孔凡礼撰，学苑出版社 2001 年版，第 154 页。

元丰元年戊午（1078）

苏轼《徐州谢奖谕表》《奖谕敕记》。据《苏轼年谱》，孔凡礼著，中华书局 1998 年版，第 396 页。

苏轼《九日黄楼作》，据《苏轼诗集》，第 868 页。

苏辙《黄楼赋·并叙》，苏辙赴南京留守签判任时作，据《苏辙年谱》，曾枣庄著，陕西人民出版社 1986 年版，第 73 页。

苏辙《送转运判官李公恕还朝》，据《苏辙年谱》，孔凡礼撰，学苑出版社 2001 年版，第 157 页。

黄庭坚《次韵子瞻与舒尧文祷雪雾猪泉唱和》。作年据（宋）黄𥟵《山谷年谱》，卷八，库本。

晁补之《示张仲原秀才二首》《听阎子常平戎操》《跋遮曲》。作年参《晁补之词编年笺注》，乔力笺注，齐鲁书社 1992 年版，第 236 页。

方仲谋《重兴古渠记》，据《全宋文》第 72 册，第 336 页。

元丰二年己未（1079）

张耒《己未四月二十二日大雨雹》。

曾巩《越州赵公救灾记》，据文中内容，作于元丰二年至六年间，姑系于此。

元丰三年庚申（1080）

吕大防《上神宗答诏论彗星上三说九宜》，元丰三年八月上，时直舍人院。邢恕《上神宗答诏论彗星上三说九宜》，元丰三年八月上，时为馆阁校勘。吕大钧《上神宗答诏论彗星上三说九宜》，元丰三年八月上，时为宫邸教授。均据《宋名臣奏议》卷四三。

元丰四年辛酉（1081）

贺铸《寄杜邯郸。予寓居魏之冠氏，杜仲观以诗相招，属大河北徙，莫知其津，竟不果赴，但赋此答之。时辛酉八月也》。贺铸《过澶魏被水民居》《金堤客舍望南乐城》《再涉南罗渡》，题注皆作"辛酉八月赋"。

晁补之《黄河》，诗云："黄河啮小吴，天汉失龟鳖。"《长编》卷三一二五月乙酉条："乙酉澶州言河决小吴埽。"有人认为此诗作于元丰五年，依据为黄河决于内黄，参《晁补之词编年笺注》，乔力笺注，齐鲁书社 1992 年版，第 240 页。

孔平仲《夏旱》，诗云："元丰四年夏六月，旱风扬尘日流血。"刘弇《元丰辛酉七月九夜大风四十韵》。

元丰五年壬戌（1082）

郭祥正《漳南书事》，诗云："元丰五年秋，七月十九日。猛风终夜发，拔木坏庐室。须臾海涛翻，倒注九溪溢。"

元丰六年癸亥（1083）

吕南公《黄篆祈雨记》，据《全宋文》第 109 册，第 303 页。

元丰八年乙丑（1085）

石亘《成德军修虒池河记》，文末云："清源石亘尝从按役于行，於是录之以记，元丰八年三月二十五日。"

刘挚《上哲宗论亢旱》，元丰八年十二月上，时为侍御史，据《宋名臣奏议》卷四三。

宋哲宗元祐元年丙寅（1086）

梁焘《上哲宗论华山摧》，元祐元年十二月上，焘时为右谏议大夫，据《宋名臣奏议》卷四三。

元祐二年丁卯（1087）

苏辙《上哲宗论阴雪》，元祐二年二月上，时为户部侍郎。苏辙《上哲宗论水旱乞许群臣面封言事》，元祐二年四月上，时为中书舍人。王觌《上哲宗论旱为不肃之罚》，元祐二年四月上，时为右司谏。均据《宋名臣奏议》卷四三。

朱光庭《上哲宗论回河》、王岩叟《上哲宗乞诏大臣早决河议》，均据《宋名臣奏议》卷一二七。

元祐三年戊辰（1088）

范纯仁《上哲宗论回河》、苏辙《上哲宗论回河》，均据《宋名臣奏议》卷一二七。

邵权《越州重修山阴县朱储斗门记》，系年从《全宋文》第117册，第240页。

元祐四年己巳（1089）

刘安世《上哲宗论岁旱地震星陨》，元祐四年三月上，时为左正言。据《宋名臣奏议》卷四三。

范祖禹《上哲宗论回河》（第一、二奏），时为给事中。范纯仁《上哲宗论回河》，元祐四年十一月上，时知颍昌府。梁焘《上哲宗乞开旧日汴口》，元祐四年上。均据《宋名臣奏议》卷一二七。

元祐六年辛未（1091）

梁焘《上哲宗论日食》，元祐六年四月上，时梁焘知郑州，据《宋名臣奏议》卷四四。

元祐七年壬申（1092）

龚原《治滩记》。文中有"元祐六年冬""明年春，龙泉民出钱愿治其事""起七月戊申，逮以十二月壬申"等时间标记。

王岩叟《上哲宗论月食》，元祐七年三月上，时王岩叟为签书枢密院事。据《宋名臣奏议》卷四四。

元祐八年癸酉（1093）

舒亶《水利记》，文中有时间标记："自庆历丁亥，距今元祐癸酉，凡四十七年矣。"

范祖禹《上哲宗论畏天》，元祐八年三月上，时范祖禹为翰林学士，据《宋名臣奏议》卷四四。

绍圣元年甲戌（1094）

范祖禹《上哲宗论日食》，绍圣元年三月上，时范祖禹为翰林学士，据《宋名臣奏议》卷四四。

舒亶《西湖记》，文末云："元祐甲戌三月记。"

徐许《岁寒桥记》，文内有时间标记："役始于绍圣改元季秋之丁巳，终于孟冬之癸巳。延之属予以名……今名之为岁寒桥云。"

绍圣二年乙亥（1095）

苏过《飓风赋·并叙》。系年从《全宋文》第 144 册，第130 页。

绍圣三年丙子（1096）

陈师道《汳水新渠记》，文云："绍圣三年，县令朝奉郎张惇始自西河，因故作新，支为大渠，合于东河，以导滞而缓溺。于是富者出财，壮者出力，日勤旬劳，既月而成。……于是不谋而同，欲纪于石，以属余。……八月二十五日，彭城陈师道记。"

元符元年戊寅（1099）

苏过《志隐赋》。系年从《全宋文》第 144 册，第 131 页。

王汝舟《婺源新开巽渠记》，系年从《全宋文》第 84 册，第194 页。

元符三年庚辰（1100）

韩宗武《上徽宗答诏论日食》，元符三年四月上，时韩宗武为鸿胪寺丞。王涣之《上徽宗论应天以实》，元符三年四月上，时王涣之以枢密院编修召对，即除吏部员外郎。邹浩《上徽宗论天象乞申敕太史无有讳避》，元符三年七月上，时邹浩为右正言。陈瓘《上徽宗论星变》，元符三年七月上，时为右正言。均据《宋名臣奏议》卷四四。

宋徽宗建中靖国元年辛巳（1101）

任伯雨《上徽宗论赤气之异》（第一、二状）《上徽宗论月晕围昴华》《上徽宗论建火星观以禳赤气》，建中靖国元年正月上，时为右正言。均据《宋名臣奏议》卷四四。

曾肇《上徽宗论日食赤气之异》，建中靖国元年三月上，时为翰林学士。均据《宋名臣奏议》卷四五。

毛滂《湖州武康县渊应庙记》，文末云："建中靖国元年正月十五日。"

舒亶《西湖引水记》，文内时间标记："熙宁乙卯岁大旱，湖涸。建中靖国改元之夏秋不雨，湖又涸……又属余以纪其事……冬十月吉志。"

崇宁二年癸未（1103）

杨蒙《重修它山堰引水记》，系年从《全宋文》第125册，第264页。

大观元年丁亥（1107）

袁辉《通惠桥记》，文内时间标记："经始于崇宁三年十月甲子，落成于大观元年二月丁酉。"

大观二年戊子（1108）

程俱《衢州溪桥记》，文末云："（大观）二年夏四月辛巳，显谟阁待制荆湖南路安抚使王涣之记。"按：该文由程俱代写。

左纬的《大观戊子秋七月，大雨，洪水薄城，几至奔决。太守李公出祷城上，即刻雨止，水势为杀，而民获免焉，因叙其所见，为古体诗五十韵，且言台之城不可不修也》。

唐庚《戊子大水二首》。

大观三年己丑（1109）

侯蒙《开渠记》，文云："（大观）二年七月诏可，俾佥董其事。经始以是年九月，越明年四月土渠成。"

大观四年庚寅（1110）

蔡大年《蒙岩祷雨二洞记》，据《全宋文》第133册，第1页。

毛注《上徽宗答诏论彗星四事》，大观四年五月上，时毛注为侍御史，据《宋名臣奏议》卷四五。

政和元年辛卯（1111）

薛昂《惠泽龙王庙记》，末云："岁在辛卯十一月丙申，资政殿学士、太中大夫、知江宁军府事钱塘薛昂记并书。"

政和四年甲午（1114）

曾孝序《灵泉记》，末云："政和四年岁次甲午，十月甲辰记。"

林高《桂州栈阁修桥路记》，末云："政和四年三月初九日，谨记。"

政和五年乙未（1115）

赵子明《灵岩寺谢雨记》，文云："政和乙未，经春不雨，百姓咨嗟。思欲祷于法定圣像，诚心一启，甘泽随降。遂涓吉辰，诣灵光致谢。……县令赵子明，孟夏廿一日。"

蒋静《政和河港堰闸记》，据《全宋文》第120册，第255页。

宣和元年己亥（1119）

李纲《上徽宗论水灾》（第一、二状），宣和元年上。均据《宋名臣奏议》卷四五。

范浚（1102—1150）《叹旱》。题注：时年十八。参见张剑《宋代范浚及其宗族考论》，中国社会科学出版社2014年版，第90页、第147页。

宣和五年癸卯（1023）

成无玷《南湖水利记》，末云："宣和五年四月朔记。"

宣和六年甲辰（1124）

孙琪《疏泉记》，文云："宣和六年春正月，予始至袁，未几民居三火而求水艰甚。……冬十一月农功既休，乃召宜春尉马缄治西陂，乃召兵马监押赵士勿浚渠，未浃日已告成功，支分派通，皆复其旧，田不病溉，居不病汲，缓急之际不病救，邦人欢呼，乐复其利。"

宣和七年乙巳（1125）

吴聿《靖安河记》，文云："宣和六年秋，今发运使、徽猷阁待制卢公访其利病，得古漕河于靖安镇之下阙口。……越十一月丙辰，鸠工庀众。……越二十有一日而休役。……岁在乙巳六月望，聿记。"

宋钦宗靖康元年丙午（1126）

陈公辅《上钦宗论阴盛》，靖康元年上，时为左司谏。王襄《上钦宗论彗星》，靖康元年九月上。吕好问《上钦宗论彗星》，八月上，时为御史中丞。均据《宋名臣奏议》卷四五。

宋高宗建炎元年丁未（1127）

陶耕《城隍庙祈雨记》，系年从《全宋文》第 183 册，第 381 页。

建炎二年戊申（1128）

张守《乞捕飞蝗劄子》，文中云："臣访闻京西京东飞蝗为灾，上至京师，下及淮甸，远迩忧惧，恐失有秋。"《宋史》卷二五《高宗二》载建炎二年秋七月："辛丑以春霖夏旱蝗诏监司郡守条上阙政，州郡灾甚者蠲田赋。"

建炎三年己酉（1129）

张守《论灾异所自札子》，系年从《全宋文》第 173 册，第 391 页。

建炎四年庚戌（1130）

胡寅《送吴郛赋》。赋文时间标记："宣和四年……逮庚戌秋……"

吕本中《阳山大雹》，诗云："建炎庚戌正月尾，阳山雨雹大如李。"

绍兴二年壬子（1132）

赵敦临《重建惠政桥记》，系年从《全宋文》第198册，第173页。

绍兴六年丙辰（1136）

李光《论火灾状》，据《宋四家词人年谱》，方星移著，黑龙江人民出版社2008年版，第144页。

张嵲《上疏论地震》、黄彦平《灾异札子》。均据《历代名臣奏议》卷三〇六。

绍兴七年丁巳（1137）

郑刚中《丁巳年七月二十一日祷雨中元水府八月六日展谢祠下皆被旨也然祷后越七日始雨神所为耶其不然也审自神出不无愆期之尤有如不然神之饗上赐也多矣为诗以问之》。

绍兴八年戊午（1138）

李光《江西久旱，遍祷莫应。稚山少卿将赴行朝，一夕大雨，遐迩沾足，因成喜雨诗送行》。据《宋四家词人年谱》，方星移著，黑龙江人民出版社2008年版，第151页。

绍兴九年己未（1139）

席益《淘渠记》，文云："大观丁亥年（1107），益之先人镇蜀，城中积潦满道，戊子春始讲沟洫之政，居人欣然具畚锸待其行。……后三十年（1138），益忝世官，以春末视事。……嗣岁（1139）春首，复修戊子之令。"

汪叔詹《祷雨记》，文云："己未四月二十三日，诣祠下祷雨……其灵感如此，谨记之。"

绍兴十三年癸亥（1143）

王庭珪《寅陂行》，序云："绍兴癸亥十月望日书。"

绍兴十六年丙寅（1146）

王宾《赵公塘记》，文云："绍兴十五年，四明赵侯敦临来令乐清。……侯来之明年六月，乃修筑之。……遂因余力亟成之。"

绍兴十八年戊辰（1148）

郑樵《重修木兰陂记》，文云："绍兴十八年之秋，陂失故道，由北岸而东奔，重渊如勺，鱼鳖焉依？三衢冯君元肃，适以斯时至。……时以水昏正而裁之。日夜从事，九旬而成。不愆于素，举锸成云，决渠成雨，父老载途，式歌且舞。……使万井生灵，免于沟洫，则冯丞之绩为可书。"

绍兴十九年癸巳（1149）

吴芾（1104—1183）《癸巳岁邑中大歉，三七侄捐金散谷以济艰食，因成三十韵以纪之》。

绍兴二十一年辛未（1151）

汪藻《靖州营造记》，末云："绍兴二十一年四月左大中大夫提举江州太平兴国宫汪藻记。"

冯楫《劝谕赈济诗》，（宋）董煟《救荒活民书》卷三收录该诗所作按语云："绍兴辛未（1151），岁歉米贵，泸帅冯楫出俸钱买米，减价粜卖，赈济救民，赋诗示干事人。"

绍兴二十七年丁丑（1157）

吴儆《良干埚赋·并序》。序云："绍兴二十有七年秋八月，诏以枢密院检详潘公刺新安。公至，问民所疾苦与利所宜兴者，会有以良干埚久废请复之，公为庀司鸠徒，授以规画。阅三月，埚成。……延陵吴某曰：'是可赋也。'其词曰……"

绍兴二十九年己卯（1159）

王之道《和州重开新河记》，文云："以绍兴二十九年冬十一月己亥，乘农之隙用民力而浚之。千里之民欣欣然而来。当隆冬冱寒，举锸成云，挥汗如雨，曾不逾月，土功告毕。"

绍兴三十一年辛巳（1161）

陈俊卿《灾异上时事奏》，据《建炎以来系年要録》卷一八八。

绍兴三十二年壬午（1062）

梁彦直《鹅灵岩祈雨记》，系年从《全宋文》第220册，第236页。

宋孝宗隆兴二年甲申（1164）

滕岑（1137—1224）《甲申大水二首》。

苏简《重修板桥记》，文云："营于绍兴辛巳之冬，成于隆兴甲申之春。砻石请书。……下元日，右中散大夫、直龙图阁致仕苏简。"

乾道元年乙酉（1165）

范成大《昆山新开塘浦记》，系年从《全宋文》第224册，第382页。

许克昌《华亭县浚河治闸记》，文内有时间标记："乃隆兴甲申秋八月，淫雨害稼，明年大饥，上临朝咨嗟，分遣使者结辙于道，发廪赋粟以活饥者。"

乾道二年丙戌（1166）

李柄《渊灵庙祷雨记》，系年从《全宋文》第260册，第60页。

乾道二年丁亥（1167）

杨万里《秋雨赋》，赋云："丁亥八月秋暑特甚，盖岁行之十期，未有今岁秋阳之强梗，杨子不堪其热，仰而叹曰……"

乾道五年己丑（1169）

张孝祥《金堤记》，末云："五年三月张某记。"

薛直夫《雷州海康渠堤记》，文云："余尝原其故，戴公堤岸之筑，实乾道五年。"则本文作于乾道五年之后，姑系于本年。

乾道六年庚寅（1170）

章洽《乾道治水记》，文云："盖自嘉祐六年（1061），朝廷遣都水监簿相视河渠，郡守都官郎中杨士彦建议开导擦柱等六河，下及申利二港，厥后水利不讲，且逾百禩……姑叙颠末，俾来有考云。"这里"且逾百禩"，意味将近百年，故定本文作于乾道六年。明张国维撰《吴中水利全书》卷二四收录此文题注作年即为本年。

乾道七年辛卯（1171）

曾汪《康济桥记》，末云："乾道七年六月己酉始经之，落成于九月庚辰。是日也，霜降水收，为之合乐，以燕宾僚。坦履之始，人胥怿云。郡守长乐曾汪书。"

陆游《出城至吕公亭按视修堤》《十二月十一日视筑堤》，据《陆游年谱》，于北山著，上海古籍出版社 2006 年版，第 174 页。

淳熙元年甲午（1074）

朱熹《建宁府崇安县五夫社仓记》，末云："淳熙甲午夏五月丙戌新安朱熹记。"

淳熙二年乙未（1175）

吕祖谦《台州修城记》，文云："起淳熙二年六月癸酉，讫闰九月某日。"

淳熙三年丙申（1176）

王炎《喜雨赋·并序》。赋云："丙申夏四月，武昌阖郡不雨，越五月三日，崇阳宰吴侯以诚祷雨，遂优渥。"

淳熙四年丁酉（1177）

杨甲《縻枣堰记》，据《全宋文》第 271 册，第 55 页。

吕祖谦《泰州修桑子河堰记》，文云："淳熙元年夏六月，泰州东部潮大上，败捍海堰，诏州与两使者参治。……发命以四年十月乙酉，甫半月堰成。"

周必大《论阴雨劄子》，周必大《文忠集》卷一四〇记作年为"淳熙四年十月十七日"。

淳熙七年庚子（1180）

陆游《大雨逾旬既止复作江遂大涨二首》《拟岷台赋》。据《陆游年谱》，于北山著，上海古籍出版社 2006 年版，第 255 页。

淳熙八年辛丑（1181）

吕祖谦《南康石堤记》，系年从《全宋文》第 261 册，第 394 页。

吴儆《相公桥记》，文云："淳熙七年秋九月，尚书郎曹侯来守新安。岁大旱，廪无余积，民无宿藏，人心皇皇，莫知所以为计。……有将仕郎程仔者，尝下其谷之直以助侯救灾之令，为二石桥于休宁、歙邑之境上，相公湖之侧。既成，求记于某。……桥之成，以八年十月。"

朱熹《辛丑延和奏劄一》。滕岑的《辛丑大水》。

淳熙九年壬寅（1182）

赵善迁《程太守赈济记》，文内时间标记："乃淳熙辛丑夏四月不雨，至于秋八月，上田扬尘，下田龟坼，雩祭无验，而苗益就槁。……越明年壬寅春，时雨屡降，二麦告登，穗或两歧。"

李孟传《修塘记》，文内时间标记："淳熙九年八月丁未，重修陈公塘成复古。"

淳熙十年癸卯（1183）

朱熹《江西运司养济院记》，末云："淳熙十年三月甲戌，宣教郎、直徽猷阁、主管台州崇道观朱熹记。"

曾丰（1142—?）《癸卯九月赣吉大水》。

淳熙十二年癸卯（1185）

杨万里《上寿皇论天变地震》，时为尚书吏部员外郎，据（明）黄淮等编《历代名臣奏议》，卷三〇七。

徐谊《重修沙塘斗门记》，文云："乾道丙戌（1166），海大溢，塘屿斗门尽坏。朝廷遣使临视，稍徙而内者数百步。岁乙未（1175），邑宰相攸宜劝率三乡之人重成之……后十年，木腐土溃，水得纵泄，众复大恐。邑宰赵侯与国学图经久之策，益求巨材，仍旧规而辟之，凿石为条，为板，为魄，自斗两吻及左右臂闸之上下，柜之表里，牙错鳞比，以蜃灰锢之，又作亭覆焉。请于郡，得钱二十万，且均众资以佐之。半岁而毕事。"

淳熙十三年丙午（1186）

陆游《丙午五月大雨五日不止，镜湖渺然，想见湖未废时，有感而赋》。

楼钥《慈溪县兴修水利记》，文内时间线索记录："经始于淳熙十三年之春，秋七月讫事。……十月初吉，又为浚河之役，赵君譬晓明白，上下交孚，于是家自为役，不待程督。愁霖之余，开霁逾月，若有相之者。……易去横彴，增重河梁，百年旧观，一旦复还。……咸请记之。"

朱熹《建宁府建阳县长滩社仓记》，文末云："（淳熙）十三年七月辛卯新安朱熹记。"

淳熙十四年丁未（1187）

范成大《民病春疫作诗悯之》，《宋史》卷六二《五行志》载："十四年春，都民、禁旅大疫，浙西郡国亦疫。"

杨万里《旱暵应诏上疏》，淳熙丁未七月十三日上。据《诚斋集》卷六二。

朱端学《祷雨九鲤见龙记》，文末时间标记为"淳熙十四年九月朔日"。

淳熙十六年己酉（1189）

朱文仲《萍乡社仓记》，文末云："淳熙十有六年三月二十有八日，谨书。"

林栗《海塘记》，文内时间标记："淳熙十六年夏六月，明州定海县新筑石塘成。"

钱闻诗《浚西湖记》，系年从《全宋文》第 276 册，第 432 页。

宋光宗绍熙二年辛亥（1191）

林大中《论事多中出奏》、彭龟年《论雷雪之异疏》，均据《历代名臣奏议》卷三〇八。

绍熙四年癸丑（1193）

孙觌《抚州宜黄县兴造记》，文末标记："其岁次癸丑十二月日，晋陵孙某记。"

朱熹《邵武军光泽县社仓记》，文末云："绍熙四年春二月丁巳新安朱熹记。"

袁说友《过宫后再入奏状》，文中提到当时"行都地震亦广"，《历代名臣奏议》认为该文为绍熙中权户部侍郎袁说友上奏。（卷三〇八）据《宋史》卷三十六《光宗纪》载：（绍熙四年临安）"冬十月丙午，内教三衙诸军。己酉，朝献于景灵宫。夜，地震。庚戌，朝献于景灵宫。夜，地又震。"故知袁说友奏状所说地震当为本年。

绍熙五年甲寅（1194）

晏袤《山河堰赋》。序云："集材于癸丑之冬，明年春大役工徒。……告成于三月之甲子。"另参陕西省地方志编纂委员会编《陕西省志》第13卷《水利志》，陕西人民出版社1999年版，第14页。

刘光祖《因灾异陈三大事疏》，绍熙五年十月，据《全宋文》第279册，第45页。

朱熹《论灾异札子》，绍熙五年闰十月，据（清）王懋竑撰《朱子年谱考异》，卷四，库本。

宋宁宗庆元元年乙卯（1195）

朱熹《常州宜兴县社仓记》，文末题记："庆元元年三月庚午既望，具位朱熹记。"

姜特立（1125—?）《岁在绍熙甲寅（1194），浙东西大旱，旁连江淮，至秋暴雨，水发天目，漂民庐，浸禾稼，而苏常大歉，小人趋利，争运衢婺谷粟顺流而下，日夜不止。又去冬岁暮多雨，连绵至春半，未有晴意，人情忧闷，聊书数语以备采谣者，至辞之工拙固所不计也，乙卯（1195）仲春作》。

庆元二年丙辰（1196）

徐安国《重修南下湖塘记》，文云："绍熙五年（1194）秋八月，霖潦不止，洪发天目诸山，倏忽水高二丈许，冲决塘岸百余所，漂没室屋千五百余家，流尸散入旁邑，多稼化为腐草。新天子嗣位，视民如伤，遣使旁午。……经始以是年十月，至庆元二年正月迄事。"

楼钥《余姚县海堤记》，文云："庆历七年，县令谢景初为之，王文公（王安石）记之。今自上林以及兰风四万二千余尺，庆元二年冬知县施君宿所筑。其中有石堤四所，计五千七百尺者，又其所创建也。邑人求记于余，谢之曰：'令尹之功力固倍于前人，然前有文公之记，何敢为第二碑？'请不已，则又曰：'文公之文不可及，姑以记今日之实则可尔。'"则本文作于本年或稍晚。

赵彦柜《重建漏泽园记》，文末标记："庆元二年正月日记。"

庆元三年丁巳（1197）

刘德秀《观巷堤记》，文云："庆元丙辰，永嘉林君仲懿来莅邑政，咨所急务，众以是告。……林君于是以身总役……以是年之十一月经始，明年之二月讫事。……是岁水不暴民田，于是乡父老走书来谒曰：兹役也甚重且艰，非贤部使者之恤民隐、贤令尹之锐于兴利除害莫克举，愿为记久远。余曰：父老言是。"

锺咏《萍乡县西社仓记》，文末题记："庆元丁巳十月既望，邑士锺咏述。"

庆元四年戊午（1198）

程九万《修大堤记》，文云："庆元丁巳秋七月，汉水暴至，堤不没者才一二尺，由罅漏而入者数十处。未几水平，安抚徽猷程公用是力请于朝，愿增筑之。……经始於明年正月八日丙午，讫事於二月二十八日丙申。"

庆元六年庚申（1200）

李直节《州济米仓记》，文末题记："时庆元六年岁在庚申正月十三日庚子立。"

刘宰《重修金坛县治记》，文首云："上（宋宁宗）即位之六年，常、润旱逾甚。金坛，润之支邑，湖水浸其南，邑故非旱之忧，至是水竭，岁以大饥。邑大夫韩公寔来……其年冬十有一月，诏报已中下户负租钱……是岁也，饥而不害，民以大和。"随后文意表明韩公急于重修县治："公曰：'须县帑之赢而后及此，则其覆久矣，无乃重吾民他日之忧乎？吾不可以已。'即搏不急之用，佐以水源什一之输，葺而新之……经始於二月初吉，讫工於四月既望。"因此末云重修时间当为"上即位之六年"的次年。宋宁宗绍熙五年（1194）即位。

韩己百《王公堤记》，文末题记："庆元庚申六月初八日，门生文学掾韩己百记。"

谢天宪《龙洞山祷雨记》，据《全宋文》第 294 册，第 223 页。

嘉泰元年辛酉（1201）

陈仲巽《华阳山喜雨亭记》，文末题记："时嘉泰元年孟春望日记。"

丁大荣《续食仓记》，末记作年"嘉泰元年秋"。

宋之瑞《助济仓记》，文末题记："羞稚诣门有请，谓令之德庸可无纪。某，邑人也，不得辞。嘉泰元年十月。"

张伯垓《漕河修闸记》，据《全宋文》第 242 册，第 17 页。

陆游《门外野望》（十二月二十五日），据钱仲联、马亚中主编：《陆游全集校注》第五册，浙江教育出版社 2011 年版，第 486 页。

嘉泰二年壬戌（1202）

陆游《苦雨》，据《陆游年谱》，于北山著，上海古籍出版社 2006 年版，第 470 页。

嘉泰四年甲子（1204）

辛弃疾《生查子·题京口郡治尘表亭》，泰嘉四年三月至开禧元年（1205）六月辛弃疾在镇江知府任上所作，作年当为本年或次年。据《辛稼轩年谱》，邓广铭著，上海古籍出版社 1957 年版，第 127—132 页。

刘过《清平乐》。该词以金国大旱为由鼓动韩侂胄伐金。据《续资治通鉴》卷第一五六《宋纪》一五六载嘉泰二年（金泰和二年）："十二月，邓友龙使金，有赂驿使夜半求见者，具言金为蒙古所困，饥馑连年，民不聊生，王师若来，势如拉朽。友龙大喜，归告韩侂胄，且上倡兵之书，北伐之议遂起。"嘉泰四年（金泰和四年）春正月，"时金为北鄙准布等部所扰，无岁不兴师讨伐，府仓空匮，赋敛日烦。有劝韩侂胄立盖世功名以自固者，侂胄然之，遂定议伐金，聚财募卒，出封桩库黄金万两，以待赏功，命吴曦练兵西蜀。既而安丰守臣厉仲方言淮北流民咸愿归附；浙东安抚使辛弃疾入见，言金必乱亡，愿属元老大臣备兵为仓卒应变之计；侂胄大喜。郑挺、郑友龙等又附和其说，侂胄用师之意益锐。"（清嘉庆六年递刻本）嘉泰三年辛弃疾为浙东安抚使，招刘过入其幕府，辛弃疾入朝奏事为嘉泰四年正月事，参《辛稼轩年谱》，邓广铭著，上海古籍出版社 1957 年版，第 125—127 页。又据《金史》卷二三《五行志》载：（泰和）"三年四月，旱。……四年正月壬申，阴雾，木冰。……四月，旱。"故订刘过词作于嘉泰四年。

开禧元年乙丑（1205）

刘宰《开禧纪事二首》，诗写作者所在的浙东、西地区因旱蝗导致的饥荒问题："君不见比来翁姥尽饥死，狐狸嘬骨乌啄眼。"《宋史》卷六六《五行四》载："开禧元年夏，浙东、西不雨百余日，衢、婺、严、越、鼎、沣、忠、涪州大旱。"《宋史》卷三八《宁宗二》、卷六二《五行一下》载开禧三年浙西蝗、旱严重，蝗灾严重损稼。"开禧"前后共三年（1205—1207），故此诗当作于开禧元年或开禧三年，姑系于此年。

开禧三年乙丑（1207）

孙因《蝗虫辞》，开篇称捕蝗为"开禧三年孟冬"事。

嘉定二年己巳（1209）

刘宰《野犬行》，刘宰《漫塘集》卷四记"嘉定己巳作"。

嘉定三年庚午（1210）

刘宰《嘉定己巳金坛粥局记》，文内时间线索："嘉定己巳（1209）秋，天子以畿内旱蝗，出肤使尚书郎留公董西道常平事。建台三月，移县发义仓米二百石助邑士之收养遗弃孩稺者。两月，续米如前。……比常平使者符下而旁郡旁邑亦有喜为助者，乃克次第收前之遗而并食之。……事始於其年十月朔，而终於明年三月晦。"

谢宜中《南埂斗门记》，系年从《全宋文》第 301 册，第 238 页。

嘉定四年辛未（1211）

洪咨夔《重筑采芹堤记》，系年从《全宋文》第 307 册，第

221 页。

嘉定九年丙子（1216）

常裿《漵浦镇题名记》，系年从《全宋文》第 301 册，第 26 页。

嘉定六年癸酉（1213）

任逢《重修单公堤记》，末云："嘉定六年二月吉日，朝请郎、权知合州军州兼管内劝农事、借紫眉山任逢记。"

嘉定七年甲戌（1214）

蔡幼学《饶州新筑城记》，文内时间标记："是役也，始於嘉定七年三月辛未，成於八月甲辰。"

嘉定十年丁丑（1217）

□寅亮《重修凌连二陂记》、谢原《平江府重浚运河记》，系年分别从《全宋文》，第 308 册，第 288 页、第 299 页。

袁燮《论修战守札子》，系年从《历代名臣奏议》卷三〇〇。

嘉定十一年戊寅（1218）

陈耆卿《处州平政桥记》，文末题记："嘉定十一年二月既望。迪功郎处州府青田县主簿陈耆卿记。"

赵时侃《龙湫亭记》，文末题记："嘉定十一年九月，朝散大夫、主管亳州明道宫赵时侃记。"

袁燮《论弭咎征宜戒逸豫札子》，系年从《历代名臣奏议》卷三〇〇。

嘉定十二年己卯（1219）

陈宓《南康大雪》，首句云："嘉定己卯岁，正月十七朝。"

嘉定十四年辛巳（1221）

魏岘《四明重建乌金碣记》，文内时间线索："嘉定辛巳，耆老合辞以请……十二月旦，朝奉郎提举福建路市舶魏岘记并书。"

叶适《连州开楞伽峡记》，文末题记："嘉定十四年七月。"

滕强恕《袁州储仓记》，系年从《全宋文》第 297 册，第 29 页。

嘉定十七年甲申（1224）

刘宰《甲申粥局记》、刘宰《甲申粥局谢岳祠祝文》。

嘉定十八年乙酉（1225）

陈著《后纪时行》，首句云："岁在乙酉孟春朔，天气凝滞云不开。"

宋理宗宝庆三年丁亥（1227）

李曾伯《避暑赋》，系年从《全宋文》第339册，第5页。

理宗绍定元年戊子（1228）

赵汝乳《桂阳先备仓记》，系年从《全宋文》第333册，第71页。

刘宰《戊子粥局谢岳祠祝文》。

绍定二年己丑（1229）

许应龙《永和堤记》，文内时间标记："肇始於绍定己丑之春，告成于是岁良月之望。"

周元《南仓记》，系年从《全宋文》第333册，第94页。

王柏（1197—1274）《喜雨赋》，赋云："己丑（1229）之秋，七月将望，长啸与客命驾，经从于南山之下。农人告予曰：两月不雨，骄阳盛炽，伤禾稼之就槁，竭陂塘而莫溉，沟浍皆涸，草木病瘁。渺一饱之未期，敛双眉而堕泪。长啸愀然，归而与客曰……"（《全宋文》第338册，第76页）

绍定三年庚寅（1230）

王象祖《浙东提举叶侯生祠记》。文内时间线索："绍定二年，台郡夏旱秋潦，九月乙丑朔复雨，丙寅加骤。……癸酉，前邦君今本路仓使叶公闻变驰来，朝廷以公得台民心，因命当天灾以续民命。……明年夏赋捐其半……始於季秋，毕於季夏，台郡无前闻也。"

王象祖《台州重修子城记》约作于本年，文云："今越帅徽猷郎中叶公之再造台邦日，以修城之余功修之也。……故子城之记书之详，辞之复，于公之功巨细不遗，以俟后人。"意即子城重修于台州州城灾后建成之际。

绍定四年辛卯（1231）

洪咨夔《哭都城火》，《宋史·理宗一》载：（绍定四年）"九月丙戌夜，临安火，延及太庙。"

吴潜《广惠院记》，文末题记："时绍定辛卯七月旦日，朝散郎、权发遣嘉兴军府、兼管内劝农事、节制金山水军吴潜记。"

绍定五年壬辰（1232）

徐鹿卿《福州请雨记》，文内有"绍定壬辰夏六月不雨，至于秋七月，遍走群祀"等时间记录。

绍定六年癸巳（1233）

戴复古《江西壬辰秋大旱饥，临江守王幼学监簿极力救民，癸巳夏不雨几成荐饿，监簿祷之甚切，终有感于天》。

曹锡《通济仓记》，文末云："绍定癸巳正月元日，男承议郎锡拜手摹刻。"

吴子良《临海县重建县治记》，文云："自（绍定）五年冬至今，不弛不迫。"可见作记在绍定五年以后，姑系于此。

端平三年丙申（1236）

叶寘《祷雨感应记》，文末题记："端平三年戊寅，坦斋叶寘记。"

常棐《福业院记》，文末题记："端平丙申重阳日。"

嘉熙二年戊戌（1238）

袁甫《戊戌风变拟应诏封事》。袁甫生卒年不详，据《全宋诗》袁甫小传，一二一四年进士，其有生之年的戊戌年当为嘉熙二年（1238）。

嘉熙三年己亥（1239）

薛嵎（1212—？）《己亥大旱官催秋苗甚急》。

嘉熙四年庚子（1240）

戴复古《嘉熙己亥大旱荒庚子夏麦熟》《庚子荐饥》。

徐润《别创常平仓记》，文末题记："嘉熙四年六月，郡丞东阳徐润记。"

常棠《鲍郎场政绩记》，文末题记："淳祐五年七月，澉人歌舞相告，谓厉君归矣，政诚不记，何以诏诸？竹窗常棠遂书以记。"

周颂《雩山庙记》，文末题记："嘉熙庚子三月朔，儒林郎、赣州府雩都县令孙周颂书。"

淳祐元年辛丑（1241）

钱益《增筑东江堤记》，文末题记："兴工於淳祐辛丑之二月，至六月竣事。……淳祐迪功郎钱益记。"

淳祐二年壬寅（1242）

方岳《徽州平籴仓记》，文内有"淳祐二年春""是岁二月既望，郡人方某记"等时间线索。

林元晋《回沙闸记》，系年从《全宋文》第344册，第342页。

淳祐六年丙午（1246）

牟子才《应诏言灾异疏》，系年从《全宋文》第334册，第238页。

淳祐七年丁未（1247）

牟子才《言灾异疏》，系年从《全宋文》第334册，第254页。

赵孟坚《五洩祷雨记》，系年从《全宋文》第341册，第252页。

淳祐十一年辛亥（1251）

邢子政《黄道山水池记》，系年从《全宋文》第356册，第404页。

淳祐十二年壬子（1252）

牟子才《乞责辅臣以弭天灾疏》，系年从《全宋文》第334册，第284页。

宝祐元年癸丑（1253）

刘黻（1217—1276）《癸丑九月苦雨和宋饮冰韵》。

宝祐二年甲寅（1254）

牟子才《言灾异疏》，系年从《全宋文》第 334 册，第 295 页。

宝祐五年丁巳（1257）

吴潜《养济院记》，文末题记作年"宝祐五年良月朔"。

宝祐六年戊午（1258）

姚勉（1216—1262）《赠黄道士思成祈雨感应》首句纪年云："丁巳孟秋春戊午，不雨三时嗟旱苦。"

咸淳四年戊辰（1268）

林希逸《福清县重造石塘祥符陂记》，系年从《全宋文》第 336 册，第 10 页。

咸淳五年己巳（1269）

黄宗仁《救荒记》，文内时间线索："咸淳四年（1268），水易陵谷，未几而旱方数千里，凡建民所仰之地，率自救弗赡，颗粒无从。至明年春，乃捣乌昧、采芜菁，至又屑山木之肤以为食，形鹄载途。……迄事而麦已秋，田里翕然举手加额曰：恩哉，尹之生我民也！"

牟巘《己巳秋七月不雨，人心焦然……》。

咸淳六年庚午（1070）

俞公美《东堤记》，系年从《全宋文》第 344 册，第 417 页。

咸淳七年辛未（1271）

黄震《绍兴府万柳塘记》，系年从《全宋文》第 348 册，第 304 页。

咸淳十年甲戌（1274）

董嗣杲《甲戌八月初九夜武康山中洪水骤发越十日漕司檄往检涝》《甲戌武康大水净林寺山门殿屋悉皆倒敝》。

周密（1232—1298）《甲戌八月武康安吉水祸甚惨人畜田庐漂没殆尽，赋苦雨行以纪一时之实》。

刘黻（1217—1276）《次韵周遗直京城苦雨五首》（甲戌）。

本书地名索引

后　记

2008 年的汶川大地震给社会和个人的震动是巨大的。这年秋天我在南京一家书店偶然看到一本中国古代灾害史研究的著作，触发我回顾中国文学史的有关情况。随后经过初步检索，即发现历代都有灾害题材的文学创作。次年初春，适逢单位组织申报国家课题，于是我选定以"宋代自然灾害与文学"为题，申报并幸运获批当年的国家社科基金资助立项。自此以后的八年间，尽管我经历了许多出乎意料的困难和颠沛，快速推进此项研究的初衷未能如愿，但肩负国家课题的荣誉感和责任感总是敦促和鞭策我及早完成这项科研任务。如今终于在结题成果的基础上改成差强人意的书稿，又算了却一桩心愿，聊慰此间遭遇慈父谢世的风树之悲。

这项课题的成功申报和最终完成，首先要感谢林树明教授、朱伟华教授在项目申报时给予的鼓励和指点，感谢国内外学人（包括结项评审专家）对此项研究的关注和启迪；他们的点赞和批评都给了我"庶竭驽钝"的信心和动力。同时，我也感谢学院对本书出版的重视和大力支持，本书得到贵州师范大学中国语言文学一级学科建设经费资助；也感谢近年来我所指导、授课的多位研究生，他们在文献检索和论题拓展方面给了我有力增援。在此，我要特别鸣谢著名学者、宋代文学专家杨庆存先生。他在繁忙的教学科研和行政管理之余，拨冗批阅拙稿并慨然赠序，高屋建瓴，激扬文字，为拙著绪正眉目，指引迷津，不但使我备受鼓舞和教益，相信对于本书读者也具有很好的导读作用。同时，我也要特别鸣谢国际著名汉学家、剑桥大学三一学院院士苏文瑜（Susan Daruvala）女士，她是我在英访学期间当面聆听过其授课的老师之一，她在百忙中对此书论题给予了热情关注，并为我反复修正了（毋宁说是重写）本书的英文简介，必将为我发现更多对此类研究感兴趣的海外同行。此外，我也要特别鸣谢本书的责任编辑刘艳老师，尽管我完成这项课题拖延了时日，但是在书稿草成以后，她和责任校对陈晨老师以其特有的魄力和严谨的学风力挺此书的及早问世。关心支持本项研究的前辈、同行和朋友还有许多，恕不能在此一一致谢。当然，我也要感谢一直默默支持我的家人和亲人，他们永远是我学业进步不可或缺的坚实倚靠。

虽然此书所涉课题从提出、设计到如今已历数载，但以我愚鲁之资来尝试做这方面的探索，注定充满荆棘和艰辛，加以沉潜时间明显不足，成书仓促，本书的粗浅、幼稚和疏误在所难免，恳请各方师友不吝赐正，匡我不逮。

自从考研读研以来，二十多个年头的春花秋月感觉都在窗外悄悄溜走。我已开始步入谢顶斑鬓的天命之年。板凳须坐十年冷，我辈此生从事此业又何止冷坐十年？大约总感觉时间长了翅膀，幸而还没有多少如坐针毡、度日如年的感受。

其实，自从将书桌在一方安下，就在自觉不自觉地疏离远近的师友亲朋。谨以此书献给我思念和思念我的人。

李朝军

丙申秋冬略记于望曙轩

Abstract

Throughout its history China has suffered serious natural disasters, while literary works on the subject have emerged through successive dynasties. This book draws on both Chinese literary history and the history of natural disasters and examines how genres including *shi* and *ci* poems, the poetic essay (*fu*) and formal prose (*wen*) treated the floods, droughts, locust plagues, epidemics, dust storms , snowstorms, hailstorms and earthquakes of the Song dynasty (960 – 1279). It analyses their themes, subject matter and artistic features and provides an accurate and thorough inquiry into their literary achievements, ideological value and cultural implications. The book then goes on to summarize the literary significance, social function, creative motivations and rules of literary creation for these works on natural disasters. From this perspective it also reflects on the characteristics of Song dynasty literature and the Song reception of its literary legacy from the Tang (618 – 907). This book focuses on the Song dynasty but is not confined to it. Song literature and culture and models they provided systematized the sources and traditions of disaster literature, and so came to serve as an important bridge between earlier and later periods. This book therefore serves to deepen knowledge of Chinese disaster literature throughout the pre – modern period.

By analysing a large number of literary works on natural disasters, the book sketches a historical account of the devastation and suffering they caused. It brings to life the amazing struggles of the ancients to fight disaster and their outstanding achievements in defence measures. The book also highlights the good social traditions of concern for the country and people, unyielding resolution in the fact of catastrophe and the sharing of weal and woe. In addition to revealing the characteristics, commonalities and influence of the various genres of disaster writing, it also goes some way to showing how disasters unfolded, their salient features and how they were brought under control. For this reason the book will be of use in the study of literary history, disaster history and to those institutions involved in scientific research and disaster management. Natural disasters have affected people throughout history up to the present and this account of how people of earlier times responded to them will arouse a sympathetic response. The book is clearly written and sets out its argument step – by – step, making it attractive and enlightening to general as well as specialist audiences.